超越

中美三次大冲突

文衍 编著

金城出版社

对抗

1950年6月，朝鲜战争爆发，美国派兵入侵朝鲜，把战火烧到中国边境，严重威胁着中国的安全。这是遭美机轰炸后的安东市（今丹东市）一角。

1950年6月25日朝鲜内战爆发后，美国发动侵朝战争，周恩来代表中国政府发表声明强烈谴责美国政府的侵略行径。这是周恩来题词的手迹。

1950年9月30日，周恩来总理在政协全国委员会举行的国庆节招待会上庄严宣告：中国人民热爱和平，但是为了和平，从不也永不害怕反抗侵略战争。

中国人民热爱和平，但是为了保卫和平从不也永不害怕反抗侵略战争。中国人民决不能容忍外国的侵略，也不能听任帝国主义者对自己的邻人横行侵略而置之不理。

周恩来

1950年10月8日，毛泽东主席发布命令，中国人民志愿军迅即出动，抗美援朝，保家卫国。

1950年10月9日，中国人民志愿军跨过鸭绿江，同朝鲜人民军一起抗击美国侵略者。

1950年10月到1951年6月，志愿军连续进行了五次战役，歼敌23万余人，把侵略者赶回三八线，扭转了战局。这是1950年10月25日，志愿军某部在温井西北两水洞追歼南朝鲜军一部。

美国侵略者在接连受到中朝军队沉重打击下，被迫于1951年7月10日与朝中方面举行停战谈判。这是"联合国军"的代表驱车前来开城参加谈判。

上甘岭战役中，志愿军在坑道内缺粮、缺氧的情况下，顽强地坚持战斗。这是志愿军战士在接坑道墙壁滴下的水解渴。

为粉碎敌人的"绞杀战"，志愿军加强了后方的对空防御。这是志愿军防空部队对空射击，保护后方的安全。

美国侵略集团在军事上连连失败、政治上日益孤立的情况下，被迫同意在朝鲜停战。1953年7月27日，停战协定签字。图为中国人民志愿军彭德怀司令员在开城朝鲜停战协定及其临时补充协议正式签字仪式上。

中朝两国军队欢庆胜利。

1958年10月29日，毛泽东主席接见志愿军归国代表团。

超 越 对 抗

——中美三次大冲突

（上册）

文衍　编著

金城出版社

图书在版编目（CIP）数据

超越对抗：中美三次大冲突/文衍编著. —北京：金城出
版社，1998. 4
ISBN 7-80084-194-4

Ⅰ. 超… Ⅱ. 文… Ⅲ. 中美关系-国际关系史-研究
Ⅳ. D829. 712

中国版本图书馆 CIP 数据核字（98）第 09394 号

金城出版社出版发行

（北京劳动人民文化宫内　100006）

北京昌平兴华印刷厂印刷

850×1168毫米 1/32　61.75 印张　插页 6　1500 千字

1998 年 4 月第 1 版　1998 年 4 月第 1 次印刷

*　*　*

ISBN 7-80084-194-4/D・51

定价：88.60元（全三册）

内容简介

1997 年，江泽民主席对美国的成功访问，使中美两国关系向前迈进了一步。

然而，中美关系的发展却经历了冷战时期的对抗过程，本书将向读者全面叙述这一历史。

您想知道，历史上曾打败过英国人、西班牙人和德国人的美国人，是怎样企图遏制中国，甚至想动用核武器来遏制中国，而中国又是怎样将美国不可战胜的神话打破的吗？

您想知道，美国在近半个世纪的时间里，怎样频频向中国打出"台湾牌"，而中国又是怎样将这一张张牌掀翻的吗？

您想知道，美国曾建立一些条约组织和利用别国反华势力，甚至不惜亲自出马动用武力，从战略上包围中国，而中国又是怎样将这一包围圈撕裂的吗？

翻开《超越对抗——中美三次大冲突》一书，您将看到这一幕幕真实的历史。

这里有运筹帷幄，血雨腥风；这里有纵横捭阖，刀光剑影……

我们了解历史，不忘记历史，不想重复历史。

中美关系事关中国四个现代化的大局和全局，历史会让我们更加珍惜来之不易的中美关系。

总 目 录

上　册　第一篇　打破神话梦

中　册　第二篇　撕裂包围圈

下　册　　第三篇　掀翻台湾牌

上 册 目 录

第一篇　打破神话梦

第一章

美国纵容李承晚挑起「北伐」战争，朝鲜半岛狼烟四起。为民族解放，金日成率部奋力反击。麦克阿瑟毒掷「百年赌注」，朝鲜人民军遭南北夹击

第一节　山雨欲来风满楼

朝鲜半岛矛盾的由来

朝鲜位于亚洲大陆东北部，东临日本海，西隔黄海与中国大陆的辽东半岛和山东半岛相望，南隔朝鲜海峡与日本群岛相对，北以鸭绿江、图门江为界与中国毗连，边界长约1300公里，东北端有10多公里与俄罗斯接壤，地处中、俄、日三国之间，扼日本海与黄海、东海的海上交通要冲。朝鲜领土由朝鲜半岛和3300多个大小岛屿组成，总面积约22万多平方公里，其中半岛面积为21.47万余平方公里，南北长800余公里，东西宽200余公里，约占总面积的97%。

朝鲜是一个具有文化历史的古国。1910年8月，朝鲜被日本帝国主义侵吞，沦为日本殖民地。第二次世界大战即将结束之际，苏联根据《雅尔塔协定》于1945年8月8日公开对日宣战。百万苏联红军在向中国东北日本驻军发起进攻的同时，其中一部也于8月13日在朝鲜东部清津地区登陆。14日，日本天皇宣布接受波茨坦公告，无条件投降。美国人为了防止更多的果实落入苏联人口中，遂决定与苏联进行协商，划分日本占领区受降范围。经协商：朝鲜以北纬38度线（简称"三八线"）为界，以北为苏军受降区，以南为美军受降区。美国五角大楼的陆军参谋上校查尔斯·博尔斯蒂尔随意选定的"北纬38度线"，就将朝鲜同德国一样一分为二了，这条线也就具有了特定的含义。到8月下旬止，苏军已经占领了"三八线"以北地区。9月8日、9日美军分别在仁川、釜山登陆，控制了三八线以南地区。

美国对朝鲜半岛觊觎已久。1945年，美军进入汉城后，很长时间内不解除日军的军事武装，并且保留着原日本在朝鲜的"总督府"的体制和行政机构及其法令。根据开罗会议精神，1945年12月27日，苏、美、英三国外长在莫斯科会议上达成协议，由驻朝鲜的苏军司令部和美军司令部组成联合委员会，协助南、北朝鲜迅速建立一个统一的临时政府。由于美、苏双方在一些重大问题上意见分歧，使三国外长会议精神未能贯彻。相反，美国为使其永远控制朝鲜半岛并使之"合法化"，遂于1947年10月，将朝鲜问题提交联合国大会讨论。11月，美国又操纵联大非法成立"联合国朝鲜临时委员会"，用以"监督"朝鲜的普选。继之，美国又于1948年2月26日炮制了"大韩民国"，扶植其傀儡李承晚上了台。在此背景下，朝鲜北部在朝鲜劳动党总书记金日成将军领导下，也于同年9月9日，宣布成立了朝鲜民主主义人民共和国。从此，朝鲜出现了南北分裂、对峙的局面。

1948年9月，朝鲜民主主义人民共和国政府要求苏、美战斗部队立即撤出朝鲜。苏军于同年12月25日全部撤退完毕。美国出于全球战略考虑，一再违反三国外长会议精神，大量增加军援，加速扩充、培植李承晚军队，以巩固其统治。截止到1949年6月29日，美国迫于国内外舆论压力撤离出朝鲜时，共武装李承晚军队11.4万余人，并留下约500人的军事顾问团。与此同时，大肆制造战争舆论，散布"北部侵略南部的危险"，李承晚则不断进行战争准备，还不断在三八线上进行武装挑衅，一场蓄谋已久的战争就要爆发了。

李承晚的战争准备

美帝国主义和李承晚集团把朝鲜民主主义人民共和国看作眼中钉、肉中刺，在政治上企图用武力并吞朝鲜民主主义人民共和国，对社会主义国家实行各个击破，并为进犯中国东北和苏联北部取得一块基地；在经济上，他们企图攫取北朝鲜丰富的资源。美国对于北朝鲜的丰富矿藏垂涎已久。号称"黄金之国"的朝鲜，1939年的金产量为20多吨，曾居世界第一位。而北朝鲜金的总产量占全国82.2％，铁矿石占全国99.9％（总储量约有20亿吨），钨占全国73.5％（朝鲜被认为是"拥有世界上最大的钨矿石积聚的国家"）。北朝鲜还有丰富的水力资源，1949年水力发电量达47亿度，此外，火力发电量也达12亿度。

美国和李承晚在朝鲜战争爆发之前，就已经开始了积极的战争准备，并多次为战争制造舆论。

南朝鲜政府在1949年的预算高达911.1亿元，其中50％用于军费支出，几乎比1948年提高了2倍。

在美国的支持下，李承晚有恃无恐，多次拒绝北方的和平建议，一味坚持"武力统一"的反动政策，并加紧战争准备和在三八线上的武装挑衅。为了"稳定后方"，李承晚集团疯狂逮捕和屠杀在南朝鲜内的拥护和平统一的人士，并在美军顾问团的直接指挥下，动用大批军警对人民游击队进行"讨伐作战"。在1949年7月到12月，美李军警竟屠杀了6.2万多名爱国人士。1949年9月到1950年2月，他们在"讨伐"的名义下烧毁农户13.5万多家，并在"三八线"以北地区武装袭击达1836次。

1949年1月21日，李承晚在记者招待会上公然声称，他希望"国军北进"。

1949年10月7日,李承晚向美联社副经理扬言:"占领北韩,可以实现统一。"

1949年10月21日,李承晚在记者招待会上说:"要不流血,统一独立是不可能实现的,即使实现也不能维持长久。"

1949年10月31日,李承晚在美国巡洋舰"圣福尔号"上发表的演说中又叫嚣:"南北分裂是必须用战争来解决的。"

1949年12月12日,曾在日本统治朝鲜时期担任汉城警察厅长、素有杀人刽子手恶名的南朝鲜外务部长官张泽如发表演说说:"希望人民尽最大努力来取消三八线,俾在明年12月12日以前完成全国统一。有鉴于此,人民应该下定坚定的决心,从此以后准备流血。"

1949年12月30日,李承晚在汉城记者招待会上声称,在新的一年中"我们大家都要努力恢复失地,必须统一南韩和北韩"。

1950年1月,美国参谋长联席会议主席布莱德雷、海军作战部长夏曼、空军参谋长潘典勃戈等相继来到日本,协同麦克阿瑟筹划侵朝战争,并加紧调兵遣将。1950年上半年,美国海军第7舰队的攻击力量大大加强,新增加的舰只计有:航空母舰两艘,巡洋舰两艘,驱逐舰6艘。在同一时期,3个B—26及B—29型轰炸机联队、6个歼击机联队、两个运输机联队集中于日本的美国空军基地。驻在日本的美国第8集团军的第24师、第25师、骑兵第1师和第7师都作了战斗准备,攻击火力和运输能力都大大加强,以便随时可以参加战争。

1950年1月26日,美国和南朝鲜签定了《共同防御援助协定》。

1950年2月,李承晚率领由"参谋总长"等高级军事官员参加的朝拜团前往东京,访问美军远东司令部,直接听取麦克阿瑟关于进攻北朝鲜的具体指示。这时,南朝鲜的陆军已发展到15万人，海军已拥有大小军舰79艘，空军也大部分用美国飞机装备起来。

李承晚从东京回来之后，立即召开了"高级将校会议"，详细讨论了"北伐计划"。其具体部署是，瓮津地区为首都师，开城地区为第1师，东豆川地区为第7师，春川地区为第6师，襄阳地区为第8师。

1950年4月末，集结在"三八线"的南朝鲜第一梯队的五个师，组成了两个司令部，并用陆军总部直属炮兵和其它技术兵种部队加强了第一梯队的各个师，并把第2师、第3师和第5师作为进攻的预备队，从后方调集到了汉城附近。

1950年5月19日，美国经济合作总署朝鲜分署署长琼逊在美国国会众院拨款委员会上说："以美国武器装备并由美国军事顾问团训练的南朝鲜军队十万官兵，已经完成准备，并能随时开始作战。"

在朝鲜战争爆发前一个星期，李承晚在国民议会上，当着美国国务院顾问杜勒斯的面发表演说："如果我们不能在冷战中保卫民主，那么，我们就要在热战中赢得胜利。"

1950年6月17日，杜勒斯以杜鲁门总统顾问的身份来到南朝鲜，在戒备森严的情况下，杜勒斯在美国驻南朝鲜军事顾问团以及李承晚的一些军事头目们的陪同下，先后视察了南朝鲜的各主力部队，最后又详细视察了"三八线"前沿一带的南朝鲜军队的阵地。杜勒斯视察完毕后，在"三八线"的南朝鲜部队的战壕里审查了李承晚关于"北伐"的作战计划。杜勒斯在视察了"三八线"南朝鲜军队的阵地后发表演说："没有任何敌人，不论它是多么强大，能够挡得住你们。可是，我希望你们将作进一步的努力，因为你们显示你们巨大力量的时候已经不远了。"

南朝鲜"北伐"的作战计划中把主要进攻方向放在金川和沙

里院方面，助攻方向是从瓮津进攻信川、沙里院地区，主攻和助攻部队一起北进；另外派一部分部队在平壤西北海岸的汉川登陆，南北夹攻平壤；再一支部队从咸镜南道永兴郡海岸地区登陆，同从铁原方面进攻的部队协同作战，一举占领平壤、元山界线和朝鲜北半部的整个地区，然后急速向鸭绿江和豆汉江地区进攻。

　　1950 年 6 月 25 日拂晓，在美国的支持和纵容下，集结在"三八线"附近的南朝鲜军队，在美军顾问团的直接指挥下，在全线突然向"三八线"以北地区发动了进攻，李承晚集团蓄谋已久的"北伐战争"终于爆发了。

　　一时间，战争风云笼罩着东方大地。

议政府之战

　　李承晚反动集团在美帝国主义的支持下，对北朝鲜发动突然进攻后，朝鲜民主主义人民共和国政府要求李承晚立即停止其冒险的军事行动，否则，他们要对这种军事行动所产生的一切后果负全部责任。而南朝鲜当局对这种警告却置若罔闻，不但没有停止大规模的进攻行动，反而变本加厉，继续加强军事进攻，"三八线"上的战斗更加激烈了。

　　战火使和平人民的平静生活遭到了破坏，人们将再一次遭受苦难。

　　战争爆发的当天，朝鲜通讯社作了如下的报道：

　　　　"南朝鲜伪政府的所谓国防军，于 6 月 25 日拂晓，在全 38 度线地区向 38 度线以北地区开始了出其不意的进攻。"

　　　　"发动意外进攻的敌人，在海州西部、金川方面、铁原方面，侵入到以北地区 1 公里乃至 2 公里。"

"朝鲜民主主义人民共和国内务省，已命令共和国警备队击退侵入 38 度线以北地区的敌人。"

"现在共和国警备队，正展开着激烈的防御战来抵抗敌人。共和国警备队已击退了从襄阳方面侵入 38 度线以北地区的敌人。"

李承晚集团的肆意挑衅，激起了朝鲜民主主义人民共和国全体民众的义愤。金日成于 1950 年 6 月 26 日发表了《集中一切力量争取战争的胜利》的广播讲话，金日成指出："全体朝鲜人民如不愿重新沦为外来帝国主义者的奴隶，就必须一致奋起，勇敢地投入到打倒和粉碎李承晚卖国政权及其军队的救国斗争中去。李承晚是朝鲜人民不共戴天的仇敌。为了掩盖他们进行内战的准备，继续不断地制造了三八线的冲突事件，致使祖国与人民陷于不安，并且企图把挑拨冲突事件的责任，嫁祸于我们人民共和国当局。李承晚卖国匪帮在准备所谓'北伐'的过程中，甚至毫不犹豫地按照美帝国主义者的指示，和朝鲜人民的死敌——日本军阀勾结起来了。李承晚匪帮为了维持其私利和统治，并使我国变为美帝国主义的殖民地和在亚洲的军事战略基地，变为美国独占资本家追逐利润的泉源，竟把我国南半部的经济完全置于美国独占资本的支配之下。"

金日成指出："朝鲜民主主义人民共和国政府与我们国家所有的爱国民主政党、社会团体及全体人民，为了避免同族相争的内战和流血的惨祸，曾尽了一切的努力，争取以和平方法统一我们的祖国。早在 1948 年 4 月，南北朝鲜各政党、社会团体代表的联席会议，就第一次打算通过和平途径统一我们的国家。但是，李承晚集团破坏了这一意愿。他们在美帝国主义及其侵略工具所谓

'联合国朝鲜委员会'的支持下，于1948年5月10日炮制了南朝鲜的单独'选举'，并加强了对我们祖国北半部的武装进犯的准备。"

金日成指出："为了争取祖国的和平统一和完全独立，去年6月在祖国战线旗帜下所集结起来的南北朝鲜71个爱国政党与社会团体，曾提议以举行总选举的方法来和平统一我们的国家。全体朝鲜人民热烈支持与拥护这一提议，但李承晚集团连这一提议也予以破坏了。李承晚威胁凡对祖国战线的'促进祖国和平统一方案'表示支持的人，将被认为是'叛逆'，并以此监禁或虐杀了数以10万计的爱国人士。"

金日成在讲话中号召朝鲜人民反击侵略，团结一致地抗敌："人民军的全体将士们，要坚守共和国北半部的各种民主改革，从反动统治下拯救南半部同胞，并在人民共和国的旗帜下，在为祖国统一的斗争中，发挥我们的勇敢大胆及创造性。为了祖国和人民，应不惜自己的生命，竭尽爱国忠诚，斗争到最后的一滴血。"

"共和国北半部的人民，应把自己的一切事业，改变为战时形态。为了在短期间内无情地歼灭扫荡敌人，要动员一切力量。应使一切工作，服从于战争和歼灭敌人的任务。应组织全国人民对人民军的援助，源源不断地增援和补充前线，供给他们一切必需品，保证军需品的紧急输送。对于伤兵要组织广泛的切实的救护工作，要保证圆满完成前线供应，巩固人民军后方的一切工作。"

"共和国南半部男女游击队员们，应展开更激烈更英勇的游击运动，争取广大的人民群众参加游击队，扩大与建立解放区，并在敌人后方攻击与歼灭敌人，破坏敌人的作战计划，袭击敌人参谋部，切断并破坏铁道、公路、桥梁及电话线等。要以一切方法截断敌人前后方的联络，严厉惩处叛徒，恢复人民政权机关——人民委员会，同时积极协助人民军。"

"南朝鲜傀儡政府的'国防军'官兵们！你们的仇敌正是李承晚卖国匪帮。为了祖国与人民，你们不要错过机会，应掉转枪口，瞄准李承晚匪帮。你们要转到人民军和游击队这方面来，协助争取祖国统一自由的全人民的斗争。你们只有起来反对我们人民的仇敌，才能在为祖国的自由独立的斗士的行列中，取得荣誉的地位。"

金日成最后指出："人类的历史告诉我们，坚决奋起进行争取自由独立斗争的人民，必能取得胜利。我们人民的事业是正义的事业。胜利是一定属于我们人民方面的。"

金日成的讲话具有伟大的号召力，成为朝鲜人民反击侵略、保卫祖国自由的战斗纲领。朝鲜军民积极奋起反抗，英勇作战，在击退了南朝鲜在"三八线"上的进攻后，开始挥戈南下，直逼开城。

开城位于瓮津半岛以东，是朝鲜的古都，在"三八线"以南2公里，为汉城——平壤公路、铁路干线上的重镇。南朝鲜第1师第12团的两个营驻守在城北，该团的另一个营在延安。第13团驻守高浪浦里，该镇在开城以东、临津江的北岸。作为预备队的第11团和第1师师部在水色，这是一个小村落，用作兵站，在汉城以北几公里处。

朝鲜人民军第6师第13团和第15团负责攻打开城。守备开城和延安的南朝鲜第12团大都被击毙或被俘，只有两个连得以逃脱。6月25日上午9时30分，朝鲜人民军解放了开城。

南朝鲜军第11团和其它一些部队开赴到汶山里——高浪浦里一带，按既定计划进入防御阵地，在第13团左侧进入阵地，企图守卫通往临津江大桥的道路。在那里，他们与朝鲜人民军部队展开了战斗。在无法坚守住阵地的情况下，南朝鲜军第1师决定在其第12团从桥上撤回后，就按预先计划炸毁临津江大桥。然而，朝鲜人民军的部队与南朝鲜军第12团离得很近，南朝鲜部队难以完成炸桥的任务，于是大桥完整无损地落入人民军的手里。

朝鲜人民军第1师在第105装甲旅的坦克支援下，又发起对汶山里地区的进攻。

6月28日，美国战斗机奉命攻击汉江以北的朝鲜人民军部队，结果误打了南朝鲜第1师，致使不少人伤亡。

朝鲜人民军反攻的主要方向是议政府通道，由朝鲜人民军第4和第3步兵师在第105装甲旅的坦克支援下实施主要突击，分兵两路进攻，对议政府实行合围，然后向汉城挺进。朝鲜人民军第4师从"三八线"永川一带向前直取东豆川里；第3师沿金化——议政府——汉城公路南下，这条公路又叫抱川路，从东北方向转向议政府。第105装甲旅的第107坦克团用大约40辆T—34型坦克支援第4师；第109坦克团以同样数量的坦克支援抱川路上的第3师。

首先遭到朝鲜人民军第3、4师打击的是部署在"三八线"上的南朝鲜第7师的第1团。在人民军坦克和自行火炮的攻击下，南朝鲜第7师伤亡惨重。朝鲜人民军东西两路的装甲纵队节节胜利，向前稳步推进。

朝鲜人民军第2军的反攻区域在春川。春川是一座美丽的城镇，在朝鲜半岛的东部，位于孔雀山脚下，同开城一样，也靠近"三八线"。春川在北汉江上，是个交通中心，是穿过朝鲜中部山区通向南方交通运输网的必经之地。春川向东则是第2军的进攻区域，其军部设在春川以北的华川。原驻守华川的朝鲜人民军第2师向南朝鲜边界移动，接替了那里的一支边界保安部队；再向东几公里的麟蹄，朝鲜人民军第7师也采取了同样行动。朝鲜人民军的计划是由第2师于第一天下午攻克春川，第7师则直接南下，夺取"三八线"以南几公里的洪川。

春川由南朝鲜第6师第7团把守；东侧驻守着另一个团，守卫着去横城的通道。第三个团是预备队，同师部一起驻扎在"三八线"以南45公里的原州。

春川的战斗十分激烈。南朝鲜第6师驻守在城北山脊上，凭借水泥浇筑的坚固掩体，阻击了朝鲜人民军一次又一次攻击。朝鲜人民军第2师第一天没有能拿下春川，人民军第7师改变原计划，从30公里以东的麟蹄地区转奔春川，并于6月26日晚到达春川，立即会同第2师合力攻打这个城市。战斗一直持续到第三天，即6月27日，南朝鲜第6师的防线被攻破。28日上午，朝鲜人民军部队开进了春川城，解放了这座城市。

朝鲜人民军攻占春川之后，第7师继续向南攻取洪川，第2师则向西直奔汉城。

解放古都开城后，朝鲜人民军又突破了南朝鲜的临津江防线，直捣议政府。

议政府是汉城的重要门户。南朝鲜军队根据事先的作战计划，开始调动预备队向汉城以北集结，准备在咽喉要地议政府通道发起反攻。驻守大田的南朝鲜军第2师的师部和第5团的部分官兵，于6月25日下午2时30分乘火车离开大田前往汉城，驻该师的美军顾问也随车同行。傍晚，南朝鲜第5师的一部也从朝鲜西南部的光州北上，第3师的第22团、第3工兵营和57毫米反坦克连也从大邱向北开进。

南朝鲜军总参谋长蔡将军和美国军事顾问詹姆斯·W·豪斯曼上尉两次到议政府地区视察，并计划于26日清晨在议政府通道发起反攻，由第7师在左翼沿议政府外的东豆川路发起进攻，第2师在右翼沿抱川路发起进攻。为此，蔡将军计划将驻守抱川路的第7师一部调往东豆川路，达成该师的集结，而把抱川路段交给第2师。在反攻计划中没有列入汉城的首都师，因为他们认为该师不是一只作战部队，而是一直作为一种礼仪部队使用，其骑兵团则是"宫廷卫队"。

由于南朝鲜第 2 师大部分部队还在汉城以南 90 公里处，在反攻前不能到达议政府地区，该师只能用自己的小股部队零敲碎打地进攻。第 2 师长李衡君准将反对蔡的计划，主张推迟反攻，待到他把这个师全部（至少是大部）兵力调至前沿时再实施反攻计划。然而蔡将军却对此挥之不顾，下令 6 月 26 日清晨发动进攻。所以南朝鲜军队的反攻计划显然存在着致命的错误，反攻的行动也只能是徒劳的。

6 月 26 日晨，南朝鲜第 7 师师长刘在衡准将按计划向议政府以北的朝鲜人民军第 4 师发动进攻。开始时进展顺利，给朝鲜人民军第 4 师第 16 团造成一定的伤亡。致使当天下午汉城广播电台严重夸大了第 7 师的初胜，声称："第 7 师大举反攻，击毙敌军 1580 人、击毁坦克 58 辆，另击毁或缴获其它多种武器。"

这种严重夸大的报道仍然掩盖不了出现在南朝鲜第 2 师面前的极其危险的态势。朝鲜人民军继续南进，傍晚便占领并通过了东豆川里，朝鲜人民军第 4 师的两个团两路并进，第 3 师也是两团并进，这两个师都有强大的装甲部队，自北逼近议政府，对该镇以及由此通往汉城的通道构成了合围之势。朝鲜人民军第 3 师于 26 日晨进攻抱川，他们以坦克开路，继续向西南直奔议政府。

南朝鲜第 2 师师长李衡君手头只有师部和第 5 团的第 1 营、第 2 营两个营的兵力到达了议政府地区，发动反攻根本无济于事，只好按兵不动，继续在议政府东北部约 2 公里处的防御阵地上，把守着抱川路。直到 26 日上午 8 时，他们才与南进的朝鲜人民军部队交上火。朝鲜人民军的步兵前面有坦克纵队开路，南朝鲜军虽然向坦克开炮，但坦克损伤不大，只停留片刻又继续向前开进，南朝鲜军队的阵地很快就瓦解了。朝鲜人民军的坦克纵队穿过了南朝鲜的步兵阵地向议政府进击。

南朝鲜第 2 师在议政府以东右翼的失败迫使其第 7 师放弃了西路的进攻，撤至议政府以南。其后果是，南朝鲜军队再也没有其它组织有序的部队能够在汉城以北组织有效的抵抗了。夜幕降临之前，朝鲜人民军第 3 师和第 4 师以及支援他们的第 105 装甲旅就占领了议政府。

光复汉城

朝鲜人民军打开了通往汉城的通道以后，继续以势如破竹之势向朝鲜半岛的南部进击。朝鲜人民军对汉城李承晚伪军形成了一个钳形攻势，南朝鲜军在高浪浦里的第 1 师受到朝鲜人民军的两面夹击：东面是朝鲜人民军第 1 师，议政府方向则是朝鲜人民军第 4 师和第 3 师。南朝鲜军的第 7 师和第 2、第 5 以及首都师的部分官兵，虽然在议政府周围进行阻滞战斗，但缺少有组织的抵抗，互相之间没有协同起来。为了减缓朝鲜人民军的进军速度，南朝鲜军曾预先制订了设置路障和破坏计划、并进行了多次演练。但是在人民军的 T—34 型坦克的进攻面前，南朝鲜军则一片恐慌，事先安装好的炸药没有爆炸，设置的路障也无人把守，障碍物更是缺少火力的掩护。

李伪政府决定从汉城迁到大田，而国会议员经过激烈地辩论决定继续留在汉城。深夜以后，南朝鲜军部队最高司令部，根据战局的发展，决定撤离汉城，并于次日上午开始撤离行动，将指挥部和政府机关迁往永登浦以南 5 公里处的始兴里。南朝鲜军的这次行动并未通知美军赖特上校和美军顾问团的其他成员。

27 日上午 9 时，美国驻韩国"大使"穆西奥和使馆其他工作人员开始离开汉城前往水原。同时，赖特上校和美军顾问团的其他成员也随南朝鲜军总部来到始兴里。在始兴里，赖特上校劝说蔡斯将军返回汉城，在汉城指挥作战。6月27日下午6时，南朝鲜军总部和美军顾问团的其他城员都返回到汉城。

战争的头两天，汉城地区的气氛还算平静，但随着人民军攻势的不断发展，况且在战争前李承晚集团用舆论欺骗南朝鲜人民，说什么"北朝鲜军队将血洗汉城"。当南朝鲜军第7师和第2师反攻的失利以及朝鲜人民军继续向汉城挺进的消息在6月27日传遍汉城时，汉城市民普遍认为该市难以守到天亮，到傍晚时，整个城市已处于一片混乱之中，有的居民便开始向南逃离，道路上难民拥挤不堪。26日和27日，朝鲜人民军的飞机向汉城空投了传单，敦促李伪反动政府投降，并号召汉城居民不要惊慌。与此同时，朝鲜人民军司令、陆军元帅崔庸健也通过广播发出同样的呼吁。

到了27日午夜，南朝鲜军的汉城防线已基本崩溃。朝鲜人民军第3师第9团首先到达汉城，其先头部队于晚7时30分抵达市郊，其他部队也随后不断突破南朝鲜军的防御，向汉城市区挺进。

为了进一步阻止朝鲜人民军的进攻，南朝鲜军最高司令部决定炸掉汉江上的几座大桥。美国军事顾问塞德伯里试图说服南朝鲜军的副总长金白一将军改变这一决定，并建议："等待如今正挤在汉城街道上的部队及其武器装备撤回汉江南岸之后再炸桥。"美军顾问团与蔡斯将军以前也有过类似的建议，即等到"敌军坦克开到南朝鲜军总部所在街道时再行炸桥"。美军军事顾问格林沃德急急忙忙地赶到南朝鲜军总部，金将军向他解释说，"国防部"副部长1时30分下令炸桥，故须立即执行。这时南朝鲜军第2师师长李将军在午夜后来到总部，得知即将炸桥的消息后，向金白一将军恳求，至少要等目前他尚在汉城的部队及其装备南渡汉江之后再行爆破。此前南朝鲜总长蔡将军已被人硬推进吉普车送到汉江南岸去了。而此时，南朝鲜军总部的高级官员都已离开汉城，金白一将军在此关键时刻便成了总部最高长官，他只能执行国防部的命令。金白一在第2师师长李将军的再三恳求下，只得叫总部的一名姓张的将军立即驱车去汉江下令不得炸桥。当张将军出了总部，坐上吉普车，向公路桥驶去时，街道上已经挤满了行人与车辆，他的吉普车只能缓缓前行。他能与汉江南岸的爆破组直接联系的最近点是大桥北端附近的警卫岗。当他来到离大桥约150码的时候，突然看见一道橙色巨光照亮夜空，随即传来震耳欲聋的巨响，宣告公路桥和三座铁路桥已被炸毁，时间是6月28日2时15分。

这次大爆炸把汉江公路大桥的两段拱桥炸落在靠南岸的河水之中。由于在炸桥时并没有对拥挤在这些桥面上的军民发出任何警告，因此在这次炸桥中炸死或淹死的有500至800人；卡在尚未落入水中的桥面上的人数比这多一倍。当时公路桥的三条车道都挤满了行人和车辆，通向此桥的宽阔大道的所有八条车道也挤得水泄不通，有步行的军人和老百姓，也有军车和大炮在内的各种车辆。

汉江各桥被炸时，南朝鲜军部队正在汉城周围阻击朝鲜人民军，而南朝鲜"国防部"对这种战术态势全然不顾，视数千名士兵的生命和大量重武器及运输工具为儿戏，真是到了只顾自己逃命、不顾下属生命的地步了。从军事角度来看，过早的炸桥对南朝鲜军部队是一场灾难。如果等到朝鲜人民军确实接近汉江大桥时再行爆炸，那么至少可以再争取到6到8小时的时间，从而把南朝鲜军3个师的大部分人马和车辆、装备和重武器撤到汉江南岸。那时南朝鲜军的大部分部队还留在汉江以北，为此他们损失了几乎全部车辆、大部分装备和许多重武器。后来渡过汉江的南朝鲜部队大都是涉水过河、或乘小船、或坐木筏，毫无组织，乱作一团,这进一步加速了南朝鲜军部队的溃散。

南朝鲜军阻滞战斗只是起了一点点的作用,根本阻止不了朝鲜人民军的进攻,到了下午两三点钟,朝鲜人民军第 3 师就已进入了市中心。一两个小时之后,朝鲜人民军第 4 师第 16 团也开进汉城,完成了对汉城的光复。

7 月 10 日,金日成发布命令,表彰朝鲜人民军第 3 师和第 4 师攻克汉城的伟大功绩,并授予它们"汉城师"的荣誉称号;金日成的命令中还表彰了朝鲜人民军第 105 装甲旅,把该装甲旅升级为师,并授予同一荣誉称号。

朝鲜战争爆发后的第四天,朝鲜人民军就攻克了汉城。到了 6 月底,汉江以北的领土已全部被朝鲜人民军控制。

6 月 29 日上午,南朝鲜军第 7 师约 1200 人在刘在衡将军率领下,在汉江南岸守护着汉江大桥,这些残兵败将手中几乎没有什么重型武器了。6 月 30 日,南朝鲜军的另外四个师的余部也集结在汉江的南岸,有些部队还在渡江。白善烨将军率只下剩 5000 人左右南朝鲜军第 1 师,于 6 月 29 日在汉城西北 12 公里的金浦机场附近渡过了汉江,由于没有较大的船只,他们只好把大炮等重火器留在了北岸,士兵手中只能带着轻武器和班组操作武器。

朝鲜战争爆发前南朝鲜军部队有近 10 万人,从朝鲜战争爆发到 6 月末,朝鲜人民军共歼灭南朝鲜军 4.6 万人。此时在汉江以南南朝鲜军只有 2.2 万人,几天之后,南朝鲜军的第 6 师、第 8 师及其他一些散兵零零散散地集结在汉江南岸,使南朝鲜军的人数增加到了 5.4 万人,只有南朝鲜军第 6 师和第 8 师的建制、武器、装备和车辆基本完好无损,其它部队的单兵武器损失已达 30%。

第二节　美国武装干涉朝鲜的开始

战前美军在远东的军事部署

朝鲜战争爆发以前，美国在远东的军事部署是这样的：陆军中有 4 个战斗师（包括第 7、第 24 和第 25 步兵师、以及第 1 骑兵师）在日本执行占领任务。此外，在太平洋地区还有：驻扎在夏威夷群岛的第 5 团战斗队和驻扎在冲绳岛的第 29 团。由于第二次世界大战后，美国将苏联视为其主要的对手，因此美军在欧洲各师均齐装满员；而在远东的美军部队则普遍不满编，这些师的兵力平均约为战时满员兵力的 70%，其中三个师的兵力在 1.2 万—1.3 万之间，另一个师为 1.5 万人略强，并且没有配足战时应装备的 57 毫米和 75 毫米无后座力炮和 4.2 英寸迫击炮，其师属坦克部队只有 M—24 轻型坦克。美国在远东的大部分军事装备和运输工具是第二次世界大战中美军使用过的旧货。美军驻日本部队的编制是例外，第 25 师第 24 团达到 3 个营的满额编制，支援的第 159 野炮营也达到 3 个炮连的正常编制。

部署在日本的美军这 4 个师分散驻扎在日本各地，由沃尔顿·H·沃克中将的第 8 集团军直接管辖。第 7 师驻扎在日本最北端的北海道和本州以北的 1/3 地区，师部设在本州仙台附近；第 1 骑兵师在本州的关东平原人口密集的中心地带，师部设在东京附近的德雷克营；第 25 师驻扎在本州南部的 1/3 地区，师部设在大阪；第 24 师占据着日本最南部的九州，师部设在小仓（隔马岛海峡与朝鲜相望）。

　　朝鲜战争爆发前，美军太平洋地区的海军部队只占美国海军作战部队的1/3，由阿瑟·W·雷德福海军上将指挥。而太平洋海军力量中的约1/5的兵力部署在远东水域，由查尔斯·特纳·乔伊海军中将指挥着这支美国在远东的海军。当时，美国远东海军拥有1艘巡洋舰（"朱诺"号）、4艘驱逐舰（"曼斯菲尔德"号、"狄海文"号、"科利特"号和"莱曼·K·斯温森"号）以及一些两栖和运输船舶。当时也在远东但不受麦克阿瑟指挥的是由阿瑟·D·斯特鲁布尔海军中将指挥的第7舰队。它拥有一艘航空母舰（"福吉谷"号）、1艘重巡洋舰（"罗彻斯特"号）、8艘驱逐舰、1艘加油船和3艘潜艇。第7舰队一部驻冲绳，其余在菲律宾。

　　海军陆战队大都在美国本土，第1陆战师在加利福尼亚州的彭德尔顿营；第2陆战师驻扎在北卡罗来纳州的勒任营；第2陆战师的一个营与舰队部队一起在地中海。而在远东地区则没有部署海军陆战队的部队。

　　朝鲜战争爆发前，美国空军共有48个飞行大队，本土以外最多的空军部队是远东空军，由斯特拉特迈耶将军指挥。当时，美国远东空军有9个大队，共有飞机1172架（包括库存和正在修理的），包括B—26型73架、B—29型27架、F—51型47架、F—80型504架、F—82型42架、各类运输机179架、侦察机48架，还有其它各类飞机252架。其中有350余架飞机可以随时投入战斗。在18个战斗机中队中，只有驻扎在日本南方九州基地的4个中队的有效航程可达朝鲜战场。在日本还驻有一个美军轻型轰炸机联队和一个部队运输机联队，远东的唯一的中型轰炸机（B—29）联队在关岛。美国远东空军编制为39975人，当时的在编人数为33625人。

　　在远东指挥美国武装部队的是麦克阿瑟上将，他有三项指挥任务：一是，作为盟军的最高统帅，并代理总部设在华盛顿的 13 国远东委员会执行对日本的占领；二是，作为远东军总司令，指挥远东司令部在西太平洋地区的所有美军部队（海、陆、空）；三是，作为美国陆军在远东的总司令，指挥美国在远东的陆军部队。

美国对朝鲜战争的最初反映

朝鲜半岛"三八线"上激战的正式消息，由美国驻南朝鲜"大使馆"的武官以急电形式在 6 月 25 日上午 9 时 25 分从汉城发往华盛顿陆军部负责情报的副参谋长，其抄本也同时发送到了东京。几乎同时，美国驻东京的远东空军司令部开始收到从汉城附近的金浦机场发来的电报。同时，驻朝鲜的各通讯社记者也开始向在美国的总部发送新闻简报。

华盛顿时间 6 月 24 日（星期六）晚 8 时，美国首都收到了第一批报告，讲"北朝鲜在五小时前发起进攻"。不久之后，美国驻南朝鲜"大使"穆西奥从汉城向美国国务院发出第一份电报，6 月 24 日晚 9 时 26 分收到，按朝鲜时间是 6 月 25 日上午 10 时 26 分。穆西奥大使说："就攻势的性质和发起的方式来看，这是对大韩民国的全面进攻。"

朝鲜半岛上的战争使得华盛顿官方大吃一惊。有些观察家认为，1950 年 6 月 25 日（星期日）华盛顿的震惊同 1941 年 12 月 7 日（也是星期日）珍珠港事件一样。

杜鲁门总统是在密苏里州独立城的家里听到朝鲜战争的消息的，6 月 25 日午后他便乘飞机回到华盛顿，当晚在布莱尔大厦召开会议，与会者有国务院和国防部官员。会上杜鲁门总统做出几项决定。会后，参谋长联席会议主席立刻与东京的麦克阿瑟将军建立了电传联系，向他传达了杜鲁门总统的决定。他们授权麦克阿瑟将军采取如下行动：

　　（1）向南朝鲜发送武器弹药和装备，以防止汉城——金浦地区失陷，利用适当的海上和空中掩护，以确保其安全到达；

　　（2）提供轮船和飞机将在朝美国随属撤回，并做好掩护；

　　（3）派遣观察团去朝鲜，研究形势并作出如何援助南朝鲜的最佳方案。

　　杜鲁门总统同时命令第 7 舰队从菲律宾和冲绳起航开往日本的佐世保，向美国海军远东司令报到并接受其作战指挥。

　　6 月 26 日晚，杜鲁门总统接到麦克阿瑟将军的报告，说南朝鲜部队无力守住汉城，溃在旦夕；美国随属人员正在撤离。杜鲁门经与主要顾问简短磋商，当晚，通过电传又对麦克阿瑟下达了指示，授权他使用远东海空军部队支援南朝鲜部队攻击"三八线"以南任何目标。指示说，该行动的目的在于清除在南朝鲜的北朝鲜军事力量。据此，6 月 27 日（远东时间）起，麦克阿瑟将军就有了利用空军和海军对朝鲜进行干涉的权力。

　　朝鲜战争爆发后，在南朝鲜的美国侨民开始撤离。早在 1949 年 7 月 21 日，美国远东司令部就曾制定过战争时期美国侨民从海上和空中撤离的行动计划。按照远东司令部的命令，远东海军将负责提供轮船及海上护航，远东空军为空运提供飞机，并为水上和空中撤离提供战斗机掩护。美国侨民从汉城向仁川的撤离始于 6 月 26 日 1 时，直至天明，大部分在汉城的美国妇女和儿童都上了挪威的"赖恩霍尔特"号化肥船，该船的货物是当天仓促卸下的，正在仁川港准备出海。在朝鲜半岛南端的釜山，"先锋戴尔"

号载着从大田、大邱和釜山的美国侨民。这一天，美国从日本起飞 27 架次战斗机对撤离进行监视和掩护。6 月 27 日，美国人和其它外籍人员从釜山和水原机场的撤离越来越快。6 月 27 日，美国空 5 军的第 35 战斗轰炸机中队和第 68、第 339 全天候战斗机中队的 F—80 和 F—82 飞机在朝鲜上空起飞了 163 架次，来掩护撤离行动。6 月 26 日至 29 日，从海上和空中共有 2001 人从朝鲜撤离到日本，其中 1527 人是美国人（718 人乘飞机，809 人乘轮船）。

美国操纵联合国

朝鲜战争爆发的当天，美国便操纵联合国安理会。6 月 25 日下午 2 时（纽约时间）安理会开会，经过辨论，修正了关于朝鲜的决议，然后以一票弃权，一票缺席，九票赞成得以通过。投赞成票的有中国（当时国民党占据着联合国的席位）、古巴、厄瓜多尔、埃及、法国、印度、挪威、英国和美国，南斯拉夫弃权，苏联缺席。自 1950 年 1 月 10 日以来，苏联政府一直抵制安理会作出的一些不正确的决定，并且极力主张新生的中华人民共和国应该取代国民党政权在联合国的正式席位。

安理会作出了非法的决议，指出：北朝鲜武装进攻南朝鲜是"破坏和平"，它要求（1）立即停止敌对行动；（2）北朝鲜当局将部队撤回"三八线"；（3）"各成员国必须为联合国实施该决议竭尽全力，不得向北朝鲜提供援助"。

6 月 27 日，美国又一次操纵联合国安理会通过了关于朝鲜的第二个非法决议："呼吁成员国对南朝鲜提供军事援助，以击退北朝鲜的进攻。""建议联合国成员国为韩国提供足以击退武装进攻的援助，以恢复国际和平和该地区的安全。"联合国安理会的决议公然违犯了联合国宪章关于不得授权联合国干涉在本质上属于任何国家内部事务的原则。

麦克阿瑟飞往朝鲜

6月28日中午，麦克阿瑟将军把他的专机驾驶员安东尼·F·斯托里中校叫到他在东京"第一大楼"的办公室，说次日他将亲去水原视察。斯托里中校核对了天气预报，发现次日天气不宜飞行——风暴、有雨、低云。

6月29日晨4时，麦克阿瑟起床准备飞往水原。6时许，他到达羽田机场，和随员一起登上C—54型"巴丹"号专机。此行包括7名麦克阿瑟的高级参谋官员，共计15人。6时10分，"巴丹"号从羽田起飞，当时正下着雨。8时许，麦克阿瑟将军向负责远东空军的厄尔·E·帕特里奇少将口述了一份电报，斯特拉特迈耶将军写好后交给斯托里去发送，电文如下：

> 斯特拉特迈耶转帕特里奇：立即除掉北朝鲜机场，不做宣传报导，麦克阿瑟批准。

10时许，天气有所好转，4架战斗机出发，掩护着"巴丹"号去水原。那天早晨，朝鲜人民军的歼击机对水原机场进行了扫射，使跑道顶端的一架C—54型飞机起火。水原机场的跑道本来就短，这架起火的飞机又形成一道20码长的障碍。但是斯托里中校成功地使"巴丹"号降落下来，没发生任何事故。到机场迎接麦克阿瑟的有李承晚、穆西奥大使和丘奇将军。麦克阿瑟一下飞机就走到李承晚的跟前，双手抱住了他的肩膀，语气温和地向他表示问候。李"总统"对此十分感动，他把麦克阿瑟视为救命恩人，说:"我们的处境十分险恶,将军一来,我们韩国就有救了。"

麦克阿瑟一行乘轿车前往丘奇将军的指挥部。在那里,丘奇告诉麦克阿瑟:"南朝鲜此时能用上的部队不到8000人。到中午,又增加8000人,估计到晚上能再有8000人。这样,到这天结束时他们可有2.5万人。"南朝鲜军总参谋长蔡炳德将军对麦克阿瑟说:"我们打算征集200万南朝鲜青年入伍,并给予必要的军事训练,用以击退北朝鲜人的入侵。"麦克阿瑟对南朝鲜这个几乎天方夜谭、脱离实际的计划根本就不感兴趣。事后,麦克阿瑟告诉李承晚,"韩国军队应该换一位新的参谋总长"。李"总统"对麦克阿瑟的旨意哪敢不从,不到48小时蔡炳德就被解职了。

麦克阿瑟听取完汇报后,坚持要去汉城对面的汉江南岸,亲自视察一下形势。在往返途中,麦克阿瑟看见数以千计的南朝鲜军散兵逃离战地,形成了一股可怕的逆流;汉城市区大火熊熊、浓烟滚滚,难民四散奔逃;枪声、炮声清晰可见。麦克阿瑟对丘奇将军说:"看来,没有什么东西能够阻挡住共产党的进攻了,形势需要美国立即投入地面部队,必须要求华盛顿当晚授权给我采取这一行动。"

斯托里中校驾驶"巴丹"号于下午5时15分飞回水原,还不到一小时,麦克阿瑟就飞往日本。

美国决定武装干涉朝鲜

6月29日上午,五角大楼接到来自远东的报告,报告说朝鲜局势糟糕至极。美国国防部长路易斯·A·约翰逊中午前给杜鲁门总统打了电话通告了这一情况。在那天下午,杜鲁门总统召开会议,做出了决定:为对付朝鲜危机,应大大加强远东部队司令的权限。

东京时间 6 月 30 日，美国远东部队司令麦克阿瑟接到了指令，该指令授权他：

　　（1）使用在南朝鲜的美国陆军勤务部队维护通讯及其它重要服务设施；

　　（2）使用陆军战斗部队和勤务部队保证整个釜山、镇海地区港口和空军基地的安全；

　　（3）使用海空军部队打击北朝鲜军事目标，但不要进入满洲和苏联境内；

　　（4）使用海空军力量保卫台湾，使之不受另共产党人的侵略，另一方面也阻止中华民国把台湾作为基地对中国大陆作战；

　　（5）向朝鲜发送他所需的补给和弹药，并对他控制以外的援助需求的型号和数量作出估量。

　　指令还将第 7 舰队的作战指挥权加强给麦克阿瑟。同时指出，太平洋的海军指挥官们将给麦克阿瑟必要的和切实可行的支援与加强。指令最后说，上述指令并不意味着一旦苏联军队在朝鲜问题上进行干涉就决定与苏联交战，但它充分意识到在朝鲜问题上作出这些决定所带来的风险。

　　6 月 30 日凌晨 3 时，五角大楼收到了麦克阿瑟将军发来的关于他前一天朝鲜之行的报告。报告叙述了南朝鲜部队人员和装备的严重损失，估计实有战斗兵力不到 2.5 万人。报告说在日本的远东司令部正在尽一切可能通过釜山港和水原机场持续不断地给南朝鲜军队以支援，尽一切努力建立汉江防线，但结果如何难以预测。麦克阿瑟最后报告说："为确保守住现防线，并具备以后夺回失去土地的能力，唯一的办法是美国地面战斗部队进入朝鲜战场。仅仅继续利用海空军部队而没有地面部队的有效参与将起不到决定性作用。""如果授权于我,我打算立即派一个团的美国战斗部队去增援上面谈到的关键地区,如有可能,还要不断从驻日本的部队中抽调,逐步组建两个师的兵力,为反攻作好准备。"

陆军参谋长 J·劳顿·柯林斯将军向陆军部长小弗兰克·佩斯通报了麦克阿瑟的报告,接着与东京的麦克阿瑟建立了电传联系。麦克阿瑟对柯林斯说,已授权给他在釜山使用一个团的战斗部队,但在目前的形势下,这种权限还不足以进行有效的军事行动,不能满足他在报告中谈到的基本需求。他说:"时间至关重要,必须毫不拖延地作出明确决策。"柯林斯答复说,他将通过陆军部长请求总统批准派一个团的战斗部队前往作战地带,并说他将尽可能在半小时内再通告他。

柯林斯马上给佩斯部长打电话,简单地向他汇报了谈话的内容,佩斯接着向在布莱尔大楼的总统打电话,简单地向他汇报了谈话的内容,此时是 6 月 30 日 4 时 57 分,杜鲁门总统已经起床,他接了电话。杜鲁门毫不犹豫地批示派遣一个团到战区作战地带,还说将在 2—3 小时内作出派两个师的决定。这样,在麦克阿瑟与柯林斯电传通话后不到半小时,杜鲁门批准派一个团去战区作战地带的决定就发往麦克阿瑟。此后,杜鲁门总统又召集国务院和国防部的官员开会,通过了两项命令:(1) 从日本派遣两个师去朝鲜;(2) 对北朝鲜实行海上封锁。11 时许,他又在白宫召集副总统、总统顾问团、国会及军事领导人员开会,通告他们已采取的行动。

当天下午,美国驻联合国代表沃伦·奥斯汀在安理会上发言,说美国采取的行动符合 6 月 25 日和 27 日联合国的决议。在 6 月 30 日下午举行的一次简短的新闻发布会上,杜鲁门总统向世界正式宣布了他的重要决定。

　　美国决定出兵朝鲜的同时，又积极促使其盟国出兵。英国国防会议于6月28日决定将其在日本海域的海军部队（1艘轻型航母、2艘巡洋舰、5艘驱逐舰和护卫舰）置于美国海军司令的指挥之下。这支海军部队又于6月29日转由麦克阿瑟将军指挥。6月29日，澳大利亚驻美国大使拜会了美国国务卿迪安·艾奇逊，表示该国驻扎在日本的1艘驱逐舰和1艘护卫舰以及驻扎在日本的短程"野马"战斗机中队（澳大利亚皇家空军第77中队）都可用于战争之中；加拿大、新西兰和荷兰都答应将派海军部队参战。

　　由此，朝鲜人民为争取国家独立和统一而进行的反击李承晚反动集团侵略的国内战争，演变成为一场反对帝国主义侵略的民族解放战争。

朝鲜人民军向南挺进

　　美国决定出兵朝鲜以后，麦克阿瑟将军下令第8集团军立即将10.5万发105毫米榴弹炮弹、26.5万发81毫米迫击炮弹、8.9万发60毫米迫击炮炮弹和248万发30毫米火炮的炮弹运往釜山。6月27日午夜，军用海上运输船"基思利中士"号离开横滨的北码头，开往釜山，载着1636余吨的弹药和21门105毫米榴弹炮。6月28日清晨，美军运输船"奥康奈尔红衣主教"号在池后的弹药库紧急装载。28日，美太平洋司令部又命令从东京附近的立川空军基地向釜山空运弹药。28日6时，第一架C—54运输机载着105毫米榴弹炮炮弹飞往朝鲜的水原，到下午3时17分，总共装载119吨弹药的运输机全部飞离日本。

　　美国远东的各部队也开始进入战斗状态。远东空军部队将飞机从远离朝鲜的日本基地飞赴到了靠近朝鲜的基地，多数战斗机和战斗轰炸机中队飞往最有利于支援朝鲜战场的厚木和芦屋空军

基地，轰炸机也飞到距战场较近之处。6 月 29 日，美国空军第 19
轰炸机大队的 20 架 B—29 型飞机也从关岛飞抵冲绳的嘉手纳机
场。从 6 月 26 日开始，美国空军开始了持续数天的轰炸行动和支
援地面作战。28 日，一队美国飞机轰炸了汉城。29 日，美空军第
5 军出动 172 架次支援南朝鲜部队，这种行动持续了几天。由于支
援行动任务繁重，美军斯特拉特迈耶将军不得不采取措施，一方
面从库存调出约 50 架 F—51 型飞机，增加了战斗机的数量；另一
方面通告华盛顿说，他需要 164 架 F—80C 型、21 架 F—82 型、23
架 B—29 型、21 架 C—54 型和 64 架 F—51 型的飞机。

美国远东海军在 6 月 28 日开始行动，"朱诺"号巡洋舰率先
到达朝鲜东海岸，第二天就对朝鲜人民军在江陵、三陟地区开始
登陆的两栖部队炮击。从那天起，美国海军便积极地支援沿海的
美国部队和南朝鲜部队，对朝鲜人民军实施遮断和轰炸任务。"联
合国军"首次舰基空战始于 7 月 3 日，当时飞机从斯特鲁布尔中
将率领的第 7 舰队的美国军舰"福吉谷"号和英国的"凯旋"号
起飞，攻击西海岸的平壤——镇南浦机场。

7 月 1 日，麦克阿瑟将军接到华盛顿发来的封锁朝鲜沿海的
指示，便立即着手执行。麦克阿瑟对乔伊海军上将下达指示说：
"要进行有效封锁就需对东海岸的罗津、清津和元山诸港，西海岸
的仁川、镇南浦、安州和成川港，以及可能落入北朝鲜之手的南
朝鲜各港进行巡逻。""为了不涉及满州和苏联沿海水域，将不封
锁罗津、清津和成川港。"乔伊海军上将接到麦克阿瑟将军关于封
锁的指示后，于 7 月 4 日开始实施。开始实施封锁时使用了三支
部队：东海岸由美国海军负责；西海岸由英国海军负责；南海岸
由南朝鲜海军负责。

美军在采取一系列行动的同时，又不断地给南朝鲜军队"打
气"。6 月 30 日，美军飞机在南朝鲜空投了印有联合国徽章的小册

子，敦促南朝鲜士兵"竭尽全力地战斗"，并许诺"我们将尽力支援你们，把侵略者赶出你们的国土"。南朝鲜的残兵败将们也开始在汉江南岸重新集结。南朝鲜第5师的部分部队在汉城对面的永登浦地区；再往西，首都师的部队仍然占据着仁川；往东，第2师的残部在汉江和北汉江汇合处；第6师从半岛中部的春川向南往原州撤退；东海岸的第8师刚开始向南撤退；南朝鲜第3师第23团已从釜山经过大邱转移到浦项洞以北65公里处的东海岸的耶津，准备阻击沿海岸线南下的朝鲜人民军。

朝鲜人民军并没因为美国军队的参战而放弃打击入侵者的战斗。在6月28日光复汉城之后，人民军第6师部队开始从汉城以西和金浦机场附近渡过汉江，并于29日占领了这个机场。首先进入汉城的朝鲜人民军第3师最先到达城南的汉江北岸，用了一天准备时间，于29日夜间以密集炮火压制汉江南岸的南朝鲜军队。于次日晨，在大炮和坦克火力的掩护下，人民军第8团由汉城渡江到西冰库渡口附近的南岸，把南岸部分地区的南朝鲜部队驱走，并且巩固了那里的阵地。美军丘奇将军指示南朝鲜蔡将军对岸边的朝鲜人民军发起反攻，然而人民军炮火非常猛烈，南朝鲜部队根本不能执行此命令。

第二天上午，大部分人民军部队开始渡汉江，并以永登浦为主要攻击目标。人民军第4师为强行渡江发起攻击，将其预备队第5团投入了战斗。7月1日凌晨4时许，该团第3营开始从汉城西南渡江，一上岸就开始对永登浦实施攻击，战斗进行了两天。第4师的其余人员随先头营先后渡江并投入战斗。第4师于7月3日8时攻下永登浦。与此同时，朝鲜人民军第6师一部已兵临仁川城下。到7月4日上午，朝鲜人民军最精锐部队中的两个师已在永登浦整装待发，在坦克的支援下，准备沿铁路——公路主轴线继续南下。

朝鲜战争规模越打越大。

7月7日，在美国的操纵下，联合国安全理事会通过了美国关于设立联合司令部以统一指挥各国军队的提案，并"委托美国提供人选"。7月8日，杜鲁门总统任命麦克阿瑟将军为"联合国军"总司令，有史以来第一支"联合国军"就这样诞生了。

美国已经决心在朝鲜半岛打一场大规模的局部战争了。

然而，英雄的朝鲜人民并没有被气势汹汹的美帝国主义所吓倒。7月8日，金日成首相发表了气壮山河的广播演说。他号召全朝鲜人民团结起来，为祖国的荣誉、自由和独立，积极展开全民性的民族解放战争，把美国侵略者赶出朝鲜。他说：

> 美帝国主义者已开始了反对我们祖国和人民的武装进攻。他们的空军机群在野蛮地轰炸我国的城市与乡村，屠杀和平人民。美帝国主义的海军舰队非法地侵入我国领海，对沿岸的城市和乡村进行野蛮的炮击。美国陆军的血蹄污染了我们祖国的疆土，在尚未解放的我国南半部地区登陆，并凶恶地布置战线，企图阻止我人民军南下。
>
> 美帝国主义为什么要派遣它的军队到我们祖国的疆土来呢？
>
> 这些掠夺者、吸血鬼们为什么侵犯我新生祖国的领土呢？
>
> 美帝国主义者的目的究竟在那里？
>
> 我们朝鲜人民任何时候也未曾侵犯过美国的寸土，也丝毫未侵犯过它的主权。我们朝鲜人民对美国人民未曾有过任何敌对关系，亦未侵害过美国和平居民的生命财产。

那么，美帝国主义者为什么要派出自己的军队到我国领土来对我国内政进行军事干涉，并屠杀我国人民，使我们美丽的江山变成流血的场所呢？

这是因为，妄想称霸世界的美帝国主义者，企图将我国变为他们长期统治的殖民地，并想把我国人民变为他们的奴隶。为了达到这一罪恶目的，美帝在我国南半部扶植了朝鲜人民不共戴天的仇敌李承晚掌握政权，并组织了南朝鲜傀儡政府。美帝国主义同时又以恐怖、残杀、威胁和欺骗等手段，阻挠和破坏朝鲜人民所渴望的祖国和平统一，操纵其走狗李承晚匪都在我国进行同族相争的内战，并进而实行野兽般的武装干涉。美帝国主义者不承认朝鲜人民自由和独立的神圣权利，不把我们朝鲜人民当人看待。美国强盗们以为朝鲜人民除了永久成为他们的殖民地奴隶，以便更多地装满华尔街商人的血腥钱袋而外，别无其他命运。

美帝国主义掠夺者把我们和平城市与乡村当作它军事演习的场所，把我们青年男女和妇女老幼当作它飞机扫射与轰炸的目标。在三八线以北的平壤、南浦、海州、元山、成兴寺城市及其附近的农村，均遭到数次的野蛮轰炸。在三八线以南解放了的汉城、春川、开城、议政府、江陵等城市与广大农村，不断遭受着美国空军机群的残暴轰炸。雇佣的刽子手们对在稻田里插秧的农村妇女与天真烂漫的儿童，也肆虐屠杀。美帝国主义就是这样袭用了法西斯希特勒与日寇曾经使用过的凶暴无比的屠杀人民的方法。

美帝国主义企图以联合国安全理事会对朝鲜问题的非法决定来掩盖它对我国的武装侵犯。但是，这个所谓安全理事会的决定是在既没有朝鲜代表参加，也没有苏联和中国代表的参加下通过的。因而这个决定是违反联合国宪章的，是非法的。美帝国主义进攻朝鲜的目的，全世界人民都是非常清楚的。美国政府。叫嚷美军在朝鲜执行"联合国警察职权"的虚妄声明，是欺骗不了任何人的。联合国机构并不是为美帝国主义掠夺者滥用联合国的招牌来轰炸我们朝鲜的城市和农村，屠杀我们争取自由统一与独立的人民而设的。美帝国主义者一面在朝鲜人民头上投掷炸弹，一面又狂吠说这样做是为了和平，然而这种谰言是欺骗不了任何人的。这种侵略方法，美帝国主义的先师希特勒法西斯与日本帝国主义者们早已广泛地使用过了。

　　……

　　为保卫祖国的荣誉与自由独立的神圣事业而奋起的朝鲜人民，反对美帝国主义的侵略，誓死斗争，一定要取得最后胜利。在为解放祖国的斗争中，我们的人民军队虽然年轻而且缺乏战斗经验，但已发挥了英勇的献身精神并已取得了显著的成果……。美国掠夺者的军队，受到我们全体人民的憎恨，每当他们进行罪恶行动时，就燃起了复仇的火焰。美国对我国的武装干涉，使得朝鲜人民对美国殖民地掠夺者及其在南朝鲜的走狗的愤怒与憎恨，达到极点。

　　……

　　亲爱的同胞兄弟姐妹们！朝鲜人民的自由与独立的仇敌——美帝国主义者，为了奴役我们祖国而将强盗的魔手，伸到我们的领土上来了。朝鲜人民一致团结起来，必须以决定性的打击来回答美帝国主义者的进攻。美帝国主义者一定会知道我们朝鲜人民的力量是何等伟大、何等的无穷，为祖国自由独立的不屈不挠的斗争意志是何等的坚强。我们的人民再也不能作殖民地奴隶！凡是重视祖国的荣誉和自由独立的人们，都应该一致参加解放祖国的神圣战争，以反对美帝国主义者的武装侵略。

我们决不能容许美帝国主义者在我们祖国的领土上进行罪恶行为，绝不容许它轰炸我们的和平城市与农村，炸死我们的父母兄弟姐妹和天真的儿童的罪恶行为。不仅我们，就是我们的后代，也将永远诅咒残杀我们人民的美帝国主义掠夺者。为了我国的自由独立而反对外国武装侵犯的斗士们的名字，在朝鲜历史上将写下光荣的一页。

曾经击退外国侵略者保卫了我们祖国的乙支文德、姜感赞、李舜臣将军等祖先们留下的光荣业绩与勇敢精神，将鼓舞我们人民军官和全体人民，在为祖国自由独立的神圣的斗争中建立英雄的伟勋！

朝鲜人民军在金日成首相的号召下，以坚决的战斗行动，给了以美国为首的侵略军以有力的回击。朝鲜人民军的进攻，使南朝鲜军在汉江的防线逐渐崩溃。

尽管有美军参战，但朝鲜人民军为民族解放而进行战斗的意志十分高涨，他们以摧枯拉朽之势，向美国侵略者和南朝鲜傀儡军队攻击，势如破竹般地直捣朝鲜半岛的最南端。

7月20日，人民军攻克了大田，并生俘美军第24师师长迪安将军。到了8月中旬，人民军解放了南朝鲜90%的地区，将美军和南朝鲜军压缩到洛东江以东1万平方公里的狭小地域。美军把这一地域称为"乌黑圈"。

第三节　麦克阿瑟的"百年赌注"

第二次世界大战中，麦克阿瑟将军指挥着美军的太平洋部队对日本作战，他常常在日军的后方实施两栖登陆以赢得战争，在巴丹战役后他在西南太平洋指挥的诸次战役都是从两栖作战开始的。从澳大利亚到吕宋岛，麦克阿瑟的部队采取"蛙跳战术"，一个又一个地绕过日军所占的岛屿，向前挺进，最后直捣日本本土。在朝鲜战争中，"联合国军"由麦克阿瑟来实施指挥，麦克阿瑟又一次地采取他惯用的在敌后实施两栖作战的手段以赢得战争，是一件很正常的事情。不过，朝鲜战争当时的情形不同于第二次世界大战时的太平洋战场。自从美军与朝鲜人民军交战以来，美国的地面部队不断遭到朝鲜人民军的打击，南朝鲜部队的战斗力十分低下，不堪一击。美军和南朝鲜的部队逐渐被朝鲜人民军赶到朝鲜半岛的南部，并不得不在釜山周围建立了一个防御圈。此时，美军的压力是非常大的，麦克阿瑟也在积极考虑在朝鲜人民军的后方实施军事打击的计划。

麦克阿瑟的最初计划

在朝鲜战争刚刚开始的一个多星期的一天，麦克阿瑟将军就指示他的参谋长阿尔蒙德将军考虑旨在突击汉城交通枢纽的两栖作战计划。1950 年 7 月 4 日由美国远东部队陆、海、空三军代表参加的一次远东美军总部的会议上，开始正式讨论在朝鲜人民军后实施两栖登陆作战的问题。会议建议使用美军第 1 骑兵师执行此项任务,并由两栖作战专家、海军陆战队的爱德华·H·福尼上校与第1骑兵师一起拟制两栖作战计划。

福尼上校与第1骑兵师一起拟制的最初计划的代号是"蓝心",该计划要求把北朝鲜人赶回"三八线",建议登陆的大约日期是7月22日。但是,由于在朝鲜的美军和南朝鲜军队没有能力阻止朝鲜人民军的南进,这一作战计划于7月10日被取消了。

"蓝心"作战的取消,并没有影响美军对两栖作战计划的制订工作。新的两栖作战计划由远东美军总部联合战略计划与作战组拟制,并由担任作战与训练助理参谋长的赖特将军任该组的组长,唐纳德·H·盖洛韦上校作为赖特的助手,直接负责联合战略计划与作战组的工作。经过精心策划准备之后,赖特将军于7月23日向麦克阿瑟和远东美军总部各参谋处通报了"铬铁作战行动"计划的要点。该计划准备在9月进行一次两栖作战,并预先设想了三个方案:(1)方案100-B,在西海岸的仁川实施登陆;(2)方案100-C,在西海岸的群山实施登陆;(3)方案100-D,在东海岸的文津附近实施登陆。经过会议的讨论,主张在仁川登陆并同时由美军第8集团军实施进攻的100-B方案得到了赞同。麦克阿瑟在会后就电告美国陆军部,说他"已确定于9月中旬由第5海军陆战团和第2步兵师在敌后进行一次两栖登陆,协同第8集团军的进攻"。

8月12日,麦克阿瑟签发了远东美军总部100-B号作战计划,并具体指定仁川——汉城地区是专门组建的登陆部队应以两栖突击夺取的目标。

8月15日,麦克阿瑟设立了特别计划参谋处的司令部组,令其负责计划中的两栖作战。

同时,麦克阿瑟还在积极组织新的作战力量。8月21日,麦克阿瑟通过无线电请求美国陆军部授权他正式起用第10军司令部，获准后，他于 8 月 26 日签发了远东美军总部第 24 号命令，开始正式组建第 10 军，所有在日本的或在那里起程的部队均被指定为远东美军总司令部预备队的部队，都编入该军建制。第 10 军由远东美军总部参谋长阿尔蒙德将军任军长，由克拉克·L·拉夫纳少将任参谋长。第 10 军的主要地面部队是第 1 海军陆战师和第 7 步兵师。

麦克阿瑟对仁川的判断

仁川位于盐河口湾上，是一个三边环陆的不冻港，并拥有一个潮水舰坞。这里的海岸线低，部分地方是下沉的海岸平原，这是极高潮汐所致。仁川港分内港和外港两部分，内、外港之间由一条很长的防波堤和月尾岛与小月尾岛隔开。月尾岛和小月尾岛之间有一条堤道相通。低潮时，内港的大半部分成了泥滩，只剩下一条 12—13 尺深的人工挖掘而成的航道。唯一可供深吃水船只使用的码头设施在潮水船坞里。该潮水船坞长 1700 尺，宽 1750 尺，平均水深 40 尺。但在通常低潮情况下，水深只有 14 尺。麦克阿瑟选择登陆的地域无海滩，在低潮时仅有宽阔的泥滩，而在高潮时则只有峭壁可见。由于低潮时到处是泥滩，登陆部队只能利用港口和港区的码头设施。海上的主要航线来自南面，经由两条 50 浔长、只有 6—10 浔（相当于 36—60 尺）深的航道。大型船只通常使用"飞鱼航道"，但该航道窄而弯曲。

麦克阿瑟选定仁川作为登陆方向的一个首要原因是：仁川是汉城的出海港，距汉城 18 公里；仁川也是汉城最近的登陆地域；汉城还是交通枢纽的中心。

仁川作为麦克阿瑟首选的登陆地点还有一些原因。从自然条件来看，由于受自然条件所限，在这里进行两栖作战是非常困难

的。这里航道水域窄小，港内潮高最大达 31 尺以上，在少数情况
下，最大潮高达 33 尺。若打算在此次登陆，那些在二战时使用过
的登陆艇为避开当地的泥滩，需要有 23 尺的潮高；而坦克登陆舰
则要有 29 尺的潮高。而仁川这样的有利条件一个月中只有一次，
持续时间仅为三四天。航道又窄又浅，较大型舰船要驶进该港，只
能在昼间。因此，要想登陆成功，必须将主攻部队的登陆行动安
排在傍晚高潮时节进行。

　　每年从 5 月到 8 月，仁川地区海面往往是低水位，而 9 月至
翌年 3 月一般是高水位。每年 9 月是一个过渡阶段，在这个月还
比较适宜进行登陆行动。麦克阿瑟及其谋士们将登陆展开日选在
9 月 15 日，因为预期那一天有一个高潮，仁川港泥滩上方的水深
可达最高水位。9 月 15 日高潮时潮差可达 31.2 尺，低潮时潮差
也可达 26.2 尺。只有在这一天潮差才能达到最大。若登陆不在
这一天进行，那只有将其推迟到 9 月 27 日，该日高潮时潮差可达
27 尺。10 月 11—13 日预期有一次潮高可达 30 尺。9 月 15 日早潮
开始于 6 点 59 分，即日出 3 刻以后；汐开始于下午 7 点 19 分，即
当地日落后 27 分钟。海军确定 27 尺为潮差的临界点，这是登陆
艇克服仁川泥滩和抵达各登陆点所必须的条件。

　　仁川各登陆点的正面到处是防波堤，防波堤一般高出泥滩 16
尺。朝鲜人构筑这些防波堤是为了将异常高的潮水挡住。除非异
常高的高潮时节，否则克服这些防波堤就成了一个极大的问题。按
美军的计划，主要登陆要在最高汐稍后时节进行，利用昼间最后
的一、二小时的时间，这就需要使用云梯。为此，在最后确定了
仁川登陆计划以后，美军在日本的神户制作了一些铝合金云梯，也
准备了一些木质云梯。为了将登陆艇、舰只等固定在防波堤上，还
准备了抓钩、绳索、吊货网等，以备到时使用。

　　另外，选择仁川作为登陆地点，也是出于麦克阿瑟对朝鲜人

民军的一个判断，他认为：由于自然条件的限制，朝鲜人民军不可能认为美军会在仁川登陆。因此，选择仁川作为登陆地点，可以达成战役上的突然性。当时，朝鲜人民军已几乎倾全力集中对付釜山乌黑圈内的美第8集团军。8月28日，麦克阿瑟情报部门判断：

> 汉城敌守军兵力约5000人，仁川敌守军兵力约1000人，金浦机场守军约500人，加起来，仁川——汉城地区的敌守军共6500人。

9月4日，除了认为仁川登陆地区的朝鲜人民军兵力因为预期要增加而可能达1800至2500人，而这些部队对仁川——汉城地区的作战是微不足道的。

美军的情报部门还认为：

> 敌方只有小规模的后方地区守备部队、交通线守卫部队和新组建且未经良好训练的部队稀稀落落地部署在釜山乌黑圈周围作战地幅后方的朝鲜广大地区。北朝鲜的空、海军部队尚不能对登陆进行干扰。

另外，美军认为：中国军队在满洲里边境一带兵力的增加，不能充分证实中国军队有进入北朝鲜的传言。当时美军判断，中国军队不会出兵干预美军在朝鲜作战行动。

关于登陆的争论

美军参谋长联席会议对麦克阿瑟在战线后方实施两栖登陆的

建议，明确地表示赞同。对把仁川作为登陆点的建议，美国陆军参谋长柯林斯将军、以及海军和海军陆战队的高级军官从一开始就有一些反对意见。美军远东总部的一些高级参谋军官，以及参谋长阿尔蒙德和副参谋长希基将军、作战与训练助理参谋长兼联合战略计划与作战组组长赖特将军和后勤助理参谋长乔治·L·埃伯利准将等则坚决支持这项计划。

美国海军极力反对把仁川作为登陆点，其主要理由是那里的潮汐条件不利。由于这一反对意见的非常坚决，参谋长联席会议决定派柯林斯将军和海军作战部长福里斯特·P·谢尔曼海军上将赴东京与麦克阿瑟及其参谋人员讨论这件事，并最终确定仁川是否可以作为登陆点。

7月23日下午17时30分，在麦克阿瑟的会议室里开始了全面的讨论。出席会议的有麦克阿瑟将军，柯林斯将军，谢尔曼将军，赖特将军和联合战略计划与作战组的几位成员，詹姆士·H·多伊尔海军少将及其参谋班子中准备汇报有关仁川登陆中海军问题的几位成员。

麦克阿瑟将军首先作了简要的情况介绍，之后赖特将军向与会者汇报了仁川登陆的基本计划。然后，多伊尔海军少将陈述了海军的想法，他的总的调子是悲观的，他在结束时说："在仁川实施登陆不是不可能的，但我不提议这样做。"麦克阿瑟在此次会议之前就已多次听到过海军的主要论点，所以在多伊尔少将介绍情况时，他一直平静地坐着抽他的玉米茎烟斗，只是偶尔地提出一、二个问题。

当各方面意见基本陈述完之后，麦克阿瑟开始了他的发言，他一共讲了45分钟。他的讲话好像是在自言自语，是用一种交谈的语调来详细讲述为什么登陆应该在仁川进行的理由。他说道："敌人忽视了自己的后方，靠一条细弱的后勤补给线勉强地支撑着前方的作战,而这条补给线在汉城地区可以很快地被切断;敌人实际上已将其全部兵力投在南方对付第8集团军,已经没有受过训练的预备队,也没有多少可以补充的力量。"麦克阿瑟着重谈了在仁川登陆并迅速占领韩国首都汉城在战略上、政治上和心理上的理由。他说:"仁川登陆势将吸引世界对亚洲的关注并赢得对联合国此举的支持。"他指着身后的地图说:"仁川要成为砧,北上的沃克的第8集团军要成为锤,北朝鲜军队将在砧、锤间被敲得粉碎。"

针对柯林斯将军和谢尔曼将军考虑在仁川以南100航空公里处的群山登陆的问题,麦克阿瑟指出:"这个想法是好的,但是登陆方向选得不当。在群山实施登陆不可能切断北朝鲜的补给线,也不可能摧毁北朝鲜军队。"而对在仁川登陆的意义,麦克阿瑟滔滔不绝地指出:"从战术上讲,仁川登陆是联合国军总部可资利用的最有力的军事途径,而且如果运用得当,就可突入敌占区纵深,给予敌人沉重打击。假如仁川不拿下来,朝鲜冬季战局势必困难重重。北朝鲜人以为在仁川搞登陆十分困难,因而是不可能的,也正因为如此,我方登陆部队就可能达成突然性。"

麦克阿瑟又提到了第二次世界大战中美国在太平洋地区进行的诸多作战行动,并赞扬了海军在这些行动中的表现。他在结束自己长时间发言时明确表态说,他力主在仁川登陆,指出:"迄今为止,海军从未拒绝过考虑我的意见,而且我也深信海军现在也不会否决我的意见。"

麦克阿瑟的一番论述,似乎说服了与会中大多持怀疑态度的人。谢尔曼海军上将被争取过去,转到了麦克阿瑟的立场上。但是,柯林斯将军似乎对在仁川实施登陆仍然持保留态度,并建议远东美军总部关于在群山实施登陆的计划可作为一个备用的方案,以备万一仁川登陆方案未付诸实施,或者仁川登陆失败时使用。赖特将军对柯林斯说,"已经有了一个在群山佯装登陆的作战计划。"

在会议中,还讨论了一个在浦城——明地区实施登陆的方案。这一地位于仁川南面 30 里处、乌山的对面,多伊尔将军曾建议在该地实施登陆,以便向乌山内地突击,由此切断汉城以南的交通线。美国海军陆战队的小莱缪尔·C·谢泼德中将极力主张这一方案,建议麦克阿瑟将军将登陆地域改到该地区,但毫无效果。麦克阿瑟仍坚决主张在仁川实施登陆。

柯林斯与谢尔曼返回华盛顿后,立即与参谋长联席会议的其他成员一道对整个仁川登陆问题进行了仔细审查。8 月 28 日,参谋长联席会议向麦克阿瑟发出了一份电报,表示同意仁川登陆计划,但有附带条件。该电文指出:

> 我们赞同以两栖作战部队在朝鲜西海岸准备并实施迂回;登陆方向既可选在仁川,如业已查明仁川附近的敌军防御确是薄弱;也可选在仁川以南的某个有利的滩头上,如果能够找到这样的滩头。我们还同意为群山附近的两栖作战部队实施乌黑进行准备,只要远东美军总部总司令希望这样做。我们理解为了最好地利用随时出现的战机而正在准备的各种预备方案。

麦克阿瑟在得到参谋长联席会议的同意后,便加快了仁川登陆的各项准备工作。8 月 30 日,麦克阿瑟下达了关于仁川登陆的作战命令。

美军参谋长联席会议希望得到一份关于仁川登陆行动的详细报告,在 9 月 5 日给麦克阿瑟去电,向他追要这方面的情况。9 月 6 日麦克阿瑟复电,称原计划不变。9 月 7 日,参谋长联席会议再

次给麦克阿瑟去电，要其重新考虑一下整个仁川登陆问题并再次
估量一下在此地登陆能否达成理想的结局。

作为对参谋长联席会议要其重新考虑和掂量仁川登陆成功把
握性的一个答复，麦克阿瑟将军于9月8日就此向华盛顿去了一
份电报，电文的口气十分傲慢，而且斩钉截铁。该电报中有一段
是这样的：

> 至于在仁川实施登陆的可行性，我心中深信不疑，而
> 且我还认为其成功的机会极大。我还深信，要从敌方手
> 中夺取主动权并由此创造予敌以决定性打击的战机，在
> 仁川实施登陆正是唯一的希望所在。不然，我们就会深
> 陷一场无休止的战争，一场旷日持久的消耗战争，一场
> 后果不堪设想的战争……我们的部队丝毫不可能会被驱
> 出釜山滩头。我方由北向南实施乌黑势必即刻化解敌方
> 对我南面防御圈的压力，而且，实际上，这也是减少敌
> 方压力的唯一途径……由北向南的乌黑机动成功与否并
> 不决定于第10军和第8集团军能否迅速会师。夺占敌方
> 汉城地区补给品分发系统的枢纽势必彻底破坏敌方目前
> 在南朝鲜作战部队的后勤补给，并因此最终分割敌方。说
> 实话，这才是此举的首要目的。我方拥有绝对的空中和
> 海上优势，故而完全可以自行保障的我南、北两翼部队，
> 通过破坏敌方的后勤保障和采取协调一致的作战行动，
> 对敌实施南、北夹击，敌军就无可避免地要遭到彻底粉
> 碎。……鉴于上述原因，在预定的并已向你们报告的仁
> 川登陆计划问题上，我不打算作实质性的变动。(陆军)
> 部队的装载活动和海、空军的预先准备活动正按计划进
> 行中。

9月9日，参谋长联席会议向麦克阿瑟复电，电文十分简洁："我们批准你的计划，并已向总统如实地作了报告。"于是，一场关于仁川登陆的争论就在华盛顿时间9月8日、东京时间9月9日结束了。

仁川登陆作战计划

仁川登陆作战计划中，美军实施登陆部队的主要任务是："登陆的最初目标是在拥有25万人口的仁川城附近夺取一个登陆场。"按计划，9月15日6时半早晨高潮时节（即登陆展开日的展开时），第5海军陆战旅第3营在月尾岛实施登陆。控制月尾岛之后，第1、第5海军陆战团要在当日下午的下一个高汐时节，约17时半左右（即登陆展开日的发起时刻）实施主攻部队的登陆。

登陆计划中共选了三个滩头：一是，"绿色滩头"。该滩头位于月尾岛，供早晨先头营登陆用。先头营是第5海军陆战旅第3营。二是，"红色滩头"。该滩头位于连接月尾岛和仁川的堤道的北面。第5海军陆战团（欠第3营）在"红色滩头"上陆，上陆后迅速向里推进1000码，夺占观测山。三是，"兰色滩头"。该滩头位于仁川城南边的半开阔地区（泥滩），在仁川内港潮水船坞和邻近一大片盐田的下方。该登陆点离仁川通往汉城的京仁铁路和公路主干线只有1公里多，若在这里登陆成功，就可迅速切断仁川后方的进出路线。但这一登陆点泥滩面积颇大，因此，重装备无法由此送上岸。第1陆战团在"蓝色滩头"上陆，夺占登陆场后的最初目标是，仁川东北方16公里处的金浦机场，尔后渡过汉江向汉城推进。

仁川登陆作战计划中，美国远东海军的主要任务是：

对北纬39°35′以南的朝鲜西海岸实施海上封锁；如果形势需要，就在登陆展开日之前采取有关的海上作战行动；在登陆展开日的那一天，以两栖突击在仁川地区夺占并扼守滩头；如果上级有指示，将后续部队和战略预备队输送到仁川地区上陆，并给予支援；按要求提供掩护和支援。

为完成上述任务，美国远东海军组建了第 7 联合特遣舰队，由第 7 舰队司令斯特鲁布尔将军兼任司令官。第 7 联合特遣舰队由下列诸特遣队所组成：

90 特遣队：登陆突击部队，美国海军少将多伊尔任指挥；

92 特遣队：第 10 军，美国陆军少将阿尔蒙德任军长；

99 特遣队：海上巡逻与侦察部队，美国海军少将亨德森任指挥；

91 特遣队：封锁与掩防部队，英国海军少将安德鲁斯任指挥；

77 特遣队：快速航母特混舰队，美国海军少将尤恩任指挥；

79 特遣队：后勤保障部队，美国海军上校奥斯汀任指挥；

70. 1 特遣队：旗舰大队，美国海军上校伍德亚德任指挥。

在海上行动的各阶段，斯特鲁布尔将军的指挥所设在"罗彻斯特"号指挥舰上，副司令多伊尔少将的指挥所设在"麦金莱山"指挥舰上，实施指挥登陆行动中的 230 余艘军舰。计划中还规定，第 7 联合特遣舰队的水面舰只的行动不得进入苏联和中国 12 海里的领海范围内，飞机的行动不得进入苏联和中国 20 公里的领空范围内。

9 月 3 日，斯特鲁布尔司令签发了第 7 联合特遣舰队（JTF-7）第 9-50 号作战计划，该计划指出：

　　两艘护航航空母舰上的海军陆战队航空兵、海军航空母舰"拳击师"号上的海军航空兵和一艘英国轻型航空母舰上的英军航空兵，要在登陆地区及其上方空域集中尽可能多的空中支援飞机，以提供尽可能多的航空支援。两栖部队指挥舰"麦金莱山"号对这些飞机实施控制。由登陆场向内地延伸30公里，形成一个弧圈，这一弧圈构成联合特遣舰队的目标地区。

　　作为牵制行动，"密苏里"号战列舰要炮击朝鲜半岛另一侧的东海岸地区，其中包括铁路枢纽和三陟港口。另外，一支小部队在仁川南面100公里处、西海岸上的群山搞一次佯动登陆。

　　"联合国军"空军部队的任务是，摧毁一切已经查明的或者可疑的北朝鲜的空军设施，尤其是要注视金浦、水原、大田等地的新建空军设施。

　　在第10军实施登陆的同时，在朝鲜的美军第8集团军由釜山防御圈滩头向北发起进攻，将朝鲜人民军投入到打击第8集团军的所有部队牵制住，防止其从南面抽调大量兵力增援抗击第10军登陆的部队。计划要求第8集团军突破对方的乌黑圈，向北推进，与第10军会合。

第四节　美军在仁川登陆

随着美军登陆准备活动进入了最后阶段，日本的神户、佐世保、横滨和朝鲜的釜山等港口成了军事活动的中心。美军第1陆战师（欠第5陆战团）计划在神户港登舰，第5陆战团在釜山港登舰，而第7步兵师在横滨港登舰，大部分护卫舰只、舰炮火力支援群和各指挥舰在佐世保集结。至8月底，美军的各项工作已经就绪，运送部队、装备和补给品的舰船已陆续抵达预定的装载点。为了能在9月15日上午准时抵达仁川，诸坦克登陆舰和诸多运输舰（AP级）与货船（AK级）必须分别于9月10日和9月12日驶离神户港。

9月3日6时，"简恩"台风由东面呼啸而来，侵入神户港。中午时节，风速达每小时110公里。40尺高的海浪冲击着岸边，激浪卷起2尺高，越过堆着散装货物的防波堤。7艘美国舰只队形被冲散，一台200吨级的巨型吊车固定装置被冲开，2.5寸粗的钢缆骤然被拉断。到了下午3时半，台风开始向海上方向移去。一小时后，美军开始了清理工作。

"简恩"台风的袭击耽误了美军准备登陆的时间，神户港遭到了破坏。尽管如此，美军第1陆战师还是如期于9月11日当天装载上船完毕。9月10日和11日，66艘物资船由神户港启航，前往仁川。

9月11日，第1陆战师和第17步兵师分别由神户港和横滨港启程。第二天，第5陆战团离开釜山，前往海上与上述两支部队会合。

9月12日15时30分，斯特鲁布尔将军乘坐指挥舰"罗彻斯特"号离开佐世保港，向仁川进发。

9月12日下午，麦克阿瑟将军、阿尔蒙德将军、赖特将军、阿龙索·P·福克斯少将、卡特尼·惠特尼少将和海军陆战队的谢泼德将军等由东京出发，于13日晚在小仓登上"麦金莱山"号指挥舰，向登陆地域进发。

9月13日凌晨，美军登陆部队的一部分在日本九州南端的海面上遇到了非常大的风浪。风速达每小时60公里，蓝色的海水刮上了舰首。时而装备挣脱固定装置，时而甲板所载装备被毁坏。

9月14日黄昏时，美军"拳击师"号航空母舰驶离佐世保港，以全速向仁川进发。

美军登陆作战的开始

美军为了孤立仁川登陆地区，从9月4日一直到登陆开始，对仁川内港的月尾岛进行了持继的空袭。月尾岛也叫"月亮尖"岛，是一座圆形小山，它东西宽约1000码，海拔335尺。它是一座多石山，山上有朝鲜人民军的坑道工事、堑壕、炮兵发射阵地和地下掩蔽部。9月10日，美军海军航空兵部队出动了65架次的飞机，用一系列的凝固汽油弹突击了月尾岛。美军同时出动了由美军J·M·希金斯少将率领的舰炮火力支援群，来压制守备月尾岛的朝鲜人民军的诸炮兵中队。该火力支援群由2艘美国重型巡洋舰、2艘美国轻型巡洋舰和6艘美国驱逐舰编成。

在美军对月尾岛进行空袭和舰炮轰击时，朝鲜人民军利用严密掩蔽的75毫米火炮对美军进行回击。双方的舰炮和岸炮火进行了激烈的对射，美军"科利特"号驱逐舰五次中弹，损伤严重，"格克"号和"斯温森"号驱逐舰也遭到了不同程度的破坏。

13时52分，在月尾岛朝鲜人民军炮兵中队射程之外地方抛锚的美军诸巡洋舰开始进行一个半小时的炮击。尔后，77特混舰队的飞机对该岛进行了密集的空中突击。航空兵突击停止后，诸巡洋舰又于16时10分恢复炮击，持续了半小时。之后，16时45分，舰炮火力支援群开始由"飞鱼航道"撤出。

9月14日，即美军登陆展开日的前一天，美军舰炮火力支援群复回。临近11时，77特混舰队的飞机再次对月尾岛进行了密集的空中突击。11时16分，各重型巡洋舰开始第二次炮击，这一次还对仁川市区内的目标进行了火力突击。诸驱逐舰等了约一小时，然后运动至月尾岛的锚地。当另一波次航空兵空中突击该岛时，巡洋舰停止炮击。空中突击停下来后，五艘驱逐舰在12时55分开始炮击，在1小时15分钟的时间里，共向月尾岛和仁川市区发射了1732发5寸炮弹。

美军实施了有效的火力准备之后，其登陆部队开始向滩头运动。

5时，登陆作战全面战斗打响。美军陆战队的"海盗"式机群从航空母舰上起飞，对月尾岛实施了空中突击。

5时30分，美军先遣攻击群已进入预定位置。20分钟以后，塔普莱特指挥的第3营换乘上了17艘车辆人员登陆艇，9辆坦克换乘到了3艘登陆舰上。此时离展开时还有50分钟。此时，美军的空中突击和舰炮火力对月尾岛进行了最后的狂轰滥炸。各种火力为登陆部队布下了一道严密的弹幕拦阻网。美军第3营开始向月尾岛运动，A连担任突击，I连担任预备队。

当美军弹幕射击停止时，第一波分队已进抵北端的海滨浴场，并迅速向纵深运动。几分钟后第二波上陆，封锁了通往仁川的堤道。至7时50分，美军完全攻占了该岛。

攻占月尾岛后，开始落潮了，致使美军的进一步登陆活动要待到傍晚时才能进行。为了保障登陆的成功，美军陆战队在各条通路上来回巡逻，海军航空兵在仁川周围上空盘旋，将仁川进一步孤立起来，海军舰炮火力继续控制靠近仁川的各条接近路线。

15 时 30 分，美军第 5 和第 1 陆战团的先头突击部队开始换乘登陆艇。在一次海军炮击后，各中型火箭登陆舰向前运动，接近"红色"和"蓝色"两滩头。

16 时 50 分，各登陆艇越过登陆出发线，45 分钟后接近各滩头。

17 时 33 分，第 5 陆战团向"红色"滩头的防波堤冲击，藉用云梯翻过了防波堤，一些登陆艇经由海军炮击打开的缺口将搭载的部队送上岸。这一登陆点的左翼，在防波堤的正面与几条堑壕和一个掩体里的朝鲜人民军遭遇，战斗中，美军陆战队员有了一定的伤亡。上陆后 22 分钟，美军分队控制了公墓山。该登陆点的右翼，美军第 5 陆战团第 2 营在付出了一定的代价后也完成了先期任务。

美军第 1 陆战团的先头登陆突击队于 17 时 32 分开始向"蓝色滩头"突击上陆。为了打开通往该登陆点的缺口，先头突击分队的大部分人被迫翻越极高的防波堤。在烟幕中，有一组陆战队员迷失了方向，登上了环绕滩头左侧盐田的防波堤。至 9 月 16 日 1 时 30 分，这支登陆部队达到了其登陆展开的目标。

在先头登陆突击部队之后，8 艘装载坦克的登陆舰在临近高汐时节在"红色滩头"上陆，用以支援已上陆的部队。

至 9 月 16 日上午 7 时 30 分，上陆的美军两个团已构成了对仁川周围稳固的包围圈。南朝鲜陆战队负起了对仁川城内的扫荡任务，他们大开杀戒，以致该港城内没有一个人能保证安全。

9 月 16 日清晨，美军陆战队飞机由航空母舰起飞，开始增援登陆部队的推进。两个陆战团迅速向纵深前进，到了晚上，已抵

达了距登陆点 6 公里的登陆场。至此，在美军主攻部队登陆的 24
小时内，第 1 海军陆战师已经攻占了仁川东面的高地，并占领了
一个足以防止朝鲜人民军炮兵火力威胁登陆和卸载区的地域，以
及夺占了一个可藉以发起攻击并夺占金浦机场的作战基地。

美军以夺占的仁川登陆场和金浦机场为基地，开始了向汉江
的推进。

9 月 16 日晚至 9 月 17 日，美军第 5 陆战团第 2 营攻占了汉城
公路的一个前方防御阵地。

9 月 17 日，美军第 5 陆战团向前推进，至 18 时该团第 2 营已
抵达金浦机场的边缘。两小时后，该营就攻占了机场的南部。9 月
18 日 2 时至黎明间，朝鲜人民军对美军机场上的环形阵地发起了
几次反冲击，由于美军的火力和兵力均占有较大的优势，最后朝
鲜人民军被迫向东北方向撤退。9 月 18 日上午，美军全部占领了
金浦机场。至此美军已在仁川拥有了一个 6000 尺长、150 尺宽、
120000 磅承载力的硬面跑道机场，极大地扩展了其在攻击汉城的
后续阶段里运用空中力量的能力。19 日下午美军海军陆战队的飞
机开始陆继在金浦机场着落。20 日，更多的美军飞机从日本飞到
该机场，同日，陆基"海盗"式飞机从金浦机场起飞实施了对朝
鲜人民军的首批突击。

9 月 18 日，美军第 5 陆战团第 2 营派出几个小分队，向金浦
机场对面的汉江前进。第 1 营攻占了机场东北面的 99 高地，尔后
向汉江推进。9 月 19 日，该团第 1 营向右卷击，攻占了永登浦西
面的几个高地，第 2 营也夺占了在其进攻地带里的汉江边上的高
地。至 19 日夜幕降临时，第 5 陆战团已控制了汉江南岸其进攻地
带里的所有地区，并在为第二日上午渡过汉江进行准备。

美军第 2 特种工兵旅接替了南朝鲜陆战队担任仁川的安全保
卫任务，南朝鲜陆战队于 9 月 18 日和 19 日向金浦附近的汉江前

进，其一部兵力扩张了美军第5陆战团的左翼，它的第2营准备参加渡过汉江的行动。

在向汉江推进的这一行动中，第1陆战团向东面横跨汉城公路的永登浦方向进攻。朝鲜人民军队第18师的一个团依托208、107、178诸高地阻击美军第1陆战团的推进，这些高地距东面的素砂庄还有3公里，素砂庄正好处在仁川至永登浦的中途，是美军攻击永登浦的必经之地。

与此同时，美军第1陆战团于9月18日上午恢复进攻，并于上午过半时节通过或绕过火海中的素砂庄。至中午，第3营已夺占公路以北、素砂庄以东1公里处的123高地。该日下午朝鲜人民军的反击炮火使在123高地上的美军分队受到一些伤亡，但是美军的地面和空中的侦察都未能查明朝鲜人民军炮兵阵地的具体位置。

在素砂庄以东，朝鲜人民军在公路上埋设了大量地雷。9月19日，美军的几辆坦克被地雷炸毁，坦克先头分队只得停止前进，工兵开始缓慢地进行排雷。由于没有坦克的支援，美军步兵的推进速度慢了下来。直到黄昏时节，美军第1陆战团的先遣分队才攻抵永登浦正面的葛川小河。

在登陆作战中，美军海军一直以舰炮火力支援陆上作战行动。"罗彻斯特"号巡洋舰和"托列多"号巡洋舰一直在远达30000码的距离上进行炮击，支援其左翼方向的陆战队和南朝鲜部队作战。9月19日，"密苏里"号战列舰也已由朝鲜东海岸抵达仁川港，对其右翼方向的第7步兵师进行舰炮火力支援。

美军在仁川的登陆取得初步成功以后，其登陆的后继部队开始上陆，并准备加入汉城争夺战。9月16日，携载第7步兵师的诸舰抵达仁川港。据美军战后公布的资料，在仁川港潮汐条件困难的条件下，美军海军至9月18日晚共卸载人员25606名，车辆

4547 部，货物 14166 吨。

汉城失陷

美军于 9 月 20 日强渡汉江，渡江后开始了对汉城的攻击。早在仁川登陆作战计划的拟制阶段，麦克阿瑟就向阿尔蒙德提出要求，说："你要在 5 日内拿下汉城。"阿尔蒙德回答说："这我办不到，拿下汉城需两周的时间。"

9 月 20 日 6 时 45 分，美军第 5 陆战团第 3 营开始进行强渡。朝鲜人民军依托高地以自动火器和轻火器进行射击，美军第 3 营的 A 连遭到重大伤亡后，于 9 时 40 分占领了高地。第 3 营其它分队则乘车向前运动，遇到的抵抗较弱。上岸后继续行驶 1 公里，以便于 8 时 30 分切断汉城至开城之间的铁路和陵洞村的公路。该分队行驶中转向东南，驶向通往汉城的铁路。

第 2 营跟随第 3 营之后向前推进，并于上午 10 时渡过汉江。黄昏时，第 5 陆战团（加强 12 辆坦克）和南朝鲜陆战团第 2 营渡过汉江。美军工兵开始在渡场架设门桥，以便重装备过江。

9 月 21 日上午，美军第 5 陆战团，沿着与汉江平行的铁路和公路继续推进。天亮时朝鲜人民军的抵抗明显增强。美军第 3 营攻占铁路线以北离渡场 5.5 公里的 104 高地，尔后转向东北，向汉城西郊的 296 高地推进。与此同时，美军第 1 营已攻占铁路和公路线以南的若干小高地。到了傍晚，第 5 陆战团已抵近汉城西郊南北两侧的高地；第 1 营已进至靠近西江村的南侧各高地，此处离汉城的火车站已不足 3 公里。

与此同时，美军第 1 陆战团沿第 5 陆战团右翼挺进，已抵达永登浦。

9 月 21 日上午 9 时 45 分，美军第 1 陆战团主力从葛田河西岸运动到能够瞰俯永登浦市的一个高地上。葛田河是条大河，它流经永登浦西郊，向北流入汉水。阿尔蒙德将军上午10时到达该高地，他命令陆战团团长普勒上校以火炮炮击永登浦。到了晚上，该团在葛田河西岸占领阵地，配合航空兵轰击该城。炮声隆隆，直至深夜。

永登浦乃是汉江南岸的一座工业重镇，地处汉城的西南部，离汉城只有3公里。永登浦城的南北两侧，是环绕着的高地。城与山之间是葛田河，其间有大片稻田地。

美军的进攻出发阵地选在永登浦的南北两侧，第1陆战团部署在北侧，靠近汉江，第2陆战团部署在南侧，沿仁川公路展开，第3陆战团留作预备队。

9月21日黎明时，美军对永登浦再次实施炮火准备。清晨6时30分，陆战团按时发起冲击。展开在北侧的第1营从85高地和80高地出发，向稻田地方向运动，渡过葛田河直指永登浦，但在朝鲜人民军火力下遭受不少伤亡，进展迟缓。第2营在南侧的攻势更加艰苦，朝鲜人民军的火力异常猛烈，美军伤亡惨重。而美第3营则超越了受阻的第2营，在炮火掩护下继续向前。

经过激战，朝鲜人民军于9月22日拂晓前被迫放弃了永登浦，美第1陆战师于是占领了这座小镇。随后，美第1骑兵师司令部下达了夺占汉城的作战计划，规定：

> 第1陆战师各部队要在永登浦地区渡过汉江，在汉江北岸与第5陆战团会合并靠近该团右翼展开。第7陆战师将由仁川上陆，在第5陆战团以北展开。

美军第7师的作战任务是确保第10军南翼的安全。该师第32团原拟前往切断汉城至水原的公路，但在攻击安善里时遇到了朝鲜人民军布设的大片雷场，进展迟缓。该团第73坦克营A连有3辆坦克被炸毁，完全堵塞了狭窄而泥泞的通路，坦克纵队无法通行。美军工兵部队立即开始清雷工作，从雷场挖走了150余颗地雷。于是，该团继续前进，并于21日夺占了东岛山和铜矿山，同时还攻占了永登浦以南2公里的高地，以及紧靠安养里东北部的300高地，切断了安养里以南2公里的水原公路。9月22日，美军攻占了水原机场，并向"联合国军"开通使用。该机场位于汉城21公里处，设有5200英尺的跑道，可供C-54大型运输机使用。9月23日，第1营夺取了汉江下游3公里和永登浦东南7公里处的可以控制着通往汉江和汉城的接近地的两个高地。

9月22日，在汉城西郊展开了一场激烈的城市争夺战，酣战持续达4天之久。

朝鲜人民军在汉城西郊的防线，是沿296高地构筑的，在开城公路以南和汉城西大门监狱以西一线展开。它从296高地的脊部延伸，缓缓地弯成一个半月形，向东和向南延伸，离汉江2.5公里。半月形的凹部向西对着"联合国军"部队。这条崎岖不平的防线，均在高程为105英尺的3个高地的瞰制之下。北部的105高地和中部的105高地均座落在铁路线和公路线以北，沿汉江北岸向汉城延伸。南部的105高地在铁路和公路与汉江之间。中部的和南部的两个105高地完全控制着"釜山——满洲"京畿铁路干线，并控制着穿越3个高地鞍部的各条公路。在该地区，朝鲜人民军筑有大量野战工事，便于快速组织防御。

美军第5陆战团于9月22日出发，前往攻占屏障汉城的最后几座高地。该团北侧第3营的攻击目标是296高地。中间第2营是南朝鲜的部队，其攻击目标是105中部高地。但该营必须先克服66和88两个小高地，才能到达105中部高地。南侧是第1营，该营与主力相隔1条铁路，其攻击目标是105南部高地。美军的攻击于上午 7 时开始。南侧第 1 营被朝鲜人民军猛烈火力所阻,但美军进攻部队经过密集的炮兵火力准备之后,于午后攻占了 105 南部高地。

在中部,南朝鲜陆战营在攻击 66 和 88 两个高地时,遭到了朝鲜人民军火力的大量杀伤。南朝鲜军曾企图借助美军的空袭摧毁朝鲜人民军阵地,但未能奏效。激战到次日,即 9 月 23 日清晨,南朝鲜陆战营再次发起攻击,又遭重大伤亡,战果甚微。午后,美军第 5 陆战团第 2 营奉命接替南朝鲜陆战团的攻击任务。其第 2 营主攻连 D 连进攻中仍然伤亡较大,战果甚小,未能到达山脊,即被迫停止攻击,开始构筑工事准备过夜。

9 月 23 日早,美第 5 陆战团第 3 营从 296 高地翻到指状山脊,企图从翼侧包围第 2 营当面之人民军。与此同时,D 连也开始向山脊线发起攻击。由于早晨雾大,视界有限,该连在迷雾中插到 66 高地底部时,就被人民军的火力打了回去。美军只好出动了航空兵进行火力突击,经过两次空袭后,美军 D 连准备对 66 高地山脊线进行一次破釜沉舟的攻击。此时美海军"海盗"式飞机出动,对人民军阵地进行轰炸、扫射并投掷了凝固汽油弹。在美军空中和地面的联合进攻下,人民军被迫放弃了该阵地。

美军 D 连于 24 日下午攻占了 66 高地,这是汉城西面作战中的决定性战斗。25 日晨,美军第 2 营对中部的 105 高地发起攻击,炮兵和战斗轰炸机从清晨至中午,一直猛烈轰击人民军占领的高地。午后,美军第 2 营的其他分队已攻占中部的 105 高地。美军第 3 营经激战后也已控制北部的 105 高地。朝鲜人民军在汉城西面的防御被攻破了。

9 月 24 日清晨,美军第 1 陆战师在南部的 105 高地掩蔽下,从永登浦出发,开始强渡汉江。第 5 陆战团第 1 营在渡河点进行掩护。天黑后,该团渡过汉江到达北岸,而第 1 和第 2 营则在陆

战师攻击线的南侧，汉城的西部接替了第 5 团第 1 营的阵地。第
7 陆战师已在第 5 陆战团左翼运动，其任务是切断汉城北侧道路，
封锁朝鲜人民军的退路。此时，美军第 187 空降团于 24 日已从日
本芦屋起航运往朝鲜的金浦机场。该团到达后，即负责机场的警
戒。

　　9 月 25 日晨，美第 1 陆战团的第 3 营向北作 90 度的转向，将
攻击方向由东转向北，直指汉城市的核心部位。同时，右翼的第
1 营在汉城南面占领了阵地。当第 3 营完成转向之后，第 1 营亦转
向北面，在第 3 营右翼行动。

　　到 9 月 25 日，美军在第 1 陆战师的作战地幅内已经完成了在
汉城西侧攻占朝鲜人民军防御的任务。

　　美军原计划要求第 1 陆战师横扫汉城，但由于朝鲜人民军守
备部队的顽强坚守，该师一连 3 天未能取得任何显著的战果。军
长阿尔蒙德将军十分急燥，他认为汉城的得失象征着整个战争的
胜负，其重要性不亚于第二次世界大战中的巴黎、罗马和柏林，其
作用不但是军事上的，而且还有政治上和心理上的。麦克阿瑟将
军同时也希望尽快拿下汉城，以便尽早将韩国国都交给李承晚傀
儡集团。

　　9 月 24 日晨，朝鲜人民军的部队仍把美军陆战师阻止在汉城
的西侧。

　　阿尔蒙德将军于当日 9 时 30 分来到美军第 7 步兵师的司令
部，召见了该师师长巴尔将军、副师长霍迪斯准将和参谋长希斯
上校等人，同他们交换了意见，并决定："让第 7 师渡江作战，于
次日清晨攻入汉城。"尔后，他回到自己的指挥所，在那里他召见
了南朝鲜军队的第 17 团团长朴上校，告诉他，准备把他的第 17 团
配属给美军第 32 团去攻占汉城。

　　阿尔蒙德将军于当日下午 2 时在永登浦地区召开了一次指挥

官会议。在会议中，阿尔蒙德将军当即向在座的指挥官介绍了自己的作战企图："改变第1陆战师和第7步兵师之间的战斗分界线。第32团（加强南朝鲜军第17团）必须渡江作战。渡过汉江后，于次日晨6时攻击汉城。"会议开得很紧凑，会议结束后指挥官们当即返回各自的部队，分别拟制作战计划。

当天的下午和晚间，美军第10军把南朝鲜军第17团、陆战队第1两栖牵引车营（欠1个连）、第56两栖坦克和牵引车营A连的两个排，配属给第7步兵师，作为渡江的支持力量。渡江地点选在新沙里渡口，该渡口在距离汉江铁路公路大桥3公里处。在汉江对岸（即北岸）是南山。南山从汉江西北2公里处，一直延伸到汉城市中心，形成一个高900英尺的顶峰，是该城最高的地点。

美军第32步兵团的任务是：首先夺占并坚守南山，尔后攻占汉城东南部的120高地，最后攻占并坚守348高地。348高地由若干高山组成，山高地广，位于汉城以东5公里，严密地控制着进入汉城的铁路和公路。

25日天亮时，美军第32团的部队开始渡江。早晨6时，美军第48野战炮营开始了30分钟的火力准备，尔后重迫击炮又对江对岸的人民军的山地防御阵地进行了轰击。6时30分第2营开始突击汉江渡口，在集合地域搭乘两栖履带运输车，先行渡江，并登上了30—60英尺高的山崖，直插南山。一小时后，江面上的大雾散了，美军航空兵开始袭击南山和120高地。在美军各种火力的攻击下，美军第2营乘机夺占了南山。

与此同时，第1营在第2营之后渡过汉江。于8时30分在汉江对岸沿江岸向120高地运动。第3营于午后开始渡过汉江，在第1营之后向东运动，渡江后直取120高地。尔后，第1营在第3和第2营之间占领了一个阵地。南朝鲜军队第17步兵团是紧跟在第3营之后渡江的，尔后向第32步兵团右翼运动。晚间21时50分，该团开始向348高地攻击，彻夜不止，直到9月26日午后，南朝鲜第17步兵团才夺占了348和292高地。该高地控制着汉城以东4公里的一条公路。

当美军第32步兵团夺占南山和第5陆战团攻克汉城西郊的人民军防御阵地之后，实际上汉城的整个防御体系就处于极为不利的境地。负责汉城守备的朝鲜人民军开始命令一些部队主动撤离，并使其他部队迟滞"联合国军"的进攻。9月24日，在汉城的朝鲜人民军主力部队在汉城内集结，次日黄昏开始沿议政府公路向铁原撤离。为了掩护主力部队的撤离行动，朝鲜人民军的阻击部队对美军各攻城部队进行了顽强的反击。直到26日天亮时，反击行动才渐渐停止，阻击部队也开始撤离。

于是，在攻击与阻击的战斗中，汉城内的进攻和防守双方展开了一场激烈的街垒战。人民军利用沿街的房屋和街垒进行火力抵抗，并逐次转移。在汉城的街垒战中，美军规定了攻击的程序：航空兵首先进行火力袭击；迫击炮射手和步兵火力掩护工兵排雷；随之出动2—3辆"潘兴"式坦克进行冲击，摧毁人民军反坦克炮和自动火器，进而进行突破。为了攻占严密防守的街垒，美军有时出动喷火坦克，消除障碍物。步兵跟随其后，以火力消灭人民军的反坦克兵器。对于每一道街区，美军通常要出动一个营。

9月27日上午，美军第1陆战团第2营冲过马波大街直奔市区中心，攻占了法国使馆，下午打到苏联使馆。其第1营在当天清晨攻占了一座火车站，并沿着通往市中心的大道，连续冲过数道坚固守备的街区，冲入市中心区。南朝鲜陆战队紧随其后。在城区西北部进行战斗的美军第5陆战团，经过一夜之后，进入了西大门监狱地区。至此，第5陆战团的主要攻击轴线开始南移，该团第3营于上午10时15分占领了汉城中学以及该中学以北的

79 高地，尔后变更部署攻占汉城的政府大厦。

　　至此，"联合国军"已经完全占领了汉城，此时朝鲜人民军的部队正沿着永登浦方向北撤。

　　攻占汉城后，麦克阿瑟以"联合国"的名义把汉城交给李承晚傀儡集团。早在9月23日麦克阿瑟在给华盛顿的参谋长联席会议写的一封信就说："一旦形势稳定，安全得到保障，我打算尽快把李承晚总统以及他的内阁和立法机关的高级成员、联合国使团和其他有关人员在汉城市安顿下来。"由于当时汉城市内战斗尚未结束，直到9月27和28日以后，才公开举行"建政"活动。

　　麦克阿瑟将军和他的一行人员，于9月29日上午10时由东京飞抵金浦机场。阿尔蒙德将军和其他一些高级军官到机场迎接他们，并陪同他们一起开赴汉城。

　　南朝鲜政府要员和地方各界人士，以及"解放"汉城有功的美伪军战斗部队代表挤满了政府大厦里的议会大厅。中午12时，麦克阿瑟将军和李承晚总统进入大厅，走上主席台。在主席台上有：沃克将军以及应麦克阿瑟将军邀请飞抵汉城的第8集团军的军官们。澳大利亚出生的李承晚夫人，在她的丈夫一旁入座。麦克阿瑟将军当即做简短的致词，他说："总统先生：我联合国军队，承蒙仁慈上帝的恩赐，遵循上帝的旨意，不负人类的愿望，解放了南朝鲜这座古老的首府汉城。""我谨代表联合国军指挥部，把政府所在地交还于总统之手。以便于您更加完善地在这里行使宪法所规定的职责。"

　　麦克阿瑟的讲话中还进一步以舆论欺骗世人，说什么"联合国53个国家是出于对侵略的义愤，对大韩民国伸出援助之手"。同时他还表达了对共产主义不共戴天的意志。

　　老态龙钟的李承晚，对他的主子表现出了一种奴才相，他在讲话中"感情过于激动"，展开两臂，时而紧握两拳，时尔伸出两掌。他特地向在座的美国士兵表示感谢，他说："我个人以及韩国人民对你们的感激之情，是无法用语言形容的！"

简短的庆祝仪式过后，麦克阿瑟将军当即赶到金浦机场，于13时35分飞往东京。

美军攻克汉城之后，美国政府官员与麦克阿瑟之间的关系，发生了一系列的变化。杜鲁门给麦克阿瑟写了一封信，其中说道：

> 你以卓绝的阻滞战斗，为你的部队集结争取了时间。也可以说，你进行了卓越的机动作战，完成了对汉城的解放。你们这些辉煌的战役，在军事史上也是罕见的。

麦克阿瑟也接到了美军参谋长联席会议的一封信，信中说：

> 您从防御战转入了进攻战。您在拟制作战计划、选定作战时机和贯彻作战企图等方面都干得十分出色。如今联合国又赋予您更加巨大的任务。我们坚信您仍能旗开得胜，马到成功。

麦克阿瑟给总统和参谋长联席会议复信表示感谢，并表示要把来信内容向指挥部各职能部门宣布。

麦克阿瑟在仁川登陆作战的胜利，不仅使麦克阿瑟，也使华盛顿的决策者们冲昏了头脑。

杜鲁门总统发来贺电，称：

> 军事史上没有任何军事行动能同你的空间换取时间的迟滞战相比拟。

美国刚上任的国防部长马歇尔将军给麦克阿瑟打来贺电说：

　　您在朝鲜指挥的英勇战役以及果敢而完美的战略作
战行动，实际上结束了这场战争，请接受我个人的敬意。

　　美国高级将领，谁也没预料到这场战争的结局是美国失败，麦克阿瑟更没料到在仅仅半年后他就被解除了一切职务。

第五节　美军突破釜山包围圈

第 8 集团军的突破计划

为了配合美军第 10 军在仁川的登陆行动,牵制朝鲜人民军的主要作战力量,防止朝鲜人民军从釜山包围圈中抽调机动部队去增援后方受威胁的地域,突破朝鲜人民军围困第 8 集团军达六个星期之久且日见缩小的包围圈,美军第 8 集团军按照麦克阿瑟的总体作战要求,制定了从釜山向北突破朝鲜人民军的包围圈与登陆部队会师的作战计划。

第 8 集团军的作战计划规定:

> 釜山防御圈上的联合国军和运动队部队的进攻发起时刻为 9 月 16 日（即仁川登陆的第二日）9 时。第 8 集团军和南朝鲜部队要由目前的前进阵地发起攻击,主攻方向直指大邱——金泉——大田——水原轴线,粉碎前进路线上的敌军,以实现与第 10 军的会师。
>
> ……
>
> 第 5 团战斗队和第 1 骑兵师夺占倭馆附近的洛东江上的桥头堡。尔后,第 24 师渡过洛东江,沿金泉——大田方向推进,第 1 骑兵师在后跟进,并负责后方警戒和交通线的安全。在这一突破企图付诸实施期间,集团军左翼南部的第 25 师和第 2 步兵师、东面和右翼的南朝鲜

第 2 军与第 1 军要发起攻击并牵制各自进攻地带内的敌军以及扩张随时出现的局部突破战果。南朝鲜第 17 团要向釜山运动，通过水路向仁川进发，与美第 10 军会师。

　　第 5 团战斗队在洛东江上建立桥头堡的任务达成后，美军第 1 师和第 24 师要力争在倭馆下方向渡过洛东江，南朝鲜第 1 步兵师要力争在倭馆上方渡江。

　　……

第 8 集团军的进攻由新编第 1 军实施主要突破。新编第 1 军位于釜山防御圈的中央地段，与第 10 军的会师地区的距离较釜山防御圈上的任何其它地区都近；另外，该军向北前进的道路网较好，道路平坦、坡度比较小，利于装甲部队扩张突破战果，也利于对推进中的纵队进行补给。

第 8 集团军发起进攻的前夕，其情报部门对面前的朝鲜人民军的兵力、战斗序列和作战能力作了一个基本的判断，认为：

北朝鲜军队在一线作战的有 13 个步兵师，第 1 装甲师和第 2 装甲旅给予支援。其中，作战正面的南半部分是北朝鲜第 1 军，编有 6 个步兵师，拥有装甲部队支援，兵力为 47417 人；作战正面的北、东半部分为北朝鲜第 2 军，拥有 7 个步兵师，也得到装甲部队支援，兵力达 54000 人。这样，釜山包围圈上的敌军总兵力达 101417 人。敌军诸部队的兵力兵器的平均实力达 75%。

第 8 集团军的判断认为，朝鲜人民军拥有充足的实力，能够由釜山包围圈向汉城地区转移 3 个师的兵力，而不会危及其有效地坚守釜山包围圈阵地的能力。该判断说："目前，敌军处于攻势，在包围圈的所有通常地段上都拥有进攻能力。预期，在最近的将来，这种能力不会减弱。"

9月中旬，釜山地区大约有140000联合国军，分别编入美国第8集团军和南朝鲜集团军的战斗部队。这些兵力由4个美军师（平均每师兵力15000人，总共60000人以上，还必须加上9000多配属的南朝鲜新兵）和6个南朝鲜师（每师均10000人左右，总计约达60000人）组成。3个军部至少再加10000人，而且如果算上2个集团军司令部，总兵力达150000多人。

据朝鲜战争以后美军公布的公开资料，当时，"联合国军"在釜山地区主要实力如下：

美国第8集团军·····················84478人

美第1军军部·····················7475人

　　（加上运动队配属的1110人）

美第1骑兵师·····················13904人

　　（加上南朝鲜配属的2338人）

美第24师·····················16356人

　　（加上南朝鲜配属的2786人）

美第2师·····················15191人

　　（加上南朝鲜配属的1821人）

美第25师·····················15334人

　　（加上南朝鲜配属的2447人）

英国第27步兵旅·····················1693人

南朝鲜集团军·····················72730人

从美军入朝作战至仁川登陆之前，美军的主要作战兵力是第8集团军的部队。美军后来公布的数字，说明了从战争开始到1950年9月15日为止，美军战斗伤亡总数已达19165人，其中，阵亡4280人，受伤12377人。在受伤人员中，有319人系作战受伤致死。据美军报道有 401 人被俘，2107 人在作战中失踪。这些伤亡和失踪的美军大部分属于第 8 集团军，空军和海军的损失很少。

从总体来看，在美军实施反攻以前，在兵力的数量上有一定的优势。在担任支援的装甲部队、火炮和重武器以及这些武器当时所拥有的弹药方面来看，"联合国军"的优势很大。空中方面，美国远东空军在战场上的优势是十分明显的。而在两翼的海上，"联合国军"海军部队拥有更大的控制权。

强渡洛东江

9 月 16 日破晓时，气候非常恶劣，釜山地区的上空阴云密布，继而大雨滂沱，以致美军空军的 B—29 型轰炸机无法对倭馆地区人民军阵地实施饱和式轰炸的计划。由于天气的原因，美军原定 9 时发起的全线总攻击，并未在防御圈的所有地方都按时付诸实施。于是，在整个釜山防御圈上出现了突击与反突击、冲击与反冲击的十分壮观的战斗场面。

在第一天的诸高地争夺战中，美军只是少数几个点上取得了重大战果，南朝鲜第 1 师第 15 团突破了防线，推进到大邱以北的朝鲜人民军支撑点的右侧，由此往南，美军经过激战向瞰制洛东江的诸高地方向突进了 5 公里。

在第一天的作战中，美军第 2 师在进攻地带上的进展十分顺利。他们沿龙山和昌宁以西方向，第 2 师以 3 个团（第 9 步兵团在左，第 23 步兵团居中，第 38 步兵团在右）发起了攻击。该师的初期任务是："将敌军第 4 师、第 9 师和第 2 师逐回洛东江对岸。"在进攻中，该师左翼的攻击由于人民军继续扼守 201 高地抗击第 9 步兵团的多次冲击而未奏效。右翼的美第 38 步兵团与居中的第 23 步兵团并望向前推进。美军 4 架 F—51 型飞机就在第 38

步兵团的前方投掷凝固汽油弹、发射火箭和进行低空攻击，为该团第2营攻占瞰制洛东江的208高地作战配合。

在美军强大的攻击下，人民军第2师指挥所开始撤过洛东江，随后第4、第6、第17步兵团和师属炮兵团也开始渡江。渡江行动一直持续到第二天。

9月18日上午，美第38步兵团第2、第3营派出的巡逻分队在昌宁正西的釜谷里附近渡过了洛东江，占领了江对岸的一个桥头堡。紧接着，第38步兵团第2营渡过了洛东江，这是美第8集团军部队中在这一次突破期间的最早的正式渡江行动，也是这一天中的最重要事件。这一渡江行动比该师原定渡江计划提前了两天。9月19日，第38步兵团第3营连同若干坦克、火炮和重型迫击炮一道渡过了洛东江。过江后，第3营的任务是保卫桥头堡，而第2营则向前推进。

到了进攻发起后的第三日（即9月18日）日终时，美军第2师在其洛东江以东地段上，除了南面的201高地区域和北面战斗分界线附近的409高地以外，已完全恢复对地面的控制。

攻占倭馆

美军第5团战斗队攻占倭馆的行动，是对第8集团军突破行动具有重要意义的作战行动。

9月14日，第5团战斗队开始配属第1骑兵师，随即运动至倭馆下方6公里、洛东江东岸、大邱以西的一个集结地域，准备遂行作战行动。9月16日，该团战斗队由集结地域前出，开始了作战行动。

9月19日，当美步兵第38团渡过洛东江时，第5团战斗队全团开始攻击倭馆东南的268高地。朝鲜人民军约1000余人，在坦克的支援下守卫着通向倭馆的南面接近路，那里的诸高地构成了人民军的左翼。如果朝鲜人民军守住这些高地，就会控制住美军第 5 骑兵团进攻地带内通往东面大邱的公路沿线上的前进阵地。但，人民军南部防线在 268 高地有一间隙，这一间隙的南侧，英军第 27 步兵旅刚好在朝鲜人民军第 10 师强大部队的北侧占据了一个重要的拦阻阵地。

经过一整天的激战，美第 5 团战斗队攻下了除东北斜面以外的 268 高地。至该日夜间，第 3 营已上了高地顶峰，第 1 营已由该高地折向西北，向另一阵地前进；而第 2 营则已攻占 121 高地，距北面江滨路上的倭馆仅 1 公里。美空军的空中突击使该团战斗队一路得手。沿洛东江东岸的这一重要行动中，美第 5 骑兵团和第 7 骑兵团的一部掩护着第 5 团战斗队的右翼，并在该团战斗队的协同下，在倭馆东面的诸毗邻高地上向人民军攻击。

第二天上午，268 高地争夺战继续进行。200 多名人民军官兵依托园木顶棚掩体顽强地抗击着美军第 3 营的攻击。中午时分，美军出动了三个 F－51 型机群，向这些阵地投掷凝固汽油弹、发射火箭和进行低空攻击。这一空中突击终于摧毁了人民军的掩体，美地面部队占领了该高地。

洛东江以东的其他人民军继续顽强抗击美第 2 营和第 1 营的攻击。14 时 15 分，美第 2 营突入倭馆，15 分钟后在那里与第 1 营会师，尔后该营向倭馆纵深突进，至 15 时 30 分通过了该镇。

9 月 19 日，倭馆周围的朝鲜人民军防线已经很难守住了，于是该部主力开始向江对岸退却。

9 月 20 日下午，美第 2 营攻占了倭馆以北的重要高地 303。当日晚 19 时 45 分，美第 1 营开始在倭馆铁路桥上方 1 公里的地方渡江，至午夜完成渡江行动，并向西推进了 1 公里。第 2 营在第 1 营之后也过了江，并在午夜前在江西岸构筑工事。当日昼间，美第 3 营攻占了倭馆以北 4 公里处的 300 高地。次日（即 9 月 21 日）下午，在后跟进的第 5 骑兵团接替第 3 营守卫 300 高地，第 3 营尔后渡过洛东江。

第 5 团战斗队的作战行动突破了朝鲜人民军第 3 师的整个右翼和中间地段防御，使得人民军无法坚守住通往大邱路上的前进阵地，这一结果对美军第 8 集团军的尔后行动是至关重要的。而此时在大邱，美第 5 骑兵团正与人民军处于激战状态之中。

美第 24 师在洛东江以西展开

美第 8 集团军和第 1 军突破釜山包围圈的计划中要求其第 24 师首先渡过洛东江。第 24 师在向洛东江的接近过程中必须渡过洛东江的一条支流——环绕大邱的琴湖江。9 月 18 日，美第 1 军工兵并未按原定计划完成在琴湖江上架桥的任务。于是，该师只好将建制内的工兵部队迅速调往该地，开始用沙袋加固第 5 团战斗队曾使用过的暗桥，以便大型车辆能够通过。由战斗艇构成的临时简易渡船将吉普车送过了琴湖江。为使水下暗桥保持畅通，必须不断地予以检修。夜幕降临时，在琴湖江东岸已排起了长达 5 公里的美军车队。

倭馆下方 6 公里和江西岸锦南洞村正南的 174 高地上的人民军用交叉火力，使美军渡江的第 1 营伤亡惨重。7 时，美军空军对 174 高地实施空中突击。第 1 营在空军投掷凝固汽油弹和进行低空攻击的支援下，对 174 高地发起了攻击，至中午攻占了 174 高地。下午美第 3 营渡过了洛东江，并攻占了 174 高地以北的另一个高地。该日晚至第二天上午，第 2 营也过了江。9 月 20 日，第 1 营向北推进至倭馆对面、江西岸的 170 高地，而第 3 营则攻占了西北方向 1 公里处、比 170 高地还要高的一个高地。

与此同时,美步兵第19团第2营于19日下午16时在步兵第21团渡场以南2公里处开始横渡洛东江,至该日晚全部到达西岸。当该营尚在江东岸时,人民军的迫击炮和火炮火力给该营以极大的伤亡。

9月20日,美步兵第19团巩固了其松竹路旁的江西岸高地。19日夜间渡过洛东江的第24侦察连超越步兵第19团,开始沿松竹路向西进发。20日白天,第1军将英军第27步兵旅配属给第24师。于是,该旅准备渡过洛东江,以参与第24师的进攻。在第7骑兵团第2营接管英军第27步兵旅阵地后,该旅向北运动,至步兵第19团渡场,午后不久开始渡江,部队成一路纵队通过工兵部队在江上架设的一座摇摇晃晃的徒步桥。在这一整天里,朝鲜人民军的火炮时断时续但准确地炮击着渡场,造成英军一些伤亡,并且使第19团的补给品运送也受到了影响。

至9月20日第24师所辖3个团及配属的英军第27步兵旅均已渡过洛东江。第5团战斗队扼守倭馆——金泉公路以北的高地,步兵第21团守卫该路以南的高地,步兵第19团在步兵第21团的南方,随时准备运动前出提供支援,而第24侦察连则在洛东江以西的松竹路上搜索前进,英军旅准备沿该轴线向西推进。该师已经准备好沿主要干线大邱——金泉——大田——汉城公路向西发起进攻。

大邱合围战

在美军第8集团军突破釜山防御圈的头几天里,美第1骑兵师和南朝鲜第1师在大邱北侧地段和第5团战斗队的右翼的战斗更为激烈。战斗主要集中在两条通往大邱的接近路上:第一条是倭馆——大邱的公路与铁路,美第5骑兵团将朝鲜人民军第3师的先头部队阻截在倭馆东南 5 公里、大邱西北 8 公里之间；第二条是穿越大邱以北诸山地的多富洞路，在这里第 1 骑兵师的其他部队和南朝鲜第 1 师将朝鲜人民军第 13 师和第 1 师阻击了近一个月。在这里，朝鲜人民军仍占据着瞰制大邱地区的诸高地，这些高地位于大邱城北、离城仅 6 公里。

美第 1 骑兵师在第 8 集团军突破行动中的计划是：

①第 5 骑兵团发起攻击并将敌军牵制在倭馆——大邱公路以东的地带里，以便在第 5 团战斗队向倭馆推进时对其右翼进行掩护；

②令第 8 骑兵团对大邱的北漆谷地区之敌保持压力，并随时准备奉命尽一切努力向北面的多富洞推进；

③令第 7 骑兵团待命，随时准备以营为单位形式，逐次由师的右翼转移到左翼，以迅速达成对倭馆和多富洞之间的小道和乡间土路上敌军的合围。

美军认为，如果上述计划奏效，第 7 骑兵团和第 8 团就将会合于多富洞并将大量人民军合围于倭馆——大邱——多富洞的三角区里。

第 8 集团军进攻发起后的头三天里，大邱以北多富洞路上的朝鲜人民军第 13 师的部队和美军第 8 骑兵团之间的战斗一直处于胶着状态，双方都不能实质性地改善自己的态势。

人民军多次对 570 高地上的美军第 2 营发起攻击。570 高地位于大邱以北 10 公里处，是该山地通路的制高点。朝鲜人民军在多富洞路的两侧拥有一些非常坚固的防御阵地，他们在诸高地的正斜面上构筑了许多射击阵地，并配置了大量的迫击炮和小型野炮，火力十分猛烈，美军进展受阻。

　　为此，沃克将军对第8骑兵团进展缓慢颇为不满。

　　9月19日，美军第1骑兵师将第7骑兵团第3营配属给第8骑兵团，昼间攻打多富洞。人民军第13师利用佳山城城区和路西351高地的火炮、迫击炮和自动武器的交叉火力将第8骑兵团打退，并使之造成重大伤亡，又一次挫败了第8骑兵团攻抵多富洞的企图。

　　美军第1骑兵师右翼的南朝鲜第1师的进攻却取得了一定进展，他们利用人民军阵地中的间隙插入阵地，抵达到多富洞东北10公里处的多富洞至军威路的一个点上，比第1骑兵师最先头部队还要前出近13公里，并到了朝鲜人民军第1师和第13师主力的后方，已处在切断人民军主要退却路线之一的位置上。这一突破迫使朝鲜人民军第1师于9月19日将其第2团和第14团由佳山（902高地）南斜面撤出，以防守新的受威胁方向。

　　美军第5骑兵团于9月16日沿大邱——倭馆路进攻朝鲜人民军的阵地，集中攻击路北的203高地和174高地及其对面路南的188高地。朝鲜人民军第3师约1000人据守这些重要高地。美军第5骑兵团第1营于9月16日开始进攻，第二天，第7骑兵团第2营加入进攻行列，向西侧的253高地运动。朝鲜人民军依托253高地，与第7骑兵团F、G连交火，战斗异常激烈。最后，美军被迫退出该高地战斗。在战斗的前三天里，朝鲜人民军依托203高地进行了顽强的抵抗，美军数次出击，均未占领该高地，且损失了十几辆坦克。直到9月18日，第5骑兵团第1营才占领203高地。然而，朝鲜人民军仍然依托203高地以北的253高地和371高地继续进行抵抗。

　　9月19日，美军第5骑兵团第1营和第7骑兵团第2营与依托300高地和253高地的朝鲜人民军进行了一场非常激烈的战斗，使倭馆以东诸高地上的战斗达到了最高潮。结果，美军第5骑兵团第 1 营所属分队以伤亡多达 200 余人的代价攻克了 300 高地和 253 高地群。这个高地群距倭馆东南 3 公里，可以瞰制多富洞路，美军占领这个高地群无疑对其第 5 团战斗队攻克倭馆是个帮助。

19 日，美军开始为合围作战行动机动兵力，第 7 骑兵团第 1 营，由师的右翼转移到师的左翼，在该团第 2 营的前方占领阵地。为开始向多富洞方向运动，第 7 骑兵团第 3 营于第二天上午由右翼向左翼机动，并准备在第 1 营后跟进，向多富洞方向急行军。9 月 20 日早上，第 3 营在大邱以北上车，沿通往倭馆的道路向西北方向开进。第 7 骑兵团团长担心，人民军的迫击炮和火炮火力可能要封锁道路，因此在抵达目标前，他就令部队下车徒步行军，未能按时抵达集结地域，而其第 2 营在同样的条件下比第 3 营早四天运动到右翼。

美第 7 骑兵团第 1 营在第 70 坦克营第 3 连的装甲先头突击分队的引导下，于 9 月 20 日上午出发，通过 300 高地，沿通往倭馆的道路前进。人民军设置的路障和高地上的火力，使美第 1 营进展缓慢。至下午过半，该营只前进了 2 公里，还只是在通向倭馆——多富洞路之叉路的半路上。一辆美军坦克触上了一枚地雷，将道路堵住了，美军的行进纵队完全停了下来。美第 1 营只好绕过诸高地的人民军向多富洞前进。抵达多富洞路，尔后折向东北，向 8 公里外的多富洞镇前进。

9 月 21 日上午，美第 1 营开始进攻多富洞镇，于 12 时 55 分攻抵多富洞镇边。人民军进行了殊死的防守，经过近四个小时的激烈战斗，美军于 16 时 35 分占领了多富洞镇。一小时以后，美第 1 营由多富洞出发，沿大邱路向南方发展进攻，与美军骑兵第 8 团靠拢。美第 3 营抵达多富洞后，向北展开，占领了路西边的防御阵地。此时，南朝鲜第 1 师下属部队已切断多富洞上方的松竹路，正往南向该庄方向进攻。美军第 1 骑兵师和南朝鲜第 1 师的作战行动已将大量的朝鲜人民军第 3 师、第 13 师和第 1 师的部队拦截在大邱以北的山地中。

在"联合国军"的东线，进展也很顺利。作为"联合国军"在东线发起攻势的一个预先举动，美国海军舰只于 9 月 14 日晚至 15 日将经过特殊训练并用苏式武器装备起来的密阳游击营输送到浦项洞上方 10 公里处的长沙洞。该营于午夜二个半小时后在朝鲜人民军第 5 师的后方登陆，其任务是：当南朝鲜第 3 师在浦项洞下方对人民军实施正面攻击时，骚扰人民军的后方。当日晚，人民军第 5 师第 12 团向密阳营已占领阵地的诸海滨高地派出一个营，经过激战，南朝鲜的这支游击营遭到惨败。美国海军只好前往增援，在该营所在滩头周围形成一道海军舰炮火力网，才使该营免遭覆没。最后，于 9 月 18 日美国海军费了九牛二虎之力才将南朝鲜游击营的 700 多人（其中 100 多人为伤员）用坦克登陆舰撤出。"联合国军"的这一骚扰行动以失败告终。南朝鲜第 3 师于 9 月 19 日晚在浦项洞的外围派出了若干战斗巡逻队。第二天上午 10 时 15 分，该师攻克了的渔港镇。9 月 21 日和 22 日两天里，南朝鲜第 3 师在海军舰炮火力和战斗机的支援下，继续往北实施强大的攻击，攻占兴海。

在"联合国军"战线的另一端，即马山地区的左翼，美军第 25 师进展困难。该师不仅难以发起进攻，反而仍在进攻出发线的后面与人民军作战。美第 25 师能否推进的关键是在中部。这里，人民军占据着诸多高地，使美步兵第 24 团每天都处在被攻击的状态，使美军停止不前。据守晋州、马山间通路的左翼美步兵第 27 团和右翼步兵第 35 团在步兵第 24 团当面局势改观之前，除了原地踏步之外，别无作为。为此，美军基恩将军于 9 月 16 日组建了一支营规模的合成特遣分队，该特遣分队于第二天开始攻击人民军占领的战斗山和笔锋诸高地,任务是恢复美军步兵第24团在那儿的阵地。17、18两日,该特遣分队在第8、第9野战炮兵营炮兵火力和无数的空中突击的强大支援下,多次攻击这些阵地,但是冲击部队每次都被来自人民军诸高地的自动火器火力逐回,而且伤亡惨重。9月19日上午,美军发现人民军已放弃了战斗山山顶,因此,步兵第24团第1营运动上山并占领了该高地。美军步兵第35团则继续向前运动,其第1营攻占了中央里,第2营攻占了由中央里向西北延伸至南江的长山脊线。9月21日,步兵第35团攻占了中央里西南3公里处的著名谷道,尔后向西卷击通过茂村里叉路口,向晋州隘口附近的高地挺进。22时30分时,该团抵达该高地,先头营停下宿营。同时,该师中部的第24团和右翼的第27团继续推进。

此时,美军第25师中央和右翼正面的朝鲜人民军已于9月18日晚至19日开始退却。朝鲜人民军第7师由南江以南撤退,而朝鲜人民军第6师则在翼侧留下部队以掩护整个正面撤退。至9月19日上午,人民军第7师在第6师的掩护下,渡过南江,撤到了江北。尔后,朝鲜人民军第6师也由其小北山阵地撤走。虽然美军第25师正面的朝鲜人民军已经全面撤退,但是人民军仍有一些部队在山地里迟滞美军的前进。

从9月19日开始,美军在仁川登陆的成功和汉城周围的战斗,对釜山包围圈上的人民军的行动产生了影响。为了回师北援,朝鲜人民军统帅部开始撤退投入南线作战的主力部队,并令南线部队开始向北运动。至9月23日,朝鲜人民军的这一退却运动在釜山包围圈全面展开,随之对釜山周围"联合国军"的包围圈也就不复存在了。

第六节　美军向"三八线"的扩张

仁川登陆和美军第 8 集团军进行反攻以来,到 9 月 23 日,朝鲜人民军队就从釜山周围全面撤退了。此时,美第 8 集团军也已作好以装甲部队为前导,沿主要进攻轴线摩托化进军的准备。

第 8 集团军司令沃克将军下达了追击的命令,命令指出:

> 敌军在我集团军正面的抵抗已经减弱,可以设想我军可以从现在的阵地全面发起进攻。根据目前的态势,本集团军命令,全力实施旨在歼灭敌人的纵深突破,利用敌之弱点在其撤退路线两侧实施包围或合围,切断其退路并予以歼灭。
>
> 第 1 军继续沿大邱、金川、大田、水原轴线实施主攻并与第 10 军会师。
>
> 第 2 步兵师沿陕川、高仓、安义、全州、江景轴线发起进攻,可尽力前出,不受目标限制。
>
> 位于集团军南翼的第 25 师夺取晋州,并准备根据集团军的命令向西或西北方向继续发展进攻。
>
> 位于东线的南朝鲜陆军实施纵深突破和包围,消灭进攻地带内的敌军。
>
> ⋯⋯
>
> 指挥官应在必要时置侧翼安全于不顾,向前推进。

美第 8 集团军在进行追击准备的过程中,将司令部从釜山重新转移到大邱。

此时在釜山附近有"联合国军"将近160000人,其中第8集团军有76000多人,南朝鲜军队约75000人。"联合国军"的增援部队也早已开始抵达朝鲜。9月19日,菲律宾第10步兵营战斗队开始在釜山卸载;9月22日,第65团战斗队开始在釜山下船。

美军第25师横穿朝鲜西南部

9月22日,美第8集团军命令库尔特将军指挥的第9军在9月23日14时前作好行动准备,并将第2步兵师和第25步兵师配属于该军。该项命令还将上述两个师已受领的任务随带交给第9军完成。

美第9军对作战部署作了调整,将第27团从第25师的南翼调到北翼。基恩将军专门组建了一个特遣分队,该特遣分队于23日经南海岸的公路穿过第27步兵团到达背屯里。此时第27团也开始向第25师的北翼长岩里进发。该团将渡过南江在对岸建立登陆场,并经过宜宁向晋州发起进攻。

特遣分队于9月24日晨沿海岸的公路向晋州方向发起攻击,至该日晚,夺取了晋州以南3公里公路交叉点附近的高地。次日晨,该特遣分队向通往晋州的南江大桥进发。

朝鲜人民军第6师在通往晋州的内地公路上将美军第35步兵团阻滞于晋州的山垭口,直到9月23日晚人民军的掩护部队才撤走,并爆破了晋州的南江大桥。次日,美第35步兵团巩固了该山垭口的阵地。

第35步兵团第2营于9月25日凌晨两点,在夜暗的掩护下在晋州东南2.5公里的地方渡过了南江,接着在对岸的美军特遣分队坦克的火力支援下向晋州发起攻击并攻占了该城。该团第3

营和第 1 营于下午渡过南江进入晋州。

第 27 步兵团第 1 营于 26 日黎明前也渡过了南江。该团部队一到南江北岸即向宜宁方向发起进攻,向西北方向推进了 3 公里,并在克服守镇人民军的轻火器和迫击炮火力抵抗后,于中午 12 时前占领了该镇。9 月 28 日该团向晋州进发,途中只遭到微弱的抵抗。

在此之前,第 8 集团军于 9 月 24 日就改变了原先的作战命令,指示第 9 军夺取全州和江景,攻击目标不受限制。基恩将军据此以第 24 步兵团和第 25 步兵团为主组建了两个得到装甲兵支援的大型特遣部队。这两个特遣部队的先头分队分别叫做马修斯特遣分队和多尔文特遣分队。按计划这两个分队均从晋州出发。左路马修斯特遣分队先向西面的河东,然后折向西北,向求礼、南原、淳昌、金堤、里里和锦江口的群山前进。与此同时,右路多尔文特遣分队北出晋州向咸阳推进,然后转向西去南原,再向西北方向的全州和锦江边的江景前进。

9 月 28 日,马修斯特遣分队和布莱尔特遣分队占领了南原。多尔文特遣分队于下午三、四点钟到达该镇,马修斯特遣分队在南原过夜,但布莱尔特遣分队继续向井邑前进,并于次日即 9 月 29 日中午夺取了该地。布莱尔特遣分队还于 29 日晚攻占了里里,由于那里河上的桥被炸毁,布莱尔特遣分队只好停下过夜,马修斯特遣分队也就赶上了他们。锦江口的港口城市群山于 9 月 30 日 13 时落入第 24 步兵团第 1 营之手。

在第 24 步兵团通过智异山南、西南侧之后,与马修斯特遣分队和第 24 步兵团前进路线平行向东推进的多尔文特遣队和第 35 步兵团也在通过智异山东、北两侧除了那些无法进入的地区之外的广大地区。这块面积 750 平方公里、高度在 6000 至 7000 尺的森林覆盖,几乎连小径也没有的山区大体上呈长方形,位于晋州西北，长约 30 公里，宽约 25 公里，其四个角分别为晋州、河东、南原和咸阳。

美军第 89 坦克营营长韦尔伯恩·G·多尔文中校于 9 月 20 日晨 6 时率多尔文特遣分队从晋州出发沿向西北通往咸阳的公路即朝鲜人民军第 6 师主力撤退的路线前进。多尔文特遣分队主要组成部分是第 89 中型坦克营的 A 连、B 连和第 35 步兵团的 B 连、C 连，编号为 A、B 两个战斗队，每个战斗队均由一个坦克连和一个步兵连组成。步兵搭载于坦克的后装甲板上。

先头的 M—26 型坦克在出晋州后 3 公里处触雷，行军纵队停止前进，工兵在路上又排除了 12 个地雷。再行 1 公里又有一辆坦克为另一雷区的地雷炸伤，沿路继续前进，又碰到一个雷场，该雷场有一个排的人民军掩护，美军行军纵队再次被阻挡，停止了前进。经过一阵短促的战斗，人民军这股部队撤离了阵地，并炸毁了一座前进道路上的桥。多尔文特遣队只好连夜修了一条迂回路。

9 月 27 日，美军继续前进，其先头坦克被人民军火力炸伤，停止了前进，人民军的迫击炮和轻火器从公路两侧的山脊向美军前面的战斗队射击。多尔文特遣分队用电台要求空军支援。没过多久，16 架美国 F—51 战斗轰炸机飞到作战地区，使用凝固汽油弹、杀伤炸弹、火箭弹对人民军占领的高地进行了轰炸，多尔文特遣分队乘势突破了人民军的阵地。

25 日天刚亮，多尔文特遣队就继续前进了，11 时在咸阳东面的公路交叉点与东面开来的美军第 2 师第 23 步兵团的分队会合。下午三、四点钟，多尔文特遣队进入南原，发现马修斯特遣分队和第 24 步兵团的各分队已经到达那里。多尔文特遣分队于南原给车辆加了油之后，即于子夜继续北进，于次日晨抵达已为第 38 步兵团的某些分队占领的全州，并继续前进通过里里向锦江进击。第二天即 9 月 30 日 15 时，多尔文特遣分队使命完成，随即解散。

美军第 2 师的西进

在美军第 2 师北进的方向上，朝鲜人民军队的第 9 师、第 4 师和第 2 师向西撤退，第 4 师在新反里桥折向陕川，第 9 师也向陕川，第 2 师通过草溪后也继续向陕川后撤。

美军第 2 师第 38 步兵团于 9 月 23 日在草溪周围各高地经过激战，人民军的迟滞作战的部队被迫撤离。次日，第 23 步兵团从东南方向、第 38 步兵团从东北方向双双逼近陕川，形成两翼包围。第 38 步兵团的部队还在晋州至金泉的南北向公路上从陕川向东北方向的路段上设置了路障，切断了在该镇的大约两个营兵力的人民军的退路。在这一天，美军第 23 团第 3 营从东南方向迅速前进 8 公里进入了陕川。

美军第 38 步兵团于 25 日黎明时分开始从陕川出发向西北的居昌进逼。在美军地面部队的上空，美国空军的飞机于傍晚时分，利用航空炸弹、凝固汽油弹、火箭弹和机关炮对人民军的撤离部队进行轰炸扫射。美第 38 步兵团在白天向前推进了大约 30 公里，于晚 8 时 30 分在距居昌镇仅几公里的地方停止前进。于次日晨即 9 月 26 日 8 时 30 分进入居昌镇。

美军第 23 步兵团原计划沿第 38 步兵团以南的一条道路向居昌镇进行平行迫击。但据空中侦察和地面的道路侦察得知，该道路要不是无法通行就是根本不存在，因此改沿第 38 团北侧的一条道路前进。该团欠第 1 营，于 25 日利用夜暗向居昌前进，于 9 月 26 日拂晓，在第 38 团之后不久抵达居昌镇。当天晚上，第 23 步兵团继续向安义挺进，并于 19 时 30 分到达该镇。9 月 27 日晨 4 时，人民军炮兵和迫击炮对该镇进行了拦阻射击，击中了该团第

3营指挥所,该营营主任参谋、情报参谋、作战参谋助理、迫击炮排长、炮兵联络军官、防空炮兵排长等当场被炸死。

到了9月底,美军第2师各部队分散于锦江以南地域,其中第38步兵团在金州——江景地区;第23步兵团在安义地区;第9步兵团在高灵——三街嘉地区。

大田争夺战

美军第2师的左翼是英军第27步兵旅,该旅在追击时配属给了美军第24师向星州方向机动。于此同时美军第24师的部队则在英军第27步兵旅北侧的公路干线上与该旅平行地向金泉实施攻击,这个英军旅在通过星州之后,任务是在洛东江与金泉的中间地区袭击公路干线。该部的前进路线正好就是朝鲜人民军第10师的撤退路线。该旅在渡过洛东江后于9月22日黎明前作好攻击准备。

该旅的米德尔塞克斯团A营在黎明时夺取了公路右侧距星州3公里的一座小高地。接着又向东北方向紧靠该地的另一个稍高一些的高地发起攻击。米德尔塞克斯营在美军坦克火力及其自身的迫击炮和机枪火力的支援下在天黑前夺取了该高地。

苏格兰的海兰德·阿盖尔营(英军第27步兵旅的另一个营)在米德尔塞克斯营攻击325高地的同时向公路左侧的282高地机动,对其发动攻击。该营的B连和C连于9月23日黎明前出发,爬山爬了一个多小时,到达282高地的顶峰,早饭时对据守在该阵地的朝鲜人民军突然发起攻击。经过一个鞍部,在282高地西南将近1公里处有一个388高地,较282为高,能控制282高地。因而C连继续向该高地发展进攻。

在388高地的一部分人民军向已被英军夺取的282高地运

动，另一人民军部队以大炮和迫击炮火力支援其攻击，炮弹开始落向英国军队。这一行动持续整个一个上午，而且火力越来越强。

刚过12点，三架美国F－51野马式战斗机在282高地上空盘旋，英军摆出了白色识别布板。388高地的人民军也摆出了白色布板。这一行为使这些美国野马式战斗机攻错方向，向美军的阿盖尔的阵地投了凝固汽油弹，并用机关炮扫射，自己打自己，造成了英军的严重伤亡。

9月23日，即英军遭空军误伤的那一天，美军第24师开始沿大田至平壤的公路向西北方向发起进攻。该师所辖的三个团成纵深梯次配置，以便隔不长时间就可换一个团担任先头，从而保持攻击的锐势。首先该师由第21步兵团率先向金泉朝鲜人民军的司令部开进，朝鲜人民军第105装甲师利用掩蔽伪装好的坦克、反坦克炮和雷场拦住该团的去路。

9月23日刚过半夜不久，美第5团战斗队穿过第21步兵团队形成为该师的先头部队。位于公路以北140高地阵地上的人民军将该团阻止于金泉以东约3公里处。朝鲜人民军在这里实施了一次大规模的迟滞作战，使其大量的后撤部队得以顺利脱离。朝鲜人民军指挥部命其从洛东江下游向大田撤退的第9师转而向金泉前进，准备阻止美军第8集团军的迅速推进。朝鲜人民军第105装甲师的两个团余部和刚从北方调到金泉的第849独立反坦克团同时参加了防守该镇的战斗。

美军第21步兵团经过9月24日金泉的战斗到达公路以北，并于该夜对金泉发动的钳形攻势中与第5团战斗队会合。第5团战斗队第3营于次日上午进入金泉，该镇由于飞机轰炸和炮火袭击已是一片瓦砾。至次日15时45分，美军完全占领了该镇。9月25日晚，美军第21步兵团继续向西进攻。

9月26日，美军第19步兵团在师的先头行进，其第2营未遇抵抗即进入永同。第19步兵团于9月27日凌晨2时到达大田以东10公里的沃川。朝鲜人民军一部准备力守沃川以西各高地,以掩护数千名撤退的军队得以撤离大田。

28日晨7时,美军对人民军的一个阻击阵地进行了一次空袭,其后美军第2营小心翼翼地爬上山坡,但无人抵抗,朝鲜人民军已于夜间撤走。此时,大批朝鲜人民军的部队正在通过临时机场沿公路撤出大田,还有一些部队在火车站集结,另外还有一批人民军的车辆在大田以西几公里处转向乌致院。美国空军向大田地域内的人民军投掷了凝固汽油弹,并进行了疯狂的扫射。

美军第19步兵团第2营和第3战斗工兵营C连,于16时30分进入大田的郊区,一小时后,第19步兵团在工兵排除了主力先头坦克前的地雷后占领了大田。

9月28日,英军部队向东越过了大田和乌致院,在天安和乌山切断了北去的主要公路。

南朝鲜军抵达"三八线"

在东线,南朝鲜陆军部队从大邱出发与第8集团军齐头并进,有时甚至超过了第8集团军。

南朝鲜第2军的第6师和第8师于9月24日前进了约16公里。第6师向咸昌推进并于9月25日夜进入该城。到27日凌晨,该师已在小白山脉中最崎岖不平的地区前进,通过了位于山垭口的闻庆,向忠州前进。9月30日,南朝鲜第6师在接近原州时遭到数股人民军部队的迟滞。

南朝鲜第8师位于第6师的右侧,进展同样迅速。其侦察分队在24日午夜前就进入了安东。那里的洛东江上有一座31孔桥,其中有5孔的桥面已掉下江去,此时朝鲜人民军第12和第8两个师正在穿过安东后撤，第12师基本顺利地通过了该镇。朝鲜人民军第8师的部队则被迫绕道山区行进，因为南朝鲜军队的第8师早于他们到达该镇。经过两天的战斗之后，南朝鲜第8师于9月26日夺取了安东。该日晚，该师第5先遣队进入了安东西北20公里的醴泉。次日，该师的一部到达丹阳准备渡汉江。南朝鲜第8师于9月份的最后一天抵堤川，遇到了人民军一部的顽强抵抗，为了迅速向北方推进，该师绕道而行。

南朝鲜的首都师在前进中与其它师并驾齐驱，于27日进入了南朝鲜第8师以东约31公里的春阳，并穿过大山继续北进。

10月1日与2日之间的夜里，刚过午夜时分不久，北朝鲜军队的一支约有1000—2000人有组织的部队绕过山区继续向北撤离，途中向原州发起了攻击，因为原州就在其必经之路上。在该城驻守的是南朝鲜第2军军部，朝鲜人民军的这支部队把该军部打散，许多人被击毙。

南朝鲜第3师在美海军舰炮火力支援下沿东海岸向前推进，于9月25日夺取了盈德市。

南朝鲜第3师沿滨海公路继续急速北进，于9月29日占领三陟，继续向江陵前进，该师以徒步和乘车的最快速度沿滨海公路北进，其进展超过了所有的南朝鲜陆军部队，实际上，也超过了所有"联合国军"部队，于9月最后一天到达了距三八线只有5公里的地方。

第七节 美军悍然越过"三八线"

美军在仁川登陆的成功和美军第8集团军突围釜山之后，摆在美国政府面前的一道难题就是"联合国军"要不要越过"三八线"。美国政府高层人物就美军第8集团军的尔后行动方向问题，考虑了很久，最后决定让其越过"三八线"进入北朝鲜。

美军参谋长联席会议遵循这一决定，于9月27日给麦克阿瑟发去了一个综合性的指令，明确他的"首要目标是消灭北朝鲜的部队。如有可能，就让李承晚统一朝鲜"。但参联会同时又警告麦克阿瑟，"不要认为这是最后的指令，形势的发展变化可能要作某些更改"。并特别叮嘱他，"要尽最大努力判明是否有苏联或中国干预的可能，且随时报告此类威胁"。指令还补充说："无论如何联合国部队不能越过朝中和朝苏边界，非朝鲜地面部队不能进入边境地区。这要作为一项政策法令来对待。"参联会还指示麦克阿瑟呈报作战计划供审批。

就在美国政府决定让麦克阿瑟指挥的"联合国军"越过"三八线"继续向北入侵时，世界一些国家已经看出美国的征候。中国总理周恩来10月1日在北京纪念中华人民共和国成立一周年大会上讲话，警告说：中国人民"不会容忍外国侵略，也不会袖手旁观帝国主义分子对邻国的野蛮侵略"。10月2日，苏联代表在联合国提出议案，倡议在朝鲜停火并撤出所有外国军队。10月3日，印度代表瑟·贝内卡尔·劳表明其政府的观点，即"联合国部队不要越过三八线"。

然而，美国政府不顾国际社会的强烈反对，一意孤行。9月29

日，麦克阿瑟得到美国政府的批准，同意他越过"三八线"。第二天，麦克阿瑟在与国防部的通话中，麦克阿瑟表示"除非我被俘，否则整个朝鲜都是我们采取军事行动的地方"。

10月1日，麦克阿瑟给华盛顿发去一封明确其意图的电报，以排除对他的作战计划之误解。他在电报中说：

> 如果没有收到政府相反的指令，我计划于10月2日12时公开向联合国部队各指挥官发布总命令。
>
> ……
>
> 在联合国安理会6月27日决议的监督下，限制我们军事行动的只有朝鲜的国际边境和军事上的危急关头，而所谓的三八线对我们的部队来说，根本就无需顾及。为达成歼敌任务，不论是侦察敌情还是利用其他条件，部队均可随时越境。如果敌人不接受我们10月1日提出的条件，部队在今后的战役中将寻歼敌军，而不论他们在朝鲜的什么地方。

与此同时，麦克阿瑟于10月1日通电朝鲜人民武装部队总司令金日成，令其"投降"，并要求"北朝鲜人放下武器，停止敌对行动，在军事监督下，执行联合国决议，并将生命财产损失减到最小，释放联合国军的战俘和其他被拘留人员"。然而北朝鲜政府对此没有理会。

10月9日，麦克阿瑟发布了最后"通牒"，最后一次要求"北朝鲜投降"。10月10日早上，麦克阿瑟在东京收听到平壤广播说，金日成拒绝了这一要求。

麦克阿瑟在北朝鲜的作战计划

美军第8集团军一推进到汉城附近，沃克将军就关注着与第10军的关系。他和他的司令部认为，第10军应该编入第8集团军，所有在朝鲜的"联合国"部队应该在一个统一的野战司令部指挥下作战。沃克将军可能和麦克阿瑟将军讨论过关于在"三八线"以北作战的个人想法，由于某种原因，不得而知。然而从美军战时的文书中看，沃克从来没有要第10军隶属于他。

沃克将军曾于9月29日就此事向麦克阿瑟提出过。那是一份文字十分考究的电报。内容是他希望得知第10军的进展情况和今后去向，以便为第8集团军北进，向第10军靠拢制订更好的计划。第二天麦克阿瑟使沃克失望的回答是，第10军仍为总部的预备队，在仁川至汉城地区随时准备遂行总部赋予的任务，并且"会将其任务尽早通知你"。

当麦克阿瑟将军9月29日飞往李承晚政权的首都汉城时，他对朝鲜的下一阶段行动计划已经有了构思。9月26日希基将军给赖特将军送去一份校核表，就已说明麦克阿瑟将军要计划在北朝鲜扩张战果，即使用第10军在元山进行两栖登陆。在仁川以外其他地方进行两栖登陆作战，其中包括一个军规模的登陆作战在元山至咸兴一线的东海岸实施，远东司令部联合计划与作战署对此项研究持积极态度。不过赖特将军制订的这一计划纲要交到麦克阿瑟手上才只有几个小时。

赖特将军的这一计划提议，向北朝鲜推进的作战行动应该包括：第8集团军为配合在元山或其他地方的两栖登陆作战，必须在西部采取重大行动。这是远东司令部所作决定的正式开始。然而这就意味着在朝鲜的美军要成立两个独立的野战司令部来指挥尔后阶段的战争。这件事很快就成为美军中问题争论的核心。

在 9 月 26 日之前的一段时间里，麦克阿瑟将军似乎打算在攻占汉城后，就将第 10 军交第 8 集团军指挥。希基和赖特将军倾向这一考虑，远东司令部后勤处乔治·L·埃伯利少将也表示赞同。但是，很显然他们都没有积极地向麦克阿瑟建议。埃伯利认为，第 10 军在东海岸的两栖作战中虽然也能得到勤务支援，但它隶属第 8 集团军之后，就更容易些。如果麦克阿瑟到 9 月最后一周还对第 10 军今后的作用举棋不定的话，他就决定陈述自己的观点。

导致麦克阿瑟决心在朝鲜成立两个野战司令部，最好理解的理由是北朝鲜的地形和勤务问题。

沿汉城——元山往北的通道上，太白山脉出现在中东部半岛上，使高原破碎，形成一片无序的山地，一直延伸到中朝边境。主要通道都在沿南北走向的深山谷地。唯一一条东西走向的较好通道，也只位于北纬 39 度线稍北一点。它连接着平壤和东海岸的元山，铁路线也是在这里横穿半岛。因此计划在平壤至元山以北的任何战役，最大的困难是勤务支援问题。

审定在朝鲜的尔后作战中勤务问题之时，麦克阿瑟将军不得不注意到南朝鲜的交通运输状况。先是"联合国军"的轰炸，后是朝鲜人民军撤退时的破坏，已使釜山以北的公路、铁路桥梁几乎全部被毁。所有的工程部队集中起来工作数周才能修复釜山到"三八线"的铁路。远东美国空军的行动也已使北朝鲜的交通运输系统支离破碎。在考虑到这些情况后，麦克阿瑟将军认为，他不可能同时支援第 8 集团军北进和第 10 军先在仁川登陆，尔后不停顿地迅速向北追击的行动。他反而希望有一支部队在釜山突围后，紧随北朝鲜人的后撤，穿过中部山区，一直北上到东海岸。麦克阿瑟推断，如果在东北沿海登陆或许也能达成这一目的。在朝鲜作战的后方基地实际上是日本，所以麦克阿瑟坚信，两支部队在朝鲜作战，只要协调好，不会削弱其战斗力。

与这一决定有关的是合围北朝鲜首都一事。麦克阿瑟的方案是当第8集团军从汉城地区往北向平壤发展进攻时，第10军在元山登陆，沿元山至平壤交通线从东向西推进，从翼侧和后方攻占平壤。

第8集团军的进攻展开

根据麦克阿瑟将军10月2日的"联合国军"司令部第2号作战命令，第8集团军于次日发布作战命令，以明确遂行进攻北朝鲜作战方案的有关任务。命令要求：

> 美军第1军以不足一个师的兵力占领临津江以西一
> 线，其主力在集结地域集中，然后按集团军命令，确保
> 第1骑兵师为主要突击力量，遂行北进的作战任务。
> 第24师及南朝鲜第1师保障其翼侧，并担任预备
> 队。
> 美军第1军离开防区后，第9军就需保护汉城——
> 水原——大田——大邱——釜山交通线，以及和南朝鲜
> 警察部队一道消灭南部的残敌。
> 南朝鲜第2军辖第6、7、8师和第1军及所属首都
> 师、第3师，分别向中部的清州、议政府地区和东部的
> 荣浦、注文津以北地区机动，准备北进。
> 南朝鲜军还要在10月5日前派出一个师（第11
> 师）协助美军第9军在南部后方的作战。

根据命令，美军第1骑兵师于10月5日进至汉城以北，确保

美第 1 军在"三八线"附近集结地域的安全。所属第 5 骑兵团以一个连为先导，于黄昏在汶山里地区北渡临津江。7 日晚，第 8 骑兵团第 1 营也抵达该地。8 日黄昏，骑 1 师的第 7、8 团在开城附近开始遂行第 1 军集结地域的安全保障任务。在第 1 骑兵师之后，美第 24 师业已在汉城地区集结。

另外，"联合国军"其它国家的军队也在汉城附近集结，包括皇家澳大利亚团第 3 营（由年仅 30 岁的查理士·H·格林中校指挥），及英联邦第 27 旅（配属给在"三八线"附近集结的美第 1 军）。

随着美第 1 军在汉城以北的集结，10 月 7 日 12 时，第 8 集团军在仁川——汉城地区接过了美第 10 军的防务。12 日，第 8 集团军和南朝鲜军司令部均从大邱转移至汉城。

李承晚已经多次表明他的意图，即南朝鲜军队的唯一阻拦就是鸭绿江，而不管"联合国"是否越过"三八线"。他在 9 月 19 日釜山的一次群众大会上称："我们必须推进到满州边境，直到消灭最后一个敌人。"还说，他不希望"联合国军"在"三八线"上停下来，即使停下来，"我们也不会让我们自己停下来"，韩国军队不停止前进。

虽然麦克阿瑟将军是在 10 月 3 日第一次正式公开宣布联合国部队越过"三八线"，但美国新闻界在前一天就对此作了报道。没有等南朝鲜军队过境，新闻记者就抢先飞到"三八线"南侧东部城市江陵，以获取这一消息。

南朝鲜第 1 军攻占元山和兴南

引人注目的追击阶段开始了。南朝鲜军第 3 师昼夜兼程向北挺进，徒步和乘车并用，大部分时间和上级失去联络，没有翼侧

保障，超越过多股朝鲜人民军的队伍，其后方经常遭到被超越朝鲜人民军的攻击。沿途也发生了一些损失重大的火力战。朝鲜人民军的第5师约2400人正好在南朝鲜部队前面向北撤退，他们对尾随南朝鲜军的先头分队，用迫击炮和76毫米反坦克炮实施火力突击。朝鲜人民军在路上埋有大量地雷，因此南朝鲜追击部队的先头车辆大量被毁。朝鲜人民军利用筑垒阵地，包括交通壕、掩体和构筑的火炮阵地，尽力阻止或迟滞南朝鲜部队的推进。南朝鲜第3师平均每天前进15公里，艰难地向北推进。

南朝鲜首都师随第3师后跟进，并向内地金刚山山脉的垭口方向派出小分队。金刚山山脉和海岸线平行，山峦迭嶂，高耸而美丽。

南朝鲜第2军的部队从中部进入北方要比东海岸的第1军晚些。10月6日，南朝鲜第6师在春川附近越过"三八线"，向华川进发，与顽强防守的朝鲜人民军第9师两个团战斗了3天。此后，8日下午该师进入华川。第8师于8日过境，而其右翼第7师晚1至2天。这两个师都拐向铁三角地区，10日抵达。在这一地区的铁原，朝鲜人民军的一支大部队白天进攻了南朝鲜军第16团，并使其蒙受了损失后，撤离了铁原。不久，南朝鲜第8师各部队进入铁原。

铁三角地区位于北朝鲜中东部山区，距"三八线"20至30公里，位于汉城东北50公里处，是一片较开阔的地形，象一个等边三角形，其三个角为三个城镇，顶角是平壤，左底角是金化，右底角为铁原。它是北朝鲜铁路公路的交通枢纽，沟通东西海岸，向南也是通往南朝鲜中部的交通要冲。

10月9日，南朝鲜第1师和首都师已从南面抵达元山地境，距东海岸"三八线"为110公里。南朝鲜第3师主力沿海岸公路北上抵达元山前线，朝鲜人民军第24机械化炮兵旅第945团（两栖部队）和海军司令部所属分队在元山组织城防，炮兵占领元山南侧防御阵地，为抗击南朝鲜部队进攻提供直接火力支援。

南朝鲜军第3师和首都师于10月10日进入元山。第3师沿东海岸北上十分艰难。元山城被一群450英尺高的小山挤在海岸狭长地带上，窄长而零乱，大约两公里长。

朝鲜人民军占领着城区，他们以密集火力突击南朝鲜部队，直到近午，才将大部分火炮撤出元山，整个下午又从城区西北和后面高地对市内实施火力突击。当日下午，南朝鲜军第3师攻占了城东布满地雷的机场。黄昏时节，两支部队仍在城内进行巷战。夜间，朝鲜人民军的一支配备有10门76毫米自行反坦克炮的装甲特遣分队又返回机场实施突击，破坏了所有楼房和机库。

夺取元山之后的一周，南朝鲜第3师留驻市郊，以确保美军第10军预定登陆场的安全。同时南朝鲜首都师沿海岸向北推进了50公里，17日就攻占了咸兴及其港口兴南。

在向北推进期间，南朝鲜军又进行了扩建。10月8日，南朝鲜第5师在大邱重建。这样南朝鲜军又恢复到开战时的8个师。同时，南朝鲜还新建了第一游击队，下辖5个营（第1、2、3、5、6营）。10月16日，南朝鲜又成立了第3军，下辖第5、11师，负责汉城——春川——麟蹄——襄阳一线的防务。

美第10军在元山登陆

元山位于日本海突出部一个大海湾的西南，是朝鲜东海岸的主要港口，是横穿北朝鲜之捷径的东部起点，也是公路和铁路的交通枢纽。1950年战争开始时，该城有人口15万。日本在侵略朝鲜期间把元山开发成海军基地。元山还是朝鲜的煤油基地。美军若占领元山，向西可横穿朝鲜半岛，直指平壤，向北可威胁咸兴

——兴南要地，因为这50公里范围是朝鲜最重要的工业区。

为了完成美军第10军在元山的登陆，美国远东海军司令乔伊将军赋予了第7联合特遣舰队的任务包括：

（1）封锁朝鲜东海岸清津以南海区；

（2）装载并航运第10军至元山，以及负责航渡中的掩护和支援；

（3）必要时，遂行登陆前的海上作战；

（4）登陆之日，实施两栖突击，攻占并扼守在元山地区的滩头阵地；

（5）在登陆地域向第10军提供舰炮和空中火力支援，以及初期的后勤保障。

第7联合特遣部队的组织序列如下：

90突击部队，詹姆斯·H·多伊尔海军少将指挥；

95先遣部队，阿伦·E·史密斯海军少将指挥；

95.2掩护与支援大队，查理斯·C·哈特曼海军少将指挥；

95.6扫雷大队，理查德·T·斯波福德海军上校指挥；

92第10军，爱德华·M·奥尔芒少将指挥；

96.2侦察与巡逻大队，乔治·R·享德森海军少将指挥；

96.8护航航空母舰大队，理查德·W·鲁布尔海军少将指挥；

77快速航空母舰大队，爱德华·C·尤恩海军少将指挥；

70.1旗舰大队（密苏里号），欧文·T·杜克海军上校指挥；

79后勤支援，伯纳德·L·奥斯汀海军上校指挥。

10月3日，美军第10军根据麦克阿瑟在"9—50作战计划"

中指派其"第1陆战师和第10军两栖突击部队在仁川紧急装载"的命令，令其第1陆战师先行机动至仁川的集结地域。

10月4日，美军奥尔芒将军就元山地区作战发布军的作战命令：

> 第1陆战师的任务是夺取军上陆后的作战展开地域，而第7师登陆后向西发展进攻，尔后参加第8集团军对平壤的作战。

到了10月6日，美军第1陆战师的第1、5、11团已经在仁川地区完成了机动，第二天美军第7陆战团也开始从议政府向仁川集结地域机动。

10月9日，美军登陆部队开始在仁川上船。美军第1陆战团的第1、3营登上了坦克登陆舰，他们将在这狭窄的船舱里呆16天才能上岸。11日，美军第10军岸上指挥所关闭，随后在军事运输舰"麦金利"号上开设。第10军的物资于8日开始装船，16日结束。

与此同时，美军第7步兵师正集结于釜山，准备在釜山进行装载以便参加第10军向朝鲜东北部的两栖登陆行动。从9月30日开始，该师就已经解除了汉城地区的警备任务，其各部队开始向南和东南方的水原和仁川地区转移，向釜山进行长距离的陆上机动。在仁川的10艘坦克登陆舰运载该师的坦克和重装备。该师在向釜山机动的途中，朝鲜人民军曾先后两次在闻庆附近的山区中伏击美军的护送部队。第一次伏击是在10月6日凌晨2时，美第31步兵团第2营营部遭袭击；第二次伏击是在10月9日凌晨2点30分，美军第7师司令部警卫部队在闻庆西北3公里的小路上遭袭击。

美军第 7 师到达釜山后，便开始装载上船，向元山出发。

由于美军在仁川的成功登陆和美军第 8 集团军从釜山周围的成功突破，朝鲜人民军为了防止"联合国军"的再一次登陆，便开始在北朝鲜沿海岸敷设水雷。美国有 3 条舰船：驱逐舰"布拉什"号、驱逐舰"曼菲尔德"号以及"马哥皮"号，都触雷并遭到重大损伤。美军情报部门虽然知道人民军正在沿岸水域布设水雷，但并未察明水雷区的位置与规模。

为了对付朝鲜人民军的水雷，美军海军上将斯特鲁布尔决定组建第 7 联合特遣舰队先遣队，进入目标区进行扫雷，集中所有的扫雷人员来执行这一任务。该先遣队由 21 艘舰船组成，其中有 10 艘美国扫雷艇，8 艘日本扫雷艇和一艘用做扫雷艇的南朝鲜船舶。

10 月 10 日，美军开始了在元山的扫雷行动。起重机对港口航道的探测表明，在水深 20 寸的曲线内水雷密布。10 月 12 日，从航母"菲律宾海"号和"莱特"号上起飞 39 架飞机对航道，投下了许多 1000 磅的炸弹，以空中轰炸水雷的办法在狭窄的水道上为清扫工作开辟通路。之后，3 艘扫雷舰："海盗"号、"誓约"号和"异常"号，进入被轰炸过的航道开始了扫雷工作。在丽岛的西北，正在扫雷的美海军"海盗"号和"誓约"号触发了水雷，这两艘船当际沉没。"异常"号同时遭到了人民军岸炮的攻击。

10 月 17 日，南朝鲜第 1 军的部队从陆路夺取了元山并控制了俯瞰港口通道的半岛和岛屿，解除了朝鲜人民军海岸炮火对美军扫雷的威胁。

10 月 18 日，又有 2 艘南朝鲜船只在元山附近触雷，1 艘船在港口入口处失去战斗力，而另 1 艘扫雷艇被炸沉。

到了 10 月 23 日，美军扫雷大队已清除水雷的通道并接近蓝——黄海滩，但对海滩本身的扫雷工作仍在进行中。

　　10月24日，斯特鲁布尔海军上将在美国战列舰"密苏里"号上举行了一次会议，决定美军在25日开始登陆，为此他要求扫雷艇必须迅速完成对元山内港的作业。

　　朝鲜人民军并没有把布雷区仅限于元山及其港口的水域，在海岸地区也密布了地雷。当南朝鲜第1军夺占了元山以后，就开始着手清除海岸上的地雷。

　　当各种扫雷工作结束以后，美军便开始了登陆行动。

　　10月16日傍晚，美军第1大队的两栖作战舰只以及装载着登陆车辆艇群的坦克登陆舰从仁川启航。17日上午8时，在船上的突击部队的主力随同海军陆战队第1师从仁川启航，驶入黄海后，向南绕过朝鲜的最南端。从仁川到元山海上航线的最短距离是830公里。

　　驶进预定地区后，从10月19日到25日，在日本海的元山航道外，装载着海军陆战队第1师的船队在海上缓慢地前后徘徊着。10月25日，21艘运输舰和15艘坦克登陆舰进入港口，并在"蓝色"和"黄色"的海滩上抛锚，登陆部队开始上陆。其后方勤务部队于10月26日上午7时30分登陆。10月27日上午10时，海军第1陆战师的指挥所从"麦金利"号舰上移至元山。到10月28日，所有师的战斗分队均已完成登陆任务。

　　同时，第7师在釜山的海面上滞留了10天。最后，在10月接到了进入利原的命令。利原距釜山有150多公里，在那里，该师在海滩上卸载。

　　由于"联合国军"突入"三八线"以后进展顺利，因此美第10军上陆后任务已改变为向元山以北而不是以西推进。阿尔蒙德上将决定把美军第7师的登陆地点尽可能地靠近其向北朝鲜的北部内陆边界的进攻轴线，即沿着北青——丰山——惠山镇公路直抵鸭绿江。

第8集团军越过"三八线"

10月5日，美第8集团军发布作战命令，越过"三八线"，对平壤的进攻即将开始。

朝鲜人民军在整个半岛构筑了三道防线，每道防线由永备发射点、火炮掩体、堑壕以及有刺铁丝网组成。第一道防线沿"三八线"构筑，纵深约500码；第二道防线位于第一道防线之后的约3公里处；第三道防线位于第二道防线之后，基于各处地貌的具体特点而建。三道防线的总方向是防御敌军向北方的进攻。

美军第1骑兵师的进攻分成三个团一级的作战队，部署在开城附近的"三八线"南侧。在中央，第8骑兵团的任务是沿着从开城至金川的公路主轴线实施正面进攻；在其右侧，第5骑兵团的任务是在迂回翼侧的运动中首先向东尔后向西发动进攻，目的在于包围"三八线"北侧15公里金川以南的朝鲜人民军。与此同时，左翼第7骑兵团的任务是越过礼成江，占领北起白川至金川以北6公里的小镇汗浦里，重要的平壤公路就在此跨过礼成江。在汗浦里，第7骑兵团的任务是建立一道拦阻阵地以伏击朝鲜人民军的大部队。

10月7日下午，第1骑兵师派出了巡逻队越过"三八线"，并在10月8日的夜间又派了一支巡逻队越过了"三八线"。10月9日9时整，该师全师越过了"三八线"，开始了向北的进攻。

在"三八线"以北的道路上，朝鲜人民军布了很多地雷，因此沿着主公路前进的美军各师进展非常缓慢。公路上地雷，也使美军装甲部队不时停顿，以便等待工兵部队进行排雷。在巨金川的公路上，朝鲜人民军还不断以坦克、自行火炮和曲射武器来阻止美军行动。

美军第1骑兵师右翼的第5骑兵团进展也不太顺利，该部队于10月9日19时30分到达"三八线"，到了第二天上午仍未能跨过"三八线"。在开城东北15公里处，人民军扼守着一条控制着道路的长山脊，山脊上有数个突出部（179、175和174高地），挡住了美军第1营的前进路线。直到10月12日，美军第2营参加战斗，才将这几个高地攻占下来。

10月11日，英国第27旅在第6中型坦克营第2连的支援下，渡过临津江随同美第5骑兵团向开城东北方向进攻，他们的作战任务为：通过山区向西北运动，从近距离内完成对金川的包围。然而美军的空中侦察，错误地报告说前进道路同地图标示的一致，当该旅行进到实际地点时，那里的道路只比手推车路宽一点，并且在山中是死路一条，该中型坦克营迷了路，他们试图往回走并试探着走另一条路，但由于山区中道路不易通行，因此这支英军部队始终未能加入到金川的战斗之中。

南朝鲜第1师于11日拂晓在亏龙坡里渡过江，它位于美军第1骑兵师的东侧，沿着与第5骑兵团平行一条道路向西北进攻，并且这条道路将于美第5骑兵团的前进道路汇合。

当南朝鲜第1师先遣支队从东南方向到达该地时，第5骑兵团在预定的渡口处于10月12日下午晚些时候与朝鲜人民军交火。在该处召开的会议上，美军克隆比兹上校和南朝鲜师的师长派克将军协议，第5骑兵团将首先通过该路直至克隆比兹的部队向西踏上北侧5公里外通向金川的侧路时为止。紧随第5骑兵团之后的南朝鲜第1师届时将继续向北面的市边里实施进攻，并在市边里转向西北攻取平壤。第6中型坦克营的第3坦克连将支援南朝鲜第1师作战。

在美军的三支团级进攻部队中，位于师的左翼的是第7骑兵团，其任务最为难巨。盖伊将军及其司令部对该团完成任务的希望甚小。该团必须首先强渡宽阔且有朝鲜人民军防守的礼成江,才能做为金川袋形阵地作战的左路军向北面转入进攻。因为美军第1军的所有架桥部队及其装备都已经调往临津江上的汶山里,对第7骑兵团强渡礼成江的行动,其上级未能提供任何措施。

10月8日,美第7骑兵团受命向礼成江前进,并搜索渡河点。其情报与侦察排发现,在开城——白川道路上横在江上的很高的、800码长的公路和铁路双用桥虽然遭到破坏,但仍然屹立着。然而大桥在摇摇欲坠,只能徒步通过。在桥的对面不时有朝鲜人民军用轻武器、自动武器和迫击炮火力进行射击。第7骑兵团准备抓住这座桥可以徒步通过的有利机会迅速渡过河。

10月9日下午,第7骑兵团对江西岸的朝鲜人民军阵地进行了三个小时的炮火准备。15时整,该团第3连的一个排在炮火的掩护下企图通过桥梁。在通过桥梁和占领远方位接近地的过程中,该排受到人民军轻火器火力的杀伤。紧跟该排之后通过桥梁的是第2连和第8战斗工兵营,他们用了一夜的时间在炮火下修补道路上的弹坑。

天黑以后,朝鲜人民军的部队向美第1营发起一次小规模的反冲击。临近午夜,美军又一次开始渗透过桥,桥梁上仍受到朝鲜人民军迫击炮和轻武器的火力袭击。临近拂晓时分,战斗结束了,美军终于占领了大桥,美军第2营得以继续前进。下午,第2营攻占了白川以及该城的北侧高地。10月11日,美第7骑兵团的第3营也渡过礼成江,继续向北部进攻。

到此时,美第1骑兵师的所有三支团级部队都已越过"三八线",进入了北朝鲜的土地。

10月12日上午,第7骑兵团的第3营夺占了目的地——金川北侧汗浦里的公路与铁路两用桥,以及与那里的道路交叉点。这样,该部美军就切断了在金川地区朝鲜人民军向西转移的路线。

夜间,第3营设置了路障,美军第8、5骑兵团给朝鲜人民军施加的压力明显增加了。

在第1骑兵师封锁金川袋形阵地的作战中,由于第7骑兵团成功地封锁了金川的退路,美军决定性的行动就在于第8和第5骑兵团,他们正在从南面和东面加紧压缩袋形包围圈。

第5骑兵团从市边里公路转向西方后,在通往金川的前进道路上碰到了连绵不断的地雷场,克服了这些困难后,该团继续前进,到13日的晚上已经接近金川。

在主要公路附近,朝鲜人民军集中部署了很多兵力兵器。13日的早晨,美第8骑兵团以带有时间引信的炸弹对该地的朝鲜人民军阵地,进行了地毯式的炮火准备。由于美军与人民军之间的距离比较接近,因而在作战中美军取消了B-26型轰炸机预定的对人民军的空袭,而改为每30分钟进行一次战斗机的突击。朝鲜人民军则以坦克、火炮和迫击炮、轻火器射击以及反冲击等行动进行了顽强的抗击。

在金川以南朝鲜人民军的拼死抵抗下,美第8骑兵团对该城的包围被成功地阻止住了。在这种情况下,一支载有约千名朝鲜人民军的大型车队从金川开出,在南川店的公路上开始向北撤离。

13日午夜,美第5骑兵团的第2营恢复了从东侧向金川的进攻,不久该营就进入并占领了该镇的北部,跟随其后的第3营占领了该镇的南部。在10月14日8点30分,该团的克隆比兹上校及其团指挥所到达金川。克隆比兹命令第2营转向北面,向汗浦里的第7骑兵团靠拢,命令第3营转向南面,与在开城路上的第8骑兵团会合,第1营留下来保障该镇的安全。

美军第5骑兵团第2营在向西北前进的过程中,中午在汗浦里以北与第7骑兵团的分队会合,第3营和第8骑兵团的特遣分队于午后不久在金川以南4公里处会合。

　　美第1骑兵师包围并夺占金川的行动进行了5天，虽然占领了金川，但在金川袋形阵地里的朝鲜人民军由于有有利的防御行动作配合，大部分成功地撤离了金川。

第八节　美军逼近鸭绿江

威克岛上的会谈

　　威克岛是美国在东太平洋上的重要军事基地。该岛位于波利尼西亚群岛之中，距华盛顿 4700 公里，距东京 1900 公里。威克岛由 3 个珊瑚小岛组成，3 个岛屿有堤道相连，呈新月形展开，中间有泻湖。全岛地势低平，海拔平均 6 米，总陆地面积 8 平方公里。威克岛 1899 年被美国占领。岛上人烟稀少，只有几百口人，盛产椰子、香蕉和其它水果。1941 年 12 月 8 日，日军偷袭珍珠港时，威克岛同夏威夷同时遭到轰炸。1941 年 12 月 28 日，日本陆战队以优势兵力在威克岛上强行登陆，迫使该岛美军司令官德弗罗少校率部投降。直到 1944 年 6 月美国海军尼米兹上将率领美军太平洋舰队占领马绍尔群岛之后，威克岛才又重归美国。朝鲜战争期间，威克岛上有一个美国的民航机场，在这个飞机场附近的海滩上还有一些尚未清除掉的二战时期美军和日军交战时被摧毁的坦克和车辆的残骸。

　　朝鲜战争的战局因为麦克阿瑟指挥美军成功地在仁川登陆而产生了根本的变化。美国政府和杜鲁门总统认为，朝鲜半岛的"胜利已成定局"。此时的杜鲁门考虑的是另外一个问题，那就是怎样结束朝鲜战争、如何防止苏联和中国的出兵干预，因为这些问题关系到他参加美国下一届的总统竞选，稍有不慎，就会全盘皆输，想连任美国总统的希望就会落空。

朝鲜战争一爆发，杜鲁门就认为是"苏联的指使"，所以他最担心的是苏联和中国介入朝鲜的可能？他总感觉"局势有可能恶化"，似乎看到了对这个问题不予重视是很危险的。杜鲁门同时从麦克阿瑟的一些行为中已经看出来，他的"亚洲第一"的思想，对美国政治的诸多影响，反映了麦克阿瑟的政治野心。如果麦克阿瑟再不听约束，硬要来一个"更大的冒险"，势必影响美国对整个远东问题的解决和遭受战争破坏的朝鲜半岛的"重建"。

麦克阿瑟已经有十几年没有回美国本土了，第二次世界大战以后美国人称麦克阿瑟为"亚洲王"，他独往独来，在美军中是一位"自由将军"。杜鲁门当上总统以后还一直没有见到过麦克阿瑟一面，对作为美国武装部队总司令的杜鲁门来说不能说不是一件憾事。

基于杜鲁门总统的种种考虑，他决定亲自与麦克阿瑟"谈谈"。杜鲁门在他的《回忆录》中写道：

　　我想会见麦克阿瑟将军的主要原因很简单，我们始终没有过任何的个人接触，而我认为他应该认识他的统帅，而我也应该认识在远东战区的高级指挥官。

　　从6月以来多次的事件可以看出麦克阿瑟在他出国的多年中，他和国家、人民在某种程度上失去了联系。

　　他的政治见解事事与本国的见解格格不入就是因为他离开本国的时间太长。他不了解华盛顿的想法和气氛。

　　……

　　我曾通过哈里曼和其他人士努力使他放宽眼界看世界，以期和我们在华盛顿对世界的看法取得一致。但是我感到，我们的努力收效甚微。我想如果我能直接和他谈谈，也许他比较容易改变些。

从北平传来的中国共产党扬言要在朝鲜进行干涉的报告，是我要和麦克阿瑟将军面谈的另一原因。我希望从他那里得到第一手的情报和判断。

……

经过一段短时间的考虑，我放弃了在华盛顿会晤的念头。我理解到麦克阿瑟一定会认为，在这些危险的日子里他不应远离他的部队，他一定会为远涉重洋、仅仅是为了几个钟头的谈话而感到踌躇。因此我提议我们在太平洋的什么地方会见，结果认为在威克岛最为合适。

关于在哪里与麦克阿瑟会谈的问题，杜鲁门也费了一定的心机。他开始想亲自飞到朝鲜或日本会谈，并视察一下美国军队，但在朝鲜战局变化很快的情况下，作为美国总统又不宜离开本土时间太长。如果把麦克阿瑟召回国内，在朝鲜战局不稳定的情况下，战区司令官又不宜离开战场时间过长。杜鲁门总统经过反复考虑和比较，最后采纳了国防部长马歇尔的建议，决定在太平洋上的威克岛与麦克阿瑟会谈。这样，杜鲁门总统要飞行近一万多公里，麦克阿瑟将军也要飞行三千多公里，从时间上说，对于会谈双方都是可以接受的。

美国政府的一些要员对杜鲁门总统与麦克阿瑟的会谈表示不赞同。马歇尔将军历来对麦克阿瑟不感兴趣，他借口在国防部来应付紧急情况而不去威克岛与麦克阿瑟见面。美国国务卿艾奇逊则认为杜鲁门与麦克阿瑟的会谈动机不妥，他在事后说：

国家元首常常染上一种致命的痼疾。此时此刻，麦克阿瑟实际上就是一位国家元首——他是日本和朝鲜的天皇。……这简直就是谋杀，就是对一条狗也不能这样。

　　人们不知道会见时谈了些什么，总统可以告诉你们他认
为谈了些什么；另一个家伙有把握地说谈了另外一些事，
则这些事是无法搞清楚的……

　　杜鲁门的白宫办公室对这次总统与麦克阿瑟将军会面细节的
安排在事先没有告诉远在东京的麦克阿瑟，这使麦克阿瑟迷惑不
解。据考特尼·惠特尼将军说："麦克阿瑟想知道，美国是否在计
划采取一项外交或军事行动。这一行动如此重要，以致总统认为
他必须不辞辛劳，长途跋涉。"同样，麦克阿瑟在启程离开东京前，
他对美国驻日本大使馆的威廉·西博尔德说："这可能是一次政治
旅行。"麦克阿瑟还拒绝西博尔德与他一同前往威克岛，并说：
"应该避免与这次会见有牵连。"

　　1950年10月15日清晨，威克岛的上空笼罩着一块巨大的黑
色雷云，杜鲁门乘坐"独立号"总统专机还是平稳地降落在威克
岛上的民用机场上。随同杜鲁门总统一同到达的有美国参谋长联
席会议主席奥马尔·布雷德利将军、陆军部长弗克兰·佩斯、助
理国务卿菲利普·杰塞普、助理国务卿迪安·腊斯克、巡回大使
艾夫里尔·哈里曼等12人，另外还有30多位记者也随同杜鲁门
总统前来采访。

　　麦克阿瑟将军早在杜鲁门来到以前就以已经抵达到威克岛，
作为总司令的部下他理应提前到达，好体面地迎接总统。麦克阿
瑟在从东京飞往威克岛的途中，心情一直焦虑不安，他认为整个
旅途"极为令人厌恶"，并不断地琢磨怎样对付"杜鲁门那易于暴
怒的脾气和偏见"。由于时差的原因，麦克阿瑟在威克岛当地时间
午夜才到达。驻威克岛的美国政府官员和美军军官为麦克阿瑟举
行了十分优雅的欢迎仪式。

　　当美国总统专机"独立号"降落时，麦克阿瑟坐着一辆1948

年造的已经破旧了的雪佛莱轿车驶向总统座机,当他走近飞机时,杜鲁门总统同时也走下了飞机的弦梯。杜鲁门总统注意到,麦克阿瑟"敞着衬衣,戴着一顶显然已经用了20年的油迹斑斑的普通军帽"。与麦克阿瑟形成了鲜明的对比,杜鲁门在尽管天气闷热的情况下仍然穿着十分得体,衣冠楚楚。

他们两人握了握手后,杜鲁门笑着说:"我们好久没有见面了。但愿下次见面时不要再隔这么久。"

这时,冉冉升起的旭日把天空染得色彩缤纷,杜鲁门和麦克阿瑟一起登上了那辆老掉牙的雪佛莱汽车,在民航管理处举行了一个多小时的单独会谈。对此,杜鲁门在他的《回忆录》中作了如下的记述:

> 我们讨论了日本和朝鲜的局势。这位将军向我保证朝鲜的战局是赢定了。他还告诉我中国共产党不会进攻,日本也准备接受和约。
>
> 然后他提起他向国外战争退伍军人全国野营会发表的关于福摩萨(台湾)的声明。他说他感到抱歉,如果他曾使政府为难的话。我告诉他,我认为这件事已成过去。他说他希望我能谅解他绝不是在搞政治,他在1948年上了政客们一次'当',用他自己的话说,这种事不致再发生了。
>
> 我告诉他一些关于我们加强欧洲的计划。他说他理解为什么要这样做,并肯定在1951年1月,有可能从朝鲜调一师人到欧洲去。他再次肯定朝鲜的冲突是赢定了;而中国共产党参加战争是不可能的。

杜鲁门和麦克阿瑟单独会谈的内容很多人在事后也无法得

知，这也是关于威克岛会谈的一个比较神秘的地方所在。

俩人单独谈完以后，一同走出了小屋，一起来到了另外一个小型建筑物里，举行了范围较大的有关朝鲜局势的研讨会。这次参加会议的还有雷德福海军上将、穆乔大使、陆军部长佩斯、布雷德利将军、国务院的迪安·腊斯克、菲利普·杰塞普、阿弟里尔·哈里曼和布雷德利的参谋汉布伦上校。

会议一开始，杜鲁门就开门见山地说："现在的问题是要认真地估计一下当前的战局，根据现在战场的进展，俄国和中国到底有无可能直接介入？"

麦克阿瑟信心十足地说："可能性很小。因为中国会判断，如果中国介入，美国作为报复措施，可能就要轰炸中国东北的基地及中国本土同东北的交通线，所以它不会冒这样的危险而介入。如果他们在战争的头一、两个月进行干涉的话，那将是具有决定性的。我们已经不再担心他们的参战了。中国在满洲的部队有30万人，其中部署在鸭绿江岸的大概不超过10至12.5万人，他们只能把5至6万人送过鸭绿江。中国的主要问题是，他们没有空军。由于我们在朝鲜已掌握了制空权，中国人想南下保卫平壤，那也只能成为被彻底歼灭的目标。"

麦克阿瑟接着说："如果苏联介入，可能首先使用空军，苏联空军的飞机和飞行员都比我们差，因而不必担心。所以我认为，可能是中国派陆军、苏联派空军联合介入。但是，他们没有进行过协同训练，不可能进行有效的作战。"

杜鲁门仍不放心地说："最近北京连续发出警告，周恩来确确实实讲了许多'不能置之不理'的话。对此，将军有何高见？"

麦克阿瑟说："总统先生，难道你不认为那是一种外交上的讹诈手段吗？"

杜鲁门说："当时联合国第一委员会正在讨论'八国提案'。周恩来是企图以介入朝鲜战争作为要挟，赤裸裸地对联合国进行讹诈。特别是那位传话的人，印度驻华大使潘尼迦，他几乎总是帮中国人的忙。那么，将军，俄、中有无可能联合进行干涉呢？"

麦克阿瑟回答说："俄国人没有施用于北朝鲜的地面兵力，唯一可能的联合干涉是俄国对中国地面部队实行空中支援。不过，我认为俄国空军每次轰炸我军时，将会炸到中国人。我相信，那是不会收到什么效果的。"

整个会议几乎都是杜鲁门和麦克阿瑟俩人在讲话。杜鲁门和麦克阿瑟的一问一答，使远渡重洋的美国总统杜鲁门及其随行人员感到满意。

坐在总统旁边的参谋长联席会议主席布雷德利将军，在杜鲁门与麦克阿瑟谈话的同时在考虑着美国军队在全球的使用问题，他说："不过，我们总不能用这么大的兵力长期呆在朝鲜。到1951年1月份，第2师或者第3师，是否可能抽出调往欧洲？"

美国在第二次世界大战后的战略重点在欧洲，布雷德利的考虑是对的。

麦克阿瑟果断地回答说："我认为，战争在感恩节就可以结束，在朝鲜的北方和南方的正规抵抗都将终止。我希望圣诞节能将第8集团军调回日本，调哪个师到欧洲，就看你们的了。"

对于麦克阿瑟的判断，没有人再提出异议了。杜鲁门总统和与会的美国高级官员都默默地点头表示赞同。而麦克阿瑟的判断也只是从战场现地的所见所闻出发作出的，由于与会者的赞同，麦克阿瑟认为华盛顿从政治角度的判断同他从军事角度的判断完全一样，这就更加增强了他的信心。

于是，会议开始时的那种关于对中国和苏联的担心已经没有了，代表政府和军队的人士都认为胜利是没有任何问题了，下一步该讨论朝鲜的重建问题了，会场的气氛也变得活跃起来。

　　一个国家的人开始讨论另外一个国家的内政和建设问题，这不是侵略，又会是什么呢?!

　　威克岛上的会议讨论了关于如何武装和加强李承晚军队，关于如何发挥日本的作用等等，已经勾画出一个重建朝鲜的"蓝图"。

　　麦克阿瑟作为"亚洲王"，对于亚洲问题是有"发言权"的，他说："枪炮一停，军人就要离开朝鲜，要由文职人员取而代之。朝鲜陷于瘫痪已经很长时间了，恢复经济建设的资金即使最节省也要经过很长时间才能备足。"

　　麦克阿瑟又说："在3到5年里使用10亿美元足以弥补损失。用泥巴子和竹子盖的房子，如果被摧毁的话，可以在两周内重新盖好。"

　　会议最后就李承晚的问题进行了激烈的讨论。麦克阿瑟极力反对一项在战后解决朝鲜问题时，把南朝鲜人和北朝鲜人同等对待的联合国大会的决议案，因为该决议案要求在南北朝鲜重新举行选举。麦克阿瑟说："如果把一个曾经牢牢站住脚跟并且经受了如此浩劫的政府赶下台，把它与北朝鲜相提并论的话，那将是很糟糕的。"

　　杜鲁门对麦克阿瑟的意见也表示同意，他说："不能这样做，而且也不必这样做，我们必须开诚布公地表明我们支持李承晚政府，让宣传见鬼去吧!"

　　会议就这样结束了。

　　杜鲁门又邀请麦克阿瑟回到小活动房子里闲聊了一会。他们终于又谈到了政治。据麦克阿瑟后来对惠特尼说：将军问总统是否打算在1952年争取连任。杜鲁门则反唇相讥，问麦克阿瑟是否有什么政治抱负。麦克阿瑟回答说："根本没有!如果有哪位将军与你竞争的话,那么他的名字会是艾森豪威尔,而不是麦克阿瑟。"

在威克岛的时间里，杜鲁门还为麦克阿瑟举行了一次小小的授勋仪式，杜鲁门总统代表美国政府授给麦克阿瑟一枚优异服务勋章，并说了一些颂扬和赞誉麦克阿瑟的话。受勋完毕，杜鲁门总统还特意赠送给麦克阿瑟一点私人礼物——10 磅布隆糖果，并请麦克阿瑟将军转给他的夫人。杜鲁门送给麦克阿瑟的这一点点糖果可谓煞费苦心，杜鲁门在临行前和助手们商议，给麦克阿瑟带去一点在日本买不到又会使他高兴的小礼物。助手们急忙四处打听麦克阿瑟的喜好，终于在五角大楼找到了一位曾经当过麦克阿瑟私人助手的年轻军官，这位军官告诉说麦克阿瑟和他的夫人喜欢吃布隆糖果，这种糖果在日本又买不到。于是杜鲁门总统就给麦克阿瑟这位"大将军"带去了糖果，真可谓是投其所好。

杜鲁门对威克岛之行感到满意，他主要是从麦克阿瑟这里了解到中国"不会干预"的立场，同时也了解到了麦克阿瑟没有什么政治野心。他认为心上悬着的那块石头好像落地了。他因此高兴地说："没到这里来的人，都不会相信我们讨论了如此之多的重要问题。"

沙里院争夺战

在美军第 8 集团军向北朝鲜进攻的第一阶段中，金川孤立地区的战斗行动结束以后，美军第 4 骑兵团第 2 营便从汗浦里向南川店进攻。10 月 15 日清晨 7 时，在进攻之前，美军空军部队实施了空中突击。紧接着，美第 2 营在炮兵火力的支援下对顽强扼守阵地的朝鲜人民军发起了冲击。经过双方的苦战，美第 2 营于中午进入南川店。此次战斗中，美军第 2 营也付出了代价，亡 10 人，伤 30 人。

10 月 16 日中午，美第 7 骑兵团第 3 营攻占了位于南川店西北17公里处的瑞兴。第1营穿过该镇，沿另一条道路向北进攻，准备第二天向黄州方向进攻。

在美军第1骑兵师的右翼，南朝鲜第1师于13日进入了位于开城东北的非常重要的道路交叉口市边里。15日，该师在向平壤进攻的路上，在位于南川店东北12公里处的尾隅洞附近同朝鲜人民军的大约一个团的兵力进行了激烈的战斗。16日，该师的各先头分队进至平壤东南距平壤直线距离只有40公里的遂安。此时，该师师长朴将军狂言，"他的战术就是不停顿地前进"。为了争功，该师想要抢在美军摩托化部队之前到达平壤市。

此时，沃克将军认为美军的前进速度过于缓慢，他表示不耐烦了。他命令美第24师进入位于第1骑兵师左翼（西边）的进攻出发阵地、从南翼攻占沙里院，然后继续南向由北进攻北朝鲜首都。同一天，英联邦第27旅在美第7骑兵团之后集结，准备超越该团攻占沙里院。

沙里院是北朝鲜首都平壤的重要屏障，夺取沙里院是能否进占平壤的关键。沙里院位于瑞兴正西约30公里处的公路上。在这里，公路和铁路从山中穿过，向北延伸，穿过沿海平原，直上35公里处的平壤。只有零星的矮山丘点缀在连接沙里院与平壤的公路两侧。美军估计朝鲜人民军在撤退中必然会在平壤以外的沙里院前的高地上组织强有力的防御，以保卫自己的首都平壤。

10月17日，美第24师第21步兵团攻克了海州，并于同日下午完全攻占了该镇。

与此同时，美军第19团在第5骑兵团后跟进。这两个团在南川店离开主要公路向西进攻。第19团计划通过溜川里后继续向西进攻，然后北上，向沙里院进攻。16日，在通往南川店的路上发生了严重的交通堵塞，英联邦第27旅、第5骑兵团和第19团都被挤在路上。在很长一段时间里，车辆一辆紧接着一辆缓慢地向前运动。在美军中有一种传闻,即第1骑兵师和第24步兵师谁先到达沙里院,谁就将获得担任军的主攻师进入平壤的权利。由于美第24师走的是条迂回路线,路程远,路况差,且补给路线也差,所以他们在这场竞赛中无能为力了。

此时,前进中的美军各部队已经无所顾及,只是一味地向前推进,他们的一个显著特点是各师之间展开了竞赛,每个师所属的各部队之间也展开了竞赛,以便取得最快的进展,争取首先打进北朝鲜首都。各部队之间经常出现冲突,神经都很紧张。由于美军各部队无协同地前进,造成了自己打自己的情况。

10月17日,第7骑兵团以第1营为先导,沿一条次要的大车路从瑞兴向北迂回黄州,该团将从黄州出发,从北边沿通往平壤的主要公路对沙里院实施突击。当天上午,英联邦第27旅在瑞兴地区越过第7骑兵团的阵地,继续沿主要公路向沙里院挺进。

经过一夜鏖战,朝鲜人民军被迫撤离沙里院,于是美军、英军进入了沙里院。这是一座城市,美军的飞机轰炸给它造成的损失非常严重。

美军攻占了沙里院后,开始向北朝鲜的首都平壤进攻。

平壤失陷

美军对朝鲜人民军有一个估计,他们认为:当"联合国军"打到沙里院时,形势已经明朗,剩下的北朝鲜部队不可能组织起强大防御来保卫平壤。

此时,朝鲜人民军不仅要对付从南面的汉城沿主要方向进攻这个首都城市的美军,还要对付从东南和东北包围平壤的南朝鲜陆军部队。如果"联合国军"的一些部队再快速前进几天,就可能切断平壤城北边的公路,那样"联合国军"就形成了对平壤的完全合围态势了。

麦克阿瑟原来计划用美第 10 军在朝鲜东海岸的元山登陆后实施的侧击作战，实际上在第 10 军没有登陆之前，美第 8 集团军指挥的南朝鲜陆军部队就先机实施了对平壤的侧翼攻击。

到 10 月 17 日傍晚，南朝鲜的 4 个师以及美国第 1 军和英国军队都在力争首先进入平壤。南朝鲜第 1 师距平壤东南角只有 15 公里路程，是"联合国军"中距平壤最近的部队。在该师的右翼，南朝鲜第 7 师正在从东向平壤进攻。再向东去，南朝鲜第 8 师几乎就要打到中部山区的阳德了，该师在这里向西，沿平壤与元山之间的横向公路进攻。而南朝鲜第 6 师 10 月 15 日从濒海城市元山开始向西进攻，位于平壤以东，距平壤的直线距离为 50 公里。

"联合国军"各部队从不同的方向逼进平壤，美国第 1 军从南面和东南面，南朝鲜第 7 师从东南面、第 8 师和第 6 师从东北面向平壤挺进。

美第 8 集团军情报处长 10 月 17 日判断：

> 北朝鲜第 32 师和第 17 师总共只有不足 8000 有生力量在守卫平壤。敌人将对该城实施象征性的守卫，而其主力部队将要向北撤过郑村河，以利再战。

美军第 7 骑兵团处于"联合国军"的最北端，盖伊将军命令该团 10 月 18 日黎明时继续向平壤进攻，该团第 3 营担任突击营。18 日黎明时，该营通过黄州的徒涉场开始前进。在到达距平壤半路处的黑桥里南侧的高地之时，遇到了人民军的抗击。朝鲜人民军用高射速火炮和 120 毫米重型迫击炮向该营行进纵队进行了猛烈的射击。美第 70 坦克营第 3 连的 20 辆坦克立即支援第 3 营的作战，与人民军部署在工事里的 3、4 辆坦克交火。盖伊将军命令另外两个营对人民军防守的山脊实施翼侧攻击，战斗持续了一个晚上。第二天早晨，人民军的守备部队放弃了这些阵地。

美军第5骑兵团于10月19日开始越过第7团的战斗队形，接替美军第7骑兵团向平壤进攻。

10月19日5时，美第5骑兵团保罗·克利福特中校指挥的第2营率先从黄州出发北进。其F连加强了5辆坦克、1个工兵排和1个重机枪班，在詹姆斯·贝尔中尉的指挥下越过第7骑兵团的战斗队形，作为第5骑兵团的步兵向平壤进攻。美军的一些喷气式飞机在空中为F连指示进攻方向。这些飞机和美军的支援炮兵压制了迟滞F连前进的人民军的部队。11时零2分，F连进到了20码宽的戊辰川，该河是大同江的一条支流，在平壤市南面分流。朝鲜人民军的部队依托河北岸20英尺宽的河堤，用3门反坦克炮来守卫这个河上的公路桥。F连在这里耽误了约半个小时的时间，于是加强了进攻的火力，最后人民军的守备部队只好放弃了反坦克炮的阵地。这样，美F连越过了戊辰川，于11时进入了平壤城南。

平壤是朝鲜最古老的城市，长期以来一直是朝鲜的首都，战争爆发时，其人口约50万。该城跨越朝鲜的主要河流之一大同江，此江从平壤流出40公里直泻黄海。该城的主要公共建筑物座落在大同江北岸。一个大面积的比较新兴的工业化郊区位于大同江南岸。连接釜山、汉城、墨登的两座铁路桥在这里飞越大同江。在铁路桥上游大约两公里处有一座大型公路桥。平壤段的大同江平均宽约400至500码。由于水流湍急，此江是军事上南北机动的主要障碍。

美第5骑兵团继续向西进攻，准备夺取平壤的一些工厂建筑物、铁路桥和大同江北岸的桥头堡。当美F连到达大同江南岸时，发现每座铁路桥只剩下了一个桥孔（每座桥有3个桥孔）没有遭破坏。在对东桥进行了简要的查看后，F连的步兵越过了其中一个被破坏的桥孔，攻占了江中心的一个小岛。美第5骑兵团继续向平壤市区进攻。

南朝鲜第1师几乎在美第1骑兵师进入平壤的同时，从第1骑兵师的东北方向沿市边里——平壤公路打进了平壤。10月18日晚间，南朝鲜第1师有了最先进入平壤的极好机会。经过一天的激烈战斗，该师前进了两公里，距平壤市只有8公里了，第1骑兵师的先头分队距平壤大约还有30公里。由于南朝鲜第1师距平壤较近，朝鲜人民军对该师的作战要比对美第1骑兵师的作战更加顽强。朝鲜人民军在南朝鲜第1师进攻平壤的接近路上布设了大量的反步兵雷和反坦克雷。在距平壤6公里处的古城洞附近，人民军把南朝鲜步兵阻止住了。为保障南朝鲜部队的进攻，美军第6坦克营C连的坦克从两翼包围了人民军的阵地，由于力量差别太大，人民军被迫放弃了阵地。

南朝鲜第1师越过人民军的阵地后，街道上大范围的雷场迟滞了他们的坦克部队的行动，而南朝鲜第12团第2营的步兵则能继续前进。他们在快到大同江边时，朝鲜人民军部队炸掉了大同江上的公路桥。南朝鲜士兵只好寻找徒涉场，在平壤城以东几公里处找到了一个徒涉场，从那里过了江，向平壤主要市区进攻。到天黑时，南朝鲜第1师的大部分部队都进入了位于大同江以北平壤市的主要市区。与此同时，南朝鲜第7师第8团也从平壤的东面打进了平壤。

10月20日，南朝鲜第1师打进了平壤城的心脏地区，攻占了行政中心，10时，他们攻占了整个平壤市，包括市政大楼、省政府办公大楼和北朝鲜人民委员会办公大楼。

攻占平壤后，"联合国军"开始了对平壤的疯狂掠夺，10月16日成立的"印第安头领的特遣分队"，对北朝鲜政府办公楼及外国人的建筑进行搜索，缴获了大量的情报资料，这些情报资料中既有军事资料又有政治资料，都移交给了美军远东司令部总指挥部派出的一个特别小组，并由飞机运往东京。

美军在肃川和顺川的空降突击

麦克阿瑟将军在"联合国军"全线突入"三八线"以北时，将小弗兰克·波文上校指挥的第187空降团留在汉城附近的金浦机场，担任总部的预备队，并准备把这支空降部队空降至平壤以北地区，以切断北朝鲜政府和军队的退路，援救估计在北朝鲜首都行将失陷时可能被北撤的美国被俘人员。

当攻占平壤的战斗激战正酣时，麦克阿瑟将军决定10月20日实施空降。在平壤以北30公里直线距离处有两个空降地域，主要空降地域在肃川，另一个空降地域在顺川。两条公路由平壤向北延伸，形成了个"V"字型，每条公路都与一条铁路大体平行。从平壤通往鸭绿江和新义州的满州里边界的主要公路是"V"字型的左翼公路。肃川就位于这条公路上的两面有低山的宽谷里，距平壤35公里。右翼的公路穿过比较崎岖的地形，在大同江畔进入顺川。顺川在肃川以东，直线距离17公里。

空降团10月20日凌晨2时30分在大雨中集结起来，开赴机场。在那里，他们在倾盆大雨中等待着天气的好转。正午前，天空开始变得晴朗了，该团登上了113架C-119型和C-47型运输机，飞机挤得满满的。

当运输机快抵达空降地域上空时，一些美军的战斗机在其前用火箭和机枪对地面进行扫射。14时，第一批部队从肃川上空的先头飞机上跳伞空降。美军部队空降以后就开始空降重型装备，一个空降步兵团的建制设备，包括吉普车、90毫米牵引反坦克炮、

105毫米榴弹炮以及一套重量相当于一辆2.5吨重卡车的机动式无线电转播机。这次空降的有第674野战炮营的7门105毫米榴弹炮和1135发炮弹。经修理后，有6门火炮可使用。百分之九十的炮弹没有损坏或没有爆炸。这是美军第一次在战斗过程中空降重装备，也是第一次使用C−119型运输机在实战中空降部队。

空降后，美第1营只遇到了零星的抵抗就夺取了肃川东侧的97高地和北侧的104高地，他们穿过了肃川镇，并在其北侧设置了路障。

美第3营与第1营同时空降在同一地域内。着陆后，第3营向南机动，在肃川镇以南2公里处的低山坡上占领了防御阵地，并在铁路和公路交叉处设立了路障。

美第2营14时20分在第二空降地域开始空降，并顺利地于夜间攻占了目标。该营的两个连在顺川南侧和西侧设置了路障。另一个连前进至顺川，并与南朝鲜第6师分队建立了联系。这支南朝鲜部队是在向郑村河推进过程中从顺川东南进入顺川的。

这几天里，在肃川和顺川美军共空降了约4000名部队和600多吨装备和补给品。装备包括12门105毫米榴弹炮，39辆吉普车，38辆4吨牵引车，4门90毫米高射炮，4辆3/4吨卡车以及584吨弹药、汽油、水、干粮和其他补给品。

美军第187空降团第1营在空降后的第一个上午就攻占并封锁了北去公路的制高点。而此时，朝鲜人民军的后卫部队正控制着北侧的山地。

为了考查美军的空降效果，麦克阿瑟将军和斯特拉特迈耶将军、怀特将军以及惠特尼将军等人一起，从东京飞临现场观看空降。当麦克阿瑟在空中看到空降部队成功地空降和集结起来后，便飞往平壤。在平壤，麦克阿瑟发表一通评论，说：这次空降看来完全出乎敌人的意料。他估计，3万名北朝鲜部队可能为北朝鲜所

剩部队的一半，陷入了北边的第 187 空降团和南边位于平壤的第
1 骑兵师和南朝鲜第 1 师的包围之中。这些北朝鲜部队要么被歼，
要么被俘。

麦克阿瑟第二天返回东京时，又作出预测："这场战争肯定会
很快结束。"

可是，麦克阿瑟将军高兴得太早了，后来几天战争的发展使
他的预想破灭了。美军的空降部队没有能够阻止住朝鲜人民军大
规模的战略后撤，人民军的主力已经撤至肃川和顺川以北。美军
人没有截住、击毙或俘虏北朝鲜的任何军政要员。

北朝鲜的主要政府官员 10 月 12 日就离开平壤转移到鸭绿江
边的满浦镇，继而北朝鲜政府又转移到满浦镇东南 20 公里处的山
区小镇江界。江界——满浦镇地区山峦起伏，森林茂密，是进行
防御性迟滞行动的理想地区。这一地区曾是朝鲜人民进行游击战
的据点，附近鸭绿江上有许多垂手可得的渡场，它位置适中，有
横向道路通向朝鲜的东北部和西北部。

逼向鸭绿江

就在美军空降部队在肃川空降时，美军第 8 集团军对朝鲜人
民军做了如下判断：

> 北朝鲜部队对平壤以北直线距离 45 公里处的郑村
> 河天堑只能组织象征性的防御。敌人将沿两个方向北撤，
> 每个方向各有一条铁路和公路。一路从郑村河畔的新安
> 州和安州向右拐，通过熙川到东北方的距鸭绿江直线距
> 离 20 公里的北朝鲜中部山区的江界。另一路从郑村河向
> 左拐，沿西海岸朝西北方向到满洲里边境的鸭绿江口附

近的新义州。

10月22日，美第6中型坦克营第3连担任代号为"大象"的特遣分队，从平壤出发，通过顺川向九峰洞前进，以封锁那里的铁路。通过顺川后，该特遣分队于22时到达目的地。接着又向西朝见龙里前进。见龙里位于郑村河下游的谷地。南朝鲜第1师在该特遣分队之后跟进。

10月23日，南朝鲜第1师从见龙里出发，沿郑村谷地前进，攻占了郑村河上安州东北3公里处的一座被破坏了的木桥，其一支由坦克组成的巡逻队继续向下游前进，一直到新安州。此时，人民军已经放弃了该城，并破坏了附近郑村河上的所有桥梁。南朝鲜军立即连夜修筑新安州被破坏的桥梁。10月23、24日两天，南朝鲜第1师的3个团渡过了河。接着，该师向东北方向朝云山进攻。

遵照美第1军关于继续向平壤以北进攻的命令，美第24师的先头分队于10月22日傍晚到平壤以北的集结地域，在这里，该师又重新指挥英联邦第27旅、第89中型坦克营和第90野战炮营。与此同时，英联邦第27旅加速从肃川向北前进。10月23日，该旅在南朝鲜第1师的坦克兵巡逻队进入新安州之后几小时就到达了该城。该旅还夺取了位于该城西南5公里处的一个简易机场。到这时，第24师完成了向平壤以北20公里处顺安的机动任务。

距入海口不远的新安州段郑村河河面很宽，两岸淤流很深。24日，英联邦旅"中性"第1营开始用突击舟渡河。该旅其他部队和车辆于当天晚上利用南朝鲜第1师架设在安州的桥渡过了郑村河。美第3工兵战斗营现在清理通往新安州的公路，以保障第8集团军计划中向满州里边境地区进攻所需的大部分后勤支援物资的畅通。

　　就在美军第 1 军在"联合国军"左翼向郑村河进攻时，南朝鲜陆军的另两个师也开始了进攻。南朝鲜第 6 师在见龙里向东北方向沿熙川至江界的道路朝郑村河进攻。南朝鲜第 8 师在第 6 师东侧进攻，于 23 日子夜到达德川。该师在德川北上，于两天后在九嶂洞对郑村河地域发起突击。

　　南朝鲜第 6 师从熙川向西进攻，以后又向北进攻，其目标是攻占鸭绿江畔的楚山。此时，该师处在"联合国军"的最前端。

　　10 月 24 日，第 8 集团军越过了郑村河，此时第 8 集团军已进至汉城以北 160 公里，并突入北朝鲜 130 公里。

　　南朝鲜第 1 军为了攻占元山，正沿东海岸向东进攻，其突入的深度与第 8 集团军相同。

　　美军第 10 军在元山登陆后，也开始并实施了陆上进攻。

第二章

唇亡齿寒，菊香园里毛泽东彻夜难眠，中国是否出兵朝鲜引起国际关注。

黑海边周恩来纵横捭阖，斯大林伸出友谊之手。彭德怀临危受命，中国三军集结鸭绿江

第一节　中国对朝鲜战争的最初反应

朝鲜战争的爆发，在新生的中华人民共和国中产生了十分强烈的反响。党中央和毛主席十分关注朝鲜局势的发展，指示我国新闻部门和军队收集有关情况资料，同时认真研究有关对策，分析预测着这场突如其来的战争会给中国带来何种影响。有关朝鲜局势的各种电讯和国外对朝鲜问题的反应情况，每天都送往中南海毛泽东、周恩来等党和国家领导人手中。

新中国刚刚成立不到一年，摆在中国领导人面前的问题很多，党中央和毛主席还是提醒全党、全军，在新中国百废待兴，各方面都需要建设、从头做起时，要严密注视朝鲜战争的发展及对中国的影响。

1950 年 6 月 27 日，美国总统杜鲁门发表了关于武装干涉朝鲜和武装侵略中国领土台湾的声明，声明说：

> 在朝鲜，为了防止边境袭击及维持国内治安而武装起来的政府部队，遭到北朝鲜的进犯军的攻击。
>
> 联合国安理会要求进犯军停战，并撤退至三八线。他们没有这样做，相反地反而加紧进攻。安理会要求联合国的所有会员国给予联合国一切援助以执行此决议。在这些情况下，我已命令美国的海空部队给予朝鲜政府部队以掩护及支持，对朝鲜的攻击已无可怀疑地说明，共产主义已不限于使用颠覆手段来征服独立国家，而且立即会使用武装的进攻与战争，它违抗了联合国安理会为

了保持国际和平与安全而发出的命令。这些情况以及共产党部队的占领台湾,将直接威胁太平洋地区的安全,及在该地区执行合法而必要职务的美国部队。因此,我已命令第七舰队阻止对台湾的任何攻击。作为这一行动的应有结果,我已要求台湾的中国政府停止对大陆的一切空海攻击。第七舰队将监督此事的实行。台湾未来地位的决定,必须等待太平祥安全的恢复,对日和约的缔结,或联合国的考虑。我并已指示加强美国在菲律宾的部队,及迅速对菲政府的军事援助。我同样也已指示加速以军事援助供给在印度支那的法国及成员国的部队,并派遣军事使团以便与这些部队建立密切工作联系。我知道联合国的一切会员国将仔细考虑最近这一在朝鲜的违反联合国宪章的侵略行为的后果。在国际事务中恢复强力统治将有广泛影响。美国将继续支持法律统治。我已训令美国驻安理会代表奥斯汀大使向安理会报告这些步骤。

杜鲁门的声明完全是一个破坏远东和平与挑战的声明,他不顾美帝国主义指使李承晚傀偏政府于 6 月 25 日首先发动全面内战的事实,却力图把李承晚傀偏政府发动战争的责任,转嫁于朝鲜民主主义人民共相国政府,诬蔑朝鲜人民军的正义反攻为"北朝鲜进犯军的攻击",并打着联合国的旗号欺骗世界舆论。杜鲁门的声明,同时又完全违反了开罗宣言和波茨坦宣言关于台湾等岛交还中国的决定,完全违反了联合国宪章关于任何会员国不得侵害任何国家领土完整与政治独立的原则,并悍然"命令第七舰队阻止对台湾的任何攻击"。杜鲁门这一命令,不但明白地表示了美帝国主义对中国领土主权的继续侵犯,而且也赤裸裸地揭穿了杜鲁门于 1950 年 1 月 5 日发表的、并为艾奇逊直至 6 月 23 日还加

以重申的对华政策声明的极端虚伪性。中国人民对此是绝对不能答应的。

1950年6月28日,周恩来外长针对杜鲁门的声明,代表中国政府发表了义政严辞的声明,指出:

> 美国总统杜鲁门在指使南朝鲜李承晚傀儡政府挑起朝鲜内战之后,于六月二十七日发表声明,宣布美国政府决定以武力阻止我台湾的解放。美国第七舰队并已奉杜鲁门之命向台湾沿海出动。

> 我现在代表中华人民共和国中央人民政府声明:杜鲁门二十七日的声明和美国海军的行动,乃是对于中国领土的武装侵略,对于联合国宪章的彻底破坏。美国政府这种暴力掠夺的行为,并未出乎中国人民的意料,只更增加了中国人民的愤慨,因为中国人民许久以来即不断地揭穿美国帝国主义侵略中国、霸占亚洲的全部阴谋计划,而杜鲁门这次声明不过将其预定计划公开暴露并付之实施而已。事实上,美国政府指使朝鲜李承晚傀儡军队对朝鲜民主主义人民共和国的进攻,乃是美国的一个预定步骤,其目的是为美国侵略台湾、朝鲜、越南和菲律宾制造藉口,也正是美帝国主义干涉亚洲事务的进一步行动。

> 我代表中华人民共和国中央人民政府宣布:不管美国帝国主义者采取任何阻挠行动,台湾属于中国的事实,永远不能改变;这不仅是历史的事实,且已为开罗宣言、波茨坦宣言及日本投降后的现状所肯定。我国全体人民,必将万众一心,为从美国侵略者手中解放台湾而奋斗到底,战胜了日本帝国主义和美国帝国主义走狗蒋介石的

中国人民，必能胜利地驱逐美国侵略者，收复台湾和一切属于中国的领土。

中华人民共和国中央人民政府号召全世界一切爱好和平正义和自由的人类，尤其是东方各被压迫民族和人民，一致奋起。制止美国帝国主义在东方的新侵略。只要我们不受恫吓；坚决地动员广大人民参加反对战争制造者的斗争，这种侵略是完全可以击败的。中国人民对于同受美国侵略并同样进行反抗斗争的朝鲜、越南、菲律宾和日本人民表示同情和敬意！也坚信全东方被压迫民族和人民，必能把穷凶极恶的美国帝国主义的战争制造者，最后埋葬在伟大的民族独立斗争的怒火中。

同日，毛泽东主席在中央人民政府委员会第八次会议上说：

中国人民早已声明，全世界各国的事务应由各国人民自己来管，亚洲的事务应由亚洲人民自己来管，而不应由美国来管。美国对亚洲的侵略，只能引起亚洲人民广泛的和坚决的反抗。杜鲁门在今年1月5日还声明说，美国不干涉台湾，现在他自己证明了那是假的，并且同时撕毁了美国关于不干涉中国内政的一切国际协议。美国这样地暴露了自己的帝国主义面目，这对于中国和亚洲人民很有教益。美国对朝鲜、菲律宾、越南等国内政的干涉，是完全没有道理的，全中国人民的同情和全世界人民的同情都将站在被侵略者方面，而决不会站在美帝国主义方面。他们将既不受帝国主义的利诱，也不怕帝国主义的威胁。帝国主义是外强中干的，因为它没有人民的支持。全国和全世界的人民团结起来，进行充分的准备，打败美帝国主义的任何挑衅。

美国政府对中国的态度根本就没理会，在杜鲁门的眼里，中国是没有资格同美国进行抗衡的，只能是嘴上抗议、虚张声势而已。然而，美国政府错误地估计了中国对朝鲜战争的态度，他们还是把中国看成是"东亚病夫"，他们没有认识到新中国屹立在东方对整个世界将要带来多么大的影响。

组建东北边防军

1950年6月27日，美国总统杜鲁门宣布出兵朝鲜的同时，又命令美国海军第7舰队阻止我中国人民解放军解放台湾。美国在使台湾"中立化"的借口下，其海军开进了中国的领土台湾并控制了台湾海峡。美国在台湾和朝鲜的侵略行动，对中国构成了极大的威胁。中美的敌对状态已经成为事实了。

为了在军事上早有准备，在毛泽东主席的提议下，7月7日和7月10日由中央军委副主席周恩来主持召开了两次国防会议，讨论了朝鲜局势和保卫祖国的问题。当时在北京的军委主要成员朱德总司令、聂荣臻代总参谋长、罗荣桓主任以及其他有关方面的负责人林彪、肖华、肖劲光、刘亚楼、杨立三、李涛、许光达、滕代远、谭政、苏进、贺晋年、赵尔陆等高级将领出席了会议。根据两次国防会议的讨论，中央军委于7月13日作出了《关于保卫东北边防的决定》，决定将驻在河南的中国人民解放军第13兵团（辖第38、39、40军）紧急调往东北，同在齐齐哈尔地区从事农垦的第42军，以及炮兵第1、2、8师部队一起共25万人组建东北边防军，负责保卫东北边防的安全的任务，并在必要的时机援助朝鲜人民的民族解放战争。

　　第 13 兵团是我第四野战军的主力兵团，这支部队中东北人多，长期在东北地区作战，对东北的地理比较熟悉，也比较能够适应与东北地区相似的朝鲜半岛的环境。

　　7 月 24 日，第 38 军抵达凤城，8 月移驻开源、铁岭一带。

　　7 月 25 日，第 39 军抵达辽阳、海城。

　　7 月 26 日，第 40 军进抵鸭绿江边的重镇安东（今丹东）。

　　与此同时，第 42 军奉命结束农业生产，编入东北边防军序列，在辑安（今集安）待命。

　　至此，东北边防军已下辖 4 个军，3 个炮兵师（炮兵第 1、2、8 师），3 个高炮团，3 个汽车团，以及战防团、战车团、工兵团、骑兵团等，共 26 万大军，在鸭绿江沿岸严阵以待。

　　东北边防军由邓华任司令员兼政治委员，洪学智、韩先楚任副司令员，解方任参谋长。

　　东北边防军成立后，在广大官兵中广泛进行了国际、国内形势的教育和深入的爱国主义教育，全军上下对于自身的任务有了深入的认识，增强了使命感和责任感，树立了战胜一切侵略者的决心。炮兵第 1 师第 26 团 5 连政治指导员麻扶摇写了一首出征诗：

> 雄赳赳，
>
> 气昂昂，
>
> 跨过鸭绿江。
>
> 保和平，
>
> 卫祖国，
>
> 就是保家乡。
>
> ············

　　这首诗表达了东北边防军广大指战员的心愿，很快就流传开来。后来，这首诗经过修改，又经作曲家周巍峙谱曲，变成了《中国人民志愿军军歌》，成为全军人人会唱，鼓舞官兵斗志的优秀战斗歌曲。

东北边防军在普遍进行政治教育和动员的同时，还在军事、后勤等方面进行了充分的准备。各军根据中央军委的战时编制方案，调整了编制，补充了兵员和武器装备，成立了相应的战时作战编组；各部队在出国作战前一直进行着临战训练；组织了全军营以上干部，研究朝鲜的地理情况、美军战术，以及山地的攻、防、夜战和步炮协同与野战防空等问题；为了解决出国作战的语言问题，经东北军区动员，请来了2000多名朝鲜族的青年作随军翻译……。经过两个多月的准备，各部队已由分散的和平生产状态迅速转变为紧张的临战状态，等候着中央军委的号令。

毛泽东急召雷英夫

自朝鲜战争爆发以来，毛主席、中共中央以及军委的首长，都十分关注朝鲜战局的进展。1950年8月间，朝鲜的战局是朝鲜人民军的节节胜利，我军总参作战室对朝鲜人民军、南朝鲜军以及美军的动态进行了跟踪研究，并不断把研究的结果向军委首长和毛主席、周恩来汇报。

雷英夫将军在抗美援朝战争时期，在周恩来总理办公室、军委机关和总参谋部工作，任周总理的军事秘书、军事顾问；军委作战局（又叫作战部作战局）副局长、中央复员委员会副秘书长，军委兵工委员会秘书长，军委军事定货负责人和总参作战室主任，作战部作战处处长、副部长等职。

朝鲜战争一爆发，军委和作战部的同志就一直密切观注着朝鲜战局的发展，注意研究朝鲜人民军和美军及南朝鲜军队的战法，跟踪美国在朝鲜半岛和在日本的部队的动静。当朝鲜人民军节节胜利时，作为已经取得祖国解放战争胜利的中国军人来说，无不为兄弟军队而高兴。

但是，随着朝鲜形势的发展，中国政府和军队对朝鲜战争作出了新的估计。7月上旬和中旬，美国主持建立"联合国军"，并派大量援兵源源不断地开进南朝鲜，使驻朝美军达到3万人。中国相当敏锐地感到朝鲜人民军将失去力量优势，开始高度警惕来自朝鲜半岛的美国军事威胁。7月6日，《人民日报》发表社论，其中指出北朝鲜"不能不准备进行持久的和较为艰苦的战斗"。《世界知识》杂志几天后载文，说战局有可能变得对北朝鲜不利，同时在朝鲜战争是否会扩大的问题上作了明显的保留。此后到8月中旬，随着朝鲜人民军攻势被阻和"联合国军"的继续加强，中国政府的担忧进一步增长。

当北朝鲜宣布要使8月成为完全解放朝鲜国土的月份时，身经百战的中国将军们对朝鲜战局的发展开始从纯军事的角度研究，他们从朝鲜战场上的双方态势和美军的动向中看出了许多问题。为此，军委作战室曾连续和有关部门的同志研究过朝鲜战局的有关情况，力求能做出一个比较正确的判断。他们采取了对抗演习和大辩论的方法，解放思想，集思广议，七嘴八舌，畅所欲言。

经过反复研究，作战室的参谋们得出了一个一致的意见：美军在仁川登陆的可能性很大，这是美军扭转朝鲜战局的一个非常重要的步骤，必须防止美军在仁川等地登陆。久经沙场的中国军人看到了美军的这一步棋，他们的主要根据是：

（1）美军和李承晚军队共13个师的兵力，集结在洛东江三角洲釜山的一个狭小的滩头阵地上，他们凭借着强固的工事和密集的兵力、火力以及海空军的绝对优势，是能够守住现有阵地的。而且他们既不撤退，也不进行反击作战，显然是在等待某种联合作战。

（2）集结在日本的美陆第1师和美第7师，既不增援釜山防御圈内的美军部队，又不在日本沿海布置防守，以防止他们认为苏联的可能攻击，而是突击进行训练，并按战时计划组成了美第10军。这种行为说明美军必将采取某种新的战略行动，像第二次世界大战的欧洲战场一样准备开辟新的战场以扭转战局。

（3）美英在地中海和太平洋的大批军舰，正在经苏伊士运河、印度洋、马六甲海峡，向日本和朝鲜海域集结，这显然是美军扩大朝鲜战争和准备登陆的征候。

（4）从朝鲜半岛的地形来看，它是一个狭长的半岛，长800至900公里，东西宽只有100至300公里，三面环海，可供军队登陆之处甚多，如仁川、元山、南浦、项浦、群山、兴南等地都是。美军在第二次世界大战的太平洋战争中和欧洲作战中，频频运用了登陆作战的作战样式，具有丰富的登陆作战经验，善于根据潮汐和海滩情况，以及战场态势，正确选择登陆地点和部署兵力。而仁川从地理位置和潮汐等情况来看，对美军的登陆作战极为有利，再加上美国海空军占有绝对优势，美军在仁川登陆可以割裂进攻洛东江的朝鲜人民军南北的战略联系，切断朝鲜人民军的后方补给线，又可配合由洛东江向北反攻之美军作战，形成南北夹击和包围朝鲜人民军的战略态势。

（5）朝鲜人民军的主力兵团打到洛东江是个很大的胜利，但人民军各部队连续作战，疲劳不堪，且兵力分散，后方补给线长达400至500公里，又一时不能短时间内攻破洛东江三角地带上的美军，已逐渐由主动地位转为被动地位。美军则相反，兵力集中，工事坚固，补给方便，可守可攻，战略上已逐步转为主动地位。

（6）美国作为帝国主义阵营的头头，拥有强大的海陆空军力量和工业基础，手中又握有原子弹，是不会甘心朝鲜战争初期的失败的，为了面子，为了巩固其霸主地位和既得利益，不会轻易放下屠刀的，一定会采取新的作战行动的。

8月23日晚，雷英夫同志从总参作战室来到周总理办公室，把参谋们研究的结果向周总理作了汇报。周总理非常欣赏作战参谋们对朝鲜战局分析的意见，认为这事关朝鲜战局的关键性的问题，值得党中央和军委的高度重视。周总理马上把情况向毛主席作了简要的汇报，毛主席要总理带雷英夫同志马上到他的办公室去。

不一会儿，雷英夫带着朝鲜战场的态势图和有关情报资料，随周总理乘车来到了毛主席的菊香书屋。周总理向毛主席简要汇报了朝鲜战局的情况，然后由雷英夫同志作详细汇报。

雷英夫同志打开军用地图，首先向毛主席汇报了朝鲜战场上作战双方的作战态势，接着讲述了根据有关的情报资料作战室的参谋们对朝鲜战局的判断。

雷英夫同志说：“我说现在看来，敌人在仁川登陆的可能性很大，如果仁川登陆成功，便会切断人民军的战略补给线，洛东江和仁川的敌人就会在战略上形成夹击和包围人民军主力的态势，这样朝鲜战场的局势，就会发生根本的变化，这是最值得注意的一个问题。因此我们觉得朝鲜战局表面上很好，实际上很险。”

毛主席一边听，一边分析，不断点头。

最后，毛主席说：“这些判断有道理，很重要。朝鲜想速战速决，一鼓而下，把李承晚伪军和美军赶下海，很快结束战争是不可能了。战争肯定是持久的、复杂的、艰苦的。但目前就打第三次世界大战也不可能，因为美国还未准备好。”

毛主席在听汇报的过程中，还问了一些其它问题。

毛主席问："麦克阿瑟的性格和指挥特点如何？"

雷英夫回答说："许多人说麦克阿瑟是个好战分子、倔老头。"

毛主席说："啊，他越好战、越倔，对我们越有利。"

毛主席又问了朝鲜可供登陆的几个地点的水文地形条件等情况，雷英夫同志都一一作了简要的报告。

毛主席着重指出："美军在仁川登陆确实是个值得密切注意的大战略问题。"并要求作战室的同志继续密切注意朝鲜战场的局势变化情况。

毛主席根据上述情况，为了防止朝鲜战争的突变，同周总理确定马上采取三个措施：

（1）检查督促一下东北边防军各项战备工作的情况，严令东北边防军务必在9月底以前完成一切作战准备工作，保证随时可以出动作战。并着重说明只要把这件事办好了，才能争取主动。

（2）将有关美军在仁川等地登陆和朝鲜人民军应该有些应付最坏情况的准备，如主动后撤等，告诉朝鲜和苏联方面，供他们参考。

（3）总参谋部和外交部，要随时密切注视朝鲜战场情况的变化。

历史往往有惊人的巧合，正是在8月23日这一天，麦克阿瑟在他的远东美军司令部里定下了在仁川登陆的决心。

美军飞机入侵中国

美国出兵朝鲜、干涉朝鲜内政的同时，还以其第7舰队进入了中国台湾海峡。为此，8月24日，周恩来外长致电联合国安理会，要求制裁美国武装侵略我国领土台湾的罪行，电文说：

　　纽约成功湖联合国安全理事会主席马立克先生及秘书长赖伊先生：

　　美国总统杜鲁门于今年六月二十七日宣布美国政府决定以武力阻止我中国人民解放军解放台湾，同时，美国第七舰队便向我台湾海峡出动，美国空军亦随着进入台湾，公然侵占我中华人民共和国的领土，美国政府这一行动乃是对于中国领土的直接武装侵略，对于联合国宪章的彻底破坏。

　　台湾是中国领土之不可分割的一部分，这不仅是历史的事实，又为日本投降后的现状所肯定，而且也是在一九四三年的开罗宣言和一九四五年的波茨坦公告中作为一种国际约束规定下来，并为美国政府所曾经承诺和遵守的。

　　中国人民不能容忍美国政府这一武装侵略中国领土的行动，决心从美国侵略者手中，收复台湾和一切属于中国的领土。我现在代表中华人民共和国中央人民政府向联合国安全理事会提出控诉和建议，为了维持国际和平与安全，为了维护联合国宪章的尊严，联合国安全理事会有义不容辞的责任，来制裁美国政府武装侵略中国领土的罪行，并应立即采取措施，使美国政府自台湾及其它属于中国的领土完全撤出它的武装侵略部队。

　　专此奉达，即希查照。

　　　　　中华人民共和国中央人民政府外交部部长周恩来

　　　　　　　　　　　　　1950 年 8 月 24 日于北京

　　美国对中华人民共和国的警告置若罔闻，侵朝美军在不断向朝鲜北部进攻的同时，还不断派遣作战飞机侵入我国领空，对我国和平人民进行袭扰和破坏。

8月27日,周恩来外长又一次致电联合国安理会,要求制裁侵略朝鲜的美国军用飞机侵犯我国领空和扫射我国人民的罪行,并令美国撤退其侵朝军队:

> 纽约成功湖联合国安全理事会主席马立克先生及秘书长赖伊先生:

> 据我东北人民政府报告,八月二十七日,美国侵略朝鲜军队军用飞机侵入我中华人民共和国领土上空,沿鸭绿江右岸扫射我建筑物、车站、车辆及中国人民以致伤亡等事,情形极为严重。

> 事实经过是本日上午十时零四分,有美国B—29飞机两架,飞抵鸭绿江中游右岸辑安城及其附近上空,盘旋侦察十余分钟。同日上午十时零五分,有美国P—51飞机三架及蚊式飞机一架共四架,飞抵鸭绿江上游右岸临江城及其附近大栗子车站地区上空,先在大栗子对车站扫射两分钟,继在铁路线上扫射两分钟,击坏机车一辆。至十一时零四分,在同一地区上空,又来美国飞机四架,对江桥一带扫射十一分钟,击坏机车两辆,客车一辆,守护车一辆,伤司机一人,居民一人。同日十四时三十分,有美国B—29飞机一架,飞抵鸭绿江下游右岸安东上空,盘旋侦察一周。至十六时四十分,又有美国P—51飞机两架来安东机场上空,扫射两分钟,伤工人十九名,死亡三名,击坏卡车两辆。

> 美国侵略朝鲜军队此种侵入中国领土上空的挑衅和残暴行为,是侵犯中国主权,残杀中国人民,并企图扩大战争,破坏和平的严重罪行,是中国人民所决不能容

忍的。我代表中华人民共和国中央人民政府，除已向美国国务卿艾奇逊先生提出严重抗议和要求外，特向联合国安全理事会提出控诉和建议，为了亚洲和世界的和平与安全、联合国安全理事会有义不容辞的责任，来制裁美国侵略朝鲜军队的这种侵入中国领空的挑衅和残暴行为，并应立即采取措施，使美国政府完全撤退其在朝鲜的侵略军队，以免事态扩大，并有利于联合国和平调处朝鲜问题。

专此奉达，即希查照。

中华人民共和国中央人民政府外交部部长周恩来

1950 年 8 月 27 日于北京

中国从美军在朝鲜的战略态势中看出：麦克阿瑟实际上已有可能在较短时间内反攻，而"三八线"很可能不会成为美军作战的障碍。如果北朝鲜被占领，中国东北就将直接处于美国的军事威胁之下。而美军飞机在 8 月下旬的几次从朝鲜侵入中国东北进行扫射，进一步增强了中国领导人对美国的不信任。

然而，尽管美国华盛顿方面一再公开保证不会对中国发动战争，但中国领导人认为这是靠不住的。他们认为：即使美国尚无进攻中国的意图，但实际占领北朝鲜很可能大大刺激其侵略胃口和侵略气焰。即使华盛顿的文职领导人想信守诺言，但很难说他们不会被麦克阿瑟拖着走。因为，麦克阿瑟在 8 月的台湾之行和给国外战争退伍军人协会的信中，已经确实表现了他的侵华野心。中国领导人还预计：即使美国暂不打进中国，但大军压境，威胁常在，中国将年复一年地处于防不胜防的被动地位，承受异常沉重的守备负担。北朝鲜被占领的政治后果也同样严重。这将意味着中国共产党自行宣告缺乏力量和胆魄，从而鼓励美国以及眼下和将来任何对中国心怀不善的国家藐视、威胁甚至侵略中国，导致国民党在大陆的残余力量加强抵抗，并且严重动摇中国民众对中国共产党和新中国政权的尊敬、信任与拥护。当时中国人民解放军正在各地进行消灭国民党的残余力量和进行大规模的剿匪作战，并且即将取得全面胜利，朝鲜战争的爆发使一些国民党残匪立即重新嚣张起来，给新生的人民政权带来了危害。另外，中国领导人还认为：北朝鲜被占领还将意味着帝国主义可以从外部消灭一个共产党领导的国家，世界心理力量对比将因此发生很不利于社会主义阵营和各国革命力量的巨大变化。

从此以后，中国政府和中国军队更加关注朝鲜的局势，从各方面都加强了进行一场大规模军事较量的准备。

第二节　菊香园里的英明决策

金日成向北京求救

　　美军在仁川登陆和从朝鲜南部的釜山防御圈向朝鲜北部进攻以后，朝鲜战局明显不利于朝鲜人民军。经过朝鲜人民军的节节抗击，仍然没有制止住美军的北进，朝鲜民主主义人民共和国面临着极大危险，在这种情况下，金日成同志于10月1日至电北京毛泽东主席，请求中国同志帮助。

　　　　在美国侵略军登陆仁川以前，对人民军很有利。敌人在连战连败的情况下，被挤于朝鲜南端狭小的地区内，朝鲜人民有可能争取最后决定的胜利，美帝军事威信极度地降低了。然而，美帝国主义为挽回其威信，为实现其将朝鲜殖民地化与军事基地化之目的，急速调动驻太平洋方面陆海空军的差不多全部兵力，于9月中旬在仁川登陆后，继续占领了汉城……

　　　　目前战况是极端严重的。我们人民军对上陆的敌人进行了顽强的抵抗，但对于前线的人民军，已经造成了很不利的情况。战争以来，敌人利用约千架的各种飞机，每天不分昼夜地任意轰炸我们的前方与后方。在对敌空军毫无抵抗的我们面前，敌人则充分发挥其威力了。各战线上敌人在其空军掩护下，地面机械化部队疯狂向我进攻,我们受到的兵力和物资方面的损失是非常严重的。后方的交通、运输、通信与其它设施大量被破杯。同时,我们的机动力更加减弱了。敌人登陆部队与南部战线已经连接在一起,切断了我们的南北部队。结果,使我们在南部战线上的人民军处于被敌切断分割的不利情况里,得不到武器弹药,失掉联系,甚至于有一部分部队则已被敌人分散包围着。

我们估计,敌人可能继续向三八线以北地区进攻。如果不能继续改善我们的各种不利条件,则敌人企图很可能会实现的。

我们一定要决心克服一切困难,不让敌人把朝鲜殖民地化与军事基地化,我们一定要决心不惜流血,流尽最后一滴血,为争取朝鲜人民的独立、解放、民主而斗争到底!我们正在集中全力,编训新的师团,集结南部的十余万部队于作战上有利的地区,动员全体人民,准备长期作战。

在目前,敌人趁着我们严重的危机,不给予我们时间。如果继续进攻三八线以北地区,则只靠我们自己的力量是难以克服此危机的。因此,我们不得不讨求您给予我们以特别的援助,又在敌人进攻三八线以北地区的情况下,急盼中国人民解放军直接出动,援助我军作战。

我们谨向你提出以上意见,请予以指教。

刚刚参加完国庆大典回到中南海的毛泽东主席看到金日成的电报,心情格外沉重,意识到事态的严重性。

对于朝鲜人民向我们发出的紧急求救的呼吁,我们怎么能见死不救呢?中朝两国唇齿相依,朝鲜受到威胁,中国也会面临危机。我们怎能忘记日本军国主义者的老路。1927年，田中奏折中就说过："要征服世界，必先征服亚洲；要征服亚洲，必先征服中国；要征服中国，必先征服满蒙；要征服满蒙，必先征服朝鲜和台湾。"日本侵略者就是这样做的，他们使中国、朝鲜和其他亚洲人民陷入了水深火热之中。美国发动的侵朝战争不正是走着日本军国主义者的老路吗？

对于中朝唇齿相依的关系，我军广大官兵也有着朴素的认识。第40军有一个战士写了一首打油诗：

> 美帝好比一把火，
>
> 烧了朝鲜烧中国；
>
> 中国邻居快救火，
>
> 救朝鲜就是救中国。

历史的经验告诉我们，对于侵略者采取忍让的态度是不行的，只有坚决抵抗才是出路，对侵略者的任何妥协、退让只能换来他们更大的贪心和自己祖国的更大的屈辱。

美国仍然一意孤行

10月1日晚，北京还沉浸在节日的喜庆之中。中共中央政治局在中南海这块静谧的地方召开了紧急会议，红墙内外的气氛形成了鲜明的对比。会议作出了"抗美援朝，保家卫国"的决定。

10月2日，毛主席给斯大林同志发去电报，阐明中国出兵朝鲜的意义和志愿军入朝参战的战略方针等问题。电报说：

（一）我们决定用志愿军名义派一部分军队至朝鲜境内和美国及其走狗李承晚的军队作战，援助朝鲜同志。我们认为这样是必要的。因为如果让整个朝鲜被美国人占去了，朝鲜革命力量受到根本的失败，则美国侵略者将更为猖獗，于整个东方都是不利的。

（二）我们认为既然决定出动中国军队到朝鲜和美国人作战，第一，就要能解决问题，即要准备在朝鲜境内歼灭和驱逐其他国家的侵略军；第二，既然中国军队在朝鲜境内和美国军队打起来（虽然我们用的是志愿军名义），就要准备美国宣布和中国进入战争状态，就要准备美国至少可能使用其空军轰炸中国许多大城市及工业基地，使用其海军攻击沿海地带。

（三）这两个问题中，首先的问题是中国的军队能否在朝鲜境内歼灭美国军队，有效地解决朝鲜问题。只要我军能在朝境内歼灭美国军队，主要地是歼灭其第八军（美国的一个有战斗力的老军），则第二个问题（美国和中国宣战）的严重性虽然依然存在，但是，那时的形势就变为于革命阵线和中国都是有利的了。这就是说，朝鲜问题既以战胜美军的结果而在事实上结束了（在形式上可能还未结束，美国可能在一个相当长的时期内不承认朝鲜的胜利），那么，即使美国已和中国公开作战，这个战争也就可能规模不会很大，时间不会很长了。我们认为最不利的情况是中国军队在朝鲜境内不能大量歼灭美国军队，两军相持成为僵局，而美国又已和中国公开进入战争状态，使中国现在已经开始的经济建设计划归于破坏，并引起民族资产阶级及其他一部分人民对我们不满（他们很怕战争）。

（四）在目前的情况下，我们决定将预先调至南满洲的十二个师（五六个不够）于十月十五日开始出动，位于北朝鲜的适当地区（不一定到三八线），一面和敢于进攻三八线以北的敌人作战，第一个时期只打防御战，歼灭小股敌人，弄清各方面情况；一面等候苏联武器到达，并将我军装备起来，然后配合朝鲜同志举行反攻，歼灭美国侵略军。

（五）根据我们所知的材料，美国一个军（两个步兵师及一个机械化师）包括坦克炮及高射炮在内，共有七公分至二十四公分口径的各种炮一千五百门，而我们的一个军（三个师）只有这样的炮三十六门。敌有制空权，而我们开始训练的一批空军要到一九五一年二月才有三百多架飞机可以用于作战。因此，我军目前尚无一次歼灭一个美国军的把握。而既已决定和美国人作战，就应准备当着美国统帅部在一个战役作战的战场上集中它的一个军和我军作战的时候，我军能够有四倍于敌人的兵力（即用我们的四个军对付敌人的一个军）和一倍半至两倍于敌人的火力（即用二千二百门至三千门七公分口径以上的各种炮对付敌人同样口径的一千五百门炮），而有把握地干净地彻底地歼灭敌人的一个军。

（六）除上述十二个师外，我们还正在从长江以南及陕甘区域调动二十四个师位于陇海、津浦、北宁诸线，作为援助朝鲜的第二批及第三批兵力，预计在明年的春季及夏季，按照当时的情况逐步使用上去。

斯大林很快就回了电报，对中国方面的观点和要求一一作了积极肯定的答复。

在作出出兵朝鲜的决定后，中共中央还想争取最后一线希望来避免中美双方的直接军事冲突，并通过这一努力表明中国出兵是迫不得已。

　　早在中国政府作出出兵朝鲜的决定前，中国政府就向世人表明了中国对待朝鲜战争的立场，并通过中国政府的立场来进一步引起美国的重视，以避免中美之间的直接冲突。

　　9月9日下午5时，周恩来总理接见了印度驻华大使潘尼迦，在谈到关于中国参加联合国问题时指出：

　　　　关于中国参加联合国问题，是很简单的，其中一个决定的因素，就是美国阻挠。因为美国能够操纵多数，如果美国政府不加阻挠，即能通过。所以问题的焦点在美国政府。至于中华人民共和国应该参加联合国，那是一件无可争辩的事情。印度政府把这个问题提到美国面前，的确找着了对象。至于美国驻印度大使的意见，只是一种借口而已。恰巧是美国先攻击了中国，然后中国才攻击美国。这是双方的事情。谁占领了台湾呢？是美国第7舰队和他的空军。当然中国人民要反对，中国政府也要反对。谁的飞机到鸭绿江我国境内来扫杀我国人民和毁坏我国财产呢？是美国空军。当然中国政府要反对。不这样做，中国政府就不能代表中国人民。因此，要中国人民不反对美国，美国政府应改变其侵略政策，但又几乎是不可能的，故责任全在美国。中国有句佛语"解铃还须系铃人"，关键仍在美国。美国政府的行动就不能使我们不开口，几乎美国政府每一天在世界上做的事都是不能使爱好和平的人不说话。问题不是我们说得太多，而是说得太少。因为我们忙于国内事务，我国对国际事务就说得少些，但关于中国的事是不能不开口的。

10月3日凌晨1时，周恩来总理在中南海西花厅又一次约见了印度驻中国大使潘尼迦，鲜明地阐述了中国政府的立场，并希望通过他和印度政府转告美国当局。

周恩来说："美国军队正在企图越过三八线，扩大朝鲜战争，美国军队真的如此做的话，我们是不能坐视不顾的，我们是要管的……。我们要和平，要在和平的环境中进行建设。过去的一年，我们在这方面已经作了极大的努力。而美国政府的态度和作法是不尽人意的。"

周恩来强调指出：第一，美军企图越过"三八线"，以扩大战争，中国要管，这是美国政府造成的严重情况；第二，中国主张朝鲜事件应该和平解决，不但朝鲜战事必须停止，侵略军队必须撤退，而且有关国家必须在联合国内协商解决。

尽管印度方面将中国的意思向美国进行了转达，但是美国政府始终对中国的表态不予理睬。

美国国务院是在10月3日清晨得知中国政府对朝鲜战争的态度的，国务院立即告诉杜鲁门和国防部长马歇尔，并经五角大楼转告给了麦克阿瑟。

对于中国的态度，美国国内的一些人士纷纷发表看法。麦钱特指出，"应当极认真地对待周恩来的警告，切不可置若罔闻"。美国国务院东北亚科副科长U·阿利克西斯·约翰逊建议，"先只用南朝鲜军队作占领北朝鲜的尝试，以减少中国参战的严重危险"。已改任中国科科长的柯乐布也提出了类似的意见。

但是，美国的决策者们的看法却不同。艾奇逊和韦伯估计，周恩来多半是在虚声恫吓，目的是阻挠美国以外的一些国家支持"武力统一"。他们甚至怀疑潘尼迦有意无意地弄虚作假，因为美国国务院的官员们一直把潘尼迦认为是"心怀偏见，任性成癖"的人。艾奇逊竟说："如果中国人打算参加扑克游戏的话，他们就应该比现在亮出更多的牌……。我们不应对中国共产党的恫吓过分惊恐。"

然而，美国的决策者们并未完全排除中国参战的可能性，用艾奇逊当时的话说："这种可能性一开始就存在，现在……表现出犹豫和胆怯将招致更大的危险。"

10月3日，韦伯电令亨德森立即告诉印度外交部，周恩来的警告"缺乏法律的和道义的依据"。第二天，他又指示亨德森设法经印度政府安排与中国驻印大使会晤，以便表示"联合国军"不会危及中国的安全，同时教训中国参战势必自招灾难。鉴于英国与荷兰政府对即将进军北朝鲜有些顾虑，艾奇逊和腊斯克分别向他们的代表强调，"联合国军"尽早越过"三八线"至关重要，"我们不应当被多半是中共恫吓的表示所吓倒"。

杜鲁门的立场与国务院一致，他也把中国政府的声明、谴责和警告视为恫吓，认为中国政府软弱。杜鲁门在其后来的《回忆录》中作过这样的表白：

> 10月3日，国务院收到了许多封电报，报告一件事情：中国共产党威胁着要参加朝鲜作战。中国共产党政府现任外交部长周恩来曾召见印度驻北平大使潘尼迦，并且告诉他，如果联合国军队越过三八线，中国就要派遣军队援助北朝鲜人。不过，如果只是南朝鲜人越过三八线，中国将不采取这种行动……。从莫斯科、斯德哥尔摩和新德里也打来同样的报告。不过，这里却有一个问题：和这个报告有关的潘尼迦先生在过去却是经常同情中国共产党的家伙。因此，他的话不能当作一个公正观察家的话来看待，充其量不过是一个共产党宣传的传声筒罢了……。看来，周恩来的声明只是对联合国的恫

吓……

杜鲁门一方面倾向于把周恩来对潘尼迦的谈话当作"共产党宣传"和"对联合国的恫吓",另一方面觉得不得不考虑中国参战的可能性。但是,他始终认为应付这个可能事变的办法不是放弃"武力统一"。10月9日,美军参谋长联席会议经他批准,向麦克阿瑟发出了两天前拟订的一项补充指令,其中规定:

> 今后中国共产党要是不事先声明就在朝鲜任何地方公开或隐蔽地使用大量部队,只要根据你自己的判断你控制下的部队有可能取得胜利,你就应当继续行动。

美国无视中国的警告。在它操纵下,联合国大会于10月7日通过决议,为美军进占北朝鲜提供法律依据。当天,美国先头部队就奉命越过了"三八线"。10月9日,麦克阿瑟广播了其勒令朝鲜人民军立即投降的最后通牒,同时美军第8集团军的主力进入了北朝鲜,并直扑平壤。

看来,中美之间的武装较量势难避免了。

周恩来秘密访苏

10月4日,在毛泽东主席的主持下,中共中央在中南海颐年堂会议室召开了政治局扩大会议,这次会议实际上是一次最高级别的军事会议。会上毛主席让大家畅所欲言,从国际、国内大环境来分析中国出兵朝鲜的各种有利和不利条件,到会的中央领导同志都发表了自己的意见。中国人民解放军副总司令兼西北军区司令员、西北局第一书记彭德怀同志也于当天赶到北京,参加了这次会议，他坚决支持毛泽东关于出兵的意见，并接受了指挥中国人民志愿军的任务。

10月8日上午，周恩来总理奉毛泽东主席之命，秘密飞往莫斯科同苏共中央和斯大林会谈。其任务是同斯大林商谈志愿军改换苏军武器装备和苏联出动空军配合志愿军作战问题。随机同往的有俄语翻译师哲、机要秘书康一民。当时林彪自称有病也同机前往苏联休养。

当时，周恩来一行乘座的是苏制的小型客机，飞行速度不快，中途又需要不断加油。周总理的这架专机8日飞抵伊尔库茨克，9日又飞抵鄂木斯克，10日才飞到莫斯科。而此时斯大林同志和苏共中央政治局多数委员都在苏联南方的黑海海滨进行休养。所以，11日周恩来和林彪只好再飞往苏联南方黑海附近阿布哈兹区的阿德列尔斯大林的休养地，同机前往的有苏共政治局委员、苏军元帅布尔加宁。

11日下午，周总理即和斯大林进行了会谈。苏共政治局委员参加会谈的有：马林科夫、卡冈诺维奇、贝利亚、米高扬、布尔加宁、莫洛托夫等。周总理和斯大林首先交换了双方对朝鲜战场局势的意见。

斯大林认为：美军在仁川港登陆成功以后，疯狂地向"三八线"以北进攻，对北朝鲜形成了很大压力，从美军总的形势来看是不会停止向北前进的，如果朝鲜人民军没有后备力量，至多能坚持一个多星期，这将意味着美军和南朝鲜军队将陈兵中国、苏联、朝鲜边界的鸭绿江和图们江地区，随时都可以从空中、海上进行骚扰，对中国、苏联和北朝鲜形成危险，这种情况是必须考虑的。

关于出兵支援北朝鲜的问题，斯大林认为：苏军早已撤出朝鲜，现在苏联再出兵到朝鲜去有很多的困难。如果苏联出兵朝鲜，等于苏联向美国宣战，这样就会在国际上引起一系列的反应，很有可能导致第三次世界大战。斯大林建议：中国可以出动一定数量的兵力，苏联可以向中国和北朝鲜提供一定数量的武器和装备，在作战时苏军可以出动空军作为掩护，但苏联空军的作战行动只能限制在作战区域的活动，而不能到前沿和深入美军的后方，以免被美军击落、俘获，在国际上会造成不良影响。

周恩来说：中国政府已于10月2日应金日成首相的要求，决定用志愿军的名义派一部分军队至朝鲜境内援助朝鲜同志。因为如果整个朝鲜被美国人占去了，这对于整个东方都是不利的。但由于中国长期的革命战争，国民经济遭到了严重的破坏，而且中国军队的武器装备很落后，与美军相比悬殊太大，中国空军刚刚组建，缺乏先进的装备和作战经验。因此，中国人民志愿军出动时，苏联应该供应志愿军一些现代化的武器装备，并应出动空军支援中国志愿军入朝作战。

斯大林听后表示：苏联完全可以满足中国的飞机、大炮、坦克等项装备的要求。

斯大林让莫洛托夫和布尔加宁元帅负责苏联方面向中国和北朝鲜提供武器装备和空军支援等细节。并指示要尽快将武器装备运往满洲里与中国交接。

中苏双方在10月11日晚会谈结束后，斯大林和周恩来即联名将会谈情况电告毛泽东。

10月13日，毛主席给周恩来打电报，重申了我军应当和必须入朝参战的决心：

（一）与政治局同志商量结果，一致认为我军还是出动到朝鲜为有利。第一时期可以专打伪军，我军对付伪军是有把握的，可以在元山、平壤线以北大块山区打开朝鲜的根据地，可以振奋朝鲜人民。在第一时期，只要能歼灭几个伪军的师团，朝鲜局势可起一个对我们有利的变化。

（二）我们采取上述积极政策，对中国，对朝鲜，对东方，对世界都极为有利；而我们不出兵，让敌人压至鸭绿江边，国内国际反动气焰增高，则对各方都不利，首先是对东北更不利，整个东北边防军将被吸住，南满电力将被控制。

总之，我们认为应当参战，必须参战，参战利益极大，不参战损害极大。

组建中国人民志愿军

10月2日，毛泽东应金日成首相的要求，决定派遣志愿军渡过鸭绿江，"抗美援朝、保家卫国"去抗击向北冒犯之敌。当天，中央军委给东北军区司令员高岗和集结在鸭绿江北侧的第十三兵团司令员邓华发电：

（一）请高岗同志接电后即行动身来京开会；（二）请邓华同志令边防军提前结束准备工作，随时待命出动，按原定计划与新的敌人作战；（三）请邓将准备情况及是否可以立即出动即行电告。

10月8日，毛主席正式作出了出兵朝鲜"抗美援朝、保家卫国"的决定，并通知中华人民共和国驻朝鲜民主主义人民共和国大使倪志亮：

（一）根据目前形势我们决定派遣志愿军到朝鲜境内帮助你们反对侵略者；（二）彭德怀同志为中国人民志愿军的司令员兼政治委员；（三）中国人民志愿军的后方勤务工作及其他在满洲境内有关援助朝鲜的工作，由东北军区司令员兼政治委员高岗同志负责；（四）请你即派朴一禹同志到沈阳与彭德怀高岗二同志会商与中国人民志愿军进入朝鲜境内作战有关的诸项问题。（彭高二同志本日由北京去沈阳）

10 月 8 日，毛主席正式下达了《组成中国人民志愿军的命令》，命令说：

（一）为了援助朝鲜人民解放战争，反对美帝国主义及其走狗们的进攻，借以保卫朝鲜人民、中国人民及东方各国人民的利益，着将东北边防军改为中国人民志愿军，迅即向朝鲜境内出动，协同朝鲜同志向侵略者作战并争取光荣的胜利。

（二）中国人民志愿军辖十三兵团及所属之三十八军、三十九军、四十军、四十二军，及边防炮兵司令部与所属之炮兵一师、二师、八师。上述各部须立即准备完毕，待令出动。

（三）任命彭德怀同志为中国人民志愿军司令员兼政治委员。

（四）中国人民志愿军以东北行政区为总后方基地，所有一切后方工作供应事宜，以及有关援助朝鲜同志的事务，统由东北军区司令员兼政治委员高岗同志调度指挥并负责保证之。

（五）我中国人民志愿军进入朝鲜境内，必须对朝鲜人民、朝鲜人民军、朝鲜民主政府、朝鲜劳动党（即共产党）、其他民主党派及朝鲜人民的领袖金日成同志表示友爱和尊重，严格地遵守军事纪律和政治纪律，这是保证完成军事任务的一个极重要的政治基础。

（六）必须深刻地估计到各种可能遇到和必然会遇到的困难情况，并准备用高度的热情，勇气，细心和刻苦耐劳的精神去克服这些困难。目前总的国际形势和国内形势于我们有利，于侵略者不利，只要同志们坚决勇敢，善于团结当地人民，善于和侵略者作战，最后胜利就是我们的。

10月18日黄昏，彭德怀司令员乘一辆吉普车先行渡过鸭绿江，随后跟进的是一部电台车。彭总先行一步是为了与金日成会面，共同商讨对敌作战的方针。

10月19日17时30分，中国人民志愿军4个军和3个炮兵师，分三路先后渡江，向预定战场开进。第40军由安东过江，向宁边、球场、宁远地区运动；第39军第115师、第116师、军直从安东，第117师从长甸口过江，向龟城、泰川地区运动；第42军由辑安渡江，向社仓里、五老里地区运动；第38军尾随第42军从辑安渡江，向江界地区运动。

继4个军过江之后，9月6日编入志愿军序列的第50军和10月编入志愿军序列的第66军，继第38军、第39军、第40军、第42军之后，也先后渡过了鸭绿江。

中国人民志愿军部队通过了鸭绿江后，进入到朝鲜战场。从此，直到1953年7月27日，中美军队开始了近3年的直接交锋。

这两支军队都是第一次同自己完全陌生的作战对象进行战斗，开始双方对自己的对手都有估计不足之处。随着战争的发展，中美两国军队在交战中有了相互了解。战争的结局是"美国不可战胜的神话"被年轻的中华人民共和国打破了。

第三章

命运之日，美国兵倍感苦涩。云山序曲，打出中国人威风。志愿军五战五捷，收复「三八线」，挺进「三七线」。美国损兵折将，麦克阿瑟欲进难成，杜鲁门欲止难举

第一节　第一次战役挫敌锐气稳定战局

穿流不息的电波

1950年10月，在中国人民志愿军出国之后准备与美伪军作战之时，毛泽东主席就中国人民志愿军入朝第一战役的作战指导原则给志愿军司令部下达了一系列命令。一时间从北京到志愿军总部之间，电波往来穿梭，共和国领袖和将军之间架起了"信息交换"的桥梁。一代伟人毛泽东，身居北京中南海，以其战略家的宏伟气魄指挥着志愿军的作战。

10月21日2时半，毛泽东主席就志愿军必须打好出国作战第一仗给中国驻朝鲜民主主义人民共和国大使倪志亮、一等参赞柴军武（后改名柴成文）并转中国人民志愿军彭德怀、邓华、韩先楚、解方、高岗及贺晋年发了一封电报，要求志愿军必须打好出国的第一仗，电文如下：

（一）伪首都师由咸兴向长津前进。伪三师以将进至咸兴。伪六师改由破邑向北，目的地第一步在德川，第二步可能向熙川。伪七八两师第一步向顺川、军隅、安州，第二步可能向泰川、龟城。以上五个师的最后目的地是江界、新义州一线。截至此刻为止，美伪均未料到我志愿军会参战，故敢于分散为东西两路，放胆前进。

（二）估计伪首伪三两师要七天左右才能进到长津，然后折向江界。我军第一仗如不准备打该两师，则以四十二军的一个师位于长津地区阻敌即够。四十二军的主力则宜放在孟山以南地区（即伪六师的来路），以便切断元山、平壤间的铁路线，钳制元、平两地之敌，使之不能北援，便于我集中三个主力军各个歼灭伪六七八等三个师。（三）如伪六师（较强）由破邑（在铁路线上）至德川的路上能有朝鲜人民军一部作有力的阻击，则该敌可能要到十月二十四日或二十五日才能占领德川，如果我四十军（全部）能于二十三日赶到德川、宁元地区，则可以绕至伪六师的后方（由东面绕至南面铁路线附近），让出正面给他军使用（三十八军或三十九军），如果太迟，则敌将先占德川。（四）此次是歼灭伪军三几个师争取出国第一个胜仗，开始转变朝鲜战局的极好机会，如何部署，望彭邓精心计划实施之。（五）这一仗可能要打七天至十天时间（包括追击）才能结束，我军是否带有干粮？望鼓励全军，不惜牺牲，不怕艰苦，争取全胜。（六）彭邓要住在一起，不要分散。

10 月 21 日 3 时半，毛泽东主席就志愿军要争取战机迅速完成战役部署给志愿军司令部的电文：

（一）你们是否已前进，我意十三兵团部应即去彭德怀同志所在之地点和彭住在一起并改组为中国人民志愿军司令部，以便部署作战。现在是争取战机问题，是在几天之内完成战役部署以便几天之后开始作战的问题，而不是先有一个时期部署防御然后再谈攻击的问题。（二）如部队渡河须有机构在安东指挥，则可留适当同志

率一部机构留在安东，你和其余同志率必要机构即往彭
处为宜，望酌定。

此时，美伪军一味向北进犯，其东西两路有一定的间隔，所
以志愿军入朝作战必需将东西两路敌军隔裂开，以分别歼之。10
月21日4时，毛泽东主席告知志愿军必须控制妙香山、小白山以
隔断东西两面的敌人：

（一）请注意控制平安南、平安北、咸镜三道交界之
妙香山、小白山等制高点，隔断东西两敌，勿让敌人占
去为要。（二）敌人测向颇准，请加注意。（三）熙川或
其他适当地点应速筑可靠的防空洞，保障你们司令部的
安全。

10月21日20时，毛泽东主席就志愿军第40军的作战行动
部署给志愿军司令部的电文：

（一）我得悉伪六八两师二十日经德川向熙川推进。
（二）我四十军欲先敌赶至德川时间上是否来得及，如不
可能则似以在熙川附近地区部署伏击为宜，请酌定。
（三）四十二军亦照你们原来部署为好。

10月21日16时，彭德怀给邓华并报毛泽东和高岗的电报：

······目前应迅速控制妙香山、杏川洞线及其以南，构
筑工事，保证熙川枢纽。隔断东西敌人联络，是异常重
要的。请设法集中部分汽车，速运一个师，以两个团至

熙川以南之妙香山，一个团至杏川、五岭线，先机构筑
工事。另以一个师迅速进至长津及其以南，以德实里、旧
津里线构筑纵深工事，保障翼侧安全和江界后方交通。我
能确实控制熙川、长津两要点，主力即可自由调动，集
中绝对优势兵力，打击敌人东面或西面一路。……

10月22日7时，毛泽东主席就志愿军应在博川军隅里及其
以北地区围歼南朝鲜军第6和第8师给志愿军司令部的电文：

　　（一）彭二十一日十六时电悉。（二）据伪二军团长
二十日十六时三十分称，第六师正集结顺川、新仓里间，
拟命其进抵新义州。第八师正集结江东、成川间，拟命
其进抵满浦镇。该军团参谋长同日命第七师主力集结成
川、顺川间休整，但严禁进抵顺川。伪二军团指挥所在
三登。据此判断，如数日内，敌机尚未发现我军开进，则
伪六师将经新安州进至博川及其以西地区，伪八师将进
至军隅里及其以北地区，伪七师则在顺川地区作预备队。
如二十一日六八两师继续前进，则本（二十二）日六师
可能进到新安州，八师可能进到军隅里。因此我军行进
路线必须避开定州、博川、军隅里一线及其以北约二十
公里地区不走，而走以北路线，否则，就会过早被敌人
发觉，敌将停止前进，或竟缩回去。而此次作战，则以
在博川、军隅里及其以北地区围歼该敌为最有利。请按
此意图，速定部署，迟则恐来不及。（三）另据伪一军团
长二十日十时称，美十军团长命令该军团之首都师，即
由咸兴向北青、城津推进，第三师集结咸兴。并谓美十
军团部正向咸兴移动，其任务为指挥伪一军团作战（按

美十军团由原在汉城之美陆战第一师及原在大邱之美第七师组成，海运元山登陆）。据此，似敌暂不去长津，于我有利。但彭电派一个师占领长津及派必要兵力控制妙香山、杏川洞，仍甚必要，请速实行。还有小白山，也应派兵控制，确实隔断东西两敌。因我军在西面发起战斗后，东面伪军可能回援。（四）如果我军能同时包围伪六八两师，则于战局最为有利，我四十军应担任包围一个师，三十九军应担任包围一个师。当战斗紧急时，除伪七师必然增援，我可继歼该敌外，现在平壤之伪一师，亦应估计可能增援，你们也要准备对付该师。东面伪军虽亦可能回援，因路远，难于赶到。平壤美军则增援可能性更少。

10月21日21时，邓华、洪学智、韩先楚、解方给毛泽东和彭德怀的电报：

　　……据悉敌一部已于二十日夜九时在新州登陆，并悉敌还有在铁山登陆企图。为了钳制向长津方向前进之敌及可能由元山、平壤增援之敌，集中三个军各个歼灭伪六、七、八师。第一步计划拟以四十二军一个师附一个炮兵团坚守长津地区。该军主力首先控制小白山地区，视情况向孟山以南地区挺进。四十军全部进至德川、宁远地区。三十八军全部进至熙川地区。三十九军全部进到泰川、龟城地区。尔后视敌前进情况而各个歼灭之。三十九军全部东进后，新义州、定州地段空虚，为了保证交通运输，防敌登陆，建议调一个军到安东地区。……

10月22日，毛泽东主席根据朝鲜战场的可能发展和敌我力量的对比情况，决定中国人民解放军第十九兵团开赴朝鲜战场，为此中央军委给西北军区第一司令员张宗逊下达了十九兵团准备开赴朝鲜战场的命令。

10月22日9时，毛泽东主席就志愿军占领妙香山、杏川洞给志愿军司令部的电文：

（一）二十一日二十一时电悉。（二）敌进甚速，请照彭电立即用汽车运一部兵力去占领妙香山、杏川洞，先运几个营去也好。（三）无论用汽车运兵运物及步行的人马武器都不要再走宣川、定州、博川、军隅线及龟城、泰川、球场线，上述地区，几天之后都可能被敌占，而应取该线北面的道路前进。（四）新义州、铁山、宣川地区应由你们派一部兵力固守。（五）调一个军至安东问题，待商定后再告。

10月22日戌时，彭德怀给毛泽东并高岗去电报，报告了志愿军的基本作战方针：

……在半年内我军基本方针是保持长津、熙川、龟城以北山区和长甸河口、辑安、临江线渡河交通，争取时间，准备反攻条件。目前我无制空权，东西沿海诸城市甚至新义州，在敌海陆空和坦克配合轰击下是守不住的，应勇敢加以放弃，以分散敌人兵力，减少自己无谓消耗。目前战役计划以一个军钳制敌人，集中三个军寻机消灭伪军两三个师，以达到争取扩大巩固元山、平壤线以北山区，发展南朝鲜游击战争。……

10月23日,毛泽东电告志愿军司令部,要求志愿军在稳当可靠的基础上争取一切可能的胜利:

二十二日戌时电悉。你的方针是稳当的,我们应当从稳当的基点出发,不做办不到的事。朝鲜战局,就军事方面来说决定于下列几点。第一是目前正在部署的战役是否能利用敌人完全没有料到的突然性全歼两个三个甚至四个伪军师(伪三师将随伪六师后跟进,伪一师亦可能增援)。此战如果是一个大胜仗,则敌人将作重新部署,新义州、宣川、定州等处至少在一个时期内不会来占,伪首伪三两师将从咸兴一带退回元山地区,而长津可保,新安州、顺川两点是否保持也可能成问题,成川至阳德一段铁路无兵保守向我敞开一个大缺口,在现有兵力的条件下,敌人将立即处于被动地位。如果这次突然性的作战胜利不大,伪六、七、八师主力未被迅速歼灭,或被逃脱,或竟固守待援,伪一、伪首及美军一部增援到达,使我不得不于阵前撤退,则形势将改到于敌有利,熙川、长津两处的保守也将发生困难。第二是敌人飞机杀伤我之人员妨碍我之活动究竟有多大。如果我能利用夜间行军作战做到很熟练的程度,敌人虽有大量飞机仍不能给我太大的杀伤和防碍,则我军可继续进行野战及打许多孤立据点,即是说,除平壤、元山、汉城、大邱、釜山等大城市及其附近地区我无飞机无法进攻外,其余地方的敌人都可能被我各个歼灭,即使美国再增几个师来,我也可各个歼灭之。如此便有迫使美国和我进行外交谈判之可能,或者待我飞机大炮的条件具备之后把这些大城市逐一打开。如果敌人飞机对我的伤亡和妨碍大得使我无法进行有利的作战，则在我飞机条件尚未具备的半年至一年内，我军将处于很困难的地位。第三如果美国再调五个至十个师来朝鲜，而在这以前我军又未能在运动战中及打孤立据点的作战中歼灭几个美国师及几个伪军师，则形势也将于我不利，如果相反，则于我有利。以上这几点，均可于此战役及尔后几个月内获得经验和证明。我认为我们应当力争此次战役的完满胜利，力争在敌机炸扰下仍能保持旺盛的士气进行有力的作战，力争在敌人从美国或他处增调兵力到朝鲜以前多歼灭几部分敌人的兵力，使其增补赶不上损失。总之，我们应在稳当可靠的基础上争取一切可能的胜利。

10月23日7时，毛泽东对中国人民志愿军入朝的第一次战役的具体部署又作了详尽的指示：

> （一）彭邓高二十二日各电均收到。（二）据所收最后情报，伪二军团指挥所二十二日由江东折返成川，伪六师、八师二十二日进至顺川、成川铁路线以北之北仓里、新仓里地区，有两师并列经德川向熙川集中攻击的意图，如无阻碍，估计该两师明（二十四）日可能到德川或德川附近。因此，我车运控制杏川洞、妙香山一带之部队，务须争取于二十四日拂晓，至迟于二十五日拂晓以前，到达上述地点，否则将失去先机。（三）作战部署，以四十军位于熙川正面及温井、云山地区，三十九军位于云山、泰川地区，三十八军位于熙川东南地区，待敌向熙川攻击之时，然后分数路出发包围攻击之，这即

是彭二十二日十时电及邓洪韩解二十二日十二时电的意见，我认为是适宜的。总以利于以主力插到敌人的后面和侧面，全歼六八两师为原则。（四）敌首都师已确实向北青、城津东进，暂时不去长津，而平壤之伪一师及英二十七旅均将向新安州前进。一个美军降落伞团（大约有二三千人）已在顺川降落。故我对伪六八两师的战斗发起后，第一步伪七师会增援，第二步伪一师及英二十七旅亦可能增援（美军已令英二十七旅向新安州）。如果把这一切敌人的主力各个歼灭，而举行追击时，在顺川地区可能遇到美伞兵团。此次作战，如能将上述一切敌人逐一歼灭，并控制新安州、顺川、成川、新邑、阳德线铁路及其以南一带地区，并以一部伸出至谷山、遂安、伊川、新溪地区，使平壤、元山两敌互相孤立，不能联系，则我将处于主动，敌将处于被动。因此，此次战役必须集中尽可能多的兵力，准备连续打几个仗。四十二军去长津者似以一个师附一个炮兵团即够，而以该军主力位于小白山作战役预备队以似较适宜。是否可行，请彭酌定。（五）已令杨成武抽调六十六军开安东，先头师今日从天津出发，主力明日出发。到后，一个师担任维持新义州、定州线交通，主力在安东为彭邓的预备队。该军到后受彭邓指挥，请邓留人指示该军，将一切有关志愿军的誓词口号及其他办法交给他们，并与该军沟通电台联系。（六）三十九军在新义州、铁山一带可以不留兵。（七）我各部派遣远出之侦察队均要伪装朝鲜人民军，而不要称为中国人民志愿军，借以迷惑敌人。

10月23日14时，毛泽东主席又对志愿军第一次战役的作战指导作了说明，要求志愿军诱敌深入，才能利于歼击。

　　（一）敌进甚速，伪六师二十二日已到价川，小部到宁边，伪一师有一个团到军隅里。估计此两部今（二十三）日均可到宁边，明（二十四）日可更前进若干里。请速令四十军主力即在温井地区荫蔽集结，以一部控制熙川，不要去云山、宁边与敌过早接触。三十九军即在龟城地区集结，亦不要去泰川。该两军侦察部队不要到定州、博川、宁边、球场去了，要注意避免和敌打响，要将熙川、温井、龟城一线以南地区让给敌人，诱敌深入，利于歼击。三十八军应迅速前进。（二）伪八师二十二日尚在德川以南之大坪里、北仓里，走得较慢，但今（二十三）日可能到德川，或其附近。

10月23日17时，毛泽东主席强调"捕捉战机最关紧要"：

　　敌进甚急，捕捉战机最关紧要。两三天内敌即可能发觉是我军而有所处置，此时如我尚无统一全军动作的处置，即将丧失战机。因此，你们应迅速乘车至彭处，与彭会合，在彭领导下决定战役计划，并指挥作战。何日动身，何日可到，望即告。

10月24日8时，毛泽东主席又命令66军参加中国人民志愿军入朝作战，并电告彭德怀、邓华：

　　六十六军先头师到安东后，请即令其前进控制新义州、铁山线（暂不去宣川），如敌来攻则阻击之，巩固该线于我手中。该军主力位于安东，在该军未与彭邓沟通电台通讯以前请你予以指挥。该军应即编入志愿军序列，请你将志愿军的各种办法指示他们。

根据毛泽东主席的电示，志愿军总部于10月24日在大榆洞召开了作战会议，参加会议的主要首长是彭德怀、邓华、洪学智、韩先楚、杜平等，这些领导都是我军战争年代的优秀指挥员和政治工作的专家。面对现代化装备的以美国为首的联合国军，怎样才能保证初战取胜？战场放在哪？主要方向怎么选择？战机又怎样创造？彭德怀认为朝鲜地形狭长，机动兵力不便，我军在国内解放战争中用大踏步前进和后退调动敌人于运动中歼灭的战法，在朝鲜已显得不适用。同时，根据当前的战局和朝鲜战场的特殊情况，战争将不会象过去国内革命战争时期先实施战略防御，继而转入战略相持，最后再转入战略反攻的进程实施，志愿军面临的是直接战略进攻。因此，他提出志愿军首次战役的作战方针为"以运动战为主，与部分阵地战、敌后游击战相结合"。

毛泽东主席又根据敌情指示彭德怀、邓华，志愿军作战要诱敌深入山地后再进行围歼：

> 今日情报，伪六师向楚山、北镇方向进攻，伪八师经宁远到熙川后向江界进攻，伪一师（战力颇强）已到宁边，似将向泰川、龟城进攻。请你们注意诱敌深入山地然后围歼之，敌人到今还不知道我情况。（请注意白头山制高点）

根据毛泽东主席的指示、我军的作战特点和专长，结合敌人的实际情况，志愿军总部作了具体的战役部署：在东线以1个军实施阵地防御牵制敌人，保障西线作战部队侧翼的安全。西线集中3个军的兵力进行优势兵力的运动战，首先歼灭伪军2到3个师，而后再转用兵力歼击其余。会议以后，志愿军各部队迅速展开了各项战役准备工作。杜平还亲自起草了战役作战政治动员令，要求志愿军全体将士在这次举世瞩目、决定朝鲜战局发展和我军威望的战役中敢与敌人打近仗、打夜仗、打恶仗，为祖国为人民争光。

10月25日，中共中央对志愿军的领导机构和主要干部的配备下达了命令：

> （一）为了适应目前伟大战斗任务的需要，十三兵团司令部政治部及其他机构，应即改组为人民志愿军司令部政治部及其他机构；（二）彭德怀同志为人民志愿军司令员兼政治委员（前已通知），邓华、朴一禹、洪学智、韩先楚四同志均为副司令员，邓华、朴一禹二同志均兼副政治委员，解方同志为参谋长，政治部、后勤部及其他机构的负责同志均照旧负责；（三）党委组织亦照原名单加入彭朴二同志，以彭德怀同志为书记，邓华朴一禹二同志为副书记。

敲山震虎

此次战役是志愿军入朝参战的第一次战役，敌我装备差距悬殊，我军没有制空权，部队机动能力很低，特别是对作战对象的主要特点不熟悉，而敌人机动又十分迅速。针对这些情况，我志愿军总部主要采取了几项措施来隐蔽战役企图。首先，加强部队机动中的隐蔽伪装，所有部队昼伏夜行，穿山林、走小道，利用黄昏和夜暗分多路快速行进，以避免敌发现和进行突击。其次是向战场开进时，避开敌人行动方向，不过早与敌接触，防止暴露战役企图。第三是设网捕鱼，待敌至我预定战场时，歼敌于运动中，战机未到坚决不打。同时还派遣侦察部队伪装成朝鲜人民军，以迷惑敌人。这些措施有效地隐蔽了我军战役企图，达成了战役的突然性。

就在我军隐蔽集结向战区开进的同时，10月24日，西线南朝鲜第6师一部攻占熙川，其主力继续向温井、松木洞、楚山方向前进；南朝鲜第8师进至宁远及德川以东地区，并继续向熙川、江界方向前进；南朝鲜第1师及南朝鲜第7师1个团已进至宁边及龙山洞地区；南朝鲜第7师主力仍位于江东、顺川间；英27旅、美24师由新安州地区渡过清川江，分向定州、泰川前进。

志愿军首长认真分析了敌我态势，认为南朝鲜军突出冒进，战斗力不强，其攻击部署与我判断基本吻合，遂决心集中主要兵力先歼灭西线突出冒进之南朝鲜军，取得经验，尔后再歼美军。以第40军配属炮兵第8师第42团，集结于温井以北、北镇以东地域，待机歼灭南朝鲜第6师于温井西北地区；以第39军配属炮兵第1师第26团及第25团1个营、炮兵第2师第29团、高射炮兵第1团，迅速集结于云山西北地域，准备在第40军围歼南朝鲜第6师，调动南朝鲜第1师来援时，歼其于云山附近地区；以第38军配属第42军第125师和炮兵第8师第46团，迅速集结于熙川以北明文洞地域，准备歼灭南朝鲜第8师于熙川以北地区。第42军主力配属炮兵第8师（欠第46团），仍于长津以南黄草岭、赴战岭地区阻敌北进，钳制东线之敌，保障西线我军侧翼安全。同时，令第66军自安东过江，向铁山方向前进，准备阻击英第27旅。

10月25日6时，毛泽主席给志愿军司令部下达了指示：

　　（一）据昨（二十四）日情报，此次被美敌驱使向鸭绿江冒险进攻的敌军有下列各部：甲、伪六师，已到熙川及桧木镇，拟向楚山；乙、伪八师，已到宁远、德川以北，拟经熙川向江界；丙、伪一师，已到宁边、龙山，似将向昌城；丁、伪七师，尚在江东、顺川间，拟到熙川为预备队；戊、英二十七旅，已过安州，拟向新义州。（二）我军第一仗必须准备和上列五部作战，并至少歼灭其中三个师，才能初步解决问题。（三）四个美国师（骑一师、步二师、二十四师、二十五师）在平壤为中心地区；两个美国师（陆一师、步七师）正在元山登陆中；两个伪军师，在北青、咸兴、元山线（首都师、第三师）。（四）三八线以南极为空虚，只有一个土耳其旅（新到）及三个残破的伪军师。因此，人民军大活跃。据二十一日伪五师称，仅庆尚南北道一带即有人民军五万六千余，分在各地活动等语。只要北面打一二个胜仗，南面的活动将更高涨。（五）请令六十六军准备阻击或部署歼灭英二十七旅。（六）彭前报有敌在新安州登陆，各方均无反映，似不确。（七）请高在鸭绿江中准备多数船只以备桥梁破坏时用。桥梁破坏如不大应随破随修，并调查临江一带船渡是否容易。

　　对志愿军入朝的第一次战役的主要打击目标是美军，还是南朝鲜伪军，毛泽东主席主张以先打南朝鲜伪军为主，并电告彭德怀、邓华：

　　新得情况如下：（一）伪六师之第二第七两团经桧木

洞昨日到达接近江边之古场，今日当可到楚山城，这就威胁我辑安、长甸河口两处交通线，请速作处置。(二)八师两个团估计今日可到熙川。(三)美二十四师和英二十七旅一道已过新安州、清川江。据说美军战斗力比伪军为弱，但第一仗似以打伪军为主为适宜。(四)美二十五师维持平壤至大田交通线，美骑一师守平壤、镇南浦一带，以上两师均不能动，美第二师在平壤南北，情况不明，伪七师主力尚在江东，其一个团附属于伪一师已到宁边。

10月25日7时许，南朝鲜第1师先头部队2个加强营沿云山到温井公路北犯，进到两水洞时，遭我第40军第118师迎头痛击，经1小时激战全歼敌人，乘胜占领温井，此战拉开了第一次战役的序幕，这一天以后被定为抗美援朝纪念日。26日，南朝鲜军第6师的第7团进至鸭绿江边的楚山，这是朝鲜战争期间南朝鲜军第一次也是最后一次到达了中朝边境。这个伪军团到达楚山后，竟向江对岸的中国领土开枪射击。不久，他们便发现在其身后有中国军队的出现，他们急忙放弃了楚山向南逃跑，在途中被我第40军歼灭大部。

此时，战场情况比较混乱，敌人由于机械化程度比较高，组编了若干以坦克、汽车组成的支队，这些支队都比较小，我军集中大规模兵力歼敌一方面不需要，另一方面几乎没有一次歼灭敌二三个师的可能。

针对敌军的情况，毛泽东主席于10月25日17时电告志愿军司令部，"先抓住一两部敌军围攻，吸引敌军主力的增援，然后再打大的歼灭战"：

（一）敌已开始发现我军。昨（二十四）日夜伪某部称，敌主要为八路军，企图经云山、温井山路集结北镇。又空军夜间侦察报告称，敌军车辆正自江界络绎南下等语。估计今明两日被敌发现必更多。（二）请考虑于明（二十六）日或二十七日先抓住一两部敌军围攻不使逃脱，吸引敌主力增援，是否妥当请酌定。（三）伪一师确到宁边、龙山，请告三十九军注意抓住。伪七师主力尚在江东。

根据毛泽东同志指示，志愿军部队采取了分途歼敌的战法，即"以军和师分途歼灭敌之一个团或两个团……，求得第一战役中数个战斗歼灭敌一两个师，停止敌乱窜，稳定人心。"

10月25日戌时，彭德怀给毛泽东主席电告了敌情：

……敌以坦克数辆和汽车十数辆组成一支队，到处乱窜。我企图一仗聚歼敌两三个师甚困难，亦再难保守秘密。故决定以军和师分途歼灭敌之一个团和两个团（今晚已开始），求得第一战役中数个战斗歼灭敌一两个师，停止敌乱窜，稳定人心，是十分必要的。……

10月26日四时，军委电告彭德怀第66军由志愿军司令部直接指挥：

请直接指挥六十六军，给以任务和领导，迅速沟通电台联系，以利保卫新义州、铁山一带地区，阻止或歼灭英二十七旅等部的可能进攻。

此时，各部敌军继续冒进，南朝鲜第6师前出至楚山，第19团两个营与我第40军第120团对峙于温井以东龟头洞地区；南朝鲜第1师一部与我第40、39军各一部对峙于温井以南富兴洞、马场洞、马盛洞地区。进至熙川的南朝鲜第8师主力折返球场，并以4个营在球场以北集结。我分析敌似有自东、南、西三个方向合击温井我军之企图。但敌与我第120师在温井对峙一日后，主力未动。

10月26日5时，毛泽东主席根据美伪军的态势，给志愿军司令部下达了先歼南朝鲜第1、6、8师后再打美英军的电令：

> 美二十四师、英二十七旅已在新安州一带渡过清川江，请令三十九军勿去龙山、宁边，暂时避开（如果可能的话）美英军，以免被其胶着，而应由泰川向云山及其以北方向前进寻伪一师作战，与四十军、三十八军配合，首先歼灭伪一、伪六、伪八等师，然后再打美英军。如伪一师与英美军在一起则暂时也不要打伪一师，待伪六、伪八歼灭后寻机再打该敌。如何，请按情况酌定。

10月26日7时，彭德怀、邓华、洪学智向中央军委电告了敌情和志愿军的部署：

> ……
>
> （一）美二十四师约一万五千人，英二十七旅约五六千人，伪一师约一万人，共约三万余人，二十五日已进占古城洞、龙山洞、博川地区，上述之敌有沿泰川、龟城及定州铁路向新义州前进模样。（二）我三十九军在龟城、泰川线。（三）二十五日四十军一一八师在北镇伏击

伪六师二团一个营歼灭，本拂晓围歼温井之敌约一至两团，是否得手尚未报告。（四）我三十八军、四十军正在部署分途围歼熙川、温井、桧木洞地区之伪六、八师，得手后，集结三个军并六十六军主力围歼向新义州前进之美英军，预定地区在龟城、宣川线。

……

10 月 26 日 14 时，毛泽东主席根据 10 月 25 日戌时彭德怀的来电及提出的作战方针，给志愿军司令部回电，表示同意对敌的作战方针：

十月二十日戌时电悉。（一）先歼灭敌人几个团，逐步扩大，歼灭更多敌人，稳定人心，使我军站稳脚跟，这个方针是正确的。（二）伪六师之第七团确仍向楚山冒进。请高令五十军注意，从辑安及长甸河口两处对岸阵地向楚山迫近警戒。惟该敌可能在楚山先我建立据点，五十军如要攻击，应先作好准备，应估计这部分敌人是较强的。（三）伪一师指挥所已到云山，其第十二团进抵温井里附近。其第十五团在第十二团后跟进。其第十一团在云山以南。附属该师之伪七师第八团位置不明，估计亦抵云山一带。请告三十九军注意分割歼灭该师。三十九军应以有力部队隔断伪一师与博川一带之美英军。（四）我四十军歼灭伪六师第二团后，其第十九团（分得很散）可能集中向温井方向前进，请令四十军注意。（五）伪八师两个团今（二十六）日可能到熙川，其另一个团（第十团）今日可能留在德川，请告三十八军注意。（六）我军第一个战役须确定以歼灭上述三个伪军师为目标，分为几个大小战斗完成之，然后再打美英军。

10月26日16时，毛泽东主席根据10月25日7时彭德怀给中央军委的来电及志愿军的战况，给志愿军司令部回电，确定了第39军的作战行动部署：

> 十月二十六日七时电悉。美二十四师向碧潼，英二十七旅向新义州，这是过去几天的计划。今后几天则有三种可能：第一是伪一师被我围歼时向北增援伪一师；第二是照原计划进攻碧潼、新义州不变；第三是在博川一带观望形势。我应以第一种可能为基点，令三十九军迅速进至云山、温井线，以有力一部隔断伪一师与美英军的联系，以主力配合四十军一部保证迅速歼灭伪一师（战力较强，且有四个团），然后改向南面防御，等伪六师、伪八师均被我歼灭后，看情况再定对美英军作战的部署。以上请酌办。

10月26日18时，彭德怀电告毛泽东主席美军在元山登陆的一些新情况，并希望增加一至二个军以备防敌入侵：

> ……美二十四师、英二十七旅与伪一师距离不远，如打云山被胶着很不利，故决以三十九军转移至云山西北钳制伪一师及美英等军，集中三十八、四十两军首先歼灭熙川六八两师，至快须二十八日晚才能发起战斗。美广播二十六日五万人在元山登陆如系事实，美帝准备大打并企图由咸兴、长津进占江界、惠山镇、中江镇，我应迅速再准备一两个军，位置临江、长白两点，备适时

参与作战，以备打破敌人将我压回中国企图。

10月26日23时，毛泽东主席对歼灭南朝鲜第1、6、8师的作战部署给志愿军司令部下达了进一步的指令：

（一）截至此时所得情报，伪六师正以其第七团主力、第十九团全部向温井增援，利于我四十军各个歼击。（二）伪八师指挥所已到熙川，三个团已到一部，估计明二十七日可全部到熙川，我三十八军如在明二十七日夜发起攻击，须以伪八师全部为目标而分割歼之。（三）美二十四师称一师（指伪军）在云山被包围，美二十四师被阻不能前进，但决心歼灭共军等语。请令三十九军以有力一部钳制美二十四师，使其暂时不能向北面增援，以利全歼伪一师；三十九军主力并配合四十军一部以全歼伪一师为目标是很必要的，尽可能勿使该敌逃脱。（四）在伪一、六、八师歼灭后，请令四十二军以一个师占领宁远、德川、孟山，派出几个支队分路袭扰价川（伪二军团指挥所在此）、顺川、成川等处，威胁美二十四师、英二十七旅之后路，并使平壤美军难于北援。

10月27日10时，毛泽东电告志愿军司令部中国人民解放军第九兵团北调整训的情况和敌军行动的情况：

十月二十六日十八日电悉。（一）宋时轮已来京面谈，九兵团定十一月一日起车运梅河口地区整训，前线如有战略上急需可以调用，如无此种急需则不轻易调用。（二）元山登陆之美军系由汉城移去之美陆战第一师，由大邱移去之美步兵第七师及美第十兵团部，估计有三万人左右，号称五万不可信。该敌早已船运，因受元山港水雷威胁迟疑不敢登陆，现在始登陆。过去因该两师美军未登陆，伪三师须守备元山、咸兴一带，致伪首师孤军东进，该师长表示恐惧。原拟俟美军登陆后接防元山、咸兴线，让伪三偕伪首一起东进。现在我军出现，其计划可能变更。是否将以伪三、伪首向长津进攻，以美军一部出长津以南策应，目前尚不能定，因平壤、元山间二百公里地区向我敞开着，元山本身亦受威胁。（三）伪八师今晨已从熙川逃至球场洞，目前似只有伪六师尚有希望。在打伪六师时伪八、伪一仍可能增援，请注意。（四）你们指挥所应移至安全地点，现在的位置不好。

28日晚，我第40军主力向温井以东龟头洞地域之敌攻击，战到29日晨，将南朝鲜第6、第8师各2个营大部歼灭，随后，继续向南乘胜突击。该军第118师未等第148师赶到，乘敌动摇，于29日晚向南朝鲜第7团发起攻击，经一夜战斗将其大部歼灭。第38军占领熙川，但敌已南逃，该军即向球场洞方向突击。而第39军对云山之敌构成了三面包围，第66军30日也进到龟城以西，准备阻击美第24师。

西线我军主力到此已顺利完成战役展开，展开过程中歼南朝鲜第6师大部和南朝鲜第8师2个营，并包围了云山之敌，占领了熙川。

云山重创美骑1师

就在南朝鲜第2军团遭我严重打击后，敌虽已零星俘获我参战人员，发现我军入朝作战，但仍认为我国是象征性出兵。麦克阿瑟依然不相信中国敢冒和美国打一场现代化的全面战争之危险，以衰弱的国力介入朝鲜战争。他认为中国志愿人员过江，无非是想帮助北朝鲜的残余部队在朝鲜设法保留一个名义上的立足点。因此，他依然恃强骄纵，根本不把中国军队放在眼里，继续令其部队按照预定计划向中朝边境推进，迅速占领全朝鲜。

10月31日美军第24师进到泰川、龟城，并继续向朔州前进；英第27旅进到定州、宣川，并继续向新义州前进；美第1军预备队骑兵第1师从平壤进至云山、龙山洞地区，增援南朝鲜第1师。南朝鲜第8师退守球场地区；南朝鲜第1师主力撤至宁边及其以东地区，南朝鲜第7师则由龙山洞地区东调球场洞及德川地区。美第9军第2师也开始由平壤北调安州地区，作为第8集团军预备队。

尽管敌人调整了部署，但志愿军仍以12至15万兵力占绝对优势。志愿军首长决定向敌侧后实施战役迂回，结合正面突击战法，集中兵力，各个歼敌。以第38军迅速歼灭球场之敌，尔后沿清川江左岸向院里、军隅里、新安州方向突击，断敌退路。第40军迅速突破当面之敌，歼敌得手后向龙山洞以南灯山洞突击，切断龙山洞之敌退路；第39军于1日晚攻歼云山之敌后，协助第40军围歼龙山洞之美骑兵第1师。第66军以一部于龟城以西钳制美第24师，军主力视情从敌侧后突击，歼灭该敌。第50军主力进到新义州东南地区，第42军主力原地作战，相机歼敌，策应西线。

11月1日，美骑1师第8团与南朝鲜第1师第12团进行了换防，麦克阿瑟想以"虎"换狼来挽回他第一阶段的失败。他所使用的美骑1师是华盛顿立国时的元勋师，尽管它现在已不再骑马作战，但这个师的官兵臂膀上都有一个马头符号，它自吹160多年来没打过败仗，依仗其全部机械化装备，想在云山战场与志愿军交锋时领头功。

中美两国军队的第一次交战——云山战斗，打响了。

我军对云山的攻击于 1 日黄昏打响，志愿军利用夜暗大胆穿插分割，直接在敌阵内与敌短兵相接进行战斗。我军在接敌和包围敌人后，不待进行进攻前的炮火准备，就以一部分兵力突然冲入云山镇。刚刚接防南朝鲜军的美国兵，把进入镇内的我志愿军当成了南朝鲜军，还同他们挥帽、握手。而我军先头部队官兵则将错就错，一直进至美军的一个营的指挥部前才突然开火。这些几个月前还在日本充当占领军角色的美国兵仍然还是满脑子花天酒地的生活，他们那里想到中国人民志愿军——这个已经摆在他们面前的雄狮，将给他们带来灭顶之灾。美军一位士兵曾毫不掩饰地对美联社记者说："我要回到日本，在那里吃饭有人做，洗涮有人管，袜子有人补，命令有人服从，我简直成了麦克阿瑟，没人顶撞我，一切顺心如意。我从来没象这样舒服过。"当然，他们也从来没见过面前这支中国军队，这支军队用爆破筒、手榴弹与他们进行几米至十米以内面对面的拼杀。

云山战斗从 1 日黄昏一直打到 3 日夜间，我军歼灭了美骑 1 师第 8 团大部，击溃了第 5 团，并击毙了该团团长，使美军受到了侵朝以来，也可以说是骑 1 师 160 年来受到的最沉重的打击。这一仗震动了白宫，美军战地指挥官报告说：

中国军队远比麦克阿瑟所嘲弄的"亚洲的乌合之众"要机敏老练。中国步兵除迫击炮外，没有任何更重的武器，但他们都能极好地控制火力，进攻美国和韩国军队的坚固阵地，尤其是在夜间。他们的巡逻队在搜寻美军阵地时成效显赫。他们拟定的计划是从背后发起进攻，切断退路和补给线，然后从正面发动攻势。他们的

基本战术是一种 V 形进攻队形，他们使敌军在这个队形
中运动，然后就会包围 V 的边沿，与此同时，另一支部
队运动到打的开口处，以阻止任何逃跳的企图和阻击增
援部队。

　　云山战斗，志愿军以劣势装备战胜了武装到牙齿、具有现代
化武器装备的强敌，共计毙伤俘敌 2000 余名（其中美军 1800 余
名），极大地鼓舞了志愿军的士气，狠狠打击了骄横不可一世的
"王牌军"美骑 1 师的嚣张气焰。麦克阿瑟受到了自仁川登陆胜利
以来最惨重的打击。就是这些他不屑一顾的中国年轻士兵，用步
枪、手榴弹和炸药把他的士兵送给了上帝，使他的现代化装备成
了废铁，使他本人在美国朝野遭到了严厉的指责。

　　云山战斗，美军的惨败使美国政府和远东美军总部十分震惊，
证实了中国确实已经出兵朝鲜，而且中国军队的战斗力十分强大。
在美军的战史中，称云山战斗为"云山悲剧"，可见云山之战对美
军的震慑。

　　云山战斗作为一次对运动中驻止之敌打歼灭战的成功范例，
在国内外军事史上受到了高度的重视。日本陆上自卫队的《作战
理论入门》一书，就将云山战斗作为一个成功的战例编入书中，并
详细介绍了作战经过及经验。该书中说：对中国军队来说，云山
战役是与美军的初次交战，尽管对美军的战术特点和作战能力还
不十分了解，"还是取得了圆满的成功"。其主要原因是"他们忠
实地执行了毛泽东的十大军事原则，对孤立分散的美军集中了绝
对优势的兵力进行包围，并积极勇敢地实施了夜间白刃战"。

东线阻击战

在志愿军西线进行反击的同时，东线我军的重点则以防御为主，通过在阵前大量歼敌，支援西线作战。

东线敌军也是分路向江界和图门江边推进的，10月25日，南朝鲜第1军团所属首都师主力进至咸兴以北上通里、下通里、赴战岭以南地区，其中一个团沿海岸铁路东窜至端川。26日，美军第10军所属陆战第1师自元山登陆后，准备经咸兴、长津向西迂回至江界，尽快与西线敌军配合前推到中朝边境；南朝鲜第3师主力则从元山开至上、下通里接替南朝鲜首都师防务，向志愿军黄草岭阵地攻击；南朝鲜首都师则东移向赴战岭方向发展。

鉴于东线黄草岭、赴战岭地区山高林密，地势险要，便于凭险据守，志愿军司令部令第42军利用有利地形全力阻击北上之敌，通过阵地战大量杀伤消耗敌人，保证西线作战的顺利进行。27日，我第42军主力到达防御地区，以一个师加强炮兵团，部署在黄草岭以南一线（有朝鲜人民军炮兵、坦克兵各一部配合作战）；以一个团配属炮兵一个营，部署在赴战岭高大山以北地区。

27日，我第42军分别在黄草岭、赴战岭与南朝鲜第3师、首都师交火。黄草岭由于是敌攻击重点，当日经激战敌占领了我黄草岭以南之前沿阵地，并连续两天持续攻击，均告未果。29日，我第124师利用夜暗组织反击，到次日晨击溃了当面进攻之南朝鲜第26团，恢复并改善了原防御态势。

10月30日、11月1日，南朝鲜第3师余部倾全力向我发动再次攻击，我军在粮弹不足，饮水奇缺的情况下，以大无畏的革命精神和顽强的战斗精神，凭险据守，依托有利地形与敌反复争夺，给敌以重大杀伤，迫敌停止了进攻，取得了黄草岭防御战的胜利。

南朝鲜第3师进攻失利后，南朝鲜首都师畏惧被歼，被迫南撤，我第126师先头随即进占赴战岭。

11月2日，敌急调美陆战第1师加强南朝鲜第3师的攻击力量，并在航空兵、坦克兵的掩护支援下，向我黄草岭以南防御阵地发起连续攻击，我军在给敌以大量杀伤消耗后主动撤离。

11月6日，志愿军首长鉴于我军西线反击战顺利结束，我第42军主力已圆满完成了作战任务，达到了战役目的，乃令该军于7日凌晨撤出原防御阵地，北进至柳潭里一带组织防御，以期再战。

整个东线作战，我第42军在朝鲜人民军一部的配合下，凭借野战工事和有利地形，采取阵地防御和短促出击相结合的战法，以顽强拼搏的精神，克服了短粮缺水等严重困难，先后抗住了美军和南朝鲜军3个师的进攻，共歼敌2.7万余名，阻滞了敌人的进攻，彻底粉碎了敌人迂回江界之企图，有力地配合了西线的作战行动。

转攻为守　稳定战局

我第39军重创美骑1师，第38军主力于10月31日攻占新兴洞、苏民洞地区后，第38军又于11月1日继续向球场攻击前进，并于该日18时攻占球场，守敌伪8师2个团渡江西逃。第38军随即沿清川江左岸向院里攻击前进，翌日18时占领院里地区，对敌侧翼形成了直接威胁。此时敌在我军连续突击下，意识到其侧后已受我军威胁，深恐我军战役迂回部队插至价川、新安州等交通枢纽，断其退路，形成关门打狗之势，遂开始在空炮和坦克掩护下全线撤退。

毛泽东主席根据第一次战役的发展情况，11月2日两次电示志愿军首长：

（一）宋陶先头二十七军主力（两个师及军部）照你们意见开辑安，其一个师则依高岗同志建议迅开朔州从正面对付大安洞之敌，保障后方交通线，俟任务完成后再开辑安归队。（二）请注意使用三十八军全军控制安州、军隅里、球场区域，构筑强固工事，置重点于军隅里，确实切断清川江南北敌之联系，歼灭美二师北援兵力及伪六、七、八师余部，并尽可能向南伸出直到平壤附近。只要此着成功，即是战略上的胜利。一二五师，则控制德川据点及顺川、元山间铁路线。我三十九军、四十军、六十六军及五十军主力，则担任逐步地各个地歼灭清川江以北以西之敌伪一师、美骑一师、美二十四师、英二十七旅等部。能于半个月内达成任务，即是很好的。以上请按情酌定。

（一）各电均悉甚慰。全局关键在于我三十八军全军以猛速动作攻占军隅里、价川、安州、新安州一带，隔断南北敌人联系，并坚决歼灭北进的美军第二师，此是第一紧要事，其余都是第二位。（二）伪八师全部及伪六师之十九团都在清川江北岸之胡沙洞、凤舞洞等处。只有伪七师在清川江以南之军隅里、松亭、价川等处。

根据毛泽东电示，为发展战役胜利，志愿军首长11月3日电令各军：立即采取一切办法，迅速抓住敌人，不让敌人逃脱。并着重指出：只要抓住与分割了敌人就能胜利。同时，电令第38军迅速向军隅里、安州、新安州攻击前进,坚决切断敌由新安州通往肃川后方的联系。

随即我志愿军西线各部队转入追歼逃敌,乘胜扩大战果的作战。11月4日,我第38军主力前出至军隅里、东北龙登里、飞虎山等地,后进攻受阻;第39军前出至修偶洞、上甘城地区。至此,西线敌军主力溃至清川江以南,在新安州至价川沿江一线占领了有利阵地。我志愿军首长考虑部队多日连续作战,粮弹将尽,歼敌时机已失,特别是考虑到此役歼敌不多,恐敌调整部署后再次北犯,故令各军于11月5日停止进攻,结束战役,全线转入防御。

麦克阿瑟麻木不仁

对于中国参战及其规模,在朝美军和麦克阿瑟的认识与反应相当迟钝,东京和华盛顿方面更是麻木得惊人。他们宁愿相信自己的主观估计,而不愿相信现实。志愿军发动第一次战役后,美军第8集团军司令部起初认为中国仅仅抽出少量人员编入北朝鲜军队。在东京的美军远东司令部也同意这个判断,并且宣布同“联合国军”作战的照旧是朝鲜人民军。随着志愿军第一次战役的进展,美军第8集团军开始感到面对他们的是一支独立编制的中国部队,但到了此时他们仍认为中国军队的数量不过两三个团,麦克阿瑟的司令部仍宣称不能肯定中国军队本身已经参战了。直到11月2日,即中国人民志愿军开始对美军发起进攻后,美军才承认当面的对手确确实实是中国部队。虽管如此,麦克阿瑟认为形势仍然不错,因为在他看来中国军队参战很少有可能是大规模的。当美军第8集团军司令沃克将军终于认识到志愿军兵力的确很强大,因而下令全面后撤时,麦克阿瑟的司令部仍然命令第8集团军“进攻,进攻,进攻”。麦克阿瑟依据其亲信、东京总部情报系统负责人查尔斯·威洛比的估计,断定志愿军约 1 万 6 千余人,即不到我志愿军实际数量的十分之一。

11 月 4 日,麦克阿瑟致电美军参谋长联席会议:中国大规模参战既缺乏足够的证据来证明,又违背"逻辑上的基本理由";最可能的是,中国仅以秘密的或非正式的方式援助北朝鲜残余部队,使之能够在朝鲜保留一个"名义上的立足点",或仅仅打算同南朝鲜军队作战,争取"从破船上捞回点东西"。而华盛顿方面也和麦克阿瑟一样的盲目。美国中央情报局于 11 月 1 日报告杜鲁门:中国入朝部队不超过 2 万人,其目的看来是在鸭绿江南岸建立一条狭窄的安全地带。柯林斯则认为,中国人跨过鸭绿江不过是要在扬言支持北朝鲜后保住面子。马歇尔在美军第 8 集团军开始全线后撤之际,竟提出全面削减在朝鲜的非美国干涉部队,因为"军事形势业已改善"。

由于美军判断上的失误,加上我志愿军第一次战役的突然性,使得志愿军出国的第一仗得以成功。

第一次战役是我军第一次与美军作战。当时,敌我在装备水平的对比上差距较大。我志愿军的一个军,人数为 4 至 5 万,火炮 198 门(多为 75 毫米口径),汽车 120 辆,没有坦克,更没有空军和海军的掩护。而美军的一个军(以 3 个师计算),人数为 6 万,火炮 1428 门(多为 105 和 155 毫米口径),汽车约 7000 辆,坦克 430 辆,并且有作战飞机和海军的支援。我军入朝初战的胜利,取得了对敌作战的经验,极大地提高了我军入朝部队的作战信心,为下一步作战打下了实战基础。然而,我志愿军清醒地意识到第一次战役的胜利仅仅是初步的,还没有从根本上打动敌人,要想站稳脚跟,稳定朝鲜战局,还必须抓紧进行一次能够彻底扭转战局的转折性战役。

第二节　第二次战役扭转朝鲜战局

中国人民志愿军入朝参战首役获胜后，极大地鼓舞了中国人民以及世界爱好和平的人民，同时也打乱了美帝国主义的侵略步骤，使其阵营内部惴惴不安。就在全国人民欢庆胜利的时候，彭德怀和他的助手们又在筹划一场新的战役。

麦克阿瑟的狂言

直到志愿军第一次战役结束前夕，东京和华盛顿方面才担忧起来。11 月 6 日，麦克阿瑟发表公报：宣布他的军队"现在面对一支斗志旺盛的新军队，它有大量的后备和充足的补给可就近获得，而这些却在我们目前的军事行动范围以外"。同日，他致电美军参谋长联席会议："大量中国军队正涌过鸭绿江上所有的桥梁进入朝鲜，这使联合国军陷于困境，甚至有被全歼的危险。"

中国人民志愿军突然出现，尤如同平静的池塘里落入了巨石，在国际上掀起了轩然大波。美国与其盟国，以及美国国家安全委员会、参谋长联席会议和麦克阿瑟将军之间，围绕美国及其"联合国军"是否继续进攻，占领全朝鲜，展开了激烈的争吵。

在对我志愿军参战意图的分析上出现三种意见，一种是认为中国参战是为保护鸭绿江电力设施，并在江南岸建立一条警戒线；另一种认为中国是从战略上钳制和削弱美国的军事力量，不宣而战，与美国打一场有限规模的持久的消耗战；还有一种则认为中国是为了把"联合国军"赶出朝鲜半岛。

在美国政府看来，新中国久经战争创伤，百废待兴，没有胆量与美国这个具有现代战争作战经验、先进武器装备的强敌较量。他们认为我军错过美军退守釜山滩头阵地的有利时机和仁川登陆的关键时候出兵参战，充分说明中国无意扩大战争。

我志愿军在第一次战役后，即在 11 月 7 日各部队开始后撤，沿途还有意遗弃了一部分破旧的武器装备，并此后近 20 天里一直避免进行交战。我军这样做的目的是故意示弱，诱敌深入，然后出其不意地予以决定性的打击。我军的行动给美军造成了极大的错觉，使得那些对志愿军的力量和入朝目的缺乏正确估计的美国官员又得意起来。美国驻南朝鲜代办埃弗雷特·庄莱德在给美国国务院的战场形势报告中说，看来中国参战只是一场"阻滞战斗"，而不是"全力干涉"。他的看法实际上反映了在朝美军将领的观点。麦克阿瑟的乐观自不待言，他已不再担忧"联合国军"有被歼的危险，反而要一举消灭中朝部队。华盛顿方面也转忧为喜，以为志愿军虽然初战告捷，但（已被揍得鼻子出血，也许无心再战了"。因此，美国军政首脑们由此判断中国出兵的主要意图是保护鸭绿江的水电设施。美国政府显然感到军事和政治两手都有了更大的成功希望。

英法等国则认为我志愿军参战"是中国人迫使美国停止对重建欧洲的援助的诡计"，他们对中美开战的前景忧心重重，害怕影响欧洲的防务。

在美国采取什么样的对策上，也有重大分歧。以麦克阿瑟为代表的一些人认为，如中国军队的大队人马和物资自满洲通过鸭绿江，"联合国军"将有全部被歼的危险，因而主张轰炸满洲我军基地和鸭绿江上的一切桥梁，阻止我军继续投入朝鲜战场；参谋长联席会议则不希望因为朝鲜战争伤了美国的元气，使美国在其它地方出现麻烦时无从应付；英法等国强烈反对轰炸满洲，认为那将导致第三次世界大战，主张建立包括鸭绿江两岸在内的缓冲地带，而后通过政治方式解决。

但是，美国为谋求其全球霸权，在太平洋地区扩张侵略势力，仍然重申了不把战争扩大到中国，却仍要坚持占领全朝鲜的主张。美国为此采取了两重手法：一是，同意联合国邀请中国代表参加安理会听证会，并试探以所谓保证中国在鸭绿江上的利益，来换取其占领全朝鲜。二是，在未判明我出兵真实意图前，不改变交给麦克阿瑟的训令，同意他在军事方面可以相机行事。批准其按计划进攻，并允许他动用飞机轰炸鸭绿江上的所有桥梁。

有了华盛顿的支持，麦克阿瑟设在东京总部的战争机器又围绕迅速发动攻势，占领全朝鲜开始了高速运转。麦克阿瑟计划首先以地面部队进行试探性进攻，确实查明我军实力和行动企图，看我是否有与其在朝鲜长期作战的准备，同时动用大量航空兵摧毁与封锁鸭绿江上的所有桥梁和渡口，隔断战场，使我军无法增加兵力，以减轻战场压力。而后采取分进合击，在江界以南武坪里完成钳形衔接，将朝鲜北部中国人民志愿军和朝鲜人民军全部围歼，继而再向中朝边境推进，并在鸭绿江封冻前占领全朝鲜。

麦克阿瑟看着手下参谋人员把自己的苦心构想变成了一幅漂亮的作战"蓝图"，他就象又回到了仁川登陆的前夜，他的那个计划终究还是获得了胜利。在麦克阿瑟的军事地图上，美军第10军和第8集团军那两支钳形箭头仿佛就象两只大蟹钳，继续直指中朝边境。麦克阿瑟深信这双"铁钳"将能再次给他带来"常胜将军"的美誉。

然而，麦克阿瑟通过与中国人民志愿军的第一次交手，使他对我军心有余悸，为了保证这次进攻确有取胜把握，麦克阿瑟又将警卫汉城、"清剿"后方人民军的美第25师，新到来的土耳其旅、英第29旅北调至西部前线；将从美国本土调来的美第3师调到东部前线。至此，麦克阿瑟指挥的在朝鲜的"联合国军"的地面部队共有5个军、13个师、3个旅和1个空降团（其中美军7个师，南朝鲜军6个师，英国2个旅，土耳其1个旅），计22万余人，比第一次战役增加了8万余人。这些部队主要是美英军，参加过第二次世界大战，战斗力是很强的。同时空军也增加了两个喷气式战斗机联队，使航空兵飞机总数达到了1200余架。

当把这一切都安排停当以后，麦克阿瑟又照惯例乘他的"巴丹号"座机，抽着玉米茎烟斗，前往前线视察，并且大胆地让他的飞机沿西海岸和鸭绿江朝鲜方一侧作了一次侦察飞行。机身下的崇山峻岭，裂谷深峡，以及近乎死一般寂静的冰雪世界更坚定了他的关于中国军队没有能力与他较量的判断。

11月24日，麦克阿瑟狂妄地向全世界发表公报，宣布发动圣诞节前结束朝鲜战争的"总攻势"。

"孙膑赛马"

第一次战役后，真对美国采取的两重手段，中共中央决定不理睬美国的和谈试探，而是集中兵力取得在战场上的更大胜利，来争取政治斗争的优势。

此时，我志愿军的兵力也得到了加强。11月9日至19日，作为志愿军预备队的我军第9兵团，在宋时轮司令员兼政委、陶勇副司令员的率领下，由辑安、临江方向入朝，赴东线作战。第9兵团下辖第20、26、27军共12个师，约15万人。他们冒着零下30度的严寒，隐蔽地进入朝鲜东部的盖马高原，该兵团15万人马的行进完全没有被敌人发现。美军在事后称此为"当代战争史上的奇迹"。

我军经过第一次战役，士气虽高，但也面临许多困难，主要有：部队入朝后连续徒步行军作战，十分疲劳；朝鲜寒冬将到，防寒被装物品不够，长期露营，部队非战斗减员将大大增加；我军没有制空权，白天部队不能自由行动，夜间行动机动受限；由于机械化程度低，后勤补给系统不完善配套，部队的粮弹补给非常困难；特别是第一次战役我军主要进行的是运动战，部队流动地域广阔，一切以歼灭敌人有生力量为目标，没有腾出手来建立巩固的战役后方和防线。因此，战争的形势还未得到根本好转，我军只能算初步站稳脚跟。况且，敌军的气焰仍然十分嚣张，不仅东线的敌人一直在继续加强进攻，而且西线的敌人退到清川江以南地区稍作整休后，便以试探为目的又恢复了进攻。此时，朝鲜人民军还处在整顿之中，其主力第1、2、3、5军团分别位于龟城、江界及宁远、孟山以北地区。在这种情况下，我志愿军若稍有不慎，就会陷入被动。

面对高度现代化装备，武装到牙齿的十几万"联合国军"，面对我军面临的种种困难，下步战役怎样进行？是攻是守？战场放在那？作战方针怎么定？作为我抗美援朝部队总司令，作为曾经在我军几十年革命战争中领兵南征北战的勇将，彭德怀深知此役至关重要，胜将扭转战局，败则陷入被动，甚至唇亡齿寒。同时，我军第一次战役的胜利，也使彭德怀意识到：我军在几十年革命战争中总结发展的一整套战略战役方针和战法在朝鲜这个地理条件特殊的战场上，面对现代化强敌仍然是适用的。

彭德怀于11月4日提出了"采取巩固胜利，克服当前困难，准备再战的方针，如敌再进，则让其深入后歼灭之"的作战方针。也就是"采取宽大正面运动防御与游击战结合的方针"，如小敌则歼灭之，如大敌则边打边退，诱敌深入，待敌侧翼暴露，集中主力侧翼开刀，后发制人。提出这样的方针，较好地解决这样几个方面的问题：

利用敌急于进攻的急躁情绪，放手让敌北进，使其分散孤立冒进，有利于创造和捕捉战机。

使用部分兵力诱敌深入，寻我主力作战，而我主力则隐蔽休整，持重待机，避免了以弱顶强，有利于我机动兵力造势。

缩短了我后方交通线，部队给养弹药和被装物资供应困难的压力相对减轻，部队的持续作战能力会有所加强。

作战地区地形熟悉，有可能也有条件选择地形与我有利而对敌不利的地区作为歼敌战场，在这样的战场作战，我军歼敌取胜把握更大。

随着敌方进攻纵深的加大，其后将变得空虚，交通线也要延长，这就为我志愿军小分队深入敌后，在朝鲜人民军和游击队的配合下，广泛开展游击战，打击敌指挥机关，破坏敌交通线，在心理上给敌以震撼创造了条件。

11月4日十五时，彭德怀司令员给毛泽东主席发电，汇报了我志愿军的情况，电报中说：

> ……朝北反攻战役已结束。此次战役消灭敌人仅六至七个团，但对稳定朝北人心，使我军站稳脚，坚持继续作战，是有意义的。因消灭敌人不多，我军实力尚未完全暴露，美伪还可能重新组织反攻。根据我军当前已很疲劳，粮弹运输困难，且冬寒将至等情况，我们拟采取巩固胜利，克服当前困难，准备再战的方针。具体工作为：恢复疲劳，总结经验，继续动员，修宽公路，加强运输，储存粮弹，备雪深时支用。利用大山深沟荫蔽处，挖窑洞，打土坑，糊泥棚，解决居宿。准备一批必要干部和数营兵力，配合朝鲜人民军，组织几个支队，挺入敌后开展游击战争。在内线要点上，构筑必要工事，如

敌再进，让其深入后歼灭之……

11月5日1时，毛主席给彭德怀复电，指示志愿军要"争取在元山、顺川铁路线以北创造战场"，电报中说：

> （一）十一月四日十五时电悉。同意你的部署，请你按当面情况酌量决定。（二）德川方面甚为重要，我军必须争取在元山、顺川铁路线以北区域创造一个战场，在该区域消耗敌人的兵力，把问题摆在元山、平壤线的正面，而以德川、球场、宁边以北以西区域为后方，对长期作战方为有利。目前是否能办到这一点，请依情况酌定。

依据毛主席的指示，我志愿军各部队于11月5日调整了部署。西线各军分别将主力置于新义洲、龟城、泰川、云山及熙川以南博川、宁边、院里、球场地区。东线我第42军主力仍置于古土里、旧津里、赴战岭地区，以1个师位于宁远，同时以该师一部位于德川向阳德方向游击活动。

11月8日22时，毛主席又电示了我第9兵团的歼敌方针：

> （一）各电均悉，部署甚好。（二）江界、长津方面应确定由宋兵团全力担任，以诱敌深入寻机各个歼敌为方针。尔后该兵团即由你处直接指挥，我们不遥制。九兵团之一个军应直开江界并速去长津。

就在西线我军调整部署积极备战的同时，11月8日东线敌人倚恃强大兵力开始向古木里、丰山、吉州发动了猛烈的进攻，企图直插江界断我退路。西线敌人也集中兵力沿清川江北进，准备先取德川，后击熙川，贯彻集中靠拢逐步压缩向西北稳进的方针。

11月8日15时，彭德怀司令员向毛主席汇报了当前敌军的情况和我军的行动部署：

> ……敌为牵制我主力，有沿清川江北进，配合其东线迂回江界的企图。我为以逸待劳，便于后方运输，拟仍以诱敌深入，各个歼击方针。西线部署为：以三十八军一个师沿清川江东岸节节抗击，引敌至妙香山地区，坚决扼守之；主力荫蔽集结于下杏洞、球场以东，德川以北之山地。四十二军主力掩护任务，待宋时轮兵团到后，靠一二五师集结德川东北、德岘、杏川洞、校馆里地区；待宋兵团打响后，协同三十八军主力由东北向西南出击，但不放松消灭伪军之一切机会。三十九军、四十军、六十六军主力位温井、云山、泰川、龟城地区，休息七天，搜索散兵，补充粮弹，修路。如敌不进，待宋兵团打响后调动敌人时，拟集中三个军出德川及其以南寻机歼敌，把战场推向前些，以利持久作战。现正准备修熙川经杏川洞至宁远的公路。此役缴汽车近五百辆，大多数为敌机炸毁，所乘约二分之一二。从苏购车何时可到，盼示。

11月9日，毛主席复电彭德怀，表示同意志愿军的行动部署：

> （一）八日十五时电悉。目前部署及下一步作战意图，均很好，请即照此稳步施行。（二）苏联汽车不久可到第一批，损车加多，是可以补充的。以平均每天损车三十辆计，一个月损车九百辆，打一年仗也不过损车一万辆

左右。并且损坏之车，有些可以修好，有些可取回若干零件，又可缴获一部，故汽车是完全有办法的。（三）要修几条（不止一条）宽大公路通达德川、宁远、孟山区域，这是极重的战略任务，后面各路均须须好修宽，请抓紧办理。（四）争取在本月内至十二月初的一个月内东西两线各打一二个仗，共歼敌七八个团，将战线推进至平壤、元山间铁路线区域，我军就在根本上胜利了。请高贺用一切可能方法保证东西两线粮弹被服（保障御寒）之供给。

根据敌情的变化和毛主席的指示，志愿军首长于 11 月 13 日召开了党委会，会议正式决定东西两线均诱敌深入，先歼其侧翼一路，尔后猛烈扩张战果。并提出了"在我军空军、炮兵、坦克尚未得到适当组成前，我军仍采取运动战、阵地战、游击战相结合，内线和外线相结合的方针"，力求在运动中消灭敌人。在战役部署上采取内线作战，诱敌深入，各个歼灭敌人。即将西线之敌诱到大馆洞、温井、妙香山、平南镇；将东线之敌诱到旧津里、长津线我预设战场上歼灭。

会上，有些同志提出我军后撤会给敌人造成口实，并担心敌不来犯。彭德怀同志则风趣地说："让它进来，敌人舆论会嚣张一时，这更加会纵敌骄狂，只要我们能大量歼敌，谣言不攻自破。至于敌不来犯，那我们就再来它一次'孙膑赛马'，以我少量兵力牵制它大量兵力，以我大量兵力（2 至 3 个军）出德川下顺川，打其薄弱，胜利还是我们的。"

此时，朝鲜战场上敌我力量的对比仍有利于我军。我军第 9 兵团入朝后，我前线兵力已达 9 个军 30 个师，共 38 万人，为"联合国军"前线地面部队的 1.72 倍。其中，东线我军 15 万人，敌军9万人；西线我军23万人，敌军13万人。因此，在东西两线我军均占有一定的优势。

彭德怀顺水推舟

敌军为查明我志愿军参战的兵力和参战的企图，于11月6日开始了试探性进攻。西线敌人的首次进攻目标是飞虎山和德川，接着美军的第24师和骑兵第1师也北渡清川江，分别以部分兵力向博川和宁边一线进攻。以占领西起清川江口，经嘉山、长新洞、龙山洞、寺洞到宁远，这是麦克阿瑟计划发动总攻势的"攻击开始线"。东线美陆战第1师继续向黄草岭进攻，美第7师一部由丰山向北进犯，南朝鲜首都师则以一部占领了明川。

就在美军地面进攻开始的同时，麦克阿瑟开始了他的为期两周的所谓空中战役，以炸毁鸭绿江上所有桥梁，隔断战场，阻止我军继续向朝鲜增兵。麦克阿瑟命令侵朝空军全部出动，以最大力量瘫痪中朝边界的交通和战略目标，割断战场。"联合国军"每天出动一千多架次的飞机忠实地执行着这位远东盟军最高总司令的命令。

尽管麦克阿瑟下了巨大赌注，但美第8集团军司令沃尔顿·沃克仍小心谨慎，因为他的地面攻击部队并没有遇到任何大规模有组织的抵抗。朝鲜北部山区死一般的寂静，第一次战役交手的中国人仿佛是一群天兵天将，来去全无踪影。而这一次，西线的美第24师头两天就向其预定目标跃进了16公里。在东线，引起美陆战第1师惊恐失措的竟是半夜里钻到美军士兵睡袋旁的一只小熊。15日，西线之敌进到博川、龙山洞、宁边、德川一线，东线之敌进到下碣隅里及丰山、明川以北一线，并继续向北压来。初次进攻顺利得手，更加使麦克阿瑟认为这是中共少量军队无力抵抗，是"怯战退走"，故尔，他命令其所属部队加快进攻速度。

敌军进攻开始后，我军按照作战计划，以一部兵力节节抗敌军，诱敌深入，我军主力则随之向后转移至我预设的战场上。西线我军第115、119、112、125师在后撤的过程中还不断进行小规模的反击，反击后又主动放弃阵地继续后撤。到11月10日，西线我军已撤至博川以北。东线我军也于11月7日放弃了黄草岭阵地，向北运动。

我军的行动使敌军更加相信他们对中国出兵朝鲜的最初判断，并认为他们的空中战役起到了作用，使志愿军"不能进入战场"了。其实，这个战役序幕中敌进我退，敌强我弱，敌打我走的场景完全是彭德怀同志的几着妙棋造成的。其目的在于创造战机，造势歼敌。第一着棋是丢盔卸甲，隐真示假。在部队撤退的道路上大量丢弃一些旧的装备器材和缴获的破旧枪支，造成我军溃不成军的假象；第二着棋是节节抗击，一战即"溃"。始终坚持以小股兵力与敌人保持接触，打走结合，以走为主，诱敌向我预定战场前进；第三着棋是释俘消疑，纵敌骄狂。为了进一步使敌坚信我无力再战，争取时间，彭德怀于11月17日提出在前线释放首批敌军战俘。听到这个消息，志愿军总部的一些同志都很不理解，认为战争刚刚开始，现在释放战俘会产生不利的国际影响，也会影响将来停战时的交换战俘工作。彭德怀则说：现在的战俘对我军的印象是，中国军队粮食供应困难，没有吃的，后方运输线交通线瘫痪，在朝鲜难以支持，恐怕要退回中国，无力支撑这场战争……。我们可以遂其敌意，顺水推舟，就汤下面。第四着棋就是持重待机，后发制人。就在敌进到预定发起总攻势的攻击开始线，初步完成战役展开时，我军主力也已全部转移到预定的集结地域。西线的第50、第66、第39、第38、第42军主力分别集结在定州西北、龟城、秦川、云山、德川以北及守远东北地区。

东线第9兵团3个军12个师开进到预定地区集结。

11月23日，敌情发生了变化。西线：南朝鲜第7、8师进到德川、宁远线后继续向前推进；南朝鲜第6师由价川地区东移北仓里、假仓里；美第2师接替了南朝鲜第6师介川地区球场到德川以西的防务；美骑1师、第24师、英第27旅和南朝鲜第1师均已进到球场、龙山洞、博川一线。东线：美陆战第1师主力和美第7师一部进到了柳潭里、下碣隅里和新兴里地区；美第3师第65团及南朝鲜第3师第26团东移到宁远东北横川里、社仓里。

敌人的这种态势对我原定决心从清川江东岸发起攻击十分不利，因为美第2师、骑兵第1师可能东援，若敌东援则可能割裂我第39、40军，第40、38军难以全歼当面之敌，并对尔后的战役迂回产生影响。为此，军委电示志愿军总部指挥第40军迅速东进与第38军靠拢，保障我主要战役突击集团翼侧安全，割裂伪第2军团与美第8集团军的联系，为第38军和第42军歼灭当面之敌后，向顺川、肃川实施战役迂回，断敌退路创造条件。志愿军首长根据军委指示，迅速修改了原作战决心，并调整了部署。

11月24日7时，志愿军司令部就战役部署请示毛主席：

　　……

　　一、以三十八军、四十二军围歼德川、宁远、孟山地区之敌。四十军插入德川、军隅里之间，首先歼灭伪二军团，对清川江西之敌分别钳制之。二、你们应以一个师于二十六日晚围歼社仓里、黑水里之伪二十六团，得手后即向黄草岭以南之上下通攻击前进，确实占领该线，阻击北援之敌；另以一个师由仓里向黄草岭、堡后庄攻击前进，歼灭美陆一师师指，得手后向古土水攻击前进，协同主力围歼古土水、柳潭里地区之美五七两团全部；

三、提议二十六军向图上之长津及其以东集结，准备围
歼可能西援之美七师，并准备向利民洞、丰山一带美军
进攻。

……

11 月 24 日 22 时，毛主席给志愿军司令部回电，表示同意战
役部署：

（一）你们本日七时的作战部署是完全正确的，望坚
决照此执行。（二）请你们充分注意敌人降落伞部队在我
后方降落，应控制必要武装力量注意敌人降落伞部队在
我后方降落，应控制必要武装力量及汽车在你们及后勤
部手里，准备随时扑灭这些空降敌人。敌人已有一组谍
报人员在云山以东地区降落，并称正向鸭绿江边移动，请
注意扑灭。（三）请你们充分注意领导机关的安全，千万
不可大意。（四）此次战役中敌人可能使用汽油弹，请你
们研究对策。（五）你们释放美俘的行动，已在国际上收
到极好的效果。请准备于此次战役后再释放一大批，例
如三四百人。

志愿军司令部根据毛主席的指示，立即进行了战役部署，决
定：韩先楚副司令员直接指挥第 38 军和第 42 军，首先歼灭德川、
宁远、孟山的南朝鲜第 6、7、8 师三个师；第 40 军东移新兴洞、
苏民洞以北地区，以 1 个师接替第 38 军第 112 师防务，阻击正在
进攻的敌人，主力向杜日岭、西仓（德川西）插进，第 40 军东移
后，其余一线之第 39、66、50 军依次向东移动，逐次换防，保持
战线完整。

此时，"联合国军"各路进攻部队的攻击行动箭标正在麦克阿瑟东京总部作战室的地图上，象鱼一样缓慢地向北"游动"，他们不会想到，一张巨网正悄然张开，等待他们的是灭顶之灾。

38军、40军并肩突击

随着西线敌军推进到预定"攻击开始线"，东线敌军进到柳潭里、新兴里，麦克阿瑟认为其实施钳形攻击取胜指日可待，便于11月24日10时发表《公报》，宣布朝鲜战争总攻势正式开始。

敌人这次进攻较好地吸取了前几次的教训，进攻组织比较周密，侵朝美军及"联合国军"（3个军、7个师、3个旅）、大部南朝鲜军（2个军团6个师）都参加了进攻行动。进攻中，他们稳扎稳打，逐步平推，进攻部队基本处于同一弧线上攻击，各路纵队之间保障比较严密。

西线美第8集团军在沃克的指挥下分三路向北攻击，左翼为美第1军指挥的美第24师、南朝鲜第1师、英第27旅，由嘉山、古城洞地区分向新义州、朔州方向进攻；中央为美第9军指挥美第25师、美第2师，由立古、球场地区分向朔州、碧潼、楚山方向进攻，其二梯队土耳其旅位于军隅里地区、美骑1师调到顺川地区机动；右翼为南朝鲜第7、8师，分由德川以北寺洞和宁远地区向熙川、江界方向进攻，二梯队南朝鲜第6师位于北仓里、假仓里地区机动。集团军预备队由英第29旅、空降第187团担任，分别位于平壤和沙里院。

东线，敌分两路进攻，美第10军指挥陆战第1师、美第7师，主要沿长津湖向武坪里、江界方向进攻；南朝鲜第1军团指挥首都师、第3师沿东海岸向图们江边推进。

从整个战场看，敌人是西线为主东线为辅，从西部战线敌人战役布势看，则正面为主两翼为辅，正面美第9军一线部队及预备队，左翼美第1军右翼进攻部队均为美军，战斗力很强。

11月24日，根据对敌人战役布势的深入分析研究，我志愿军总部首长认为西线进攻之敌右翼南朝鲜第2军团翼侧暴露，后方空虚，战斗力不强，为好打之敌，遂再次改变预定作战计划，决心以第38军和第40军并肩突击，从敌右翼打开战役缺口，迅速歼灭德川、宁边地区南朝鲜第2军团主力，尔后向价川、肃川方向实施深远的战役迂回，断敌退路，造成关门打狗之势。保障正面我军在运动中歼灭向北进攻之美第1军和美第9军2到3个师。东线主要使用第9兵团主力歼美陆战第1师2个团于长津湖地区，而后视情况在运动中寻歼敌人。并决定西线部队11月25日黄昏发起攻击，东线部队26日黄昏发起攻击。

为进一步给敌造成错觉，我正面各部队继续以运动防御诱敌深入，至11月25日西线各路敌军均已被我军诱至预设战场，一个西起纳清亭经泰川、云山、新兴洞到宁边以东约140公里的弧形突出口袋形成了。

第38军是最早入朝的部队之一，在我军战斗序列中一直很有战斗力，由于第一次战役中对敌情判断有误，行动不果断，没有完成预定的战役穿插任务，为此，彭德怀曾在志愿军党委第一次战役会议上总结第一次经验教训时批评过第38军军长梁兴初。为了使第38军首长和部队放下包袱，打好第二次战役，志愿军副司令员韩先楚亲自参加了第38军战前召开的团以上干部会，鼓励大家变压力为动力，最后梁兴初军长表示一定要克服一切困难，坚决打开战役突破口，插到敌人后方去，完成志愿军总部交给的战役迂回任务。

11月25日黄昏，我第38军3个师分东、西、中三路向德川南朝鲜第7师发起了反击，右路113师，穿越南朝鲜第7、8师接合部，由新坪里涉过大同江，击破敌数处阻击，于 26 日 8 时攻占了遮日峰，首先截断了南朝鲜第 6 师的南逃退路；左路 112 师于 26 日 5 时插到德川西边的云松里、钱三里，割裂了南朝鲜第 2 军团与美第 9 军之间的联系，卡住了南朝鲜第 6 师西窜的口子；中路第 114 师也在江拥辉副军长的亲自指挥下从正面发起强攻，于 26 日 11 时占领德川以北葛洞、斗明洞、马上里一线，并在攻击过程中，于沙坪里歼南朝鲜第 7 师 1 个榴炮营。至此，第 38 军第一梯队师顺利完成了对德川之敌的包围。因发现敌有突围迹向，遂于 14 时前发起总攻，经 5 小时激战，南朝鲜第 7 师师部及所属第 5、8 联队 5000 余人大部被歼于南坪站附近。美军顾问 7 人全部被我俘获。

第 40 军与第 38 军同时发起攻击，以第 125 师和第 124 师分别从正面和侧后对宁远南朝鲜第 8 师实施钳形攻击；另以第 126 师向孟山以北龙德里插进，断敌退路。第 124 师和第 126 师在向敌侧后穿插时被敌发觉，南朝鲜第 8 师主力畏惧被歼开始向南收缩。借此有利时机，第 125 师立即发起攻击，迅速攻入宁远城，打乱了敌指挥系统。次日拂晓，敌大部被歼，我军占领了宁远城。

第 40 军为保障第 38 军突击时的翼侧安全，也同时向球场以北新兴洞、苏民洞之美第 2 师发起攻击，歼灭新兴洞之敌 3 个连，苏民洞之敌 200 余人，但次日 10 时敌人又重占苏民洞，40 军未能完成向西仓穿插的任务。

我其余正面进攻之第 39、66、50 军也展开了攻击，并程度不同地楔入当面之敌防御，歼敌一部。到此，我军顺利地打开了战役缺口，并从侧后威胁到敌后方的稳定，从根本上打动了敌人。

38军万岁

为发展战役胜利，不使敌人逃脱，彭德怀司令员紧急电令第38军主力向院里、军隅里攻击前进，一部取捷径向三所里攻击前进，作为内线战役迂回部队，堵击军隅里、价川逃敌，配合第38军歼灭院里、球场地区美第2师。令第42军作为外线战役迂回部队，立即西向孟山、北仓里、假仓里攻击前进，首先歼灭各该地域之敌，尔后继续向顺川、肃川攻击前进，切断美第1、9军和南朝鲜第2军团的退路。这种使用强有力的兵力实施大纵深的双层战役迂回，对第二次战役西线歼敌起到了极其重要的作用。

27日黄昏，第38军主力开始沿公路向价川穿插，途中歼灭土耳其旅1个加强营大部，又击溃了美骑1师2个营，于28日晨进到嘎日岭妈西装德站、瓦院地区。我军第113师在师政委和副师长带领下，沿小路向预定目标三所里猛插。在第113师大胆穿插的途中，敌人戒备疏忽，只有空中飞机来回侦察。我第113师将计就计，为了迷惑敌人，部队索性去掉了伪装，整队前进。而敌机却误认为我第113师是从德川败退下来的南朝鲜军，因而敌军飞机没有从空中采取任何阻止我军的行动。

由于路途远，地形复杂，我第113师的机动仍十分困难，部队发挥了我军连续作战的优良传统，师、团领导亲自深入战士中间传达彭总指示和师团命令，通过强有力的思想政治工作，部队始终士气高昂。28日早晨8时，我第113师经14小时的急行军，前进了72.5公里，先敌几分钟到达三所里。当志愿军总部因第113师为躲避美军无线电侦听，实施无线电静默与第113师失去无线电联系14小时后，报话机里传来了刘海清付师长的报告声："我前卫团已抢占三所里……。"

三所里是平壤至价川公路上的一个小村镇，北依山峦，南傍大同江，是美军北进南逃的主要交通线，战役地位十分重要，卡住了三所里就等于关上了美军的生死闸。我军占领了三所里，使清川江以北的敌军处于我军三面包围之中，这在美军中引起了极大的恐慌。麦克阿瑟立即向美国政府报告，说："中国人要把我的部队全部歼灭。"此时，麦克阿瑟才醒悟到他的"联合国军"已经进入了中国军队设下的网中，正面临着粉身碎骨的厄运。遂决定西线进攻美军全线撤退，以保存实力。

在三所里，我第38军与美第8集团军骑1师主力和英第29旅北援之敌和南逃之敌展开了激战，敌每日在大量飞机、坦克掩护下，始终未使南逃北进之敌打通三所里，战斗最激烈时南逃北进之敌仅相距1公里。

29日黄昏，我军打退敌最后一次疯狂进攻后，第113师首长分析了战场情况，发现除三所里外，西面龙源里还有一条南逃通道，由于大同江公路大桥已被我炸毁，估计南逃之敌可能寻价川、军隅里、龙源里简易公路南窜，随即决定分兵第337团抢占龙源里，阻敌南下。

此时，龙源里又成了敌人打通南逃退路的关键，这场血战一直进行到1日凌晨，第38军第337团始终未让敌人超过龙源里、松骨峰要点。坚守松骨峰下一个扼守军隅里到顺川公路无名高地的我第337团1个连，全连全部壮烈牺牲，指战员们用自己的血肉之躯筑起了一道钢铁闸门，为整个战役的胜利赢得了时间。彭德怀司令员在志愿军总部给第38军的嘉奖电的结尾凝重地写下了"中国人民志愿军万岁！38军万岁！"从此38军一洗一次战役之辱，以"万岁军"蜚声军内外。

12月1日，美第8集团军发现从三所里、龙源里突围无望，所属部队被我正面攻击各军分割，战场态势十分混乱，于是遗弃了

2000多辆汽车和坦克等辎重装备，向西面的安州方向突围。我军各部乘机各个歼敌。但，战役中由于我第42军在运动中于清溪里、新仓里受阻，未能按时插到顺川、肃川断敌退路，敌乘隙南撤至平壤。根据中央军委指示，西线各军主力在肃川、顺川之线以北地区休息4至5天，以整顿队势，补充粮弹，准备继续作战，配合东线扩大战果。西线各军于12月2日停止攻势，主力集结于安州、价川、凤鸣里、新仓里、北仓里地区休整补充，以一部尾敌向南追击。

在整个西线战斗中，美军的部分成建制的营、连部队被我军歼灭，我军还俘获美军3000余人，这是朝鲜战争中俘获美军最多的一次。

东线反击　重创美军

在西线展开激战的同时，东线以高寒的长津湖为中心，双方又展开了一场在高原寒区极其恶劣的自然条件下的艰苦战斗。

第一次战役结束后，敌也增加了东线进攻兵力，将美第10军投入了东线，第10军辖美第3师、第7师和陆战第1师，战斗力较强。11月中旬，美军海军陆战队1师和美步7师共4万余人，沿着咸兴——江界公路向朝鲜民主主义人民共和国的临时首都江界推进。该部美军不知我第9兵团正与之接近，因此他们轻敌自大，总共4万多人的部队和200多辆坦克、6000多辆汽车，沿着长津湖边仅有的一条山间公路拉成了一条100公里的长蛇阵。在行进中，美军对公路两边的高地也没有注意进行认真的警戒和控制。11月21日，美步7师的第17团到达了鸭绿江边的惠山镇，他们竟得意洋洋地面对中国的江边升起了星条旗。

美军万万没有想到，11月27日，我第9兵团首批入朝的第27

军已隐蔽进入柳潭里以西以南地区，第 26 军主力也于 26 日由厚昌江口向战场前靠，开往长津湖东南地区。此时，美第 10 军军长阿尔蒙德正指挥他的部队积极向北进攻，全然没有察觉我军在东线集结了重兵。由于东线均为山地，通道狭窄，美第 10 军将主力置于咸兴至长津方向。对于这种特殊的地形，分兵冒进的布势，阿尔蒙德似乎意识到远离西线主力在东线孤军深入钻山不太妙，故攻击速度开始放慢，寻求打通与西线第 8 集团军联系之策。

到了 11 月 27 日，美第 3 师第 65 团和南朝鲜第 3 师第 26 团进到横川里、社仓里地区；美陆战第 1 师第 5、7 团进至柳潭里、新兴里、下碣隅里地区，师部和第 1 团分别位于下碣隅里以南的宫盛里和古土里；美第 7 师第 31 团位于无丰里，第 17 团由惠山镇向鸭绿江西进；南朝鲜第 3 师到达了端川以北白岩，南朝鲜首都师位于清津。

为了抓住敌人兵力分散、尚未发现我军集结的有利时机，第 9 兵团决心于 27 日黄昏向长津湖地区之敌发起攻击，采取穿插迂回，分割包围的战术手段，利用东线山地地形复杂的有利条件，将敌割成数块，集中兵力各个歼灭，而后再歼其余。

27 日入夜，我第 9 兵团按预定部署发起攻击，经一夜激战，迅速完成了对长津湖地区之敌的分割包围。我第 20 军第 60 师包围了下碣隅里附近之敌，并以第 58 师攻占了富盛里，切断了敌南逃退路；第 59 师攻占了死鹰岭，切断了柳潭里和下碣隅里之敌的联系；第 27 军第 79 师包围了柳潭里附近之敌；第 80 师主力包围了新兴里附近地区之敌。至此，我军把一字长蛇的美陆战 1 师和美第 7 师一部分割成五段，造成了各个歼敌的有利时机。

美陆战 1 师曾在第二次世界大战的太平洋战争中以同日军在瓜达尔卡纳岛激战而闻名，该部队是美军中战斗力最强的部队之一。该敌被我军分割包围后，立即以 200 余辆坦克在三个主要被围点组成了环形防御，并通过临时机场，运走冻伤的人员并运来弹药和御寒装备。而我军由于 27 日东线战区普降大雪，又缺少防寒装备，缺乏防寒经验，非战斗减员极其严重。我第 9 兵团冻伤达 3 万多人，并冻死近 1000 人。战斗中，由于我军手中大多武器为步枪、手榴弹，很难对付美军的坦克防御阵地，因此对美军的攻击效果甚差，攻击能力大大减弱。

经前两天战斗，我军战果不卓，经详查发现在柳潭里、新兴里、下碣隅里地区被围之敌，有 4 个团、1 个坦克营、3 个炮兵营共 1 万余人，比我原估计的敌军数量高出一倍多。第 9 兵团首长改变了原里、下碣隅里之敌围而不歼，待新兴里之敌被歼后，再转移兵力歼灭之。11 月 30 日晚，我第 27 军对新兴里之敌发起总攻，战到 12 月 1 日拂晓重创该敌，13 时敌在飞机掩护和坦克引导下向南突围，我军立即转入尾追堵截，敌大部被我歼于新兴里、新岱里地域。就在我准备集中兵力攻歼新兴里敌人之前，下碣隅里、古土里地区之敌分别向我军阵地展开了连续猛烈的攻击。带领 1 个排坚守小高岭制高点的杨根思，领导全排打退敌八次猛烈进攻，在增援部队未到，全排仅胜 2 名伤员，敌人又发动第九次进攻的情况下，他抱着仅有的一包炸药，冲入敌群，这位雇农的儿子，在抗日战争和解放战争中屡建战功的爆破英雄、战斗英雄就这样与敌人同归于尽，为祖国为人民流尽了最后一滴血。志愿军领导机关授予他特级英雄、特等功臣称号。朝鲜民主主义人民共和国授予他"朝鲜民主主义人民共和国英雄"称号。

12 月 1 日，进到清津、惠山镇等地之敌开始向咸兴地区撤退，柳潭里之敌也全力突围，社仓里之敌也于 2 日开始南撤。随后我第 27 军部队和第 20 军第 59 师在死鹰岭地区与柳潭里逃敌展开激战。我第 27 军在敌南逃的途中设伏，在新兴里歼灭了美军第 32 团和第 31 团一个营，共计一个团部、四个营，俘敌 300 多人，创造了全歼美军 1 个整团的记录，这在抗美援朝战争中是唯一的一次。

光复平壤　挺进"三八线"

12 月 2 日，被华盛顿认为是自开战以来最令人沮丧的日子之一，我军对美第 8 集团军和第 10 军在东、西两线的沉重打击，使五角大楼对战局发展极为悲观。美国舆论界也在关注着美军在朝鲜的命运。美国报纸每天都在头版刊登"形势图"，图上的箭头表明我军正在包抄第 10 军，钳击第 8 集团军。美国《新闻周刊》说：

> 也许这会成为美国历史上最惨重的失败，除非在军事和外交方面出现奇迹。否则，被投入朝鲜大约三分之二的美国陆军可能不得不进行一场新的敦刻尔克式的撤退，以使他们免遭一场新的巴巴丹式的覆灭。

我第 27 军歼灭美军第 32 团之后，其他东线敌军开始从 12 月 1 日起拼命向南突围。敌军在大量的飞机火力掩护和空投物资支援下，以集群坦克为先导，沿公路向南冲击。我军则沿公路两侧的高地节节阻击和杀伤敌人，迫使敌军每天只能前进 5 至 6 公里。当时，由于战区的气温已降至零下 40 度，我军部队既连遭敌军飞机的猛烈空袭，又受到人员严重冻伤的危害，再加上连续的战斗已使我军的弹药将要耗尽，战斗力已明显下降。至 12 月 12 日，被围达 15 天之久的美陆战 1 师及第 7 师一部才侥幸冲出我军的包围，和美第 3 师会合。

毛泽东针对美军全线溃退这一情况，于 12 月 4 日电示志愿军准备挥师南进，先打平壤：

　　　　大体上可以确定平壤敌人正在撤退，其主力似已撤
　　到平壤至三八线之间，其后卫似尚在平壤以北及东北地
　　区。你们应于明（五）日派一个师或一个师的主力，向
　　平壤前进，相机占领平壤。

　　由于当时我志愿军总部尚不明了敌为何撤得这么快，也不知
敌将撤至何处为止，真正战役企图是什么，恐贸然深入陷入被动，
彭德怀司令员于12月5日24时决心先以3个师分三路向南推
进，威胁平壤，探敌如何反应，如敌守平壤，我则不作强攻，只
作佯动，集中5个军兵力在平壤以东实施运动战，歼灭成川、江
东、遂安、谷山、新溪地区之敌，得手后再使用主力南逼汉城，调
平壤之敌于运动中歼灭。随后，西线我军第40军一个师向肃川、
安州方向；第39军一个师向舍人场方向；第42军一个师向成川、
江东方向，分路向敌进逼。

　　敌在我军强大压力下，放弃了在平壤、谷山、元山一线重新
建立新防线阻我南进之企图，全部向"三八线"退却。

　　12月5日，平壤——这座具有5000年历史的古城，朝鲜民主
主义人民共和国的首都被我军收复。

　　此时，我军整个战役进势势如破竹，为充分发展胜利，争取
主动，粉碎敌在"三八线"固守的企图，为来年再战创造有利条
件，我志愿军总部又于12月12日组织西线6个军向"三八线"挺
进。16日西线之敌狼狈溃至"三八线"以南，美第8集团军司令
沃克中将在南逃途中因车祸身亡。同日，我军进逼"三八线"，在
金川、九化里、朔宁、涟川、铁原、华川地区集结，准备再战。

　　东线我军在朝鲜人民军配合下继续追歼逃敌，17日占领咸
兴；19日克连浦机场并歼敌一部；而后，进逼兴南港，但由于敌

在兴南港外围组织海空军构成严密火网，残敌全部通过兴南港从海上逃走。24日16时，我收复兴南地区及沿海各港口。至此，第二次战役胜利结束。

第二次战役的胜利是整个抗美援朝战争中最为辉煌的。战役的结果大大超过了中央军委、毛主席在志愿军出国前和第二次战役开始时的设想。这次战役我军共歼灭敌人36000余人（其中美军24000余人），彻底粉碎了敌人迅速占领全朝鲜的企图；收复了朝鲜人民民主主义共和国原"三八线"以北（除襄阳外）的全部领土，解放了"三八线"以南的翁津半岛和延安半岛；迫使敌人由进攻转入防御；使我军彻底站稳了脚跟，从根本上扭转了朝鲜战局，赢得了朝鲜战场的主动权，打破了"联合国军不可战胜"的神话。

这次战役的胜利，显示了新中国的力量，在国际上引起了强烈的反响，有力地配合了我国代表团在联合国大会上的外交斗争。美国新闻界称这是美军历史上"最黑暗的年月"，"最丢脸的失败"。麦克阿瑟在其所谓"圣诞节攻势"一败涂地后，于12月3日在向美国总统杜鲁门的报告中惊呼：美国是"在完全新的情况下，和一个具有强大军事力量的、完全新的强国进行一次完全新的战争"。麦克阿瑟的失败使其获得了"蠢猪式的司令官"的"美名"。

第三节 第三次战役打过"三八线"

中国人民志愿军在第二次战役中，一举歼灭敌人36000余人，把敌人赶回了"三八线"；敌人"圣诞节前结束朝鲜战争"的美梦化为泡影，"总攻势"成了总退却，美第8集团军的司令沃克中将也在撤退途中因车祸身亡。志愿军的伟大胜利，极大地鼓舞了中朝两国和全世界爱好和平的人民，同时在敌人的营垒内引起了一阵混乱。

李奇微接管美第8集团军

美国舆论把美军的全线溃退称之为一场"恶梦"，一幕"悲剧"，是"珍珠港事件后美国最惨的军事败绩"。美国统治集团内部也认为，朝鲜局势的发展已经使西方"面临一次严重的危机"，因而相互指责攻击。有的怪罪军方，认为麦克阿瑟判断有误，指挥笨拙，应予撤换；有的责怪政府无能，要求撤掉国务卿，罢免总统……对于如何摆脱这场危机，更是众说纷纭，莫衷一是。有的主张"放弃朝鲜，把力量集中在欧洲"；有的却坚持要扩大朝鲜战争规模，攻击中国大陆，甚至乞灵于借用蒋介石国民党的残兵败将；还有的则提出要把战争停止在"三八线"……。美国总统也一时没了主意。

经过一番紧锣密鼓的磋商，美国政府从其全球战略出发，决意继续保持它在亚洲和朝鲜的地位，并"不打算放弃他们在朝鲜的使命"。于是，美国一面扩军备战，一面玩弄和平阴谋，妄图麻痹中朝人民，争取喘息时间。美国军方也据此确定了先观察形势，力争保住南朝鲜的方针，要求麦克阿瑟"尽可能在韩半岛的某一线确保防线，从政治上、军事上打击中共的威望"，并任命美国陆军副总参谋长李奇微中将接替沃克，任美第8集团军司令。

1950年12月14日，联合国在美国的操纵下，通过成立"朝鲜停战三人委员会"的决议，要求在朝鲜立即停火，然后进行谈判，即"先停火后谈判"。

12月26日，麦克阿瑟在联合国军司令部接见了李奇微。李奇微是伞兵出身，第二次世界大战中曾任美第82空降师师长，还当过军长，参加过著名的诺曼底登陆战役和突出部战役，在中欧战场颇有一点小名气。可麦克阿瑟毕竟曾是李奇微的顶头上司，他当西点军校校长的时候，李奇微不过是他手下的一个体育教官。这次李奇微接任美第8集团军司令职务，也是麦克阿瑟推荐的。

李奇微一到大邱，便立刻去拜访李承晚。他向这位伪总统表示，他准备在朝鲜长期呆下去，"一旦实力允许，便立即恢复攻势"，因而使李承晚激动得热泪盈眶。随后李奇微便去视察部队。令李奇微吃惊的是，部队的士气异常低落：美军已"对自己、对指挥官都丧失了信心，不清楚自己究竟在那里干什么，老是盼着能早日乘船回国"；南朝鲜军则"对中共士兵怀着非常畏惧的心理，几乎把这些人看成了天兵天将"。

于是，李奇微一面调整部署，构筑防线，一面着手整顿士气。他吸取了前两次战役被我志愿军穿插迂回的教训，加强了防御纵深，在"三八线"至"三七线"之间部署了五道防线，第一基本防线就设在"三八线"上，第二基本防线位于汉城以北，此外还有三道机动防线。李奇微把南朝鲜军的8个师放在第一线，美英军放在第二线，摆出一付可打可撤的架式；命令部队利用旧的钢筋水泥工事，加筑地堡暗道，敷铁丝网，埋设地雷，"防卫一条从临津江到'三八线'的总战线"，如一旦被迫放弃阵地，则"有秩序地按照调整线实施后撤"。为了减少部队的恐惧感，李奇微还采取了"夜间收缩部队，让部队与部队之间紧紧衔接在一起，到昼间则以步坦协同的分队发起强有力的反冲击"的办法来对付我志愿军的进攻。

敌变我变

针对美军兵力的调整和变化，志愿军在认真分析了敌我双方各自的态势后，认为：南朝鲜军战力较弱，又处在第一线，第三次战役应以打南朝鲜军为主。

彭德怀经过与其他志愿军首长商量，决心集中4个军的兵力，先歼灭西线的南朝鲜军第1师和第6师，如战役发展顺利，再打东线的南朝鲜军第3军；如不顺利则适时收兵，就地组织防御。

12月8日，彭德怀给毛泽东主席发电报，请示下一步作战，电报说：

（一）下一战役十八、九号可开始攻击，估计月底可结束。如能歼灭伪一六两师，美二十四师、骑一师，或给以歼灭性打击时，我即将进越三八线，相机取得汉城。如上述敌人不能消灭，或不能给以歼灭性打击时，即使能越三八线或取得汉城，亦不易做。因过远南进会增加以后困难，故拟在三八线以北数十里停止作战，让敌占三八线。以便明年再战时歼灭敌主力。但须派人民军二五两军团南进，造成带战略性的断敌后路。（二）此役结束须补新兵，以便三月初旬开始决战攻势。（三）为保护日见增长的运输线和争取决战胜利，空司似应组织前方指挥机关来平壤，准备在平壤、元山、安州筹设机场等事宜。（四）目前部队弹粮鞋油盐均不能按时接济，主要原因是无飞机掩护，铁道运输无保证，随修随炸。可否先派一部分战斗机来平壤、安州掩护后方交通线。

根据彭德怀的电报，毛主席于12月13日电示志愿军必须越过"三八线"作战，才能取得政治上和军事上的优势。电文说：

> 十二月八日十八时电悉。（一）目前美英各国正要求我军停止于三八线以北，以利其整军再战。因此，我军必须越过三八线。如到三八线以北即停止，将给政治上以很大的不利。（二）此次南进，希望在开城南北地区，即离汉城不远的一带地区，寻歼几部分敌人。然后看情形，如果敌人以很大力量固守汉城，则我军主力可退至开城一线及其以北地区休整，准备攻击汉城条件，而以几个师迫近汉江中流北岸活动，支援人民军越过汉江歼击伪军。如果敌人放弃汉城，则我西线六个军在平壤、汉城间休整一时期。（三）明年一月中旬补充一大批新兵极为重要，请高加紧准备。请高、彭考虑是否有必要和可能，从前线各军（东西两线共九个军）抽派干部至沈阳加强管训新兵的工作。宋时轮部目前即须补兵一部，恢复元气，是否可能，请高筹划见告。（四）空军掩护铁道运输线正在筹备，有实现可能，但最后确定尚待商办。

12月17日，毛主席又电告志愿军，陈述了关于志愿军兵力使用的意见：

九兵团此次在东线作战，在极困难条件之下，完成了巨大的战略任务。由于气候寒冷、给养缺乏及战斗激烈，减员达四万人之多，中央对此极为怀念。为了恢复元气，养精蓄锐，以利再战，提议该兵团在当前作战完全结束后整个开回东北，补充新兵，休整两个月至三个月，然后再开朝鲜作战。在此期间内，即由西线六个军，配合朝鲜人民军，在南朝鲜作战。每一战役，以歼灭美李军一万人左右至多两万人为目标，兵力似已够用。因为在南朝鲜作战，补给线甚长，好打的战役机会，须经过精心选择和充分准备才能获得，太多的兵力也用不着。只有在进行最后决战的时机，才需要增加大的兵力。如果在两三个月内有使用更多兵力的机会，亦可照高岗同志提议，考虑将杨得志兵团使用上去。但杨兵团亦须加强装备，补充人员（该兵团十一万人，能作战者约九万人）。如使用该兵团，亦以在明年一月下旬或二月开动为适宜。你们意见如何，盼告。

12月19日，彭德怀亲自起草了给毛主席的电报，陈述了自己对第三次战役的意见及部署。电报说：

一、宋时轮复电留咸兴整补，咸兴地区筹粮不成问题。以目前情况看，宋兵团撤回东北亦非易事。路途远，气温低，在体力削弱、冻坏脚者无法行走及露营情况下，可能发生不可想象之损失。因此，我同意宋时轮部在咸兴地区过冬，休整两个月，集中运输工具抢运重伤病员回东北，并速将冬装前运，抽干部回沈阳训练和带新兵较妥。

　　二、杨得志部应集中安东、长甸、本溪地区补充训
练，明年二月半开朝鲜，三月中参战。

　　三、西线能用汽车不过三百台，运输线较前延长将
及两倍。各军大衣、棉鞋多数未运到。部队越前进，此
种困难就愈大。

　　四、据我看，朝鲜战争仍是相当长期的、艰苦的。敌
人由进攻转入防御，战线缩短，兵力集中，正面狭小，自
然加强了纵深，对联合兵种作战有利。政治上，敌马上
放弃朝鲜，对帝国主义阵营是很不利的，英法也不要求
美国这样做。如再吃一两个败仗，可能退守釜山、仁川、
群山等桥头阵地，也不会马上撤出朝鲜。我军目前仍应
采取稳进。此役，除运输困难、气候寒冷、相当疲劳外，
由山地运动战转为对阵地攻坚战，也没有进行普遍的教
育。由于上述种种原因，我八日的报告中提到暂不越三
八线作战。得十三日复电，现已遵示越三八线作战。为
避免意外过失，似集中四个军首先歼灭伪一师后，相机
打伪六师。如果战役发展顺利时，再打春川之伪三军团，
如不顺畅即适时收兵。

12月21日，毛主席复电，同意彭德怀对敌情的估计及"稳
进"方针和作战部署：

　　十九日二十四时电悉。答复如下：（一）在你所述的
情况之下，九兵团即在咸兴地区休整，只将重伤病员运
回东北，抽出干部回东北带训新兵，较为妥善。（二）杨
得志部现已集中徐州、济南间地区，开了干部会，朱总
去讲了话，如有必需，三月中参战无问题。目前仍以在

徐、济间整训一时期为宜，待要使用之前一个月可开至
沈阳、安东间补一部新兵（该兵团九个师，平均每师只
有六千余人，极不充实）。如友方装备那时已到，可将装
备改换即开朝鲜参战。（三）你对敌情估计是正确的，必
须作长期打算。（四）美英正在利用本八线在人们中存在
的旧印象，进行其政治宣传，并企图诱我停战，故我军
此时越过三八线再打一仗，然后进行休整是必要的。
（五）打法完全同意你的意见，即目前美英军集中于汉城
地区，不利攻击，我应专找伪军打。就总的方面说，只
要能歼灭伪军全部或大部，美军即陷于孤立，不可能长
期留在朝鲜。如能再歼灭美军几个师，朝鲜问题更好解
决。就此次战役说，如果发展顺利，并能找到粮食，则
春川、加平、洪川地区可能寻歼较多的伪军。（六）在战
役发起前，只要有可能，即应休息几天，恢复疲劳，然
后投入战斗。在打伪一师、伪六师之前是这样，在打春
川之前也是这样。总之，主动权在我手里，可以从容不
迫地作战，不使部队过于疲劳。（七）如不顺利则适时收
兵，到适当地点休整再战，这个意见也是对的。（八）增
加汽车，速运棉鞋、大衣、棉衣、被毯，极为必要。请
高岗同志设法解决。

12 月 22 日，收到毛主席的电报之后，志愿军首长再次研究了
第三次战役的作战问题，确定：以突破"三八线"，重点消灭南朝
鲜军为目的，因此不取侧后迂回，而用正面突破的办法，重点突
破临津江。兵力部署是：

右纵队：以志愿军第 38 军、第 39 军、第 40 军、第 50 军组
成，由韩先楚副司令员指挥，于高浪浦里至永平地段上突破，首

先集中力量歼灭南朝鲜军第6师,再歼南朝鲜军第1师,得手后向议政府方向发展胜利。各军的任务是:第39军由新垡、土井地段突破临津江,主力向上声洞、梧岘里、法院里方向攻进,准备打援与抓住汉山地区南朝鲜军第1师;另以一个师向湖水里、仙岩里实施迂回,并占领该阵地,阻击北援及南逃之敌;完成上述任务后,第39军主力协同第50军围歼南朝鲜军第1师。第40军由峨嵋里至高滩地段突破临津江、汉滩川,向东豆川方向攻进,协同第38军、第39军一个师围歼南朝鲜军第6师。第38军自楼垡至板巨星地段突破汉滩川,首先歼灭永平之敌,尔后向东豆川、纸杏里方向攻进,协同第40军围歼南朝鲜军第6师,并以一个师占领七峰山阵地阻敌北援,另以一部监视抱川之敌。第50军由茅石洞至高浪浦里地段突破,向皆木洞方向突击,配合第39军歼灭出援之敌或打南朝鲜军第1师。

左纵队:以志愿军第42军、第66军组成,由第42军首长指挥,在永平至马坪里地段突破,首先集中主力于水平至龙沼洞地段歼灭南朝鲜军第2师一至两个团,得手后向加平、清平里方向扩张战果,切断汉城、春川间的交通;另以一个师(欠一个团)由华川渡北汉江向春川以北之敌积极佯攻,抓住南朝鲜军第5师,策应左翼人民军第2、第5军团南进。各军的任务是:第42军由观音山至拜仙洞地段突破,主力向中板里、贵木洞方向攻进,歼灭南朝鲜军第2师第17团,并切断清平川通加平公路;另以一个师向济宁里迂回,协同第66军主力歼灭南朝鲜军第2师的第32团和第36团。第66军主力分别从龙沼洞及马坪里、园坪里地段突破,向济宁里方向攻进,会同第42军歼灭南朝鲜军第2师;另以两个团向春川以北积极佯攻,抓住南朝鲜军第5师,配合主力作战和策应人民军第2、第5军团南进。

战役发起时间定在12月31日。

新年献礼

1950 年 12 月 31 日 17 时，突破"三八线"的时刻来到了。一串串耀眼的信号弹飞向天空，我军上百门大炮发出怒吼，成功地压制了敌人的炮兵和火力点，不少敌人的炮兵阵地，在我军炮击的几十分钟内没能打出一发炮弹。

第 38 军经过短促的炮火准备之后，向永平西南至梁文里一线南朝鲜军第 6、第 2 师和美军第 24 师各一部防御阵地发起猛烈攻击。该军第 113 师强涉汉滩川，攻克君子洞，乘胜向南发展；第 114 师由金术亭里涉水平川，向新堡以南进击。该两师并肩突破后，第 112 师适时投入战斗。当夜，适值风雪交加，气温降至摄氏零下 30 度左右，第 38 军进攻部队连续追击南逃的美军和南朝鲜军。第 38 军各师先后占领七峰山、新邑里、抱川、水落山，击溃南朝鲜军、美军各一部。第 38 军主力于 1951 年 1 月 4 日进至中溪里、马山、内谷里地区。至 1 月 8 日，第 38 军进至汉江南岸及嘉谷里、八贤里地区，遂停止追击。

第 39 军在炮火掩护下向新堡、石湖以南临津江南岸南朝鲜军第 1 师阵地发起进攻。该军选择新堡、土井地段突破。第一梯队第 116 师集中近 5 个营兵力突击，迅速通过雷区，突破临津江，攀止高达 10 米的陡崖，仅 57 分钟即攻占南朝鲜军主要阵地 147.7 和 192 高地。尔后继续向南攻击，割裂南朝鲜军防御部署。与此同时，第 39 军第二梯队第 117 师紧随突击部队过江，向仙岩里、湘水里实施穿插。我穿插部队为保障快速穿插，以战斗力较强的两个连队为前卫分队。在穿插途中不恋战，不贪图缴获，不轻易展开主力，利用夜暗，先后在雪马里、235 高地、295.4 高地、雪马岭山口、神岩里等地打破南朝鲜军的 5 次阻击。对沿途无直接

威胁或威胁不大的南朝鲜守军，则以小分队警戒，掩护主力迅速
通过。至1月1日拂晓前，穿插部队一夜之间越过南朝鲜军第1师
防线向南插入25公里，抵达南朝鲜军第6师阵地纵深仙岩里，并
迅速占领有利阵地，控制了公路和要点，割裂了南朝鲜军第1师
与第6师的联系，阻击了南撤北援的南朝鲜军和美军。同时，第
39军预备队第115师从新坌渡江，进占食岘、长山坡一线，保障
右翼与第50军接合部的安全。经过一夜的激烈战斗，迅速突破
"联合国军"的防御。第39军主攻部队13小时前进15公里，按
时到达指定位置。2日，"联合国军"全线撤退，第39军直插议政
府，向汉城逼近。追击途中，在回龙寺、釜谷里歼灭美军第24师、
英军第27旅各一部，在仙岩里、马智里、舟月里、直川里等地歼
灭南朝鲜军第6师一部。1月4日，第39军一部进占汉城，随后
渡过汉江继续向南追击，于6日晚占领水原，停止了追击。

第40军由外峨里至高滩以南地段上突破"联合国军""三八
线"防线。该军当面守军为南朝鲜军第6师、第1师约3个团兵
力。除夕之夜，第40军在志愿军司令部统一号令下，向南朝鲜军
发起总攻。所属第119师在炮兵火力支援下，于18时30分从外
峨嵋里、峨嵋里一线迅速突破临津江天险，乘势向纵深进击；第
118师从高滩附近突破，随之与工事坚固和火力较强的南朝鲜
军第6师逐山逐堡争夺，攻占了土城里及288高地等要点。南朝鲜
军在美军飞机掩护下向南撤退。第40军进攻部队勇猛追击，至翌
日晨向南发展12公里，进至东豆川、哨城里等地。因对情况缺乏
具体了解，天亮后将部队收拢，致使南朝鲜军第6师乘隙撤走。

第42军于永平以东、都坪里以西地段，向南朝鲜军第2师和
第5师防御阵地发起进攻。炮火准备后，该军于18时20分迅速
突破南朝鲜军"三八线"防线，攻占峨浑岩、道城岘、中佳溪、燕
谷里等阵地。随后，该军以两个师从正面攻击、以1个师向守军

纵深穿插迂回，断其退路。经一夜激战，该军主力在永平、都坪里以南的花岘里、中板里、赤木星地区歼灭南朝鲜军一部。担任穿插任务的第124师不顾山高雪深，不怕飞机袭击，兼程突进，沿途打破南朝鲜军10次阻击，于1月1日中午前进至济宁里以南石长里，切断了南朝鲜军第2师的退路，并协同第66军主力将其大部歼灭。之后，第42军越过封冻的北汉江，向洪川、阳德院里和横城方向攻击，进一步扩大战果。

第50军从茅石洞至高浪浦里6公里地段上强渡临津江，迅速突破南朝鲜军第1师江防，占领其第一线阵地。1月2日11时占领黄发里。以美军为首的"联合国军"开始总退却。第50军转入追击。该军第149师一部在高阳以北碧蹄里击退美军第25师约1个营兵力的阻击后，8日，进至汉城以北约20公里处的佛殊地、三下里地区，截断了英军第29旅的退路。经一夜激战，全歼皇家奥斯特莱复枪团第1营及第8骑兵（坦克）团直属中队（重坦克营）。第50军另两个师直向汉城方向进攻。4日，进占汉城，随后又渡过汉江，继续向南追击。7日进占水原、金良场里后停止进攻。

第66军3个师在没有炮火支援的情况下，向马坪里等地南朝鲜军第2师、第5师"三八线"防线发起猛烈进攻，于20时80分迅速突破其龙沼洞、石龙山、华岳山、高秀岭、芝岩里、古吞上里、水利峰一线阵地。随后，各部队以迂回包围、穿插分割等战术手段，围歼、追歼撤退的南朝鲜军。第66军第196师、第197师先后占领官厅里、修德山、上红碛里、下红碛里、上南棕、下南棕等地。在志愿军第42军第124师协同下，歼灭南朝鲜军第2师第31团、第32团和第5师第36团大部，还歼灭了南朝鲜军炮兵第2师第20团1个营。4日，第66军第198师进占洪川。

这次战役，是志愿军入朝以来进行的第一次大规模对预有防御准备之敌的进攻。志愿军和人民军一起并肩作战，经7昼夜连续进攻，以伤亡8500人的代价，歼灭了近两万敌人，全线突破了敌人的坚固阵地，挺进200余里，将敌人驱至"三七线"，解放了汉城，以胜利的战果给中国人民和朝鲜人民献了一个新年"大礼"。

第四节　第四次战役以空间换时间

李奇微转守为攻

　　美军接二连三地遭到惨败，又丢掉了汉城，使美国大失强国、大国的体面，更加深了它与英、法等盟国的矛盾，美军的士气也更为低落，盟军对美军的指挥也更加地不信任；而我军的士气却大为振奋，国际威望也大大提高。然而，美国从保持它"在亚洲的地位，促进欧洲的防务和团结"这样一个基本政策出发，虽然不敢冒在朝鲜扩大战争的风险，却也不甘心就此罢手，退出朝鲜，因为这将对美国及整个资本主义阵营产生极为不利的影响。于是，美国一面继续玩弄政治阴谋，操纵联合国通过了一个所谓"立即安排停火"的"五步方案"（即先停火后谈判方案），以及一个诬蔑我国为侵略者、旨在破坏我国国际威望的美国提案；一面加紧扩军备战，企图伺机反扑，夺回汉城，挽回他们的面子。

　　在美国国内，美国政府采取了一系列扩军备战的措施：一是，杜鲁门总统在1月6日签署了增拨200亿美元作为国防费的法案，使美国在1951年的军事预算比1950年增加了80%，达到450亿美元；二是，美国国会在3月9日通过了"军事人力法案"，将征兵的年龄从19岁扩大到18岁，并延长了服役期限；三是，将国民警卫师编入现役，并加紧了后备部队的训练；四是，大力增加军工生产，要求每年生产5万5千辆坦克；五是，为了加强美国全球的战略部署，杜鲁门总统令艾森豪威尔到西欧各国拼凑北大西洋公约组织统一领导的军队，还派杜勒斯于1月25日到日本策划单独对日媾和。在朝鲜战场上，李奇微见我军停止追击，不上他们的圈套，便秉承其主子的旨意，在加强纵深防线的同时，积极调整部署，进行整补，加强战役侦察，准备反扑。他利用良好的运输条件，很快就补足了人员和粮弹，并调美第10军北上。这样，敌人不但迅速恢复了实力，而且使其一线兵力达到23万人，其中美军7个师、南朝鲜军8个师、英国2个旅，超过了我军的一线兵力。

当时，我第一线的中朝军队共28万人，其中志愿军6个军21万人，但因连续进行了三次战役，部队十分疲劳。中央军委于1950年10月就确定了我第19兵团和西南军区作为我志愿军的战略预备队，可此时，我第19兵团还在国内整训和更换苏式装备；西南军区的三个军仍在前往中朝边界的途中，一时无法赶到第一线战场；国内抽调的用于补充前线部队的十万老兵也未到达前线，部队的武器装备还没有更换和补充。因此，第三次战役后，我中朝军队正处于"青黄不接"之际。

美军经过与我军的几次较量，李奇微也发现了我军的一些弱点：补给困难，持续作战能力不强，每次战役攻势只能维持7——10天（美军称为"礼拜攻势"），而且只能在月朗星稀的夜间出击（美军称为"月圆攻势"）。于是，为了消耗和疲惫我军，查明我军情况，李奇微于1月15日，即我军结束第三次战役一周之后，采用"磁性战术"，在水原和利川间向我军发起了试探性的进攻。

"磁性战术"就是在大规模交战之前，以少量的坦克和汽车搭载步兵，仗着他们的制空权和现代化装备机动快、火力强的优势，成小股多路，在宽大正面上始终同我保持接触，或进行武装侦察，或抢占某一地区，或迟滞我军行动，掩护他的主力机动，消耗疲惫我军，侦察我军情况。

同时，李奇微还派出大批侦察机对我军进行纵深侦察，李奇微有时亲自飞临我军阵地上空盘旋观察。

美军用了一个星期的进行试探进攻后，李奇微发现我第9兵团没有向前推进，他由此估计我一线部队只有17万多人，已经疲惫，战力大减，无力立即发起进攻。李奇微根据他的判断制定了对我军的全面进攻计划。

1月22日，麦克阿瑟由东京飞到朝鲜骊州美第8集团军的前进指挥所，核准了李奇微向北推进的计划。

1月25日清晨，李奇微以5个军16个师又3个旅1个空降团共23万人的兵力，全线发起了"雷击攻势"，他把主力——美英军放在西线，并以汉城为主要突击方向。

美军这次进攻接受了以往失败的教训，行动非常谨慎，采取了一些新的办法：把南朝鲜军交美军直接指挥，由美军打主攻，以美军带南朝鲜军；为防止我军反击和分割包围，改变了过去沿公路分兵冒进的做法，采用互相靠拢，齐头并进，稳扎稳打战法，战役纵深也加大了，山地作战也重视了对制高点的夺取和控制；采用了"磁性战术"和"火海战术"，始终同我保持接触，对我军实行消耗战。这样一来，敌人的弱点在一定程度上得到弥补，火力强、供应好的优势得到更有效的发挥，给我军分割包围敌人，打运动战造成了困难。

彭德怀胸怀全局

第三次战役结束后不久的一天，金日成首相和朴宪永外相等朝鲜领导同志曾到君子里志愿军司令部，会见彭德怀司令员。连续3次战役的胜利，使得大家都很高兴。一见面，金首相就再三向彭德怀司令员致贺并表示感谢，接着便就下一步的打算征询彭德怀的意见。

　　彭德怀说："据我看，敌人并没有打算死守三八线，汉城也是敌人主动放弃的。许多迹象都表明，麦克阿瑟和李奇微是在有计划地后撤，想要诱我南下，造成我军补给困难，东西海岸防御空虚，然后利用他们的海、空军优势，再来一次侧后登陆，前后夹击，企图重演仁川登陆的故伎。"

　　经过协商，双方取得了一致意见，决定以部分兵力在汉江以南和南汉江以东组织防御，掩护主力在汉城以北进行休整。

　　彭德怀的判断完全正确。

　　抗美援朝战争结束后不久，曾有美国人士透露，麦克阿瑟在当时的确策划了一个极其险恶的阴谋。面对志愿军的强大攻势，由于美国政府不同意麦克阿瑟扩大朝鲜战争的计划，麦克阿瑟便决心实施全面撤退，一方面是要以其军事上的失败向美国政府施加压力；一方面也是要诱骗志愿军南下，使其供应负担逐渐加重，越来越易受到攻击。一旦时机成熟，他就从靠近鸭绿江的地方登陆，同时布撒放射性钴废料来断绝志愿军与东北的联系……整个过程有点象仁川登陆，但规模却要大得多。

　　彭德怀司令员敏锐地觉查到了麦克阿瑟的企图，便果断地命令停止追击，结束了第三次战役，挫败了麦克阿瑟的阴谋，避免了一次可能遭受的严重损失。对此，斯大林曾大为赞赏，说彭德怀是当代的军事家。

　　1月22日，彭德怀司令员和中朝军队联合司令部的几位首长，正在研究毛主席发来的电报。毛主席在电报中就苏联驻中国军事顾问沙哈罗夫将军向聂荣臻代总长提出的建议，征询彭德怀的意见：

　　　鉴于这几天敌人的侦察进攻很积极，而且美3师已

增调至防御正面，有攻我汉江南岸桥头堡迹象，而我主
力过于靠北，汉江以南部队数量少且不成防线，恐被敌
乘虚而入。因此应当加强正面防御，防敌攻占，以利春
季攻势。

对于沙哈罗夫提出的这个建议，彭德怀认为："美3师确已由
大邱调至平泽，但似为增强正面防御力量，并没有进攻我汉江南
岸桥头阵地的企图……敌人的小股侦察进攻活动到是不断增加，
但我看，不妨让敌人的胆子搞大些，有利于今后歼敌……"

志愿军的其他领导同志都同意彭德怀司令员的意见。于是决
定，目前部署不变，着眼春季攻势，主力抓紧休整。同时还决定
1月25日在平壤以东的成川里召开中朝军队高级干部联席会议。

正当我志愿军和朝鲜人民军的高级指挥员开会之际，美军开
始了全面进攻，而且攻势异常猛烈。面对敌人的突然攻击，我军
是打、是守、还是撤？如果立即放弃汉城，北撤"三八线"，自然
可以保存军力，但政治上显然不利；如要反击又很勉强，能不能
制止敌人的进攻也很难说。一旦反击失利，后果将难以预料。彭
德怀左思右想，1月27日，彭德怀打电报给毛主席，谈了自己的
种种考虑。

28日，毛主席复电彭德怀："立即准备发起第四次战役"，突
破原州后，向荣州、安东（均在37线以南）出击。并要彭德怀将
中朝军队高干联席会议"作为动员进行第四次战役的会议"。

毛主席是从全局需要来考虑的，政治上想得多些，有些地方
和实际的军事能力有一定差距。在这种情况下，作为战场指挥员
的彭德怀的责任，就是充分调动自己的全部经验、智慧，发挥主
观能动作用，千方百计弥补这个差距，最大限度地克服困难，尽
量争取全局意图的圆满实现。

美军的主力在西线，那里的地形利于美军机械化部队的机动作战，他们进攻的速度比较快，而以南朝鲜军为主力的东线进展则比较缓慢。

我们的兵力部署也是西强东弱。我军欲稳住阵脚，打退敌人的进攻，只有集中兵力打歼灭战，先打弱敌后打强敌。因此，志愿军采取了西顶东放、坚守反击的战法。决定：让韩先楚集团的第38军、第50军和人民军第1军团在西面顶住敌人的主要进攻集团。在东线，由邓华指挥的志愿军第39、40、42、66军，则逐步后撤，诱敌深入，然后集中兵力，由邓华司令员指挥实施反击，争取歼敌1到2个师，得手后再向敌纵深发展，从翼侧威胁敌人的主要进攻集团，以求制止敌人的攻势。如我军反击得手，西线之敌虽有可能停止进攻或后撤，但也可能依仗其兵力、火力优势继续攻击前进，迫我东线后退；如我反击受阻，则会更加被动，敌有可能进至三八线，我将不得不放弃汉城，退至三八线以北，这也是没有办法的事情。但无论如何，也要争取在三八线以北利用有利的地形条件，阻止敌人的进攻，待我战略预备队到达后，再给敌人重重一击！

志愿军浴血汉江

1月25日至2月16日，志愿军第50军和第38军一部在汉江南岸进行了23个昼夜英勇顽强、艰苦悲壮的阵地防御作战，以阻击向汉城进攻的美军第1军。这次防御战是抗美援朝战争中第一次大规模的防御作战，我志愿军在天寒地冻，粮弹供应困难，工程器材异常缺乏，武器装备对比极为悬殊的情况下，依托一般的野战防御工事，进行了顽强坚守，战斗极其激烈、残酷。

1月25日，西线的美第1军首先发起攻击，接着美第9军也于 28 日开始进攻。敌人改变了过去那种主要沿着公路进攻的办法，开始注意爬山头、抢占制高点，和我军展开了逐山逐点的争夺。由水原至汉城，是一片平原丘陵交错地带，而且时值冬季大地封冻，比较便于敌人的机械化大兵团行动。美军曾扬言，要在 5 天以内打过汉江，重占汉城。美军仗着机动快、火力强的优势，分成多路，在宽大正面上同时向我进攻，最多时曾达 15 路之多，每路 1 个营至 1 个团，在飞机、坦克和火炮的支援下，对我各防御要点反复进行空地立体攻击。

这是抗美援朝战争以来志愿军进行的第一次大规模防御作战，其激烈程度是我军历史上从未遇到过的。在国内革命战争中，进攻之敌主要是靠步兵冲击，飞机、坦克和大炮就是有，数量也很有限。即使是解放战争中最为激烈的黑山阻击战和塔山阻击战，敌人每天在我一个军的防御阵地上也不过仅发炮万余发，前来支援地面进攻的飞机也不过只几架而已。因此我军可以靠前配置兵力，主要以步兵火力杀伤敌人，再辅以勇猛的反冲击，一般即可保持防御稳定。现在则不同了。汉江南岸的防御作战一开始，美军对我一个团的防御阵地发射的炮弹每天就达数万发，同时还有数十乃至上百架次的飞机进行支援，不断地轰炸扫射；而我军的火力强度只有敌人的几十分之一。对付如此猛烈的进攻，我军还没有经验。怎样防空，怎样防炮，怎样打坦克，怎样和敌人反复争夺，都需要在战斗实践中作出回答。

坚守白云山阵地的我军，自 1 月 27 日起，敌人每天以 10 倍于我的兵力，向我白云山阵地猛攻，终日以数十架飞机，以及坦克大炮狂轰滥炸，掩护步兵轮番冲击。我军的勇士们和敌人在阵地前反复争夺，寸土不让，每天打退敌人 10 多次进攻，浴血苦战 11 昼夜，毙伤敌 1400 余人，守住了白云山主峰。志愿军政治部因此授予该团"白云山团"的光荣称号。

坚守帽落山阵地的我军与敌人的作战也异常激烈。敌人每天在60多辆坦克以及几十架飞机、几十门大炮的配合下，向帽落山猛攻。战士们抱着"人在阵地在"的决心进行顽强抗击。在236.5高地，该团9连英勇奋战，打退敌人6次冲锋，直至弹药殆尽，人员大部伤亡，阵地才被敌人占领。在123.8高地，机枪手田文富以机智灵活的战斗动作，打退敌人多次冲锋，杀伤敌人50多名。我军在帽落山用步枪、刺刀、手榴弹和十字镐与敌鏖战8个昼夜，杀伤敌1500余人，胜利完成了坚守任务，尔后主动撤出阵地。

敌人占领帽落山后，又向修理山进攻。担负坚守修理山任务的我军某团以顽强的坚守和英勇的反击，同敌人展开了殊死的搏斗，许多阵地失而复得。敌人曾以一个营的兵力向2连的阵地猛攻。2连打退了敌人多次冲锋，大部分同志都已牺牲或是负伤，此时，300多个敌人涌上阵地，机枪手王英子弹打光了，就抱起炸药包，点燃导火索扑进敌群，和敌人同归于尽，成为杨根思式的英雄。

2月3日，我军主动转至二线阵地继续抗击。敌人在占领我一线阵地后，继续在大量飞机、坦克和大炮的掩护下向我二线阵地轮番猛攻，仅2月5日这一天，敌人就展开了3个师，并以100多架次飞机、200多辆坦克及大量的火炮进行支援。我军各防守部队与敌展开了英勇顽强的激烈战斗。战至2月7日，敌在付出重大伤亡代价后，始在汉城以南的果川东西地区突破了我军部分第二道防线和人民军第1军团的防线。这时汉江已经开始解冻，为避免背水作战的不利局面，人民军第1军团和我军一部除留一定数量的兵力坚守汉江南岸桥头阵地外，主力撤至汉江北岸组织防御。

为了割裂敌人的东西联系，迟滞西线美军的进攻，保障东线反击的顺利进行，我第38军奉命继续在汉江南岸利川以北地区进行防御。自2月8日起，美第9军集中美第24师、美骑1师、英

第 27 旅、希腊营和南朝鲜第 6 师等部，从西、南两面夹击，猛攻
我第 38 军阵地，使第 38 经历了该军成立后最严峻的考验。第 38
军入朝时装备已比较落后，90％的战士还用着日本三八式（即
1905 年式）步枪，入朝后又一直作为主力使用，耗多补少。当时
半数以上的连队已不足 40 人，每班只有三四支枪堪用，其余的人
只有手榴弹，但战士们依然士气高昂地抗击敌人进攻。战斗空前
激烈，每一个阵地我军都要与敌人反复争夺。敌人的炮兵和航空
兵火力异常猛烈，我军一夜修筑的工事，1 小时就被敌人摧毁。第
38 军的勇士们在缺少工事依托，缺少炮兵支援的异常困难的情况
下，仍然守住了阵地，并大量杀伤了敌人。

我军汉江南岸 23 昼夜英勇顽强的坚守防御，迫敌付出 1 万多
人的代价，仅仅推进了 18 公里，每天平均还不到 1 公里，为东线
我军的反击争取了极为宝贵的时间。

横城反击瓦解南朝鲜军

就在西线敌人向我汉江南岸阵地猛攻的时候，东线美第 2 师
和南朝鲜第 5、8 师向砥平里、横城发起了进攻。邓华副司令员先
以志愿军第 42 军第 125 师和人民军第 5 军团节节抗击，掩护主力
向东开进；继而以第 42 军主力进至加平以东地区，第 66 军第 198
师进至洪川东南的五音山地区，阻击美第 2 师、南朝鲜第 8 师的
进攻。

五音山扼横城至洪川公路的要冲，是敌必攻、我必守的重要
阵地。第 198 师自 2 月 7 日起，在五音山连续坚守五昼夜，顽强
血战，在阵地上与敌人反复冲杀，先后打退了南朝鲜第 5 师大小
数百次进攻，歼敌 1500 余名，为主力反击创造了有利条件。

至 2 月 9 日，东线进攻之敌美第 2 师第 23 团及法国营被阻于

砥平里，南朝鲜第5、8师进至横城以北地区，呈向北突出之形，就好象在整个战线中央鼓出了一个包，造成了我对敌反击的有利态势。此时，我担任反击任务的第39、40、42军也已经数百里昼夜兼程，由纵深前出至洪川西南预定出击地域。根据这一情况，我志愿军首长决定按原计划立即对东线之敌实施反击。

但是由于我军力量不足，不能同时攻歼砥平里和横城两处的敌人。先打砥平里，可以直接震撼西线的敌主攻集团，但该敌为美军，战斗力较强，且已筑有工事，不易迅速分割围歼，如我军在一至二昼夜内不能解决战斗，可能要陷于被动；相比之下，横城之敌虽多，但系南朝鲜军，战斗力较弱，又处在运动中，态势突出，翼侧暴露，有利我军围歼。经过研究彭德怀决定先打横城之敌，争取歼敌2至3个团，得手后再歼敌2至3个团，以求稳定战局。

这时敌人已经发现我军集结，为了抓住战机，彭德怀司令员命令邓华于2月11日晚发起反击，人民军金雄集团全力配合。根据彭德怀司令员的指示，邓华副司令决心首先歼灭南朝鲜第8师，吸引南朝鲜第2师来援，再于运动中歼灭之，尔后视情向南面的原州、牧溪洞方向发展进攻。

2月11日黄昏时分，横城反击战拉开了帷幕。担任正面突击和侧后穿插的我邓、金集团各部队，在短促的炮火袭击后，踏着厚厚的积雪，利用夜暗的掩护，向南朝鲜第8师发起了猛烈的攻击。

担任正面主攻的第42军以迅猛的动作突破了南朝鲜第8师前沿阵地后，直捣敌人纵深，将南朝鲜第8师的部署完全打乱。敌人失去了有组织的抵抗，纷纷向横城方向逃窜，却不料，他们的退路早已被志愿军切断了。

我第117师在反攻战役发起后，一夜猛进近30公里，插到了夏日、鹤谷里地区，将横城西北之南朝鲜第 8 师的退路截断。该师的一个团于 12 日黎明时抢占了鹤谷里公路两侧的大谷、陵谷和303.2 高地等要点，歼灭了一部分敌人，随后又将横城出援的数辆敌坦克击退，并炸毁 1 辆。该师的另一个团也于 12 日拂晓进到夏日公路两侧。此时，大批溃逃的敌人蜂拥而至。该团 1 营面对数量超过自己几倍的美军，毫不畏惧，向敌突然发起袭击，攻占了夏日公路以东的 332.6 高地及下加云西北的无名高地，毙俘美军200 多名；该团 1 营夺占了公路以西的 536.7 高地，截住了后撤的南朝鲜第 8 师先头部队，这就注定了南朝鲜第 8 师覆灭的命运。

至 12 日晨，我第 117 师、第 118 师已将南朝鲜第 8 师的大部分包围在下加云北山、鹤谷里地区，我第 120 师和第 124 师也在广田地区包围了南朝鲜第 8 师一部。

敌人一看被围，便拼命组织突围。12 日下午，被困在夏日的敌人，在 10 多架飞机的掩护下开始向南突围。我军凭借公路两侧有利地形，构成多道阻击阵地，顽强抗击。经 1 小时激战，敌人在付出惨重伤亡代价突破我军部分阵地后，向鹤谷里猛攻。敌人先以重炮轰击我军鹤谷里桥头阵地，继以坦克掩护步兵冲击。我坚守鹤谷里阵地的官兵，集中兵力向敌实施反冲击，并以猛烈的侧射火力拦阻敌步兵，打敌坦克，将敌人死死地阻于鹤谷里公路桥以北，未能前进一步。在此时间，横城之敌曾出动两个连，以6 辆坦克开路，沿公路进攻鹤谷里，企图接应突围之敌。我则迅即伸至公路两侧，以近战阻击敌人，激战 30 分钟，终将援敌击退。

当晚，我发起最后攻击，一举全歼了南朝鲜第 8 师 3 个团，还有美第 2 师 1 个营和美伪军 4 个炮兵营，缴获了大量武器装备和弹药食品。由于我军反击准备仓促，事先未能察明南朝鲜第 3 师已移至横城东北地区，以至志愿军第 66 军主力与该敌遭遇，未能及时赶到横城东南的曲桥里、德高山地区，我第 125 师也没能按时渡过蟾江阻截逃敌，致使横城地区的美第2师一部、南朝鲜第8师师部及南朝鲜第3师大部得以逃脱。

在此同时，人民军金雄集团的第3、5军团在横城以东歼灭了南朝鲜第3、5师各一部，有力地配合了邓华集团的作战。

整个反击作战，尽管不是很圆满，但是打得很出色，共歼敌12000余人，仅俘虏就抓了7800多，有南朝鲜军7500多人，这是整个抗美援朝战争期间俘虏南朝鲜军最多的一次。李奇微在回忆朝鲜战争时曾这样描写过我军在横城的胜利：

> 在中共军队的进攻面前，美2师又一次首当其冲，遭受重大损失，尤以火炮的损失更为严重；南朝鲜第8师在敌人的一次夜间进攻面前彻底崩溃，致使美2师的翼侧暴露无遗，南朝鲜军队在中共军队的打击下损失惨重，对他们怀有非常畏惧的心理，几乎把这些人看成了天兵天将……

受挫砥平里

南朝鲜第8师被歼后，横城及其以东之敌纷纷向后收缩，我军乘势收复了横城，向南推进了15——20公里。然而横城以西砥平里的敌人却没有动。

彭德怀司令员即令邓华迅速歼灭砥平里之敌。

然而情报有误，说是砥平里之敌已有部分南逃，尚余不到4个营，仅3000余人。邓华担心敌人逃跑，便仓促组织第39、40、42军各一部共8个团1万余人，于13日晚以对付野战防御之敌的办法，向砥平里之敌发起攻击。实际上敌人在砥平里有美军步兵1个团、炮兵1个营，坦克1个中队，还有法军1个营，共6个营6000多人，以及坦克20辆，且已筑成较为坚固的工事，奉命固守待援。我军火力不强，一共只有3个炮兵连共十几门火炮，每门炮又只有二三十发炮弹，因而对敌人火力不能压制，坦克不能摧毁，工事不能破坏，加上部队建制不同，指挥不够统一，尽管部队打得非常英勇，奋力冲杀，当夜终未能够解决战斗。天亮之后，我军由于没有制空权，不能连续攻击，使敌得以利用白天的时间调整了部署。第二天晚上，我军再次发起攻击，虽然将敌压缩到不足两平方公里的狭小区域内，甚至还有一部分突入了敌阵地，终因火力太弱而未能得手。

14日，西线美军第1师、英第27旅、南朝鲜第6师开始东援。至15日，敌人援兵赶到，而志愿军各部队不仅弹药耗尽，而且粮食奇缺，多靠喝粥维持。在这情况下，即使能够再坚持一下，打下砥平里，也难以及时进至敌西线主攻集团侧后。改善战场形势的有利时机已经错过。邓华副司令当机立断，命令部队撤出战斗，向北转移；其他已前出至原州、平昌一线的部队也同时北移。

我军在砥平里是受到小的挫折后才主动撤出战斗的，我军的损失并不大。但是，砥平里战斗却暴露了我军的一个最大的弱点，即火力太弱，对坚守之敌的进攻战斗形不成强大的攻势。美军通过砥平里战斗，也看清了我军的这一弱点，从在以后战斗中可以看出，美军一旦被分割包围，不是忙于后撤，而是先集中起来组织有效的防御阵地，来抵抗我军的进攻，待援兵到来后再行突围。美军战法的改变，对我军通过阵地进攻战大量歼灭敌人带来了不利的影响。

以空间换取时间

我军在西线的坚守防御和东线的反击,迟滞了敌人的进攻,但是由于未能大量消灭敌人,因而并没有彻底粉碎敌人的进攻企图。我军刚一后撤,敌人马上尾追上来。以我军目前现有的力量,难以阻止敌人的攻势;但如让敌人很快进至"三八线",则将陷我军于极大被动。

志愿军首长经过分析敌我双方的情况,决定采取机动防御,且战且退,节节抵抗,争取时间,以掩护战略预备队开进;同时抓紧改善运输条件,储备作战物资;暂时放弃汉城,全军最多退到"三八线",边打边撤,用空间来换取时间,坚持两个月之久,待我战略预备队到达以后,再寻机歼敌。

经过慎重考虑,彭德怀司令员决定:在全线用机动防御迟滞敌人进攻,掩护战略预备队向集结地域开进。以汉江经横城至江陵为一线防御阵地,正面为150余公里,展开志愿军第50、38、42、66军及人民军第1、2、3、5军团共8个军,争取1个月时间;以汶山经议政府、洪川至丰岩里为二线防御阵地,展开志愿军第26、40、39军及人民军第1军团第19师共3个军另一个师,再争取1个月时间。

2月19日,敌人为了将战线拉平,集中了美军4个师、英军1个旅、南朝鲜军4个师的兵力,首先在东线向我志愿军第42、66军及人民军第3、5军团的阵地发起进攻。我军在粮弹补充困难的情况下,仅依托一般的野战工事,节节抗击、迟滞敌人的进攻。在我军顽强阻击下,敌人用了16天时间,至3月6日始将战线拉平,向前推进不足20公里。美第9军军长穆尔少将在指挥部队进攻时,于2月24日坠机身亡。

在东线敌人进攻时,西线的敌人完成了强渡汉江的准备。3月7日,敌将战线拉平后,敌军集中了美第1军的第3师、第25师,英第29旅,土耳其旅,南朝鲜第1师,美第9军的骑兵第1师、第24师,英第27旅,南朝鲜第6师,美第10军的陆战第1师、美第2师、第7师、空降第187团,南朝鲜第5、3、7、9、首都师及陆战第1团,共5个军14个师3个旅又2个团,在全线发起了代号为"撕裂者行动"的攻势,企图从中间突破,向东北方向迂回,夺取汉城,进而向"三八线"推进。敌人在强大火力支援下,采用"主力靠拢、齐头并进、东西呼应、等齐发展"等战法,逐步向北攻击前进。

此时,志愿军一线部队的困难达到极点。由于炮弹不足和炮损严重,多数炮兵部队已撤至"三八线"以北休整,防御部队不得不在缺少炮火支援的情况下进行战斗;有些前沿阵地就因部队饥饿无力再战而被迫放弃;指战员们的各种被服装具也已破烂不堪,赤身露体成了普遍现象;因生活困苦而生病倒下的人数大量增加,有的部队减员已超过半数。就是在这样艰难的情况下,各防御部队仍顽强地坚持战斗,和敌人逐山逐水反复争夺。

3月7日,敌发起全线进攻的第一天,我军就有8个连队殊死搏斗,战至最后一人。我军某部6连在砥平里以北坚守317.6高地,以67人抗击了土耳其旅一个营在空地强大火力支援下发起的17次冲锋,毙伤敌310名。激战4天后,该连仅剩指导员和5名战士,最后奉命撤离阵地。

志愿军司令部及时总结了各部队防御作战的经验,并根据以空间换取时间的战略意图,于3月8日发出了关于作战指导方针的指示,要求部队不要死打、死拼,并提出了"兵力配备前轻后重,火器配备前重后轻"的防御作战原则,有力地指导了我军的机动防御作战。根据这一原则,各部队在敌火力占绝对优势的进攻面前，只以少数兵力坚守前沿支撑点，多数兵力分散隐蔽在阵地后方，各种火器适当前推，并有层次地分散隐蔽。当敌步兵接近阵地时，各种火器突然集中开火；当敌突入阵地后，则适当投入后方兵力反冲击，与敌近战，使敌空、炮火力支援难以发挥作用，在一地杀伤较多敌人后，再利用夜间转移到新的阵地。采取这种办法，虽不能长时间地挡住敌人的进攻，却可以以较小的代价杀伤较多的敌人。

3月9日，彭德怀司令员返回朝鲜前线。为了节约兵力、减少伤亡、缩短补给距离和争取主动，彭德怀根据毛主席制定的"坚持长期作战、轮番作战"的方针和当时的战场形势，命令第一梯队各军自10日起按照预定计划逐步撤至二线，转入休整。3月12日起，我军第二梯队接替了原第一梯队的防御，开始同敌接触。3月14日，我军主动放弃汉城，美第3师和南朝鲜第1师即于3月15日重占该城。

3月16日以后，敌继续采用"主力靠拢"、"等齐发展"等战法和"磁性战术"逐步向北推进。我军第二梯队各部队在宽大正面上，采取重点设防、梯次配置、扼守要点、以点制面的部署，贯彻"兵力前轻后重，火器前重后轻"的原则，以阻击结合反击、伏击、袭击等手段，节节抗击、灵活打击敌人，给敌人以极大杀伤。

战至3月底4月初，我军全线逐步转至"三八线"以北地区，继续阻击迟滞敌人进攻。4月初，敌越过"三八线"，并于4月10日前后进至其所谓的"堪萨斯线"，即西起汉江口，沿临津江再经"三八线"以北附近地区襄阳一线。

4月15日，我入朝作战的第二番兵团和第9兵团已在预定地区集结完毕，从国内抽调的4万老兵和8万新兵也已补入部队。这时敌也察觉了我第二番部队已经到达，加上经80多天连续作战，美军部队损失严重，疲惫异常，其地面进攻势头开始减弱，并且逐渐停止了进攻。至 4 月 21 日，敌被我扼制在开城、高浪浦里、华川、杨口、杆城一线，我战役反击即将开始，第四次战役遂告结束。

第四次战役，我志愿军是在没有得到休整和补充的情况下仓促进行的，各种困难大大超过了前三次战役。志愿军全体指战员发扬了英勇顽强、不怕牺牲、不怕疲劳和连续作战的优良传统，以积极的坚守防御、战役反击和机动防御，抗击并最终阻止了敌人的猛烈进攻。在 87 天的激烈战斗中，共毙、伤、俘敌 78000 人，使敌人每天要付出 900 人的代价才能前进不足 1.2 公里，从而赢得了时间，掩护了战略预备队的开进和集结，为进行第五次战役创造了有利条件。

在整个战役期间，敌军一直向北猛烈攻击，却只前进了 100 余公里。美军推进至"三八线"附近，从战略上形成了朝鲜战争爆发前的态势，"联合国军"达到了保全南朝鲜的目的。但是，美军并没有什么大的成功，李奇微后来回忆说，这次作战"主要目的在于俘虏和消灭敌军有生力量，缴获其武器装备。从这个意义上讲，这次作战没有获得完全成功"。

第五节　第五次战役胜利出击收兵受挫

李奇微调兵遣将

1951 年 3 月下旬，"联合国军"将战线又一次推到"三八线"附近，取得了进攻上的一个较大的"成功"。为此，美国国内舆论开始大肆宣传所谓胜利的消息。而摆在美国及其盟国面前的让人倍感头痛的"三八线"却令他们又一次大伤脑肋。"联合国军"是否再一次越过"三八线"？如何体面地结束朝鲜战争？如何才能不使西方既不丢掉在亚洲的地位，又不减弱在西欧的防御？……等等问题，在美国及其盟国之间再一次发生了争论。

美国政府经与盟国协商，决定从全球利益出发，在不扩大朝鲜战争、不使苏联出兵朝鲜或在欧洲动手的前提下，令"联合国军"继续北上，越过"三八线"，形成对中朝的军事优势和压力，造成事实上的结果，迫使中朝让步于美国。

根据美国政府的指示，李奇微命令其部队于 4 月初再次越过"三八线"。为了实现美国政府的意图，李奇微制定了一个进攻计划：以侧后登陆配合正面进攻，争取在朝鲜半岛的平壤、元山一线建立一个新的防线。平壤、元山一线横贯朝鲜半岛，那里的地形条件非常有利，谁占领了这里，谁就可以掌握进可攻、退可守的主动权。

为此，"联合国军"采取了许多措施：其海军加强了对我元山、新浦、清津等港口的封锁，并进行侦察活动；其空军则对我后方

交通、物资屯积地、部队集结地域进行了空前猛烈的轰炸；将在
美国本土的国民警卫第 40、第 45 师调到日本，与原在日本的美步
兵第 34 团组成第 16 军，准备用于朝鲜战场；在日本以美式装备
武装南朝鲜的三个师，并加紧操练……

此时，"联合国军"的地面作战部队为 6 个军共 17 个师又 3 个
旅、1 个团，计 34 万人。其第一线兵力为 12 个师另 2 个旅，第二
线和后方兵力为 5 个师另 1 个旅又 1 个团。其部署是：美军第 1 军
位于临津江两岸及涟川以西地区，第 9 军位于涟川以东至华川地
区，美军第 10 军和南朝鲜军第 3、第 1 军团位于杨口、元通里、杆
城地区。美军骑兵第 1 师、空降第 187 团及南朝鲜第 2 师为预备
队，分别配置于春川、水原、原州地区。南朝鲜军第 2 军团位于
大田。

我第二番部队入朝

1951 年 2 月 7 日，毛泽东主席就指示周恩来总理和中国人民
解放军代总参谋长聂荣臻"要加强在朝鲜战场上我军轮番作战的
兵力"：

> 在你计划轮番作战兵力时，请将杨得志三个军，西
> 南三个军（先开两个，另一个军于到达河北后教育两星
> 期接着开），杨成武两个军（在六十六军及五十军回来接
> 防后开），四十七军（二月底集中岳州，三月初开东北，
> 训练两星期开前线）及董其武兵团两个军（先补充一万
> 人，武器方面似亦须有所改善，准备四月间开前线负守
> 备任务），编成为第二番作战兵力。而以现任第一番作战
> 兵力中的第十三兵团六个军撤至后方补充休整三个月至

四个月（其中五十军、六十六军并同时担任天津、营口线守备，其他四个军位于平壤、沈阳之间休整），改为第三番作战兵力。九兵团全部回华东任守备。补充计划，九兵团回华东再补，十三兵团需于撤到休整地点后即予补足。西南已到之两个军，杨成武两个军，董其武两个军，须令其立即开始出境作战的各项教育，应召集这些军的负责人来京开会授予任务。西南第二期三个军，须令其于二月准备完毕，二月开始出动，四月到达河北。

2月中旬至4月初，我第二番入作战部队的第3兵团、第19兵团以及新组建的大批特种兵相继入朝，此时朝鲜人民军也进行了整顿扩编。到4月底，中朝在前线的兵力已达130万，其中志愿军的作战部队已达15个军95万人（作战部队77万人，支援部队18万人），朝鲜人民军35万人。我志愿军第一线部队就有11个军54.8万人。我军数量空前雄厚，对敌形成了很大的优势。

在当时的条件下，我军欲实施一场大规模歼敌的反击战役，将会遇到不少的困难，这主要是因敌我技术装备上存在的悬殊差距而造成的：我空军刚刚建立，尚不能入朝参战，敌完全掌握了制空权；美军的一个师就有476门火炮，而我志愿军一个军的火炮才有198门，火力对比上我处于绝对劣势；我军开进主要靠徒步行军，敌军则拥有大量的汽车和坦克，其机动性能也优于我；最严重的问题在于后勤，虽然我大力加强了后勤保障力量，但随着战线的延长，参战部队的增多，运输落后的问题越来越突出，再加上"三八线"南北地区因敌我多次争夺，居民逃散，已形成无粮区，所以我进攻的部队仍要靠随身携带的粮弹来供应，因而只能保持一星期左右的时间；另外，我新入朝的部队虽士气高昂，但对地形不熟，与美军作战也缺乏经验。上述的这些困难和不足，如不加以克服和弥补,将会大大增加我歼敌和达成战役目的的难度。

群雄定大略

早在 1951 年 3 月 1 日毛泽东主席就提出了志愿军下一次战役的设想:

> 我们计划在我第二番部队到达后,在四月十五日至六月底两个半月内,在三八线以北地区消灭美军及李承晚部队数万人,然后向南汉江以南推进,最为有利。

我志愿军首长对即将到来的战役也寄予了很高的希望。3 月 14 日,彭德怀指出:"下一战役是带决定性的一仗。"4 月 19 日,志愿军总部发布的关于第五次战役的动员令中,也明确地说明这一仗是"朝鲜战争的时间缩短或拖长的关键"。

为了更好地部署第五次战役,志愿军总部召开了第五次党委扩大会议上。在会议上,志愿军第一副司令员兼副政委邓华首先介绍了前四次战役入朝部队的作战情况。接着彭德怀司令员讲了我军入朝以来对敌作战的基本经验。彭德怀说:"我们的经验教训有两条:在军事上,证明我对现代化装备的敌人固守防御是困难的,积极运动防御是必须的。在政治方面说明,抗美援朝战争是长期的,以为突破三八线,取得汉城后,即可一帆风顺地结束朝鲜战争,是一种幻想!"彭德怀接着传达了毛泽东主席关于"战争准备长期,尽量争取短期"的指示。

在分析战场形势时,彭德怀着重指出:敌人越过"三八线"后,在我军侧后实施登陆,配合正面进攻的企图日益明显。因此,我军必须先敌发起进攻,以破坏其登陆计划,避免两面作战。

志愿军政治部主任杜平和志愿军副司令员洪学智，9 兵团司令员兼政委宋时轮，19 兵团司令员杨得志、政委李志民，3 兵团副司令员王近山、副政委杜义德等，也都发表了自己看法，表示赞同彭德怀司令员的意见。

在彭德怀的主持下，会议确定了我军实施反击战役的主要目的是"消灭敌人几个师，粉碎敌人的计划，夺回主动权"；实施反击的主要地域为西线汶山至春川间。兵力部署是：以一部兵力从金化至加平线劈开战役缺口，将敌东西割裂，不使敌东西增援；与此同时，以第 3 兵团由正面突击，第 9、第 19 兵团则分别从东西两翼突击并实施战役迂回。首先集中兵力歼灭南朝鲜第 1 师、英第 29 旅、美第 3 师（欠一个团）、土耳其旅、南朝鲜第 6 师，尔后再集中力量会歼美第 24、第 25 师。为防敌登陆和空降，以第 42 军位于元山、阳德地区，第 38 军位于肃川，第 47 军位于平壤；另建议朝鲜人民军以第 2 军团位于淮阳、华川地区，第 6 军团主力位于沙里院、载宁地区。如敌实施登陆，准备待敌登陆后消灭之。

4 月 10 日，彭德怀把志愿军党委对第五次战役的设想和部署电告党中央和毛泽东主席：

> 我作战企图，拟从金化至加平线，利用这一带大山区劈开一个缺口，将敌人东西割裂，然后用九兵团和十九兵团对西线敌人进行战役两翼迂回，三兵团正面攻击，以各个歼灭敌人。力求在三八线北歼敌几个师，得手后再向纵深发展。攻击时间，如敌进展快，我拟四月二十日左右开始，各兵团四月十五日可集结完毕，时间较仓促些；如敌进展不快时，待五月上旬出击……

4 月 13 日，毛泽东回电表示同意：

四月十日二十四时电悉。(一)完全同意你的预定部署,望依情况执行之。(二)为防敌从元山登陆,似须以四十二军主力位于元山城内及其附近,确保元山,请酌定。

4月21日,向北进攻之敌被我扼制在开城、长湍、高浪浦里、三串里、芝浦里、华川、元通里、杆城一线。

鉴于敌登陆的征兆越来越明显,为避免两条战线同时作战,彭德怀司令员于4月21日午前果断地定下了第五次战役的决心,我军的兵力部署为:第9、第19兵团为左、右突击集团,从两翼进行战役迂回,第3兵团为中央突击集团,从正面突击。首先分别歼灭南朝鲜第1师、英第29旅,然后再集中兵力会歼美第24师和美第25师。东线人民军第3、第5军团积极钳制敌人,并相机歼敌一部。

4月22日,抗美援朝战争中规模最大的战役打响了,此次战役双方在"三八线"附近共投入兵力100万人。

西线我军直逼汉江

4月22日17时30分,中朝军队共14个军(含朝鲜人民军3个军团)在200多公里的正面上按照预定的部署向敌人发动了猛烈的进攻。

左翼第9兵团迅速突破敌人防御,进展顺利。第20、26、27军前出15～20公里,并在龙华洞、白云川地区,歼灭美第24师及南朝鲜第6师各一部,将敌军战线分割成两部分;第40军穿插迅猛,动作神速,至24日零晨,已插入敌纵深30多公里,胜利完成了割裂东西敌人联系的任务；第39军也相机占领了华川以南之满月岘、原川里一线，将美陆战第1师阻隔在北汉江以东，使其不能西援。

担任中央突击的我第3兵团，在涟川以北地区遇到了美第3师和土耳其旅的顽强抵抗，进展比较缓慢，于23日午后才前进至涟川东西地区，并开始向永平、哨城里地区之敌发起攻击。

我右翼第19兵团扫清了临津江西岸之敌后，第一梯队师即于23日凌晨突过了临津江。但我担任战役迂回任务的第64军，过江后未能迅速突破南朝鲜第1师的主阵地，受阻于弥陀寺以北地区，前进不得。而第二梯队第65军的2个师又相继在此进入战斗，结果是5个师的部队拥挤在临津江南岸不足20平方公里的狭小区域内。敌军发现了我军的密集队形后，立即派出大批飞机进行轰炸、扫射，敌军的火炮也转移火力向我军队伍中射击。我军遭到敌炮兵和航空兵的猛烈轰击后，损失较大。这是我军战史上的一次惨痛教训。

正面突击的第63军，在作战中打破常规，他们利用敌人认为我军不敢在白天进行大部队活动的心理，将担任主攻的第187师分成多路纵队，在白天隐蔽地运动到江边，天黑后突然进攻，于23日夺占了江南的要点绀岳山后，继续攻击防守磨叉山、雪马山一线的英军第29旅。23日15时，我第187师第560团奉命加入战斗，攻击位于绀岳山西北雪马里地区的英军第29皇家格劳斯特郡团第1营。第560团以第1营从左翼迂回占领了295.4高地，切断了该敌的退路。18时，第560团的主力开始从正面发起攻击，于24日6时占领了雪马里北山及314高地。英军在正面被突破、侧后受威胁的情况下，遗弃了重装备，开始向南撤逃，当他们退至295.4高地时，被我第560团第1营截击，便缩回雪马里及235高地。10时，英第29旅的预备队以2个营的兵力，在炮兵、航空兵火力支援下，接应雪马里地区的被围英军，被我第187师左翼的第561团所阻。25日10时，第560团以2个连向285高地发起冲击。经1小时战斗，占领该高地。12时，我军占领了雪马里地区，全歼了英皇家格劳斯特郡团第1营及配属的坦克、炮兵各1个连、共毙伤俘580余人，缴获坦克18辆、汽车18辆。

25日至27日，我全线各突击集团向敌发动了连续攻击，敌人在锦屏山、加平、春川的第二线防御阵地亦为我突破。但我军正面攻击虽然猛烈，却未能有效地迂回包围，断敌退路，所以歼敌数量并不多。整个战役的态势发展形成了平推。

4月28日，敌军主力退到汉城及北汉江、昭阳江以南继续防御，并将美骑1师西调汉城加强力量，同时在汉城的东北西三面组成了绵密的火力网，企图诱我攻城，给我以大量杀伤，此即范佛里特设想的"要尽可能利用火与铁而不是血和肉同敌人作战"。

从敌人且战且退的战法来看，敌有诱我南下，然后在朝鲜北部实施登陆的企图。

此时，我军连续作战已达一周，粮弹供给已有困难，在此种情形下，彭德怀审时度势，判断出在汉江以北歼敌的战机已失，乃毅然决定于4月29日停止了进攻。

东线重创南朝鲜军

第一阶段结束以后，敌我双方所形成的战线呈西南往上伸到东北的斜线态势，东线守敌6个师南朝鲜军的位置明显突出，西线美军主力则相对集中。为了贯彻中央军委制定的多歼南朝鲜军，孤立、分散美军的作战方针，我军决定，在稍事休整后，转移兵力东进，在杨口、麟蹄一线发动新的进攻，力争歼灭南朝鲜军两三个师和部分美军，以利尔后作战。

4月30日，敌军为了查明我军动向，破坏我军准备，掩护其调整部署，以一部兵力向我作试探性进攻。

为了调动敌人，我志愿军第19兵团和人民军第1军团在汉城以东实施佯动，给敌以渡江迂回汉城的假象，将敌主力引向西线。美军果然认为我军要强攻汉城，李奇微惊呼"汉城面临第二次危机"。

5月6日，彭德怀正式下达战役第二阶段预备作战命令，决定以第9兵团、人民军第2、第5军团首先歼灭县里地区南朝鲜第5、第7、第9、第3师，尔后视情况再歼南朝鲜首都师、第11师；第3兵团割裂美军、南朝鲜军联系和阻击美10军东援；第19兵团在西线积极行动，钳制美军主力，配合东线作战。

5月9日，我第3、第9兵团休整，12天以后，挥师东向，至15日已隐蔽地进入了进攻出发地区。与此同时，人民军第2、第3、第5军团亦按时到达了指定位置，并完成了战役展开和战役准备。

5月16日，志愿军在东线集中3个军，在朝鲜人民军的协同下，对县里地区的南朝鲜军第3、第5、第7、第9师的防御阵地发起进攻。我军以第81师担任迂回任务，迅速抢占砧桥、梨观地域内的要点，切断南朝鲜军第3、第9师南逃的退路，并相机包围或歼灭上南里、坊内里地区的第7师。以第60师从正面向南朝鲜军第7师纵深猛插，攻占后坪里、美山里地区，阻击从县里西逃的南朝鲜军，配合第81师行动。

18时，我军的大炮怒吼了，密集的炮弹准确地落在敌阵地上。在炮火的掩护下，17时30分，我第81师（附军特务团）发起攻击，师长率第242团第2营为先导，从南朝鲜军第5、第7师的接合部攻入，沿于论里、新修谷、柏子洞向砧桥迂回。在向前跃进中，打破了南朝鲜军13次阻拦，一夜前进28公里，于17日晨到达指定位置，占领了严达洞公路两侧高地。随后师主力赶到，全部控制砧桥、上南里、坊内里诸要点。我第60师突破南朝鲜军第7师防御后，沿桃水魔、亭子里、直洞向纵深猛插，一夜前进25公里，于17日晨攻占后坪里、美山里地区，切断了县里通往砧桥的公路。此时，南朝鲜军全线后撤，其第5、第7师被我军击溃，第3、第9师被我军压缩于县里。中朝人民军队主力随即对南朝鲜军第3、第9师展开围歼战，将其大部歼灭。与此同时，志愿军第81师和第60师在所控制的要点附近，截歼溃逃的南朝鲜军，并在上南里地区聚歼南朝鲜第5、第7师余部。经过激烈的战斗，我军全歼南朝鲜军5个营，其中南朝鲜第5、第7师各2个营，另南朝鲜第9师1个营，共3000余人，其余南朝鲜残敌丢弃了重装备，窜进深山丛林之中。

在我围歼县里地区之敌时，南朝鲜第5、第7师残部继续向南逃窜；靠东海岸的南朝鲜首都师、第11师亦惧怕我军围歼而畏缩后退。

美军大举反扑

5月20日，美军为减轻东线的压力，在西线集中了美军、南朝鲜军共3个师1旅的兵力向我展开进攻。担任牵制任务的西线我第19兵团被迫转入防御。

此时，东线之敌已撤到城浦里、苍洞里、铁甲山一线组织防御，美第10军主力迅速向洪川靠拢，美第3师进抵清凉里，堵塞了战役缺口，正在后方休整的南朝鲜第8师亦往北调，至此敌军已形成了东西相连的完整防线。

我军在一个月之内已连续两次作战，部队极度疲劳，且粮弹将尽，雨季又将来临，江湖沼泽在我军之后，一旦山洪暴发，交通中断，我军补给就更困难。因此，唯有后撤主力，进行休整，以逸待劳，寻机再战才更为主动。5月21日，我军在歼敌2.3万余人后，胜利地结束了第二阶段的作战。

5月22日，我军开始了北撤行动，各兵团根据上级指示令，均留一部兵力在现有位置，采取机动防御，节节阻击，杀伤消耗敌人，掩护主力后撤。

敌军乘我北撤，立刻集中其以逸待劳的美军主力7个师和南朝鲜军等部共13个师，向我全线反扑。这一次敌人改变了它以往的战法，而是以坦克群和摩托化步兵组成"特遣队"，沿公路向我纵深穿插，配合正面主力推进，包围我后撤部队。我军这次回撤乃是胜利班师，所以对突然出现的严重敌情估计不足，未能组织起有效的交替掩护，转移计划也不周全，再加上我志愿军还有近8000名伤员未后送，影响了部队的行动，从而造成了转移初期被动混乱的局面。

第180师拚死后撤

在我军全线后撤中，各部队在不利的情况下仍然能够选择敌人的空隙，灵活地绕路转移，大部分部队都成建制地突出了敌人的包围圈，保存了自己的实力。只有第180师，由于领导决策不正确，范了严重的错误，自身出现了混乱，全师遭敌重创。

该师在突围过程中，电台被敌人炸坏，与上级联络被迫中断，全师在战斗中弹药快要用尽，粮食也早已吃完，可供宰杀的数百匹骡马由于没有经验而让其跑散了。忍饥挨饿已达三天之久的全师1万多官兵，在敌重兵压境之下，如何摆脱困境，摆在了第180师领导的面前。

我军在国内革命战争中，有过利用有利的地形，并依靠人民群众的掩护进行分散突围的成功例子。

在第180师的决策会上，决定用分散突围的办法。这显然是一个错误的决定，在朝鲜战场，我军地形不熟，语言不通，1万多人分散以后，力量不集中，形不成突击力量的拳头，很难突破敌人的防线。

在师领导错误的决策下，全师官兵三、五成群在夜色中向各个方向走去。由于未对突围行动加以组织，分散突围变成了各行其事的行动。除了有战斗经验的干部和战士骨干能零散跑回外，大多数人员未能冲出包围圈。

5月27日，美军又一次发起了攻击，我被围人员中，少数抵抗到了最后英勇牺牲，其余大部分则因弹尽粮绝，无力抵抗而被俘。

由于第180师领导的决心不坚定、犹豫动摇和指挥失措，终于导致了这起在抗美援朝战争中我军仅有的一次特大损失事件。全师1.1万人，在这次战役中损失7000多人，其中5000余人被俘。

相比之下，我军第12军第31师第91团在后撤中由于团指挥员的正确领导，使全团安全返回。在第五次战役的第二阶段，该团为协同友邻部队歼灭下珍富里地区南朝鲜军，于5月20日进至三巨里东南兄弟峰地区。此时，向东增援南朝鲜军的美军第3师第7团已逼近兄弟峰西北的束沙里，我第91团被隔在敌后。21日，第31师为保证第91团安全北移，令第93团于束沙里西南地区控制有利地形，迟滞美军东进；令第91团东渡南汉江，寻敌空隙，绕道北返。当日，第91团渡过南汉江。在情况不明、地形不熟、粮弹缺乏的情况下，该团指挥员沉着坚定，机智灵活，带领部队且战且行，经间坪里向东北方向前进，后又向西翻越雪岳山。途中，第91团先后歼敌1个连，击溃其1个营，打破南朝鲜军的前堵后追，并以缴获的武器弹药和粮食补充自己，终于从敌后90余公里处安全撤出，于29日在文登里与师主力会合。

我军全线阻击

5月27日，进攻之敌已至汶山、永平、公元川、富坪里一线，并继续向铁原、金化、杨口方向进攻，严重危协着我军的安全。我志愿军迅速展开第63、第64、第15、第26、第20军及人民军第5、第2、第3军团等8个军，在华川、杨口、芝浦里一线进行阻击。

第15军奉命在金化以南芝浦里地区转入防御。第29师为军第一梯队，在正面9公里、纵深19公里的防御地区内，先后抗击加拿大军第25旅、美军第25师一部及第3师共5个团2.5万余人向铁原、金化方向进攻。5月30日至6月2日，第29师一面抗击加拿大军和美军的试探性进攻，一面抢修工事，运输储备物资，加强防御准备。从6月3日起，该师集中兵力于角屹峰、477高地地区，打退了美军第3师以2个团的兵力进行的轮番攻击，始终守住了基本阵地。6月4日夜，该师为紧缩防御阵地，主动转至师预备队阵地作战，继续予敌以大量杀伤，7日夜完成防御任务撤出战斗。在战斗中，第29师共击退加拿大军和美军1个连至2个团兵力的34次夹攻，毙伤俘敌2500余人，掩护了友邻部队变更部署及伤员、物资的转移。

第20军在华川以北地区展开，仓促转入防御。该军第58师在任务紧急，敌情、地形均不明了的情况下，边打边组织战斗，以第173、第174团为第一梯队，第172团为第二梯队；以第一梯队的一部兵力抢占华川以北要点，迟滞美军行动，掩护师主力展开。同时，迅速组织防坦克歼击小组，梯次配置于公路两侧，阻敌坦克突入。27 日夜，第 58 师以一部兵力进行反击，迫使美军撤出了华川。28 日，美军 2 个团及南朝鲜军一部在百余辆坦克配合下又一次占领了华川，并分路继续向北进攻，企图分割我军队形。第 58 师第一梯队顽强抗击，并于当日晚进行了坚决的反击，终于夺回了白天失去的部分一线阵地。29 日，该师第二梯队加入战斗，继续抗击美军、南朝鲜军进攻。30 日晚，该师主力转移至基本阵地。经 3 天的战斗，美军第 9 军始终未能有较大的进展。31 日，美军调整了作战部署，再次发动进攻。我第 20 军指战员忍受疲劳饥渴，在每一阵地上与敌反复争夺，迟滞其进攻。为加强防御火力，第 20 军以炮兵第 17 团、第 11 团 1 个营和军炮兵分队组成炮兵群配属第 58 师。该师以 3 个团交替作战，节节抗击美军、南朝鲜军的轮番进攻，至 8 日胜利地完成了阻击任务，撤出了战斗。此次阻击战中，我第 58 师抗击美军第 9 军 10 个团兵力连续 13 天的进攻，毙伤俘美军、南朝鲜军 7400 余人，毁伤其坦克 8 辆，赢得了时间，掩护了友邻部队的变更部署和伤员、物资的转移。

5 月 28 日至 30 日，我第 65、第 20 军分别向进占涟川以南、华川及麟蹄以东地区之敌实施了坚决的反击，歼敌一部并收复了华川。

6 月 1 日，我第 47 军、第 42 军和第 27 军一起在新幕、伊川、鸡雄山构成了我军的纵深防御。同时，第 20 兵团也由国内入朝。

在我军坚强的防御和积极的反击之下，战局逐渐稳定下来。至 6 月 10 日，敌军停止了进攻，第五次战役到此结束。

第五次战役堪称是抗美援朝战争中规模最大的一次战役，双方共投入 100 多万军队，激战 50 天，我方歼敌 8.2 万人，粉碎了敌人妄图在我侧后登陆，配合正面进攻，"在朝鲜峰腰部建立新防线"的计划，摆脱了我军在第四次战役中所处的被动局面，并使我新参战的部队取得对美军作战的经验。同时，经过这场战役的较量，也迫使敌人对中朝人民军队的力量重新作出估计，不得不转入战略防御，并接受停战谈判。

第五次战役的结果，使得我军对现代战争中的战略设想、战役指导方式、战术原则和后勤保障等问题有了新的认识。因此，当战役结束敌人转入防御时，我军亦适时地进行战略转变，改变了以运动战为主的作战形式为依托有利地形进行的阵地攻防战，及时地转入防御。从此，开始了长达二年零一个月的敌我双方围绕阵地进行激烈攻防的战略相持阶段。

第六节　美军"海空补偿"幻想的破灭

中国人民志愿军入朝作战,与朝鲜人民军一起,经过五次战役,到 1951 年 6 月,共歼灭美伪军 23 万余人,把美伪军从鸭绿江边赶回到"三八线"。美国人也逐渐认识到:中国是决心把朝鲜战争进行下去的,即使付出重大代价也在所不惜。这点美国开始时是不清楚,遭到如此的挫折后,刚刚清楚,美国人企图用武装力量来灭亡朝鲜是办不到的。美帝侵略者不得不开始考虑停下来谈判。如果中国人民志愿军和朝鲜人民军没有战场上的胜利,没有武装力量的基础,美国人是不可能坐下来同意谈判的。

马立克的广播演说

在这样的一种军事形势下,1951 年 6 月 23 日,苏联驻联合国代表马立克在联合国的"和平代价"电台节目上发表讲话,他说:

> 自从牺牲了千百万人类生命的第二次世界大战结束以来,到现在还不满六年,而这样高的代价得来的和平又受到了威胁。美国和依赖美国的其它国家对朝鲜的武装干涉就是这样政策的最生动的表现。苏联、中华人民共和国和其它一些国家,曾经一再提出和平解决朝鲜冲突的建议。战争之所以仍在朝鲜进行,完全是因为美国始终阻挠接受这些和平倡仪……
>
> 朝鲜人民相信朝鲜事件能够和平地解决。作为其第

一步措施，我们提议为了协商停战和双方从三八线相互撤退军队问题，在交战国之间开始进行停战谈判。假如双方都愿意结束战斗的话，我们认为这对于和平来说所付出的代价决不是很高的。……

6月27日，苏联外交部副部长葛罗米柯通知美国驻莫斯科大使柯克说，朝鲜停战谈判应在战场的司令官之间进行。

马立克发表广播声明时，美国总统杜鲁门正在田纳西州参加航空工程研究中心的落成典礼，当天下午杜鲁门利用这个机会谈了美国的外交政策及其见解，并表明美国准备参加停战谈判。杜鲁门的《回忆录》中记录了他在这一天的讲话内容。杜鲁门说：

自从第二次世界大战以来，我们曾尽最大的努力建立一个国际组织，以维持世界和平。我们这样做是符合美国的利益的，因为保持我国安宁的唯一可靠的方法就是维持世界和平。

从来没有一个侵略者遇到过这样一系列的保障和平的积极措施。历史上也从来没有出现过这样防止世界大战爆发的屏障。

当然，我们不能担保将来不会有世界大战，只要克里姆林宫愿意，它就完全能够掀起一场世界大战。它有一个强有力的军事机器，它的统治者是一批专制的暴君。

苏联统治者未来究竟怎样做，我们无法肯定。但是，我们能够使自己有资格对他们说：如果你们进攻，你们就会遭到自由国家的联合力量的反击。如果你们进攻，你们就会面临一场你们不可能得胜的战争。

克里姆林宫仍然在设法离间自由国家。克里姆林宫最怕的是自由世界的团结。苏联统治者一直在设法分裂北大西洋公约国家。他们一直企图在我们和其他自由国家之间散布猜忌的种子。他们的主要目标是拆散我们的盟友，并迫使我们"单枪匹马地去干"。如果他们能够做到这一点，他们就能够进而实行他们的计划，各个击破，以征服全世界。

不幸的是，一直在设法离间我们和我们盟国的不仅仅是克里姆林宫而已。在我们国家里也有些人正在企图使我们"单枪匹马地去干。

抱有党派成见的人，力图把我们的外交政策说成是姑息主义，还给它加上"恐惧"或"胆怯"的按语。他们只指向一个目标，要使我们"单枪匹马地去干"，走上通往第三次世界大战的道路。

把世界上的自由国家团结在维持和平的伟大、统一的运动中，这难道是恐惧政策吗？在朝鲜打击武装侵略，并把它击退，这难道是姑息政策吗？当然不是，每一个有点常识的人都知道不是。

请看看这些批评家提出的另外的办法吧。他们是这样说的：

冒一下风险吧，把冲突扩大到亚洲大陆去；冒一下风险吧，最多不过丧失我们在欧洲的盟国；冒一下风险吧，说不定苏联不愿在远东作战；冒一下风险吧，也许他们不致挑起第三次世界大战。

他们希望我们拿着顶上子弹的手枪，用美国的外交政策同俄国玩轮盘赌。

在朝鲜和在世界其它的地方，我们必须准备采取一切能够真正实现世界和平的步骤。我们必须像避免瘟疫一样地避免足以导致世界大战的不必要的冒险行动，或其它足以使侵略行为得逞的软弱行动。

……

杜鲁门总统在同一天的讲话中还提到了美国"愿意参加朝鲜和平解决的谈判，但是这必须是一个能使朝鲜人民重得到和平与安全的真正解决办法"。

杜鲁门总统回到华盛顿以后，指示美国国务院立即训令美国驻苏联大使寇克，就马立克的演说询问苏联政府的意见，苏联的答复证明马立克所表达的是苏联官方的意见。为此，华盛顿召开了许多次会议。并于6月29日向"联合国军"总司令李奇微将军发出训令：

> 总统训令，您要在6月30日星期六上午8时将下列电报用无线电指明发给朝鲜共产党军队总司令员，并同时向报界发表：
>
> 我奉命以联合国军总司令官的资格奉命通告你们如下：
>
> 我得知你们可能希望举行一会议，以讨论一下停止在朝鲜的敌对行为及一切武装行动问题。在接到你们愿意举行这样一次会议的通知之后，我将指派我的代表。我将提出双方会晤的日期。我提议这样的会议可在元山港内的一船丹麦的医院船上举行。
>
> …………

于是，"联合国军"总司令李奇微就奉美国政府之命发表了上述声明，同意进行停战谈判。6月30日，李奇微迫不急待地提议立刻进行谈判,他通过电台广播说,他愿意确定第一次会面的日期,并向中朝方面领导人建议,元山港的一艘丹麦医疗船是会谈的一个适宜地点。同时也讲到:"交战持续一天,双方都会有损失,我们宁愿提早会晤,提早谈判。"从这可以看出美国人的迫切的心情。

中朝对李奇微的广播声明很快作出了回答。7月2日北京电台播发了由"朝鲜人民军总司令"金日成和"中国人民志愿军总司令"彭德怀将军联名签署的给"联合国军"总司令李奇微将军的电文:

> 你在6月30日关于和平谈判的声明收到了。我们经授权向你声明:我们同意为举行关于停止军事行动和建立和平的谈判而和你的代表会晤。会晤地点,我们建议在三八线上的开城地区。若你们同意,我们的代表准备于1951年7月10日至15日和你们的代表会晤。

于是,1951年7月10日,在战线西部的重要城市开始举行停战谈判,历时两年零17天。从此,朝鲜战场上军事斗争和政治斗争互相交织,边打边谈,断断续续,经过了漫长曲折的过程。

美方立即表示同意在开城举行谈判,而且说他们的代表团将乘自己的车到开城来,同时在车上带个大的"臂章"——大白旗。从双方的态度完全可以看出,谈判的时机已经到来了。

我方之所以把谈判地点选择在开城,一方面是因为开城在我军的控制之下;另一方面是因为开城在历史上是朝鲜古都,又在"三八线"以南,战前被南朝鲜军所控制,现在到这里举行停战谈判更有利于扩大影响和显示出我方的胜利。

中美双方通过电台确定了会谈的意向以后,双方均紧锣密鼓地组建各自的谈判代表团。

"联合国军"总司令李奇微将军在挑选带领"联合国军"谈判团的人选时，希望能找到一位有自制力的高级军官，以疲劳的方式赢得谈判。他想给共产党找一个对手，正如他对一个副官所说："他能够一连坐上6个小时，既不眨眼，也不想抽空解小便。"

李奇微最终选定了海军上将乔伊，他是一位第二次世界大战中立下了汗马功劳的沙场老将，现在统管远东的美国海军部队。其他几个代表是：美国第8集团军副参谋长霍迪斯少将，远东空军副司令克雷吉少将，远东海军副参谋长伯克海军少将。韩国军队中也挑选了一位军团司令白善烨少将，美国人对他的印象极深，认为他"也许是韩国军队中最有才干的军官"。关于"联合国军"方面谈判代表的人选问题，李奇微在他的《回忆录》中是这样写的：

> 我最初选定了乔伊将军，除他之外没有发现其他的适当人材。随后征求他的意见来挑选别的代表。白少将是韩国军方推荐来的，也得到了在东海岸作战中对他知之甚深的乔伊司令和伯克少将的大力推举。他是一位年青有为的战斗指挥官自不待言，他的国际性的敏感和他的人品也是很驰名的。

中朝方面代表团的首席代表是南日中将，他是一位37岁的青年将军，当时南日将军是朝鲜人民军第2军团长。朝鲜战争以前他历任有关教育方面的要职，任北朝鲜军最高司令部参谋长，还兼任副首相，是北朝鲜的重要领导人之一。南日中将毕业于满洲大学，以后留学苏联，因为通晓朝鲜、中国、俄语等语言，服装、态度都端正，是金日成首相的得力助手。南日将军的自制力极强，谈判时他的脸上最常见的表情是佯装惊诧，偶尔也呈现一些怒容。

北朝鲜的其他代表有北朝鲜陆军少将李相朝（南朝鲜人把他叫做李尚朝），当时他是朝鲜人民军前方司令部参谋长。李相朝从年青时就在中国从事独立运动，历任商务次官等职，当时任北朝鲜军最高司令部侦察局长。还有一名当时任北朝鲜第1军团参谋长的张平山少将。

朝中方面谈判代表团中的志愿军代表为副司令员邓华、参谋长解方。邓华曾任第四野战军第15兵团司令员。解方（南朝鲜人把他叫谢方）曾在莫斯科大学学习，在1936年的西安事变中曾扮演过重要角色。

根据毛泽东指示，李克农率领一个谈判工作班子前往开城，负责领导整个谈判工作。南日将军每一次的发言稿都要事先准备，一些重要发言稿须报中共中央和金日成批准。每次谈判前，我方代表团都对对方将会提出什么样的问题，我们应如何作出回答；怎样提出我们自己的主张；原来准备的发言稿要修改什么；中央回电是批准还是不批准；有什么新的指示等等问题进行充分的研究。这项工作是非常细致和周密的，不能出一点漏洞，不能被敌人利用。

"羽扇纶巾"李克农

在开城谈判的岁月里，中朝方面分为一、二、三线，第一线是与谈判对手唇枪舌箭直接交锋的中朝两军代表，他们是邓华、南日等。第二线是乔冠华、柴成文，柴成文又是联络官，便于随时离开会场、往来传递消息。第三线便是坐在幕后"摇羽毛扇"的李克农。在谈判桌上，朝中方面的首席代表是南日和邓华，实则李克农在幕后主持、乔冠华当助手。他们都有代号。"李队长"便是李克农，"乔指导员"便是乔冠华。每当双方谈判完了，内部开会时，一、二线的同志先汇报当天谈判情况，研究出现的新问题，经李克农归纳后，就下一次（或下一步）谈判中的全局性问题，谈自己的见解，经讨论，形成具体方针策略，上报中共中央、金日成、彭德怀。往往会议开至凌晨，之后给毛泽东、周恩来发报。毛泽东和周恩来，从来都是看过"克农台"的来电后，议妥回电再就寝。而李克农则更须看到国内指示后，进一步敲定当天的谈判方案，才能休息。

在幕后主持谈判，其工作之繁重复杂，远非一般人所能想象。要和谈判的班子一起商讨对策、来电来文要处理，上报文、电须草拟，谈判的发言稿要推敲。俗话说："军中无戏言"，国际谈判更是如此。

李克农是安徽省巢县人，1926年加入中国共产党，1928年到上海从事我党的秘密工作。土地革命战争时期，他担任中共上海沪中区委宣传委员，中央苏区国家政治保卫局执行部部长，中国工农红军第一方面军政治保卫局局长，红军工作部部长，中共中央联络局局长，并参加了二万五千里长征。在西安事变时，他任中共赴西安谈判代表团秘书长。抗日战争时期，他任八路军驻上海、南京、桂林办事处处长，八路军总部秘书长，中共中央长江局秘书长，中共中央社会部副部长、情报部副部长。解放战争中，他任驻北平"军事调处执行部"中共代表团秘书长，中共中央社会部部长，军委情报部部长。中华人民共和国成立后，他先后任中共中央社会部部长，中国人民解放军副总参谋长。李克农在大革命时期，即与国民党、各种帮会组织打交道，联络关系，有和各种政治势力和各色人等进行交往的丰富经验，有高超的谈判手腕。更为可贵的是他能在谈判中，既忠实地执行党中央和毛泽东关于谈判的战略思想，又能与灵活的策略相结合；既实事求是，从实际出发，又能在复杂的国际环境中随机应变。李克农周道缜密、殚精竭虑、事必躬亲，处理得体，显示出他那异乎寻常的外交才干。

乔冠华是中国共产党内的一名国际问题专家。他思维敏捷，才华横溢，具有丰富的国际斗争经验。新中国成立后，乔冠华出任外交部政策委员会副会长兼国际新闻局局长。

李克农到任伊始，在朝中谈判代表团首次会议上，便阐明宗旨："我们是为和平而来，要把这个主张打出来，使它产生一种力量，也就是政策的威力。在谈判中，坚持三条原则：一、在互相协议的基础上，双方同时下令停止一切敌对军事行动。二、确定'三八线'为军事分界线，双方武装部队同时撤离'三八线'10公里，同时立即进行交换战俘的商谈。三、尽可能短的时间内撤退一切外国军队。"

在战场上要知彼知己，在谈判桌上同样须对双方情况了如执掌。李克农深知在板门店面对面坐着谈判的双方，都是从战场走到谈判桌边的，称得起是"仇人见面"，于是他反复叮嘱大家，切忌"分外眼红"。李克农想得符合实际：他不担心会有人在谈判中丧失立场，倒是担心有些人年轻气盛，经不起对手挑逗，导致冲动、弄出笑话。

何以会冲动？试想谈判桌上唇枪舌箭，谈判驻地上空时有飞机扫射、战场上伤亡不断，人非草木，孰能无情，又岂能无动于衷。可是坐下来谈判时，又必须彬彬有礼，处变不惊，才能使对方无可乘之机。

李克农很会从谈判对手中为我方找到"教员"。他曾在会下，指着美方代表乔伊说：你们看，乔伊总是那么沉着，谈判中面带笑容，言语中寸土必争，争辩中方寸不乱。人们知道李克农这话的弦外之音意味着什么。李克农从不发空论，无论在谈判的会议上或会议后，在各种会议的讨论中，都能实际的、详细的、形象的向有关人员作交代。当别人执行时,他从旁静观、思考。这使人们感到他是一位很出色的设计师。

人们对李克农有着很高的评价。张爱萍将军评价说:

> 毕生探囊忘己生,
>
> 无名英雄足千古。

董必武评价说:

> 能谋颇似房仆射,
>
> 用间差同李左车。

我方谈判代表组成后,对于谈判的各项事宜,如会场的选择、布置、警戒等等,中朝方事先都做了准备。由于中朝方控制的地区还在开城以东几十里,因此特别抽调了一支经验丰富的部队——原359旅,以后是47军的一个师负责警戒。会场设置在朝鲜一个大地主的庄园里。美方代表每天一部分从公路来,一部分坐直升飞机来。他们每次来都要事先与中朝方联络好,然后中朝方再放他们过来。美方代表都有一定的识别记号,原来的那种骄气,一下子受到了约束和控制,对于傲气十足的美国人来说是很不舒服的,但是要谈判又不得不遵守。

从1951年7月10日开始,双方开始了谈判。

来自中南海的电示

身居中南海的毛泽东对朝鲜停战谈判十分关注,从国际大局出发并考虑中朝两国的根本利益,毛泽东对朝鲜停战谈判的相关问题作了一系列的指示。

关于谈判准备问题,1951年7月4日毛泽东给金日成同志和李克农、乔冠华同志发去电报：

> （一）金于七月四日十三时的电报，李乔于七月四日十二时由安东发来的报告均收到了。（二）李乔及邓华均可于七月五日拂晓到金处，请金召集李乔邓及南日、金昌日、金昌满、金波、柴军武等立即会商一次，如果可能的话，他们应于七月五日傍晚即由平壤出发于六日早上或晚上到开城地区准备各项事宜，早一点去较好。（三）如果你们同意早去，则给李奇微的第二个通知就不要发了。但如果你们认为于七日上午我们仍有必要派若干人利用白天乘车去开城帮助会议工作则那个通知仍可于六日上午发表。究竟是否发表那个通知，请金于明日再给我一电。但李乔南邓金金柴等同志，最好于五日夜车去开城，愈早愈好。

关于谈判发言稿问题，1951 年 7 月 9 日毛泽东给李克农发去电示：

> 七月八日廿三时电收到。（一）公报稿可用，已于发表。（二）南日邓华两个发言稿均可用。惟南日稿内称"愿接受苏联驻联合国代表马立克先生的提议并准备进行停战谈判"，改为"愿意举行谈判"，将"接受苏联"以下二十一个字删去，因为李奇微的声明在文字上并无愿接受马立克提议的表示，如果南日这样说，可能引起对方的无谓的批评。邓发言稿中所说马立克提议一段则是好的，不会引起批评。如果你们认为南日发言稿中应有提到马立克提议的话，应在另外地方去说。

关于宣传问题，1951 年 7 月 11 日毛泽东给李克农同志发去电示：

> 来电收到：（一）撤兵一条必须坚持。（二）在各项谈判未得完全协议以前，不要让新闻记者参加。只有在获得完全协议，在举行签字的那一天，才可以让双方同等数目的新闻记者参加。

关于通过划中立区揭露敌人的问题，1951 年 7 月 14 日毛泽东给金日成同志和李克农、乔冠华同志发去电报：

> （一）李奇微的通知是以划中立区为主题，来掩盖他因记者这个小问题而引起会议停顿的不妥当行动。我方为取得主动起见，决定同意他划中立区的提议，也同意他将新闻记者作为他代表团工作人员一部分人办法，以取消敌方的一切借口。（二）请你们立即准备在敌方代表团重来开城时注意解决下列几点：（甲）中立区的面积究以多少公里为适宜，为保障双方代表的安全，应考虑撤退当地居民问题，是否能迅速撤退（撤退时保障居民不受损害）。（乙）我方武装撤退后应否以非武装人员维持秩序。（丙）设立板门店双方联络员联合办事处问题。（壬）给李奇微复文已重写，另电发来。北京准备在今日下午八时才广播。

李承晚的苦衷

南朝鲜李承晚政府从一开始就坚决反对在此种状态之下进行休战谈判，到了李奇微上将给中朝方面发出通报的6月30日，南朝鲜李承晚政府看到开始谈判已不可避免，于是发表了五项休战条件的声明，以明确表示其立场：

①中国军队从现在起不再进行战斗行为或破坏韩国财产的行为，并撤回鸭绿江北岸。

②完全解除全部北朝鲜军队的武装。

③联合国保证任何第三国不向北朝鲜共产主义者提供军事的和财政的援助。

④不仅是停战，而且出席一切有关朝鲜问题国际会议的只能是韩国政府。

⑤拒绝和韩国主权与领土统一相矛盾的协定。

从其中的任何一项来看，不仅北朝鲜和中国不会接受，就是联合国也决不承认，因此这个声明被认为只是用与过去不同的形式来表明其绝对反对谈判的立场。

7月4日李承晚"总统"再次声明"在三八线附近停留下来进行停战是绝对不能接受的"，强调继续战争和完全统一韩国，并要求中止谈判。这些都作为妨碍和平到来的东西被北朝鲜所拒绝了。

美国的谈判基本原则

"联合国军"总司令李奇微军在发出6月30日提案的同时，还从美国政府那里接受了关于谈判基本方针的训令，这个训令表明了美国整个谈判的基本态度：

1. 本训令取消以前关于休战条件的训令，……这是关于本会谈的基本指令。……为了导致谈判的成功，这个指令不考虑公开发表。

2. 一般政策：

(1) 我们首要关心的是停止敌对行为，能保证不再开战，和确保联合国军的安全。

(2) 我们不清楚苏联和中国是否想要认真地缔结一项合理的而且可以接受的停战协定，也不知道他们是否企图要永久地解决。因此在讨论休战条款时，不是权宜性的规定，而是最希望能达成在相当长的时期内有效的协定，即使是在完全不能期待达成政治方面、领土方面的永久解决的情况下也是如此。

(3) 谈判要严格限定在军事问题方面。请您明白，禁止讨论关于朝鲜问题的最后解决和与朝鲜无关的问题，例如台湾问题和中国加入联合国的问题。因为这些问题是要在政府间处理的问题。

3. 允许您在初期谈判时提出比另行告知之条件更为有利的条件来开始谈判。但必须十分注意除去连我方的最低限度条件也不被接受的情况外，不要使谈判决裂。因此不要提出会被国际舆论怀疑我方善意的那种过高的条件。当然我们也不能放弃最低限度的条件，否则会玷污美国的体面。

我们的最低限度条件极为重要，在面临谈判时必须认识到，不但不易得到比这更好的结果，就是让对方接受这样的条件也决不是一件容易事。我们也充分了解您在谈判中的困难。

4. 根据以上所述，在谈判停战协定时应当：

（1）只限于朝鲜问题，而且要严格地限定在军事事项方面，不包括任何政治的、领土的事项。

（2）在有别的取代谈判之前，应将谈判继续下去。

最低限度的条件：另行指示的停战条件，也就是前文中所说的最低限度要求的具体内容如下（6 月 30 日所发参谋长联席会议第 95354 号电）：

1. 为了监督停战条款的实行，由人数相等的委员组成军事停战委员会。这个委员会拥有自由地在全朝鲜旅行，监督实施停战条款的权限。在这个委员会未发挥机能之前，停战协定不发生效力。

2. 停战线以休战协定签字时双方所占领的阵地线为基础来划定，并设置以停战线为中心宽 20 英里的非军事地区。

3. 为防止战争再度发生，双方明确约定不增援部队，不增加物资器材和装备品。但更换超过使用年限的个别装备品例外。

4. 俘虏应按一对一的原则迅速进行交换。但在协定达成之前应允许国际红十字委员会的代表访问所有的俘虏收容所，改善俘虏的待遇。

美国政府的上述关于谈判的基本原则看似很合理，但在实施过程中却发生了较大的变化和偏差，如对待俘虏问题上美方对中朝方的俘虏采取了违背日内瓦公约的一系列行为，等等。

1951年夏季防御作战

朝鲜战争停战谈判开始以后,战场形势一度趋向缓和,双方的作战行动多属于小部队进行的"三八线"上的频繁的前哨战斗,战线比较稳定。到7月底,交战双方仍对峙在西起临津江口,向东经高浪浦里、涟川、铁原、金化、登大里、月山里、沙泉里至东海岸一线。

美军在谈判期间的对策是:"不实施大规模的进攻行动,而力求通过强有力的巡逻和局部进攻来保持主动",以消耗我军,破坏我军可能的进攻,或借此对我施加压力;同时,视停战谈判的进展情况,如有需要,随时准备恢复全面攻势作战,并预先制定了向平壤、元山线——朝鲜峰腰部推进的所谓"势不可挡行动计划"。为此,他们一面加强阵地,防我进攻,一面积极地进行向我发动局部进攻的准备。

从1951年7月10日到8月中旬的朝鲜停战谈判中,美方企图依其技术装备的优势继续在朝鲜与中朝抗衡,从谈判一开始,便采取了拖延政策,不愿公平合理地解决问题。

7月12日,美方以能否让新闻记者采访这一枝节问题中断了谈判。随后,又在谈判中无理拒绝将我方提出的把"一切外国军队撤出朝鲜问题"列入谈判议程的建议。

7月26日,双方开始谈判划定军事分界线这一实质问题,美方代表拒绝我方提出的以"三八线"为军事分界线的合理建议,提出以其海、空优势在陆地的军事分界线上得到"补偿",将军事分界线划在我军阵地后方,企图不战而攫取12000平方公里的土地。这一无理要求立即遭到我方的严词驳斥和坚决拒绝。美方狂妄地发出了"让炸弹、大炮和机关枪去辩论吧"的叫嚣,停战谈判又一次被迫中断。

为了让"让炸弹、大炮和机关枪"说话，美军加紧了对中朝的军事挑衅活动。7月13日，"联合国军"总司令李奇微命令其空军加紧战斗活动，想发挥其空中威力，取得战场上的最大效果，"来惩罚在朝鲜任何地方的敌人"。美国空军随即加紧了对我方交通线和其它军事设施的轰炸。

从7月26日开始，美第2师猛攻东线人民军第2军团大愚山一线阵地。连续激战5天，每天均以团以上兵力轮番攻击，并有两个营的伞兵配合。美军的进攻以伤亡2200余人的代价占领了人民军的这一阵地地。同时，敌军还在其它地段上，以营以上的兵力向我攻击，并在进行谈判的中立区进行挑衅活动，枪杀我方军事警察，轰炸我方代表团驻地。敌军所发动的夏季攻势，共持续了一个多月，先后动用了美军2个师、南朝鲜军5个师的兵力，主要进攻方向为北汉江以东至东海岸的朝鲜人民军防守的阵地，正面约80公里。他们的直接目的是夺取我东线突出部阵地，拉平登大里、五味里至芦田坪地段的战线，以与其中部战线取齐，改善其防御态势，并防止我举行战役反击。

8月1日，彭德怀司令员在《人民日报》上撰文，指出："如果对方并没有和平的诚意，故意提出无理要求，致使和谈失败，那么，战争的形势对于对方就不会是美好的。"

8月18日，美军第8集团军在东部战线发动"夏季攻势"，挑起了"大炮与机枪的辩论"。李奇微得意忘形地叫嚷："用我联合国军的威力，可以达到联合国军代表所要求的分界线的位置。"

在敌军进攻正面上防守的部队为朝鲜人民军第2、第3、第5军团，担任第一线防守的有6个师，第二线有2个师。从8月18日至9月18日，美第2师、南朝鲜军第7、第5、第8、第11师和首都师各一部，共约3个师的兵力，向朝鲜人民军三个军团的接合部进攻。朝鲜人民军在雨季洪水灾害、交通运输困难、粮食供应不足等极端困难的情况下，利用野战工事，进行了顽强的阻击和积极的反击。美军和南朝鲜军发动的夏季攻势，终于被英勇的朝鲜人民军所粉碎。在这一阶段，朝鲜人民军共毙伤敌22000余人。

在东线朝鲜人民军粉碎敌人夏季攻势过程中，我志愿军第一线各军，为了打击敌人，推前接触线，配合朝鲜人民军作战，积极地进行了战术反击。

9月1日，位于北汉江以西的志愿军第27军，以3个团的兵力，在5个炮兵营火力支援下，向注坡里（金城以南）东西一线地区之敌七处阵地实施反击，包括打敌反扑，共歼敌1900余人。

9月3日8时许，美军第24师1个排兵力，在炮火支援下向志愿军第27军第243团第5连1个排守备的460.5南高地发起进攻受挫后，又增至两个连兵力连续4次冲击。我军守备分队激战两小时，因伤亡较大，兵力不支，阵地失守。4日13时，我第245团第5连，在炮火支援下，乘美军立足未稳之机，兵分8路发起反击，团便衣班配合作战并插入美军背后。由于地形复杂，又逢大雨，行动不便，指挥困难，我军第5连面对4个山头，经激烈战斗，只攻克了1个山头。其余反击行动均未奏效，撤出战斗。此战，我军共毙伤美军40余人。

9月2日，志愿军第27军为配合人民军防御作战，以第74师第235团派出小分队，直插金城以南约10公里处后洞里南山。位于金城以南的后洞里南山两个山头阵地的守军，为美军第7师第31团1个连的一部分。3日2时许，我小分队以三角队形向守军搜索前进，除掉守军哨兵后，插入守军阵地，并先敌开火。2时30分两山头的守军20余人全部被我军歼灭。我军在小分队达成目的后，主动撤回阵地。

9月5日，志愿军第64军第192师第574团，为配合东线作战，确保临津江有利阵地，并取得攻坚战经验，向德寺里守军发起攻击。德寺里位于临津江西岸约3公里处，由美骑兵第1师第5团一部守备。我军突破守军阵地后，迅速歼灭美军置于前进阵地的两个加强连大部。战斗中担任阻援任务的我军第192师第575团，于6日拂晓在澄波里附近与美军援兵发生激战，共打退20次冲击，阻援成功，有效地保障了我进攻分队的作战。此战，我军共毙伤俘美军660余人。

9月6日，志愿军第47军第415团，为配合朝鲜人民军防御作战，锻炼入朝部队并取得对美军进攻作战的经验，向当面美军骑兵第1师第7团1个加强连防守的338.1高地发动强攻。该阵地位于临津江以东。进攻发起后，我第415团以两个多连兵力在纵深炮火的支援下对美军阵地攻击，经70分钟激战，就夺取了阵地。此战，我军共毙伤美军120余人，俘11人。

9月6日，志愿军第26军第76师，为配合朝鲜人民军作战，控制防御要点，锻炼部队，向前推进接触线，向当面守军的西方山、斗流峰阵地发起战术反击。西方山、斗流峰是铁原、金化、平康"铁三角"内的制高点，是南北交通之要冲，由美军第25师第35团一部兵力防守。战斗发起后，我第76师第227团、第226团第4连共3个营1个连兵力，在纵深8个炮兵连的有力配合下，向西方山、斗流峰阵地发起进攻。22时许，进攻部队由东西两面发起冲击。由于我主攻营进攻动作不协调，进攻展开不利，经过一夜战斗，仅仅攻占了西方山阵地的一处支撑点，自己的伤亡却很大。7日昼间，我进攻部队再次集中炮火向美军阵地轰击，致使美军守备部队伤亡过重，无力支持，不得不向南突围。我进攻部队立即进行截歼，并以一部兵力击退了增援之美军1个营，于7日黄昏了攻占西方山、斗流峰阵地。此战，我军共毙伤美军440余人。

9月12日，美军第25师1个营、南朝鲜军4个营，共5个营兵力在10余架飞机、68辆坦克及大量炮兵配合下，向我第67军第599团据守的537.7、432.8两高地发起试探性进攻。当时，我第67军第599团刚刚接防537.7、432.8两高地，对地形不熟。这两个阵地位于金城西南与金化东北之间。美军进攻发起后，我军守备部队第599团第5连和第4连坚决阻击美军和南朝鲜军的进攻，给予敌进攻部队以沉重打击。经激烈争夺后，我军因兵力不足，且防御工事被对方炮火破坏严重，被迫退出阵地。不久，我第599团又以第2连向537.7高地发起反冲击，夺回了该阵地；并以第3连连续8次反击482.8高地，未果。此战，我军有效地制止了美军和南朝鲜军的试探性进攻，共歼美军、南朝鲜军970余人。

中国人民志愿军和朝鲜人民军以高昂的斗志，投入到这场美军对我们的"大炮与机枪"的辨论中。辨论的结果是：敌军一个多月的进攻，除付出了78000人的代价外，还留下了"伤心岭"的痛苦回忆。李奇微哀叹地说："这年夏季，敌人的防御力量明显增强，尽管我们总是不断地炸毁敌人的铁路和桥梁，破坏其铁路编组车场和公路交通，但是，他们的补给物资仍然源源不断地从后方运来。中国炮兵的活动大大增加，这也迫使我们的全部地面作战行动放慢了速度。敌人的高炮火力愈来愈强，我们的轰炸机开始遭到某些损失。无论把空中力量的作用说得多么大，它都根本无法阻止敌人运进必要的武器装备（毫无疑问，如果没有空中力量的支援，我们的许多进攻行动本来肯定是无法实施的）。空中力量可以降低敌人的运输速度，迫使敌人只能在夜间行动，但并不能孤立战场。"

李奇微多少说了些实话，他们想利用其海军和空军的优势在陆地上获得补偿，而实际上，在这个背后，连他们自己也对其所谓的海空优势缺乏信心。

"大炮与机枪"辨论的第一个回合以美军的失败而告终。

1951年秋季防御作战

美军的夏季攻势被我军粉碎之后，并不甘心失败，仍企图以军事压力达到其在谈判桌上所提出的无理要求，继续准备进行新的一轮进攻。

我军一面准备抗击敌人的再次进攻，一面准备对敌实施反击。9月4日至10日，志愿军总部在空寺洞召开了由军以上干部参加的党委扩大会议，根据战场形势，确定了当前的军事部署。为了贯彻持久作战的方针，提出了志愿军今后作战的指导方针：在防御作战中应是积极防御、节节抗击，对每一阵地必须进行反复争夺，不得轻易放弃阵地，采取不断的阵地反击及小出击，歼灭出犯或突出部之敌，以求得多杀伤敌人，争取时间。在进攻中，如无特别有利时机，技术条件还未得适当解决前，不宜进得太远……必须稳扎稳打。

会后，对志愿军的任务进行了区分：第一线部队的任务是，打击可能进攻之敌，和随时准备歼灭小股出扰之敌，同时，准备打一些以消灭敌人突出部为目的的小型攻坚战；全军加强防御阵地的建设，大力加强第一线和第二线阵地的工事，并着手构筑东西海岸纵深工事和第三线阵地工事，随时防范和还击敌人从正面进攻和在东西海岸登陆；加强中间运输线，保障供应运输顺畅，并建设几条具有战略意义的标准公路。

为了更有力地打击敌人，粉碎敌人正在酝酿的攻势，志愿军调整了部署、加强了兵力：以第20兵团第67军接替了第27军金城地区防务，第27军撤至马转里、阳德地区整补；给主要防御方向上的第一梯队军各加强二至三个榴弹炮兵团，一个火箭炮兵团，一个反坦克歼击炮兵团及一个坦克团；在便于敌坦克突入和空降的地区，各军增强防坦克火器和高射火器；调第16军至东北通化地区，归第9兵团指挥，担任海防守备任务；调第11军至凤城、安东地区待机，准备支援朝鲜西海岸作战；成立东西海岸联合指挥所，西海岸指挥所由韩先楚任司令员，人民军第4军团军团长朴正德兼任副司令员，统一指挥志愿军第38、第39、第40、第50军和人民军第1、第4军团，东海岸指挥所由第9兵团司令员宋时轮兼任司令员，人民军第7军团军团长李离法兼任副司令员，统一指挥志愿军第9兵团第20军、第27军和第16军之第47师以及朝鲜人民军第7军团。

就在志愿军和朝鲜人民军积极进行作战准备的同时。敌军也进行了充分准备，并于9月29日开始发动秋季攻势。敌人秋季攻势的目的是威胁我开城的翼侧，为夺取战略要地开城创造条件，以便进一步向北发展进攻，并企图达到侵占其在谈判桌上所要不到的三八以北1.2平方公里土地的目的。范弗里特在9月10日就曾狂妄地叫嚣："停战谈判的唯一药剂，就是联合国军的胜利。"

9月21日，美军第25师、第7师、南朝鲜军第2师、第6师等各一部共8个步兵营，为隐蔽其在西线发动进攻的企图，试探志愿军第67军战斗力，在75辆坦克、百余门火炮及大量飞机的支援下，在东线从甘凤里至北汉江一线，向位于金化以东的志愿军第67军第199师、第200师阵地发起"特种混合支队作战试验"进攻战斗。志愿军该两师共8个连，在前沿12个要点上，坚决抗击美军和南朝鲜军的连续冲击。我第200师第599团1个连，击退敌军1个营兵力的7次冲击，一直战斗至全连仅有21人，仍然顽强地守着阵地。第67军8个前沿连，激战终日，共歼美军和南朝鲜军 1140 余人，击毁坦克 15 辆，有力地阻挡住了美军和南朝鲜军的进攻。

9 月 22 日，美军骑兵第 1 师以 1 个连至 1 个营兵力，在炮火支援下，向第 47 军第 415 团两个连守备的位于临津江以东的 218.4、287.2 两个高地发起轮番进攻。守卫两高地的志愿军顽强抗击，打退了美军进攻分队的数次冲击。23 日，美军进攻分队，在 14 辆坦克和炮火掩护下，集中兵力攻击 218.4 高地。志愿军第 415 团同美军激战 6 昼夜，先后打退其 52 次冲击，守住阵地。其中 1 个连打退美军几次冲击，弹药耗尽展开白刃战。经交战，美军未能取得突破。战斗中，我第 415 团共毙伤美军 900 余人。

从 9 月 29 日开始，敌军便采取了"逐段进攻、逐步推进"的战法，首先在西线开始了进攻。其直接目的是企图迫使我军放弃临津江左岸至铁原以西一线阵地，解除对其涟川至铁原交通干线的威胁，并从侧翼威胁开城，为尔后夺取我开城要地创造条件。

9 月 29 日，美军第 3 师第 15 团、第 65 团、骑兵第 1 师第 7 团、希腊营等共 5 个多团兵力，在数个炮兵营、80 余辆坦克的支援下，向志愿军第 141 师防御阵地正面发起全线进攻，其进攻重点指向夜月山、天德山、418 高地。志愿军第 47 军第 141 师是 9 月 20 日接替第 140 师在铁原以西临津江以东的夜月山、292 高地、天德山、418 高地、大佛洞、346.6 高地等一线防御阵地的。美军进攻发起后，志愿军第 141 师第 423 团在白石洞、夜月山、292 高地，第 422 团在天德山、418 高地、312.8 高地、346.6 高地，依托野战工事，顽强抗击，与美军及希腊营展开激烈争夺战。战斗中，在夜月山与 292 高地之间 400 高地的我第 423 团第 6 连三面被围，工事也被炸成一片焦土，该部队仍顽强同 10 倍于己的美军血战 3 小时。战斗中，我第 141 师两个团在一线各要点共杀伤美军、希腊军 6400 余人。

10月1日，美骑兵第1师第7、第8团和希腊营，在252门火炮、52门迫击炮、127辆坦克自行火炮及航空兵支援下，向志愿军第47军第415团朔宁东南地区的阵地发起进攻。我军据守的阵地位于朔宁东南地区高作洞至莫涯洞地段，与美军骑兵第1师据守的位于三串里至大光里地区的阵地对峙。1日拂晓时分，美军炮兵进行的火力准备持续到10时许。我第415团阵地工事多被摧毁。12时美军以1个排兵力发起试探性攻击，被我守备部队击退后，美军又以连营规模的兵力实施连续攻击。我第415团顽强抗击，坚守阵地。2日晨，我第415团以纵深炮兵火力袭击美军进攻分队的集结地域，给美军以重大的杀伤。3日，美军又以7个步兵连兵力向我第415团全线发起进攻。我军前沿各连以轻武器歼击美军，牢牢地控制住了阵地。4日，我第415团前沿阵地被美军占去了两个支撑点，经激烈争夺，我军又重新夺回了失去的阵地。从5日至9日，我第415团得到了5个连兵力的增援。激战到10日黄昏，美军伤亡惨重，不得不退至222、218.4两高地及严岘东南无名高地，构筑工事，暂转防守。22时，我第415团与第420团换班，撤出战斗。我第415团在10天坚守防御作战中，仅失去两处警戒阵地，基本阵地得到巩固，共毙伤美军5100余人。

10月3日，英联邦第1师与美骑兵第1师第5团，在126门火炮、122辆坦克、64架飞机支援下，向志愿军第64军第191师据守的马良山及周围阵地发起攻击。马良山及周围阵地位于朝鲜朔宁以南临津江西岸约3公里处，由5个要点组成，主峰313高地，是从东面保障开城安全的要点，山势险峻，乃两军必争之地。美英军先以小部队向我第191师前沿警戒阵地作试探性进攻。从3日起，美英军逐步投入兵力至两个团，并有几十辆坦克、数十架飞机、百余门火炮的支援，发起猛烈冲击。我第191师3个团，以前三角展开，在两个坦克连、15个炮兵连、3个高炮营支援下，依托阵地，采取阻、打、藏、反相结合的灵活战法，顽强抗击美英军进攻。其中防守216.8高地的1个连，依托坑道式掩蔽部，在一天内击退英军21次冲击，毙伤其700余人。许多阵地争夺激烈，多次易手。激战至7日，志愿军阵地工事被摧毁，又兵力不足，第191师第571团主动撤离马良山主峰。美英军遂占领马良山及附近各要点。英军第28旅攻占马良山后，伤亡惨重无力再攻，与其第27旅换班。美英军加修工事，暂行防御，待机再攻。从10月15日开始，我第191师经近20天准备，并进行协同演练，调整部署后，以第573、第572团共3个营兵力，在66门火炮和10辆坦克支援下，于11月4日发起反击作战。第572团反击部队发起冲击后，仅用13分钟即攻占218.6高地。该团另一部攻歼216.8高地东北无名高地时，避开英军正面，由两侧攻击，打退英军3次阵前反冲击，16时40分攻占该无名高地。第573团反击部队于16时10分，迅速占领280高地以西无名高地，尔后继续发展进攻，经3小时激烈战斗，于19时夺回马良山主峰。5日至7日，英军第28旅先后以4个营兵力，在百余门火炮、20余架飞机和坦克的支援下，发起多次反冲击。我第191师坚决抗击，打退英军反击，巩固了既得阵地。此战，我第191师共投入9个建制营的兵力共6600余人；美英军投入12个建制营的兵力，我军共毙伤敌4440余人。

10月6日，美军骑兵第1师以1个营兵力，在坦克和炮火支援下，向志愿军第47军第139师第416团第5连据守的无名高地发起进攻。该无名高地位于朝鲜临津江东岸272高地以北，是我第139师防御阵地中最突出的一个要点。美军在发起进攻时，志愿军第5连参战人员仅有95人，抗击着美军进攻分队的轮番冲击。7日，美军骑兵第1师以两个营的兵力，分3路在炮火支援下，分别向第5连阵地冲击。美军企图以包围迂回战法，一举占领无

名高地并打开我第 139 师的防御缺口。激战中，美军曾 3 次突入
我军前沿阵地，但均被我军击退。当日，我第 5 连打退美军两个
营兵力的 7 次进攻。8 日拂晓，美军又以 1 个营兵力，在 6 架飞机、
10 余辆坦克及炮火支援下，向第 5 连阵地发起攻击。阵地几次易
手，经反复争夺，战至黄昏，第 5 连打退美军 12 次冲击，最终守
住阵地。此战，第 5 连毙伤美军 1200 余人。10 月 11 日晚，志愿
军第 47 军以第 140 师接替第 139 师防务。第 140 师第 418 团接防
分队，在运动中与美军骑兵第 1 师第 7 团第 1 营大部在铁原以西
临津江以东约 60 公里处的上浦防南山遭遇。双方立即进入交战，
战至 24 时，我第 418 团重新确定战斗部署，以第 1、第 4、第 6 连
各一部，采取正面牵制，迂回左侧背的战法，前后夹击，迅速冲
上南山主峰。经 3 小时激战，全歼美骑兵第 1 师第 7 团两个连，我
军共毙伤美军 322 人。

　　从 10 月 8 日起，敌军进攻的重点转向东线我第 67、第 68 军
防御正面，即北汉江东西地区。

　　我志愿军第 68 军首先展开了与美军的争夺战。

　　10 月 9 日晨，美军第 2 师两个营，和南朝鲜军第 8 师第 10 团
一部，向朝鲜人民军第 5 军团阵地发起冲击。当时，正值志愿军
第 68 军接替久战疲劳的人民军第 5 军团防务之际。敌军进攻发起
后，志愿军第 68 军立即以第 610 团两个连和第 611 团一部加入战
斗，与人民军一起抗击美军和南朝鲜军的进攻，击退敌军数次冲
击。10 日晨，美军和南朝鲜军又以 3 个团兵力，在 27 辆坦克和飞
机、炮火配合下，继续向人民军第 5 军团阵地进攻。志愿军同人
民军并肩作战，战至 16 时许，部分阵地被敌军占领。24 时许，第
68 军接防完毕，掩护人民军撤离战场。战斗中，我第 68 军共毙伤
美军、南朝鲜军 900 余人。

　　美军第 2 师、南朝鲜军第 8 师为打开东线门户文登里，于 10

月 11 日，以百余辆坦克，在步兵、飞机、火炮的配合下，沿文登公路，向志愿军第 68 军阵地发起进攻。文登川是一条南北走向的山谷，西靠鱼隐山，东邻中七峰，中央纵贯的一条公路，直通志愿军后方。美军和南朝鲜军发起进攻后，志愿军第 68 军第 204 师为迎击美军坦克，在文登公路西侧设置反坦克阵地，集中全师反坦克武器，以 76.2 毫米口径反坦克炮 1 个营、山炮 1 个连、工兵 1 个连、无后座力炮 27 门、火箭筒 49 具，组成反坦克大队，专门打敌军坦克。在 12 日至 14 日的三天中，我军反坦克大队采取了多种灵活有效的方法，共击毁美军 18 辆坦克。至 20 日，我第 204 师共击毁美军坦克 28 辆、击伤 8 辆，始终牢牢地控制着文登川。

南朝鲜军第 8 师第 21 团以 1 个营兵力，于 10 月 16 日晨，在飞机和炮兵火力掩护下，兵分两路向志愿军第 68 军第 612 团第 1 连据守的 938.2 高地发起进攻。该高地位于北汉江东岸，是我第 68 军主阵地曲隐山西南侧的前沿制高点。南朝鲜军向我军阵地连续攻击十余次均被我军击退。尔后，南朝鲜第 21 团又以 1 个连至两个营兵力猛攻 7 次。第 612 团前沿第 1 连在纵深炮火支援下，奋力抗击，依托阵地大量杀伤南朝鲜军进攻部队有生力量。南朝鲜军第 21 团损失过重，建制被打乱，无力继续战斗，由其第 16 团接替。志愿军第 612 团亦向第 1 连派出增援兵力。战至 19 日，我第 1 连先后打退南朝鲜军 2 个营至 1 个团兵力多次冲击，全连只剩 20 余人。20 日战斗更加剧烈，战至黄昏，连长高成山和几名战士拉响手榴弹，与冲上阵地的南朝鲜军同归于尽。此战，志愿军以 1 个多连兵力，经 5 天 4 夜顽强抗击，打退南朝鲜军两个团兵力进攻，毙伤敌军 1840 余人。

在美军进攻重点地带的另一侧是我志愿军第 67 军守备的阵地。在这些阵地上，我军与美军的战斗同样异常激烈。

10 月 13 日，美军和南朝鲜军以 17 个营兵力，在 14 个炮兵营、90 辆坦克、100 余架次飞机支援下，向第 67 军防御的金城以南约 10 多公里处的西起芳通里，东至旧垡以南，正面 24 公里地段上发起进攻。当日 3 时美军开始炮火准备，5 时许发起多路攻击。南朝鲜军第 2 师指向 491.8、734 两高地以北；美军第 7 师指向 682.5、602.2 两高地；南朝鲜军第 6 师指向 569.5 高地及旧垡以西高地。志愿军第 67 军第一线各部全线展开抗击。

志愿军第 67 军第 598 团第 8 连守备的 734 北高地阵地，是南朝鲜军占据的 734 高地主峰向北延伸的山腿。它由 3 个小山头组成。13 日晨 4 时，南朝鲜军第 2 师第 32 团在炮火准备之后，先以班排兵力进行试探性进攻。第 8 连迅速将其击退。之后，南朝鲜军又重新组织火力，破坏第 8 连的防御阵地，继之以连营不同规模兵力轮番攻击。第 8 连阵地工事虽已被毁，仍凭借灵活战术、顽强斗志，击退南朝鲜军多次冲击，阵地几次失守，又通过反冲击夺回。

美军和南朝鲜军在第一天的进攻中，除攻占了 569.5 高地外，其它诸高地均在我军控制之中。14 日美军第 24 师和南朝鲜军一部，在第一线展开 27 个营兵力，出动 80 余辆坦克、180 余架次飞机，继续攻击。第 67 军依托野战工事，顽强抗击，以 6 个炮兵营火力拦阻美军，并重点加强了对坦克的作战。战至 15 日，美军和南朝鲜军进攻势头大减，美军第 7 师因伤亡过重，撤至二线休整。16 日，我第 67 军重新调整部署，以第 201 师和配属该军的第 203 师，分别接替第一线第 199 师、第 200 师防务。同时第 20 兵团调第 202 师为该军预备队。17 日，美军改变战术，收缩力量转入重点攻击，对每一要点进攻均使用两个营以上的兵力，支援坦克达 20—60 辆，发射炮弹万发以上。第 67 军各守备部队边打边修工事，白天抗击敌人，夜间组织反击，与美军和南朝鲜军反复争夺。经激战，美军和南朝鲜军进攻能力逐渐减弱，在 18 日仅以 3 个营兵力,在坦克支援下向第 203 师峰火山前沿 522.1、385.2 等 5 个高地发动进攻;以 2 至 5 个营兵力,在 40—60 辆坦克支援下,向第 201 师轿岩山前沿 362.7 高地、商山里北山、执室里北山等 7 个高地进击。第 67 军因未能及时收缩次要阵地兵力以加强重点守备,加之二线工事比较薄弱,经反复争夺后,战至 21 日多半阵地失守。22 日,美军和南朝鲜军前进 9 公里后停止进攻,战斗结束。此战,第 67 军共毙伤美军和南朝鲜军 2.3 万余人。

我军将士在与美军这场"大炮与机枪"的辨论中,表现的英雄气概惊天地、泣鬼神,又一次把美军的"海空优势补偿"的梦想打破了。到了 10 月 22 日,美军完全停止了进攻。迷信武力的美国侵略者所挑起的这场"辨论"的结局,第二次完全违背了他们自己的意愿。范弗里特在 10 月 16 日还曾对路透社的记者说:"第 8 集团军目前的目标仍是尽量多地消灭敌人。"然而,战争冷酷的现实是:他们自己被歼灭的愈来愈多。

1951 年秋季进攻作战

敌连续发动的夏秋局部攻势,不但没有达到其预期目的,反而遭到巨大伤亡。我军在一个多月的秋季防御作战中,共毙伤俘敌 79000 余人,敌军仅占我方土地 467 平方公里。

美军在朝鲜战场上伤亡的急剧上升,在美国国内引起了严重的混乱和不安。美国参谋长联席会议主席布莱德雷在给杜鲁门总统的报告中指责李奇微"所施行的占领个别高地的战术,不符合美国在远东的全盘战略","用这种战法,李奇微至少用 20 年的时间才能到达鸭绿江"。朝鲜战争后,李奇微在其《回忆录》中也承认:"由美第 2 师和第 9 师实施的这些进攻行动增加了美军的伤亡,结果,在国内,尤其在国会中引起了强烈的不满。在国会,人们认为，总的态势并无明显改变，不值得付出如此重大的伤亡。陆军部长佛兰克·佩斯不得不写信将'国内战线'的这种情绪和看法告诉我。"

面对着"大炮与机枪"辨论的失败，美方不得不重新考虑恢复谈判的问题。英国《星期日泰晤士报》一语道出了美国的困境："美国谈判代表愈来愈明白，联合国军已经真的不能再用继续作战的办法来获得进一步的利益了。"

在这种情况下，美方不得不以承认其飞机"误炸"开城为转机，表示愿意恢复停战谈判，企图以谈判缓和我军可能的反攻。

10月25日，在双方商定的新会址板门店恢复了停战谈判。在谈判中，敌方虽然放弃了企图不战而攫取12000平方公里土地的荒谬主张，但在其提出的新的军事分界线方案中，仍企图使我退出15000平方公里的土地，并把开城划归给他们。

我军为了对敌军继续施加压力，打击敌军的士气，收复一些阵地和表示我中朝军队的力量，以促进停战谈判，决定乘敌疲惫之际，以每军歼灭敌人1个连至1个营为目标举行小的局部反击。并相应进行了部署：令第65军加强开城地区及临津江以西防御兵力，如敌进攻，坚决防守，不得轻易放弃一寸土地，并应尽可能的向前推进，消灭敌军小部队；令第63军在11月中旬进至开城东北长和洞、华藏洞地区，准备协同第65军打击向开城进犯之敌；令第40军第119师准备随时参加保卫开城的作战。

我志愿军第一线的第64、第47，第42、第26、第67、第68军共6个军，遵照志愿军总部的指示，经过充分准备之后，自10月30日起至11月底止，分别在各自正面，选择敌人突出、暴露或守备薄弱的营以下阵地进行了连续不断的攻击。

这一时期，双方均有攻防作战，但规模都不大，主要是一些团、营、连规模的小型战斗。

　　11月4日晚,志愿军第47军第415、第421团各一部共11个连兵力,向美军据守的正洞西山阵地发起进攻。正洞西山位于朝鲜临津江以西四五公里处,由美军骑兵第1师第7团一部3个连兵力防守,该阵地由五个山头组成,主峰居中,位置重要,阵地内构有地堡40余个,防炮掩蔽部31个。我进攻部队先以2个排兵力进行侦察攻击,诱使守军暴露其兵力部署和火力配系。经短时交火查明情况后,进攻部队在1个火箭炮团、2个炮兵营又4个连共114门火炮,以及11辆坦克的支援下,从21时30分起,发起猛烈攻击,经3小时激战,攻占阵地,全歼守军。5日拂晓,美骑兵第1师第7团为恢复失去的阵地,组织两个营兵力,在10辆坦克、7架飞机和地面炮火掩护下,向志愿军阵地发起连续反击。战至16时,美军夺回了失守的阵地。志愿军第47军乘美军立足未稳,组织3个多营兵力在炮火配合下,于23时30分再次发起攻击。美军迅即增强守备兵力,顽强抵抗。第47军攻击部队均受阻不前。6日1时30分,我进攻部队又以65门火炮对守军阵地进行破坏性射击,继以4个连兵力实行南北夹击。双方反复争夺,经5小时激战,第47军进攻部队全歼守军,巩固占领阵地,战斗结束。此战,我军共毙伤美军2490余人、俘53人。

　　11月8日,志愿军第67军第601团第3连,向美军据守的500高地发起进攻。500高地位于朝鲜金城以西约60公里处,由美军第24师第21团1个加强连守备。当日0时许,我进攻分队隐蔽进至守军500高地阵地前沿预定位置,首先摸入守军阵地前沿,除掉哨兵,尔后在炮火支援下,突然勇猛地攻占守军两座山头。经调整部署后,再克两座山头,打掉数十个地堡。守军遭突然袭击,阵脚大乱,指挥失灵,第5座山头上的守军不战而退。2时许,志愿军第601团第3连全部攻占500高地,战斗结束。此战,我军共毙伤美军170余人。

11 月 15 日，志愿军第 47 军第 423 团向泰国军守备的 190.8 高地发起进攻。该阵地原来由美军第 3 师 1 个加强连兵力守备，11 月初由泰国军第 21 团接防。当日 21 时许，我军担任突击任务的第 3、第 9 连在炮火支援下，分别由西、南两个方向发起冲锋。经激烈战斗，第 3 连于 21 时 55 分攻占 190.8 高地主峰。我第 9 连也于 21 时 58 分抵达主峰，两连顺利会合，并迅速扩张战果。至 22 时，战斗结束。此战，第 423 团全歼泰军 1 个连 140 人。

11 月 17 日，志愿军第 64 军第 572 团以第 9 连两个排兵力，向英军第 29 旅奥斯特来复枪团 1 个加强排防守的高栈下里新村北山阵地发起进攻。该阵地是英军高栈上里以北之前哨阵地，对志愿军第 572 团前沿阵地威胁较大。进攻发起后，我第 9 连进攻分队主力从两翼迂回，切断英军退路，经 15 分钟激战，占领全部阵地。此战，第 9 连以与守军相同数量兵力，打了一个成功的小歼灭战，共毙英军 22 人、伤 38 人、俘 25 人。

11 月 23 日，志愿军第 64 军第 572 团两个营兵力并配属第 574 团第 2 营，在炮火、坦克的支援下，向英军第 29 旅一部据守的高旺山阵地发起进攻。进攻部队分别向守军发起冲击后，第 572 团第 2 营于 15 时 25 分攻占 200 高地，并继续推进。15 时 55 分攻占 240 高地。第 574 团第 2 营于 15 时 80 分攻占 100 高地以东高地。第 572 团第 1 营突破后，在向光宝洞方向发展进攻中，与英军形成对峙。此战，第 64 军进攻部队共毙伤英军 300 余人。

我军发动一些局部进攻的同时，美军和南朝鲜军也在不同地段上向我军阵地进行攻击，企图一点一点地蚕食我军的阵地，以改善其防御态势。

11 月 17 日，南朝鲜军第 6 师并配属第 8 师 1 个团，东渡北汉江，在飞机、火炮支援下，向志愿军第 68 军第 612、第 605 团等两个团坚守的北汉江东岸防御阵地发起进攻。我坚守部队顽强抗击，同南朝鲜军展开了激烈的争夺战，其中 662、510、572.4 等几个高地数次易手。经 8 昼夜激战，至 25 日，662 和 572.4 两高地失守。南朝鲜军遭重大杀伤，无力再战，停止进攻。战斗结束。此战，第 68 军共毙伤南朝鲜军 3000 余人。

11 月 23 日晨 5 时，南朝鲜军第 7 师第 5 团，向志愿军第 68 军第 611 团前沿阵地 890.2 高地发起进攻。该高地位于北汉江以东、鱼隐山西南侧，是志愿军第 68 军第 611 团前沿阵地，由第 4 连守备。南朝鲜军的进攻被我守军有力地阻拦住，久攻不克，便渐次增加进攻兵力，实施连续冲击，终突入我军第 4 连阵地一角。第 4 连乘进攻分队立足未稳，以坚决反冲击夺回阵地。南朝鲜军第 5 团进攻分队伤亡惨重，加之大寒降雪，开始向后撤退。我第 611 团抓住战机，进行炮火拦阻，步兵分队趁势迅速攻入南朝鲜军阵地。南朝鲜军第 5 团守备分队指挥失灵，分散撤退。24 时许，战斗结束。此战，我第 611 团共毙伤南朝鲜军 600 余人、俘 19 人。

11 月 14 日 7 时许，美军第 7 师、南朝鲜军第 8 师各一部，在飞机、火炮支援下，向志愿军第 68 军第 610 团第 2 营坚守的984.2 高地前沿阵地发起进攻。第 68 军纵深炮火以准确火力拦击进攻之敌军，并歼其一部。美军恃其空炮优势，继续向前逼近。志愿军第 2 营以短兵火器顽强抗击，先后打退美军和南朝鲜军联合进攻 16 次。此战，我军共毙伤美军和南朝鲜军 400 余人。

我军的秋季反攻作战，取得了预期的效果，军事上对敌的不断打击，使谈判桌上的进展也对我方有利。敌军在我沉重打击下，被迫于 11 月 27 日与我方达成了以实际接触线为军事分界线的协议，并以实际接触线为准，双方各后退二公里作为非军事区；从达成协议之日起，如 20 天内停战协定尚不能签字，届时按实际接触线所发生的变化修正军事分界线和非军事区。

第四章

穷凶极恶，美国欲对中国苏联实施核打击，全面核大战即将点燃。中美两国打国际官司，伍修权「大闹天宫」。施压力，艾德礼急访美国；骗盟友，杜鲁门起运原子弹

第一节　原子弹把人类带到了自灭的边缘

　　有这样一个希腊神话：相传普罗米修斯从天上盗取火种，带到人间，众神之主宙斯得知后勃然大怒。为了惩罚普罗米修斯，主神宙斯就用链条把他锁在高加索山崖上的一根石柱上。每天早晨，普罗米修斯遭神鹰啄咬，但夜间伤口即得痊愈。日复一日，年复一年，循环不止，普罗米修斯遭到难以忍受的痛苦。然而，一心造福人类的普罗米修斯宁受神鹰的折磨，坚贞不屈。最后，因神鹰被赫拉克勒斯杀死，普罗米修斯才获解救。火，终被人们永远使用。

　　人类由于使用了火，才得以进化。火永远是人类的朋友！

　　人类科学家自从发现了原子核裂变会产生极大的能量以后，首先将其应用的领域就是军事，而不是和平生产。

　　本世纪30年代末，核裂变的发现揭示了核链式反应使原子内部的能量极大地释放出来的可能性。几个国家的物理学家很快认识到，这种能量可作为核反应堆用于和平目的，或者可能用于制造炸弹，那将比以往任何一种炸弹的破坏力要大成千上万倍。当时，正是纳粹德国在欧洲扩军备战之际，由于害怕纳粹德国成为首先制造这种炸弹的国家，许多物理学家说服了英国和美国政府着手进行一项原子弹工程。他们的努力于1939年艾伯特·爱因斯坦给罗斯福总统的信中达到了顶点，爱因斯坦在信中发出了上述警告。1942年，一项代号为"曼哈顿工程"的紧急计划开始实施，目的是制造一颗原子弹。在战争的压力下，工作加速进行，工程集中了当时最优秀的科学家,因而在3年之内该计划成功地设计、制造和试验了一颗原子弹。1945 年 7 月 16 日，美国在新墨西哥州的阿拉莫戈多试验场，成功地爆炸了世界上第一颗钚原子弹"瘦子"，这次原子弹试验称作"三位一体"。接着美国又陆续制造出了两枚原弹——"男孩"和"胖子"。美国总统哈里·杜鲁门认为，如果进攻日本，可能会有上百万美国人和日本人送命，唯一的选择是投放原子弹。因此，他决定以原子弹结束这场人类历史上规模最大的战争——第二次世界大战。

人们把世界拥有核武器比作普罗米修斯盗火。几十年来，人们不断地在思索：核武器给人类社会带来了巨变，但同时也带来了忧虑，核武器会成为人类自我惩罚的手段吗？

"男孩"把广岛夷为废墟

1945 年 7 月 29 日，美国新上任的战略空军司令斯波茨少将在关岛第 20 航空队司令部召集会议。在会上，斯波茨少将传达了杜鲁门总统批准的作战命令。

1945 年 8 月 2 日，美国的军械专家们开始在提尼安岛正式组装原子弹。由于天气情况不好，影响作战飞机的飞行，所以将使用原子弹攻击日本的时间选定在 8 月 6 日。

1945 年 8 月 6 日 2 时 45 分，美国空军第 509 混合大队的三架 B—29 型重轰炸机从美国在太平洋的空军基地提尼安岛起飞。这次执行任务的是三架飞机，直到飞机起飞前，飞行员们才吃惊地从蒂贝茨上校那里知道，他们要执行的任务是扔一颗破坏力有 20000 吨 TNT 炸药的特殊炸弹。

第一架叫"伟大艺师"号的飞机上，载着年仅 24 岁的芝加哥大学的物理学家哈罗德·阿格纽和他的仪器，以便实地测量原子弹的爆炸当量和破坏范围。这位科学家在 21 岁时就是目睹世界上第一次人造核链反应的 43 人中的一个,几年以后他又在犹他州的温多弗空军基地试测爆炸当量。驾驶"伟大艺师"号飞机的是查尔斯·斯威尼陆军上尉,领航员是拉塞尔·加肯巴赫上尉。

第二架编号"91"的飞机上,坐着圣母大学物理学家拉里·约翰斯顿博士,他带着"快速"实验照相机,将用 16 毫米的彩色胶卷,拍摄原子弹爆炸时的火球和烟云以及破坏现场。

第三架是这次飞行编队的主角"埃诺拉·盖伊"号飞机。驾驶员是第 509 混合大队长保尔·蒂贝上校,投弹手是托马斯·菲莱比少校,领航员是塞尔德亚·范柯克上尉,副驾驶员是罗伯特·刘易斯上尉,机关炮手是罗伯特·都建维利中士,副机枪手是罗伯特·修马德军士,雷达手是约瑟夫·斯蒂布里克中尉,飞行工程师是乔治·斯玻璃库参谋军士,无线电通讯员是理查德·尼尔逊中士,机尾炮手是乔治·卡伦中士,另外还有军械长、海军专家比利·帕桑斯上校以及其助手电子技术专家毛利斯·杰普逊中尉。整个机组共 12 名成员。原子弹就装在这架飞机上。杜鲁门总统命名这颗原子弹为"赫尔达",它的代号是"男孩",是以 U235 为填装剂,其重量是 4082 公斤,炸弹直径为 0.70 米、长约 3 米。这个名叫"男孩"的原子弹的弹身上满是用铅笔写的给日本天皇的信。

6 时 5 分,飞机从硫磺岛加油飞向日本。15 分钟后,军械师帕桑斯上校爬进了弹舱,用 15 分钟为"男孩"完成了最后的装配工作。

7 时 30 分,杰普逊中尉换下炸弹的保险插头,接通了电路。至此,该枚原子弹已进入了最佳的待炸状态。

8 时 9 分,广岛目标在望。此时,飞机已经过 20000 多公里飞行,比预计到达广岛的时间只晚 30 秒钟。

广岛是日本的第八大城市,面积约 25 平方公里,人口 30 余万。广岛还是日本陆军的一个重要的军运港口，也是日本海军护航舰队的集结地。这个城市主要集中在四个岛上，城里有当时的日本陆军司令部，约有军队25000余人。

8时15分零5秒，"埃诺拉·盖伊"号飞机载的"男孩"从9900米高空投下，在广岛上空约600米处爆炸，飞机投弹后急转150度，并加大速度脱离。执行任务的飞机在往返的整个航程中，未遇到任何日本的飞机。在目标上空，只有几十发不准确的高射炮弹的射击。原子弹投下约50秒爆炸，接着是一团火球。广岛上空有一团直径约4800米的深灰色蘑菇状烟云，随后上升到高空。

威力巨大的原子弹给广岛造成了毁灭的后果。在爆炸中心500米之内的温度接近1,000,000度，把所有的东西全都化为灰烬。居住在爆心方园800米之内的所有人都瞬间被杀死，有些人即使没有死，过了几天也难逃因辐射而死去。原子弹爆炸后的瞬间火焰四处蔓延，浓烟上下翻滚，一直上升到大约7620米的高空，形成了巨大的"蘑菇云"，完全遮住了太阳，广岛上空呈现一片灰暗，整个城市被恐怖所笼罩。

8时25分，炽热的金属碎片和燃烧的木头倾盆大雨似地降了下来。

10时，第一场"黑雨"，即放射性微粒夹杂着灰烬和蒸气，开始在广岛市中心下了起来，带有放射性的"黑雨"下了整整一天，波及到了原来未受到影响的地区。

广岛市被摧毁了，工厂、商店、医院、学校、居民区等等都陷入了一片火海之中，绝大多数有生命的动植物都死去了，剩下的只是断壁残垣。整个广岛市除了最外面的码头，顶端都盖上了一层深灰色的尘土层。

原子弹爆炸的效应是非常惊人的：拥有几十万人口的广岛市基本上被毁掉了，该市的外围还有一些建筑物屹立着，但中心的建筑物全部夷为平地，变成了焦土。毁掉的房子超过了 6 万幢，受损害的就更多了，距爆心 4000 米半径之内的所有东西全部被摧毁了，5000 米以外则损坏较轻。92％的地方不能辩认出原来的面貌。广岛市从市长到平民共死亡数，当时估算是 13 万 5 千人，一年后公布是 11 万 8 千人，随着时间的迁移，因受放射性物质的影响而死的人数增加到了 20 万人，而总体的被害人数则高达 49 万人。

完成投掷原子弹的任务后，蒂贝茨下令用明码电报报告说，已经轰炸了第一个目标，并且目测效果良好。帕桑斯则用密码发了一个电报：

　　　　结果干脆利落。各方面都很成功。目测结果大于"三位一体"（阿拉莫戈多的试验）。投弹后机内情况良好。正返回"教皇统治区"（提安尼）……

"胖子"把浩劫带给长崎

原子弹在广岛的巨大成功，极大地震动了世界，也进一步刺激了美军。1945 年 8 月 7 日，美军驻太平洋的指挥官和在提安尼的科学家再一次要求对日本实施第二次原子弹攻击。

1945 年 8 月 7 日美国战略空军关岛司令斯帕茨接到总统杜鲁门的第二道指令："除非另有指示，否则按原计划进行。"日本又要面临一次核灾难。

8 月 9 日清晨 3 时 48 分，B－29 新型轰炸机编队出发了。两架气象摄影飞机先起飞。这次担任主角的是 B－29 型超级空中堡垒式轰炸机，绰号为"伯克的汽车"，上面装载着代号为"胖子"的原子弹。这颗名叫"胖子"的原子弹的肚子里的核装料是钚 239，重量约四吨半、直径最粗为 1.52 米、长 3.25 米，类似一个球形，其爆炸威力相当于 22000 吨 TNT 当量。

9 时 45 分，查尔斯·斯威尼上尉驾驶着"伯克的汽车"起飞。当时风暴增大，为了节省油料，飞机没有经过硫磺岛，直飞日本海岸。他们预定在硫磺岛上空与另两架气象摄影飞机会合。但是，担任摄影任务的飞机未能按时到达汇合地点，查尔斯·斯威尼上尉和气象飞机驾驶员焦急地在空中盘旋了 45 分钟，仍未见到摄影飞机。最后得到了指挥官同意，他们即飞向袭击的第一个目标——九州的小仓。小仓岛上有日本军队的几家极为重要的兵工厂，摧毁小仓可以有效地减少日本的战争潜力，使日本迅速崩溃。

当飞机抵达小仓上空时，由于受到邻近城市轰炸所产生的浓烟的影响，烟雾太大，飞机在小仓上空环绕飞行了三周，投弹手用肉眼无法找到瞄准点。这时，斯威尼决定袭击候补目标长崎，并决定由目视投弹改为雷达投弹。

长崎是一个有 20 万人口的日本大城市，这个城市建在一些陡峭的小山上，它的港湾面对东海，市中心面朝港湾，浦上川从北面流进该湾。长崎是当时日本的重要对外贸易口岸。

10 时 55 分，飞机到达长崎上空时，发现云量为 8 到 10，飞机的飞行 90% 靠雷达。投弹手瞄好山谷中的一条跑道，即将原子弹投下。爆心比预投目标偏离了 2 点 4 公里，正是两个兵工厂的中间。

11 时零 2 分，日本长崎出现了异常炽亮的蓝色闪光。先是沉闷的轰响声，接着刮起了一阵飓风。冲击波和振动延续了 5 分钟之久。

这次长崎袭击，由于有广岛事件的教训，人们从思想上到防护上都有了某种程度的准备，加之长崎依托山地，因此，所受到的破坏程度比广岛轻些。这次钚弹爆炸仍使长崎 20 多万居民中的

78000 余人丧生，70000 人受伤，伤亡总数占全市人口的三分之二，有 68％的建筑被毁于一旦。燃烧的烈火和翻滚的浓烟笼罩着依山傍水的长崎市达数日之久。由于长崎市的小山对原子弹起了一定的屏障作用，因此长崎的死亡人数比广岛而言则大大减少了。

世界 "核阴云"

原子弹具有五大杀伤破坏力：冲击波、光辐射、贯穿性辐射（又称早期核辐射）、放射沾染和核电磁脉冲。

原子弹爆炸时产生近 200 种不同的同位素，这些同位素全部具有放射性。日本的广岛和长崎居民中劫后余生者，都被持续的原子辐射所进一步摧残着，他们大都得了"辐射症"，不断地呕吐、腹泻，并且丧失了食欲，发生了严重的高烧等等。若干时间以后这些人便开始脱发，牙肉肿痛，白血球迅速消失……。

受原子弹综合症影响的日本广岛和长崎，成为作为人类文明象征之一的原子核裂变发现的第一批和第二批受害者。

现在，世界上所拥有的原子武器，无从质量上、还是从数量上，都比第二次世界大战后期美国所拥有的原子弹要强数千倍，这些核武器足以使我们所生活的这个美好的世界，受到几十次的毁灭。广岛和长崎的事实告诉人们，原子弹和轻弹的发明和无限制的不断使用会导致整个人类的灭亡。

原子弹的杀伤威力是巨大的，但是它对无辜平民的伤害强烈地震撼了一切有理智的人的心。美军在广岛和长崎投下原子弹后，当时任杜鲁门总统助理的威廉·李海军上将不像某些人那样对胜利感到快慰，他认为："由于我们采用了同黑暗世纪野蛮人同样的伦理标准。我没有学过用那种方式进行战争；战争不能靠毁灭妇女和儿童来赢得胜利。"参与"曼哈顿计划"的一些美国政府官员和科学家也批评这种做法，认为它会构成美国历史上的一个道义的污点，并会破坏战后对这种武器进行国际控制的机会。

世界各国的有识之士对核武器也是忧心忡忡。英国著名哲学家、社会活动家伯特兰·罗素，由于受到比基尼岛氢弹试验的刺激（比基尼是太平洋中部马德尔群岛中的一个小岛，1954年3月10日，美国在该岛试爆了一颗氢弹，伤害了24名日本渔民），在英国伦敦公开发表了包括爱因斯坦也在上面签名的题为《科学家要求废止战争》的宣言。他说："只要我们愿意选择，我们前面有着不断增长的幸福、知识和智慧。难道我们就因为不能忘却纷争而选择死亡吗？作为人，我们要向全人类呼吁，记住人性而忘却其余。若能如此，便可通向新的乐园；若不能如此，等待我们的只能是普遍死亡。"

在美国首次进行原子弹试验后的40多年间，世界的核军备，尤其是美苏的核武器竞赛达到了令人瞠目结舌的程度。世界上核武器库的核弹头数量80年代中期达到5万余枚。爆炸总当量达130—160亿吨，约等于100万枚广岛原子弹爆炸的威力。在核武器的质量上，不但拥有威力更大的氢弹，而且出现了辐射能力更集中的中子弹。核弹头也从早期的大当量、命中精度差的第一代核弹头向小型化、威力大、命中精度高，并能根据目标性质和作战要求调整核武器性能的第三代核弹头发展。核武器在运载工具和发射方式、自身生存能力方面，则向分导式多弹头、陆基、海基和空中多种发射方式和增强本身机动能力的方向发展。

地球上拥有的这些核武器，是人类智慧的结晶，凝聚着人类科学和文明的最新成果，也耗费了人类的大量财富。然而，人们却不得不惴惴不安地生活在与核武器为伴的恐怖之中。世界核武库的大门如果打开，一场爆炸总当量为100亿吨以上的全面核战争就可使十几亿人当即死亡，更多的人受伤。全人类半数以上将成为战争的受害者。按照科学家的估计，地球生态环境将遭到严重破坏：太阳对地球的照射将受到烟尘几个月的遮蔽，大部分植物死亡，地球上的传统食物可能停止供应。直接受到核爆炸影响的内陆地区的气温比正常情况下降低摄氏15—30度，而且在相当长的时期内保持在摄氏零下25度左右。即使部分人能在核战争中幸免于难，也将面临严寒、饥饿、有毒物污染的威胁，并处于放射性回降物的长期污染和缺乏饮水的困境。核战争会使大气中的臭氧层变得稀薄，由于缺乏臭氧层保护，地球上的生存者将因过度紫外线的照射而受到伤害。这种"核冬天"的预测，尽管难以检验，但稍有头脑的人都愿意对其信其可能，而不思信其不可能。因为人类赖以生存的星球，到目前为止，毕竟还只有一个——地球。

核战争，同其他战争一样，依然是政治的继续。帝国主义、霸权主义发动核战争的目的，仍然在于占领别国领土，征服别国人民，掠夺别国财富。因而，这种战争无疑是非正义的。由于超级大国拥有强大的核进攻力量，又以核威慑为基础谋求世界霸权，所以核战争的危险性依然存在。但是任何一方发动核战争，必然会遭到另一方相应的核反击。这种互相威慑的态势，是制约核战争爆发的一个重要因素。然而导致核战争爆发的因素并不完全取决于战略核力量的对比、战略态势和战争的准备程度，还要看核大国之间的矛盾及整个国际形势的发展变化。但是任何核战争都会遭到全世界人民的强烈反对，核战争的发动者最终是要遭到失败的。

然而，原子弹爆炸的毁灭性的灾难，却没有给那些好战者以警示，他们反而自以为拥有了无比威力的原子弹，便有恃无恐，肆无忌惮，到处进行威慑，世界的美好命运和前途每每险些被他们所断送。

　　无穷的核忧虑使人们想起了科学泰斗爱因斯坦的一句名言。当有人问他：“为什么人的大脑能发达到发现原子结构、制造原子弹的程度，而我们却至今还不能寻求到防止核毁灭的政治手段？”爱因斯坦回答说：“这很简单，我的朋友，因为政治学比物理学要困难得多。”

第二节 朝鲜战争第一、第二次核危机

美国自恃其拥有世界上最多核武器库，座在"世界核俱乐部"的第一把交椅上，因此在其所谓的"国家安全"受到威胁时，动不动就把原子弹拿出来挥动几下，在世界人民面前耀武扬威，唯我独尊，"天下老子第一"。朝鲜战争中，由于以美国为首的"联合国军"在中国人民志愿军和朝鲜人民军的联合打击下，以及世界爱好和平人民的强烈呼吁下，美国无论在政治上，还是在军事上都遭到了可耻的失败。但是，美国帝国主义并不甘心他们的失败。美国在朝鲜战场上的失败，使美国人感到它同人数众多的共产党国家不能打"人海战术"之类的常规战争，只能依靠核优势进行核战争。于是，他们再一次地把原子弹拿了出来，再一次以此作为威慑中国和世界其它民主国家工具。

第一次核危机

在朝鲜战争爆发的当天晚上，即 1950 年 6 月 25 日晚上，杜鲁门与他的高级顾问，在布莱尔大厦举行了一次重要会议，会议要研究的一个重要内容就是如何从战术上使用核武器的问题。

由于担心苏联介入朝鲜战争，所以杜鲁门一开始就设想能否以武力先期遏制住苏联。他问空军参谋长范登堡将军说："美国能否铲除掉苏联设在朝鲜附近的基地。"范登堡将军作了肯定的答复，但是补充说"那需要原子弹"。

会议的最后，杜鲁门向五角大楼发布命令：立即制定一项计

划，内容是如果苏联参加朝鲜战争，美国如何使用原子弹对苏联进行攻击。

杜鲁门在发出命令的三个星期内，杜鲁门政府对如何使用原子弹又表现出举棋不定。美军入侵朝鲜时，打出的政治招牌是要"维护集体安全及保护美国在非共产主义世界中的领导地位"，杜鲁门及其幕僚企图希望通过"占压倒优势的军事力量来获得惊人的军事成功"，因此作出决定：首先要更多地从外交和政治上利用原子弹，而不是从军事上使用原子弹。

然而战争的进程却大出杜鲁门的意料之外，不论是轰炸北朝鲜，还是封锁交通要道，都没能制止住朝鲜人民军向朝鲜南部的挺进。美军一进入朝鲜的最初几次战斗，便遭到了惨败，"联合国军"总司令麦克阿瑟恳求华盛顿增兵朝鲜，以便守住朝鲜半岛的最南端。美国五角大楼一方面要求增兵 10 万，另一方面美国财政部则担心全面动员会给美国经济带来严重的经济影响。

杜鲁门和他的内阁成员为了"让世界知道我们是说话算数的"，1950 年 7 月 7 日，美国中央情报局局长希伦科特向杜鲁门总统提议：争取让联合国支持使用原子弹，即使这样做不一定会使莫斯科约束平壤和北京。当时杜鲁门对苏联关于朝鲜战争的意图持怀疑态度，但还是倾向于要使原子弹成为手中的一张王牌。

7 月 9 日，美军参谋长联席会议的决定，暂缓答复麦克阿瑟的增兵请求，又把参谋长联席会议主席布莱德雷关于给麦克阿瑟配备原子武器的建议搁到一边。参谋长联席会议之所以这样做，主要有三个原因：一是对麦克阿瑟所作出的判断不完全相信；二是不想让朝鲜问题打破美国的"欧洲第一"的战略优先地位；三是不能肯定使用核武器是否就能取得战争的胜利。同时，美军参谋长联席会议也并没有完全拒绝麦克阿瑟的增兵要求，而是决定派遣参谋长联席会议的两个委员去东京及朝鲜战场与麦克阿瑟会晤后，再作出关于增兵规模的决定。

与此同时，杜鲁门总统并没有忘记进行核威摄，而是决定用核力量来显示其要在朝鲜获胜的决心。1950 年 7 月 8 日，美国战略空军司令勒梅接到命令："实施一项计划，重演 1948 年柏林危机时向英国派出携带核弹的 B—29 轰炸机，准备对苏联实施佯攻的计划。"美国空军参谋长范登堡将军认为：实施这一计划，至少可以抵销美军轰炸朝鲜毫无成效的印象。而对杜鲁门来说，则是实现了他原先所表达的一个愿望，即迅速制定攻击苏联的方案。

美国战略空军司令勒梅为使战略空军部队尽快地进入戒备状态，提议给 B—29 装上除了核弹裂变芯以外的核弹的一切装备。勒梅认为：如果这一切付诸实施，并且把 10 架装有核弹的 B—29 轰炸机及其支援飞机和坦克部署在大洋彼岸的预定位置，那么对苏联进行核袭击所需要的时间就可以大大缩短。

然而，勒梅的提议并没有马上被美军参谋长联席会议所采纳。美军参谋长联席会议对勒梅的提议进行了修改，只是部分同意了这一提议。因为参谋长联席会议担心若进行一次容易引起苏联、北朝鲜和中国十分"关注"的行动，会引出外交上的麻烦。英国皇家空军认为，勒梅的提议将具有"多方面的后果"，而且可能会被莫斯科视为"一个不友好的行动"。因此，英国拒绝答应美国的请求，除非首先在政治和外交一级上达成协议。美国对其盟国英国的态度感到不安。7 月 9 日，美国空军副参谋长诺斯塔德终于说服了英国空军的特德元帅支持修改后的提议。诺斯塔德还从特德元帅那里获得了"来自最高级别"的许可，去寻求英国总参谋部的批准。

美国国务卿艾奇逊批准将这一部署当作一次显示美国决心的表示。然而，美国想在这个问题上彻底寻求到英国的支持是不容易的。艾奇逊对英国政府承认中华人民共和国感到不悦，对英国不同意美国第 7 舰队干涉台湾海峡也大为不满；他还担心英国会提出一项让美国从朝鲜半岛撤军的和平解决方案。7 月 9 日下午，艾奇逊同英国驻美国大使弗兰克斯爵士举行了会谈，也没能消除他对英国的疑虑。第二天，艾奇逊又致信伦敦，反对为从朝鲜撤军而付出代价，并呼吁英美两国在苏联和中国似乎肯定要卷入朝鲜战争时，在一些最重要的问题上保持一致。艾奇逊在信中写到："派遣 B—29 飞机到英国，只不过是更强调了形势的严重性，并进一步显示美国的决心以及与它最重要盟邦英国的合作。"

7 月 10 日早上，美国驻英国大使把英国首相艾德礼从内阁会议上请出来，向他递交了部署 B—29 的议案。艾德礼对 1948 年的柏林危机记忆犹新，他怀疑华盛顿方面调动 B—29 是故伎重演，是美国有意向苏联人显示自己的实力。他确信这样做是错误的。于是，他询问：这些飞机上是否装有原子弹？美国驻英国大使承认，它们除了没装核裂变芯外，什么东西都"有可能"携带。艾德礼不便当面拒绝美国提出的议案，便把议案带回去交给他的内阁成员们讨论。英国内阁大臣们的意见并不一致，经过一番激烈辩论，才使议案获得批准，此外还附加了一个条件：伦敦和华盛顿必须协调对外宣传口径，使得这次部署看上去纯属例行调动。

英国的这一附加条件并没有使杜鲁门感到为难，他迅速地于 7 月 11 日正式批准了这一部署方案。杜鲁门之所以这样做，是因为：一是，杜鲁门认为，B—29 跨越大西洋的调动，将进一步提高美军驻欧洲战略力量的戒备状态，提高驻欧洲战备力量与苏联的抗衡能力。为了欺骗舆论《纽约时报》将美军的这次部署称为一次"正常的换防"，然而谁都能看出，美国的这次部署是想将"在不激怒苏联的情况下，进一步提醒苏联注意到美国的核力量"。二是，杜鲁门认为，将装有核弹的 B—29 派往英国，表明美国非常重视美英联盟，强调了重新巩固美英联盟的需要。三是，杜鲁门还企图通过这次行动,使自己在美国国内政坛中获得了一些好处,因为他如果这样做就可以缓和美国国务院与美国国防部之间的矛盾,也能冲淡民主党人对他处理朝鲜事务软弱无能的批评。

1950年7月中旬的一天,美国向发动核袭击迈出了危险的一步。这一天,10架载有原子弹的B—29轰炸机从美国本土起飞,跨越大西洋,神秘地降落在英国领土的基地上。空运到这里的原子弹,是经过周密策划运送到英国来的,打算用来在必要时向苏联发动核袭击。

杜鲁门的这次行动,显然是拿原子弹当赌注。在这次冒险中,杜鲁门总统把核大棒举到了半空中,但并没有往下砸。核战争的威胁是显而易见的,但是尚未达到剑拔弩张、一触即发的程度。杜鲁门并没有打算立即使用运往英国基地的那些核武器,同时也没有放松对这些核弹的控制,这些核弹的可裂变芯仍然留在美国。举到空中的核大棒是否往下砸以及何时往下砸,都还是未知数,杜鲁门总统给自己留下了充分的回旋余地。

第二次核危机

杜鲁门在派遣携带核弹的轰炸机飞越大西洋后不到三个星期,又派遣了10架B—29轰炸机横越太平洋降落在关岛,准备在朝鲜战场上使用核武器。这是帝国主义者首次用核武器直接威胁中国,火药味比第一次危机更浓。

杜鲁门宣称,他是在朝鲜战场上"风云莫测和危机来临时"采取这一行动的。

采取行动之前,杜鲁门的顾问们已反复考虑从战术上把核武器用于朝鲜战场,但在如何使用,何时使用等具体问题上却众说纷坛,莫衷一是。五角大楼的一份研究报告认为,核武器在一般意义上的威慑价值，远远超出了它在遥远的朝鲜半岛上立即使用所能带来的好处。五角大楼作战部的高级官员则提议，让陆军参谋长柯林斯询问麦克阿瑟是否有可能在朝鲜使用核武器。美国国务院的一份研究报告却认为在朝鲜可以使用核武器，但是必须满足两个先决条件：一是莫斯科或北京已经参战，二是一旦使用核武器就能取得决定性的胜利。掌握核武库的美国武装力量特种武器规划委员会主任则报告说，使用核武器可以防止美国军队被朝鲜军队单独赶出朝鲜半岛。在听取了这一报告后，美国国务院政策规划办公室主任保罗·尼兹提醒国务卿艾奇逊说："在朝鲜半岛，从战术上使用核武器的大门仍然是打开着的。"

　　1950 年 7 月底，朝鲜人民军以势如破竹之势将美军和南朝鲜军打得惨败，将美国侵略者赶到了釜山四周的一个只有 90 公里长的狭窄区域之内。美国政府陷入了进退两难的困境，要么从朝鲜撤军，要么坚决打下去。

　　美国人是不甘心失败的。美国五角大楼认为已经面临"可能不得不使用原子弹"来挽回败局的局面了。朝鲜战局的发展非常快，正当美国五角大楼还未作出决定时，正当麦克阿瑟发誓说再不会有撤退时，朝鲜人民军在短短的几天之内又把美军和李承晚军从坚守的阵地压缩掉三分之一。另一方面，美国企图通过把第 7 舰队开进台湾海峡来孤立朝鲜半岛的构想，眼看成了南柯一梦。美军司令官说，他不可能在与朝鲜人民军作战的同时，又制止住中国军队的进攻。因此，当美国中央情报局报告说，中国两栖作战部队和伞兵部队大量集结于台湾海峡前线时，杜鲁门总统拒绝了蒋介石关于向大陆发动一场先发制人的攻击的请求。同时，美国国家安全委员会也不同意向国民党提供军事援助。在外交上，艾奇逊想让英国"同情（如果不是支持的话）台湾摆脱大陆控制"的努力，也无功而退，不了了之。

由于担心朝鲜"三八线"和台湾海峡的军事分界线被打破，美国空军参谋长范登堡提出了派遣载有核弹的轰炸机飞越太平洋的计划。当他与陆军参谋长柯林斯将军在东京与麦克阿瑟会晤时，柯林斯并没有根据他下属的建议，提出在朝鲜使用核武器的可能性问题。但当范登堡问麦克阿瑟，如果中国军队参战，他将如何切断其通道时，麦克阿瑟毫不含糊地回答说："只有使用原子弹，才能将中国军队困在北朝鲜。"麦克阿瑟还出主意说，如果范登堡能"哄劝"上头将 B—29 飞机归他麦克阿瑟指挥，这件事就可以做成了。范登堡立即答应下来。

然而，当范登堡回到华盛顿时，由于军事形势"日益恶化"，使他确信事情已变得"一团糟"。于是，他修改了与麦克阿瑟商定的计划，迫不及待地向参谋长联席会议主席布莱德雷建议，把战略空军司令部的 B—29 轰炸机派去毁灭北朝鲜的城市。布莱德雷一开始对这一建议反应冷淡，但是在 7 月 28 日会见了三军参谋长之后，对于实施这一建议态度变得积极了。一方面，布莱德雷及幕僚出于对台湾海峡局势的高度"关注"，建议批准国民党军队在那里进行"攻防行动"，尽管早先杜鲁门总统曾反对那样做。另一方面，在 7 月 29 日早晨，参谋长联席会议给战略空军司令部跨越太平洋的任务组，又增派了 10 架载有核弹的 B—29 轰炸机。

参谋长联席会议这样做，使战略空军司令部欣喜若狂。因为他们早就要求将核打击力量派往海外了。他们认为，这一行动动用美国的核力量，无疑比允许蒋介石进攻大陆来对付中国的威慑，要更为有力；同时，这一行动虽未使麦克阿瑟获得对核弹直接控制权，这与他和范登堡参谋长商定的计划有距离，但是跨越太平洋部署 B—29 轰炸机，多少可以冲淡他对华盛顿的不快。

美国国防部长约翰逊很快批准了增派轰炸机的计划，但他面临的一项颇为棘手的任务，是说服总统批准这一计划。在杜鲁们乘"威廉斯堡号"快艇去周末度假之前，约翰逊又在海军大院的码头会见杜鲁门总统，对他陈述增派核轰炸机的理由，并就关于使用核武器的问题与总统进行了一次激烈的辩论。经过约翰逊的游说，杜鲁门总统很快批准了将非核部件运给关岛驻军的计划。

杜鲁门这样做是给中国看的。国务卿艾奇逊的一位中国问题专家曾透露了美国在印度大使馆在新德里"精心策划的一次泄密行为"，目的是给中国发出一个信号，警告中国说：如果中国采取军事行功，那么美国将使"可怕的后果"降临到北京头上。这就是说，艾奇逊通过新德里那个渠道，强调了华盛顿的愿望：希望中国不要参战。这次，艾奇逊又重施故伎，在接到增派核轰炸机的计划被批准的通知后几个小时，便故意把消息透露给了《纽约时报》的几名记者。于是，第二天的报纸便报道了即将进行的 B—29 轰炸机跨越太平洋的飞行。传媒的宣传，使这一消息在全世界广泛传播开来，变得几乎尽人皆知。

然而中国人并没有被核讹诈所吓倒。这些 B—29 轰炸机也没有参加对朝鲜的轰炸，而是在中国人民志愿军跨过鸭绿江之前就迫于国际国内的种种压力而返回到了美国。在返回途中，一架可能载有核武器的飞机在旧金山附近坠毁。在 B—29 轰炸机返回美国本土之前，美国国务院官员曾考虑过怎样帮助空军选择中国大陆的轰炸目标。但是，中国并没有被美国显示的"决心"所吓倒，也没有改变派兵入朝参战的决心，中国人民志愿军仍然迅速向东北集结，积极准备入朝参战。由美国的核威胁所引发的第二次核危机，这时候自然也就画上了句号。

第三节　朝鲜战争第三次核危机

伍修权"大闹天宫"

1950 年 6 月 25 日，朝鲜战争爆发后，美国总统杜鲁门立即命令远东美军总司令麦克阿瑟指挥其所属部军队，打着"联合国军"的旗号"支援"南朝鲜，公开干涉朝鲜内政，并在朝鲜战争爆发的第三天，将美国第 7 舰队开进中国台湾海峡，并下令加强驻菲律宾美军，积极干涉印度支那战争，形成了对中国的军事包围圈。

美国政府这一系列公然干涉中国内政，侵犯中国主权的罪行，激怒了中国人民。中国政府为此向美国连续提出了严正抗议，并诉诸国际舆论。

以苏联为首的"和平民主阵营"为了抵制美国努力侵入东方各国的行为，对中国表示全力支持；印度等一些友好邻邦对中国的处境也十分关注，力图缓冲和调停这一紧张局势。而以美国为首的"帝国主义阵营"则竭力为他们的侵略行径辩护，企图扩大其侵略战果，并在世界人民面前说中国入侵朝鲜。

中美之间谁是谁非，这是世人都能看得清楚的。

这样，中美之间"官司"就打到了联合国的讲坛上。

1950 年 8 月，周恩来总理兼外交部长代表中国政府致电联合国，控诉美国的武装侵略，要求安理会制裁美国侵略者，使其撤出侵略军。美国则利用联合国进行反扑，于是 1950 年年底联合国

的安理会的议程上，就出现了两个重要议题：一是由中国提出的
"美国侵略台湾案"，一是美国为反诬中国而提出的"中国侵略朝
鲜案"。按照联合国宪章有关条款的规定，安理会在讨论有争端的
问题时，应当邀请有关的当事国参加讨论。

　　而此时在朝鲜战场上，"联合国军"却不断从北朝鲜向南败退。
鉴于此种情况，联合国邀请中国代表，开始认真地寻求和平解决
中美之间的冲突，联合国安全理事会于 1950 年 9 月 29 日通过决
议，同意由中国政府派出代表团，出席联合国大会和安理会，参
加"美国侵略台湾"的讨论，陈述中国政府的立场。10 月 2 日，联
合国秘书长赖伊将联合国的这一决定正式通知中国政府。这一决
定令世人注目，因为新中国虽已屹立世界东方，但是美国控制下
的联合国组织，仍然企图无视中华人民共和国的存在，中国在联
合国的正式席位被美国庇护的蒋介石集团"代表"占据着，中华
人民共和国早已任命的驻联合国代表张闻天一直未能赴任。

　　1950 年 10 月 23 日，周恩来以外交部长名义致电联合国秘书
长赖伊：

　　　　中华人民共和国中央人民政府业已任命伍修权为大
　　使衔特派代表，乔冠华为顾问，其他 7 人为特派代表之
　　助理人员，共 9 人出席联合国安理会讨论中华人民共和
　　国中央人民政府所提出控诉武装侵略台湾案的会议。

　　电报开列的除伍修权、乔冠华外的另 7 位代表团成员是：龚
普生、安东、陈翘（即陈忠经）、浦山、周砚、孙彪和王乃静。

　　11 月 14 日，中国代表团的全体成员肩负着中华人民共和国 5
亿人民的重托离开北京，向联合国所在地——美国纽约成功湖出
发了。由于在朝鲜战争期间，中国和美国并没有正式的外交关系，

而联合国的所在地又在美国，所以中国代表要求将进入美国境内的签证地点定在捷克斯洛伐克首都布拉格，然后再转赴美国。

　　11 月 16 日，美国国务卿艾奇逊表示："尊重中国的权益（即水丰水坝等鸭绿江水系的发电设施），……希望避免扩大为大规模战争"；第二天即 17 日，杜鲁门总统声明："尊重中国的领土……"；19 日，日本电台也报道说："美国同意英国提出的'在朝中边境设立缓冲地带'的建议，并且期待着同联合国邀请的中国代表伍修权将军进行谈判。"

　　11 月 20 日，中国代表团一行 9 人飞抵布拉格，在布拉格签证后，于 24 日纽约时间 6 时 30 分飞抵美国，这是新中国成立以来中国政府代表第一次踏上美国国土。中华人民共和国政府代表团抵达美国的消息成为当时世界的头号新闻。代表团一下飞机就受到了苏联、波兰和捷克斯洛伐克等国代表和外交使团，以及华侨代表的热烈欢迎。中国政府代表到达美国不久，美国的一些工人组织和美国各界的友好人士就给中国代表送来了许多鲜花，以表示他们对新生的中华人民共和国的拥护。英国等一些国家的进步团体也给中国代表团打来电报表示欢迎的祝愿。在美国的中国华侨更是无比欣喜，他们纷纷来到中国代表团的住地，表达了炎黄子孙对自己同胞的无限热爱。

　　中国代表团到达联合国后，冲破了美国代表的种种阻挠，于 27 日，伍修权和中国代表团其他成员在安理会主席的邀请下，首次出席了联合国政治委员会的会议。中国代表在联合国官员的引导下，走到了为中国代表安排的位置上，顺序入座。在伍修权面前的桌子上，放着"中华人民共和国"英文字样的席位标志。中国代表终于亮了相，正式宣告几亿中国人民真正地站起来了，中国人民代表着他们自己的利益来到了世界的讲坛上。

　　会议前，外界获悉新中国的代表将出席今天的会议，有许多人都千方百计地弄到当天的旁听证，特别是纽约的华人。当会议大厅刚刚开门时，第一个冲入大厅的就是中国华侨工程物理学家吴仲华博士，他抢占了旁听席上的最前排的中间位置。

当中国代表团进入会议厅时，正在发言的苏联出席联合国大会代表团团长维辛斯基立即中断演说，临时插进一段对中国代表团表示欢迎的话。他说："我以我们苏联代表团的名义，借此机会向在主席的邀请下，现在正在会议桌前就座的中国合法政府的代表伍修权先生及代表团其他成员致敬。"

11 月 28 日下午，联合国安理会开始讨论中国提出的美国武装侵略台湾案。伍修权代表中国政府发表了长篇演说。伍修权首先说："我奉中华人民共和国中央人民政府之命，代表全中国人民，来这里控诉美国政府武装侵略中国领土台湾（包括澎湖列岛）非法的和犯罪的行为。"接着伍修权针对美国散布的"台湾地位未定"、需由美国"托管"或"中立化"等谬论，引用 1943 年的开罗宣言、1945 年的波茨坦公告和 1950 年 1 月杜鲁门自己关于台湾属于中国的言论，一一予以驳斥，又进而揭露道："美国的实在企图是如麦克阿瑟所说的为使台湾成为美国在太平洋前线的总枢纽，用以控制自海参崴到新加坡的每一个亚洲港，把台湾当成美国的'不沉的航空母舰'。"

伍修权在 11 月 28 日的安理会上声明："美国侵略台湾，是对中国的武装侵略。"伍修权又针对美国代表奥斯汀说"美国未曾侵略中国的领土"等话说道："好得很，那么，美国的第 7 舰队和第 13 航空队跑到哪里去了呢？莫非是跑到火星上去了？不是的，……它们在台湾。""任何诡辩、撒谎和捏造都不能改变这样一个铁一般的事实：美国武装力量侵略了我国领土台湾。"

对于朝鲜战争和美国侵略中国领土台湾，伍修权继续说：

　　朝鲜内战是美国制造的；朝鲜的内战在任何意义上都不可能成为美国武装侵略台湾的理由或借口。各位代表先生，能不能设想因为西班牙内战，意大利就有权力占领法国的科西嘉呢？能不能设想，因为墨西哥内战，英国就有权力占领美国的佛罗里达吗？这是毫无道理的，不能设想的。其实，美国政府武装侵略台湾的政策，正像其侵略朝鲜的政策一样，早在朝鲜内战被美国制造之前就已决定了的。

　　……

　　美国政府武装侵略我国领土台湾和扩大侵略朝鲜战争，千百倍地加强了全中国人民对于美帝国主义的仇恨和愤慨。

　　……

　　6月27日以来，全中国的民主党派、各人民团体、各少数民族、海外华侨、工人、农民、知识分子、工商业家，对于美国政府这一侵略暴行的千千万万的抗议，表现了中国人民不可遏止的愤怒。中国人民是爱好和平的。但美国侵略者如果以为这是中国人民的软弱表示，那就大错特错了。中国人民从不，也永不害怕反抗侵略战争。不管美国政府采取任何军事阻挠，也不管它盗用什么样的联合国的名义，中国人民决心从美国侵略者手中收复台湾和一切属于中国的领土。美国政府对其侵占台湾而引起的一切后果应负完全的责任。这是全中国四亿七千五百万人民坚定不移的意志。

　　伍修权在发言最后一部分揭露美帝国主义现在走的正是1895年日本侵略者的老路，他说：

但是 1950 年究竟不是 1895 年，时代不同，情况变了。中国人民已经站起来了。富有反侵略经验和高度警惕的中国人民一定能驱逐一切侵略者，恢复属于中国的领土。

最后，伍修权又代表中国政府向安理会提出了三项建议：第一，谴责和制裁美国侵略台湾及干涉朝鲜的罪行；第二，使美国军队撤出台湾；第三，使美国和其它一切外国军队撤出朝鲜。

伍修权的发言共约 20000 多字，讲了近两个小时，各国代表通过同声翻译听了发言的内容。他演说时的嗓门很高，劲头特足，不论是发言的内容，还是演说的声音，都把会场震动了，就象把中国人憋了多年的气，一下子吐出来了。蒋介石集团的"代表"蒋廷黻坐在与伍修权遥遥相对的位置。伍修权慷慨陈词，满腔义愤地控诉美帝国主义侵略中国及庇护蒋介石残余集团等种种罪行，蒋廷黻却在那一边连头都抬不起来，并总是以手遮面，"面部带着一种丧家犬的神色"。

中国代表第一次在联合国上的表现，各国都给予了很好的评价，认为中国的行动"是突破"、"是成功"、"是胜利"。而毛泽东则说："伍修权大闹天官。"

11 月 29 日，伍修权的发表演说又指出："美国侵略台湾，是亚洲问题的开端……美国必须从台湾和朝鲜撤军；朝鲜内政由南北朝鲜人民自己解决，……以和平处理朝鲜问题。"伍修权将军的这些讲话，表明了中国的坚定立场。

11 月 29 日，安理会的会议又开始讨论美国诬蔑中国的"侵略朝鲜案"。南朝鲜代表和蒋介石集团代表蒋廷黻相继发言，对新中国攻击谩骂。等蒋廷黻用英语发言完毕，伍修权举手发言道："我怀疑这个发言的人是不是中国人，因为伟大的四万万七千五百万中国人民的语言他都不会讲。"这使蒋家"代表"十分狼狈。

11月30日，联合国安理会继续进行讨论。针对美国代表的攻击，伍修权用大量数字，控诉美国支持蒋介石进行血腥内战。他义正词严地说：

主席：在我第一次发言的时候，我已经申明，我这一次出席安理会只参加控诉美国武装侵略台湾的讨论，而不参加所谓"控诉对大韩民国侵略案"的讨论；但是，很奇怪的，美国代表奥斯汀先生在他的两次发言中，不正面回答我中华人民共和国对于美国武装侵略台湾的控诉，这证明中华人民共和国控诉的理由是颠扑不破的，但他却企图把大家的注意力转移到所谓"控诉对大韩民国的侵略案"的议程上去，以麦克阿瑟的非法报告为根据，用威胁的口吻，提出了一连串诬蔑性的问题。我要告诉奥斯汀先生，这种威胁是吓不倒人的。

我不参加所谓"控诉对大韩民国的侵略案"的讨论，理由是很清楚的。因为朝鲜问题的真相不是别的，正是美国政府武装干涉朝鲜内政，并严重地破坏了中华人民共和国的安全。美国政府盗用联合国的名义是完全非法的。6月27日联合国安全理事会对于朝鲜问题的决议，由于没有中华人民共和国和苏联两常任理事国参加，根本是非法的。在这种情况下，我决不参加那根本荒谬的所谓"控诉对大韩民国的侵略案"的讨论，也没有必要回答奥斯汀先生以麦克阿瑟报告为基础所提出的问题。

自从美国政府发动侵略朝鲜战争以来，从8月27日至11月25日止，侵略朝鲜的美国武装力量，已经侵犯

我国领空，据初步统计，已达 200 次，共出动飞机 1000
架以上，毁坏中国财产，杀伤中国人民，我要问奥斯汀
先生，这是不是侵略？自从 6 月 27 日以来，美国第 7 舰
队即侵入我国台湾领海，以阻止中华人民共和国中央人
民政府对台湾行使主权，我要问奥斯汀先生，这是不是
侵略？自从第二次世界大战结束以来，美国政府花费 60
亿以上的美元，帮助中国国民党反动集团去发动空前残
酷的内战，用美国武器残杀了几百万中国人民，我要问
奥斯汀先生，这是不是干涉中国的内政？

只准帝国主义侵略，不准人民反抗的时代已经过去
了。中国人民完全有信心打退敢于侵略中国的一切帝国
主义者。

为维持世界和平与联合国宪章的庄严，我再次向安
理会要求接受中华人民共和国的建议，以制止美国的侵
略战争，保证亚洲及世界的和平与安全。

12 月 7 日，美国操纵联合国多数通过了决议，将诽谤中国
"侵略朝鲜"的提案列入联合国大会议程。中国代表团在这一颠倒
黑白的提案通过后，愤怒地离开了会场。12 月 15 日，联合国组织
在美国操纵下作出决定：联合国大会无定期休会。12 月 18 日，又
通过了联合国大会政治委员会无限期休会的决定。联大的这些决
定，实际上取消了中华人民共和国利用联合国讲坛同美帝国主义
者进行斗争的机会。

美国人操纵了联合国，使中华人民共和国代表无法继续在联
合国的讲坛上与以美国为首的帝国主义作斗争。于是，中国代表
团改变了与之斗争的策略，把在联合国场内的斗争，转移到了联
合国的场外。12 月 16 日下午，中国代表团在联合国所在地成功湖

举行了记者招待会，进一步控诉和声讨了美国的侵略行径，并再一次陈明了中华人民共和国的立场。

与此同时，在朝鲜战场上，中国人民志愿军以摧枯拉朽之势，一次又一次地把美国操纵下的"联合国军"打败，粉碎了麦克阿瑟"圣诞节攻势"，在军事上取得了极大主动权。

朝鲜战场上美军不断的失败，进一步促使了美国人民对美国政府的不满，加剧了美国统治集团内部的矛盾和混乱，美国国会里面更是吵得不可开交，杜鲁门总统执政下的美国政府更加不得人心。美国在野的反对党共和党乘机指责杜鲁门领导的政府的无能，并在11月的国会选举中轻而易举地获胜，使杜鲁门所在的民主党在参议院的席位从12人降至2人，在众议院中多数席位也由17人降至12人。共和党人又不断紧逼，要求艾奇逊领导的国务院进行彻底的"大扫除"，有的议员在12月13日建议美国国会对杜鲁门实行"弹劾"。

关于使用原子弹问题的声明

1950年11月30日，即中国代表伍修权发表演说的第二天，麦克阿瑟将军命令第8集团军后退到平壤防线。这天，华盛顿沉浸在激动的气氛里，使人们感到不安和震惊。美国舆论界把这次失败比作"恶梦"、"悲剧"，哀叹这是"美国陆军史上最大败绩"。专门派记者跟随麦克阿瑟左右的美国《纽约先驱论坛报》一反过去对这位五星上将肉麻的吹捧，公开指责麦克阿瑟犯了"重大的军事错误"，并在头版头条发表的《麦克阿瑟的惨败》的社论中，毫不客气地表示"对于一个由于事实与情报的混乱而造成这样严重错误的总司令的军事能力……，愈来愈难于信任了"。美国前总统胡佛在一次广播讲话中说："联合国在朝鲜被共产党中国打败了。现在没有任何军队足以击退中国人。"

在这种异常的气氛中，杜鲁门总统会见了记者，并发表了声明如下：

朝鲜最近形势的发展，使世界面临一次严重的危机，中国共产党的领导人，已经自满洲派遣他们的军队到朝鲜，对在北朝鲜的联合国部队进行了一次强烈的、组织得很好的进攻。虽然经过长期的、认真的努力，使中国共产党的领导人相信联合国或美国绝没有侵略中国的企图，他们还是这样做了。由于美国和中国人民之间的历史友谊，一想到中国人竟被迫和我们在联合国指挥下的部队作战，不免使我们不寒而栗。

中国人使用了大量的军队对我们进攻，而这种进攻仍然在继续进行，结果联合国部队大部分被迫撤退。目前，战场上的情况是不稳定的。我们可能要节节败退，就像我们前次所遭受的失败一样。但是联合国的部队不打算放弃他们在朝鲜的使命。

联合国派遣部队到朝鲜去是要扑灭一场侵略战争，它不仅威胁了联合国的整个组织，而且也威胁了人类对和平和正义的希望。如果联合国向侵略力量屈服，没有一个国家会有安全的保证。如果侵略行动在朝鲜得逞，我们可以预期它将从亚洲、欧洲一直蔓延到这个半球来。我们是为了我们自己国家的安全和生存而在朝鲜作战。

通过联合国，我们已经献身给正义与和平的世界秩序的事业。我们坚决地为这种事业而奋斗。

我们将从三方面来应付新的局势。我们将继续通过联合国，以协调一致的行动来阻止这次对朝鲜的侵略。我们将加倍努力，帮助其他自由国家加强他们的防务，以应付其它地区的侵略威胁。我们将迅速加强我们自己的军事力量。

在联合国里面，第一步是由安全理事会采取行动来阻止这次侵略。华伦·奥斯汀大使正在敦促采取这一行动。我们将尽一切努力，使联合国对朝鲜局势施加全部压力。

在朝鲜的新侵略行动只是对世界上所有自由国家的全世界性威胁的一部分，因此我们比以往任何时期更有必要，以非常快的速度增加自由国家的联合军事力量。我们认为比以前任何时期更有必要立刻在欧洲建立起一支由最高司令部指挥的联合部队。

关于我们自己的防务，为了扩充我们武装部队的规模和提高效率的迫切需要，我将提出追加拨款的请示。这项请求除了包括陆军、海军和空军的大量军费外，还有拨给原子能委员会的一大笔款项。

我准备在明天和国会的领袖们会谈，要求他们对这几项新的拨款给予紧急的考虑。

这是所有我们的公民把分歧的意见搁在一边，紧密团结，互相支持，为我们的国家和人类世界的自由事业尽最大努力的时候。我们的国家是人类对和平与正义的希望的基石，我们必须表示我们是在共同目标和共同信仰的指导下一致行动。

杜鲁门总统宣读完声明，便开始回答记者的各种提问。有记者问："总统，对于朝鲜的事态，您打算怎样处理？"

杜鲁门回答说："为了处理朝鲜的新事态，正如我们过去一直在做的那样，准备采取认为必要的所有手段。"

有记者问："在这些手段中，包括原子弹吗？"

杜鲁门回答说："包括我们拥有的所有武器"。

有记者问："总统，您所说的所有武器的全部，意思是不是在积极考虑使用原子弹？"

杜鲁门回答说："关于使用原子弹的问题，是经常在积极考虑。但是，我并不希望看到使用原子弹。那是一种可怕的武器，它会连累到同侵略毫不相干的无辜的民众。我认为，不应该使用原子弹，原子弹要在必须使用时使用。"

按照美国国会通过的《原子能法》，只有美国总统才能授权使用原子弹。美国杜鲁门总统的这个回答，以"美国考虑使用原子弹"为题，传遍到了世界的每个角落。苦不堪言的白宫新闻办公室发现大事不妙，担心造成世人误解杜鲁门总统，急忙在几小时后另外发表声明说明了杜鲁门的真正的意思，但已经晚了。

就在杜鲁门总统答记者问的仅仅几分钟之后，美国合众社就捷足先登播发了新闻，把杜鲁门的一番言论飞快地传遍到了全世界：

> 杜鲁门总统今天说，美国已在考虑同朝鲜战争相联系的使用原子弹问题。

美联社播发的新闻是：

> 杜鲁门总统今天说，正在积极考虑使用原子弹对付中国共产党人，如果有必要采取这一步骤的话。

过了两个小时以后，美联社又做了一个补充要闻：

美联社华盛顿11月30日电：杜鲁门总统在当天的记者招待会上宣布，一直在考虑在朝鲜战场使用原子弹，是否使用原子弹，由战地的美国军事领导人决定……

一些国家的报纸，在头版头条刊登了使人相信的、非常醒目的标题：

"杜鲁门正通过海运把原子弹交给麦克阿瑟……"

"载有原子弹的轰炸机已准备从日本的机场起飞……"

"捉摸不定的麦克阿瑟现在可以随心所欲地对中国人使用原子弹了……"

当时的世界群情激愤，非常敏感。特别是，担心战火蔓延到欧洲、担心美国的力量在远东耗尽、忽视西欧防御的各个国家都受到了很大的震动。英国首相艾德礼飞往华盛顿去摸清美国的真正意图，西欧各国因这一报道产生的恐怖感，是非常真切的。关于这方面的消息和当时华盛顿周围的气氛，R·M·波特评述说：

随着中国介入得到证实，第三次世界大战的亡灵又苏醒了。苏联为了阻碍西欧的重新武装，已把美国引进了同中国进行的可怕的消耗战。强大而缺乏准备的美国，为了集中打败北朝鲜军队所必需的兵力，广泛搜罗，刚把部队送进朝鲜，却又出现了新的敌人。美国必须同拥有几百万大军的中国进行战争是陷入已设好的圈套了吧？美国惊慌失败，并且发怒了。所以，并不是不存在这样的看法，即认为原子弹虽然不能使用，但却是必要的。然而想，一边开始担心，美国会不会挑动中国把世界卷入原子战争？

人们为就要遭受原子弹袭击感到惶惶不安，谴责的矛头集中指向华盛顿。因此，杜鲁门总统不得不正式声明"不使用原子弹"，舆论才大体上平静下来。

但是，当时英国在野的丘吉尔评论说：

> 美国自己放弃了最有力的武器。原子弹不知要给中国多大的无声压力。然而，美国却主动地为敌人解除了威胁。政略战略的失败莫过于此。

这确实象经历过两次世界大战的丘吉尔的评论。

美英两国首脑会谈，决定政策

12月1日，杜鲁门召集内阁会议，讨论使用原子弹的问题。他们讨论了有关原子弹使用的各种问题，甚至包括原子弹在打仗时究竟管不管用也要讨论一番。因为，原子弹仅仅在二战快结束时，在日本广岛和长崎使用过。那时，胜负已成定局，美国使用原子弹，一是想验证一下原子弹到底有多大力量，二是与苏联争夺远东势力范围。

这次使用原子弹是朝鲜战争胜负未定，而且美军已在战场上处于败退之时，用核武器是否能打赢常规战争？别说美国文职官员，就连武将也心中没底。

在内阁会议上，巴克利副总统问国防部长马歇尔："用原子弹杀伤军队究竟管多大事？"

"我真不知答不答得出来。"马歇尔尴尬地答道。

杜鲁门总统进一步问："副总统是想知道在战场上管多大事。"

"我没法回答这个问题。"马歇尔无可奈何地回答。

鉴于美军在朝鲜战场上处境不妙，杜鲁门于1950年12月中旬准备宣布全国进行紧急状态，实行总动员。

面对杜鲁门的原子弹威胁，中国人民提出了严正抗议，指出：美国使用原子弹，也打不垮正义的中朝人民。

杜鲁门的核威胁倒是吓坏了他自己的盟友。

11月30日下午，亦即杜鲁门的记者招待会后几个小时，比利时驻华盛顿大使巴伦·西尔弗克赖斯会见了美国助理国务卿迪安·腊斯克。西尔弗克赖斯指出，如果美国确实打算把原子弹引入战争，"他认为对中国城市使用原子弹没有任何特别的价值"。

杜鲁门的讲话，尤其在英国议会引起轩然大波，美国大使馆把这称之为"1945年工党上台以后下议院就外交事务所进行的最为激烈、焦虑和负责的辩论"。

大约一百名工党议员在一封递交给克莱门特·艾德礼首相的信上签名，反对在任何情况下使用原子弹。议会中的不满情绪是普遍的，甚至包括温斯顿·丘吉尔爵士和安东尼·艾登这些美国的忠实朋友，二人都是下野的保守党人士。另一位保守党领袖理查德·巴特勒说："英国人民作为一个整体，希望他们的命运被扩大到中国的战争决定前得到保证，即，他们正在为决定自己的命运出力。"

在辩论中，艾德礼的助手发狂似地给美国使馆打电话，说：鉴于英国国内压力太大，首相准备在议会辩论中宣布，他准备会见杜鲁门，以讨论"共同关心的问题"，并敦促美国政府尽快作出答复。杜鲁门总统很快就表示同意英国首相艾德礼的要求。当艾德

礼宣布杜鲁门已接受英国建议时，议会中爆发出一阵欢呼，英国
国内紧张气氛暂时缓解。

艾德礼在飞往美国之前，还与英联邦的其它国家领导人及法
国总理和外交部长举行了一次会议，商谈与他们有关的朝鲜战争
问题。很显然，艾德礼的美国之行不仅代表了英国本身对朝鲜战
争和对美国的立场，而且还代表了相当一部分西方国家的立场。

在英国首相艾德礼到达美国的前一天，美国总统杜鲁门同艾
奇逊、马歇尔、总统特别助理哈里曼及参谋长联席会议成员，也
召开了一个会议，试图研究出一个既能维护美国同其盟国尤其是
英联邦国家团结，又能渡过当前危机的方案。

12月4日，英国首相克莱门特·艾德礼到达美国。艾德礼一
到美国便对美国国务卿艾奇逊表明："联合国除了通过谈判撤出朝
鲜外别无他路……我们不能在东方弄得难以自拔，而在西方陷入
容易遭到进攻的境地。"艾奇逊则毫不相让地指出，美国必须在世
界的东西两个部分奉行一致的外交政策，"如果我们在远东投降，
尤其是如果这是由于我们盟国的行动的话，美国的舆论就会反对
来自西方那些使我们遭受失败的国家的帮助"，如果美国灰溜溜地
离开朝鲜，"菲律宾人和日本人就会抱头逃命"。

英美首脑第一次正式会谈是在艾德礼首相访美期间的12月
4日举行的，也就是美国第8集团军在战场上从北朝鲜首都平壤
撤退的那一天。

以杜鲁门总统的原子弹问题谈话为契机开始的美英首脑会
谈，是很有名的。通过这次会谈双方进行了坦率的讨论，美国除
获得了将要失去的西欧各国支持以外，还调整了今后对朝鲜的基
本政策。

会谈开始时，先由美国参谋长联席会议主席布莱德雷以沉重
的语气介绍了朝鲜的军事形势，接着就进行了热烈的讨论。

杜鲁门在会谈时，强调美国不会自动离开朝鲜，即便联合国部队遭受轰炸。杜鲁门说："我们不愿意陷入这种局面，然后承认我们被战胜了。我们要战斗到底。"他还明确地对艾德礼说："我们不会在危难时节抛弃朋友。"

艾德礼说："在朝鲜上空的空中控制情况怎么样？发生过刺激苏联和中国的事情没有？"

布莱德雷说："现在，我空军的飞机从5艘航空母舰和韩国的7个基地上起飞作战，还没有发生令人担心的事情。"

国防部长马歇尔说："敌人不顾人的生命，强行采取人海战术，没有机械化装备，因而继续巧妙地以徒步进行渗透，所以，同我们相比，敌人容易隐蔽企图，要理解这场战争，必须对这一事实有所认识。"

杜鲁门总统说："我们正面临着在军事上定下重大决心的问题。但是，政治上的决心不次于军事上的决心，也是很难确定的。我们对东方和西方两个方面都负有责任。我们应该首先讨论中国的问题。"

艾德礼首相说："听了布莱德雷上将的介绍，知道了朝鲜的危机可能要比预计的来得早。但是，英国在近几个月内没有能力增加更多的驻朝英军。为了在马来亚进行反游击战，英国的动员能力已经到达了顶点。"

会议上美英双方又进行了广泛的讨论，他们你一言我一语地争论起来。

"决定今后的政策，联合国、欧洲、亚洲和非洲各国的意见也都应考虑进去。……而且中国的看法也应该注意。中国由于军事上的胜利，气势正旺，是不会按照联合国提出的原则停战的。中国公然要求承认它本身的力量和独立。所以，即使苏联居中调停，也很难使毛泽东同意。……"

"考虑到共产党方面会对停战提出什么要求吗？如果我们做出希望停战的姿态，中国很可能会提高筹码。我们要考虑出最低的条件，并且应该确定进行什么级别的谈判，把不能妥协的界限放在什么地方。"

"不管作出什么决定，都可能发生不愉快的事情。但英国决不能同意出现抛弃西欧的结果，即决定同中国进行全面战争。……"

当时，英国认为应该以让中国加入联合国和从台湾撤兵的两个条件同中国妥协，相反，美国则认为这两个条件是必须坚守的一道界线。

艾奇逊国务卿说："主要的敌人不是中国，而是苏联。有关朝鲜战争的指令，都出自莫斯科。……他们在攻势进展顺利的时候，会无止境地向前推进。所以，如果他们能把我们从朝鲜赶出去，就可能那样做。他们想推进多远，其野心谁也预测不出来。……"

"向总统建议同中国进行全面战争的人不多。"

"但是，同中国的谈判，决不会是乐观的。"

"从军事角度来看，现在立即停战是有利的。但是，在现实的战况下，中国不会同意停战。这是因为，以胜利者自居的中国不仅仅满足于击退联合国军。"

"从政治角度来看，建议停战将给世界舆论以良好的影响。但是，到了谈判桌上，不知要付出什么代价。中国大概会主张承认中国政府、允许中国加入联合国和美国放弃台湾；或许还可能提出同日本缔结和平条约必须经中国同意。"

"必须记住，朝鲜战争不是我们挑起的，而是苏联策划的。如果我们专心致志于亚洲，苏联就会在欧洲自由行动。所以，我们必须经常把这件事放在心上。"

"但是，如果我们例如以台湾作为代价进行妥协，共产党方面就会以此为开端强硬地向我们提出无止境的要求，并且必定会企图消灭我们。所以，我们不能认为中国的行动只是根据单纯的军事热情而采取的。即使我们放弃台湾，或者在其他方面做出让步，也难以相信中国会寻求和平，恢复平静。而且，如果我们向中国让步，对日本和菲律宾的影响就无法估计了。”

“如果我们不提出停战，也不撤退，给中国人造成尽可能大的损失，在朝鲜继续战斗，我们的处境也不会比现在更差。我认为，应该以不承认敌人的利益作为我们的政策。”

艾德礼首相说：“桥头堡地区在不致付出重大代价的情况下能保持到什么时候？有可能保持到使中国一筹莫展的程度吗？”

布莱德雷和马歇尔则一同表示说：“……包括仁川和釜山基地在内的南部桥头堡地区，估计在若干时间内能保持住。特别是，如果咸兴地区的第10军能调出增援第8集团军，可能性就更大。”

艾德礼说：“即使我军继续保持着桥头堡地区，如果遭到重大损失，美国的舆论会不会向希望同中国进行全面战争的方向发展？”

杜鲁门说：“主张同中国进行全面战争的呼声，现在也有。但只不过是很小的一部分。我们过去已经付出了巨大牺牲和庞大的预算。所以，不能就这样厚着脸皮退下来。在战局好转，并且能以有利的立场进行谈判之前，我们要继续努力固守韩国。我的军事顾问认为，固守住现在战线的希望不大。但是即使如此，我也不放弃固守的希望。”

艾德礼说：“在中国是不是苏联的卫星国的问题上，我们的看法好象有些不同。”

杜鲁门说：“我认为中国是苏联的卫星国。我们现在所面临的朝鲜问题，只不过是苏联称霸世界的一个里程碑。朝鲜之后下一步将是印度支那，接着就是香港和马来亚。……我相信，中国大概正在决定其国家的意志。他们要取得联合国的席位和台湾，或者夺取战争的胜利。"

艾奇逊说："中国是不是苏联的卫星国，实际上这不是个大问题。这是因为，他们所采取的行动，大体上是一样的。"

杜鲁门说："我所注意的问题是，相信他们的善意就会犯大错误。国务院的官员们中间有这样一个谚语，即'在共产主义的制度下，不能指望善意。因为他们每天晚上都清算账目'。"

马歇尔说："我在中国任职期间曾多次会晤过毛泽东和周恩来。周恩来在一次宴会上对我妻子强调说：'不错，我们是马克思主义者。对有人把我们看成是单纯的土地改革者，感到愤慨。'此外，毛泽东一点也不隐瞒他同莫斯科结成的友好关系。他们把苏联人看成是同一派别，他们的军队也是按照这一原则进行训练的。"

杜鲁门说："我当然相信马歇尔的判断。马歇尔在中国任职一年多，同他们进行过密切的谈话。……艾奇逊国务卿曾经说：'美国想避免同中国进行全面战争。'对这一点，我想补充几句。我的愿望也完全是这样。我在威克岛同麦克阿瑟上将谈话时，曾提醒他注意：要严格控制挑动中国东北的中国人和符拉迪沃斯托克的苏联人的行动。美国不会独断地同中国进行全面战争。美国除了始终作为联合国的一员行动外，不会有别的举动。"

在剩下的会谈时间里，双方就使中国与西方重新修好的适当方式的问题进行了激烈的争论。英国人要求采取怀柔政策，美国人则采取"我们除了要教训一下中国以外什么都不欠它"的立场。杜鲁门希望最终"会使他们认识到，他们的朋友不在西伯利亚，而是在伦敦和华盛顿"。

这样，第一天的讨论就结束了。作为下一次会谈的基础，杜鲁门总统宣读了美国国务院和国防部共同起草并经他认可的备忘录《当前美国的政策草案》。该备忘录直截了当地表明了当时美国的想法。摘要如下：

1. 如果中国的要求不是过高，在我们所能够接受的范围之内，准备同中国签订停战协定。谈判成功，从当前的形势来看，在军事上是有利的，而且能保证联合国的全面支持。

但是，停战的条件不得使联合国军的安全陷入危机，或者规定放弃台湾和允许中国加入联合国等。

2. 实行停战，情况稳定下来以后，联合国就着手在政治上、军事上和经济上实现韩国的安定，并且努力从政治上解决建立独立统一的朝鲜问题。

3. 如果中国拒绝停战，并且企图向三八线以南发动大规模进攻，驻朝鲜的联合国军就有面临严重危机的危险。

但是，除了由于敌我军事力量对比不得不被迫撤退时以外，决不能主动撤退。

4、如果中国军队向三八线以南地区发动进攻，联合国军陷入不得已而被迫撤退的状况，联合国就要立即宣布中国是侵略者，并且利用一切可以利用的政治和经济的手段向北京施加压力，表明联合国决不允许侵略的态度。

同时，要继续采取军事行动，使中国处于困惑的境地；并且要努力激起中国内部的反共运动，包括向国民党提供援助和支持其发展军事力量在内。

除以上方法外，美国和英联邦应迅速商谈加强亚洲地区各非共产党国家的力量的方法。其方法，可考虑有以下几点：

（1）在使日本立即恢复相当的自治的同时，努力促进同日本缔结和平条约。

加强日本的自卫能力。

在最大限度地利用日本的生产能力，加强自由世界各国力量的同时，迅速使日本加入联合国。

对这些对日政策，英联邦过去不太感兴趣。但是，鉴于新的危机，应改变过去的想法。

（2）在东南亚各国之间，应缔结能够有效地进行互相援助的军事性协定。

（3）要使亚洲非共产主义各国的人民知道所面临的威胁的性质，同时还要特别努力促使其政府认清集体安全保障的必要性。

（4）为了协助完成对抗共产党侵略的组织，要加强经济和军事援助。

（5）为了防止共产主义制度在亚洲的渗透，要加强物质和精神两方面的援助。

第二天即12月5日，在美国总统专用的"威廉斯堡"号游艇上杜鲁门和艾德礼举行了第二次会谈，讨论了以杜鲁门的备忘录为基础，预定提交联合国大会的美英同决议案。在这次会谈中，杜鲁门总统再次表示了不从韩国撤退的决心，他说："我们决不从韩国撤出来。我们从朝鲜撤退，只限于在军事抵抗受到限制的时候。我们认为对这一向忠实于联合国的韩国人民不管尽了多大的努力，也不为过。我知道，我们的舰队和空军遭到了来自中国东北的袭击。但是，我们不是抱着在这场战争中即使失败了也没有关系的不实际的想法参加的，所以，在阻止住敌人的侵略之前，在决定胜负之前，决心继续战斗。这里，我想使大家明确这样一点，即'美国决不是那种因情况恶化而抛弃朋友的国家'。"

对此，艾德礼首相回答说："我们是您们的伙伴，准备在桥头堡地区一起战斗。但能固守到什么程度，对这一点的估计，因看法不同而不一样。"

杜鲁门总统又表明他的信念说："我们今后无论选择什么方法都可以，但唯有主动从韩国撤退这一方法绝对不能选择。只要还有一点驻留韩国的机会，我们就决不撤退。"

艾德礼首相接着表示："对于这个问题，我们的看法是一致的。我们打算帮助您们。请相信我的话。"

杜鲁门总统非常感谢艾德礼的诚实的态度和充满信任的谈话，他非常高兴得到了英国的赞同。

但是，以避免同中国进行全面战争为目的飞越大西洋而来的艾德礼首相，为了得到与这一目的相应的诺言与保证，对杜鲁门做了一下的提醒，他说："在前一段的讨论中我们商谈好的政策有两点，第一点是要继续以最大的努力避免陷入同中国的全面战争。为此，不得采取轰炸中国工业中心的军事行动。第二点是在军事上被赶出去之前，要驻留在朝鲜。而且在局势好转之前，不同中国进行谈判。我们都同意，让联合国试探北京的真实意图，不采取可能招致报复的一切行动。"

接着，艾德礼首相又叙述了英国政府对中国的看法，以引起美国方面注意。他说："中国具有潜在地转向铁托主义的因素。英国政府不认为中国是苏联的喽罗或者傀儡。因此我认为，英国当前外交活动的目标，必须着眼于苏联和中国是远东历史的、必然的竞争者，离间其友好关系。为此，对中国人应进行挑拨，使他们不相信'苏联是我们唯一的朋友'。我希望中国断绝同苏联的关系。如果我们忽视这一点，把中国单纯作为苏联的卫星国和傀儡来看待，我们就不知不觉地帮助了苏联。英国政府认为：'中国应该在联合国获得席位。'"

在这次会谈上，杜鲁门和艾德礼始终没有取得一致意见的唯一的分歧，就是这个对中国的看法问题。美国认为，中国只不过是苏联的代理人，这场朝鲜战争是所谓"代理战争"，朝鲜事态的根本原因，归根到底在苏联。相反地，英国（当时同中国有外交接触关系的少数资本主义国家）则认为，中国可能走向"铁托主义"道路，中国是按照中国自己的意向介入这场战争的。即使看来现在苏联和中国坚如磐石，其友好关系中也可能产生缝隙。因此从这一点来看，有办法使这场战争避免扩大为全面战争，应为此而努力。

作为美国即使从长远的观点看可以像英国这样考虑，但是美国作为朝鲜战争的当前的负责人，杜鲁门认为必须同眼前的敌人进行战斗，对美国来说，除了选择适应现实情况的办法以外别无他途。

当时的美国对于中国加入联合国的问题，一贯坚持强烈的拒绝态度。在第二次会谈中讨论"作为同中国谈判的条件，是否应同意中国加入联合国"时，艾奇逊国务卿的发言清楚地表明了美国的立场，他说："如果我们采取认为没有必要从政治角度考虑这个问题的立场，承认了它，我们就等于对中国说'您们胜了一局，可以把赢的钱都收集起来'。这简直象是给侵略者赠送奖品。所以，在中国可能考虑附加条件期间，没有必要同中国进行谈判。即使中国能够尽全力把我们从朝鲜赶出去，我们也不能那样做。"

美国国防部长马歇尔也从军事角度反对从台湾撤退即一个中国论，他说："把台湾交给敌人，意味着由一系列岛屿组成的太平洋防波堤被割断，菲律宾、冲绳，进而日本和韩国的安全将会立即陷入危机，而且会招致资本主义国家被驱逐出西太平洋的结果。"

在艾德礼首相与杜鲁门总统就朝鲜战争问题不断争论时,出现了一件令美国等西方国家十分不安的事情。12月6日早,美国的雷达情报系统向五角大楼紧急报告了一个重要情况:他们发现了空中正有一些飞行物向美国首都华盛顿飞来,经过初步分析和判断,情报部门认为是飞机的编队,估计两个小时以后即可到达华盛顿。这个突如其来的消息,立即使美国政府的高级官员们产生了惊慌,不少人相信,这些不明的飞行物是苏联的轰炸机,并且认为飞机上肯定还装载着原子弹;甚至有人认为,苏联正在准备全面进攻美国,第三次世界大战已经开始。美国的一些高级官员纷纷给家人打电话,要他们的妻子儿女尽快到郊区去,并把手中一些文件转移到了地下室。美国国务院一片混乱,惶惶不可终日。就连一向沉稳、处事老道、身经百战的美国五星上将、美国国防部长马歇尔,也感到了一种无名压力和急促不安。美国国防部经过研究,决定立即采取攻击行动,命令飞机起飞进行空中拦截,并命令国土防空部队做好一切战斗准备。国防部长马歇尔来到了白宫杜鲁门总统的身边,准备与总统在一起随时指挥部队作战,并及时启用原子弹向苏联报复。经过一阵紧张的忙乱之后,五角大楼又接到了报告,报告说:那些神秘的飞行物已经从警报雷达的荧光屏上消失了,并且认为那些飞行物可能是一群齐飞的大雁。华盛顿虚惊了一场。

12月6日至8日,杜鲁门与艾德礼又进行了多次正式或非正式的会谈。于是,美英两国一致同意发表了联合声明。摘要如下:

1. 继续抵抗侵略。
2. 继续努力把战争限制在朝鲜半岛上。
3. 支持联合国多数成员国决定的朝鲜政策。

4. 不同中国和解。但是，如果中国同意联合国在朝
鲜建立自由独立国家的意向，也准备进行和平谈判。

英美的这个联合声明的第二条，显然指不采取使用原子弹、轰
炸中国东北地区和封锁中国港口等军事行动。艾德礼此行的主要
原因是担心美国在朝鲜战场上使用原子弹，在他与杜鲁门会谈的
最后阶段，由艾德礼首相在只有杜鲁门和艾德礼两人的最后的私
人会谈中提了出来，在听取了杜鲁门总统详细说明真意之后，艾
德礼首相以安心的表情踏上了归途。

第三次核危机的平息

艾德礼离开美国时认为，杜鲁门没有在朝鲜使用原子弹的计
划。然而，艾德礼那里知道，在他于杜鲁门会谈期间，杜鲁门就
已下令把分散的原子弹的部件空运到了远东，并储存在美国的一
艘军舰上，艾德礼对此一无所知。艾德礼不知道，当美国在朝鲜
遭到军事灾难的话，杜鲁门是准备并愿意下令对中国投掷原子弹
的。

1950 年 11 月 28 日，美国海军少将 W·G·莱勃向参联会呈
送了一份秘密电文，请求参联会建立"以原子弹的可能使用作为
阻滞（中国军队）干涉和掩护美军从朝鲜撤离的一种手段"。

1950 年 12 月 6 日，杜鲁门就秘密批准了参联会的一项建议，
即将原子弹的构件贮存在地中海巡弋的美国海军"富兰克林·罗
斯福"巡洋舰上。

杜鲁门总统发表那一通非同寻常的讲话之后，美军战略空军
司令勒梅以为他马上就会接到命令，让核轰炸机再次向西飞行。然
而让人纳闷的是，这种命令一直没有下达。

美国最高当局迟迟没有采取在朝鲜战场上使用核武器的行动，并不是由于仁慈或良心发现，而是国际国内各种力量的牵制，而且技术上的诸多障碍，也使它无力把核弹扔向"遥远的朝鲜半岛"。

首先，美军战术专家从战术效果方面考虑，认为不宜在朝鲜战场上使用核武器。因为，在中国出兵以前，朝鲜人民军呈高度隐蔽和分散状态，使用核武器起不到预定效果。而在中国人民志愿军进入朝鲜后，美军联合战略规划委员会又认为，根据中国军队的作战特点，在朝鲜战场上使用核武器只能起防御作用，而起不到任何威慑强制的作用。因此，参谋长联席会议建议告知英国首相艾德礼，除非因保护"联合国军"撤退或防止一场"巨大的军事灾难"而迫不得已时，美国"无意"在朝鲜使用核武器。

其次，美军内部有人认为，还没有到非用核武器不可的时候。美国参谋长联席会议就持有这样的见解，认为朝鲜战场的局势并没有坏到只有用核武器才能解决问题的地步。美军海军作战部主任舍曼甚至对麦克阿瑟报告的准确性提出怀疑，认为麦克阿瑟是夸大其辞。在这种情况下，参谋长联席会议便决定派遣两名有代表性的将军去东京同麦克阿瑟会晤，其中一名是不赞成使用核武器的柯林斯将军，另一名是赞同使用核武器的空军情报部主任卡贝尔将军。在东京，他们发现，"联合国军"总司令对战局持谨慎的乐观态度。尽管麦克阿瑟原先曾与他的参谋人员讨论过使用核炸弹轰炸中国目标的问题，但他现在觉得，朝鲜地面战场的形势正趋于稳定，因而建议推迟作出任何使用核武器的决定。柯林斯将军对此感到满意，而且据此公开宣称，他认为不必在朝鲜使用原子弹。

再者，美军认为：如果过早地使用核武器，一方面，将迅速耗尽美国有限的核武库并将危及最新的战争计划："敲诈"作战行动计划（也被称为"擒抱"计划）。另一方面，英法两国对美国实施核攻击持反对态度，并担心苏联可能对釜山和日本进行报复等。奥玛尔·布莱德雷将军就认为，放弃对中国实施大规模核突击计划的主要原因是，这将使美国在"A日"（即东西方两大阵营在欧洲的开战之日）到来之时在欧洲毫无准备。

除了军方之外，美国国务院也显示出了谨慎态度。在11月中旬，国务院的二级官员们几经考虑之后，也反对在朝鲜使用核武器。他们认为，使用核武器的代价是，打破"联合国军"的团结，失去在亚洲的面子和与中国全面开战，不良后果的代价远远超出任何军事上的利益。国务卿艾奇逊也特别害怕这些代价的后果。由于杜鲁门轻率地发表了关于使用核武器的讲话，导致艾德礼首相不请自来，匆匆赶往华盛顿，给艾奇逊造成不小麻烦。与中国共产党打交道也使他长了一点见识，原来以为中共刚刚夺取政权，羽翼未丰，对于打到自己国门口的美国人会不闻不问；后来又以为中国会被美国的原子弹恫吓所吓倒，结果证明他两次都估计错了。多次碰钉子和引起一大堆麻烦之后，他变得更加优柔寡断，再也不敢随意挥舞核武器进行恫吓了。

杜鲁门总统发表关于可能使用核武器的讲话之后，各方面的压力使他几乎透不过气来。国会中反对意见不绝于耳，白宫行政当局不得不花大气力平息国会山中的议论。此外，杜鲁门还得承受来自"英国佬"的压力，拒绝与他们来回分享在朝鲜战争中对使用核武器的监控权。在国际国内政局的压力下，杜鲁门总统最终也与他的军事和外交顾问们一样，作出了在朝鲜不宜使用核武器的结论。就这样，引发危机的军事大国的头面人物好不容易捱过了1950年12月头两周的"严酷"时日，最后只好放弃考虑使用核武器的问题。朝鲜战争中的第三次核危机也就就此平息了。

这次核危机使华盛顿在关于朝鲜战场上使用核武器的问题

上，形成了两个基本看法。其一，认识到核武器并不能掩护"联合国军"从朝鲜撤退，这一事实使美国军方对核武器的兴趣消减了。到1951年1月底，麦克阿瑟将军甚至已经拒绝考虑关于用核武器掩护美军撤退的建议。其二，1950年12月的事件，使白宫的高级文职官员开始厌恶随意进行核威慑，但是他们并不反对用其它方法使用核武器。而美国国家安全资源委员会主席赛明顿仍然坚持认为原子弹是美国的一张"政治牌"，杜鲁门让艾奇逊对这种论调进行反驳，并断言原子弹是美国的一个"政治累赘"，它的威吓作用只会使"我们的盟友吓死"，而不会使苏联人担忧。

　　第三次核危机虽已过去后，并不能说杜鲁门当局已经完全放弃使用核武器。美国的一些高级官员中，仍有一批人热衷于使用原子弹。1951年1月11日，美国空军部长和国家安全资源委员会主席斯图尔特·赛明顿在国家安全委员会的秘密会议上要求对中国实施原子攻击。会上他介绍了已呈交给杜鲁门并被称为"国家安全委员会第100号文件"中的一项计划。该计划认为，美国军事上所拥有的"主要优势……每周愈下"，文件主张对中国实施出其不意的原子打击以便最终导致其共产党政权的瓦解，随之对苏联下达最后通谍，警告苏联不论它在何处采取侵略行动"都必被驱逐出去"。"国家安全委员会第100号文件"承认这即意味着与苏联和中国的"政治摊牌"。美国国家安全委员会辩论的结果，就认为不应排除用其它方式更微妙、更诡秘地使用核武器。而美国中央情报局局长史密斯告诉国家安全委员会说，核优势是一种"消耗性资产"，它最好是在苏联核武库还没有强大到使莫斯科也想冒一场原子战争的危险之前就加以使用。

第四节 朝鲜战争第四次核危机

第四次核危机

朝鲜战争的第四次危机发生于 1951 年 4 月初，这是杜鲁门总统任内的最后一次，也是最严重的一次核危机。当时，他面临着一个"极为严重的局势"，中国军队入朝参战，给"联合国军"以沉重打击，正当"联合国军"准备跨越"三八线"大举进攻时，中国人民志愿军已经准备好了一次大规模的地面攻势；此外，华盛顿又得到情报说，莫斯科已调派 3 个陆军师进驻满洲里，并部署了其他部队准备进攻日本。不管情报是否准确，在美国看来，朝鲜战场是处于一个危险的转折点上了。

面对这一局势，华盛顿当局内部争论不休，美国与其盟友之间经常唇枪舌剑，也无法取得一致意见。美国一些外交人员对中朝是否愿意与美国进行谈判持怀疑态度；参谋长联席会议和麦克阿瑟则强调必须在朝鲜战场上占有优势，并且要求美国政府和杜鲁门总统对中国保持强大的军事和经济压力，进行海上封锁并轰炸中国城市。只有这样，才会取得优势并使战争有一个满意的谈判结局。国务院和国防部的分歧把事情弄得一团糟。当华盛顿正准备致力于发表一篇"措词恰当的总统演说"呼吁举行停战和谈时，麦克阿瑟却捷足先登在东京声色俱厉地叫嚷"联合国军"将"超出其忍耐的极限"而将战火蔓延到朝鲜以外。麦克阿瑟的这篇讲话无异于反对和谈和给和谈制造障碍，与美国政府的朝鲜政策背道而驰，使杜鲁门及其高级外交顾问们大为脑火。对于麦克阿瑟，美军参谋长联席会议的一些官员却采取了维护态度，拒绝美国政府谴责麦克阿瑟的讲话，他们认为这样作会给朝鲜战场上美军军心带来动摇。在这种情况下，为了消除混乱，杜鲁门的一些外交顾问不得不建议杜鲁门总统对其现行的政策进行一次"澄清"。结果，这次澄清政策的讲话，给美国报界的印象是"令人困惑不解"。

麦克阿瑟 3 月 24 日的那篇慷慨激昂的好战的讲话，使美国政府和杜鲁门总统处境为难，陷入了双重苦恼。

一方面，英国人开始担心那个在东京的疯狂的"总督"麦克阿瑟，将把他们拖入一场"全面战争"。因此，伦敦对美国现行政策的抗议纷至沓来，英军总参谋部拒绝让英军参加任何"三八线"以外的重大军事行动；英国内阁决定，要催促美国给麦克阿瑟下达一个更有约束力的指令；英国下议院则将一个对麦克阿瑟表示不信任的议案提交讨论。

另一方面，杜鲁门在美国国内的形象也变成了软弱和优柔寡断，国内对他的支持进一步下降。美国新闻评论家李普曼将杜鲁门与国会的关系，说成是"国家安全的一个危险"。尽管美国参议院批准了杜鲁门向欧洲增派部队的要求，但是附加了许多约束条件，这些条件被美国国人广泛认为是侵犯了总统作为武装力量总司令的特权，标志着杜鲁门总统的威望已经大大下降。美国政府的一些官员，如负责公共事务的助理国务卿也认为，美国人对他们的总统结束朝鲜战争的能力失去了信心。

1951 年 4 月 4 日，美国国务院与军方的矛盾进一步加深。"联合国军"在李奇微的指挥下发动了一次对中朝军队的反攻，有了一定的进展，部分部队又一次越过了"三八线"，由于美军在朝鲜战场上暂时的胜利，一时冲昏了美国军方的头脑，参谋长联席会议初步批准了一份反对任何在朝鲜战场停火的备忘录，想拒绝和谈，一直把仗打下去；参谋长联席会议还催促尽快准备发动对中国的空中和海上攻势。美国国务院则保持沉默，艾奇逊一方面想与苏联人进行措词强硬的对话，另一方面又担心这样做会得罪盟友，并丧失与莫斯科进行和谈的机会。在此期间，美国策划过一次由第7舰队对中国南海岸进行一次突袭的行动，但是，却担心这样做"太具挑衅性"而没有付诸实施。

杜鲁门在他的顾问们争论不休的时候，迫不及待地想提高自己在美国日渐衰落的领导声望。他不择手段地命令内阁行动起来，去反对被他认为破败坏他名声的任何运动。4月4日，杜鲁门召见了国会"四巨头"，希望他们能够帮助告诫国会山和公众关于美军在朝鲜战场上遇到的危险。在这次会见后不久，白宫发言人雷本警告说，美国"卷入一场扩大了的战争的危险现在比1945年以来的任何时候都大"。

此时，麦克阿瑟仍然并不理会白宫的警告。在东京，远东美军司令部否认有苏军集结，并宣称麦克阿瑟已被授权对苏联的任何进攻进行报复。而在华盛顿，白宫发言人雷本的警告甚至遭到国内共和党人的嘲笑。来自马萨诸塞的众议院少数党领袖马丁向公众宣读了一封来自麦克阿瑟将军的信。该信称，华盛顿误解了朝鲜冲突的国际战略意义，该信还宣布，在战斗中"没有什么能代替胜利"。杜鲁门总统把这些话看作是对他的严重挑战，因而开始了一系列最终导致解除麦克阿瑟职务的活动。

1951年，小型战术核武器开始大量进入美国的核武库，"马克—4"型和W—19型是两种可以用280毫米榴弹炮发射的小型原子弹。由于这种战术核武器的发展，使得在朝鲜使用核武器的意见对五角大楼突然变得更富有吸引力。因为在朝鲜战场使用这种战术核武器将不会耗尽"敲诈"计划准备在全欧洲进行一场可能的核战争而需要的核炸弹储备。

1951年4月6日，杜鲁门又向核战争迈进了一步，他决定派遣载有完整原子弹的B—29轰炸机飞越太平洋。这是一项极不寻常的决定。那天早上，布莱德雷将军给总统带来了关于中国军队集结并准备进行一次新的进攻的最新报告，并告诉总统，参谋长联席会议建议授权给麦克阿瑟，让他对设在中国东北和山东的空军基地进行报复性攻击，以防止从这些基地起飞的飞机对"联合国军"进行大规模空袭。

紧接着，杜鲁门又与中央情报局局长史密斯交换了意见，以确认中国地面部队和飞机集中的情况，并考虑是否需要采取先发制人的军事行动。然后，杜鲁门又与他的顾问团会见，与他最亲密的几个助手进行交谈，讨论了解除麦克阿瑟职务的问题，并陈述了他对防止朝鲜战争进一步升级的想法。下午3点多钟，杜鲁门最终下定了决心。他打电话给美国原子能委员会主席迪思，让他立即赶到白宫来。

当迪思走进椭圆形办公室时，杜鲁门向他描绘了一幅不祥的图画。杜鲁门总统告诉迪思，已经发现中国东北有大批空军飞机集中，苏联潜艇正向海参崴集结，苏军一部已开到撒哈林岛；莫斯科还可能正在准备用空军对"联合国军"来一次"毁灭性的打击"，并切断他们逃往日本基地的海上退路。为对付这一威慑，杜鲁门决定将完整的核武器和战略空军轰炸机送至太平洋彼岸，作为一支"决定性的打击力量集中使用"。杜鲁门总统考虑到使用原子弹会带来严重后果，因此他并没有把投放原子弹的权限直接交给空军。杜鲁门认为：他希望不会有使用原子弹的必要，但在他真的作出任何使用原子弹的决定之前，他都必定会与国家安全委员会原子能特别委员会协商。迪思在确信这一点之后，立即返回办公室，打电话告诉空军的范登堡将军说：将有9枚完整的原子弹转归空军保管。

杜鲁门的高级军事和外交顾问们一度认为，朝鲜半岛及其周围的局势非常糟糕。因此，在杜鲁门与迪恩交谈时，他的顾问们就在争取英国同意在"联合国军"遭到来自朝鲜半岛以外地方的攻击时，对那些地方实施报复性轰炸。

4月7日，美国第99中型轰炸机联队受命携带原子弹向关岛转运。由于战场局势的变化，B—29轰炸机联队并没有依照原来的计划飞往冲绳岛以寻找"可能的报复性打击目标"，而是仍然留在关岛待命。根据美军原先的计划，当美军将核武器预先放置在冲绳群岛上时，这支核攻击部队的司令马上就会到任。由于原计划有所改变，即将到任的这位核攻击部队的司令也没有飞往东京，而是仍然留在美国东部奥马哈附近的战略空军司令部。布莱德雷将军也暂停了一份由杜鲁门总统批准的指令的执行，该指令授权麦克阿瑟将军对来自朝鲜半岛以外的空袭进行报复性打击。此时的美国国务卿艾奇逊一反常态，既没有立即反驳英国对华盛顿的非难，也没有压英国同意美国对东方威慑的评价。

杜鲁门仍然坚持必须解除麦克阿瑟的职务，而且以动用核武器和有条件地授权美军使用核武器的决定，迫使参谋长联席会议不得不支持对麦克阿瑟的解职决定。由于麦克阿瑟在美军中享有很高声望，参谋长联席会议开始并不愿意解除他的职务。杜鲁门在调用核武器时，清楚地声明，他虽然不同意麦克阿瑟的那次公开讲话，但总的来说，还是接受了麦克阿瑟所制定的朝鲜战争的战略思想。杜鲁门解释说，之所以要解除麦克阿瑟的职务，是因为"信任度"的问题：如果动用核武器，华盛顿绝对需要一个完全听话的战场指挥官。布莱德雷将军又用这些道理来劝说他的参谋长联席会议的同事，终于促使他们在4月8日下午同意支持杜鲁门撤销麦克阿瑟职务的决定。

　　杜鲁门决定使用核武器，同时又担心遭到一些人的非议，杜鲁门一开始试图说服原子能委员会主席迪思，让他对把核武器交由军方保管一事保密。但迪思提醒他说，此事必须通知参谋长联席会议及原子能委员会。杜鲁门给他出主意，劝他让康涅狄格州参议员麦克马洪去办这件事，因为麦克马洪是有关这类保密法的制定者，而且是一个比迪思在政治上更有力的发言人。但是，麦克马洪也未能做到只让参谋长联席会议及原子能委员会的几个高层领导知道此事，因为这些高层领导人中有一个民主党人，坚持要让整个委员会知道总统的这一决定。这样，4月10日早晨，该委员会的18名成员，包括那些最尖锐地批评杜鲁门东亚政策的人，都知道了杜鲁门所进行的冒险，即在第二次世界大战后，首次将整件核武器运往海外。

　　4月11日晚上，杜鲁门向全国发表讲话，竭力为他解除麦克阿瑟的职务和他对朝鲜冲突的处理进行辩护。他猛烈抨击了他那难以驾驭的下属麦克阿瑟，坚持说美国扩大这场战争"是错误的，是一场悲剧性的错误"。接着，他又向莫斯科和北京施加压力，要苏联和中国不要对"联合国军"进行空中攻击，否则就要对由此引起的后果"承担责任"。国际舆论则认为，杜鲁门的讲话虽然没有直接提到核武器，但无疑隐含着使用核武器的威胁。

　　然而，杜鲁门并没有能够通过这次讲话和其他相应的活动控制住局势的发展。在他发表讲话8天之后，麦克阿瑟将军对美国国会发表了一次极为激动的演说，声称参谋长联席会议赞同他的这样一个信念，即只要将朝鲜战争扩大并升级，就能带来胜利。两周之后，在参议院就解除麦克阿瑟职务举行的一次质询会上，麦克阿瑟又一次成为明星般的见证人：中国人民志愿军不但没有被杜鲁门的讲话所吓住，反而在朝鲜战场上发起了朝鲜战争爆发以来最大的一次地面攻势——中国人民志愿军的第五次战役。

局势的发展，使杜鲁门当局意识到，必须采取进一步的行动来威慑和遏制中国，可是，又不敢贸然使用核武器。杜鲁门手里的核武器成了"弃之可惜，食之无味"的"鸡肋"。在其后的 90 天里，杜鲁门当局又花样翻新，决定用三种"比较微妙和诡秘的方式来利用原子弹"。

第一，五角大楼直接掌管这次核武器的部署，使 B—29 轰炸机的这次行动，显得比一般训练飞行或威慑性佯攻要更为严重。4 月底，在中国人民志愿军发起第五次战役后，杜鲁门批准了再一次将载有核弹的飞机派往战区的计划。美军战略空军司令部立即派出了一个指挥与控制小组前往东京，并让其指挥官留在那里，协调可能进行的核攻击计划的制定。华盛顿还给麦克阿瑟的继任者李奇微将军一道指令，授权他针对来自朝鲜半岛以外的空袭进行核报复。原子弹虽然仍留在关岛，但 B—29 轰炸机组已把准备投弹记入飞行日志。到了 6 月初，美军侦察机超出以往的飞行范围，侵入中国东北和山东上空，收集关于空袭目标的情报。

第二，传递"核信息"进行威胁。华盛顿向香港派去一名秘密使者，即议会私人秘书查里斯·伯顿·马歇尔，让他设法给北京发出一个"核信息"。在他启程前一天晚上，他会见了艾奇逊。艾奇逊虽然没有告诉他关于这次核部署的情况，但明确告诉他，必须含蓄地向中国发出警告。马歇尔去香港后，见到了被认为能够传递"核信息"的几个人。他让他们向北京暗示，美国的核力量是令人不安的。马歇尔还让他们转告中国领导人，"不要误解对麦克阿瑟的解职，不要将杜鲁门当局反对麦克阿瑟扩大战争的呼吁看成是软弱或害怕的表现，美国的耐心和克制是有限度的，中国领导人应当意识到华盛顿有使中国停止发展数十年的能力"。杜鲁门当局认为这些含蓄的语言，已经足以使中国担心美国使用原子弹了。

　　第三，杜鲁门当局在应付国内的政治对手时，也暗示要在亚洲使用核武器。1951 年 5 月上旬，美国国务院公布了国家安全委员会修改的东亚政策。除了表达方式的差异外，修改后的东亚政策的基本思想，与麦克阿瑟的想法并无实质区别。麦克阿瑟毫不隐晦地宣称要扩大战争；杜鲁门当局则拐弯抹角，说什么如果对方扩大战争，美军将采取"报复行动"。杜鲁门想通过改变表达方式，粉饰赤裸裸的好战言论，以便在政治上获得更多的支持和压制麦克阿瑟。因此，美国政府发言人在参议院作证时，不厌其烦地反复宣传"报复打击"的思想，国防部长马歇尔重复这一论调至少不下 11 次。如果知道杜鲁门当局已将原子弹和 B—29 轰炸机运往太平洋，那么，对"打击报复"的含义是什么就一目了然了。因此，对于知道内情的美国参议院调查委员会主席和其他 4 名还在参谋长联席会议原子能委员会兼职的参议员来说，白宫所宣传的"报复打击"思想并无多少新奇之处，他们认为这是在玩弄嫁祸于麦克阿瑟的把戏。他们对于杜鲁门当局正在操纵一场战争的表演，早已看得一清二楚。

　　杜鲁门当局的这次核威胁，并没有吓倒中朝军队，尽管马歇尔所说的那些恫吓之词传到了北京，但美国人一直不知道中国领导人是否确知载有核武器的 B—29 轰炸机部署到了东亚。而事实上，朝鲜战场上的地面战斗依然激烈地照常进行着。

　　美国总统杜鲁门和他的政府在经历这几次核行动之中，面对着这样现实：一个有备无患、不怕核威胁的国家，威胁不起作用，即使真的使用核武器美国也难讨到什么便宜。和这样的对手打交道，杜鲁门当局机关算尽，依然是一筹莫展。1951 年 6 月末，B—29 轰炸机和所载运的核武器，又悄无声息地撤回了美国。随着战场局势的进展，美国人随后不得不坐到谈判桌前，开始与中朝方面进行停战谈判。

艾森豪威尔仍想依靠原子弹

1952 年，美国人民都把"体面的和平"的希望寄托在艾森豪威尔身上，特别是当他发誓要实现自己著名的朝鲜之行之时。在这以后，艾森豪威尔成为了"和平（总统）候选人"。英国和法国也对美国施加了较大的外交压力，主要是想使朝鲜战争地区化而不使其继续升级。然而，据后来的回忆，艾森豪威尔却十分认真地考虑了在朝鲜战场使用核武器的利处：

> 很明显，为保持进攻又要避免巨额耗费，我们将不得不使用原子弹。这种必要性是麦克阿瑟向我提出的，当时作为竞选总统的我仍然住在纽约。鉴于中国军队有能力建造大范围的地下筑垒工事，参联会对使用战术核武器的可行性持悲观态度，但这类武器对于朝鲜北部、满洲和中国沿海的战略性目标的打击效果将是十分明显的……。当然，仍然存在其它一些问题，其中苏联卷入战争的可能性并非是重要的问题。在一场核战争中，中国共产主义者难以有所作为，但是我们知道苏联已拥有一定数量的原子弹，而且据分析，不久他们将试爆一枚氢弹……。我决定要明确地推动我们各类武器的使用，而不是去禁止……。我们不能让遍及全球的先生们的意见捆住我们自己的手脚。

1952 年 12 月，新当选的美国总统艾森豪威尔在考察朝鲜战场返回美国时，思考了他结束战争的选择。他的选择中包括使用原子弹，但因为有了杜鲁门的前车之鉴，多少接受了一些杜鲁门的教训，他不得不在使用核武器的问题上更加谨慎从事。他在朝鲜有意避开与"联合国军"总司令克拉克讨论第 852 号作战计划，因为该计划要求，在美军向朝鲜半岛中部推进的同时，在半岛内外使用核武器。艾森豪威尔回到美国后，还和国务卿杜勒斯会见了麦克阿瑟将军，但同样没有同意麦克阿瑟关于使用核武器来孤立和隔绝中朝军队的建议。然而在内心深处，艾森豪威尔仍念念不忘依靠原子弹来扫脱朝鲜战场上的困境。

　　1953 年初，驻朝鲜美军官员曾向艾森豪威尔正式建议，"联合国军""应该考虑使用小型原子弹和火炮屏障……。新发起的攻击应该包括对中国大陆的封锁，并允许攻击敌人的东北基地"。

　　1953 年 2 月 11 日，在美国国家安全委员会秘密会议上，奥玛尔·布莱德雷将军叫嚷要注意开城地区，因为在这个 28 平方公里的区域内"现在已挤满了军队和物资"，是实施核突击的理想目标。从这次秘密会议的记录中可以看出艾森豪威尔表明了这样一种观点，即：我们应该考虑在开城地区使用战术原子弹，该地区为这类武器提供了很好的打击目标。随后，艾森豪威尔同意了参联会关于在朝鲜有选择使用战术核武器的建议，指出：在朝鲜，只要需要，就使用原子弹。在 5 月 6 日美国国家安全委员会的另一次秘密会议上，艾森豪威尔甚至亲自参与选定了朝鲜境内原子弹突击的目标，他认为北朝鲜境内的 4 个机场可以作为检验使用原子弹效应的目标。

　　从 1953 年 2 月的第二周到 5 月底，艾森豪威尔授意国家安全委员会讨论结束朝鲜战争的种种可能办法，其中包括在朝鲜半岛内外使用核武器的"强制性"办法。讨论的结果是，国家安全委员会批准了在紧急情况下使用核武器的计划。艾森豪威尔明确地警告，如果停战谈判没有进展，战争可能升级，公开暗示有可能使用核武器攻击北京。他说，他的选择"是让共产党当局理解，如果缺乏满意的进展，我们打算以更大的决心，消除对核武器使用的限制，并将不再承担对朝鲜半岛的有限攻击的承诺"。

1953年5月19日是一个重要的转折点，当时参联会最后要求实施将战争扩展到朝鲜以外，并包括动用原子武器的大规模进攻行动。这一大规模的进攻行动将要进行几个月时间的准备，而且要依现时正在进行的军事谈判失败或是成功而定。一份标题为"与朝鲜战争形势相关的行动方针（分析）"的绝密报告呈交给了美国国防部长。

美国总统和国家安全委员会在听完各种不同观点之后，同意参联会继续筹划在朝鲜可能动用核武器的方案。参联会立即着手修订朝鲜战争可能升级的秘密作战计划，并指示立即把这一变化通知到该战区的各级指挥官。

各项准备工作不久即将开始。仅需要符合恰当的条件，而这种条件正是要由谈判桌和战场来决定的。这份促使战争升级的秘密计划被称为"奥普兰852"作战计划，它由于准备使用核武器而正在进行增补修订。一切俱定，木已成舟。

与此同时，杜勒斯又试图通过美国驻印度的使馆，设法向北京传递这样一个信息：如果板门店协议使华盛顿无法接受的话，美国就可能使用核武器。杜勒斯通知印度总理尼赫鲁说："如果不能安排停战，美国将不再承担不使用核武器的责任。"可是，尼赫鲁拒绝向中国传递任何核威慑的信息，美国人不得不通过板门店的停战谈判，将这一信息传递给中国。

中国在艾森豪威尔就职演说之后不久，对美国计划"诉诸核战争"进行了严厉谴责。在板门店谈判时，中国外交部发表声明说：中国知道艾森豪威尔的核威胁，并已侦察到"联合国军"司令关于扩大战争的提议，包括以大量地面部队侵占朝鲜的西部狭窄地区。中国认为，面对美国的核威胁，社会主义阵营应该保持高度警惕,但是美国人民和世界公众舆论将使核战争不可能发生,美国将为这种威胁付出代价。

然而,这时的国际形势的新变化,也促使美国人改变了一些政策。

1952 年 12 月,莫斯科暗示,斯大林欢迎举行首脑会议。1953 年 3 月初,斯大林去世,美苏之间的紧张关系有所松动。

在美国国内,在是否需要使用核武器的问题上,意见纷纭,无法形成一致。美国国会山对于怎样结束朝鲜战争,保持沉默,参谋长联席会议和国象安全委员会则拒绝了克拉克将军提出的再次将载有原子弹的 B—29 轰炸机调往西太平洋的请求,也没有答应授权给克拉克使用核武器。

在五角大楼内部,对怎样在朝鲜使用核武器也有很大分歧,无法就第 852 号作战计划取得一致意见。美国国防部的官员们只好将它转交给联合战略研究委员会,希望他们研究出一个以非紧急的常规作战为基础的方案来。一个月以后,该委员会所提交的研究报告,也显示出各军种之间有很大的不同意见。美军空军和海军官员们认为,核轰炸可以产生足够大的压力来迫使中国作出妥协,陆军参谋长柯林斯却不同意这种看法。柯林斯认为:只有陆、海、空协同作战,才能在军事上取得打到北朝鲜或鸭绿江的胜利。诸如此类的意见分歧,使得美国国家安全委员会关于结束朝鲜战争之战略的讨论,很难能取得很大进展和形成一致的意见。

美国国家安全委员会的许多次讨论,由于没有关键性的头面人物参加,也就无法形成权威性的决议。该委负会在 1953 年 2 月到 5 月间召开的 7 次讨论使用核武器之可能性的会议中,只有两次会议,艾森豪威尔总统、国务卿杜勒斯和国防部长及参谋长联席会议主席都到齐了。5 月 20 日,当美国的一些高层分析家坚持认为有必要作一个关于偶然使用核武器的决议时,国务卿杜勒斯又跑到沙特阿拉伯去了。五角大楼和国务院出于各自的考虑都只想让国家安全委员会讨论一下使用核武器的问题，并不想让它作出什么决议来。

4月8日，布莱德雷提出，"解决朝鲜问题的最好办法，是拖延时间"。他和参谋长联席会议之所以持这样一种态度，是因为对于究竟应当怎样使用原子弹的问题，老是争论不休。同时，他们还认为，在军事上讨论在朝鲜部署原子弹之前，先应该有一个政治上的决策。布莱德雷将军还推迟让国家安全委员会考虑使用核武器的方案，一直推迟到柯林斯将军从拉丁美洲返回美国，而柯林斯将军是使用原子武器的最坚定的反对者，当这一方案最终提交给国防部长并让国家安全委员会考虑时，柯林斯给这一方案附加了许多前提条件。

美国的盟友尤其是英国对战争升级的恐惧和反对，也对美国造成了一定的牵制。

1953年3月5日，杜勒斯在英国访问时，告诉英国外交大臣安东尼·艾登爵士说：为了结束战争，可能有必要扩大战争，如果对位于"中心地带"的中国施加压力，以迫使其放弃增援印度支那和朝鲜的努力告吹，那么，在朝鲜中部地区挑起包括空中行动在内的"一起事件"的可能性就不能排除。可是，杜勒斯在离开伦敦前，也没有得到艾登对这一提议的明确支持。4月初，杜勒斯提出要在不冒犯盟友的前提下"灵巧地"解决朝鲜向题。5月初，杜勒斯获悉，伦敦方面撤回了它早先许诺的对扩大战争的支持。

在盟友疑惑、五角大楼意见不统一的情况下，艾森豪威尔也就无法成为凶悍的"猎鹰"了。他不想让他的行政当局，在执政伊始就冒军事上的风险。因此直到1953年3月底，他仍在考虑削减战略空军司令部的预算，并且显然对核武库中武器数量心中无数。4月28日，当一份关于在紧急情况下将核武器转归军方保管的初步方案提交给他时，他的结论是还没有任何紧迫的理由要这样做，所以就将其退回给国家安全委员会特设原子能委员会，让他们作进一步的研究。艾森豪威尔还限定了在朝鲜进行虚张声势活动的范围。4月28日，他见到一项关于假装在朝鲜集结一支大部队的提议，但是这项提议没有得到批准。有一种意见是把核武器转交给军队，以"形成力量和决心之印象"。但是艾森豪威尔把这种想法抛到了一边。他认为这样做将给苏联和中国施加过大的压力，取得适得其反的效果，同时还会使国内和盟国惶惶不安，以为华盛顿又要搞什么大动作了。

艾森豪威尔玩的一个新花招是，对外宣称已将核武器转交给军队看管，并制造一些"迹象"，故意表明一些核武器实际上已处在五角大楼控制之下。他得意洋洋地说，只要"略施手腕，就肯定能获得预期效果"。5月13日，他又让代理国务卿史密斯放出风声，承认扩大朝鲜战争将使北约出现分裂，而华盛顿又急切需要其欧洲盟友。艾森豪威尔还拒绝了副总统尼克松的一项建议，这项建议的内容是，要求在苏联核力量强大起来之前，立即采取重大行动，认为这样做对美国更为有利。

1953年5月20日，在美国国家安全委员会考虑朝鲜紧急核计划时，艾森豪威尔批准了这个计划，但又对它的实施进行了一些限制。他意识到，由于计划包括对中国进行核打击，杜鲁门曾遇到的棘手问题，即苏联对日本进行报复，很可能又转到他手上来。因此，他一方面承认发动一次快速而突然的核打击的重要性，另一方面又表示，他有意与苏联领导人进行首脑会晤。最后他说，现在还不到派部队去执行这一紧急计划的迫在眉睫的时候。他只是承认，"如果发生了迫使美国扩大朝鲜战争的情况"，那么，需要一年时间做准备的这一紧急核计划，将"极有可能达到我们寻求的目的"。

　　然而，真是出乎意料，美国和中国之间的谈判出现了突破。所谓"作战行动的转换器"即美中双方军队首次开始大批交换战俘，这是一个戏剧性的成功。恰恰正当美国为对朝鲜和中国实施可能的原子突击（这可能导致与苏联的全面战争）进行准备之时，谈判中突然出现解冻，使双方紧张的态势趋向缓和。在短短的几个月之内，敌对情绪在下降，而且美国也从核灾难的边缘后撤了回来。

　　艾森豪威尔和参联会在这之后又将缘于朝鲜战争的核计划进一步完善，五角大楼最新的战争计划即"敲诈"计划就预计第三次世界大战就可能始于或缘于朝鲜战争。"敲诈"计划主要是在未来的第三次世界大战中对付苏联的，该计划认为：

　　　　如果为执行"敲诈"计划而发动大规模进攻的"A"日到来之时，朝鲜的作战行动仍在进行之中，那么应准备将在朝鲜的盟军撤离或重新部署。这些军队的撤离和重新部署的成功与迅速，对于支撑"敲诈"计划的力量具有重要的意义。

　　布莱德雷将军在他的《回忆录》中曾冷峻地提到过此事，他写道：

　　　　我们认为如此的干涉行动（指进入中国）可能就意味着苏联发动一场全面战争。如果是这样的话，我们就将从朝鲜撤出我们的军队而准备执行"敲诈"计划。

　　"敲诈"作战行动计划与在柏林危机期间产生的"烤肉机"那种比较粗糙的战争计划不同，到1950年美国能用于打击苏联的原子弹大约达到 400 枚。同时，每年都有上百枚新弹进入美国的核武库。先前，在"铁钳"计划期间美国每个月可增加一枚原子炸弹，而现在美国的核武库正在以每天几枚的速度增加。

"敲诈"作战计划的执行意味着美国在苏联卷入并由此引发全面战争之时进行的"最后的抉择"。该计划试图以数百架 B—36 型和 B—50 型轰炸机，对苏联 100 余座城市投掷超过 200 枚的"马克—6"型原子弹。

"敲诈"作战行动计划的一个文本中写道：

> 首次核打击将大约于 D＋6（即第三次世界大战爆发后第 6 天）开始。重型轰炸机将从缅因州起飞，对莫斯科——高尔基地域投掷 20 枚原子弹，之后返回英国。与此同时，从拉伯拉多起飞的中型轰炸机将以 12 枚核弹攻击列宁格勒并重新在英国基地集结，而从不列颠诸岛基地起飞的中型轰炸机，将沿地中海的边缘飞抵苏联并对伏尔加河和顿河盆地工业区投掷 52 枚原子炸弹，这些轰炸机将通过利比亚和埃及的机场返回。更多的中型轰炸机从亚速尔群岛起飞对高加索地区投掷 15 枚炸弹，然后通过德黑兰、沙特阿拉柏返回。还是在这同一时间里，从关岛起飞的中程轰炸机将携带 15 枚原子炸弹对符拉迪沃斯托克（即海参崴）和伊尔库茨克实施轰炸。

在朝鲜停战协议签订的前夕，艾森豪威尔还授权将完整的核武器转交驻海外的美军保管。然而，这一决定看上去更像是一个长期对苏战略，与朝鲜战争没有太大的关联。朝鲜停战协议得到了交战双方的遵守。历时三年的朝鲜战争，就这样在核幽灵的几次骚扰后结束了。

美国因何没有使用核武器

由于当时世界上首屈一指的核大国美国直接插手朝鲜战争，因而朝鲜战场上空自始至终都笼罩在核威胁的阴云中。朝鲜战争虽然是一场局部战争，但却是第二次世界大战后规模最大、卷入国家最多、美国最可能使用原子弹的一场局部战争。似乎没有理由认为，美国在朝鲜战争中不会再一次使用原子弹。然而，尽管美国在朝鲜损失惨重，伤亡巨大，大丢面子，却始终没有使用原子弹。这是什么原因呢。

第一个原因：受"有限战争"政策的制约

有限战争也叫局部战争，是战争的方式之一。指把战争限制在一定区域内，在作战时一般使用常规武器，但不排除使用战术核武器。

思格斯于1887年就提出了局部战争这个概念。他指出资本主义发展到帝国主义阶段必然会爆发世界性的帝国主义战争。为了使世界人民警惕和防范世界战争所造成的灾难，弄清世界大战和局部战争的区别和联系，他在1887年3月12日《致尤莉娅·倍倍尔》一文中说：

> 在整个秋天和冬天期间，俄国和普鲁士的外交界曾竭力要挑起一场局部战争和避免一场欧洲战争。俄国人一心想独力打败奥地利，而普鲁士人则一心想独力打败法国，使其他国家处于旁观者的地位。遗憾的是，这些美好的意图互相交错在一起，谁要是首先动手，谁就会挑起一场世界大战。局部战争的时代已经过去了，除了那些统治欧洲的聪明人以外，这自然是每一个小孩子都

知道的,但那些堂堂的国家要人现在才发现了这一点。而他们对于一场世界性的战火毕竟有些害怕,因为其后果是无法预料的,甚至普鲁士的和俄国的军队也控制不了这场战火。我认为,这就是我们唯一的和平保障。

局部战争,在作战目的、武器和兵力使用等方面都有所限制,只在一定范围内对国际形势产生影响,因而有的国家亦称它是"有限战争"。局部战争,对大国来说,是在某些方面加以限制的战争,而对中、小国家来说,也可能是全力以赴的战争。如果处理不当,局部战争也可能发展为大规模的战争。

在朝鲜战争中,不管杜鲁门总统进行过多么厉害的核威胁,他最终还是拒绝使用原子弹。用杜鲁门自己的话来解释:1945年"我们处于战争状态,为了拯救我们士兵的生命,我们必须结束战争"。那时使用原子弹,确实加速了太平洋战争的进程,而且对于原子弹的实战威力进行了一次检验。然而,朝鲜战争的情势太不相同了。

在朝鲜战争中使用原子弹,不仅不能尽早结束战争,反而会扩大这场战争,而使美国陷入短时间内无法脱身的泥坑。美国当局在这个问题上的认识是比较清醒的,因此在朝鲜战争中,奉行的是"有限战争"政策,这一政策的一个重要方面就是要防止对中国的全面战争和苏联的介入。

美国陆军野战条令《作战纲要》指出:有限战争的特点是,交战双方对于战争的一个方面或数个方面,例如目标、武器、地区或兵力等,有意识地加以限制,由于限制的程度不同,有限战争的规模、激烈程度和持续时间可能有很大的差别。

"有限"一词并不意味着有限战争的规模小或者是无足轻重的,它可以是小部队之间在较狭小的地域内仅使用常规武器所进行的武装冲突;它也可以是大量军队在广阔空间内所进行的战争。
究竟当限制放宽到什么程度,有限战争就会转化为全面战争,这
是不可能准确地判断的。但从根本上说,凡不是无限地使用一切
可以使用的人力、物力的战争,都是有限战争。只有当交战一方
断定其国家生存处于直接和紧迫的危险之中,并取消一切限制的
时候,有限战争的最后界限才会被打破。

美军同时还认为:在有限战争中,并不排除使用核武器,即
进行有限核战争。有限核战争,是在一定地区内,使用战术核武
器的战争,或者是使用为数不多的核武器突击为数不多的军事目
标的战争.核战争可以由战略核突袭开始或常规战争升级而成.前
者可以摧毁对方战略核突击兵器,或大大削弱对方核反击能力,夺
取战略优势;后者可改变不利态势,或掩护核突击准备,在某种
程度上达到突然袭击的效果。核战争可能是速决的,也可能是持
久的。核武器打击的目标:一是军事目标,摧毁对方的军事力量,
瘫痪其指挥系统,削弱其抵抗能力;二是政治经济目标,摧毁对
方的政治经济中心,瓦解对方的战斗意志,削弱其战争潜力;三
是同时打击军事和政治经济目标,以获得上述两种效果。但是不
管哪种主张,都是以核武器实施摧毁,以常规部队实施占领,实
现战争的目的。

美国政府中的有识之士认为,苏联才是劲敌,保卫西欧、遏
制共产主义,关系到美国的根本利益。美国国务卿艾奇逊曾说过,
"我们是在同一个不该打仗的国家,次要的对手进行战斗,真正的
敌人是苏联"。

第二次世界大战结束后,美国削减了部分军队,主要靠核武
器来平衡东西方的军事力量。就当时美国的核力量和武装部队规
模而言,虽然拥有核优势,但却无力做到:既屯兵欧洲以威慑军
事强国苏联,又大规模投入朝鲜战争。如果在亚洲陷入对中国的

全面战争，势必大大削弱美国的军事实力，使它在全球性对抗中丧失战胜对手的能力。杜鲁门甚至认为，朝鲜战争的爆发，是"俄国人的策略，是克里姆林宫破坏自由世界团结的计划的一部分"。考虑到这一点，美国防止朝鲜战争进一步扩大是合乎逻辑的。既要防止战争进一步扩大，又不愿意放弃侵略，这就陷入了自相矛盾的两难境地。因此，主张扩大战争的叫嚣不时可以听到，使用核武器的威胁也始终存在。

此外，中国是以"志愿军"的名义投入朝鲜战争的。美国从种种迹象看出，中国人是比较克制的。如果美国扩大战争，轰炸中国东北的基地，封锁中国海岸甚至使用原子弹，不信邪的中国人必然不惜一切代价，与美国战斗到底。这一点美国当局的认识越来越清楚。然而，更危险的是，战争一旦扩大，苏联很可能主动介入，从而使战争升级为全面战争，甚至爆发第三次世界大战。如果发生这种情况，鹿死谁手，美国没有把握，谁也不敢保证美国能稳操胜券。

从全球范围来权衡利弊得失，美国制定并执行"有限战争"政策，必然要限制朝鲜战争。杜鲁门政府在朝鲜战争中没有使用原子弹，其原因之一，就是考虑到不能打破"有限战争"的战略。

第二个原因：害怕陷入孤立无援的地位

1950 年 11 月 30 日，杜鲁门声称美国正在考虑使用原子弹的讲话传开，世界舆论哗然。

西欧对于美国企图扩大战争的动向极为不安。英、法和美国的其他盟国反对扩大战争是不难理解的，因为它们刚遭受过战争和沦亡的惨祸，仍继续从事复兴工作。如果美国对中国大陆发动攻击，那么前景只能是如下两种：或者引起大规模的战争，即使这场战争仅局限于远东，也会使美国的力量因此而转移至亚洲，使欧洲没有足够的防御力量；或者可能由于轰炸中国东北而招致苏联的干预，那时战火不可能不波及欧洲，而对于欧洲人来说，扩大战争的任何一种前景都是不能接受的。

杜鲁门认为，使用原子弹只能由美国来作出决定，而美国的盟国则认为，"像这类重要事项不能随便代替联合国作出决定，必须事先和目前在朝鲜参与国际警察行动的成员国进行最充分的商讨"。

杜鲁门那引人注目的讲话发表96小时之后，英国首相艾德礼就不邀自来地赶到美国，进行为期4天的国事访问。他动身之前，曾和法国总理及外交部长进行会谈。会谈后发表的公报表明，两国政府对当前国际形势已有了普遍一致的看法。艾德礼这次来到华盛顿的身份，不仅是美国最大的盟国领导人，而且是整个西欧的发言人。他的使命是确保在朝鲜问题上的一切决策都协商一致，从而防止美国过深地陷入朝鲜战争。欧洲人不愿意在朝鲜冒打第三次世界大战的风险，或过多地把北约组织所属的有限力量，投入遥远的朝鲜半岛去打消耗战。

丘吉尔作为反对党领袖期间，也曾说过："……虽则远东对我们的牵制很大，但毕竟只是一个牵制而已。我们应当稳定那里的局势，越快越好。……因为决定世界命运的地方是欧州……致命的危险也在这里。"

英国人还认为，"中国政府的性质有别于其他共产党国家的政府，不能把中国看作是苏联的卫星国"。美国的一此人士认为，英国人的这些见解不乏卓越之处。因为英国人认识到，中国共产党是个土生土长的党，他们取得政权，靠的是卓越的组织，坚强的意志，还有团结的愿望和明确的目标。英国人深信，假如给新中国以适当的鼓励，使之与西方进行友好交往，它的政府就可能与莫斯科断绝关系，还可以利用它抵销苏联在远东的力量。英国人断言，中国的干预，至少部分地是由美国政府不明智造成的。西方与中国之间没有基本矛盾，假如美国不跨过"三八线"，麦克阿瑟不发动"回家过圣诞节"的攻势，也不阻挠在朝鲜建立一个缓冲区，那么，北京本来是不会出兵朝鲜的。

英国人在麦克阿瑟的狂妄自大、不负责任、急躁和轻率的危险性格中，看到的是大洋彼岸年轻而缺少经验的"小兄弟"的典型形象，认为这个"小兄弟"希望以自已年轻充沛的精力在世界舞台上横行霸道，而完全不考虑后果。英国人感到气恼的是，大英帝国是政治上"成熟的"强国，长期负责处理国际事务，具有丰富的外交经验，现在居然给刚愎自用的美国当起配角来了。对于朝鲜战争，英国人和美国人有着截然不同的观点，北约组织在朝鲜战争过程中，因意见分歧而面临分崩离析的威胁。在这种情况下，美国如果违背盟国的意愿而一意孤行，必将失去盟国的支持而陷入孤立。后来杜鲁门透露说，他最大的担心是第三次世界大战打起来时，美国处于没有盟国的孤立无援的地位。盟国的意见，对美国无疑起了一定的牵制作用。

杜鲁门的声明引起的反响也很强烈。印度总理尼赫鲁描述说："原子弹是专门用来对付亚洲的，这种感觉在迅速蔓起。"在联合国，沙特代表警告说："如果美国在朝鲜或中国使用原子弹，那么整个亚洲大陆的人民将会认为，那是白种人反对有色人种的行为，这种行为对美国与其他国家多年发展起来的关系将起破坏作用。"

美国如果对中国东北的城市进行饱和轰炸，可能会遭到批评，但若使用核武器进击这些目标，无疑会遭到全世界的强烈谴责，并激起亚洲人强烈的反美情绪。使用原子弹和使用常规武器，在战场上所取得的效果可能是差不多的，但世界舆论的反应却大不一样。这种后果，美国政府不会没有估计到。

第三个原因：使用原子弹在军事上得不偿失

原子弹不同于常规武器。美国政府在考虑是否选择使用原子弹时，无疑首先得权衡军事上的利弊、使用效果和可能承担的风险。反复权衡之后，大概也看出在朝鲜战争中使用原子弹，在军事上也难免得不偿失。

如果把战争限制在朝鲜境内，就只能攻击朝鲜境内的战术目标，例如对方的军队和物资集结地，无疑是最适合于战术核武器攻击的目标。但这样的目标在朝鲜并不明确。因为中朝军队都很少暴露在适合于原子弹袭击的开阔地带，而是广泛疏散和隐蔽在山林中，即使在露天，也很少集中兵力于一地。况且，发现和查明这种集结地点，并不是轻而易举的事。

1951 年 2 月，"联合国军"司令部研究过在朝鲜使用核武器的问题。经过研究后发现，至少有两个问题使"联合国军"感到棘手：一是难以发现中朝的集结部队，往往在其散开后情报系统才能搞清确切的集结地点；二是"三八线"附近为中朝部队最可能集结的地区，但在这个地区使用原子弹会使美军也受到伤害和波及。

此外，朝鲜地形复杂，即使使用原子弹，其破坏作用也极为有限。一枚核弹在山谷里爆炸，对山那边敌方的军队可能触动不大。在朝鲜战争前半期，美国原子弹还不能精确打击战术目标，对对方的战术目标进行攻击，较大当量的原子弹，爆炸威力实在太大了。总之，美军认为在朝鲜对中朝军队使用原子弹，在战术上并不十分有效。

原子弹也不能为"联合国军"的地面部队提供有效的支援。战争中，炮兵的压制火力在地面战斗中起重要作用，它能有效地阻止对方恢复到原来的位置上。原子弹是一次性爆炸物，因此其作用就无法和炮兵的压制火力相比。美军中有人估计，如果在紧要关头用原子弹支援地面战斗，压制敌人火力 8 小时，大约需要 2 至 3 枚原子弹。这样使用原子弹，不但效果太差，而且需要的原子弹数量大多，将大大减少美国核武库中核弹的贮量。同时中朝方面的军事目标较分散，用原子弹对付小型分散的目标实在是得不偿失。

在战略上使用原子弹，的确可以找到一些比较合适的袭击目标，如中国东北的基地、供应站等。但是，这种袭击不但把战争扩大到了朝鲜之外，势必陷入与中国进行全面战争的泥潭之中，甚至冒挑起第三次世界大战的风险，而且也不能阻止中国出兵朝鲜，更不能削弱中国人继续战斗的意志和能力。英国元帅蒙哥马利于60年代初访问中国后，颇有感慨地指出："战争的禁律之一就是不能进攻中国，谁要是进攻就一定要大倒其霉，因为中国就像一块吸水石一样，任凭你有原子弹，有大量新式的技术装备也无济于事，必将被7亿中国人所击败。"美国当局当年不一定清醒地认识到这一点，但至少也感觉到了原子弹不可能使中国屈服，况且，当时中国的军用物资（武器装备）主要由苏联提供，袭击中国的基地和供应站并不能从根本上解决问题。

第四个原因：美国的核优势受到了限制

连美国的决策者也不得不承认，当时美国的核优势受到两个方面的限制。一方面，原子弹数量有限，并担心遭到苏联的核报复。

美国官员认识到，美国不可能永远保持对核武器的垄断。1946年6月，美国总统代表伯纳德·巴鲁克代表杜鲁门政府在联合国提出了一项大胆的建议，要求将原子能的发展和应用置于由联合国安理会领导的一个独立的国际机构的控制之下。这个新的机构将保证使核原料和技术不被用于制造原子弹。巴鲁克说："如果我们的努力失败，全人类都将生活在恐怖之中。让我们不要自欺欺人了：我们必须作出抉择，要世界和平还是要世界毁灭。"该建议提出，在所有其他国家向新成立的机构交出其核资源之后，美国便销毁其核武器。美国可以通过它在联合国中盟国所占的多数席位来保证对该机构的实际上的控制，而苏联无权否决该机构的各项决定。美国人的这个计划的实质是想在世界范围内独霸核武器。因此，苏联拒绝了"巴鲁克计划"，针对它提出另一项建议，要求美国在任何国际机构建立之前就销毁其核武器。双方未能达成妥协。

1949 年 8 月，苏联爆炸了它的第一颗原子弹，比许多美国观察家所预测的时间提前好几年。在苏联所取得的成就的刺激下，美国实行了一项紧急计划，发展氢弹或热核炸弹。1952 年，氢弹试验成功，其当量比毁灭日本广岛的原子弹高出千倍。美国在这类武器方面的垄断并不长久。1953 年，苏联也进行了第一次热核试验。从此美国和苏联的核军备竞赛就热火朝天地开始了，美国的核优势也就受到了相应的限制。

朝鲜战争刚开始时，美国的核贮备还不足以应付如下局面：既在欧洲遏制苏联，又用在朝鲜战争中对付朝鲜和中国。虽然在 1950 年 4 月，美国国家安全委员会认为美国的核攻击能力是充足的，包括原子弹和投掷工具都是充足的，但事实上其核力量还不足以应付一场全面战争，只能顾此失彼：要么用于威慑苏联保卫西欧，要么用于朝鲜战场。

到了朝鲜战争的后期，美国的核力量有了较大幅度的增加，但苏联打击美国的核能力也相应有了增长。美国如果在朝鲜战场上使用原子弹，就很有可能遭到来自苏联的核报复。美国人认为，1951 年苏联有足够的能力对美国本土进行核轰炸，只要苏联使用其核武库中半数的核武器，就会有 12 至 14 枚命中目标，至少可以造成 400 万人的伤亡。如果苏联对美军在朝鲜和日本的目标进行报复性攻击，其核攻击能力更是绰绰有余。

另一方面，美国当时把核武器投放到对方目标的能力也是有限的，或者说在使用技术上也受到了限制。尽管美国军方想在爆发一场全面战争时发动一场针对苏联的原子闪击战，但在朝鲜战争爆发之初，美国仍然没有一架装有核武器的美国飞机部署在美国本土以外的任何地方。美国战略空军司令部的决策者们估计，在缺乏核打击力量的前进基地和海外燃料供应的情况下，美军至少要需要花费三个月时间的进行大规模轰炸，才能使莫斯科投降。直到1953年，由于美国空军装备了喷气式轰炸机，建立了海外基地，又部署了经过改建的能携带核弹的航空母舰，这样，美国更快、更成功地打击苏联的可能性增强了。但是，美国五角大楼尚未正式掌管任何完整的原子弹，美国国务院也没有开始与外国谈判将核武器部署在它们领土上的问题，这意味着美国在朝鲜附近并没有立即可以使用的用于攻击重要目标的核武器。

虽然有这些限制，但是杜鲁门总统、艾森豪威尔总统及他们的许多高级幕僚和不少美国政客都认为，美国应当利用自己的核优势。

1953年1月，艾森豪威尔带着结束朝鲜战争的诺言就任总统。他认为，美国"不能永远守着僵持的前线而毫无结果地遭受伤亡"，"山丘地带的小规模的攻击不能结束朝鲜战争"，必须对中国施加更大的军事压力，甚至准备冒更大的风险。但由于使用核武器的各种制约因素并没有发生重大变化，艾森豪威尔最大的担心是，苏联空军有可能对几乎毫无设防的日本人口中心地区进行空袭。因此，尽管他声称"无论是什么理由，有关使用核武器的禁忌都必须去掉"，但最后并没有改变杜鲁门的"有限战略"。

1953年7月，朝鲜战争结束。美国终于没有使用核武器。拥有核优势，而无法依靠它使富于斗争精神的民族、国家俯首称臣，想使用核武器又不敢用，这种两难情绪确实值得回味。原子弹是万能武器吗？有了核武器就能为所欲为吗？在核时代，道义、国际舆论、国家政治等因素，对战争的胜负是否就没有影响了呢？

　　美国虽然没有在朝鲜战争中使用核武器，但核战争和第三次世界大战"引线"却在美国将军的手中握着，有谁能保证他们不在下一次的行动中将这根"引线"拉响呢？

第五章

"老兵未死，只是消失"，麦克阿瑟的"英雄梦"破灭，被杜鲁门解除了四个总司令的职务。李奇微上将登上总司令官宝座，欲圆朝鲜半岛"统一梦"。战争后面有政治，美国人"回天"乏术

第一节　总统与将军的矛盾

在历史上，本国同驻外地的司令官之间发生争执的事例，确实是很多的。远征意大利和非洲时的拿破仑与法国政府、拿破仑战争中的英国政府与惠灵顿侯爵、普鲁士的俾斯麦与毛奇、美国南北战争中的林肯与麦克勒兰及格兰特将军、希特勒与战地指挥官等，都是欧美国家的典型事例。在日本也不乏其例，比如征战朝鲜时的秀吉与清正、中国东北"九·一八"事变和诺门坎事件时的参谋总部与关东军等。而且大部分事例是以悲剧而告终的。

但是，象艾森豪威尔、惠灵顿、毛奇和格兰特那样功成名就的将军也很多。这一般都是在司令官方面具有理解政治的能力，或者在政府宽宏大量时出现这种情况。

麦克阿瑟是一个真正的职业军人，在战场上，他考虑的只是战争的胜利和胜利给指挥官带来的荣誉；他性格暴戾，桀骜不训，我行我素。在朝鲜战争中的一系列重大问题上，美国总统杜鲁门与麦克阿瑟将军之间一直有着许许多多的矛盾，而有些矛盾甚至是根本性的和原则性的。在美国，对待朝鲜战争问题上，人们往往把朝鲜战争视为杜鲁门总统与麦克阿瑟之间的斗争。

在朝鲜战争前，麦克阿瑟就有一些不听从美国政府指令的行为，但考虑到麦克阿瑟是驻日本占领军的司令，以及当时亚洲及太平洋地区的安全形势，杜鲁门总统也只能默许了麦克阿瑟的这些行径。朝鲜战争一爆发，杜鲁门总统与麦克阿瑟将军之间的矛盾就公开化了。朝鲜战争爆发后的 6 月 30 日，美国政府尚不允许进攻北朝鲜地区，但麦克阿瑟却擅自进行了轰炸；中国介入之前，他又无视禁令，命令联合国军各部队向边境进行总追击。这两次无视训令，当时也被认为是明显地违反命令，但因急转的形势所驱使，当时没有时间作为问题提出来。

然而，杜鲁门总统与麦克阿瑟将军之间的矛盾却在1950年年底和1951年年初表现得尤为突出起来。

麦克阿瑟私自访台

朝鲜战争爆发后，杜鲁门虽然改变了对台湾的政策，但却采取了谨慎的双轨路线。1950年6月28日他授权麦克阿瑟在朝鲜使用军队，也命令第七舰队保护台湾免遭共产党的进攻。但同一训令也要求第7舰队阻止蒋介石进攻大陆。毛泽东认为，美国第7舰队在台湾海峡的行动是对中国主权的践踏与对大陆新中国完全的威胁。但麦克阿瑟却认为，杜鲁门的命令"太便宜"了中国共产党人，使他们无须在台湾对面集结大批军队防止蒋介石的进攻。麦克阿瑟要求不要发表美国这政策，要让毛泽东捉摸不定。

但麦克阿瑟却支持杜鲁门有关蒋介石的另一项决定，谢绝蒋介石派兵到朝鲜作战。麦克阿瑟认为蒋介石的部队在朝鲜不会比在大陆时打得更好。

杜鲁门要求任何有关台湾的权宜行动绝对不能影响长远的政策。尽管如此，杜鲁门依旧担心毛泽东会随时下令中国人民解放军进攻台湾。7月下旬，美国情报部门的报告说，在台湾对面的浙江福建集结了一支约20万人的中共部队，尽管有美国舰队保护，杜鲁门担心中国人民解放军能够取得进攻的胜利。7月28日，美国国防部长约翰逊和参谋长联席会议主张允许蒋介石在台湾和大陆之间的水域布雷，并轰炸共产党军队的集结地区。艾奇逊国务卿驳斥了这两种意见，认为这是"无稽之谈"。杜鲁门最终决定，派遣一个调查小组前往台湾，以拟出一项增加军事援助的具体计划。

麦克阿瑟是极力主张允许蒋介石布雷与轰炸大陆的。他早就表示自己愿意访问台湾并作一番调查，无奈受到杜鲁门总统的拒绝。1950年7月，杜鲁门决定派一个调查小组前往台湾，而麦克阿瑟则借此机会打算自己亲自前往台湾视察防务。参谋长联席会议考虑到美国总统的意见，建议麦克阿瑟考虑另派一个高级军官去即可。

麦克阿瑟还是自己动身前往台湾。为了不让国务院了解他访台的会议情况，他没有让美国驻东京高级外交官西博尔德随行前去台北。事后国务卿艾奇逊怀疑他在耍花招。

1950年7月31日的中午，台北松山机场气氛格外不同。一大批宪兵摩托车队，停在机场的门前。十多部亮锃锃的礼宾小车在机场前排列得整整齐齐。台湾"外交部"礼宾司的人员忙得团团转。台湾各报的头面记者都人头攒动地簇拥在机场。不久，"行政院长"陈诚及台湾军界要人"国防部长"周至柔、"三军司令"桂永清、王权铭、孙立人等都陆续抵达。

过了一些时候，蒋介石的座车驶到了。蒋介石下车后就到机场贵宾室里休息等候。其他文武重要官员则站在机场旁，等候贵宾到来。

下午一时整，一架美国专机呼啸在台北松山机场着陆。

从舷梯上走下来的是一个背脊挺得很直的美国老将军，戴着褪色旧军帽，手中拿着那支有名的玉米茎烟斗，朝欢迎的人群挥着手。

他就是大名鼎鼎的麦克阿瑟元帅，驻日本的美国远东军总司令兼刚任命不久的朝鲜战争"联合国军"总司令。他乘坐的是他的专机"巴丹"号。第一个到机翼下迎接他的是陈诚。他和陈诚相互拥抱，然后介绍他的随员。不久，蒋介石从贵宾室里走了出来，来到机翼下和麦克阿瑟握手拥抱。

随麦克阿瑟同来的包括他的参谋长亚尔谟、远东舰队司令卓伊、第七舰队司令史枢波、远东航空队司令斯特拉特梅耶等，全体人员约有五十多人。先后降落的运输机达三架之多。早在当天上午九时，另一架载运通讯指挥台的运输机已经抵达台北。给人的印象是：麦克阿瑟已经把他的东京总部，一下子迁到了台北。

在机场上，就差没有鸣放礼炮，没有列仪仗队，没有铺红地毯，要不，就等于欢迎国家元首了。足见蒋介石对于麦克阿瑟到访的重视。

麦克阿瑟由蒋介石陪同，走出机场，坐上蒋介石的总统座车，蒋夫人宋美龄已经坐在车里等候，并且为麦克阿瑟和蒋介石担任翻译。

麦克阿瑟和蒋介石从未见过面，但麦克阿瑟上车后，对宋美龄说："你丈夫是我在上次大战中的老搭档。"

迎宾的车队，直驶至麦克阿瑟下塌的阳明山宾馆。麦克阿瑟与蒋介石在台北会谈了两次，住了一晚。第二天，也就是 8 月 1 日上午十一时飞离台北回东京。美联社的新闻电报说：那是麦克阿瑟占领日本五年中，第一次在日本以外的国家留宿……

杜鲁门和艾奇逊事前都不知道麦克阿瑟本人亲自飞去台湾，以为他只是遵照指示委派手下的一个高级军官前往台湾。事后，当东京的新闻界人士渐渐透露麦克阿瑟访台细节时，杜鲁门和艾奇逊觉察到麦克阿瑟去台湾暗暗做了手脚。

8 月 1 日，麦克阿瑟回到东京的办公室，大大发挥了杜鲁门早时候关于美国打算保卫台湾防止共产党进攻的声明，麦氏的言论已经超过了杜鲁门冻结台湾局势，防止中共与台湾相互进攻的双轨做法的范围。麦克阿瑟说："在当前的形势下，该岛包括附近的澎湖列岛，不会遭到军事入侵。"他接着又说，他同蒋介石探讨了"迅速并且慷慨地提供"国民党部队到朝鲜作战的事宜，但俩人一致认为，派遣部队"可能会严重削弱台湾本身的防御。目前已就我指挥的美军和国民党中国人的部队之间的有效协同做出了安排，这是对付一个愚蠢的敌对力量企图发动进攻的上乘之策。"

麦克阿瑟最后对蒋介石大加颂扬：

> 他抵御共产党统治的不屈不挠的决心使我对他极为敬重。他的决心同美国人的公共利益和目标并行不悖，那就是，太平洋地区的人民都应自由——不是被奴役。

麦克阿瑟这段近乎文字游戏的讲话，透露了他单方面地决定美国与同中国共产党作战的蒋介石结盟。麦克阿瑟是在嘲弄美国政府的政策。杜鲁门十分恼火，说："（麦克阿瑟）此行的涵意是——一些报纸也这样认为——麦克阿瑟违背了我关于使台湾中立的政策，他赞成一种更加咄咄逼人的方式。"甚至一些坚定不移地支持麦克阿瑟的人也认为他做得过分了。戴维·劳伦斯在《美国新闻与世界报道》的一篇社论中问道：一位"惯于莽撞行事、自作主张、独断专行的将军是不是最可取的外交材料？"美国国务院派驻东京的外交官西博尔德，已经忧心忡忡地预见到"东京和华盛顿之间的裂痕正在加深，如果不加纠正，终将导致灾难"。

杜鲁门在日记中记述，这段日子搅得他焦头烂额，以致他曾一时考虑要撤换麦克阿瑟。但由于战争正处在关键时刻，只好暂时保留麦克阿瑟的官职。另一方面，他派遣经验丰富的外交官兼顾问哈里曼去东京同麦克阿瑟面谈。哈里曼是一位富豪巨贾，有着长期的外交生涯，甚至同斯大林也打交过道，这使哈里曼能与麦克阿瑟平起平坐，并敢于追根穷底。杜鲁门要哈里曼告诉麦克阿瑟两件事：第一，总统会全力满足他的一切要求；第二，希望他不要使我们同毛泽东打仗。杜鲁门还要求哈里曼具体了解一下，麦克阿瑟到底向蒋介石许了哪些愿。

哈里曼到东京以后，表面上看来，一切顺利。哈里曼告诉麦克阿瑟，杜鲁门"要我转告你，他决不允许蒋介石成为与中国共产党在大陆开战的缘由，这样做的结果可能会把我们拖入一场世界大战。"

麦克阿瑟回答说，"作为一个军人"，他将"服从总统下达的任何命令"。哈里曼问及蒋介石的问题时，麦克阿瑟说他同蒋介石仅仅讨论了军事问题，当蒋介石有意将话题转向政治问题时，被他推辞了。蒋介石提出由他来指挥国民党部队；他说这是"不妥当的"，但麦克阿瑟将愿意提供军事方面的建议，如果要求他这样做的话。

哈里曼说："将军，美国与蒋介石在对台湾岛问题上是有基本分歧的。姓蒋的仅是雄心勃勃，想利用台湾作为他返回大陆的跳板，而美国则打算通过联合国在台湾岛上建立一个独立的政府。"

麦克阿瑟沉默了一会儿，才望着哈里曼说："我也认为蒋介石不可能收复大陆。但是，用让他进攻大陆的方式除掉他，这未尝不是一个好主意。"

麦克阿瑟说罢摆弄着那支玉米茎烟斗。哈里曼倾听他的建议时一言不发，感到顿生一股寒意。

哈里曼此行还有一项微妙而不便形诸文件的任务。他动身去东京，杜鲁门对他说："你这次前去，我实际上是要你仔细地对麦克阿瑟察言观色，回来后向我汇报你认为将军在体力上和智力上，能否继续胜任他的指挥职务。"

哈里曼欣然从命，尽管他的结论没有记录在案，但有一个小小的迹象表明，他已经提醒总统多加注意。哈里曼返回华盛顿后没几天，杜鲁门就派他所信赖的军医和朋友弗兰克·洛少将去东京，指示就"麦克阿瑟将军的身体状况以及应付其职责范围内的重大事件的能力向他提出报告"。洛少将回来后报告说，麦克阿瑟精神矍铄。杜鲁门就此罢休了。

麦克阿瑟想打一场新的战争

1950年年底，美国政府基于其全球战略的考虑，担心朝鲜战争的扩大会引起苏联的出兵干预，作为美国战略重点的欧洲将面临危险，因此美国希望在不同中国和解的前提下，把朝鲜战争控制在朝鲜半岛内。然而，在要求适应新情况制定新政策的麦克阿瑟和坚持既定方针的华盛顿首脑之间，却展开了激烈的争论。这是以世界的视野指导这场战争的人同要求对眼前战争获得全胜的人之间的矛盾，也就是作为政府首脑的杜鲁门总统和作为战场指挥官的麦克阿瑟将军围绕战争问题的争论。

在中国人民志愿军发动第二次战役后的第四天即11月28日，麦克阿瑟司令部宣布："联合国军现在正同中国进行新的战争。"而且公开说："为了对付新的战争，必须制定新的政策。"麦克阿瑟将军请求赋予他以海军和空军攻击中国本土的权力，他的一贯主张是"打苍蝇，必须消灭其滋生地"。

麦克阿瑟的这一主张，在他11月29日呈报的电报里已具体地表现出来。该电报的内容是：

> 为了增加联合国军的力量，希望授权就台湾国民党政府军队编入联合国军的问题，直接同台湾政府进行谈判。

对此，美国参谋长联席会议给东京的麦克阿瑟发了复电：

> 所提建议，正在研究。但因会产生世界性的影响，不能立即作出明确答复。……必须考虑到，这样的外交谈判可能会扰乱美国同有联盟关系的各国的团结，使美国孤立起来。……
>
> 英联邦各国可能不赞成其军队同台湾国民党政府军队一起使用。美国在远东的领导地位，现在在联合国正面临着严峻的考验。同盟国在联合国步调一致是非常重要的。为了防止步调被搞乱，必须严密注意。……

收到这一拒绝指令的麦克阿瑟陷入了极度的苦恼之中。其原因是，美军第8集团军和第10军都处在危急存亡的关头，28日在东京的战场指挥官集会上决定全面退却，29日刚下令后退到平壤防线，所以，当时剩下的唯一增援手段即起用台湾国民党政府军队被拒绝，就断绝了最后的希望。按他的战争观来看，只能感到遗憾。

麦克阿瑟的战争观

麦克阿瑟的战争观是什么呢？在他自己的《回忆录》中，麦克阿瑟描述了他的战争观：

> 战争是有胜有负的，不会有另外的结果。因此，为了取得胜利，采取的手段必须超过敌人现用的手段，我所拥有的军事力量必须能够充分地使用。如果情况变化，就要灵活地采取适应新情况的对策，经常以超过敌人的

力量去压倒敌人。

所以，按照这种战争观，麦克阿瑟认为华盛顿的政策难以理解，也不是没有道理的。对于这件事情，他怀着愤慨的心情在他的《回忆录》中亲手写了这样一段话：

> 实际上，中国军队参战后，驻朝美军是在美军历史上从来没有的力量悬殊的条件下强制进行战斗的。……华盛顿为什么对当时驻朝鲜的第8集团军所处的可怕的不利状态袖手旁观呢？从一个军人的立场上来看，完全是不可理解的。

战场上情况的变化却让麦克阿瑟及美军不知所措。11月30日，第8集团军开始从清川江畔全面退却。美军第2师在价川以南、第1骑兵师在德川以南受到了中朝军队的毁灭性的打击。12月2日，美军停留在平壤防线的可能性已经没有了。12月3日，麦克阿瑟下决心向三八线全面退却。他在呈报其决心时，重申：

> 中国已经投入前线26个师，在中国东北还控制有20多万人的大部队。重新编成的北朝鲜军队也已达到10万人，……现在有60万人的大部队正在向我25万人的联合国军猛扑过来。……
>
> 如果得不到大量的增援，我军只能逐次后退，或者坚守海岸。……
>
> 判断现在的形势，就要回到对新的大敌进行新的战争这样的基本立场上进行判断。我现在接受的指令，是对付过去的北朝鲜军队的指令，完全不符合现在的形势。

建议作出适应现实事态的政治决断，制定新的战略
计划。时间是非常重要的。每过片刻时间，敌人都会增
加兵力，我军都会受到更大的削弱。

杜鲁门的苦脑

华盛顿的首脑陷入了苦恼：是忍受屈辱谋求和解，还是坚持
现行政策战斗到最后，或者是投入几乎没有胜利希望的、同中国
的全面战争即长期的大规模消耗战呢？

妥协，意味着放弃朝鲜和台湾，是承认同意中国加入联合国
的彻底失败；固守现在的战线，就不能不冒重演敦刻尔克大撤退
的危险。但是，从世界战略和国际舆论方面来考虑，无论如何也
必须避免同中国进行全面战争。

当时，美国的舆论也是悲观的。有不少人提出了这样朴素的
疑问：既然是联合国的战争，为什么只由美国作出牺牲和负担经
费？而且在 12 月 27 日的匆匆调查中列举数字说："国民中 55％的
人认为，第三次世界大战已经开始，朝鲜不可能恢复了。"美英两
国几乎所有的大报纸都论述说："对于没有希望的战争，没有必要
损失更多的人。联合国应该承认失败，停止在朝鲜的冒险。"

这的确是困难时期。杜鲁门总统在其《回忆录》中描写了当
时的情景：

在人们之中，有的人很健忘。这是不幸的。那些长
期妨碍正确的军事政策，为满足收支决算而主张无论如
何要进行削减的人们，现在即以最大的声音大喊大叫。他
们的主张，从开始到最后有以下几点：

1. 不给麦克阿瑟增加充分的兵力，是政府的失职。

2. 要退出朝鲜，也撤出欧洲，固守'美国要塞'。

3. 放弃朝鲜，向欧洲集中。

4. 从欧洲撤退，同中国进行全面战争。

5. 应该立即着手进行世界战争。

6. 总统要得到更大的权力，不会引起外交上的危机吗？等等。……

信奉言论自由的社会制度的特点是，严厉的批评家和不满分子的呼声比支持既定政策的人们的声音更容易听到。赞成现行政策的人们没有必要大叫大嚷。这是因为，传播或稳定舆论的宣传工具，对分歧意见比对同意的意见更有兴趣。……

身居总统之职，决不能受这些被歪曲的意见的影响。但是，此事也不是件容易的事情。1950年的12月是特别困难的时期。

为讨论麦克阿瑟的报告，杜鲁门总统又召开了一次国家安全会议，会议一致认为："在避免牺牲官兵的方针下制定行动方案"，接着做出决定："在联合国决定采取新的军事行动之前，后退到能够固守的釜山桥头堡地区。"

在12月4日，即美军退出平壤的这一天，向麦克阿瑟下达了如下指令：

　　在目前的情况下我们首先必须考虑的是保障部队的安全。同意你的意见，将部队后退到沿海桥头堡地区。

柯林斯的报告

朝鲜战争的局势对于美国人来说并不怎么太好，12月3日，麦克阿瑟给美军参谋长联席会议作了如下报告：

麦克阿瑟致参谋长联席会议：

第十军团正以最快的速度撤到咸兴地区。第8集团军的情况愈来愈危急。沃克将军报告说平壤地区守不住了，敌人一旦施加压力，没有疑问，他将被迫撤到汉城地区。我同意他的估计。企图把第八集团军和第十军团的兵力合在一起，不仅是不可能，而且也不会因此产生任何好处。这两支部队在数量上都处于绝对劣势，他们的会合不但不能加强实力，实际上反而削弱了由两条分开的海上补给和调度的后勤路线所带来的自由活动的便利。

正如我以前所报告的，因为考虑到设防地区的辽阔：防线的两部分必须就近从每个地区的海口取得供应，防线又被从北到南的、崎岖的山岳地带分割成两个区域，我们的兵力就显得单薄，所以拦腰在朝鲜建立一道防线是不可能的。这样一条防线从空间计算大约是120英里，从地面计算大约是150英里。如果把我所指挥的七个美国师布置在这条防线上，那就是说一个师将不得不担负起防守一条长约20英里的前线。而其所对付的敌人在数量上占有绝对的优势，在山里敌人夜间渗入具有很大的威胁可能性。这样的防线如果没有纵深的后方就不会有什么力量，而且从防御的观念来看，这样的防线必然招致

敌人的渗入，结果是被包围歼灭或是被各个击破。对付
比较弱的北朝鲜部队，这样的战略思想是可行的，但是
对付中国陆军的全部力量就不行了。

我不相信由于中国陆军公开地进入战斗所造成的根
本变化已为人们所全部理解。估计已经有 26 个师兵力的
中国部队投入了第一线战斗，另外在敌人后方，至少有
20 万人，朝鲜的残余部队也正在后方休整。自然，在所
有这些后面，还有共产党中国全部潜在的军事力量。

至于切断敌人的供应系统，山岳地带减低了我们空
军发挥配合的效能，而对敌人的分散战术却很有利。加
上目前国际战线的限制，这就大大降低了我们空军优势
可能产生的正常效果。

由于敌人集中在内陆，因而大大减低了海军可能发
挥的威力；两栖活动不再可能，而有效地使用海军炮火
配合作战也受到了限制。

因此，我们各个兵种的联合作战的力量大为减低，而
双方的力量对比愈来愈决定于地面部队战斗力的对比。

所以，非常明显，如果没有最大数量的地面部队的
增援，本军不是被迫节节后撤，抵抗力量不断削弱，就
是被迫困守在滩头堡阵地里。这样做，固然在某种程度
上可以延长抵抗时间，但除了防御外，没有任何希望。

这支小小的军队，在目前的情况下，事实上是在不
宣而战的战争中面对着整个中国，除非积极地、迅速地
采取行动，胜利的希望是渺茫的。而实力不断地消耗，以
至最后全军覆没，那是可以预期的。

截至目前为止，本军还是表现了旺盛的士气和显著
的效率，虽然本军已经进行了五个月几乎不曾间断的战

斗，精神疲惫，体力耗损。目前在我们指挥下的大韩民
国的部队的战斗效率是微不足道的，作为警察和保安部
队使用，他们还有一定的用处。其他国家的陆军分遣队，
不管其战斗效率如何，兵力微少，只能起很小的作用。在
我指挥的各个美国师，除了海军陆战队第一师外，现在
大约都缺额5000人，这几个师从来就没有补足到规定的
名额。中国部队是新投入战斗的，组织完善，训练和装
备都很优良，很明显他们是正处在斗志高昂的状态。此
间对局势的全面估计认为，必须从这样一种观点来看待
这个问题：在完全新的情况下，和一个具有强大军事力
量的、完全新的强国进行一次完全新的战争。

　　我所执行的指示原以北朝鲜部队为对手。由于新事
件的发生，这项指示完全过时了。必须清楚地了解这样
的事实：我们比较小的部队现在面对的是苏联大量供应
物资所加强了共产党中国的全面攻势。以前，那么成功
地用来指导和北朝鲜陆军作战的战略思想，现在继续用
来对付这样的强国可就不行了。这就需要重新制订可行
的、足以应付有关现实问题的政治决定和战略计划。在
这一方面，时间是重要的，因为每一小时敌人的力量都
在增长，而我们的力量却在削弱。

　　杜鲁门总统在看完麦克阿瑟的报告后，为了解美军在战场上
的状况，立即指示美军陆军总参谋长柯林斯将军和范登堡将军亲
自飞到了朝鲜战场。

　　1951年1月13日，正当柯林斯将军和范登堡将军在朝鲜战
场上视察时，杜鲁门给麦克阿瑟发了一封冗长的"私人电报"，来
使他"跟上美国的对外政策"。电文如下：

我希望你知道此间对朝鲜的局势正予以极大的注意，同时希望你了解我们的努力正集中在这个对美国的前途和其他各国自由的人民的生存极为重要的问题上，以寻求正确的决定。

我希望在这封电报中就我们继续在朝鲜抵抗侵略这一问题上，让你了解我对我国和国际上的基本目的的看法。我们希望你统率下的联合国军队能支持我们力图在世界基础上迅速组织起来的抵抗侵略的行动，我们需要你就联合国军队能合理地提供的最大力量作出判断。不管从任何角度来看，都不要把这封电报当作一纸训令。这封电报的目的是告诉你，我们对政治因素的某些看法。

第一，在朝鲜能胜利地抵抗侵略就可以达到下列重要的目的：

一、具体表明，对侵略行动，我们和联合国是不能接受的，并提供一个团结的目标，使自由世界的力量能够围绕着它动员起来，以应付苏联目前在世界范围内所发出的威胁。

二、打击共产党中国已被夸大到危险地步的政治和军事威望，这种威望现在大有破坏非共产党亚洲的抵抗，并且巩固共产主义对中国本身的控制的危险。

三、提供更多的时间和直接援助在中国国内组织亚洲非共产党的抵抗。

四、履行我们对南朝鲜所承诺的光荣义务，并向全世界表明美国的友谊在患难中是具有无可估量的价值的。

五、使日本可能取得更为满意的和平处理方案，并对日本与大陆间在和约签定后的安全地位作出巨大贡献。

六、促使许多目前生活在共产党势力阴影下的国家坚定意志（这不仅指亚洲的国家，而且也包括欧洲和中东国家），让他们知道他们不必急于在所能取得的实质上等于完全屈服的条件下，与共产主义妥协。

七、鼓舞那些可能在遭受苏联或共产党中国突然攻击下，响应号召，以寡敌众的国家。

八、使人们看到迅速建立西方世界防务的理由和它的迫切性。

九、使联合国贯彻对集体安全所作的第一次巨大努力，并形成自由世界的联合阵线，这个联合阵线对美国国家安全利益具有无可估量的价值。

十、提醒铁幕后面的人民，让他们知道他们的主子向往侵略战争，这种罪行将遭到自由世界的反击。

第二，我们目前的行动方针应该是团结联合国绝大多数的会员国。这大多数的国家不仅仅是联合组织的一部分，而且在苏联向我们发动攻击时，它们也是我们迫切需要依赖的盟国。此外，在我国的力量尚未建立以前，只要是涉及扩大战区的问题，我们的行动一定得十分谨慎。某些步骤就其本身而论，也许是具有充分的理由的，这也可能有助于朝鲜战役，但是，如果这些步骤反而把日本和西欧国家卷入到大规模冲突中去，那就不会带来什么好处。

第三，当然，我们承认以你目前被迫用来应付大量中国军队的有限兵力，要继续进行抵抗，在军事上也许是不可能的。再者，在目前的世界局势中，你的兵力应该保存起来,作为保卫日本及其它地方的有效的工具。然而,如果在朝鲜本土据守一个重要地区已不可能,同时你又认为某些上述的重要目的是适当而又切实可行的,那么你就可以在朝鲜沿海诸岛,特别是济州岛,继续抵抗以支持上述这些目的。在最坏的情况下,重要的是:如果我们必须撤离朝鲜,我们得向全世界表明,我们是出于军事的必要而被迫采取这样行动的,除非侵略行为得到纠正,在政治上或军事上我们将不承认撤离的后果。

第四,在对朝鲜问题作出最后决定时,我不得不经常考虑来自苏联的主要威胁和迅速扩大我们武装部队以应付这一危险的必要。

第五,有人敦促我去相信,自由世界对摆在我们面前的危险已有一个现实而清楚得多的认识:必需的勇气和力量即将涌现出来。联合国最近的会议已显示出一定程度的混乱和脱离实际的想法,但是我相信大多数会员国是受下述愿望所驱使的:彻底搞清楚所有谋求和平解决的可能途径都已经完全尝试过了。我相信绝大多数会员国正迅速地团结起来,结果将出现一个鼓舞人心的、不可抗拒的联合力量来保卫自由。

第六,全国人民都感谢你在朝鲜艰苦斗争中的卓越的指挥和你的军队在万分困难的环境下的出色的表现。

柯林斯与麦克阿瑟比起来,无论从资历上,还是在威望上,都不及麦克阿瑟。朝鲜战争爆发后,柯林斯与麦克阿瑟之间只是通过电报取得联系。柯林斯将军这次奉杜鲁门总统之命视察朝鲜战场,他首先来到日本东京,与麦克阿瑟谈了四个小时。柯林斯极力用美国的现行政策来说服麦克阿瑟,并劝说麦克阿瑟不要随心所欲地把战争扩大到中国。麦克阿瑟则声称，他面临着 50 至 100 万中国军队和北朝鲜军队，这些军队正把"联合国军"不断地压向一个狭小的防御地区，"联合国军"只能在中国军队不再发起任何攻击的前提下才能守住阵地。麦克阿瑟表示只有不断增加军队的数量，满足他对军队数量的要求，他才能在朝鲜战场上进一步作战，否则他只有离开朝鲜了。柯林斯告诉麦克阿瑟，中国军队"可能会给联合国军一点喘息的机会"，参谋长联席会议"可能打算"让第 8 集团军撤回日本修整。

柯林斯与麦克阿瑟谈完以后，给参谋长联席会议发了一封电报，阐明了麦克阿瑟的上述看法，然后便飞往朝鲜，与朝鲜的战场指挥官们直接接触，倾听他们对朝鲜战争的基本看法，并且察看了一些"联合国军"的阵地。柯林斯重点到了第 8 集团军，与沃克将军一起研究了第 8 集团军的作战问题。柯林斯认为：第 8 集团军只有撤到釜山一线，才不致于遭到重大的伤亡；如果第 8 集团军能够得到美军第 10 军的支援，就绝对可以守住釜山防御圈。

柯林斯从美军第 8 集团军又来到了美军第 10 军，又与军长阿尔蒙德进行了会谈。

柯林斯的朝鲜一行有一个感觉：麦克阿瑟不能正确理解美国政府关于朝鲜战争的政策，并且麦克阿瑟在朝鲜战场上的战略战术是存在错误的。

柯林斯回到美国后，立即向杜鲁门总统作了报告。他以大比例尺地图展示朝鲜战场上美军每个战斗营的态势，并说明了目前的状况，最后作结论时说：

> 估计第 8 集团军司令官沃克很难固守汉城，但确保釜山附近的沿海桥头堡地区是可能的。同行的麦克阿瑟和我都有这样的看法。

沃克说，只要能将釜山港作为补给基地使用，就有信心永远保住朝鲜的很大一部分地区。

第10军的状况更严重，但估计能从海上撤出来。

单纯从军事角度来看，朝鲜的战局是严重的，但还没有出现生死存亡的危险状况。

柯林斯的这个报告成了后来决定联合国军军事政策的基础，但当时他也带来了麦克阿瑟的意见。麦克阿瑟的意见是列举出以下三个行动方针，结论是促使发动全面战争。麦克阿瑟的三个方针：一是只对进入朝鲜的中国军队继续战斗。二是将战争扩大到中国本土，封锁中国的沿海，轰炸中国的本土，把蒋介石的军队引进朝鲜，同时经香港进攻中国南部。尔后在朝鲜的作战，视中国的反应而定。三是联合国主动建议中国停止在三八线，并且在这个基础上答应停战。

柯林斯又在会议上陈述了他自己对麦克阿瑟三个方针的看法。他说："第一个方针意味着要在同现在一样的限制条件下即在禁止轰炸中国东北、封锁中国沿海、使用台湾国民党政府军队，抑制地面军队的大规模增援的限制条件下，继续作战。如果采取这个方针，所能取得的作战效果只不过是争取时间，迟早不得不从朝鲜撤退或者投降。第二个方针很值得赞赏，只有采取这种方法，才能取得胜利。第三个方针是要联合国承认失败，是很痛苦的事情。既然不下决心采取第二个方针（扩大战争），就最好是在联合国的监督下停战。但实行这个方针，要以中国接受为前提。"杜鲁门总统听了麦克阿瑟的这些意见和柯林斯的陈述后，毫不隐讳未让麦克阿瑟了解华盛顿政策的烦噪心情。

然而，麦克阿瑟在11月30日的《美国新闻与世界报道》上发表谈话说：

战争失败的根本原因在于华盛顿限制战争的政策。……禁止轰炸中国本土，是历史上最大的错误。……

12月5日，麦克阿瑟又向合众社社长巴依里谈话批评美国政府的限制政策，他说：

> 我是一只手被捆住，一只手在战斗。敌人正在使用其全部军事力量，而我的右手却被锁起来了。这是史无前例的。

杜鲁门认为这是麦克阿瑟在向他公开宣战，因此他异常地气愤。他在《回忆录》中写道：

> 麦克阿瑟主张的方针，隐藏着发展成为世界全面战争（包括投掷原子弹及其它一切行动）的可怕的危险。……
>
> 象麦克阿瑟这样老练的军人，为什么对‘把蒋介石的军队引向中国南部，是挑起全面战争的行为’这一事实不理解呢？……
>
> 轰炸中国的城市，中国就会象美国对袭击珍珠港做出的反应那样进行反击。作为在世界舞台上活动35年的人，为什么对这样明白的事情也不懂呢！……
>
> 再说，即使轰炸中国的城市，恐怕也不能阻止苏联向中国运送物资。因此，如果执行麦克阿瑟的战略，下一步就必须升级为轰炸符拉迪沃斯托克，进而轰炸西伯利亚铁路。我真不明白，他是远东通，为什么会忽视了

这一必然性呢？……

　　我为同麦克阿瑟之间存在着很大的意见分歧，感到困惑。当然，他作为战场上的部队司令官向我这个总司令官呈报自己的意见，是正常的，是应该的。如果他不采取过火的行动，我认为没有必要解除他的职务。

　　杜鲁门这样批判了麦克阿瑟之后，得出的结论是，麦克阿瑟容易感情用事，不顾苏联的可能参战和美国在欧洲的利益以及盟国的影响，企图进行世界全面战争。

华盛顿的指令

　　进入12月以后，在中国军队的追击下，美军第8集团军在3至15日后退到"三八线"，并且完成了正面迎击的态势。当然不是想在这一带进行决战，彻底保卫南朝鲜，而是向釜山后退的一个步骤。

　　这时，美国的一些记者发表了一系列批评美军的消息：

　　　　"沃克的部队飞快地逃跑了……"
　　　　"麦克阿瑟象枯干的狗尾草似地在发抖……"
　　　　"……"

　　但是，即使到了这个时候，华盛顿下达给麦克阿瑟将军的基本政策和指令，仍然同原来的完全一样。所以，麦克阿瑟认为："形势完全变了。眼前的战争是同拥有庞大兵力的中国进行的新的战争。……兵员、武器和物资的增援是不可忽视的，我有必要请政府提出能应付新形势的明确的政策，"并且于12月29日向华盛顿发出了以下内容的电报：

> 如果不企图扩大战争，剩下的唯一的选择是逐渐地
> 收缩朝鲜的战线，后退到釜山，接着就撤退出来。这可
> 能会给美国人民的情绪造成很大的影响,但也没有法子。
> ……

这封电报的意思是，只要不采取他坚持提出的政策，釜山也
难以保住。在柯林斯视察朝鲜战场时，认为能够驻守在釜山附近，
但现在连这个希望也没有了。总之，为了获得胜利，只有采纳他
的意见，否则就要走上彻底失败的道路。究竟选择哪条道路，看
来二者必居其一。

但是，当时杜鲁门的立场不是象麦克阿瑟说的那样单纯地二
者取一就没有问题了，而是无论如何都必须在有限战争范围内进
行朝鲜战争。美国政府认为美军撤退到日本是容易的，但这样的
结果会将太平洋战争中的努力毁于一旦。美国并没有做好进行全
面战争的准备，一旦朝鲜战争发展成为全面战争，则意味着美国
将成为世界的孤儿，走向毁灭的道路。

陷入苦恼之中的华盛顿首脑12月30日给麦克阿瑟的指令，
尽管难免有陈腐的抵毁之意，但还是如实地反映了美国政府的现
行政策及其想法：

> 不管怎样估计形势，中国如果真想那么干，似乎有
> 能力把联合国军从朝鲜赶出去。
> 为了使中国不能发挥军事威力，可考虑给中国造成
> 巨大的牺牲，使其打消进行战争的念头，或者新增援大
> 量的美军兵力。

但是，后者会给美国在其它地区（包括日本在内）所承担的责任带来严重的妨碍，而且没有希望请联合国其他成员国再提供更多的兵力。我们感到，朝鲜不是进行大规模战争的场所。同时，在全面战争的危险逐渐增大的今天，把我们所剩无几的地面兵力都投入朝鲜，也是很危险的。

但是，如果能够驻守在朝鲜的某个地区，不付出太大牺牲地进行有效的抵抗，使中国在军事上和政治上丧失威望，对美国是极其有利的。

给您的基本指令需要修正。

命令您今后要把日本不断遭受的威胁放在心上，边保持临机应变的态势，边暂且逐渐向后退，继续加强防卫；并且尽早确定联合国军能够有次序地撤出朝鲜的最后时间是在什么时候。

如果您从锦江后退到小白山脉一线，中国军队仍然将足以把联合国军赶出朝鲜的庞大兵力集结在您的前面，我们考虑，那时将有必要命令您向日本撤退。

希望您根据以上基本方针，制定您的计划，并且根据这一计划，预定开始撤退的日期。有次序地向日本撤退，负责日本的防卫仍然是您的主要任务，从担任日本防卫的兵力只有第8集团军这一点来看，是特别重要的。

对于华盛顿的这个指令，麦克阿瑟仍然十分不满意。他在《回忆录》中写道：

华盛顿好象不知道应该指向哪个方向。我从这个电报得到的印象是："华盛顿放弃了在朝鲜取得胜利的决心。"杜鲁门总统关于"解放并统一受到威胁的朝鲜"的坚强决心丧失了,现在已经走到了失败主义的边缘。……

华盛顿的计划不是反击的方法,而是怎样能顺利逃跑的计划。换句话说,不是使用台湾国民党政府军队进行增援和反击的计划。对于那些认为一旦参加一次战争取得胜利,就想再进行更大规模的战争的同事们来说,这是一个无论如何也不可期待的很不现实的计划。

在如何防卫日本的问题上,麦克阿瑟与杜鲁门之间也存在着矛盾。

当麦克阿瑟把驻日本的美国军队调入朝鲜战场后,他认为在这种情况下,再让他完成防卫日本的任务是根本不可能的,他在《回忆录》中说:

我特别吃惊的是,第8集团军现在正面对着占绝对优势的中国军队,而华盛顿竟想连苏联参战后防卫日本的责任也强推给第8集团军。

对苏联的估计

华盛顿认为朝鲜战争的根本原因是在苏联,因此就必须十分注意苏联的动向。1950年12月中旬美军在朝鲜发生危机时,华盛顿对苏联的企图做了如下判断(据杜鲁门《回忆录》):

12月中旬美国对苏联意图的估计:

1. 努力迫使联合国军撤出朝鲜,迫使美海军第7舰队撤出台湾水域。

　　2. 把中国培育成远东地区的强国，恢复其在联合国的席位。

　　3. 减少西方国家对日本的控制力量，第一步是使日本摆脱西方国家的影响。

　　4. 阻止西德的重新武装。

　　当时世界的舆论密切注视着朝鲜半岛，华盛顿总是一边担心"苏联会不会对成为真空的日本进行攻击"，一边决定美国在朝鲜的军事政策。

　　而麦克阿瑟战争观的基础在于对苏联的判断。由于他与杜鲁门在对待苏联的问题上的意见不一致，导致了他们之间进一步的矛盾冲突。麦克阿瑟对苏联的看法可以从他的《回忆录》中窥见：

　　　　苏联的真正目标是世界上的经济开拓地，也就是蕴藏着世界上大部分天然资源的亚洲和非洲。在西欧要谋求经济上的发展，几乎已没有希望了；但在亚洲和非洲，在各方面都有很大的可能性。因此，苏联的基本战略思想是，在西欧进行防御，向亚洲和非洲进攻；为此而采取的措施在于：使自由世界的军事力量和注意力集中到西欧，削弱或忽视亚洲和非洲等目标的防备。……

　　　　苏联企图称霸世界的战略，苏联领导人已经公开地表明了。但是，西方国家犯了不了解苏联这一战略企图的致命错误。东西方国家的斗争尽管不是从现在才开始的，而且是在以欧洲为中心，以东亚和南非为侧翼的3个广阔地区展开争夺的，但这一点也没有被人们所理解。西方国家坚信，欧洲是利害关系最大的地区，斗争也是在那里发生的。……

　　苏联不断地进行宣传，施加压力，促使西方国家相信这一点，使他们相信苏联的目标是欧洲，隐瞒其真正的目标是在亚洲和非洲的事实。这样，西方国家就顺顺当当地受了蒙骗。

　　苏联的战略已经取得难以想象的成果。尽管在远东已经发生了战争，但西方国家还没有改变把最大的重点放在欧洲的态度。然而，在欧洲，直到现在也没有发生任何战斗。苏联却借助突破亚洲的优势企图包围南面的侧翼。……

　　为了试图使限制我们战争手段的、毫无道理的军事政策合法化，竟议论什么："如果我们推行为胜利而战的传统的军事政策，就可能逼迫苏联参战。"……

　　但是，所谓苏联和中国参战的危险，本来是早在决定介入朝鲜之初就提出的问题；在作出决定时，我们已经充分考虑了由此产生的影响，并为处理可能发生的各种情况做好了准备。……

　　即使苏联在政治上希望积极参战，而在军事上也是不可能的。苏军在西伯利亚的态势，必然是防御性的。他的根本弱点，就是必须依赖有限的、漫长的补给线。而且，在西伯利亚东部基本上没有就地补给的能力，远东苏军所必需的物资，全部都要依赖于这单一的补给线。该补给线，只是一条铁路线。我们基本上能随意从空中把它切断。因此，在世界上苏联的军事力量没有比这个地方更脆弱的了。……

　　而且，当时我们拥有可供使用的原子弹，苏联还没有。因此，不应首先考虑苏联积极介入所带来的危险。

……

　　苏联的一贯政策是，不牺牲自己的军队而使用友好盟国的军队。第二次世界大战后，苏联势力的扩张，都是苏联士兵一弹不发而获得了。这里也不例外。……

　　基本问题在于，苏联究竟是想以军事手段征服世界呢，还是想以和平手段达到称霸世界的目的呢？……

　　如果打算以武力征服世界，那么苏联当然就会在自己主动选择的时间和地方进行战斗，所以无论我们为解决朝鲜问题而采取什么行动，那也肯定不会成为引起世界战争的决定性起因的。

　　麦克阿瑟认为苏联是借中国之手来扩大其在亚洲的势力范围，而苏联欲参加朝鲜战争是很随意的，不会受美国对朝鲜和对中国政策的任何影响，况且若苏联参战，美国足以遮断苏军的补给线。所以按照麦克阿瑟的判断，苏联的参战不足以影响朝鲜战争的局势。而杜鲁门总统担心的是苏联会直接进攻日本，使美国在太平洋战争的胜利中所获得的成果毁于一旦。

谁来防卫日本

　　二战后，美军占领了日本，麦克阿瑟在日本创建了警察预备队，以便防备苏联进攻的危险。到朝鲜战争爆发时，麦克阿瑟认为日本的警察预备队不能够担负防卫自己的任务。因此，麦克阿瑟于1950年12月19日请求华盛顿另外派遣担任日本防卫的兵力。但是，正因为麦克阿瑟将军的基本任务是防卫日本，并且美国出兵南朝鲜的真实意图也是根据以日本的防卫为基础的想法确定的，所以可以说在这个时候发生危机是必然的结果。

当时，美国国内只剩下第 82 空降师，正在编成的地方部队各师要到 1951 年 3 月才能派出，从整个美国的情况来看，当时没有能力立即向日本派更多的兵力。这是因为，空降部队是美国作为全球战略的总预备队来使用的。所以，美国当然要广泛搜罗兵力，投入朝鲜。

因此，华盛顿提出了将增强南朝鲜军队剩余下来的美军师送回日本的方案。但麦克阿瑟反对这个方案，他提出意见说："还是增强日本警察预备队有效。"由此可见，每遇到一件事情都使麦克阿瑟同华盛顿之间的隔阂进一步加深。

麦克阿瑟的"气魄"

麦克阿瑟收到 11 月 30 日指令后，当天夜里就发出一封充满战胜眼前敌人的气魄的电报：

> 得到苏联援助的中国，已动员其全部兵力，集结在朝鲜和中国东北，企图发动最大规模的进攻。这一点已经非常明显。……
>
> 但是，我们的兵力由于现在的限制，只能使用一部分海空军力量；使用台湾的强大军事力量和在中国大陆组织游击活动的可能性都被忽视了。……
>
> 如果美国政府决定采取尽可能的报复措施这样的政策，我军就能够象过去向柯林斯总参谋长建议的那样采取以下行动：
>
> 1. 封锁中国的沿海。
> 2. 以舰炮射击和空袭摧毁中国的工业。
> 3. 以台湾国民党政府的军队增援朝鲜。

4. 以台湾国民党政府的军队采取牵制行动，根据情况对中国大陆的薄弱地区实施反攻大陆的登陆作战。

……如果将我建议的 4 项行动付诸实施，就能给中国拥有的进攻能力以重大的打击，并能保卫住亚洲免遭中国的征服。……而且我深信，只用我军的一小部分兵力就能遂行这一任务。……

过去，这种行动以所谓有驱使中国进行全面战争的危险为理由被拒绝了。我认为应该承认这样一个现实，即中国已经下了决心要进行全面战争，所以只要是有关中国的事情，无论我们采取什么行动，事态都不会比现在更坏。……

所谓在我们对中国采取报复措施时，苏联会不会进行军事介入的问题，不会超出我们预测的范围。我始终认为，苏联会不会决定进行世界战争，这取决于他们如何判断东西方国家的军事力量和战争能力的对比，苏联是不会把其它因素也作为考虑的对象的。……

如果我们按照您们的指令，不对中国本土采取军事行动，强行从朝鲜撤退，就会给包括日本在内的亚洲人民以极其不好的影响；而且，要想在遭到正式攻击的情况下保卫日本，无论如何也必须向这个战区增强相当大的兵力。……

同时，如果我们从朝鲜撤退，中国现在已投入朝鲜的大规模部队就会立即转向其它战区，也就是转用于比朝鲜更重要的地区。……

欧洲的安全需要兵力，这一点我也十分清楚，……我也认为，在这方面应该尽最大可能去做。但是，甘心在远东失败而向欧洲集中兵力，对这一点我是不能赞成的。这是因为，我深信这样做的结果，在欧洲也难免遭到失败。

您们在指令中所叙述的对于朝鲜形势的战术判断，我认为只有在目前所指示的条件下是正确的。这些条件是，不给予增援，今后继续限制台湾国民党政府军队的军事行动、对中国的战争能力不采取报复措施和不使中国军队转用于朝鲜以外的地区。

对于麦克阿瑟的这些语气强烈的见解，美军参谋长联席会议仍坚持既定的方针，又给麦克阿瑟发出指令：

您建议的报复措施，过去我们也讨论过，现在还在继续研究。但是，只要不发生足以促使改变政策的其它情况，要加强在朝鲜的努力，基本上是不可能的。……

封锁中国沿海，即使采取这一行动，朝鲜的战局能稳定吗？还有，在从朝鲜撤退完之前，海军力量并不充裕。总之，既然英国要通过香港同中国进行广泛的贸易，就有必要同英国进行谈判。……

对中国本土的海上和空中攻击，只有当中国在朝鲜以外的地区攻击美军时才允许进行。在发生这种事态之前，对这个问题不能做出决定。……

以台湾国民党政府军队增援朝鲜的意见，即使那样做，恐怕也不会给朝鲜战争的进展带来决定性的效果。在估计台湾国民党政府军队能在其它地区发挥更大作用的现实情况下，不能同意将其派往朝鲜。……

根据对以上各点的考虑，……并在充分讨论了其它所有因素之后，命令您按照参谋长联席会议先前发出的电报，边陆续在新的战线组织防御，边给敌人的兵力造成最大限度的损失。但是，在采取这种行动时，请您时常想着部队官兵的安全和您的基本任务是负责日本的防卫。……

当您判断为了避免人员和物资遭受重大损失，显然需要撤退时，请向日本撤退。……"

麦克阿瑟收到了这份所谓"避免重大损失"的战术行动和"向日本撤退"的重大政策问题交织在一起的指令以后，深深地陷进了苦恼之中。他要求立即说明，请求下达明确的指令。其原因之一是，他气愤地感到"在朝鲜的战争中，经常是在含糊不清的政策下，被迫定下重大的决心"。

麦克阿瑟在他的《回忆录》中写道：

我现在缺乏足以完成驻守朝鲜的一角和保卫日本这样两重任务的兵力，这一点无需说明。……

因此，在现在的形势下无论采取什么战略措施，其中都首先需要有政治性的政策指令，以明确表示美国对远东有多大程度的关心。

……的确，以现有的兵力能够在短时间内维持住沿海桥头堡比较好的防线，但这样也不可能避免牺牲。在这种情况下造成的牺牲是不是'重大损失'呢？这就涉及到如何解释'重大'这个词的问题了。……

如果为了争取时间，要官兵们豁出生命，那就必须及早指明并让他们领会这是根据什么政治理由决定的。如果缺乏使官兵们勇跃地前去送死的说服力，部队的士气恐怕就会低落到动摇战斗力基础的程度。……

　　问题是，究竟美国是打算从朝鲜撤退，还想拼命地坚持不走，并且为争取最后的胜利而继续战斗呢？因为这是个对国内和国际都会带来决定性影响的问题，不是埋头于有限范围内的战术行动的一个野战部队司令官所能决定的问题。况且，更不是在把主动地位让给敌人的现实情况下应追随敌人决定的问题。……

　　因此，我想知道的，用一句话说就是：根据美国现行政策确定的目前的军事目标，是这样无限期地维持朝鲜的军事形势，还是在一定期间这样做，或者为了把损失控制在最小限度内而尽早地撤退呢？

　　作为野战部队司令官的麦克阿瑟请求给予"明确的指令"的心情，是合乎道理的；而对于怎么执行也要受到批评，不执行更要受责难的留有很大余地的指令表示不满同样也是可以理解的。

　　但是，五角大楼对这封电报没有从正面给予回答。他们认为，麦克阿瑟要求的事项，虽然非常明白，但要发出比这更具体明确的指令是困难的，也是错误的。这是因为，虽然可以明显地看出中国如果真想那么干，是有能力把联合国军赶下海去的，但中国果真是想那么干吗？也就是说，美国并不知道中国会不会不管付出多大牺牲也要把全部兵力投入朝鲜，冒着可能越来越大的困难去攻占釜山呢？

　　当时美国认为：

　　　　首先，不知道中国是不是已经把能够摧毁联合国军的强大兵力投入朝鲜了，特别是其后勤保障能力能否支援攻占釜山，还是个疑问。实际上是还未能估计出其真正的介入目的。所以，既然战争是由敌我双方的意图和战斗力对比决定的，那么在不能判断对方的意图和战斗能力的目前情况下，是不可能做出明确的决定的。……

　　例如，如果中国军队不打算攻占釜山，而联合国军却早早撤退，就会成为笑柄；而在中国军队有进攻釜山的企图和能力时如果以有限的兵力努力确保釜山桥头堡，就要遭到不可挽回的损失，即失掉保卫日本的主要兵力。……

可以说，在这种情况下麦克阿瑟的要求是理所当然的。但是在华盛顿来说，就成了被迫无理地决定不能决定的事情。

当时，美国的很多批评家严厉地批评说："当时，美国失去了战争的目的。"但实际上，美国并没有搞清楚中国和苏联的意图，也就无法制定十分明确的政策。

杜鲁门在其《回忆录》里谈到他收到麦克阿瑟电报后的心情时这样写道：

　　马歇尔上将（国防部长）把麦克阿瑟的电报拿到我的住所来时，我感到非常不安。远东军司令官报告说，对由国家安全会议和参谋长联席会议制定、经我批准的指令，不能执行。他还说，我们将被赶出朝鲜半岛去，或者至少要遭受可怕的损失。……

　　事实证明他是错误的。但他提出质问，要求华盛顿重新考虑，这样处理是正确的。我已于1月12日指示召开国家安全会议。

杜鲁门是有名的脾气暴躁的人，他对不理解华盛顿的心情的远东军司令官麦克阿瑟，感到烦脑。从这时开始，他就认真考虑是否撤了麦克阿瑟将军的职务的问题了。

麦克阿瑟欲再下"赌注"

美军向志愿军发动反击，得手后，麦克阿瑟在东京高兴得手舞足蹈，就像一个快输光了的赌徒，在绝望下，突然又得了小胜，便把他那输红了的眼睛睁得大大的，试图马上扳回其全部赌本。

1951年3月7日，麦克阿瑟从朝鲜战场上视察回到东京俨然以"亚洲征服者"的狂妄姿态立即举行了记者招待会。他在记者招待会上趾高气扬地说：

> 现在朝鲜前线战局一天天好转，第8集团军正在发动新的攻势，在遇到敌方的强大抵抗之后，战线将稳定下来，而我们的危险在于陷入僵局。除非近期派出增援部队，否则敌人将再次发动反击，那就可能是一场前所未有的残酷大厮杀。为了减少这种厮杀，我们必须尽快把战果扩大……

麦克阿瑟这个赌徒，这个战争贩子，再一次意在要杜鲁门放弃朝鲜战场的"有限战争"，把战火烧到中国去。

美军占领汉城后，麦克阿瑟想扩大战争的野心更为膨胀。在汉城占领的当天，麦克阿瑟召见合众社董事长休·贝利。他对贝利说：

> 今天，第8集团军再次光复了汉城，正向三八线攻进，军事形势鼓舞人心，英勇的美军是不可战胜的！但是，那些习惯于蹲在办公室发号施令的人却不让第8集

团军越过三八线，他们实际上，就是想把北朝鲜让给共
产党，这与联合国授予第 8 集团军的统一朝鲜的军事使
命是相违背的，事实上，美国和它的盟友们早已放弃了
这一使命……

　　美国的盟国对麦克阿瑟的两次谈话感到十分担心。盟国不同
意麦克阿瑟的观点。

　　英国等美国的盟国认为莫斯科控制不了北京，如果西方大国
让通向自由世界的大门敞开的话，那么，共产党中国将会奉行独
立自主的政策。他们认为北京是潜在的朋友，可以在亚洲抵消苏
联的力量，英国尤其是这样认为的。

　　麦克阿瑟的看法则完全相反。麦克阿瑟认为共产党中国是西
方的宿敌，而且是亚洲前途的巨大威胁，挽救的办法就是采取强
有力的军事行动。

　　麦克阿瑟还声称："不能解放整个朝鲜是美国和联合国没能兑
现向朝鲜人民许下的诺言。"麦克阿瑟深信，联合国和红色中国之
间的战争，实际上并不需要投入更大的力量，只要解除现时对海
空军的约束并让蒋介石"出兵"就行了。

　　美国的盟国则不承认联合国对朝鲜许过麦克阿瑟所称的那种
诺言。美国的盟国担心，在远东扩大战争将会使相当大量的美国
军队调离欧洲，使欧洲失去防御的能力。那时苏联就有可能在欧
洲乘美国在欧洲空虚之机，大举进攻，从而导致第三次世界大战。

　　麦克阿瑟及其支持者不相信苏联会公开参加战争，因此认为
提出谈判结束战争是懦弱的表现，这只会引起、而不会阻止苏联
的干预；美国的盟国则认为，克里姆林宫是要参战的，这就会突
然引发全面战争，而西方却毫无准备。

　　总之，麦克阿瑟和美国的盟国的主张有着天壤之别，根本无

法统一。双方只有一个共同点，那就是，都认为对方是完全错误的。

这些相互矛盾的观点和压力，确实使美国政府进退维谷。它该采纳谁的意见呢？难道它竟听从麦克阿瑟将军的话，而冒着世界大战和疏远盟国的风险？还是接受北约盟国意见，在国内，特别是和国会立即开始打冷战？杜鲁门总统和美国政府要作出抉择不是一件轻而易举的事。不管美国民众有什么呼声，美国政府并没有完全拒绝战区指挥官提出的论点，也不会全心全意欢迎盟国的观点。它同意前者不对中国共产党人作出任何让步，它又同意后者不使战争再行扩大的主张。

何去何从？白宫一时难以决断⋯⋯

在美国的盟国中最积极反对麦克阿瑟的是英国。英国考虑到香港的利益和担心卷入第三次世界大战，英国首相艾德礼曾向美国国务卿艾奇逊建议：接纳中共为联合国会员国，盟国给予中共以更大的经济援助，以使中共摆脱苏联的控制，成为第二个"南斯拉夫"。

美国对英国的建议，嗤之以鼻。艾奇逊曾表示说：

> 这样干是不行的。设法买通中国是个可悲的错误。我们可能得到的只是拖些时间，但不是会有足够的时间能做一些有利于我们的事。这段时间只够把我们的人民痛苦地分成两派，只会使我们丧失道义上的力量。我们宁可赶出朝鲜，也决不愿在枪口下进行谈判。

麦克阿瑟将军坚持认为，接受中国的要求，即承认新中国、将蒋介石集团从联合国中赶出去代之以新中国的席位，将是自由国家在政治上的灾难。美国政府同意麦克阿瑟的这一意见，但并不赞成他热衷于搞积极的军事行动。杜鲁门总统和他的顾问同意盟国的意见，认为从空中或海上轰击共产党中国可能引起世界大战。他们认为：红色中国是苏联最大、最有力量的盟邦，或者是卫星国。所以，体现在中苏条约里的俄国自己在远东地区的利益和威望，使它很难对中国大陆的直接利益表示漠不关心。

杜鲁门担心，在这些地区里，一次微不足道的意外事件就会给俄国人找到进行干预的借口。所以美国政府主张，要尽可能避免发生这类事件，因为美国及其盟国都没有准备打全球战争；它们最严重的弱点是缺少地面部队。在美国国内，当时只有一个处于战斗准备状态的作战师。可以肯定，朝鲜战争使美国和西欧都开始搞大规模的重新武装计划——包括重新武装西德的建议——但这只是开了个头。艾森豪威尔将军刚刚被任命为欧洲盟军最高司令就证明了这一点。美国人居然引以自豪地确信：美国确实拥有配备着原子弹的比较强大的空军。但是，美国人同样相信：俄国人也有强大的力量，足以夺取战略空军司令部在欧洲的基地；如果失去这些基地，盟军司令部的效率将下降75％—80％之多。美国几乎没有洲际喷气轰炸机，也没有足够的飞行人员和其它类型飞机。一旦爆发世界大战，美国目前无力承受一场大规模的持久的战争……

总之，针对朝鲜战争来说，问题的焦点是跨越"三八线"的问题。美军以前作过尝试，但是失败了。难道还要再试一次吗？和远东地区司令官的意见不一样，美国政府认为自己没有责任用武力统一朝鲜——至少用不着搞第二次；而麦克阿瑟认为，扩大战争不会有什么严重的风险。中国人已经遭到重大的伤亡，现在，南朝鲜的大部分地区已经获得自由。于是，华盛顿认为，在不附带任何威胁和指责的情况下，北京很可能乐于接受停止战争并恢复原状的建立。美国国务院为此起草一项以杜鲁门总统名义发表的

声明,3月19日,和参谋长联席会议以及国防部长进行了讨论。声明的草稿如下:

　　我作为政府的行政首长,应联合国的请求,在朝鲜行使统一指挥权,并在与提供战斗部队支持联合国在朝鲜行动的联合国各国政府充分协商之后,发表如下声明:

　　联合国在朝鲜的军队正从事击退向大韩民国和联合国而发动的侵略行为。

　　侵略者蒙受重大的损失之后,已被逐回去年6月最初发动非法进攻的地区附近去了。

　　有待解决的问题是按照1950年6月27日安全事会的决议所提出的条件来恢复该地区的国际和平与安全。联合国宪章的精神与原则要求尽一切努力来阻止战争的蔓延,并避免苦难的延长与生命的损失。

　　这里有一个在该地区恢复和平与安全的基础,它应该是一切衷心希望和平的国家所能接受的。

　　联合国统一指挥部准备履行能终止战争并保证不再发生战争的部署,这种部署能为解决问题开始更宽阔的道路,其中包括外国军队撤出朝鲜。

　　联合国已宣布这个世界组织的政策是:允许朝鲜人民建立一个统一的、独立的民主国家。

　　朝鲜人民有权享有和平,他们有权力按自己的选择,适应自己的需要,来决定自己的政治以及其它制度。

　　朝鲜人民有权获得世界组织的援助以医治战争的创伤。联合国已准备给予这种援助,并为此设立了必要的机构。联合国会员已提出要给予慷慨的援助。目前需要的是和平,在和平的情况下,联合国才能把它的资源用在创造性的重建事业上去。

令人遗憾的是，那些在朝鲜反对联合国的人原来可以而且仍然可以为朝鲜带来和平解决的许多机会很少加以理会。

迅速解决朝鲜问题就能大大地减轻远东的国际紧张局势，并能开辟道路，按照联合国宪章中所规定的和平解决争端的程序来考虑这一地区的其它问题。

在未达成令人满意的结束战斗的部署以前，联合国的军事行动必须继续下去。

3月24日，在参谋长联席会议和国防部长会议关于不越过三八线的决定尚未公布之前，麦克阿瑟却抢先向新闻界阐述自己的观点，企图强加给白宫。对此美国政府和杜鲁门总统异常气愤。

3月23日麦克阿瑟的声明

华盛顿时间3月23日（东京时间3月24日），麦克阿瑟在东京发表了声明，进一步阐明了他的立场，公开与美国政府唱反调。麦克阿瑟说：

战事仍按照预定的日程与计划进行着。现在我们已大体上肃清了共产党在南朝鲜有组织的军队。愈来愈明显，我们昼夜不停的大规模海空袭击已使敌人补给线遭受了严重的破坏，这就使敌人前线部队无法获得足以维持战斗的必需品。我们的地面部队正出色地利用这一弱点。敌人的人海战术已无疑地失败了，因为我们的部队已适应敌人的作战方式。敌人的渗透战术只是使其小股小股的被消灭。在恶劣的天气、地形和作战条件下，敌人的持久作战能力要低于我军。

比我们在战术上的成功具有更大意义的是，事实清楚地表明，赤色中国这个新的敌人，缺乏工业能力，无法提供进行现代战争所需要的足够多的重要物资。敌人缺乏生产基地，缺乏建立、维持以至使之投入作战的哪怕是中等规模空、海军所需要的原材料。敌人也无法提供成功进行地面作战行动所必需的武器，如坦克、重型大炮以及科学技术为进行军事战役所创造的其它精巧的武器装备。起初，敌人数量上潜在的巨大力量大大弥补了这一差距，但随着现代大规模毁灭手段的发展，单靠数量已无法抵消这些缺陷本身所固有的危险性了。控制海洋和空中，进而也意味着控制补给、交通和运输，其重要和所起到的决定性作用在现在并不亚于过去。我们现在拥有这种控制权，加上敌人在地面上火力的劣势，其作用更加倍增。

这些军事上的弱点，在赤色中国进入朝鲜战争时，就已清楚无疑地表现了出来。联合国部队目前是在联合国当局的监督下进行作战的。因而相应地使赤色中国得到了军事优势。即使这样，事实还是表明：赤色中国完全不能以武力征服朝鲜。因此，敌人现在必然已经痛苦地认识到：如果联合国改变他国企图把战争局限在朝鲜境内的容忍决定，而把我们的军事行动扩展到赤色中国的沿海地区和内部基地，那么，赤色中国就注定有立即发生军事崩溃的危险。确认了这些基本事实以后，如果朝鲜问题能够按它本身的是非加以解决，而不受与朝鲜无直接关系的问题上作出决定并没有不可克服的困难。

绝不能牺牲已受到极其残酷蹂躏的朝鲜国家和人民。这是一个关系至为重大的问题。这个问题的军事方面的结局得在战斗中解决，但除此之外，基本问题仍然是政治性的，必须在外交方面寻求答案。不用说，在我作为军事司令官的权限以内，我准备随时和敌军司令员在战场上举行会谈，诚挚地努力寻求不再继续流血而实现联合国在朝鲜的政治目标的任何军事途径，联合国在朝鲜的政治目标是任何国家都没有理由反对的。

麦克阿瑟在东京的上述讲话，引起世界的舆论大哗。这似乎是向中国的最后通牒，也是麦克阿瑟对白宫的公然蔑视。由此引起的杜鲁的异常气愤是可想而知的。

第二节　麦克阿瑟被解职

杜鲁门认为麦克阿瑟上将屡次公然无视身为他的总司令官、合众国总统的他的政策，对于麦克阿瑟的这种反抗行为，他已经不能再容忍下去了。因此，以麦克阿瑟 1951 年 3 月 23 日的声明为转机，杜鲁门总统便决定免去麦克阿瑟总司令的职务。

杜鲁门的理由

1951 年 3 月 23 日下午，杜鲁门召集艾奇逊国务卿、腊斯克副国务卿和罗伯特国防部副部长，要他们首先审查 1950 年 12 月 6 日发给麦克阿瑟的训令。所谓 12 月 6 日的训令，情况是这样的：在"联合国军"从北朝鲜撤退时麦克阿瑟发表的声明中，有的地方给人的印象是他提出"对新的战争必须有新的政策（轰炸中国本土、封锁沿海、要台湾国民党军队参战与反攻大陆等）"，要美国改变限制战略政策；这一点使西欧各国感到疑惑。所以，华盛顿就于 12 月 6 日发出训令叮嘱麦克阿瑟："以后，凡可能涉及政策的声明，必须经过华盛顿批准。"这也就是麦克阿瑟说的"言论管制令"。杜鲁门要艾奇逊等人审核一下那个训令是否有疑义，查清楚麦克阿瑟有没有违反命令的事实。或许给人一种这样的暗示：杜鲁门总统是感到麦克阿瑟违反命令了。总之，可以说是政治家的慎重的关照。

艾奇逊国务卿、腊斯克副国务卿和罗伯特国防部副部长等三人审查的结果，不出所料："无论谁看，也是明白无误的。"

　　杜鲁门总统立即指示："向麦克阿瑟发训令,要他回想一下12月6日的训令。"

　　第二天即3月24日,美国参谋长联席会议发出了杜鲁门总统亲自起草的电报,内容如下:

　　　　总统指示,要您注意一下1950年12月6日传达的命令。根据1951年3月20日发给您的通知,您今后发表声明时,应经过12月6日命令规定的发表手续。……

　　　　此外,总统还指示,当共产党方面在战场上要求停战时,您要立即报告参谋长联席会议,接受指令。

　　这样的训令看起来象是给小孩子看的,与作为美国参谋长联席会议发给麦克阿瑟的训令,内容很不相称。但从必须发这种训令这一点上,可以看出当时华盛顿的苦心。

　　关于这件事情的原委,杜鲁门在其《回忆录》中作了如下说明:

　　　　作为总统,现在首先必须做的事是要提醒麦克阿瑟将军注意,不得再发表对美国政策有怀疑的声明。我已知道将军在3月7日的声明中也有向总统的政策挑战的事实。他当时向记者口述笔录,声明的意思是,"如果华盛顿不批准我提出的政策,就会发生前所未有的可怕的屠杀"(即联合国军被迫付出巨大代价的意思)。……

　　　　然而,那时他至少应该承认"最后定下决心的不是麦克阿瑟自己"。但这次发表的声明,却在非常现实的意义上使全世界误解了华盛顿的政策。所以,如果他还发表这种声明,就很可能引起更大的混乱和不利。……

　　我经常为同麦克阿瑟之间存在着意见分歧而感到焦虑。……但我设身处地想过，他为什么向我国的文官为主的传统挑战呢？我的结论是这样的……

　　对于麦克阿瑟将军的意见和建议，我和参谋长联席会议确实经常给予斟酌和研讨过。而且，我们尊重将军在军事上的名声，经常不得已而做些让步，这也是事实。……

　　但是，在中国介入以后出现的情况是，在他的声明里博得喝彩的、哗众取宠的地方非常引人注目。而且，从最近情况的发展来推测，不能不使人感到，将军害怕结束战争的功绩落到别人的手里，要加以妨碍，这一点对他来说可能是至关重要的。

杜鲁门又借用了美国南北战争的历史，来说明他自己的行为说：

　　我想，这一情况同亚伯拉罕·林肯撤掉麦克勒兰上将时的情况非常相似。……

　　麦克勒兰将军时常对军事以外的政治问题发表声明。因此，有的人询问林肯说：‘您打算怎样处理麦克勒兰？’林肯回答说：‘没有什么。但是，如果有人骑上马，那马发惊，把马镫踢上去，伤了那个人。那个人会对马说，你要是还发惊，我就下来。’……

　　林肯不断地为同麦克勒兰的意见分歧而伤脑筋。但是，那种分歧同现在的分歧不一样，林肯期待着麦克勒兰攻击他。然而，麦克勒兰一点也没有中伤总统。因为，将军应该如何指导战争，国家应该怎么办，已有主见。即使总统直接对他下命令，恐怕他也会无视这一命令。众所周知，麦克勒兰怀有政治野心，林肯的反对派想利用他。……

林肯忍耐性很强。这是他天生的性格。但是，最后还是不得不撤掉这位北军中高级指挥官的职务。……

我也为同麦克阿瑟的矛盾而伤脑筋。而且，我也是除了撤掉他的最高司令官职务以外，没有别的路可选择。

关于免去麦克阿瑟职务的理由，杜鲁门如是说：

我国宪法的根本原则之一是，政治优先于军事的原则。政策不应该由将军和海军将领制定，而应该由掌握政权的文官制定。……

但是，麦克阿瑟将军再三表示了难于接受政府的政策的态度，多次发表正式声明，不但使各盟国怀疑我国政策的方向，而且实质上是以他自己的政策对抗总统。……

我一向尊敬作为军人的麦克阿瑟将军，现在还是这样。……我希望他相信，要求他服从政府的政策是正确的，并且这样试过。……

但是，他表示反对。他还公然进行了批评。……他的行动给他发誓忠诚的政府和盟国决定的政策方向造成了混乱。如果对他以这种方法对文官当局的反抗置之不理，我自己就会破坏对国民许诺的维护宪法和遵循宪法行动的誓约。……

我们把军人置于政府控制之下的理由之一是：因为军队的性质本身决定，即使想给军人以学习执行公务所必需的谦让精神的机会,也是很少的。……所谓政治,是根据确立的原则同当时当地出现的状况的对应,是适合形势的调和,不是对原则的调整,经过选举考验的政治家知道这些,并且这样实行。……

但是,不能认为军人在执行其勤务期间能够学到这些东西。支配军人思想方法的语言是命令和服从。而且,这些词的军事定义不是通常使用的定义,显然是盲目的。……

这就是我国宪法具体规定文官支配武官的原则的理由。……

虽然不能认为麦克阿瑟故意向这个文官支配的原则挑战,但从他的行为的结果来看,这个原则却受到了威胁。……

采取行动,是我作为总统的义务。……

在我的内心里,围绕这个问题作决断时的纠葛持续了好几天,这确实是事实。不过,在下面的事情(后述)发生之前,我心里已经有了谱。

这样,作为杜鲁门总统个人的决心已经定了,但要将其作为政府的决定贯彻执行,还需要有国民能够理解的政治理由。这是因为,当时的麦克阿瑟将军在美国受到了普遍的尊敬,可以说有相当数量的美国国民(尽管不是大多数)对麦克阿瑟表示狂热的支持和盲目的信任,麦克阿瑟同时又是美国的象征性的将军,所以要撤掉他的职务,在政治上必须进行全面的考虑。而1952年又是美国的总统选举之年,因此杜鲁门对麦克阿瑟职务的处理必须十分慎重。

杜鲁门总统及其幕僚们认为:如果朝鲜战局发展不利,即使朝鲜战局进展有利的时候，要把"胜马"换掉，也必须有相当的理由。可是，公布国民能够同意的理由这本身就得举出美国上层争论的焦点即战争政策问题的争论，明确意见的分歧；作为政府必须证明现行的政策是正确的，麦克阿瑟的意见是危险的，不能令人满意的。而在大规模作战正在顺利展开的时候，公布这一情况，从团结联合国各国的角度来看，也是非常不利的。

因此，虽然杜鲁门总统决心已定，但还未达到不顾上述不利情况坚决实行的地步，还必须另找一机会。这个机会，出人意料地很快就来了。这就是麦克阿瑟的书信问题。

麦克阿瑟的信

4月5日，下院美国共和党内部总务、鹰派斗士约瑟夫·马丁议员在议会上公布了麦克阿瑟的一封来信，并借此为证据迫使政府改变政策。麦克阿瑟的这封信是为了回答马丁议员的质问而送来的，他对美国现行政策进行了激烈的批评。

很早就攻击美国政府的急先锋马丁议员，3月8日将下述的信件内容送给麦克阿瑟将军，征求他的意见。

> 我认为，为了解除加在驻朝美军身上的压力，最好是让台湾国民党军队参战，在亚洲构成第二战场。2月12日，在布鲁克林演说时讲到这个意思，……还准备在3月28日预定的无线电广播中也建议这样做。
>
> 关于这件事，我想知道作为远东战区总司令官的您本人的意见。

马丁议员并将布鲁克林演说原稿的副本附在信里。这个质问是从正面向美国政府的现行政策挑战，是同麦克阿瑟的一贯主张完全一致的。

不难想象，麦克阿瑟被这封信鼓起了勇气，他为自己的意见得到别人理解而感到高兴。因此，他于 3 月 20 日写了一封回信给马丁议员，自然充满了有声有色诽谤美国现行政策的腔调。麦克阿瑟的这封回信，是他最后的一击。信在开头时说：

> 衷心感谢您送来布鲁克林演说的副本。我以极大的兴趣拜读了。……
>
> 正如人们已经知道的那样，我的意见是以最大的力量进行对抗，这是美国过去一贯遵守的传统。……根据这个看法，我已经详细地向华盛顿作了报告。……您的意见，无论在逻辑上和传统上都没有矛盾的地方。……
>
> 可是，有些人好象对下述事情缺乏认识。即，共产主义者选择亚洲作为其称霸世界的一个里程碑。所以，我们现在正在这里进行战斗。然而，在这里战斗，归根结底是为了欧洲的和平。……如果在亚洲失败，欧洲的战争也难以避免。但是，如果在这里取得了胜利，欧洲的和平就能保住，我们的自由一定能够保住。……
>
> 但奇妙的是，对这么明显的事情，一部分人好象很难理解。正如您所指出的那样，我们必须胜利。胜利不是别的东西可以替代的。

美国政府的政策和战场最高司令官的意见如此不一致，正好成了美国的一些在野党的攻击材料。所以，作为勇士而闻名的马丁议员就利用了这一点。

麦克阿瑟在他的《回忆录》中讲了这次发表的情况和信的内

容，并且说明了写信的理由：

> 我始终认为，就自己的职务来说，受到议会的质问时，我有义务给予坦率的回答。这是建国以来的习惯，也是现行法律的规定。正因为有这种书信的来往和在议会上的证言，立法机关才能从理智上研究国家的问题。……

麦克阿瑟表示没有政治意图，心情很轻松，他说：

> 我把同马丁议员的书信来往，看得非常轻松。仅仅表示做了郑重的反应，……只不过是大致表达了希望取得胜利的、普通的爱国心情。

麦克阿瑟还谈到了他的基本战争观：

> 代替胜利的不外乎是迎合。但是，一个大国一旦投入战争，如果不取得彻底的胜利，最后就会落得同失败一样的结果。……
>
> 处于这种不进不退的胶着状态，可能会减少些牺牲，但这样就会在军事上完全放弃战争开始时的最初目的。……
>
> 在这刻不容发的时刻（指3月23日的声明在他同华盛顿之间造成了不愉快的气氛），马丁议员不知什么原因不同我商量就公布了我的来信。于是，立即出现了一种非难，指责我想扩大战争。……
>
> 这完全把我的信的意思给搞反了，我所希望的是结束战争，而不是扩大战争。"

　　但是,杜鲁门总统对麦克阿瑟这封信的批评是非常激烈的。这可能是因为,杜鲁门认为等待着解除麦克阿瑟职务的好机会终于到了,抓住不放猛烈攻击这封信,就有了免职的正当的政治理由。有人一针见血地指出:"对于杜鲁门来说,朝鲜战争大部分是同麦克阿瑟的斗争。"杜鲁门总统在他的《回忆录》里以大量篇幅谈到麦克阿瑟的免职问题,可以证实这方面的情况。

　　杜鲁门这样批评说:

　　　　这封信的第二段是对现行政策的挑战。为什么不让台湾国民党军队参战的理由已向麦克阿瑟作了充分的说明,而且在8个月之前他是亲自表示赞成了的……

　　　　如果把马丁议员对台湾问题的意见称赞为合乎逻辑的、符合传统的,那么反过来说,我的政策就成为没有逻辑性的、不符合传统的了。……

　　　　那且不说,他所说的传统(对付敌人要以最大的力量进行攻击),在军事教范以外是不存在的。这个传统,从军队的运用方面来看,可能是个好的原则,但在国际问题和普通人之间的关系方面却不能通用。其证据就是美国国民不使用武力,而依靠其产业和发明的才能及其宽宏大量达成了很多的国家目的。并且成了一个伟大的国家。……

　　　　信的第三段表现了决定性的意见分歧。我不明白,将军是根据什么情报来源知道'共产主义选择亚洲作为集中主要力量的地方'和'选择他的军队作为对手的?'恐怕他一定不知道,要阻止共产主义方面对伊朗、希腊以及柏林的进攻,必须付出多么大的努力和牺牲。此外,他也许不知道克里姆林宫是怎样顽强地妨碍北约组织的建立。而且，我在1月13日的私人信件里明确了"共产党方面不仅会在亚洲，而且也可能在欧洲发动进攻"，这就是在朝鲜不能扩大战争的一个主要原因……

但是，麦克阿瑟贬低我们在外交上的努力，……宣称胜利不是别的东西可以替代的，从正面进行挑战。……

然而，正如战争有正义的战争和非正义的战争一样，胜利也有正确的和不正确的。……

正如布莱德雷上将所说的那样，把战争扩大到亚洲本土，就是在'错误的时间，在错误的地点，进行的错误的战争。'……

麦克阿瑟所想的胜利，是指轰炸中国的城市，把战争扩大到中国的胜利，但决不能认为这是正确的胜利。……拿破仑回顾远征莫斯科时不是说过吗：'我们每次作战都击败了他们，但却什么也没有得到。'……

到了应该划清界限的时候了。麦克阿瑟的信件表明，将军不仅不同意政府的政策，而且对政府的政策进行挑战，公然对他的总司令官举起了叛旗。

一次滑稽的免职

在马丁议员公布麦克阿瑟信件的第二天即4月6日，杜鲁门总统召集国家安全会议的主要成员，听取了意见。在听取意见时，杜鲁门总统注意了不泄露自己已定下的将麦克阿瑟免职的决心。他这样做，是出于不给成员们以预见而征求公正严肃的意见的愿望，也是在没有作出决断时给予的政治关怀。因为杜鲁门担心，对麦克阿瑟进行如此人事免职，很可能成为置民主党于死地的政治问题。

在讨论麦克阿瑟将军的免职问题的国家安全会议上，主要成员们分别作了如下发言。

哈里曼副国务卿说："麦克阿瑟曾在1948年和1949年两次以公务繁忙为借口拒绝华盛顿的召回。……"

参谋长联席会议主席布莱德雷说："这显然是不服从命令，也是严重地违反军纪。应该免去将军的职务。但是我建议在征求陆军参谋长的意见后再最后决定。"

艾奇逊国务卿说："应该免去他的职务。但事关重大，必须充分地考虑，最重要的是参谋长联席会议的全体成员要有一致的意见。……如果总统免去他的职务，将会成为政府的最大的斗争。"

大多数成员的意见是立即免职。而杜鲁门没有在这一次会议上作出决定性的结论。并且会后，杜鲁门总统命令马歇尔国防部长调查一下过去两年期间五角大楼同东京之间来往的文件。

第二天即4月7日星期六，杜鲁门总统再次召开会议，马歇尔部长报告说："已查看了同东京的来往文件。……麦克阿瑟两年前就应该免职。"

但在大事情上慎重从事的杜鲁门暂时没有作出决定，对布莱德雷命令说："9日想再听听参谋长联席会议的最后意见。"

4月8日是个星期日，杜鲁门召集艾奇逊国务卿进行了内部讨论后指示说，如果明天即9日听取了参谋长联席会议的意见（可能是他已预料到的意见），就立即转向国务院的行动。由此可以看出，杜鲁门处事的慎重、机敏和极其周到的态度。

在4月9日的会议上，布莱德雷报告说："参谋长联席会议的各位参谋长，全体一致意见是麦克阿瑟应该免职。"马歇尔和哈里曼也再次发表了上次的意见。而且，艾奇逊也说："完全同意。"

除杜鲁门以外，全体人员都表示同意免职。在这里，杜鲁门第一次推心置腹地说："在麦克阿瑟于3月23日发表声明时，我就决定免去他的职务。"

这样，就作为政府的意志决定了，决定免去麦克阿瑟联合国军司令官的职务。作为杜鲁门政府来说，这是一件大事情。麦克阿瑟与美国政府、与杜鲁门总统本人的长期的争论，终于以悲剧结束了，剩下的只是免职的具体手续了。

免职的决定是慎重的，因为麦克阿瑟本人的影响实在太大，这关系到朝鲜战争的战局和日本政府的反应。临战易将，乃兵家大忌。而众所周知，当时麦克阿瑟在日本已被神化，以往在日本禁止把华盛顿同麦克阿瑟之间的争论作为新闻，因而让日本各界突然听到麦克阿瑟被解职的消息，会给日本各界人士以极大的震动。有位学者曾描述过日本人的这种心理时说：

> 日本民族没有独立的宗教，往往把当政者加以神化，以求得安心。可是不久前，天皇变成了一般的人，现在又这样简单地撤换了麦克阿瑟，便感到张惶失措了。

免职的决定由艾奇逊国务卿通知议会的首脑；住在日本的福斯特·杜勒斯（他是美国对日本和约的负责人，杜鲁门下台后他又成了艾森豪威尔政府的国务卿）向日本政府说明："司令官的撤换，并不意味着和约的谈判会有什么变化。"正在视察朝鲜前线的佩斯陆军部长把免职命令亲手交给麦克阿瑟本人。

但是，事情往往具有戏剧性，当免去麦克阿瑟职务的命令下发时，佩斯部长正在同美军第8集团军司令李奇微将军一起视察前线，偏偏又正好赶上美军在釜山的无线电设备发生了技术故障，给佩斯部长的通知来晚了。

白宫的决定还未正式送达麦克阿瑟本人，美国新闻界就得知了此事。第二天即 4 月 10 日芝加哥报首先得知了麦克阿瑟被免职的消息，并且在 11 日的晨报上作了特别报道，美国公众为之哗然。白宫十分着急，担心若麦克阿瑟闻迅后，在没有接到正式通知前，先向政府提出辞呈，白宫就会威信扫地，十分难堪。在这种情况下，杜鲁门总统指示他的新闻秘书约瑟夫·肖特于 4 月 11 日凌晨1 点向白宫记者团宣布了总统关于撤掉麦克阿瑟职务的决定：

> 我深表遗憾地宣布，陆军五星上将道格拉斯·麦克阿瑟已不能在涉及他所担任职责的问题上全心全意地支持美国政府和联合国的政策。根据美国宪法赋予我的特殊责任和联合国赋予我的责任，我决定变更远东的指挥。因此，我解除了麦克阿瑟将军的指挥权，并任命马修·B·李奇微中将为他的继任者。

> 对于有关国家政策进行的全面而激烈的辩论是我们自由民主宪法制度的至关重要的因素。然而，军事指挥官们必须按照我们的法律和宪法规定的方式服从颁发给他们的政策和命令，这一点是十分重要的。在危机时刻，这一因素尤其不能忽视。

> 麦克阿瑟将军已完全确定了在历史上的地位。对于他在重大负责岗位上对国家做出的卓越和非凡的贡献，全国人民深怀谢意。由于这一原因，我对不得不对他采取行动再次表示遗憾。

美国政府没有办法只好于 11 日上午 10 时作了没有先例的特别发表，而给麦克阿瑟的通告则同其他的一般免职命令一样，发一封电报了事。

但是，采取这一处置措施也来不及了。联合国军司令官麦克阿瑟竟然在无线电新闻广播中听到了这个极其不光彩的免职通知。麦克阿瑟说："这是非常不近人情的做法……。"他这样发泄气愤，不是没有道理的。

麦克阿瑟的反应

麦克阿瑟在日本东京的司令部在收到华盛顿发来的正式电报之前，于4月11日下午通过无线电广播电台收听到了来自华盛顿的特别报道广播，广播说：

> 杜鲁门总统已经免去了麦克阿瑟将军作为驻远东和朝鲜的联合国军司令官的职务以及作为驻日本占领军总司令官的职务。

麦克阿瑟的副官哈弗上校听到这一广播后，向麦克阿瑟的夫人琼妮挂了电话。琼妮夫人以非常痛苦的表情告诉了用完午餐正要前往前线视察的她的丈夫麦克阿瑟。

麦克阿瑟听到这个消息后，在鼻孔里哼了几声："他杜鲁门是个混蛋，也只能找马修这样听话的家伙！"麦克阿瑟十分冷静地对他的夫人说："我老早就有准备，不会为受到打击而感到吃惊了。琼，大概我这样就能够回国啦！"

麦克阿瑟对他的继任者马修·李奇微太熟悉了。本世纪二十年代，麦克阿瑟任西点军校校长的时候，李奇微是该校的一个年轻上尉。那时，李奇微是一个守纪律、肯学习的"好学生"，后来李奇微也随着麦克阿瑟一再升迁。在朝鲜战争中，由于美军第8集团军司令官沃克在一次车祸中死亡，参谋长联席会议派马修·李奇微接任沃克之职。

半个小时之后，麦克阿瑟收到了来自华盛顿的电文：

> 陆军上将道格拉斯·麦克阿瑟将军：
>
> 我深感遗憾的是，我不得不尽我作为总统和美国武装部队总司令之职，撤销你盟军总司令、联合国军总司令、远东军总司令，和远东军美国陆军总司令的职务。
>
> 你的指挥权将交马修·李奇微中将，立即生效。你有权发布为完成计划前往你选择的地点而必需的命令。
>
> 关于撤换你的原因将在向你发布命令的同时公诸于众。
>
> 美利坚合众国武装部队总司令哈里·杜鲁门

麦克阿瑟的内心萦绕着一种复杂的情感。一方面，他痛恨这个"该死的命令"；另一方面，让他想不通的是：他竟然败在了他一直看不起的"东亚病夫"中国人身上！他那里能够理解，中国已不再是"东亚病夫"了，而是"亚洲醒狮"！

麦克阿瑟在东洋的长期旅行早就应该结束了。他自从结束了美军历史上最年轻的陆军参谋长的工作，作为驻菲律宾的军事顾问离开华盛顿以来，已经连续在美国本土的外地工作15年了。

但是，麦克阿瑟认为听到自己的职务变动的消息不是从直接上级那里，而是从旁系人那里听到的，"是一件非常不近人情的做法"。特别是令人不高兴的人事变动问题，更是如此。即使象麦克阿瑟这样的人，也不例外。麦克阿瑟在他的《回忆录》里对这个问题充满了气愤，他发泄气愤地说：

有史以来，司令官的变更，有时是不正常的；有时则以正当理由多次进行。……

总统在法律上拥有免去野战司令官的权利，不管其行为是否高明，作为理所当然的事情，谁也不当成什么问题。文官优越于军人，是美国政体的基本要素，……

但是，象对我这样以强烈手段进行免职的例子，在历史上是没有的。不听取意见，不给辩解的机会，也不考虑过去的经历。……而且免职时，不给我一点机会说明我的立场，回答非难和反对的意见，陈述我对将来的设想和计划。……

我收的免职命令非常粗暴，甚至于不允许我按照转让指挥权的一般礼节去做，事实上是把我放在监禁的状态。即使办公室里的勤杂人员和佣人，也不会被以这样践踏礼节的方法解雇的。

麦克阿瑟终于以悲剧结束了他长达52年的军事生涯。对于这一悲剧性的免职，麦克阿瑟回忆如下：

杜鲁门好象相信我在以什么卑劣的手段同共和党合谋，这次免职完全是政治策略。……但是，他的印象完全错了。我同国内的政治局势毫不相关。……

但是，我的免职，问题不在于同此事有关的人物的性格如何，其严重程度在这一点上，即这是自美国闯入朝鲜战争以来，从其对亚洲态度的基本变化中产生的一连串悲惨事件中的一个象征。……

美国态度的变化（从针锋相对到绥靖妥协），使自由世界同共产主义世界的斗争发生了悲剧性的转折。所谓对抗对朝鲜的军事侵略的决定，如果能以宁死不屈的勇气和决心去实行，那的确是令人钦佩的决心。但是，联合国为恐怖而产生的意见所动摇，完全放弃了所谓为了朝鲜人民重建自由统一国家的许诺。……

在亚洲人民对联合国发表的严肃的宣言给予信赖时，联合国放弃了自己确定的原则，这就彻底地践踏了自由世界的希望。结果，在整个亚洲地区出现了悲惨的局面。……

中国已迅速发展成为东方拥有巨大军事实力的国家。朝鲜正处于遭受破坏和分割的状态。……马歇尔使节团（1946—1947 年）的基本错误是从把中国共产党看成是农村土地改革者的天真的想法出发，牺牲国民党政府，同中国共产党妥协，而现在眼看着丧失了改正这一基本错误的机会。……

最后却产生了这样悲惨的结果，即在长期的停战谈判期间我们受到的损失相当于联合国军全部损耗的五分之三。如果不改变政策，要以比这更小的损失抓住胜利的机会，就有……。

战史告诉我们：防御，归根到底，竭尽全力也只能造成没有结果的胶着状态。尽管如此，还是导致了改变长达一个半世纪的美国的传统军事思想（为了胜利而发动进攻），由进攻转为防御的结果……

这件事情进一步造成的结果将是满足于仅能得出如下结论的优柔寡断的政策，并为此付出种种悲剧性的牺牲。这种结论就是：在战争中有代替胜利的东西；即使敌人违反战争法规采取残暴行为也不必追究其责任；尊重体面的战俘的权利并不是早已赋予各国的神圣任务。

而且,很多不吉利的事情破坏了东洋人对西欧的精神、决心或者对亚洲的关心寄以信赖的情绪。结果,第二次世界大战中在远东地区的胜利所造成的心理效果,大部分要丧失掉。

"老兵未死,只是消失"

麦克阿瑟在美军中服役了52年,这是一个不短的时间。他不同于美国历史上任何将领,他的一生充满了第一和唯一。他在西点军校的成绩名列第一,并创造了该校历史上的最好成绩;他是第一次世界大战时美军中最年轻的准将、后来又成为最年轻的西点军校校长、最年轻的少将和最年轻的陆军参谋长;他是被授予陆军元帅的唯一的美国军人,是美国历史上参加三次重要战争(第一次世界大战、第二次世界大战和朝鲜战争)的唯一将军;也是对日本的命运和太平洋地区影响最深的美国军人。

道格拉斯·麦克阿瑟,1880年1月26日出生在美国南部阿肯色州小石城的一座军营里。

麦克阿瑟出身一个苏格兰世家,其祖父曾参加过中世纪的十字军东征。他的祖父移居美国,1871年,格兰特总统任命他为联邦最高法院大法官。

麦克阿瑟的父亲17岁从军,由于在南北战争中表现突出,官阶在一年内连续上升,成为北军中最年轻的团长和上校,当时麦克阿瑟的父亲刚刚19岁。在后来美国对西班牙战争中升为准将,后来又调往菲律宾,1900年5月,出任侵菲美军司令和军事总督。

麦克阿瑟父亲手下有几员得力干将,其中有佩顿·马奇、富兰克林·贝尔、费雷德里克·芬斯顿和约翰·潘兴等人。这些人受到重用，并因此在后来身居要职。这些老关系对以后麦克阿瑟的升迁起到了很大的作用，特别是后来任陆军参谋长的潘兴对麦克阿瑟的升迁所起的作用很大。

麦克阿瑟 6 岁时进入学校学习，时间是 1886 年。1889 年 7 月，随调到首都的父亲到了华盛顿，进入华盛顿公立小学，在此学习了 4 年，成绩一般。

1893 年秋，麦克阿瑟又到得克萨斯州的一所军校中学习，1897 年在该校毕业时，其学习总成绩平均为 97.33 分。在毕业典礼上，学校授予他金质奖章，并要他代表全体毕业生致告别辞。

中学毕业后，麦克阿瑟的志向是投考当时陆军最高学府——西点军校。这一年因无人推荐而没有取得考试资格。第二年他的母亲结识了一名国会议员，经这位国会议员推荐，麦克阿瑟取得了考试资格，考试揭晓时，麦克阿瑟独占鳌头，得以录取。

1899 年 6 月 13 日，麦克阿瑟正式进入西点军校学习。第一学年结束时，在全班 134 名学员中，麦克阿瑟名列第一。第二学年，名列第一。第三学年，名列第四。第四学年，名列第一。他在军校获取了丰富的军事知识和掌握了熟练的军事技术，尤其擅长射击和骑术。在西点军校，他连续三年获得同级学员中的最高军阶：二年级时任学员上士、三年级时任第一上士、四年级时任全学员队的第一上尉和第一队长。在西点军校百年史上，获得学员第一上尉和毕业成绩第一这一双重荣誉的，在他之前只有三个。1903 年 6 月 11 日，西点军校举行了 1903 届学员毕业典礼。发毕业证书时，麦克阿瑟以第一名和第一上尉的身份第一个走上主席台，从陆军部长鲁特手中接过文凭。按照西点军校的传统，高才生一般都进入升迁较快的工兵部队，麦克阿瑟随工兵 3 营被派到菲律宾执行勘测任务。

1904 年春，麦克阿瑟晋升为中尉。这一年他在马尼拉结识了两位刚从圣托马斯大学毕业的学生，一位是曼努埃尔·奎松，一位是塞吉奥·奥斯特纳。并同他们结为朋友。奎松在 1935 年 11 月出任菲律宾自治政府总统。奥斯特纳后来在 1944 年继任总统。这二人与麦克阿瑟关系十分密切。

1906 年 10 月，麦克阿瑟被派到华盛顿高级工兵学校进修一年，由于他沉溺于官场社交，影响了进修学业。军校校长埃弗勒斯·温勒洛在鉴定报告中写道：

> 我不得不遗憾地如实报告……总的来看，麦克阿瑟中尉表现出缺乏职业热情，他的工作能力比在西点军校的履历表上所记载的要差得多。

这份报告对麦克阿瑟产生了十分不利的影响。他先是在密尔沃基任职，后又被派到莱文沃思，提任驻地 21 个连队中等级最低的一个连长。

麦克阿瑟从那时起开始认真训练的他的连队，扭转了那个连队的落后局面，赢得了上司的赞赏，他又被调往一流的连队。

1911 年 2 月，31 岁的麦克阿瑟被提升为上尉。

1912 年，麦克阿瑟在陆军参谋长伦纳德·伍德的帮助下，来到陆军部工作。第二年，伦纳德·伍德任命麦克阿瑟为参谋部的正式成员。

1914 年第一次世界大战爆发后，麦克阿瑟获得了升迁的机会。

1917 年美国加入战争，7 月 4 日，约翰·潘兴率军到了法国。

1917 年 10 月，拥有 2.7 万人的彩虹师到达法国。麦克阿瑟任参谋长，并授予上校军衔，由于该师师长曼准将年事已高，不久就退休了，实际上这个师由麦克阿瑟指挥。

在部队中麦克阿瑟非常勇敢，常常身先士卒，并且与官兵们结下了战友情谊。1918 年 2 月 26 日夜，他未报告师长就随法国人的突出队袭击德军阵地，战斗非常激烈，最后大约有 600 名德国人被俘，其中有一名德军上校是麦克阿瑟用马鞭击中擒获的。由于他在这次行动中的突出表现，他获得了首枚法国十字军功章和美国银星章。

在另一次战斗中，麦克阿瑟为了查清敌人阵地的情况，组织了一个夜间侦察小分队，并亲自随小分队一起行动。在前进途中，他们遇到敌军火力的猛烈射击，结果其余的人都死了，只有麦克阿瑟一个人活着返回阵地。

4 个月之后，麦克阿瑟再次获得十字勋章和美国服务优异十字勋章，还因中过毒气而获得紫心勋章（授予作战中负伤的军人）。

6 月 26 日，38 岁的麦克阿瑟被提升为临时准将。

7 月 15 日凌晨，麦克阿瑟指挥彩虹师再度投入战斗。在一次攻击中，他亲自指挥一个营向敌军发起进攻，第一个跃出战壕，冒着枪林弹雨向前冲去，士兵们也呼喊着冲了上来，与敌短兵相接，最后夺取了战斗胜利。

8 月 5 日战斗结束后，麦克阿瑟又因作战英勇又获得两枚银星章和一枚法国十字军功章。

在 9 至 10 月的战斗结束后，他被第二次推荐授予国会荣誉勋章并报请晋升少将。但由于大战临近结束，将官晋升都被冻结，两次提名都被否决。但他却获得第二枚优异服务十字勋章和第二枚紫心勋章。

在战争中，彩虹师在前线 224 天，实际战斗 162 天，共伤亡14683 人，麦克阿瑟立下战功，成为受勋最多的军官之一，也是被提升为准将最年轻的军官之一。

1918 年，他以母亲患病为由申请回国，获得批准。

1919 年，麦克阿瑟从前线回国后，被陆军参谋长佩顿·马奇将军任命为西点军校校长。这样 39 岁的麦克阿瑟当上了西点军校历史上最年轻的校长。麦克阿瑟在西点军校进行了一系列改革，使西点军校富有生机，名望日高。

1922 年冬，麦克阿瑟改任马尼拉军区司令，以后又改任菲律宾侦察巡逻旅长。

1924 年，麦克阿瑟的母亲再次给潘兴将军写信，请求他将麦克阿瑟提拔为少将。这封信起了作用，潘兴在他离职前作出决定。1925 年 1 月，45 岁的麦克阿瑟成为陆军中最年轻的少将。与此同时，他奉调回国，担任总部设在巴尔迪摩的第 3 军区司令。

1928 年，麦克阿瑟又奉命前往马尼拉担任最高军事职务——驻菲律宾美军司令。

1929 年 3 月，赫伯特·胡佛就任美国第 31 届总统，这对麦克阿瑟的晋升是非常有利的，因为他们俩在第一次世界大战时就有过交情，彼此非常了解。

1930 年 11 月 21 日麦克阿瑟就任陆军参谋长，领临时上将军衔。麦克阿瑟当时正好 50 岁，是陆军史上最年轻的参谋长，也是全国唯一的四星将军，年俸 1.04 万美元，军队里唯一一辆高级卧车供他专用。

1935 年 10 月 1 日，麦克阿瑟正式离任参谋长，由马林·克雷格接任。由于他在任参谋长期间，"对制定正确的防务政策以及不断加强国家安全的法律贡献显著"，因而又获一枚服务优异十字勋章。嘉奖令中说："他设想并发展了我国地面部队的四个集团军组织，设想并建立了航空队总司令部，从而大大增强了我国的空防能力；他制订了一项使陆军的战术、装备、训练和组织现代化的综合计划。"

麦克阿瑟卸任后，刚刚55岁，离退休还有9年。于是他又就任菲律宾军事顾问。他的老朋友奎松请他帮助自己建立一支菲律宾自己的军队，这一邀请，麦克阿瑟很愿意，并得到罗斯福总统批准。这样麦克阿瑟保留了美国陆军军籍，享有陆军薪金的同时，又领取菲律宾政府每月3000美元的薪水。

1936年，由于麦克阿瑟训练军队有功，奎松总统授予麦克阿瑟陆军元帅称号。

1937年8月6日，他收到参谋长克雷格的一封信，通知他到10月在菲律宾任职满年后，返回国内接受其他职务。

麦克阿瑟为此大为震怒，他在菲律宾的建军计划尚未完成。正在他没办法的时候，奎松又帮了他的忙，向他许诺将继续留任他为军事顾问。但若麦克阿瑟接受这一许诺，就意味着他必须辞去在美军中的职务。他几乎是毫不犹豫并带着感激的心情接受了奎松的建议，并于9月间以避免阻碍年轻军官晋升为由，向参谋长克雷格提交了一份辞职报告。这一辞职立即被接受了。这样，在1937年11月，麦克阿瑟便正式退出了他为之效力了38年的美国陆军。

如果不爆发第二次世界大战，麦克阿瑟在美国陆军中的活动也许就结束了，但第二次世界大战的爆发，又把麦克阿瑟推上了战场。

1941年6月苏德战争爆发。7月26日，美国宣布冻结日本在美国的资产。同一天，罗斯福宣布以中将军衔（麦克阿瑟离任陆军参谋长后由临时上将仍恢复为少将），将麦克阿瑟召回美军现役，并成立由他领导的远东美军司令部，统辖远东全部陆军和空军。

1942年3月，麦克阿瑟离开菲律宾，到达墨尔本。为表彰他在菲律宾的英勇行为，特授予他国会荣誉勋章。

3月16日，麦克阿瑟就任西南太平洋战区司令。这个战区包括澳大利亚、所罗门群岛、俾斯麦群岛、新几内亚、荷属东印度和菲律宾。

1944年12月他晋升为陆军五星上将，政府授予他一枚勇敢勋章。

1945年8月被任命为他日思夜想的盟军最高统帅。用他负责和主持并接受日本投降，代表盟国签字。这真是无比的荣耀。

在朝鲜战争中，麦克阿瑟共担任着驻日盟军最高统帅、"联合国军"总司令、远东美军总司令和远东美国陆军司令四个职务，集四个司令的职务于一身，大权在握。

但麦克阿瑟却在朝鲜战场上惨败于中朝人民军队之手，以致在1951年被杜鲁门总统解除以上全部职务。

1951年4月16日，麦克阿瑟被免职离开东京前往机场时，成千上万的士兵警察及市民肃立在街道两旁为他送行，他们挥着手、喊话，有的还流着泪。这情景使麦克阿瑟深为感动："像这样一个不久前还在交战的伟大国家能对它以前的敌方司令官如此尊崇，在历史上我找不到能与之相比的先例。"在一阵简短的告别仪式后。麦克阿瑟携他的夫人琼妮机械地、目不斜视地登上飞机。

麦克阿瑟唱着他在军官学校时代经常唱的"老兵未死，只是消失"的歌，离开了日本，回到了美国。

麦克阿瑟的飞机在旧金山降落时，受到加利福尼亚州州长等政府官员、记者和成千上万群众的热烈欢迎，人们簇拥在道路两旁向麦克阿瑟欢呼，使他的车队用了两个小时才缓慢地驶完14英里的路程，抵达他下榻的圣弗朗西斯饭店。在那里，人群挤满了一个街区，使得警察们不得不手挽手护送他一家人进入饭店。

4月20日，麦克阿瑟一家前往他准备定居的纽约，那里更是一片欢腾，各条大街装饰得五彩缤纷。警方估计有 750 万人参加了游行和观看，是有史以来在曼哈顿所见到的最大人群。当麦克阿瑟的轿车经过时，人们向他疯狂地欢呼，所抛扔的彩带和纸屑共有 2850 吨。为上次欢迎艾森豪威尔时所达纪录的 4 倍。不少女人泣不成声，有 18 人因歇斯底里发作而被送往医院。

5 月 19 日下午，美国政府在华盛顿纪念碑广场为他举行了隆重的正式欢迎仪式，国防部长和参谋长们都参加了。

麦克阿瑟回国后参加了参议院军事外交联合委员会的听证会。麦克阿瑟在国会上的讲话历时 34 分钟，有 30 次被那些如醉如痴的议员们长时间的热烈掌声和欢呼声打断。演讲结束后，议员们全体起立，再次向他欢呼，许多人甚至激动得流下了眼泪。但是，由于麦克阿瑟过于清高，固执己见，为自己辩解，并且攻击总统，引起了人们的讨厌，这样就降低了他作为军人在美国人心中的伟大形象。很多人作出这样的论断："麦克阿瑟没有理解政治。所以，他被免职是当然的结果。"但是，如果理解他的处境，就会感到这种论断似乎过于苛刻。因为，战胜眼前的敌人，是赋予军人的最高命令，也是军人的一种荣誉；不能取得胜利的将军，即使很深刻地理解政治，也不能担负国家的重托。

第二次世界大战时的英国陆军总参谋长、当时作为参谋长委员会议主席而著名的阿兰·布鲁克元帅，对朝鲜战争中的麦克阿瑟评述说，可以代表西方国家人的一般看法。阿兰·布鲁克元帅说：

> 麦克阿瑟最终的决断，是从太平洋地区的角度作出的，在这个范围内可能是正确的。……
> 麦克阿瑟被谴责为事先没有等待政治上的批准就实施行动了。但实际上，他所要求的政治上的政策和指导，

未能得到。我认为，在没有得到政治指示的情况下自己
不能在某种程度上承担责任的将军，基本上是没有价值
的。

第三节　李奇微接任总司令

李奇微如是说

　　对麦克阿瑟免职的通知，从结果上看是非礼的。而对李奇微荣升的命令也不一般。

　　4月11日下午，李奇微陪同美军陆军部长佩斯将军在风雪交加的朝鲜战场上巡视。同行的记者突然伸出手对李奇微说："啊，将军，向您表示祝贺。"可是李奇微并不知道记者说的什么事，反问："为什么?"这时记者为难地说："怎么说不知道!"李奇微向佩斯部长打听，但佩斯部长也没有听说。

　　这天深夜当他们回到汉城指挥所时，佩斯将军才接到马歇尔将军发来的公务电报，他也感到困惑不解：

　　　　别理睬我拍去的8743号电报。请你通知马修·B·李奇微将军，他现在是太平洋地区的最高司令官；麦克阿瑟上将被罢免了。请你去东京，在那儿协助李奇微中将接任。

　　可是，佩斯将军从未收到过第8743号电报，原因是釜山的供电系统发生了故障，通信中断了一段时间。这种局面是令人十分难堪的。佩斯将军把李奇微叫到屋外，天正下着冰雹。佩斯将军说："李奇微将军，我的任务是告诉你，你现在就是太平洋战区的总司令了；麦克阿瑟上将被免职了。"

李奇微看完电报后不介意地说："下达命令后几小时了，我还不知道已成了联合国军最高司令官。"

在欧洲，人们为这一消息而欢庆。在伦敦，上、下议院里充满了欢呼声。伦敦的《旗帜晚报》说："麦克阿瑟被解雇了。"法国报纸发表的社论也对此表示赞同，评论说：同盟国不能屈服于"一个讲硬话的人"，一个像麦克阿瑟一样讲大话的人。但是，在仍旧把麦克阿瑟作为幕府时代的将军来崇拜的日本，人们心慌意乱。《朝日新闻》报道说："我们好像失去了一位慈祥的、受人爱戴的父亲。"《每日新闻》说："他的罢官，是第二次世界大战结束以来最令人震惊的事件。"

第二天，即4月12日，为了接替工作，佩斯和李奇微乘飞机离开了釜山，于16时40分到达了日本的羽田。多伊尔·希基将军把李奇微将军带到了美国驻日本大使馆的图书馆，麦克阿瑟正在等候在那里。李奇微抱有一种朴素的好奇心，想看看从最高地位上被免职的麦克阿瑟将军是一种什么样的情绪。

已被解职的麦克阿瑟，并没有什么变化，他在远东美军司令部沉着、冷静、稳健、恭恭敬敬地迎接了他的继任者李奇微。麦克阿瑟把一些主要的指挥问题向李奇微作了简要交待，然后祝他在新的岗位上好好干。

据李奇微后来回忆说，麦克阿瑟将军虽然也谈到突然免职的事情，但没有一点不快和气愤的迹象。对于麦克阿瑟将军如此的表现，李奇微中将表示敬意。李奇微在《回忆录》中说：

　　这种免职，肯定是在伟大经历的顶点遭受的、一切化为乌有的灾难。他丝毫没有表现出受到冲击的样子。而他能够真诚、冷静地应允免职，说明这个伟大人物豁达开朗的品德，应该给予极大的赞扬。

……

　　我作为一个军人，不怀疑'身为最高指挥官的总统对持有反对其意图的意见，并且不服从其命令的任何军官，都有权予以免职'。但是，我从内心里尊重和敬慕麦克阿瑟；同其他人一样，我也感到，即使这样免职，也应采取从容一点的方法。

关于麦克阿瑟与华盛顿的争执，李奇微说：

　　在那场争辩中，谁正确，谁错误的问题，在书写历史之前一定还激烈地争论下去。关于争论的中心即'超过鸭绿江驱逐中国军队正确与否'，我已经表明了个人的意见。

李奇微把搬进麦克阿瑟居住的宫邸（现在的美国大使馆）时的情形，也写进了《回忆录》，他说：

　　麦克阿瑟将军把在十几年间国外生活中收集的所有好东西全部带回去了。留给我的只是一些从战前就在大使馆的基本用品。

对如何评价麦克阿瑟，李奇微有他自己的看法，他说：

　　我本人对麦克阿瑟一直是深表敬佩的。这是通过密切交往而逐步产生的感情，这种感情可以追溯到麦克阿瑟在西点军校担任校长的那些日子。当时，我负责体育课，直接向他汇报工作。由于他对体育运动兴趣甚浓，因而，那几年我有幸常常见到他。后来，直到我到朝鲜赴任之前，与他会面的次数就相当少了。但是，我对他的情况一直很关心。正因为如此，我才得以了解他那复杂性格中为一般人所认识不到的某些如下的毛病。他追求对自己的颂扬，这导致他在某些场合公然要求或者接受那些本不属于他的荣誉，或者推卸那些明明是他自己所犯错误的责任。他爱出风头，这常常使他在所属地面部队参加每次登陆作战时和参加的重大进攻行动发起时俨然以现地实际指挥官的身份出现在公众面前。他热衷于培养自己那种似乎天才人物所必须具备的孤独精神，结果，他几乎发展到与世隔绝的地步（在东京，他的办公室连电话也没有）。这种与世隔绝使他得不到一个指挥官所必需的从自己主要部属那里得到的批评意见和客观评价。他个性倔强（这种个性的形成是由于他在遭到人们坚决反对的情况下曾成功地强行通过了许多出色的计划），这使他有时不顾一切所谓常理而坚决按自己的办法行事。对自己的判断能力过于自信，这使他养成一种一贯正确的毛病，并且最后导致他发展到几乎不服从领导的地步。

我认为，其中一些毛病的产生应当归咎于他那非凡的才能。早在少年时代在得克萨斯军校时，他的这些才能就已经使他在所参加的几乎所有活动中显露头角。他在西点学校时的学术造诣、体育运动水平和领导成就，他透过现象抓住问题本质的能力、他的胆略和魄力，他那乐于迅速、勇敢地追求明确目标的精神，所有这一切最后使得人们不愿意否决他的看法，甚至不愿意在他面前

提出有力的反驳。他那雄辩的口才以及阐述自己论据时
那种生动的样子，也往往能使反对意见烟消云散，使本
来怀疑他的那些人转而怀疑他们自己。他堪称是一位了
不起的名将。

关于4月12日麦克阿瑟在交接班时的表现，李奇微回忆到：

　　　　四月十二日中午，我正在赴京的途中。我前往东京
是为了与麦克阿瑟将军举行一次预备性会议。我从羽田
机场直接前往他的官邸。他立刻以最高的礼遇接待了我。
当时，我怀着人类好奇的天性想看看他在自己的高级职
务被彻底解除之后情绪上有些什么变化。然而，他依然
如故，对即将接替他职务的我表现得泰然自若、温文尔
雅、至善至亲、热情相助。他含蓄地提到了自己被突然
解职一事，但是他的口气中毫无伤心或怨恨的情绪。他
是那样镇定地、毫不震惊地承受了这种打击，这对于一
位处于自己事业颠峰的职业军人来说无疑是一种毁灭性
的打击。我当时就想，这件事很能体现这位伟大人物的
客观性格。

　　李奇微认为：麦克阿瑟所说的胜利不仅仅是指在朝鲜的胜利，
即不仅仅要在朝鲜半岛消灭全部敌军并建立一个在民主政府领导
之下的统一的国家。他所想的就是要在全世界击败共产主义，给
共产主义以"狠狠一击，使其永世不得翻身"。这种打击将标志着
红色浪潮历史性的退落。

就任的感慨

李奇微作为美军第 8 集团军司令官时，他只是对朝鲜战场上的胜利负有责任，他每天所关心的仅限于随着战线的变化而进行的部队的前进和后退问题。

如今，李奇微作为"联合国军"司令官兼盟军最高司令官和远东美军司令官，他就要负责保卫西方阵营的大要塞之一——南朝鲜，为了理解北起阿留申南到台湾的大弧圈的形势，他必须在一夜之间扩大界限。特别是，对苏联会采取什么态度的所谓最大的潜在威胁（估计其空军和空降部队随时都能攻击北海道）如何对付？怎样指导日本的内政？以及如何干预凝视着中国大陆的令人不愉快的台湾问题等等，过去都是麦克阿瑟的责任，但这些难题现在都落到他的双肩上了。

美国政府认为，苏联的威胁可能性很大，并且也是最难对付的问题。可是，当时远东美军能够对抗苏联的兵力，只有配置在日本北部地区的缺乏训练的美第 45 师，和驻扎在日本的西部地区的美第 40 师，日本的中部地区则处在十分空虚的状态。朝鲜战争中，对驻朝美军的补给物资，有六分之五卸在釜山和仁川港，美国人认为：如果苏联介入，可能对这两个港口投掷原子弹。

诸多的问题一起压向李奇微，为此他的感慨很多，他说：

> 这些事情意味着，我必须担负远比过去从事的工作更重大的责任。……这是自日本投降的瞬间到现在一直顺利地同日本政府打交道的世界著名人物担负的工作，我充分地认识到自己继承这一工作的处境。
>
> ……

　　我时常留心原来的自己，也不想显示赋予自己的权威或者保持威严。我自己所能够做到的只是，高度自如地运用上帝赋予我的判断力，遇事能竭尽全力。而且确信，对所提出的问题，只要有分析的时间，什么问题都能解决。

　　作为新任的"联合国军"的最高司令官，李奇微对他的各项职责必须作透彻的分析。他到任后的第一步行动就是从他的参谋人员那里取得一份完整的摘要说明，以弄清他从麦克阿瑟手中接替过来的任务与责任。李奇微的参谋给他叙述了：特定明确的战斗任务；推测明确的战斗任务；受到限制的战斗任务和附加职权等内容。

　　李奇微作为"联合国军"总司令，美国政府给他的使命是：维护"联合国军"的完整；继续在朝鲜打下去（只要他认为胜利的把握很大）；继续封锁朝鲜的整个海岸线；稳定朝鲜局势，如被迫放弃朝鲜，则撤往日本……。另外，李奇微还有权：指挥所有由美国统一管辖的援助南朝鲜的军队；在北朝鲜使用南朝鲜的士兵和老百姓（只要能把他们弄到他手里去充当"联合国军"的工具）。

　　李奇微将军在知道了美国政府对他的要求后，立即给他的主要司令官们发去了书面指示，把自己对他们的要求也一五一十地告诉给他们。

　　李奇微告诫他的主要指挥官们说：

　　我们目前进行的作战行动有可能使敌对行动规模扩大，进而导致一场世界范围的战争。这种危险性是严重的，始终存在的，它使本战区的所有部队，尤其是那些具有进攻能力的部队，承担了重大的责任。

…………

　　在执行赋予我们的任务的过程中，这种责任是始终存在的。它不仅要求我们对自己的上级负责，而且要求我们责无旁贷地对美国人民负责。要履行这一职责，每个指挥员就得充分注意自己的行动可能招致的后果；就必须使所属部队对自己的行动同样充满责任感；就必须建立起经过反复检验、自己感到满意的有效机构来保证对所属部队的进攻行动及所属部队对敌人的行动作出的反应实施控制。归根结底，指挥官本人必须下决心杜绝所属部队可能使目前冲突扩大的任何行动。除非完全符合指示信的精神，否则不得采取此类行动。

范弗里特执掌美第 8 集团军

　　李奇微由美军第 8 集团军司令升入"联合国军"总司令和美国远东军总司令以后，谁来接管美军第 8 集团军又成了一个不大不小的问题。美国国防部长在通知李奇微接任"联合国军"司令时，另外又说，范弗里特正被派往朝鲜去接任一项"由你指挥的职务"。李奇微在与麦克阿瑟会晤后，立即打电话给陆军部长佩斯，表示不知道自己有无权利挑选第 8 集团军的司令官，并询问为什么要求他任用范弗里特将军。但是佩斯部长对此并不比李奇微知道得更多，只得把这个问题转给马歇尔。

　　美军参谋长联席会议迅速处理了这个问题。他们通知李奇微说，是总统亲自提名范弗里特为第 8 集团军的继任司令官，是参谋长联席会议自己建议用"接替由你指挥的职务"的措词。这是因为，美国人考虑到中国大规模攻势的危险迫在眉睫，并认为李奇微可能希望暂时保留对战场的直接指挥，直到具有中国的威胁性被解除为止。美军参谋长联席会议建议在这之前范弗里特可以担任李奇微将军的代理司令官。

但是李奇微将军却认为没有理由延迟把第8集团军移交给新任司令官，李奇微认为：他已经拟定了对付中国人进攻的作战计划，完全可以放心地让陆军参谋人员和下级指挥官辅助他们的新领导顺利渡过困难的熟悉阶段。

范弗里特将军于4月14日12时30分抵达朝鲜的大邱。李奇微将会见了他，并举行了正式的指挥权交接仪式，而后范弗里特将军就立即到第8集团军上任了。

4月16日，李奇微向华盛顿报告说："虽然敌军自2月中旬以来一直处于防御状态，但他们只动用了其富有极大潜力的60多个师中的一部分兵力，他们仍具有随时发起进攻的能力。"三天以后，李奇微明确地限制了范弗里特所属师的推进，因为他坚信中国不久就可能发起进攻，而范弗里特若是越出自己的战线发动进攻，则可能遭到危险。这样，范弗里特在事先没有得到李奇微的许可时，是不能向"怀俄明线"以远派遣任何大部队的。

美军第8集团军是"联合国军"在朝鲜的主力部队，对于如何使用和约束这支部队，李奇微是特别注意的。在给下属部队下达各指示的同时，李奇微特别指示新任美第8集团军司令范弗里特将军：除非美国情报机关做出证明，否则，你只能作如下假设：敌军决心将第8集团军赶出朝鲜或者将它就地消灭，而且苏联随时都可能攻击"联合国军"司令部。他指示范弗里特说：

　　你还应当根据以下前提作战。
　　你的部队将补充到并维持在接近编制装备表规定的

实力水平上。但是，你不会得到大量战斗部队或勤务支援部队的加强；目前尚无法预料你们的作战行动会持续多久；你随时有可能奉上级之命撤至某个便于防守的地区，并在那里不定期地坚守下去；你随时有可能奉上级之命主动撤退，以便及早撤离朝鲜半岛。

对于第 8 集团军的作战任务，李奇微采取了他在美军参谋长联席会议已经给他的行动命令和他对自己所拥有的军事能力二者之间所采取的折衷行动，他指示范弗里特：

> 你的任务是击退敌军对你目前所占据的大韩民国领土（及那里的人民）进行的侵略，并且应与南朝鲜政府合作，在韩国土地上共同建立并维持秩序。

李奇微将军还提醒范弗里特说：

> 你应该指挥部队集中力量使在朝鲜的敌军人员与装备遭到最大损失，同时，应始终保持你所属各大部队建制的完整，保障部队的安全。
> ……
> 采取零敲碎打、不断削弱中共和北朝鲜军队进攻能力的办法对实现这一目标能起很大作战，而且，此举还可破坏中国的军事威望……仅以占领地域为目的之行动本身意义不大或者说毫无意义。

李奇微规定了一条第 8 集团军未征得他同意而不能越过的战线，尽管他并未得到过有关的指示。

显然，李奇微是想对新任野战指挥官保持比麦克阿瑟对他还要严格的控制。

作为李奇微的继任者被任命为第 8 集团军司令官的詹姆斯·A·范弗里特中将，是在野战部队成长起来的，是从士兵连续晋升上来的所谓"士兵出身"的将军，如果不发生第二次世界大战，他最多升到中校，但在欧洲战场上的作战中，他的天资得到了充分的发挥。诺曼底进攻战役时，他是登上了奥马哈海岸的美第 29 师的步兵团团长。尽管他进行了英勇战斗，但该师的战绩很不好。当时，上陆后已经过去 5 天了，该师还停留在上陆当天的战线上，由于德军的猛烈反击而遭受了很大的损失，登陆战役一度陷入局部失败。实地视察战线的艾森豪威尔和布莱德雷将军查明原因，立即撤换了师长等人，让范弗里特上校代理师长。于是该师就象苏醒了似的，突然前进了。不久，他正式提任师长，接着又连续晋升为军长，享有战斗指挥官的盛名。

朝鲜战争前期，范弗里特在美国国内负责部队的教育训练，将十几万补充兵员送往朝鲜，现在他亲自在朝鲜担任作战指挥官。然而，范弗里特在朝鲜战场上的表现并不佳，在中国人民志愿军和朝鲜人民军的打击下，范弗里特的战绩平平。

第六章

中美空军蓝天大角逐，谁说雏鹰不能战大鹏。中国空军轮番参战，"加打一番"。长空搏击，美国"空中英雄"折戟沉沙

第一节　雏鹰在危难之中腾飞

抗美援朝战争，为我年轻的人民空军成长壮大提供了良好的土壤。

在中国人民志愿军于 1950 年 10 月 19 日"雄赳赳，气昂昂，跨过鸭绿江"的同时，刚成立不久的志愿军空军部队即投入了紧张的参战准备：加速组建新部队；建立指挥机构；赶修机场和完善工程机务保障、战时后勤供应等等。从 1950 年 12 月 28 日首次战斗出动到 1953 年 7 月朝鲜停战，历时 2 年零 8 个月，我空军先后有 10 个驱逐师和 2 个轰炸师的部队，共 672 名飞行员和 5.9 万名地勤人员参加了实战的锻炼。总共战斗起飞了 2457 批、264691 架次，实战 366 批、4872 架次，有 373 名飞行员开过炮，212 名飞行员击落或击伤过敌机，共击落敌机 330 架，击伤敌机 95 架。志愿军空军被击落 231 架飞机，被击伤 151 架飞机，共有 116 名飞机员阵亡。涌现了王海、赵宝桐、孙生禄、张积慧、刘玉堤、韩德彩等大批英雄模范人物。朝鲜上空的空战丰碑，永远激励着人们！

首战告捷

1950 年 12 月下旬，志愿军空军第 4 师进驻安东（今丹东）一带的机场，开始随友军进行实战锻炼。1951 年 3 月，成立了中国人民志愿军空军司令部和中朝空军联合司令部，由中国人民解放军空军副司令员刘震任司令员。

　　进入前线机场的飞行员们，个个磨拳掌，恨不能立刻飞上蓝天去惩罚不可一世的侵略者。

　　终于，机会来了。

　　1951 年 1 月 21 日凌晨，志愿军空军第 4 师 28 大队长李汉和同志们一起早早地坐在机舱里待命。

　　"砰！砰！"

　　两发绿色信号弹划破蔚蓝色的晴空。刹那间，6 架米格—15 喷气式战斗机轰鸣着直冲云天。

　　"右侧发现两架敌机。"随着 3 号飞机的报告，李汉也在右下方发现了敌机。此时，20 架骄横的 F—84 喷气式战斗轰炸机正在兜着圈子，肆无忌惮地对清川江大桥进行轰炸、扫射。看着大桥周围冒起的缕缕浓烟，李汉浑身的血液都沸腾了，他大吼一声："攻击！"猛一推操纵杆不顾一切地向敌机俯冲下去。

　　敌机被这突如其来的打击吓慌了手脚，立即四下鼠窜。李汉敏捷地扭转机头，迅速咬住了右后方正在逃窜的两架敌机。他一按炮钮，对准敌人的长机"咚！咚！咚！"就是几炮，受伤的敌机象断了线的风筝，歪歪斜斜地向南逃去。

　　这是一次具有历史意义的战斗，是我人民军队第一次在空中与敌机交锋，我们年轻的飞行员这时的平均飞行时间只有 200 多小时，在喷气式战斗机上飞行的时间更短，仅 20 小时左右。而敌人却有着上千小时的飞行经历，许多人参加过第二次世界大战。但是，他们凭着高度的政治觉悟和勇敢的战斗精神，不仅和帝国主义的第一流空军交锋了，而且夺得胜利！

　　8 天以后，也就是 1951 年 1 月 29 日，李汉首创人民空军击落敌机的战绩。这天下午 1 点 34 分，16 架敌机在定州、安州上空 5000 米高度盘旋，企图袭击安州车站和清川江大桥。李汉奉命率领 8 架战鹰迎敌。

"101注意!敌机方向120度,距离80公里,高度6000至7000米,注意搜索!"地面指挥员及时地发出指令。

"101明白!"李汉一边回答,一边思索着作战方案。

"二中队高度8000米,一中队高度7200米,航向130度!"他故意把出击航向选大了10度,为的是利用阳光,隐蔽接敌。

2个中队,一前一后,保持着整齐的阵容向战区疾进。高高低低的山峰,曲曲弯弯的河流,在机翼下一一闪过。

6分钟后,耳机里再一次响起了地面指挥员急切的声音:"注意左前方!"8名飞行员的视神经一下子紧张起来,仔细巡视着机身周围的每一个方位。

"101!左前方发现敌机,高度比我们低。"孙悦昆兴奋地叫了起来。

这一次,李汉没有忙于攻击。

2架…4架…8架…李汉清楚地看到了分作两层的16架美军F—84飞机。

敌人也发现了我机,开始向着太阳飞去。狡猾的美军飞行员,妄想借着阳光甩掉我机!李汉将计就计,继续前进,把敌机让到了我机群的右下方。

"投副油箱!二中队掩护,一中队攻击!"随着攻击命令的下达,我军4架战鹰右转120度,象4支银箭朝着上层的8架敌机驰去。

遇到突然打击的美国飞机,七零八落地慌忙仍掉副油箱。4架敌机掉转机头扑向我军飞机。

李汉见此情景,一压机头,勇猛地迎了上去。狭路相逢勇者胜。敌人胆怯了。相距还有1000多米,为首的敌机一侧翻,急忙向右躲避。李汉敏捷地向左一侧,从敌机飞行孤线的内侧截了过去。

这时，另外 4 架敌机溜到了李汉的后方，企图偷袭。我一中队 3 架战鹰立即扑了上去，吓得敌人慌忙掉头逃走了。

在同志们的掩护下，李汉稳稳地把敌机套进了瞄准光环。600 米、500 米、400 米，李汉猛地一按炮钮，一下子打出了 40 多发炮弹，敌机拖着长长的黑烟，一个跟头栽进了大海。

与此同时，又有 8 架敌机冲了上来，一直在高空担任掩护的副大队长李宪刚，立即带领二中队迎了上去，"咚咚咚"一串炮弹，吓得敌机仓惶地向海上逃去。李汉率领机群追到了海上，波光粼粼，将敌机黑乎乎的影子映得十分清楚。一架敌机正准备转弯逃走，李汉一带机头，瞄准敌机尾巴打出了一串炮弹，这架敌机又被击中了。我志愿军空军初试锋芒，取得了击落、击伤敌机 3 架，我无一损失，"3 比 0"的战绩首战告捷，在人民空军的战史上写下光辉的一页。

朝鲜战争开创了世界航空史上喷气式飞机对喷气飞机空战的新时代。

我军对美军首次空战的胜利，在双方的心理上都产生了极大的震撼：一个是最古老国度的最年轻的空军；一个是最年轻国家的最老牌的空军。

从一名我军捕获的美军飞行员的话中可以看到美军的心理，他说："我们费了很多功夫研究一个问题，那就是：共军用的究竟是什么战术？我们研究了很久，终于明白，愿来中共的空军没有战术?!"

中国空军真的没有战术吗？

一位英国空军战术专家在在他撰写的《歼击机空战战术》一书中，把朝鲜战争的空战战术作为一章专门进行了论述。书中这样写到：

1950年11月8日，喷气式歼击机首次与F—80遭遇。但是不久人们便发现米格—15是一个可怕的对手……。于是，美国便运来了后掠翼的F—86佩刀式飞机，首批于1950年2月抵达朝鲜。

米格—15以中国一侧的安东、凤城、大孤山和大东沟4个机场为基地。从地理位置上看非常有利于对北朝鲜的工业区和后勤基地进行保护。

米格—15在很多方面都优于佩刀式。它是一种简单的轻型歼击机，除陀螺射击瞄准具以外，没有什么华而不实的东西。在爬升时可以轻而易举地胜过佩刀式，升限也高得多。高度超过20000英尺时，它比佩刀式飞得快；高度越高，这种优势越明显。它也能够通过盘旋来制胜它的美国对手。它的火力很强，有两门23毫米炮，每门有炮弹80发；一门37毫米炮，炮弹40发。它的射击时间虽然有限，只有7秒多钟，但是通常只要命中一、两发就足以摧毁一架佩刀式……。

美国空军第355中队的乔治·琼斯中校介绍他在35000英尺高度上向鸭绿江接近时的情形时说："我在大约3点钟时，在前上方发现了一个亮点。我摇动着驾驶杆，晃动机翼，以引起我的僚机的注意。他朝我这边看，我打了个投副油箱的暗号，接着我又暗示他使用最大战斗功率。我们在亮点下面开始缓慢地盘旋。这时，前方太阳方向又出现了很多亮点。我是突然看到它们的。开始时我什么也没有看到，随后它们跃入了我的眼帘：一群米格飞机正以稀稀拉拉的纵队，一机过江，一机爬高。"

第二节　志愿军空军轮番参战

　　中国人民志愿军和朝鲜人民军经过五次战役，把以美国为首的"联合国军"反退到"三八线"附近，交战双方的战线基本上就稳定在这一地区，到了1951年6月双方进入了战略相持。为了取得战争的主动权，锻炼部队，1951年6月毛泽东主席决定中国人民志愿军采取"持久作战，积极防御"的战略方针，进行轮番作战，不断提高部队的实战能力，并不断打击敌人、消耗敌人的有生力量。

　　1951年7月13日，"联合国军"总司令李奇微要求侵朝美国空军"采取行动以充分发挥空军威力的全部能力"，为此美空军制定了一个以切断朝鲜北部交通线为目标的"绞杀战"计划，企图以空中力量摧毁中国人民志愿军和朝鲜人民军的战略目标，遮断我军后方后勤供给线。为了完成"绞杀战"计划，美军将侵朝空军增加至19个（联）大队，作战飞机达1400多架。

　　我志愿军空军为了粉碎美军的"绞杀战"计划，确保我前方志愿军和人民军能够得到源源不断的后勤支援，并依据毛泽东主席关于"轮番参战"的指示，志愿军空军从1951年9月开始采取"轮番进入，由少到多，以老带新，老新结合，先打弱敌，后打强敌"的方针，以师为单位陆继进入朝鲜参战。

　　1951年9月12日，空4师全师56名飞行员、55架米格战斗机，在师长方子翼、政治委员谢锡玉的率领下，再次进入安东前线担负战斗值班任务。1951年10月20日，空4师经38天的作战奉命转回沈阳休整。在此期间，空4师战斗出动29批508架次，参加敌我双方 200 多架飞机的大机群空战达 7 次之多，并取得了击落美军飞机 20 架、击伤 10 架的战绩。1952 年 1 月 16 日，经过实战锻炼的空 4 师再一次进入前线作战。

在空 4 师调回二线的同一天，我空 3 师 50 名飞行员、50 架米格飞机，在代师长袁彬、政治委员高厚良的率领下进入安东前线，担负战斗值班任务。至 1952 年 1 月 4 日，空 3 师参战 86 天，共出动飞机 2391 架次，进行大小空战 23 次，取得了击落美军飞机 55 架、击伤 8 架的战绩。1952 年 2 月 1 日，毛泽东主席亲笔写下了"向空军第三师致祝贺"的批语，以鼓励志愿军空军。

1951 年 11 月 16 日，我空 14 师 43 名飞行员、40 架米格飞机，在师长王毓淮、政治委员谢继友的率领下，从沈阳北陵机场进驻安东大孤山机场参加作战。

1951 年 12 月 8 日，我空 6 师 42 名飞行员、52 架米格飞机，在师长张志勇、副师长北沙的率领下，从沈阳东塔机场转至安东大东沟机场参加作战。

1952 年 1 月中旬，我空 15 师 48 名飞行员、43 架米格飞机，在师长黄玉庭、政治委员崔文斌的率领下，从公主岭机场进驻安东大孤山机场参加作战。

1952 年 3 月中旬，我空 12 师 45 名飞行员、49 架米格飞机，在师长王明礼、政治委员李明刚的率领下，从上海进驻安东大孤山机场参加作战。

1952 年 3 月下旬，我空 17 师 52 名飞行员、42 架米格飞机，在师长李树荣、政治委员罗斌的率领下，从唐山进驻安东大东沟机场参加作战。

1952 年 3 月底，我空 18 师 39 名飞行员、40 架米格飞机，在师长王定烈、政治委员徐明的率领下，从广州进驻沈阳于洪屯机场参加作战。

李永泰的"空中坦克"

1951年9月25日下午，我雷达发现：敌机5批112架，内有战斗截击机和战斗轰炸机102架，活动于清川江一带。我方100余架战鹰奉命腾空而起直奔战区。

机群前方出现了一条弯曲的亮带——清川江。机身下的几条铁路和公路一齐伸向江上的金川里大桥。这里是联接我前后方的咽喉，也是敌人"绞杀战"封锁的重点地区。

突然，前方1000米处闯过来一批敌机。

我空军一大队大队长李永泰立即发出了战斗命令：

"投副油箱！3号、4号掩护，2号跟我攻击！"说着率先向左下方的8架F—84冲击。

李永泰正要上升占位，猛觉得飞机剧烈地抖动了一下。他回头一看，机翼被打了几个窟窿，后上方4架F—86"佩刀式"正恶狠狠地冲来，情况十分危急！他一个急右转弯，避开了敌人的攻击。这时，僚机权太万斜冲过来，赶开了敌机。李永泰抓住机会瞄准了敌二号机，两次按动炮钮开火。可惜，军械系统已被打坏，眼看着敌机从炮口中逃了出去。这时又有8架敌机向他连连开火，飞机又中弹了。在四面受敌而无法还击的情况下，李永泰毫无畏惧，一会儿来一个垂直跃升，一会儿又一个盘旋下降，在敌阵里左冲右突，上下翻飞，用不规则的飞行动作避开了敌机的一次次攻击，并连连向威胁最大的敌机冲击。终于摆脱了十分困难的境遇，驾驶着中弹30余发，负伤56处，座舱盖被打穿的战鹰安全返回了基地，在以后的战斗中，他先后击落了4架"佩刀式"飞机，被同志们称为"攻不破、打不烂的空中坦克！"

在李永泰反击敌人的围攻时，四号机刘涌新单机与6架"佩刀式"奋勇周旋，沉着射击，打得一架"佩刀式"栽到了地上。首创人民空军击落敌人一再吹嘘的最新式F—86战斗机的记录。

神勇的"王海大队"

1951年11月18日下午2时许，朝鲜北部的大同江和永柔地区上空发现184架敌机。

转眼间，志愿军空军某部一大队的6架战鹰在大队长王海带领下腾空而起，风驰电掣般地赶往战区。

"102！102！左前方发现小狼！"当飞机接近清川江大桥时，王海清楚地看到低空中许多个"黑十字架"正张牙舞爪地扑向大桥，江面上腾起一股硝烟。敌机！F—84！

"跟我攻击！"王海一声令下，6架战鹰迅雷般地从万米高空扑向敌机的上方。

敌机一下子失去了刚才的傲慢劲儿，慌忙把炸弹扔到沙滩上，仓卒应战。一大队和敌机缠在了一起。

很快，敌人从最初的慌乱中重新集结。他们8架飞机首尾相跟，排成了一个大圆圈。

当攻击圆圈中的前一架敌机时，马上就有后一架敌机跟了上来。一大队和敌机推开了磨，但敌机却在一圈套一圈地逐步摆脱困境。王海大喝一声：

"爬高占位！"

6架战鹰"唰——"的一下拉上了高空，又低头猛冲下来，再拉上去，再冲下来……

"螺圈阵"被砸开了！王海瞄准敌机，在500米距离上首先开炮，一架敌机翻滚着掉了下去。

与此同时，僚机焦景文的一连串炮弹，把企图攻击王海的1架敌机打得东翻西歪栽到了地上。

他俩乘胜追击，又击落1架敌机。

孙生禄发扬"刺刀见红"的精神，在300米的距离上打得敌机凌空开花。

60多架敌机被我6架战鹰勇猛的攻击吓傻了，打懵了，惊恐万状，四下逃散。

王海没有恋战，他果断地下达命令："集合返航！"

5比1！一场干脆利落的漂亮仗。

12月15日，太阳驱散了漫天的晨雾。平壤东南方天幕上，一个银色的亮点拨开湛蓝湛蓝的睛空，留下了宛如纱带的一道白烟，这是1架返航的"银燕"。突然，几个苍蝇似的黑点搅乱了这和谐的画面。4架F—86张牙舞爪地追了上去。近了！咬上了！在这万分危急的时刻，我军另4架"银燕"从西边的云端里呼啸着冲了过来。

一大队支援战友来了。敌机不得不放弃了对我机的追逐，返回头来对付一大队。王海和同志们保持了整齐的4机编队，互相掩护，轮番攻击，王海又咬住了1架敌机的尾巴。忽然，空中又冲下来8架敌机。王海临危不乱，一面紧盯着眼前的敌人，一面果断地发出命令：

"108号！截住后面的敌机！"

"102号！你尽管攻击，我在你后面，我掩护你！"耳机里传来焦景文清晰的声音。

"明白！"王海把敌人套进了死亡的光环，刹那间大小炮口一起冒出了火球。几乎是同时，后面焦景文的炮也响了。2架敌机被击中，冒出了滚滚浓烟。这时，王海的耳机里传来焦景文急促的声音：

"102！赶快躲开，后面有狐狸！"王海机警的把机身向右一偏，好险！一串红色曳光弹从左翼下飞过，敌机的炮弹落空了。

当王海把飞机拉起来时，忽然看到焦景文的飞机起了火。他怒火中烧，一边高喊：

"103，跳伞！快跳！"

王海推机头，猛扑到焦景文驾驶飞机的上空，拉上翻下地连续攻击6次，又把1架敌机打得凌空爆炸。

就在这同时，马保堂和刘德林这一对双机已截住偷袭焦景文的敌机。刘德林看到气火了的马保堂不顾一切地穿过6架敌机的火网，劈头盖脑地打出了长长的一串炮弹。从而使焦景文脱险，而攻击焦景文飞机的那个强盗却送了命。敌人不甘心失败，有6架敌机包围了马保堂。

长机遇到了危险！刘德林一转机头，虚发2炮，把6架敌机吸引到自己身边。敌机又死死地缠住了刘德林。他毫不畏惧，在敌机的包围圈里上下翻腾，左冲右突。猛然间他做了大负荷的上升转弯，一下子占据了高度，接着又猛冲上去，对准2架敌机狠狠地开了炮。敌机被击中了，掉到海里砸起了2股高大的水柱。

王海所在的空军一大队，在朝鲜战争中先后空战80多次，共击落击伤敌机20架，荣立集体一等功，架架战鹰上闪耀着光荣的红星。人们赞誉他们是"英雄的王海大队"。

一场8比0的空战

1951年11月23日12时45分，我志愿军空军在平壤以南及东南上空，发现美军F—86、F—84、F—80飞机共六批116架，飞行高度在7000米以上。美军飞机编队进至朝鲜永柔以北和清川江一线时，其中的四批战斗轰炸机将飞行高度降低至500至2000米，并开始对我地面目标进行轰炸和扫射。

　　12时53分，志愿军空军第7团奉命从浪头机场起飞米格－15飞机20架，其中一、二大队各8架，三大队4架，由副团长孟进率领。孟进的飞机位于一大队。我军飞机起飞后，编成了楔形队，飞行高度为8000米，全队经新义州出航。当我飞行编队进至龟城时，志愿军空军指挥部向飞行编队通报："在平壤、顺川、价川有三批敌机，其中一批高度5000米。"

　　我飞行编队接到通报后，立即降低飞行高度至6000米，准备进入战斗。

　　当编队进至安州以南时，志愿军空军指挥部又一次向编队通报："敌机在永柔，向300度方向飞行。"

　　副团长孟进决定歼灭该敌，随即下令编队右转弯。当编队转至永柔以北肃川地区上空时，我五号机大队长刘玉堤报告："左下方发现敌机4架。"

　　孟进立即下达了作战命令："投副油箱，一、二大队攻击，三大队爬高至8000米掩护。"

　　一号机孟进率一中队首先降低高度准备攻击美机。飞机降低高度后，一、二号机丢失了美机的目标，经过认真搜索又发现了8架美机，但因距离远，来不及进行攻击，美机就已逃去。

　　我三、四号机降低高度后向前面通过的3架敌机攻击，三号机向敌长机开炮一次，未中，双机退出攻击后即与长机组分开。三、四号机飞行至清川江口时又发现敌机，再一次进行攻击，也未获战果。之后，长僚机组各自遵令返航。

　　在空战区域的我五号机刘玉堤报告发现敌机后，即遵令率二中队左转下滑准备攻击美机，但在降低高度时丢失目标，遂作180度转弯继续搜索。在搜索过程中，发现我地面有被美机轰炸冒起的黑烟，空中还有我地面高射炮对空中美机射击的弹道烟云，便判断下方一定有敌机，经加强对下方搜索，发现8架F—84飞机穿出烟雾向西海面方向飞去，刘玉堤立即率本中队加速追击，在下降高度追击过程中，七、八号机与长机组分开，未能进行空战，遵令返航。

刘玉堤率僚机王昭明出海5—6公里，追上了最后一对敌机，敌机迅速降低高度，超低空飞行，企图摆脱刘玉堤双机的追击。刘玉堤率僚机急速跟了上去，紧咬美机不放。刘玉堤见距敌已近，一面令僚机攻击右边的敌僚机，一面乘敌长机刚一拉起的有利时机，猛烈射击，将敌击落。此时刘玉堤见僚机只跟随掩护没有攻击，而敌僚机正从右边向左急转，恰好从他前方很近的距离上通过，距离仅为130米，因弹道偏低，刘玉堤便抬机头使弹道上移后，便迅速开炮射击，敌僚机应声起火，坠入大海。这时，僚机王昭明发现敌机数架尾随刘玉堤长机，便迅速开炮驱逐了敌机，后与长机失去联系。

刘玉堤不见自己的僚机后，左驾机升高到3500米，由海上回到永柔以北地区上空，又发现地面有敌机轰炸的黑烟，并发现前下方有7架美军F—84向西海面方向飞去，便向右作下滑转弯，准备攻击最后一架敌机。刚改出转弯，从正下方又飞出一架敌机，与刘玉堤飞机的飞行方向一致，刘玉堤立即将飞机向左侧滑行与美机拉开了距离，准备攻击。该敌机见势不妙，即下降高度企图穿山沟逃跑，刘玉堤紧紧迫了下去。这架狡滑的敌机在200—300米高度上作机动飞行，刘玉堤也以同样的机动飞行咬住不放。当敌机为绕开前面的山头而左转时，刘玉堤立即切半径攻击，在850米距离上，将敌击中，敌机当即坠于一山坡上焚毁。

刘玉堤成功地将敌机击落后，便退出了攻击，向右跃升到5000米高度。这时，他又发现在他飞行的前下方有4架飞机向北飞行，刘玉堤立即追了上去，当追至清川江口时，判明是友机。刘玉堤便随友机飞行，途中发现清川江口约有五、六十架敌机，刘玉堤立即驾机左转带侧滑从敌机群后下方隐蔽接近，准备攻击敌飞机群中最后面的敌双机。当刘玉堤接近至 200 米时，敌双机发觉了我机的跟踪，便左右分开企图逃跑。刘玉堤急速右转咬住敌僚机，在距敌僚机 150 米的距离上，将其击落，而后刘玉堤驾机左转下降高度，从敌机群中冲过，接着又向左以半斜斤斗翻转动作上升到 5000 米高度飞行，向基地方向飞去，并安全返航。

在我一大队与敌机进行空战的过程中，我二大队、三大队和四大队也与美军飞机进行了激烈的空战。

我二大队在跟随一大队下降飞行高度时，发现在肃川以西海面上空有敌机 20 余架，便继续降低高度至 2000 米对敌进行攻击。敌机南逃，我二大队九、十号机立即尾随追击，九号机大队长孙景华很快就追上一架敌机，并准备向敌机开炮，就在这时另有一架敌机企图向孙景华攻击，我十号机杨振玉迅速将该敌驱逐，解救了孙景华的飞机。九号机孙景华在僚机的掩护下，又连续开炮二次，将敌击落。我二大队十一、十二号机在下降高度时与孙景华的长机组分开后，失去攻击目标，未能进行战斗，遵令返航。

我四中队长机为副大队长汪永楼的十三号机，他在率本中队降低飞行高度时，发现左下方有敌机，但因投副油箱晚了些，飞机的飞行速度受到影响，没有追上该敌，未及攻击敌已逃去。之后，我十五号机报告发现下方有敌机，汪永楼令其攻击，十五号机开炮一次，未中。此时，十五号机已被敌咬住，其僚机又与他相距约 2000 米，不能支援，十分危险，于是汪永楼迅速调转机头驱逐了十五号机尾后之敌。十五号机单机返航，汪永楼率自己的僚机和十五号机的僚机，三机编队安全返航。

在此次空战中，我三大队奉令升高担负掩护任务。当升高至 7000 米时，三大队长牟敦康见上空有我方友机，而在三大队的下方清川江口 4000 米高度上有敌机，便主动请求攻击，经我空中指挥员的批准，牟敦康率大队下降飞行高度。在飞行过程中我二十号机掉队。十九号机副大队长赵宝桐发现敌机一架，即放减速板单机攻击，向敌开炮，当即将敌击落。之后赵宝桐又咬住一架敌机，迅速开炮射击，将敌机击伤。被击伤的敌机拉水平转弯企图逃窜，赵宝桐也拉水平转弯，紧追不舍。赵宝桐在与受伤的敌机进行空中格斗时，又发现在他的机尾后有一架敌机准备攻击自己，立即拉杆上升准备脱离，但因速度小未能将飞机拉起，飞机反而下降，赵宝桐急收减速板加大油门增速，才将尾后之敌甩掉。

牟敦康下降高度后，又发现有 4 架敌机向海面方向逃跑，便率自己的僚机进行追击。在追击过程中，又发现右侧距离 400—500 米有敌机 4 架向他们的飞机尾后绕来，牟敦康认为自己飞机速度大，敌机转过来后不可能很快接近，故仍追击前面的敌机，未采取措施。但敌机很快就转过来开了炮，牟敦康的飞机左机翼中弹一发，但牟敦康仍驾机向前面之敌攻击，连续射击两次，将被追之敌机击落。之后，牟敦康率自己的僚机摆脱了尾后之敌安全返航。

13 时 30 分，我空中指挥员下令全团退出战斗返航。返航的途中，有美军 F—86 飞机 40 余架尾随着我空中飞行编队，企图进行偷袭。我空中飞行编队及时加强了警戒飞行，进行有效的空中掩护，美军的企图未能得逞。我空中飞行编队于 13 时 59 分全部安全降落。

在这次空战中，我志愿军空军空中指挥正确，飞行员勇敢机智，密切协同作战，取得了战术优势和空战主动，共击落击伤敌机 8 架，其中大队长刘玉堤击落敌 F—84 飞机 4 架，大队长孙景华、牟敦康各击落敌 F—84 飞机 1 架，副大队长赵宝桐击落击伤敌 F—84 飞机各 1 架。我军只有牟敦康的飞机负轻伤。

美国"空中英雄"倒栽葱

乔治·阿·戴维斯少校是美空军所称"百战不倦的、特别勇敢善战的空中英雄",他有着飞行为 3000 小时的经历,在第二次世界大战中曾参加战斗飞行 266 次。1951 年 8 月,美空军为了取得喷气式战斗机空战经验和增强空战力量,以轮换方式派遣一批参加过第二次世界大战的老牌驾驶员到朝鲜作战。戴维斯就是其中之一。

于是,中美空军的较量,从 1952 年年初以来进入了又一个高潮。

1952 年 2 月前后,美国空军每天早晨都要派出 30 多架飞机,进入到我鸭绿江以南地区进行各种侦察和破坏活动。志愿军空军司令员刘震根据美国空军活动的规律,召集空军作战指挥人员,具体研究了我空军的作战方案,决心以快速的空中歼击行动,再一次给美军以空中打击。同时,我志愿军空军歼击机部队也在积极进行着战斗准备。

1952 年 2 月 10 日上午,美机数批先后侵入平壤、沙里院和价川地区,其中 F—84、F—80 战斗轰炸机 2 批 16 架,在 18 架 F—86 战斗机的掩护下,轰炸军隅里附近的朝鲜铁路线。按照空军司令部的预先作战计划,志愿军空军司令员刘震立即命令志愿军空 4 师起飞 2 个团 34 架米格—15 歼击机,其中以 16 架飞机为攻击编队,18 架飞机为掩护编队,全队由空军第 10 团团长阮济舟率领,采取团"品"字队形,急速飞往战区。

当时,天空布满薄云。我空军地面指挥员不时用无线电提醒空中编队:"加强警戒,注意搜索敌机!""注意敌机利用云层隐蔽偷袭我机。"

朝鲜战争时期的空中作战飞机，还没有现代意义上的空对空导弹。当时的空战，主要是利用空中近距离，以飞机上的机关炮射击来击毁对方。所以在空战中，谁能先发现目标，谁就能夺取主动，先机开火。

我空中飞行员们在飞行中高度戒备，严密地监视着四周的天际。当我军飞机飞过鸭绿江上空时，第12团3大队长张积慧突然发现远方海面上空有二道白烟，这分明是喷气式飞机在飞行中留下的白烟。原来，美机正在利用云层隐蔽地向我志愿军空军机群接近，企图突然发起攻击。

张积慧将情况向带队长机阮济舟作了报告，阮济舟果断地发出命令："投掉副油箱，准备战斗！"

张积慧和僚机单志玉投掉副油箱，即猛拉驾驶杆，爬高占位，准备攻击。当他们抢占到高度优势时，却丢失了目标，自己又脱离编队。一时找不到美机，他们就加大油门，追赶编队。张积慧和单志玉一边向前赶队，一边搜索目标。

突然，张积慧从右后方云层间隙中发现了8架美机直奔下来，为首的2架已经猛扑到他们飞机的尾后。距离越来越近，很快就要到开炮距离。张积慧提醒僚机单志玉"注意保持编队"，然后他猛然地作了一个右转上升的动作，抛掉了美机。

美机冷不防扑了个空，由于美机速度太快一下子冲了过去。张积慧、单志玉的双机反而形成了对美机的追击之势，他们俩于是紧追美机不放，步步逼近。美机机长也是空中老手，他使出浑身解数，进行空中机动，企图摆脱我机。美机先是急俯冲，然后又朝着太阳方向作剧烈的垂直向上飞行，想利用强烈的阳光隐蔽自己，伺机变被动为主动。此时张积慧的僚机紧紧地跟在他的后面，保护着他的侧翼安全。张积慧克服了飞行困难，终于没使美机逃出自己飞机的射击范围，他第一次开炮因角度不对未击中。当张积慧的飞机紧追到距美机600米的距离时，又一次将美机套进了瞄准具的光环中，张积慧第二次开炮，3炮齐发，将其击中。这架F—86飞机，连同它的飞行员一起，坠毁在朝鲜博川郡青龙面三光里北面的山坡上。

张积慧击落美机的长机后，迅速拉起，又攻击另一架美机。这架美机的飞行员惊慌地做着不规则的飞行动作，极力摆脱我机的追击。当张积慧逼近到开炮距离时，美机又突然作了一个上升并转弯的动作，张积慧也敏捷地作上升转弯，并从内圈切半径靠了上去，在400米的距离上瞄准射击，一次开炮，就把这架美机打得凌空解体，七零八落地向下坠去。

前后不到一分钟时间，张积慧在他的僚机单志玉紧密配合下，击落美机2架。空战结束后，当地的志愿军地面部队从美机残骸中找到一枚不绣钢的驾驶员证章，上面刻着：第4联队第334中队中队长乔治·阿·戴维斯少校。据美军称，乔治·阿·戴维斯少校在被我空军击毙前，已经在朝鲜上空执行了60次战斗任务，击落了11架歼击机、3架轰炸机，成为美军朝鲜战场上"成绩最高的喷气式王牌驾驶员"。

朝鲜民主主义人民共和国为功勋卓越的张积慧授予了一枚军功章。

志愿军空军首长致电各部队，表彰张积慧以及张积慧、单志玉长机僚机密切协同的战斗精神，号召全体指战员向他们学习。中国人民解放军总政治部将张积慧的事迹通报全军，并给张积慧记特等功一次。志愿军空军第4师召开隆重的授勋大会，张积慧在会上激动地说：

　　　　今天是我最高兴的日子，在我的胸前，在我心脏跳
　　动的地方，挂上了代表国际功勋的军功章，我感到非常

幸福。我首先感谢党和人民给我的教育。如果没有党和人民，我是不会有今天的。回想起十几年前我还是一个贫农的儿子，我还在山东荣城桥村跟父亲给地主扛活。那时，我从来没有想到能有今天。看看今天，我更爱我的祖国和亲爱的人民。我宣誓：我将更加努力地在空中对敌进行战斗，来保卫我们亲爱的祖国，保卫朝鲜和世界和平！

击落戴维斯，使这次空战的政治影响迅速扩大。1952 年 2 月 13 日，美国远东空军司令员威兰中将在一项特别的声明中承认："戴维斯被击毙，是对远东空军的一大打击"，"是一个悲惨的损失"。美国国会议员为此又对朝鲜进行的战争争吵不休。

戴维斯的妻子也向美国空军当局提出了强烈抗议，她引述丈夫最近写给她的一封信，信上说：

……事情并不像我们想的那么容易。我们损失了这么多的飞机、这么多的人。

……同我作战的对方飞机比我们的佩刀式飞机不知要好多少，我们要做的事情还很多。

戴维斯的妻子申诉说：按照美军的规定，戴维斯是最有权利回国的。

在戴维斯的妻子的抗议下，美军 25 位战俘的妻子也到美国国会前集合请愿，要求还给她们丈夫。一位战俘的父亲考德尔和一位战俘的母亲席德文夫人先后发起和平签名运动，要求美国政府立即停止朝鲜战争。在英国，全国妇女大会直接向丘吉尔请愿，要求英国政府停止支持美国的朝鲜战争，立即撤回在朝鲜的英国军队。

世界其它国家的舆论也不甘于寂寞。

日本《每日情报》杂志在一篇文章中称苏联制造的米格式战斗机"显示了世界最高水平"。

法新社有一篇文章则说："共产党的喷气式飞行员都是出色的空军人员,美国飞行员也普遍赞赏他们的表现。被称为美国第一流空军健将的加布利斯基上校在承认朝鲜和中国志愿军的飞机精良后说:'他们的驾驶员更娴熟,他们的方法也更好了。'"

一个英国随军记者采访了空战回来的一位美军前线驾驶员后,在文章中写道:"盟军飞行员承认共军在空战中的战术技巧给了他们以深刻的印象。"

一个名叫阿米德的澳大利亚飞行员被米格飞机击落后,侥幸逃回基地,一位荷兰随军记者报道:"这位阿米德惊魂未定,说:'那些共产党都是头等飞行员。'"

由此可见,美国空军在朝鲜战场上的失败,在世界范围内引起了相当强烈的反响,美军远东空军也由此对其空中战术进行了相应的调整。

捷报频传

1951年12月2日14时许,美国空军F—86型飞机8批120余架,活动于泰川、博川、顺川地区。14时83分,志愿军空军第3师起飞米格—15型歼击机42架,配合苏联空军4个团反击美机群。第3师第7团为攻击队,由副团长孟进率领,经义州、宣川出航,至肃川、清川江口上空与美军20余架F—86型战斗截击机展开激烈空战。在第7团投入战斗后,第9团担任掩护任务,以大队为单位,活动在肃川、镇南浦和定州地区。此次空战,是志

愿军空军第一次参加双方近 300 架飞机的大空战，共击落美机 8
架、击伤 1 架，我空军被击落 2 架、击伤 1 架。

1951 年 12 月 5 日 12 时 15 分，志愿军空军指挥所发现美机 5
批近 100 架，在肃川、定州、宣川地区活动。遂于 14 时 43 分，令
第 8 师起飞米格—15 型歼击机 42 架，与苏联空军 5 个团的兵力
共同迎战美机。第 9 团由副团长林虎率领 20 架飞机为攻击队，当
进至泰川、龟城之间地区，突然发现美 F—86 型战斗截击机 12
架，分成各 6 架 1 批，分别向第 1 大队、第 3 大队后下方接近。林
虎遂率领全团向左急转弯，投入战斗。第 3 大队四号机飞行员罗
沧海抓住有利战机，创造了开炮距离 340 米、240 米、145 米，接
连击落美机 3 架的近、准、狠射击范例。第 7 团在清川江口地区
高度 6000 米上空掩护第 9 团空战，未投入战斗。此次空战，第 9
团共击落美 F—86 型飞机 1 架、F—84 型飞机 3 架。志愿军空军被
击落飞机 4 架、击伤 1 架。

1951 年 12 月 14 日 9 时 10 分，志愿军空军指挥所发现美机
10 余架，向北飞行。遂于 9 时 20 分令第 2 师第 6 团副团长徐登昆
率领米格—15 型歼击机 24 架，在第 3 师第 9 团的掩护下起飞截
击。到达清川江附近上空后，副团长邢海帆发现左下方美机，即
率第 1 大队投入战斗。从 7000 米高度俯冲，在 4000 米至 3500 来
的高度上对美机进行攻击，邢海帆接连开炮 3 次，击落击伤美 F—
80 型战斗轰炸机各 1 架。第 3 大队七、八号机于平壤以北发现 1
架单独活动的美 B—26 型轰炸机，遂以双机交叉轮番攻击各 3
次。最后，七号机杨木易将其击落。此次空战共击落美机 2 架、击
伤 1 架，首创志愿军空军击落美 B—26 型轰炸机记录。

1951 年 12 月 15 日，志愿军空军指挥所发现美 F—84 型战斗
轰炸机 4 批 52 架，在平壤地区活动。7 时许，第 14 师第 42 团副
团长边逢积率领米格—15 型歼击机 18 架起飞迎战。第 3 师第 9

团副团长林虎率领米格—15型歼击机20架担任掩护任务。志愿军空军机群进至清川江附近,林虎根据情况为使第14师迅速抓住目标进行攻击,遂调整两编队的高度。第42团降低高度至4000米搜索前进,第9团在7000米高度掩护。编队至平壤地区,迅速发现美机。第42团副团长边逢积立即分开兵力投入战斗,由第1、第2大队攻击,第3大队进行掩护。激战中,击落美F—84型飞机2架。第9团在有利高度上掩护,主动支援,驱逐和打击来袭的美机。第1大队大队长王海发现美机企图攻击第42团的1架飞机,便主动率队打击该批美机,全大队共击落美F—84型飞机6架,有力地支援了第42团空战。第3大队在空战中击落击伤F—84型飞机3架,全团共击落美机7架,击伤2架,我空军被击落1架。此次空战共击落击伤美机11架。

1952年1月11日10时,志愿军空军指挥所发现美机11批218架向北进袭。10时45分,第3师奉命起飞米格—15型歼击机30架至清川江口地区上空迎战。第3师第9团和第7团的第1、第2大队未发现目标,第7团第3大队前进至平壤与美机展开空战。大队长赵宝桐击落、击伤美F—80型战斗轰炸机各1架,范万章、严忠祥各击落美F—80型飞机1架。13时30分,指挥所又发现美机18批182架,从海上进至清川江上空活动,有2批F—86型战斗截击机经身弥岛窜到定州上带盘旋。14时28分,第3师起飞28架米格—15型歼击机,其中第9团16架飞机为攻击队,第7团12架飞机为掩护队,到安州、价川地区,担任掩护苏联空军返航和打击美机群掩护队的任务。第9团由清川江上空,转于定州、宣州地区上空,由于美机在海面上空活动,没有战机,遂返航。第7团12架飞机,飞高度1万米至定州上空,与美F—86型战斗截击机展开激烈空战。第2大队在攻击向北飞行的6架F—86型飞机时,美机急剧下降高度脱离,失去战机。在接令返航至泰川上空时，有一批美F—86型飞机企图由后面偷袭。第2大队立即投入战斗。激战中，孙景华、周全声、杨振玉各击落美机1架。第1大队5、6号机在清川口地区上空，遭到由海面上空飞来占有高度数量优势的美F—86型飞机的偷袭。第1中队4架飞机在向平壤方向寻找战机时，于大同江上空遭美F—86飞机从几个方向的袭击，经过战斗，三号机陈东山击落美机1架。此次空战，共击落美F—86型战斗截击机4架，我军飞机被击落3架、击伤1架。

　　1952年1月31日10时07分，美F—86型战斗截击机、F—84型战斗轰炸机共12架，活动于平壤以南黄州、沙里院地区，在5000米高度上对地面目际进行袭击。志愿军空军第6师起飞米格—15型歼击机36架，以第16团为攻击队，第18团为掩护队，由第16团副团长苏国华率领，采取直线出航、远程奔袭的战法打击美机。米格—15型机群在7000—8000米的高度上沿义州、安州向平壤以南方向搜索前进。在第二辅助指挥所的引导下，第16团降低度高至6000米时，发现左前下方有8架美F—84型战斗轰炸机，正在攻击地面目标，遂占据有利高度，以迅速勇猛的攻击动作，对美机实行抵近射击。第1大队大队长许秀玉率僚机先后向左下方两架F—84型飞机攻击，将其僚机击落。第2大队大队长赵文全率僚机攻击左前下方的两架F—86型飞机，未中。3号机朱玉廷率僚机进行掩护时，拦击向尾后迂回的两架F—86型飞机，乘美机水平转弯左右分开之机，切半径占位攻击，将美长机击落。第3大队对美F—86型飞机进行攻击，将其驱散。第18团在8000米高度上有力地进行掩护，将企图袭击第16团的美F—86型飞机4架驱逐，保证了攻击队的安全。此次空战，共击落美机2架，志愿军空军无一伤亡。

　　1952年2月22日10时47分，志愿军空军雷达发现成川地区有美机3批24架，平壤东南40公里处有美机8架在3000米高

度上活动。11时1分，志愿军空军第6师起飞米格—15型歼击机
40架，第18团22架飞机为攻击队，第16团18架飞机担任掩护，
由第18团副团长陈琦率领打击活动于成川地区的美机。起飞后，
成川地区目标消失。地面指挥所随即指挥第6师打击活动于平壤
地区之美机。陈琦率队至遂安上空时，开始区分任务，令第16团
在10000米高度上进行掩护，第18团第1、第2大队在第3大队
的直接掩护下，下降高度至4000米搜索美机。至三登、谷仓上空，
从云隙中发现右前下方3000米高度上的一架美F—26型轰炸机
和2架F—84型战斗轰炸机，正在攻击地面目标。第18团编队相
互掩护向美机展开攻击。陈琦率僚机向右急转俯冲，在距离美机
500米时连续猛烈射击至距离200米，将美B—26型轰炸机击中，
在退出攻击时遭美机火力反击而被击中阵亡。第1大队大队长何
风琴也率僚机向美机进行攻击，第2中队中队长杨海瀛击落美—
84型战斗轰炸机1架。第16团在高空掩护，未与美机空战。此次
空战，共击落美机两架，我空军被击落1架。

　　1952年3月20日13时50分，志愿军空军指挥所发现美战
斗轰炸机2批8架，在7000至7500米高度上活动于平壤以南地
区。14时02分，志愿军空军第15师第45团副团长林广山率8架
米格—15型歼击机，在第4师第12团第1大队8架米格—15型
歼击机掩护下起飞迎战。编队保持8000米高度飞至平壤以北，按
志愿军空军指挥所命令下降高度至5000米，继续向黄州方向搜索
前进。在黄州地区目标消失，遂转至成川地区，打击活动在该地
区的8架美机。第45团编队到达平壤舍人场以东上空时，发现美
机。第45团编队在第12团掩护下，集中兵力，保持一域，密切
协同，向美8架F—51型飞机展开攻击。第一大队大队长樊玉祥
率僚机攻击右下方的美双机，逼近至距离美机160米，连续射击
3次，将其长机击落。团长林广山，右转弯向美机攻击时与僚机分

散，单机将美长机组的僚机击落，接着又向美其它机组攻击，因失去僚机掩护而被击伤。7号机孙忠国率僚机攻击右前方的3架美机，将其中一架击伤。此次空战，第15师共击落美机2架击伤1架，我空军被击伤1架。

1952年4月23日7时56分，志愿军空军指挥所令第4师第10团起飞8架米格—15型歼击机，由大队长陈亮率领，掩护第17师第49团8架飞机进行战区航行。当返航至鸭绿江口附近，准备解散着陆时，地面指挥所和空中编队及时发现宣川、龙岩浦地区有8架美F—86型战斗截击机，在7000米高度上尾随返航飞机。志愿军空军指挥所命令空中编队自行组织掩护。带队长机陈亮果断地率第1中队上升高度，掩护第2中队着陆。此时，美机已下降高度，从左后方向第2中队进行攻击，第1中队以180度左上升转弯动作反击美机。美机遂分散为双机活动。陈亮率中队左转，首先抓住前下方的4架F—86型战斗截击机进行攻击，将其一架击落。接着又反击进入攻击的另一双机，僚机傅毅芝抓住美机压右坡度转弯的时机连续射击3次，将其击伤。同时，3号机李宪刚率僚机攻击左前方的2架F—86型飞机，未中。经过激战，美机向海面方向飞离。此次空战，第4师共击落击伤美机各1架。

1952年5月4日，志愿军空军指挥所抓住天气一度转好的时机，令第15师第43团副团长杨贺荣率14架米格—15型歼击机，于13时48分起飞，利用云层隐蔽出航，到平壤以南打击美小机群。出航高度6000—7000米，至镇南浦上空左转搜索，从云隙中发现左前下方3000米高度上的4架FMK—8型战斗机，遂下降高度投入战斗。第2大队六号机王嗣斌迅速攻击1架美饥，当距离到500米时，3炮齐发，连续射击5次，将其击落。美长机发觉后，立即下滑入云脱离。第8大队一号机王世臣紧迫过去，连续射击3次，将其击伤。王世臣也被后方另一架美机击中，仍顽强地继续向美机进行第四次射击，终将其击落。此次空战，第15师共击落美机2架、击伤1架，我空军被击伤1架。

1952年5月8日，志愿军空军指挥所命令第15师第45团副团长林广山率14架米格—15型歼击机，于10时44分起飞，经义州出航到平壤地区寻美小机群作战。一对双机因机械故障返航，余12架飞机以6架为攻击队、6架为掩护队向平壤方向飞去。至安州附近，指挥所通报，平壤上空有美F—86型战斗截击机8架、FMK—8型战斗机4架，在高度5000米活动。另在平壤东南7000米高度上有8架F—86型战斗截击机正掩护战斗轰炸机攻击地面目标。第45团到平壤以北上空，于前下方发现美FMK—8型战斗机。带队长机求战心切，没有注意美F—86型飞机的变动情况和区分任务，便匆忙率队投入攻击。掩护队没听清命令而转错方向，致使开始投入空战时，队形混乱，多成单机。攻击队五号机江震，向右前方4架F—86型飞机的长机组进行攻击，击落美机1架；接着又向美僚机组攻击，速度过大冲到美机前方，被击伤。6号机房福堂，击伤1架美机后，被另1架美机击伤。掩护队投入战斗后，一号机姬奎、二号机田成捷，对4架美FMK—8型战斗机，其中2架进行攻击，均将其击落，疏于对后方的警戒和相互掩护，在退出攻击时，遭2架F—86型飞机的偷袭，被美机击落。此次空战，第45团8人开炮，共击落美机3架、击伤1架，我空军被击落击伤各2架。

截止到1952年5月底，中国人民志愿军空军已有9个师18个团的歼击部队和2个轰炸师的部分部队参战。参加战斗的飞行员共447名，战斗出动680批、1.11万架次，空战85批、1602架次，击落美机123架，击伤美机43架，我空军被美军击落82架，击伤27架。志愿军空军与美军空军损失飞机的比例为1比1.46。

为此，美国空军参谋长范登堡将军惊呼："共产党中国几乎在一夜之间就变成了世界上主要的空军强国之一。"

第三节　志愿军空军轰炸大和岛

　　大和岛，位于西朝鲜湾中，距鸭绿江口不过 70 余公里，在朝鲜战争期间，是美军和南朝鲜李承晚军的一个重要前哨阵地。在该岛及其附近的小和岛、椴岛、炭岛上，盘踞着南朝鲜"白马部队"及美国和南朝鲜陆海空军情报机关人员 1200 余人，设有大功率的雷达、对空指挥台和窃听机器等设施，日夜侦听和收集朝、中两国的军事情报，指挥其空军轰炸我军事目标和交通运输中心，并经常由此派遣特务潜入朝鲜北部西海岸地区进行破坏活动，成为敌人安插在我眼皮底下的"钉子"。

　　为了歼灭岛上的美国、南朝鲜特务武装，拔除岛上的情报机构这颗"毒钉"，1951 年 10 月底，志愿军总部决定，以志愿军空军第 2、3、8、10 师各一部配合志愿军第 50 军所属部队攻占大和岛等岛屿。志愿军空军司令员刘震和志愿军第 50 军首长一起商定了作战计划，确定空军部队的主要任务是："实施空中掩护，保障攻岛部队在集结地域不受空袭；对椴岛、大和岛、小和岛进行航空照相侦察；摧毁大、小和岛上的敌情报指挥设施；轰炸大、小和岛和岛附近海面的美国和南朝鲜军舰，配合地面部队夺取这两个岛屿。"

　　为顺利完成上述作战任务，志愿军空军经过周密的考虑，对组织指挥作出了以下规定：一、战斗起飞由志愿军空军司令员决定；二、轰炸机部队由设在浪头机场的轰炸机指挥所指挥；三、歼击机部队由空军第 3 师师长在浪头机场统一指挥；四、志愿军空军派出前方指挥所于 11 月 3 日到达铁山半岛之舟山，靠近第 50

军指挥所，负责组织与登陆部队的协同；五、担任空中突击的轰炸航空兵第 8 师（驻沈阳于洪屯机场）"图—2"飞机 9 架，于 11 月 6 日 14 时前完成一切战斗准备，随时听召唤出动；六、歼击航空兵第 2 师（驻凤城机场）以"拉—11"飞机 16 架，与"图—2"轰炸机组成联合编队，遂行全程护航任务；歼击航空兵第 3 师（驻浪头机场）以米格—15 飞机 2 个团的兵力，担任战场空中掩护；七、轰炸机的航线为：于洪屯机场→奉集堡→凤城→丹东江桥→目标→铁山→浪头机场落地。轰炸机的队形为大队楔队。每架轰炸机携带 100 公斤杀伤爆破弹 8 枚、100 公斤燃烧弹 1 枚，全部使用瞬发引信。

轰炸大和岛，是我志愿军空军轰炸部队第一次执行战斗任务，因此全体指战员情绪高昂，迅速地完成了一切战斗准备，只等一声令下，立即起飞。

第一次轰炸大和岛

11 月 1 日，志愿军空军司令部向空军各参战部队下达了作战命令。

11 月 2 日上午，为了更好地了解大和岛上敌军的情况，志愿军空军第 3 师第 7 团 2 大队的 4 架米格—15 战斗机，由副大队长汪永楼率领，对车辇馆至椴岛、小和岛、大和岛进行了航空照相侦察。当天中午，志愿军空军第 2 师第 4 团的 4 架"拉—11"飞机，由大队长徐怀堂率领，对上述岛屿又一次进行了航空侦察。通过这两次航空侦察，基本上了解了这些岛上的美伪军的防御部署情况（包括兵力和工事等情况），为志愿军轰炸航空兵和地面登陆部队的作战提供了可靠的情报。

11 月 5 日夜间，我地面登陆部队一举攻占了椴岛。按照预先的作战计划，为了巩固我登陆部队的作战成果，确保有效地占领椴岛，我志愿军空军开始了对大和岛的全面轰炸作战行动。为了达成此次空中突击的突然性，经空军作战部门的认真研究，决心利用我轰炸部队首次参战的突然因素，使敌人不会预料我空军能轰炸大和岛。在突击时间选择上进一步钻敌人的空子，选择每日的下午 15 时左右。因为每日 15 时左右，敌歼击机大机群在朝鲜北部地区的活动已基本结束，敌机已经返航，当我空中轰炸机群进入后，敌军若起飞一批歼击机企图拦截，也为时已晚。

11 月 6 日，丹东地区风和日丽，云高 1000 米以上，能见度 10 公里，东北风，风速每秒 2 米，这对年轻的志愿军空军来说，是战斗出航的极好天气。

下午 14 时 35 分，随着两颗绿色信号弹的升空，9 架草绿色的"图—2 型"轰炸机，在志愿军空军第 8 师第 22 团二大队长韩明阳率领下，带着雷鸣般的轰响从沈阳于洪屯机场腾空而起，升空后编成大队楔队。这些飞机携带着杀伤弹 72 颗、燃烧弹 9 颗，以高度 2000 米、速度每小时 360 公里向目的地飞行。

15 时 16 分按预定计划在草河口上空与志愿军空军第 2 师第 4 团副团长张华率领的 16 架"拉—11"歼击机会合，一齐向大和岛空域飞去。为保障我轰炸航空兵的航行安全，担任掩护任务的志愿军空军第 3 师第 7 团的 24 架米格—15 飞机，已经提前在到达宣川南面身弥岛的 7000 米上空盘旋警戒。

我志愿军空军历史上第一次轰炸机编队浩浩荡荡地划过天际，以横空出世之势向大和岛飞去。这次空中突袭行动，由于各机种、各部队的所有参战人员明确树立了协同作战的整体观念，严格遵守协同时间，轰炸机与歼击机的协同准确无误，所以进展十分顺利，一切都按照事先的协同计划进行着。

突击编队在经过登串洞上空时，即发现了目标，大队领航主任柳元功命令各机组人员迅速校对轰炸参数，进行最后的准备。15时39分，按时到达大和岛上空。此时从地面的敌军阵地上传来阵阵的轰鸣，原来是敌军的高炮部队在对我轰炸机群进行集团射击。我空中指挥员韩明阳一声令下，各种炸弹几乎同时倾泻在预选目标上。与此同时，大队射击主任杨震天立即组织各机组的空中射击员对地面的敌高炮阵地进行扫射，倾刻间一排排机关炮弹倾泻到了敌军的阵地上，压制了敌人对空火力。没多一会，敌人高射炮就哑了。当我战机编队投弹完毕脱离目标区时，只见岛上大火弥漫，硝烟滚滚。敌人的指挥所完全笼罩在浓烟之中，敌军的弹药库发生了一连串的爆炸声，岸边停泊的两艘登陆艇也被我军的炸弹炸得粉碎。

美国人根本就没有想到，他们一项看不起的志愿军空军竟出动了如此规模的轰炸机编队来空袭大和岛并取得了成功。当美国的几十架F—86佩刀式战斗机匆匆从南朝鲜的空军基地起飞，赶到大和岛前来增援时，我空中英雄的战鹰已奏着胜利的凯歌，返航了。

下午16时19分，轰炸机唱着胜利的赞歌，全部安全降落在浪头机场上。2师、3师担任护航和空中区域掩护的飞机也先后安全返回原基地着陆，我机无一损失。

由于我军在战前准备十分充分，部队提出了"打好第一仗，争取第一功"的口号，有力促进了各项战斗准备工作，根据任务特点和要求，组织了临战训练，进一步提高了技术水平。在这次实战中做到尽远发现目标，一次进入瞄准，轰炸准确，命中精度高。战斗中，我空军取得了投弹81枚，命中目标72枚，命中率高达90%的优异战果。共摧毁目标区房屋45幢，占敌占岛屿原房屋的88%；炸死、炸伤敌作战科长和海军情报队长以下60余人；炸毁敌军房屋40余幢、粮食20余吨、各种弹药15万发及停泊在岸边的两艘登陆艇的重大胜利,彻底摧毁了目标,完成了轰炸任务。此次作战的胜利,使志愿军空军在成长道路上取得了重要经验。

第二次轰炸大和岛

在 11 月 6 日遭我空军轰炸的大和岛敌军,加强了对空防护,并摸清了我空军飞机来向、航线、高度、机种等情况。同时,驻岛敌军加紧了情报和破坏活动,并且加强了大和岛、小和岛的防御。敌军又在大和岛的灯塔地区重建了地面指挥所,继续搜集和侦听我志愿军的情报。每日 21 时至 24 时之间,敌军还派出 3 艘军舰到大和岛、小和岛的附近海域进行活动,并炮击我志愿军第 50 军的阵地。

志愿军第 50 军经过紧张的战斗准备,决定于 11 月 30 日 13 时攻占大和岛、小和岛。为配合地面部队攻占大、小和岛,志愿军空军受命对该岛进行第二次轰炸。志愿军空军第 10 师第 28 团担负了扫清大、小和岛外围敌军阵地的任务。

11 月 29 日 23 时 15 分,两架"图—2"轰炸机在大队长姚长川的率领下从辽阳机场起飞,两架飞机共携带 54 颗炸弹和 33 颗照明弹,一前一后地向目的地飞去。到达目标上空后,前面的飞机投下照明弹为后面的飞机照明,后面的飞机再进行投弹。由于天很黑,加上这次行动是我志愿军空军第一次在夜间执行作战任务,没有一点夜间作战的经验。轰炸机投下的炸弹没有对大、小和岛附近海面美国和南朝鲜军舰构成威胁,但却把在那里活动的几艘美国和南朝鲜的军舰吓跑了。

11 月 30 日 14 时 19 分 30 秒(比预定时间提前 30 秒),志愿军空军第 8 师 24 团 1 大队"图—2"飞机 9 架,在大队长高月明率领下,从于洪屯机场起飞,他们共携带爆破弹 7 枚,100 公斤燃烧弹 2 枚，以纵队队形，航线同第一次战斗。由于提前起飞、编队集合过程中带队长机转弯过早等原因，至使编队到达草河口上空时间比规定提前了 5 分钟，未能按协同时间与担任护航的第 2 师 4 团的 16 架"拉—11"飞机会合，直至凤城以南才与其会合编成规定的战斗队形。15 时 07 分，联合编队通过丹东上空时，仍提前了 4 分钟。这 4 分钟，如果是陆军抢占山头，也许是胜利的转折，然而，对空中战斗来讲，机种部队之间的协同在时间上提前或推后都将给战斗造成不可弥补的损失，一分钟都是不允许的，何况 4 分钟。就因轰炸机编队早到 4 分钟，给这次轰炸行动带来的是悲壮的场面。同时，用鲜血在蓝天上谱写了一曲英雄的赞歌。

当我空军混合编队机群越过龙岩浦上空，刚泛过白色的海岸线时，从我编队的左前方飞来了 30 余架美国空军的 F—86 战斗机，其飞行高度是 800 至 1000 米。美国战斗机首先对我正在飞行的轰炸机群进行射击。而此时，担任掩护任务的我第 3 师的米格—15 歼击机，还在按照原定计划向身弥岛上空飞行，对我轰炸机根本起不到任何保护作用。由于敌机出现得太突然，我轰炸机来不及作出反应，处于十分不利的境地。就在我机发现敌机的同时，敌机已经向我机开火了，我三中队之左、右僚机宋凤声机组、梁志坚机组当即被美机击中。接着，我二中队右僚机又被敌机击中。

在这紧急关头，传来了空军地面指挥员第 8 师师长吴凯的命令，要求我轰炸机"坚决前进，完成任务"。

我空中编队的指挥员、大队长高月明面对这种极其不利的形势，一面向地面指挥员吴凯师长报告空中战斗的情况，一面向编队的各飞机发出斩钉截铁的战斗命令："保持队形，坚决回击，勇敢前进！"。

我空中战机一面以猛烈的火力向美机射击，一面加快飞行速度向预定目标前进。

　　这是一场强弱悬殊的较量，也是一场智慧与胆略的搏击。一方是30多架当时世界上最先进的F—86新型喷气战斗机，一方是20多架第二次世界大战时期的活塞式螺旋桨飞机；一方是罪恶滔天的侵略者，一方是保家卫国的正义之师。

　　倾刻间，炮声隆隆，火光闪闪，西朝鲜海湾上空，展现了一幅近代空战史上蔚为奇观的画卷。

　　驾驶三中队左僚机的宋凤声，在两台发动机都被击中、烈火和浓烟迅速向座舱蔓延的情况下，一面大声向大队长报告："飞机起火！"一面抱着"坚决同敌人战斗到底"的决心，驾着着火的战鹰继续向大和岛前进。火越来越大，烟越来越浓，宋凤声向机组成员发出命令："你们赶快跳伞！我留下来坚决完成任务！"

　　"机长，我不跳！"领航员毫不犹豫地回答。

　　"不能让你一人留下！""要活我们一起活，要死我们一起死！"后舱通信员和射击员坚定的声音传到宋凤声耳机里。

　　"不！不能作无谓的牺牲！我决不会给机组丢脸！""跳伞！执行命令！快！"宋凤声的手紧握着驾驶杆，火烧着了他的衣服，飞机随时爆炸的危险，他下达了不容违抗的命令。

　　战友们含着热泪，离开了座舱，跳伞了。宋凤声驾着受重伤的战鹰，犹如一条火龙向敌巢冲去……

　　三中队梁志坚驾驶的右僚机随之也被敌机击落。敌机加紧了对中队长邢高科驾驶的长机进行攻击。邢高科镇定地叮嘱机组同志："坚决顶住，把敌人火力吸引过来，支援前面的机组完成任务！"他驾着飞机在空中上升、下滑、左侧、右侧、左转、右转，一面机动，一面开炮还击敌人，继续前进着。突然，"哗啦——"后舱盖被敌人从侧后发射的一串炮弹打得粉碎，呼啸的寒风一涌而进。正在后舱奋战的通讯长刘绍基头部负伤，鲜血染红了半边脸颊。他顾不上抹一下脸上的血迹，依然抱着机枪对准了左前方袭来的1

架 F—86 飞机，当这架敌机离他 450 米时，刘绍基狠狠地按下电钮。"嗒嗒嗒……"，没有打中，敌机翻了个跟头，掉转机头就跑。刘绍基紧跟着又是一个连发，子弹像长了眼睛似的，全钻进了敌机肚子，"轰"的一声，敌机凌空爆炸了。空战史上，又增添了活塞式轰炸机击落喷气式歼击机的新纪录。

在三中队与敌机搏斗的同时，二中队张浮琛机组驾驶的右僚机两台发动机先后被击中起火，烈火和浓烟钻进座舱，仍顽强地驾驶飞机跟上编队，直至飞机失去操纵坠入海中，全部壮烈牺牲。

2 架敌机从一中队毕武斌机组驾驶的右僚机的右后方直扑过来，接着又有 2 架敌机从正后方冲来，毕武斌一边拉起机头躲避，一边命令射击员："打掉它！打掉它!"耳机里听不到回音。原来，他们的飞机尾部受重伤，射击员和通讯员都已牺牲。他刚要向右作机动飞行，猛地感到身后一震，一下子昏迷了过去。飞机在急剧下降，从被打穿的座舱盖吹进的寒风，使毕武斌清醒了过来。他使劲地拉起操纵杆，加大油门，继续向大和岛前进。大和岛就在眼前了，毕武斌驾驶的飞机高压油管突然爆炸。油，象泉水一样喷出，火，借助风势卷向整个机身。

"跳伞！赶快跳伞!"空中指挥员高月明发出急迫的呼喊。

毕武斌没有跳伞，而是抱着坚决完成任务的决心，驾着熊熊燃烧的飞机，坚持将炸弹投向岛上目标，终因飞机负伤过重而坠海，毕武斌机组为了中朝人民的利益光荣藏身海底！

在轰炸机的勇士们顽强抗击美机一次又一次凶猛攻击的同时，担负直接护航任务的航空兵第 2 师第 4 团 16 架"拉—11"歼击机，立即在我轰炸机周围 1000 米的范围内，以果断、勇猛的动作，一面与敌机展开激烈空战，一面掩护我轰炸机群向目标上空飞行。

空中格斗是相当激烈的，往往是在一瞬间就能产生胜负。我军使用的是苏联制造的活塞式飞机，这种飞机速度比不上美国的喷气式战斗机，但它转弯半径小，在空中比较灵活，利于机动。

我歼击机副大队长王天保发现有两架敌机从正面扑来，他毫不畏惧地迎着敌机冲了上去。敌机慌忙向右转弯，企图利用喷气机的优越性能，从后面攻击王天保的飞机。这一切王天保都看在眼里，他立即来了一个急转弯，使自己的飞机抢先面对敌机的侧翼，进入了攻击状态。王天保以娴熟的动作，迅速把瞄准光环对准了敌机，按动航空机关炮和机关枪的按钮，三炮齐发，打得这两个家伙歪歪斜斜逃走了。这时一架敌机从后面向王天保袭来，王天保向左调转机头，向我轰炸机群飞去，把这架敌机甩掉了。当他迅速向我轰炸机群靠拢时，又遇到了 7 架敌机的包围，处境十分危险。王天保迅速来了一个急转弯，切半径紧紧咬住了最后一架敌机。前面的敌机一见，立即转弯前来解救，无奈喷气机速度太快，转弯半径比活塞飞机大，未等赶来的敌机进入攻击状态，王天保利用这个机会，迅速发射出一连串炮弹，将咬住的敌机打得冒着黑烟而逃。此时，一架敌机已经咬住了王天保的飞机，王天保沉着冷静，不断灵活地切半径，充分发挥活塞式飞机良好的水平机动性能，一次次地摆脱了敌机的攻击，并乘机把瞄准具光环再一次对准了一架敌机，随着炮钮的按动，敌机变成火球坠入大海。

在这次空战中，王天保共击落敌 F—86 飞机 1 架，击伤 3 架。他的战友、大队长徐怀堂也击落敌机 1 架，副中队长王勇和刘卓生各击伤敌机 1 架。美国空军大肆吹嘘的 F—86 佩刀式喷气式飞机，被志愿军空军老式的"拉—11"飞机纷纷击落和击伤。

轰炸机编队在极其困难的情况下，强忍着战友牺牲带来的痛苦，驾驶着受伤的战鹰，怀着对帝国主义的刻骨仇恨，坚持把复仇的炸弹全部倾泻在大和岛上。此时时钟正指 15 时 21 分。美国和南朝鲜军在岛上的特务部队驻地变成了一片火海。我军投弹完毕后，带队长机下令"编好五机楔队"返航，在拉—11飞机掩护下降落在浪头机场，机场上的人们含着热泪，怀着崇敬的心情，迎接空中勇士的归来。

在这次战斗中，在敌优我劣、敌众我寡的十分不利的形势下，我年轻的志愿军空军发扬了一往无前，压倒一切敌人，而决不被敌人所屈服的精神。他们临危不惧，英勇顽强，谱写了一曲长空壮歌。

志愿军第50军部队在空军的配合下，连夜迅速登岸。第442团先以第1营向小和岛进攻，22时顺利登陆，守军已经撤走。第3营向大和岛进攻，遭敌顽强抵抗，战至12月1日零时全部占领敌军阵地，目的达志。此战，我军收复了大和岛、小和岛、牛里岛、云雾岛等10余个岛屿，毙伤南朝鲜和美军情报人员570余人，彻底捣毁了美国和南朝鲜特务部队的巢穴，有力地支援了朝鲜主战场的作战行动。

第四节　志愿军空军"加打一番"

"加打一番"的部署

　　1952年4月和5月间，朝鲜停战谈判中，美方在遣返战俘问题上坚持所谓"自愿遣返"原则，极力拖延停战谈判，并且企图再次发动进攻，以换回他们在谈判桌上的失败，企图再一次"用飞机大炮来说话"，以军事上的成功来增加其关于解决战俘问题的砝码。

　　中央军委根据当时的战场形势，分析到朝鲜战争可能要拖过1952年，在这种情况下，中央军委决定中国人民志原军以积极的军事行动粉碎敌人的破坏停战谈判的企图，打击"联合国军"的嚣张气焰，以胜利者的姿态出现在下一次的谈判桌上。

　　中国人民志愿军空军党委根据军委的指示精神，要求志愿军歼击机部队进行第二番作战，即已经参加过和正在进行抗美援朝作战的空军部队，继续轮番参战，以增强志愿军空军的战斗力量，在实战中不断锻炼空军部队。志愿军空军的这种作战行动当时称之为"加打一番"，这一阶段的作战，从1952年6月开始，直到朝鲜战争结束。

　　为了全面锻炼空军部队，在"加打一番"的作战行动中，空军的指挥机构亦进行了轮战锻炼。从1952年9月，志愿军空军的指挥任务由中国人民解放军华东军区空军指挥机构来接替，华东军区空军司令员聂凤智担任中国人民志愿军空军代司令员。聂凤智司令员到任以后，便立即率领志愿军空军指挥机构的人员组织计划"加打一番"作战的行动部署。1952年5月19日，经过反复慎重的研究之后，志愿军空军将拟定的《空军歼击机部队加打一番的作战计划》向中央军委和毛泽东主席作了报告。6月4日，空军党委召开扩大会议，布置"加打一番"作战的任务，强调"加打一番"是锻炼空军部队的良好机会，对空军建设有重大意义，必须全力以赴。

志愿军空军"加打一番"的作战部署是：

一、投入的兵力：

共有19个米格—15歼击机团，即第2师6团，第3、4、6、12、14、15、16、17、18师各2个团。考虑到机场容量和作战需要，先以7个师14个团的兵力投入战斗。在安东一线基地作战的部队，三个月轮换一次。正在进行夜航训练的第2师4团，待完成规定的训练课日后即去安东参加夜间作战。

二、任务的区分：

正在一线进行第二轮实战的第3师和第一轮实战的第12、17、18师各2个团，担负第一线作战任务；已经进行过第二轮实战的第4师和第一轮实战的第6、15师，配置于沈阳、辽阳等二线基地，负责支援一线作战。

三、飞行员、飞机的补充：

参战部队飞行员的补充，主要从航校学习的飞行学员和装备米格—9歼击机的部队中抽调；飞机主要向苏联订购或将现有飞机集中起来，供参战部队使用。

四、指挥机构：

也实行轮番锻炼，借以取得经验，提高指挥能力。

志愿军空军"加打一番"的作战，在指导思想上强调：

> 争取主动，尽可能地将空中战线推到清川江及其以南地区，竭力避免在鸭绿江一线基地上空作战的被动态势。要在打敌人机群的同时，积极寻找战机，低空隐蔽出航，深入到平壤、镇南浦一带，打击美空军分散活动的战斗轰炸机小机群，以减少对志愿军地面部队的压力。初次轮战的部队以打战斗轰炸机为主，尔后再逐渐同由F—86掩护的混合机群中的中小机群作战。再次轮战的部队也先打战斗轰炸机，逐步过渡到打F—86的中小机群，最后打大机群。

1952年10月29日，中国人民志愿军司令员彭德怀在安东召开军事会议，研究志愿军空军的作战问题，并就志愿军空军的作战方针、部队轮换、指挥、增修机场、改善侦察通信工作和近海作战条件等问题作了指示。彭德怀司令员强调指出："志愿军空军必须采取积极作战的方针。只有积极作战中，才能锻炼志愿军空军，才能真正取得经验，才能更沉重地打击敌人。"

主动出击清川江空域

美军空军在历时十个月的空中"绞杀战"失败以后，又变化了另外一些"花样"。1952年夏季，美军空军又采取"通过有选择地摧毁目标来达到从空中施加压力"的作战方针，将空中突击的重点从铁路交通线目标转向北朝鲜的重要工业设施与城镇，企图通过对重要目标的空中打击来遏制中国人民志愿军和朝鲜人民军的战争潜力、削弱我军民的战争斗志。

1952年6月19日，美国总统杜鲁门批准了侵朝美军制定的轰炸朝鲜北部水力发电系统的作战计划。

1952年6月23日，美国空、海军出动了飞机300余架次，利用不利于我志愿军空军起飞的天气，对鸭绿江上的拉古哨发电站进行突然袭击。同一天，还对朝鲜北部的赴战、长津、虚川等地的水力发电系统进行了突击。

1952年6月27日至7月18日，志愿军空军与友国空军共同研究制定了粉碎美国空军集中空袭，保卫鸭绿江沿线和东北地区重要目标的作战协同计划。此后，志愿军空军遵行"以保卫目标为主"的方针，为保卫拉古哨发电站、鸭绿江桥以及平壤、元山交通线目标进行了英勇的战斗。

美国空军于1952年6月23日对拉古哨发电站进行大规模袭击后，活动日益频繁，每日出动飞机达300至600架次，企图在雨季到来之前，出动飞机群对清川江以北发电系统、交通干线及鸭绿江沿线重要目标进行轰炸破坏。其活动方法采用由F—86战斗机组成的小编队连续出动，多路进入预定战区。

朝鲜7至10月份的天气多云、多雨，在这样的季节里适合于志愿军空军起飞作战或勉强起飞作战的天数仅占二分之一。志愿军空军首长为了加强锻炼部队，更有效地掩护朝鲜北部交通和鸭绿江沿线重要目标，决心在气象条件允许的情况下，组织第3、12师主动前出清川江上空迎击美军飞机群中的F—86飞机，以阻止其掩护战斗轰炸机接近清川江以北重要目标的上空。

7月4日上午，美国空军出动战斗轰炸机70架，在F—86型战斗截击机的掩护下，企图再次袭击拉古哨发电站。志愿军空军以4个团的兵力打美战斗轰炸机。志愿军空军第12师先行起飞8架米格—15型歼击机截击美F—86型飞机先遣梯队，并将其击溃，迫使美战斗轰炸机中途返航。此次空战，志愿军空军成功地利用防空配系，依靠雷达和利用多云的气象条件，突破美F—86型飞机的阻击屏幕，达到了既以部分兵力缠住F—86型战斗截击机，又以部分兵力攻击战斗轰炸机的目的。

8月4日上午，美空军混合机群在袭击平壤的同时，以一部分兵力对熙川地区的交通干线进行集中攻击。5日11时40分和41分，志愿军空军第12师第34团由第三大队大队长刘焕歧率领起飞8架米格—15型歼击机，担任一梯队。第3师第9团由副团长王海率领起飞8架米格—15型歼击机，为第二梯队。至镇南浦上空，接平壤辅助指挥所命令，由第9团掩护第34团打击活动在沙里院地区的4架美F—80型战斗轰炸机。编队进至沙里院以南，左转弯搜索发现在3500米高度上活动的美机，遂与美8架F—80型、4架F—84型战斗轰炸机展开空战。当4架F—84型飞机发现被攻击后，采取左右相向转弯动作脱离时，被第34团带队长机刘焕歧切半径咬住其中一架，由距离美机600米一直打到距离200米，将其击落。刘焕歧也被美机击中，飞机失去操纵，安全跳伞。同时，三、四号机与4架美F—80型飞机展开激战。三号机李兰茂以急跃升转弯动作向右方两架美机攻击，击伤其中一架。第9团位于9000米高度上掩护第34团空战。为扩大战果，第9团的部分兵力投入战斗。带队长机王海令僚机中队掩护，率一个中队下降高度至3000米，发现美F—80型战斗轰炸机8架在活动，便命令僚机组也投入攻击。王海以迅猛的动作将一架美机击落。此次空战，共击落美机3架、击伤1架。

8月9日6时，志愿军空军指挥所发现大同江口上空6000米高度有美FMK—8型飞机4架。6时21分，第18师第52团奉命由副团长张传智率领8架米格—15型歼击机出击，由第3师第7团副团长孙景华率领8架米格—15型歼击机担任掩护。攻击队与掩护队起飞后在大东沟上空集合，第 7 团 8 机以左梯队队形位于第 52 团 8 机的右上方，经义州出航，保持高度 7000 米向龙冈地区搜索前进。此时，美机已下降高度至 1000 米开始攻击地面目标。志愿军空军编队按平壤辅助指挥所的引导，一边下降高度一边飞向大同江口，并左转弯搜索，未发现美机。掩护队带队长机孙景华，为抓住有利战机，使第 52 团得到锻炼，经志愿军空军指挥所同意，及时区分任务，令第二中队在 4000 米高度上进行掩护，率第一中队下降高度至 1000 米，引导第 52 团搜索美机。随即发现美机 6 架，其中两架已向椒岛方向飞离。孙景华指挥第 52 团由第 7 团第二中队掩护，攻击美机，率第一中队追击向海上方向脱离的美机。第 52 团迅速发现右下方的 4 架美机，张传智率队右转俯冲进入攻击，并将其中一架击落。脱离时，二号机被美机击伤。第 7 团长机孙景华率队追击美机离海岸 30 公里，击落一架美机。此次空战，击落美机 2 架。

在整个 8 月上旬，我志愿军空军共出动 58 批 442 架次，其中 15 批 122 架次与美机空战，击落击伤美机 21 架，给美军空军沉重打击。

在我志愿军空军的不断打击下，美军空军改变了作战范围，将战斗轰炸机的活动范围收缩到了平壤以南地区，而对清川江以北地区则主要利用复杂气象天气进行活动，并增加了中、大机群的出动次数。

志愿军空军也加强了对美空军中、大机群的作战。在 8 月 13 日至 31 日的 19 天内，我志愿军空军共战斗起飞 12 批 80 架次，其中第 3、12 师于 8 月 20 日、22 日在安州、价川地区与美混合大机群空战 3 次。

进入 9 月份，朝鲜半岛的气象条件对我志愿军空军来说仍然不好，但是我志愿军空军仍积极出战，先后粉碎美空军 4 次大机群进袭拉古哨发电站和鸭绿江桥的企图。

9月4日14时14分至50分，美空军出动100余架战斗轰炸机，在80余架F—86的掩护下，分东西两路向拉古哨发电站进袭。我志愿军空军和友空军作了分工，由友空军负责打击西路的美机，志愿军空军第3师7团和第12师36团负责到碧幢、楚山打击东路的美机。第3师7团起飞的16架米格—15飞机，在副团长孙景华的率领下，与利用云层隐蔽的32架美F—86飞机遭遇。带队长机果断地指挥全团投入战斗。他们在敌我力量悬殊的情况下打得勇敢顽强，中队长杨文喝、魏双禄和飞行员郭晨光各击落美机1架，中队长严忠祥、张兆祥各击伤美机1架。我志愿军空7团也被美机击落击伤6架。虽然付出了较大代价，但阻止了美战斗轰炸机接近目标，完成了保卫拉古哨发电站的任务。

9月7日，聂凤智代司令员第一次实施了空战指挥。

9月9日、15日、17日，美军空军又连续出动飞机群，企图袭击拉古哨发电站和鸭绿江桥，均被志愿军空军第3、12师配合友空军将其击退。第一次轮战的第17师参加了17日反击大机群的作战，受到了一次锻炼。

美军空军昼间以战斗轰炸机进袭拉古哨发电站的企图屡遭失败以后，改在夜间以轰炸机进行袭击。9月12日、30日，各出50—60架B—29、B—26轰炸机对拉古哨进行袭击。志愿军空军因不具备夜间作战能力没有出动，我地面防空部队对美机进行了抗击。

1952年10月9日美军在元山地区实施两栖登陆战役佯动，10月14日又大举进攻上甘岭，此时美军空军转为以支援其地面部队作战和破坏战场交通运输为主，对鸭绿江沿岸重要目标的袭击相对减少。

10月间，志愿军空军担任打美F—86大机群的第3、12师，换装了苏制的米格—15飞机。为了掌握这种新型飞机的性能，取得作战经验，他们采取先打几次 F—86 小机群，再参加反击大机群的步骤作战，先后于 10 月 18 日、23 日、25 日 3 次与美 F—86 飞机进行了空战，第 7 团刘振兴和第 34 团苑国辉各击落美机 1 架。这 3 次空战虽然战果不大，但取得了使用米格—15 飞机作战的经验。

10 月下旬以后，美军空军除以一部分兵力继续支援其地面部队作战外，又以大机群对朝鲜北部的发电站、矿山、工厂、仓库和交通枢纽等重要目标进行袭击。志愿军空军根据美机活动规律，积极组织部队出击，并运用钳形夹击、两翼迂回等战术，灵活机动地打击美空军飞机群，空中斗争更为激烈。

11 月 2 日下午，美国空军出动 F—86 型战斗截击机 60 余架，掩护战斗轰炸机 150 余架，进袭拉古哨发电站。当日气象条件较复杂，志愿军空军第 3、第 12 师，奉命各起飞米格—15 比斯型歼击机 1 个团共 28 架飞机，到龟城、定州地区打击美钳制机群之一路。空战中，第 3 师第 9 团集中兵力插入美 F—86 型飞机机群，与 40 余架美机空战于宣川、定州地区。此次空战，将美机拦阻于熙川、元山一线，阻击了美机进袭拉古哨发电站的行动。

我志愿军空军在 11 月 15 日、17 日、18 日和 21 日打美大机群的空战中，又击落美 F—86 飞机 16 架，击伤 3 架，迫使美军 F—84 战斗轰炸机未敢北犯。

1952 年 10 月至 1953 年 1 月间，由于我志愿军空军主动前出到清川江上空作战，多次击退美空军大规模进袭，基本上完成了保卫拉古哨发电站、鸭绿江桥以及新义州至安州、满浦至价川两条主要铁路线的安全。

小编队远程奔袭作战

志愿军空军在前出清川江一线打击美空军大机群的同时，积极以小编队连续出动，至平壤以南打击美单独活动的战斗轰炸机小机群，并且取得了较大的战果。

1952 年 7 月 27 日，第 17 师第 51 团奉命由师领航主任李宏钦率领米格—15 型歼击机 4 架，高度 3000 米，经义州出航，到平壤以南打美战斗轰炸机，编队飞至清川江口上空时，志愿军空军辅助指挥所通报在平壤以南有美国海军飞机活动的情况，李宏钦遂率编队直插大同江口打击该批美机。至龙冈以北上空，发现左前下方有美 F4U 型舰载机 4 架。长机组在僚机组掩护下，左转弯进行攻击。美机发觉遭到攻击后，采取左盘旋的圆圈战术摆脱攻击。长机李宏钦和三号机均因速度大难于占位，未能攻击。四号机王世英左转占位，猛烈射击，将美机击落。其余 3 架美机向大同江口方向飞离。第 54 团 4 机安全返航。

同一天，即 27 日 10 时 30 分，志愿军空军侦听台发现在平壤以南地区有美国海军飞机活动。志愿军空军第 3 师第 9 团由师技术检查主任林虎率领，于 10 时 45 分起飞，经铁山沿西海岸利用云层隐蔽出航，直插镇南浦地区，采取迂回战术，打击该批美机。编队飞至镇南浦上空，开始左转弯向北搜索美机。带队长机林虎利用高射炮射击美机的硝烟，判断美机位置，遂率领编队右转弯，利用云层提前发现美机，并对其展开攻击。美机发觉遭到攻击，仓皇飞入云层脱离。第 9 团以双机为单位对美机进行攻击。三号机张守兰、四号机朱志敏，以急速突然的动作，各击落美机 1 架。五号机刘志田，见美机钻入云层内欲脱离，遂在僚机罗沦海的掩护下，绕至美机飞出云层方向，将其一架截住并击落，接着又将迎面飞来的一架美机击伤。此次空战，共击落美机 3 架，击伤 1 架。

　　8 月 5 日中午，志愿军空军第 12 师 34 团和第 3 师 9 团各起飞米格—15 飞机 8 架，分前后梯队连续出动，到沙里院地区上空打击美战斗轰炸机。当空中编队进至沙里院以南左转弯时，发现左前下方高度约 3500 米有美 F—84、F—80 飞机 12 架，即按辅助指挥所命令，由第 9 团掩护第 34 团投入攻击。第 34 团 3 大队大队长刘焕技首先开炮，击落 F—84 飞机 1 架，三号机李兰茂连续射击，击落击伤 F—80 飞机各 1 架，其余美机相互掩护逃跑。志愿军空第 9 团开始在高度 9000 米进行掩护，后下降高度至 3000 米搜索，又发现 F—80 飞机 8 架，美机作圆圈飞行，企图相互掩护逃跑，我带队长机王海以迅猛的动作，攻击圆圈飞行的最后一架飞机，将其击落。两个团取得了击落美机 3 架，击伤 1 架的战果。

　　8 月 6 日至 10 日，志愿军空军共出动 11 批 92 架次，深入到平壤以南打美军空军战斗轰炸机，共击落 F—84、F—51、F4U、FMK—8 等型飞机 10 架，自己被击落 2 架，击伤 1 架。也有两次遇上了 F—86 小机群，空战结果击落 F—86 飞机 3 架，击伤 1 架，志愿军空军被击落 4 架，被击伤 1 架。在这期间，第一次参战的第 18 师在 8 月 9 日打了第一仗，其 52 团副团长张传志击落FMK—8 飞机 1 架，取得了该师入朝参战的第一次胜利。

　　9 月份，我志愿军空军继续出动打击美分散活动的战斗轰炸机，共进行空战 5 次，击落美 F—51、F4U 等型飞机 9 架。

　　9 月 1 日 15 时 03 分，志愿军空军指挥所发现美出动 17 批100 余架飞机中，仅有 2 批 12 架 F—86 型战斗截击机在平壤、安州地区巡逻，战斗轰炸机 15 批 88 架则分散在平壤至海州地区活动。在美机大部分返航时志愿军空军指挥所命令第 12 师第 34 团起飞两个大队，利用美机掩护力量薄弱之隙，前往沙里院、海州地区打美战斗轰炸机。16 时 58 分，第 34 团第二大队由副团长雷中兴率领 8 架米格—15 型歼击机，经义州、泰川、平壤直飞 "三八线" 附近的海州地区。17 时，该团第一大队起飞 6 架米格—15 歼击机，至平壤地区掩护第二大队空战。地面指挥所通报在海州地区有美 F—51 型战斗机 8 架，高度 4000 米。17 时 21 分，第二大队到达海州以北，上升至预定高度。带队长机雷中兴发现左前方约 5000 米处有美机 4 架正向南飞行，遂指挥编队向左迂回。当接近美机至 500 米时，雷中兴率 1 个中队在僚机中队的掩护下，向美机攻击。雷中兴击落美机 1 架。僚机中队在副大队长阎其维率领下，机动地跟随长机中队投入战斗，对另 4 架美机进行攻击。阎其维从美机左侧切半径占位，当逼进距美机 200 米时，猛烈射击，击落美机 1 架，8 号机高义敬追击 1 架向南飞离的美机，并将其击落。此次空战，共击落美机 3 架。

10 月份，我志愿军空军又前出至镇南浦地区 23 次，但都没有适当的战斗机会，因为美军空军的飞机分散活动的小机群相对地减少了，并且又加强了其对空战的地面指挥与协同，他们一经发现了我志愿军空军飞机的南下作战行动，即令其战斗轰炸机飞向海面躲避或返航。

主动被动转换之战

1952 年 11 月 25 日，中央军委指示：继续发挥勇往直前，大胆攻击的精神，打击来袭之敌，以保卫北朝鲜主要交通干线及中国东北行政、工业中心目标。志愿军空军遵照这一指示精神，积极组织一、二线部队协同作战；采取多梯队连续出动的作战方法，增强对美机持续攻击的力量，强调 "打战术、打技术"，继续扩大战果，乘胜将空中战线向南推进。

1952 年 12 月 2 日 13 时 28 分至 14 时 59 分，我志愿军空军共

发现敌机十六批 116 架。其中 F—86 飞机十一批 72 架,内有 32 架
活动于定州、铁山、龙岩浦、永山市等地区上空,高度 8000—12000
米,掩护其侦察机在铁山半岛及鸭绿江沿岸进行侦察照相。

13 时 41 分,志愿军空军第 3 师第 9 团奉命由浪头机场起飞
米格—15 飞机 12 架,至永山市、铁山、新市洞地区上空,配合兄
弟部队打击敌掩护侦察机活动的 F—86 机群。带队长机为副团长
王海,位于一中队;副带队长机为大队长刘志田,位于三中队。

起飞后右转弯编成蛇行队,经昌城出航。编队进至大馆洞以
东地区上空时投掉副油箱,进入攻击状态,飞行高度为 9000—
10000 米。王海考虑到作 180 度大角度转弯容易把飞机的队形搞
乱,而且影响整个编队的警戒,因此他率队先向右作了 90 度转弯。
至龟城上空时,空军地面指挥部通报:右前方有敌机。王海为了
迅速迎击敌机,又率队向右转 90 度,向指定战区搜索前进。当飞
机进至新市洞与枇砚之间地区上空时,未发现敌机,于是王海又
率编队右转 15 度,此时我飞机编队的飞行高度为 9500—10500
米。编队转过来后,二、三中队因转弯过早,速度又大,冲到了
长机中队右前方。此时王海发现在其左前上方飞来美军 F—86 飞
机 4 架,距我约 1000—2000 米,美军飞机的飞行高度高于我机
200—300 米。面对这种情况,王海遂令五号机率本中队左转攻击
该批敌机。但因美军对我军进行无线电干扰,五号机未听到,反
而错误地率本中队继续右转,美机乘机左转企图攻击二中队。王
海率队准备左转反击该批敌机时,又发现三中队尾后也有 4 架敌
机。据此情况,王海果断地命令僚机组反击三中队尾后之敌,自
己则率僚机支援二中队。三号机孙生禄接令后,率僚机右转,准
备反击三中队尾后的敌机时,发现长机组尾后还有 4 架敌机,距
离更近,威胁更大,即率僚机急左转首先攻击长机组尾后之敌机。
至此,空战开始。

带队长机王海命令僚机组反击三中队尾后之敌，自己率僚机反击二中队尾后之敌机。敌发觉后即下滑左转逃跑，王海未追击而右转，准备协同僚机组反击三中队尾后之敌机。转过来后，不见敌机和我机。飞至义州上空时，命令编队到义州上空作战。当二中队尾后的敌机左转逃跑后，一号机焦景文没有注意到长机右转去支援三中队，仍继续左转追击该批敌机，因而和长机分开。焦景文在追击过程中咬住了敌三号机，连续射击两次，未中，敌机向海面逃去。焦景文退出攻击后遵令返航。

我三号机孙生禄率僚机将长机组尾后敌机驱逐后，又急速右转（此时僚机因动作过猛并受二号机尾流的影响而进入螺旋，至4000米高度改出，单机返航），向三中队尾后敌机开炮。敌发觉后即放弃攻击，下滑左转企图脱离，孙生禄立即跟随敌机下滑。接着敌机又向左上升转弯，企图以优势兵力进行反击。孙生禄利用敌机上升转弯的机会，迅逐切敌半径，咬住敌三号机，在800米的距离上，向敌机射击，当即将其击落。这时其余三架敌机正在向左作180度转弯，孙生禄再次切敌半径，咬住敌四号机，在600米的距离上，进行连续射击，将该敌击落。孙生禄退出攻击后，飞至昌城上空，突然遭敌双机咬尾攻击，他的飞机中弹12发，涡轮叶片被打坏，无线电天线杆被打断。此时，孙生禄也在刚刚过去的空战中将自己的炮弹耗尽，失去反击能力，即猛向右侧滑上升，然后保持大速度直线飞行。敌机第二次射击，未中。孙生禄摆脱敌机后安全地降落在大孤山机场。

在我一大队与美机空战的同时，我二、三大队也与美机进行了激烈的空战。

我二中队长机率队继续右转后，未发现敌机。当二中队飞至义州以北鸭绿江上空时，听到带队长机"到义州上空作战"的命令，遂向左转180度。转弯后长机组与僚机组失去了目视联系，至义州上空时，遵令返航。这时，僚机组的七号机发现前下方有两架飞机，距离约1500米，误认为是一、二号机，率僚机追上拟与其编队，待接近后才判明是敌机，即猛冲下去，在约800米的距离上，向敌机射击一次，未中。敌机发觉后，其长机作半滚倒转向海面逃去，其僚机则猛拉上升，我七号机即随之拉上升，咬住敌机，射击一次，仍未中，敌作横滚动作摆脱。七号机遂与僚机遵令返航。

我三中队右转15度冲前后，因长机中队位于太阳方向，没有看到，即随二中队继续右转。在转弯中十号机报告右后方有两架敌机（是被我三号机攻击后逃窜之敌）跟随，距离约1500米。九、十号机为摆脱敌机的攻击，即向右压坡度猛侧滑脱离，后又上升到10000米，与僚机组失去联系，飞至鸭绿江以北上空后，又与僚机组编在一起，安全返航。

此次空战结果，我中队长孙生禄同志击落敌F—86飞机两架，自己飞机被击伤，安全降落。

孙生禄血染碧空

1952年12月3日14时30分至15时47分，我军共发现敌机128架，战斗轰炸机56架。其中，美军F—86飞机活动于平壤、永柔、顺安地区，以4机和8机编队，在6000—10000米的高度上，掩护其战斗轰炸机的活动。

14时50分，志愿军空军第3师第9团奉命由浪头机场起飞米格—15飞机12架，带队长机为副团长王海，位于一中队。其任务是：迅速、隐蔽地深入至清川江以南，利用敌机以往在该地区戒备不严的弱点，出其不意地打击敌人。

编队起飞后，即左转弯从鸭绿江口沿海岸出航，在航线上一面爬高，一面集合。飞至铁山以东，带队长机王海为了取捷径迅速飞向战区，并占据太阳方向，便于接敌，率队向右作了两次15度转弯，对准清川江口，保持编队向战区飞行。这时，位于后部的四号机，发现右前下方海面上飞来4架敌机，距离1500米，即向三号机报告。三号机孙生禄为防敌机绕至我尾后，危及编队安全，即率僚机右转反击。带队长机王海则率队继续飞向战区，遂行原任务，并主动请示投掉副油箱，爬高至10000—11000米。

当编队到达永柔上空时，王海首先发现右前下方飞来4架敌机，高度9500米，低于我机，尚未投副油箱，他向空军指挥部报告情况后，一面下达"就在永柔地区打"的命令，一面率僚机冲向敌机。接着二、三中队也相继投入了战斗。

一中队孙生禄双机在清川江口右转弯冲向右前下方海面上飞来的4架敌机后，与敌机对头错过，敌机右转后直线下滑，沿清川江向东飞去，我机继续迅速右转抢占有利位置，而后增速追击，在追击过程中，孙生禄向敌长机开炮一次，未中。追至价川上空时，敌长僚机组分开，长机组左转弯，僚机组继续往前飞，孙生禄切半径向敌长机组的僚机射击，亦未中，射击后冲前，遭敌长机攻击。我四号机马连玉即叫长机脱离，自己迅速左转向敌长机进行威胁性射击。孙生禄随之作右上升转弯摆脱，马连玉射击后，跟随长机上升转弯，转了180度时，突然遭到右侧方4架敌机（高度约1500米，距离约600米）的攻击，孙生禄被敌机击落。敌机射击后向右转弯，马连玉切半径咬住敌机，距离540米，向敌僚机射击，敌被击伤下滑逃脱。接着，马连玉见最先发现的4架敌机又转了回来，位于左前侧方，正在右转，马连玉迅速切敌半径，咬住敌机，在580米距离上，向敌开炮，将敌长机击落，其余敌机分散逃去。马连玉退出攻击后，至泰川、龟城地区上空时，遭敌双机咬尾攻击，摆脱后单机返航。

王海指挥编队投入战斗后，在800米距离上，向右前下方的4架敌机迎头射击一次，敌机乱了队形，慌忙投掉副油箱下滑逃窜，与我机对头错过。王海即率僚机右转180度，敌机也作180度转弯，与我机再次对头错过后，向海上逃去，我机左转180度追击，后遵令返航。飞至肃川附近上空时，发现右前方有敌机两架，王海即跟踪敌机，在900米距离上，向敌机射击，未中，敌左转逃窜。王海即率僚机向左转90度，至清川江口上空发现左前方有敌机两架，即在800米距离上，向敌机射击，亦未中，敌机左转逃窜。王海率僚机向左作180度转弯后，发现4架敌机追我单机（七号机），即迅速前去支援，距敌机1000米时，进行威胁性射击一次，敌发觉后，即左转下滑企图向海面逃，王海亦跟着左转，在800米距离上，向敌射击。王海的僚机一面报告长机，一面向右扩大间隔，以便反击，但敌机很快接近并向其射击，焦的飞机被击伤，座舱盖被打坏，速度减小。敌机射击后，有两架冲到前面，对长机有威胁。焦一面呼叫长机脱离，一而贺驶着负伤的飞机迅速向敌射击，将敌机驱逐。这时，长僚机分开，王海单机返航。焦退出攻击后，遭另两架敌机跟踪射击，他急转弯迎向敌机，对头通过后安全返航。

就在王海双机投入攻击时，二中队长机组发现左前方迎面飞来敌机两架，遂左转180度绕至敌尾后，五号机在距敌长机600米时，射击一次未中，因速度大冲至敌机前面，即作半滚倒转脱离，单机返航。在五号机向敌长机攻击的同时，六号机也向敌僚机射击，未中，也采用半滚倒转动作脱离，单机返航。在长机组投入攻击的同时，八号机发现左前方有两架敌机刚投掉副油箱，即向七号机报告。七号机见机会很好，即率僚机左转攻击。转过后，八号机冲到长机前面，在500米的距离上，向敌长机射击，将其击落。在八号机攻击敌长机时，七号机迅速向敌僚机接近，在800米的距离上，向敌射击，将其击伤。七、八号机攻击后，均冲到敌机前面，然后作半滚倒转脱离，相互失去了目视联系，各自返航。

在王海双机及二中队投入攻击后，三中队降低高度，跟随一中队作180度转弯投入战斗，转弯中与一中队失去目视联系，飞到顺川上空时，九、十号机各遭一架敌机咬尾攻击，九号机呼叫十号机半滚倒转脱离，自己也以同样动作脱离，因动作不一致而形成单机，九号机即返航。十号机与长机分开后，又遭敌机尾随射击，左机翼中弹一发，摆脱后返航。僚机组在180度转弯后与长机组失去目视联系，至顺川上空时，发现左前方有4架敌机，双机急左转咬住敌机，十一号机在800米的距离上，向敌四号机射击，将其击落。随后又向敌三号机射击，未中，即率僚机向右上升转弯脱离。至肃川以北上空时，又发现左前方有4架敌机，十一号机即率僚机跟踪迫击，在700米的距离上，向最后一架敌机射击，未中。敌机下滑逃窜，十一号机即率僚机返航。

这次空战的结果，我空军共击落击伤敌F—86飞机6架。我机被击落一架，击伤两架，中队长孙生禄同志光荣牺牲。

12月5日12时38分至13时04分，志愿军空军指挥所共发现美F—86型战斗截击机10批40架、战斗轰炸机12批96架，分散活动在大同江以南地区。其中，美F—86型飞机36架分两路飞至铁山、龟城地区，在10000—11000米高度上，组成拦截线，企图拦阻志愿军空军飞机出击，以达到掩护其战斗轰炸机遂行轰炸的目的。志愿军空军第12师第36团和第4师第12团连续起飞34架米格—15比斯型歼击机与之进行空战。第12师第36团12架飞机由团长王华清率领，于13时起飞。两架飞机因机械故障返航，遂调整战斗序列。编队保持10000—12000米高度，飞至南市洞上空，在地面指挥所的引导下，迅速发现美机并投入战斗。第36团居高临下，采取层次配备，以双机、四机编队保持一域协同作战。

带队长机王华清，在与美机距离300米时连续射击，击落美机1架。第12师技术检查主任鲁珉于12000米高度，率僚机以敏捷的动作，由内侧切半径，连续向美机编队中一双机射击，将其击落。此次空战，共击落美F—86型飞机3架。

在12月6日、16日、23日的战斗中，鲁珉又击落美军F—86飞机3架，创造了5次空战9次攻击，击落F—86飞机5架的战绩。鲁珉被空军政治部授予"打F—86能手"称号。

志愿军空军代司令员聂凤智重视总结空战经验，组织了战术研究小组，每次作战后，都对敌我情况、作战得失等进行探讨。根据美空军活动特点，不拘一格地采取新的作战方法，灵活贯彻"一域多层四四制"战术原则。

1952年12月份，是志愿军空军空战战术运用比较成功的一个月。全月共作战26天，共战斗出动157批1623架次，其中与美机空战34批398架次，击落美机37架、击伤7架，我空军被击落12架、击伤14架。美空军与志愿军空军被击落飞机之比为3.1∶1。

1953年1月6日，中央军委致电志愿军空军第3师，庆祝该师参战十三个月取得击落击伤敌机102架的胜利。电报指出："第3师的光辉战绩，证明了志愿军空军的战斗力已大大提高。第3师积极英勇机敏的作战行动，值得全军学习。"

克拉克的八点行动计划

战场上的胶着状态无法打破，会场上的僵持局面难以解除，怎么办？克拉克朝思暮想，希望找到一条能向中共施加"压力"而赢得"光荣"停战的途径。他同他的参谋班子谋划来谋划去，终于提出一个"克拉克的八点行动计划"：

①轰炸水丰发电站；

②轰炸平壤；

③轰炸平壤至开城的供应线；

④轰炸北朝鲜所有大大小小的目标；

⑤"释放""反共"战俘；

⑥中断谈判；

⑦增强李承晚军；

⑧施放调用蒋军计划的烟幕。

1952 年 6 月 23 日，美军空军疯狂封锁了中朝边境的鸭绿江上的水丰发电站上空，并以 590 余架次进行了轰炸。

1952 年 7 月 11 日，美机 746 架次，又一次轰炸了平壤、黄州地区。残酷轰炸的受害者何止只是朝鲜的平民百姓，他们还无数次地轰炸了没有明显标志的战俘营。5 月 4 日和 5 日，美机就曾两次轰炸并扫射了设在昌城的战俘营；5 月 11 日，美机扫射了设在江东的战俘营，使 4 名战俘受重伤；7 月 11 日，轰炸平壤的那天也轰炸了设在墨岘的战俘营，炸死战俘 13 人，炸伤 72 人。

威兰眼中的中国空军

中国空军与美国空军经过几番连续的空中交战，美国的飞机损伤严重，"大国空军"的威颜一扫而光，美国空军的军官们再也不能小瞧中国空军这只"雏鹰"了。在失败面前，美国远东空军司令威兰将军也在不断地研究中国空军的技术和战术。朝鲜战争进入 1952 年以来，关于停战的谈判是在双方不断的战场拚杀的伴随下进行的。为了迫使中国进一步的屈服，美国决定以更大规模的军事行动来对中国施加压力，使中朝接受美国的停战条件，而这一军事行动的主要任务要由美国的空军来完成。威兰将军认为，中国的空军已经不是朝鲜战争初期的中国空军了,从数量到技术,都令美国刮目相看,美国在朝鲜的军队要完成这一任务不是一件容易的事。威兰认识到:

> 只有在我方有了制空权的情况下,联合国军的空中威力才能够攻击那些足以促使共军接受合理停战条件的目标,我方有了制空权还能瘫痪战线以北占数量优势的共军地面部队的机动能力,妨碍其进攻计划的实施,联合国军有制空权后使得共军认识他们在朝鲜的绝望处境。

> 由于共方认识到空中威力是在北朝鲜取得胜利的关键,而且担心联合国会把空中攻击的范围扩大到远东的其它区域,所以他们在朝鲜周围加紧建立了大量的空军部队。1952 年 6 月,中国共产党空军显然已经达到 22 个空军师和 1830 架飞机的预定实力。大约有 1115 架飞机集结在满洲境内的机场上。1952 年上半年,苏联在远东的空军部队所有的飞机也达到了大约 3560 架。在远东地区,共产党的飞机编制数稳定在 7000 架左右,其中 5000 架属于俄国,2000 架属于中共,还有大约 270 架属于北朝鲜。当飞机数目固定以后,共军又积极进行了一项将螺旋桨式飞机更换的工作。美国远东空军当局于 1952 年 11 月获悉,中共已经接收了 100 架最新式的伊尔—28 型喷气式轻轰炸机。并将其配置在满洲。共军在远东的空军实力不仅数量上超过了联合国军,而且比联合国军拥有更多的新式飞机。

> 尽管自从 1952 年 6 月以后,共产党空军开始以理论上的空中优势压倒了联合国军。但至少在当时,共产党

空军指挥部看来只打算把他们的空中兵力用于对北朝鲜和满洲进行进攻性的空中突击。沿鸭绿江巡逻的 F—86 飞行员报告说，共军除了安东、大东沟和大孤山的机场以外，又在宽甸、凤城、大堡和卡家坝增修新的机场。安东仍然是这个机场网的主要指挥所和后勤中心。米格—15 截击机配置在其中五个机场上，每个机场都能保证 300 架飞机进行连续的活动。按照美国的标准，中国的这些机场是简陋的，缺乏对飞机进行维修和加油装弹的设备，但实际情况表明，共军宁愿降低一些飞行安全和个人舒适的标准，但仍能保证相当高的出动率。

中国空军的飞速发展，的确震慑了美国。

美军对我军的空军配属设施也关心备至。有一份写给他们上司的报告中这样记载着：

共产党空军建立一个由 25 个预先警报雷达站和 11 个地面控制截击雷达站组成的巨大雷达网。他们利用这个雷达网提供情报，保证设在安东的中共和北朝鲜的联合作战中心能及时命令米格—15 截击机紧急起飞。敌人的预先警报雷达的探测范围最远能达到三八线以南，而敌人的地面控制截击雷达的探测效率则以朝鲜西海岸一带，特别是安东以外围 90 里半径以内的地方最为有效。最初，志愿军只有一些七拼八凑的陈旧过时的雷达，其中有一些显然还是美国制造的，但到 1952 年下半年，共产党空军在安东设置了一台显然是苏联造的最新式的地面控制截击雷达，其性能与联合国所用雷达一样好。从 1952 年 6 月以后，共产党空军在防空作战方面开始使用种种地面控制截击设备，白天他们出动安东外围机场上的米格—15战斗机，夜间则混合使用喷气式和活塞式昼夜间战斗机。

　　共产党空军为了对他们在北朝鲜的军事设施进行就地防御，就在1952年冬将高射炮兵力加强了最高峰，一共约有786门大口径高射炮和1672门小口径高射炮。主要的大口径高射炮是苏式85毫米口径的M—1939型炮，有效射高约为25000尺。主要的小口径高射炮是苏式37毫米口径的M—1939型炮，射速约为每分钟160发，有效射高约为4500尺。共产党空军高射炮的配置是随着联合国军空军的攻击目标而转移的，但是大部分的大口径高射炮和炮瞄雷达，以及相当多的小口径高射炮，通常都集中配置在平壤、新安州、安东、新义州、水丰、和满浦镇的外围。共产党空军由于缺乏炮瞄雷达，而且被迫使用昼夜战斗机执行夜间战斗机任务，因而广泛使用了探照灯，通常在安东、新义州、水丰、平壤和新安州大桥的外围都配置有二三十台，而在清川以北的任何地方，共产党空军所配置的探照灯通常都能将夜航飞机捕捉住。在晴朗的夜间，探照灯光柱都能照射到3万尺高度。足够数量的探照灯还附有雷达装置或枪声装置，当雷达装置或枪声装置判定飞机位置并进行跟踪后，其它用目视瞄准的探照灯就立刻开灯，对飞机进行集束照射。共产党空军的探照灯随时可以移动，经常从一个地方转移到另一个地方。

　　1952年6月以后，共军的防空体系已经包罗了战斗截击机、地面控制截击雷达、高射炮和探照灯，但对联合国军的空中优势来说，主要威胁仍然是米格—15。志愿军的截击机不仅对我们顺利实施从空中施加压力的战略是一个威胁，志愿军米格飞行员的安全基地就在鸭绿江北岸，他们飞机实用升限高于联合军的任何战斗机，而且他们还有地面控制截击雷达的引导，因此志愿军空军在清川江以北称为米格走廊的空域内几乎占有空战的一切有利条件。1952 年 6 月以后在北朝鲜发现的将近 90％的米格飞机，可以说都是在面积 6500 平方里，或者说容积 65000 立方里的米格走廊内活动的，由于敌人可以选择任何时机出动飞机，而且米格飞机几乎随时都可以从较高的高度上实施攻击。因此，早上适用的战术，到了下午可能就过时了。

F—86 的典型活动方法一直是使用若干个流动 4 机编队以大速度巡航，沿鸭绿江进行巡逻封锁，而温顿·马歇尔少校则认为 F—86 飞行员所使用的另一种战术出是很有价值的。他说，"在我们过去所用的最好战术中有一种成功的美国式的老打法，那就是不管我们有多少架 F—86，也不管志愿军的米格飞机有多少架，我机总是冲进敌机的编队，这样经常会引起敌机队形的混乱。尽管有时敌机在数量上大大超过我军，在这种情况下他们也往往会掉头逃往鸭绿江北岸。"F—86 能否完成战斗任务也取决于在北朝鲜上空航行的志愿军飞行员的技术水平。从 1950 年 12 月以来，F—86 和 F—86E 型佩刀式飞机一直在不利的条件下与米格—15 作战。哪一种飞机"最好"，是 F—86 还是米格飞机，几乎每个人都有自己不同的看法。但这场争论却得到一个基本的结论：米格—15 的机体轻，发动机的推力大；F—86 的发动机的推力也大，而机体重。谁也舍不得放弃 F—86 机体的这种坚固性。到了1951年秋天，第四战斗机大队希望能够试制一种能产生5000到7000磅推力的新型发动机，安装在F—86上。1951年12月，美国空军当局宣布了有试制这种推力喷气式发动机的必要，但在最近时期，他们充其量只能提供J—47—GE—27型发动机，这种发动机只能产生5910磅的最大战斗推力，当时已经在F—86F上使用。1952年6月，第一批运到远东的F—86F飞机分配给了第51联队所属的新建第39中队。1952年9月，第4联队所属的第335中队也接收了这种新型的F—86。

美国空军研究与发展部部长帕特里，非常了解美国驻朝鲜空军的需要，因此他于1952年1月初把美国空军研究与发展部的全部力量都投入一项在设法改善F—86性能的首要任务中去。好几种方法试过了，但最显著的改进是减少F—86的空气阻力。根据后掠式机翼的失速特点，F—86采用了在飞行中能够伸缩的机翼前缘缝翼，以保证飞机在降落时有较小失速速度，在飞行中则有较大的速度。尽管前缘缝翼在飞行中可以收回来，但它仍要产生些阻力。北美公司的专家门建议把F—86的前缘缝翼用蒙布和明胶密封起来，美国空军研究与发展部的莱特航空发展中心的试飞员按照这个建议进行了试飞，取得了很好的效果。后来又用这种"前缘没有翼缝"的机翼进一步作了试验，试飞结果表明飞行性能有了显著的改进。"

空军掩护反登陆作战

1952 年 12 月，当选为美国总统的艾森豪威尔到朝鲜前线进行了一次秘密视察，回国后他宣称：要以"行动"而不是"言语"来打破僵局。远东美军继而准备进行一次大规模的进攻，他们打算在"三八线"正面大量牵制我军，而后在我军的侧后进行一次比仁川登陆规模还要大的登陆行动，以彻底改变朝鲜战争的局面。

针对美军的企图，我军也采取了相应的措施：一面在"三八线"正面与敌反复争夺；一面在朝鲜东西海岸线上进行抗登陆作战的各种准备。

在这个期间，中美空军围绕着登陆与反登陆准备进行了一系列的斗争。

1953 年 1 月 13 日 13 时 22 分至 15 时 27 分，美国空军出动 4 个梯队 172 架战斗轰炸机，在 100 余架 F—86 型战斗截击机的掩护下，突击清川江桥，破坏永柔、镇南浦等地区的交通运输线。志愿军空军指挥所当即组织一、二线部队共 7 个团，起飞 96 架米格—15 比斯型歼击机，分 3 个梯队进行反击。由第 3、第 12、第 15 师组成的第一、第二梯队分进合击，第 3、第 12 师各 1 个团由铁山向龟城、昌城方向出击，第 15 师 1 个团为第二梯队支援一梯队作战；二线的第 4、第 6 师担任掩护一线部队退出战斗和返航着陆任务。第一梯队的第 3 师由副团长赵宝桐率领 12 架米格—15 比斯型歼击机，于 13 时 44 分起飞，上升高度至 10000 米，向铁山地区前进，与美 4 架 F—86 型战斗截击机遭遇，遂越过该批美机插至铁山宣川上空，与美机展开空战，大队长刘志田击伤 F—86 型飞机 1 架。第 15 师第 43 团的 12 架米格—15 比斯型歼击机由大队长李春贵率领，于13时45分起飞，到云山、价川地区配合第3师作战，后按指令飞向昌城地区，与美机空战。第12师第36团由团长王华清率领12架米格—15比斯型歼击机，于13时54分起飞，由铁山向龟城方向出击，配合第3师作战。第二梯队的第12师第34团，由团长郑长华率领，于14时09分起飞16架米格—15比斯型歼击机，为第3师的后续部队并支援本师第36团作战。当时，第3师在宣川地区与美机空战，第36团也在龟城地区投入战斗。第84团即按地面指挥所命令转向昌城地区前进。转弯中遭4架美F—86型飞机攻击，遂投入战斗。第1中队长机阎其维在距离美机400米时开炮射击，击落美机1架。四号机高义敬击落美机1架后，也被击落。第15师第45团于14时15分起飞16架米格—15比斯型飞机，到北镇地区支援第43团作战，至昌城以南上空，因疏于警戒，被美机击伤1架。第三梯队的第4师第10团，于14时13分起飞8架米格—15比斯型飞机，又于14时55分起飞8架米格—15比斯型飞机，掩护第二梯队着陆。此次空战，共击落美机两架，击伤1架，我空军被击落击伤各1架。

1953年1月15日，美F—86型战斗截击机分数路至清川江以北地区活动。志愿军空军第12师奉命起飞16架米格—15比斯型歼击机前往截击。带队长机团长郑长华率领编队进至宣川以北，发现6架F—86型飞机。根据美国空军惯用的多批跟进战术，判断该批美机可能为先头编队，为免遭美机后续编队的袭击，遂命令编队，"继续前进，打后边的"，并令第四中队监视美机。当编队进至龟城至大馆之间上空时，果然发现8架美F—86型飞机，遂与美机展开空战。六号机、十号机各击落美机1架，十二号机击伤美机1架。此次空战，击落美机2架、击伤1架。

1953年1月20日13时32分，志愿军空军第15师第45团，由第二大队大队长吴胜凯率领，起飞12架米格—15比斯型歼击机，到昌城地区配合第 12 师 12 架米格—15 比斯型歼击机反击美飞机群。第 45 团编队在昌城东南 12000 米高度上与美 8 架 F—86 型战斗截击机展开空战。第一中队长机第三大队大队长姬长奎发现右下方 3000 未有美 F—86 型飞机 4 架，遂率队投入攻击。当接近美机至 1000 米距离时，为美机发觉。当美机编队分开各左右急转弯脱离时，僚机房福堂将其击落 1 架。在第一中队向美机攻击时，长机中队发现左后方的另 4 架 F—86 型飞机，带队长机吴胜凯遂命令第三中队进行攻击。第三中队长机副大队长李世英迅速咬住美长机，连续射击 4 次，将其击落。此时，美一僚机由后方攻来，为掩护长机李世英，僚机阎清水将美机击落，在退出攻击时，遭攻击受伤。此次空战，共击落美机 3 架。

1953 年 2 月 17 日 15 时 34 分，志愿军空军指挥所陆续令第 17 师第 51、49 团起飞 3 个中队到镇南浦和大同江口地区打击分散活动的美军小机群。第一中队 4 架米格—15 比斯型歼击机，在镇南浦上空 4000 米高度发现美国海军 F4U 型战斗机 6 架，二号机张国禄立即冲上去攻击，速度过大而冲前。美机遭到攻击后，利用其速度小、转弯性能好的长处，采取圆圈防御战术脱离。张国禄又以上升左转反扣的动作再次攻击美机，击落其中 1 架。第二中队听错命令，中途返航。第三中队在大同江口地区发现美海军 F4U 战斗机 4 架，随即投入战斗。三号机耿东清按中队长机命令，首先对以圆圈战术相互掩护的美机进行攻击，连续射击 3 次，击落美机 1 架。四号机李春梦发现美机向三号机攻击，即行反击，击落其中 1 架。二号机陈太渠在长机下令返航时，发现左前方的两架美机，遂以迅速的攻击动作，将其一架击落。此次空战，共击落美机 4 架。

1953 年 3 月 13 日 12 时 09 分至 55 分，志愿军空军指挥所发现美国空、海军出动各型战斗截击机、战斗轰炸机和侦察机 168 架编成的混合飞机群,分两个梯队,向北进袭。第一梯队 32 架 F—86 型飞机,先以 4 架沿东线直飞江界、楚山地区,用以钳制志愿军空军侧翼部队,继之以 12 架 F—86 型飞机沿中线飞向北镇、昌城一带,诱使志愿军空军主力东向,并阻击由昌城出击的志愿军空军。随后以 16 架 F—86 型飞机掩护 16 架 F—84 型战斗轰炸机,沿西线经镇南浦、铁山,袭击鸭绿江安东江桥。第二梯队 F—86 型战斗截击机 40 架紧随前一梯队,支援一梯队作战。其余战斗轰炸机 64 架,分散活动于清川江以南德川、永柔、沙里院等地区。另有海军飞机 16 架,活动于元山一带。为了防止美机袭击鸭绿江一线目标,当其第一梯队 F—86 型战斗截击机进至永柔、战斗轰炸机进至镇南浦地区时,志愿军空军先后起飞 64 架米格—15 比斯型歼击机,采取多梯队、多层次渗入的战法,插入美混合机群中打其战斗轰炸机。12 时 27 分,第 15 师第 45 团起飞 12 架米格—15 比斯型歼击机,由第一大队大队长姜文斋率领,经昌城插至龟城地区,与美中路的 F—86 型飞机 12 架在高度 12000 米展开空战。空战中,击落 F—86 型飞机 1 架。12 时 26 分,第 12 师第 36 团由团长王华清率领,起飞米格—15 比斯型飞机 12 架,插至清川江口、宣川上空,又转向铁山地区,于 11000 米高度掩护第 17 师第 49 团打美战斗轰炸机,与进至铁山地区的 16 架美 F—86 型飞机遭遇,展开空战,击落美机 1 架。第 17 师第 49 团于 12 时 28 分,起飞 16 架米格—15 比斯型歼击机,由团长宋阁修率领,以 3000 米高度飞向战区,渗入美机群,与由西线低空北上的 24 架 F—86 型战斗截击机、16 架 F—84 型战斗轰炸机的混合编队展开激烈空战。在美机数量二倍己的情况下,积极进攻,顽强战斗。第一中队长机余开良率领中队,对向鸭绿江桥方向飞行的 12 架 F—84 型飞机展开攻击,迫使美机盲目投悼作弹,向海面方向飞离、余开良对其拦阻射击、击落 1 架。团长宋阁修率领的第二中队,见右前方有 4 架美 F—86 型战斗截击机袭来，并有 4 架 F—84 型战斗轰炸机活动，遂组织攻击。宋阁修、惠迪生各击落 F—84 型飞机 1 架。第三、第四中队于南市洞，迎击前方对头飞来的 8 架美 F—86 型战斗截击机，展开空战。第 49 团击落美机 3 架，迫使美战斗轰炸机盲目投弹返航。此次空战，共击落美机 5 架，我空军被击落 3 架，击伤 2 架。

巧袭 F—4U

侵朝美国空军的战斗轰炸机和轻型轰炸机，经常利用拂晓、黄昏和能见度不好的条件，在距我基地较远的大同江以南活动，活动方法多为单机和小编队。

1953 年 2 月 4 日 6 时 46 分，美 B—26 型轰炸机 1 架在江东地区上空活动。7 时 22 分，敌 F—4U 战斗轰炸机 4 架，活动于大同江口以南镇南浦地区上空。

7 时 15 分，志愿军空军第 17 师第 51 团奉命从大东沟机场起飞米格—15 飞机 4 架，到江东地区打敌 B—26 型轰炸机，带队长机为大队长石瑛。编队起飞后，为隐蔽地到达战区，以 2500 米高度，750 公里/小时的速度，由大东沟直接出航。到达清川江口时，中朝人民空军联合司令部平壤前方辅助指挥所（简称辅指）向空中通报："镇南浦西南 5 公里有 F—4U 飞机 4 架，高度 2500 至 3000）米"，并令"航向 180 度，打 F—4U"。我飞机编队到达龙岗（距镇南浦 15 公里）上空时，辅指又令："四架 F—4U 在镇南浦西南盘旋，你们看见了就狠狠地打。"带队长机接令后，即命令编队："投副油箱，谁发现谁先攻击。"刚投掉副油箱，三号机潘九鼎便发现右前下方 3000—4000 米距离上，有螺旋桨飞机 4 架，高度约 700 米，向西北（海面）方向飞行，当即报告带队长机。带

队长机命令："你看见就攻击。"三号机即率僚机右转下滑接敌,长机组也右转跟随僚机组进行掩护。

当我三号机接近敌长机组时,敌慌忙投弹,并作不规则的蛇行飞行。三号机抓住战机,连续向敌二号机开炮。第一次射击距离850米,未中,接着又进行第二次射击,将敌击落。此时,四号机见三号机尾后没有敌机,便向敌三号机攻击,距离800米,射击一次,未中。三号机在击落敌二号机后,又左转弯咬住敌一号机,射击未命中,敌急转弯从我机腹下逃窜。三号机左转脱离后,与僚机同时退出战斗。

带队长机石瑛在三号机第一次攻击时,发现了敌机。当时我机高度2000米,敌机高度约500米,高度差大,无法瞄准射击,便向右侧滑降低高度。此时敌机继续降低高度,石瑛便向右转180度下滑转弯继续下降,当高度下降到100米左右时,咬住了敌三号机,敌机动企图摆脱,石瑛咬住敌机不放,终于将敌击落。射击后高度已下降到距海面10—15米,距敌占之椒岛约3—4公里,为避开敌岛上的高射火力,石瑛迅速上升脱离,并通报编队注意敌高射炮火。

带队长机右转降低高度时,二号机见敌四号机正从自已的前下方向右飞去,便迅速右转,以较大的俯冲角从敌机尾后进入攻击。当接近射击距离时,敌四号机突然向左急转弯,与我二号机打对头。对头中,我二号机先向敌开炮,敌也向我射击,我二号机右机翼中弹两发,敌从我上方错过后逃窜。二号机左转后与长机一起退出战斗。空战后我四机编队返航,7时59分全部降落在机场。

此次空战的结果,石瑛、潘九鼎各击落敌F—4U战斗轰炸机1架,我二号机右机翼中弹两发。

美国空军"双料王牌"的陨落

1953年4月7日那天，韩德彩和战友们刚刚结束了一场空战。地面指挥员命令他和长机张牛科在机场上空掩护机群着陆。韩德彩和长机在3000米的高度上盘旋着，一架架银光闪闪的战鹰，散开队形，减低速度依次降落在阳光灿烂的机场上。

这时，韩德彩眼前的仪表盘上红光一闪，油量警告灯亮了，他立即向指挥员报告了这一情况。"现在没有敌情，可以降落。"地面指挥员下达了落地的命令，他和长机拉开距离，减速下滑。

当韩德彩下滑到400米的低空改平飞时，突然听到一阵急促的喊声：

"拉起来！拉起来！敌人向你开炮了！"

韩德彩当即拉起机头，机警地向后半球搜索起来。碧空茫茫，没有敌机的影子。他继续警惕地观察着四周。突然，在左前下方的300米处出现了2架正在转弯的飞机，这是美军"双料王牌"费席尔的F—86在追逐一架返航的我机。狡猾的费席尔一见张牛科的飞机高度低、速度慢，便立即放弃了前一架我机，改平机身调转机头，恶狠狠地扑向张牛科。

敌机刚一改平，韩德彩就立即认了出来。他马上大声呼叫：

"三号！快拉起来，敌人要向你开炮了！"话未讲完，敌机的炮声已经响了。长机尾部冒出了一股白烟。一见长机受伤，韩德彩受到了莫大的耻辱，他全身的血液一下子沸腾了，"跟敌人拼了，坚决把他揍下来！"他不顾油量警告灯的闪亮，立即收减速板，猛推油门。飞机急速跃升起来，闪电般地扑向敌机，费席尔猝不及防，一下子被咬住了。费席尔一见此情，不得不放开张牛科，慌忙摆脱。韩德彩双眼紧盯着敌机，猛赶急追。

张牛科在韩德彩的掩护下，沉着地操纵着负伤的飞机，安全着陆了。

这时，韩德彩和敌机的距离在不断缩短。费席尔慌了。黔驴技穷，他使出了摆脱我机的惯用伎俩，突然来了个下滑右转，企图诱我机下追，然后利用 F—86 优于我机的水平机动性能逃跑。但是，忙中出错。费席尔只顾逃命，没有想到他此时的高度仅 800 米，下面山高二、三百米，往下滑动余地小，没有大的出路。韩德彩在这一瞬间准确地作出了判断，他识破了敌人的诡计，并料到敌机会很快拉起来，因此不仅没有追下去，反而轻轻一带机头，上升了一点高度。

费席尔一见下面有山，我机又未跟下，急忙向左上方拉起。韩德彩早就等在了那里。他见敌机抬头立即向左方截去。敌机的影子一下子套进了瞄准具光环，他稳住机头，刚要按动炮钮，敌机又突然不见了。

费席尔毕竟是个老狐狸，一见左转不妙，马上改为右转，这一手还真的把韩德彩闪开了一段距离，但韩彩德迅速地一压坡度，呼地一下追了上去。这一下费席尔再也不无法脱身了。在不到 300 米的距离上，韩德彩狠狠地按动了炮钮。"咚！咚！咚！"炮弹准准地打在了机身和机尾之间，敌机"腾——"的一下窜出了团团烟火。费席尔一见机身起火，赶紧跳伞逃命，被辽宁省凤城县石头城民兵俘获。

哈罗德·爱德华·费席尔被我空军击落，再一次震动了美国。1953 年 4 月 7 日，美联社从汉城发出了一则消息，悲哀地宣布：美国"第一流的喷气式空中英雄"、"双料王牌驾驶员"哈罗德·爱德华·费席尔失踪了！

这个哈罗德·爱德华·费席尔，15 岁就开始飞行，是第二次世界大战后期的飞行员，在朝鲜战争上先后出动过 175 次，曾击落我军飞机10架以上。按美空军的惯例，击落5架就可称王牌，他已是"双料王牌"了。

这个骄横跋扈，不可一世的"双料王牌驾驶员"，对于自己被击落并不服气，被俘后一再要求见见击落他的那位对手。我空军部队首长满足了他的要求。

门开了，进来的是放牛娃出身的飞行员韩德彩。他身材不高，十分结实，圆圆的脸上还带着几分稚气。部队首长对费席尔说："这就是击落你的中国飞行员！"

费席尔用狐疑的目光把韩德彩上下打量了一番，双肩一耸，推开双手，摇动着脑袋说："对不起，长官先生，我不愿意开这种玩笑。……要知道，我是美国空中英雄，怎么可能是这个年轻人打下来的呢？"

"我们也不想开这种玩笑。"部队首长严肃地说："他的确很年轻，只有20岁，参军后才学的文化，在战斗机上总共飞行不到100小时。但是，他凭着对祖国，对人民的无限忠诚，终究把你击落了！"

翻译把这些话译出来后，费席尔顿时目瞪口呆，半晌说不出话来。

韩德彩这个放牛娃出身的飞行员，在击落费席尔之前，他的战鹰上已有了4颗红星，标志着他已创造了击落敌机4架的战绩。

从此，韩德彩的名字传遍了整个志愿军部队。韩德彩在此次作战以前就已击落了敌机4架，在他的战机上已有表明他击落4架敌机的4颗红星，这一次作战行动他又击落了美国王牌飞行员，一时成为志愿军的佳话。

以少胜多

1953 年 5 月 17 日 13 时 50 分至 14 时 40 分，我志愿军空军共发现侵朝美军飞机八批 64 架，战斗轰炸机六批 48 架。美军 F—86 飞机在平壤以北分批从价川、定州、西海岸北窜，并以大部兵力集中于云山、北镇地区，高度 10000—12000 米，企图拦阻我机南下，以掩护其战斗轰炸机对平壤至沙里院之交通干线进行轰炸破坏。

14 时 02 分，志愿军空军第 10 团奉命起飞 12 架米格—15 歼击机，到铁山地区打敌 F—86 歼击机机群。14 时 05 分三个中队从大孤山机场起飞完毕。带队长机（位于二中队）和七号机起飞时轮胎脱皮（系钢板跑道擦破），副油箱变动了位置，空联指即令，二中队全部返回着陆，带队长机改为大队长耀先（位于一中队），副带队长机为副大队长申炳煜（位于三中队）。一、三中队爬高至 4000 米时，空联指令"由丹东出航到铁山地区作战"。当时因我机高度低，带队长机耀先主动请示并经准许后率队左转 90 度，向岫岩地区爬高，然后再经丹东出航，至丹东地区上空高度 10500 米时，又主动请示投掉了副油箱。此时空联指通报"敌由清川江口入海，要注意警戒"。

我飞行编队即将到达铁山地区上空时，三中队报告在左前方发现两批敌机（一批 6 架，一批 4 架）飞向丹东方向，我机仍继续前进。不久，十号机报告向丹东方向飞去的敌机有 4 架正在左转，绕向我尾后，副带队长机即令编队"扩大间隔，监视敌人"。当编队将至宣川上空时，空联指令"到铁山地区作战"。此时，二号机报告右前方海面方向敌机 4 架企图绕向我尾后，带队长机耀先同时也发现宣川地区上空飞来敌机 14 架。根据右前方、左前方、尾后各批敌机的兵力及其与我机的关系位置，带队长机判断，首先攻击距我较近的右前方的敌机对我较为有利，遂令编队右转180度，攻击该批敌机。编队于14时28分在宣川上空与敌展开了空战。

空战开始时，耀先率一中队迅速右转，攻击企图咬尾之4架敌机，在转弯后开始追击敌机时，受到右后方来袭之另4架敌机的威胁，我二号机及时进行了支援，耀先继续追击前面的4架敌机。由于我机速度大、接敌快，耀先在与敌机转了一圈之后很快咬住了敌二号机，在800米的距离上，连续开炮两次，未中，敌俯冲逃脱。耀先退出攻击后不见自己的僚机，即返航，在返航途中，发现右前方距离约1000米有敌F—86飞机4架。耀先见敌未发现我机，机会很好，即向右拉上升，推机头攻击敌二号机，在600—800米的距离上，连续开炮两次，将敌击落。耀先退出攻击后，在右前方又发现敌F—86飞机两架，向丹东方向飞去，即向右侧滑上升，向敌机攻击，距离600—700米，开炮一次，未中。敌向龟城方向逃去。耀先经凤城返航，途中令申炳煜掩护我机着陆。

二号机赵计良跟随长机右转了100度左右时，又发现右方有敌F—86飞机4架，与我同向飞行，高度12000米（与我同高），其双机间隔约600米。敌第一对双机迅速向我一号机接近，企图攻击我机。赵计良为了保证长机的安全，不顾敌另一对双机对自己的威胁，迅速向左侧滑上升，继又压右坡度，推机头向敌长机瞄准，距离400米，开炮二次，将敌击落，及时支援了长机。敌僚机仓惶横滚，向海面逃去。赵计良在第三次向敌开炮时，遭敌咬尾射击，机翼与尾部均中弹，因飞机失去操纵而跳伞。伞张开后，赵计良又发现4架敌机企图向其攻击，即机智沉着地操纵伞绳侧滑，迅速下降，安全落地。

三、四号机跟随长机组作 180 度右转弯时，因长机组动作剧烈，自己又拉上升太高，与长机分开。后在右前方发现敌机两架，即尾随敌机，敌发觉后作半滚倒转向海面逃去。这时又发现尾后有 4 架敌机跟随，即加大速度向丹东方向脱离，双机安全返航。

我三中队在带队长机率一中队投入空战时，副带队长机申炳煜报告耀先"你攻击，我掩护"，"向丹东方向打"。当申炳煜率三中队随一中队转过来后，发现左后方约 2000 米有敌 F—86 飞机两架，企图咬尾攻击，遂与僚机向左上升脱离，因动作过猛与僚机组分开。拉起后，见敌机仍在尾后，又拉左上升，继又向下反扣，经过连续机动，摆脱了敌人，后双机奉命返航。

十一号机肖明文、十二号机陶伟与长机组分开后继续右转时，在右前方发现敌机 4 架，肖明文向副带队长机申炳煜报告"这里敌人很多"，申炳煜即令其坚决攻击。肖明文见时机很好，即向右侧滑上升，瞄准敌长机连续开炮二次，将敌击落。陶伟在长机向敌攻击的同时，亦向敌僚机开炮一次，未中，敌向海面逃去。我双机返航至丹东以北时，遭敌双机咬尾。肖明文令僚机扩大间隔，反击敌机。陶伟扩大间隔后，与长机拉大了约 500 米的距离，见敌机跟在长机后面，即以小下滑角增速追击。追至大东沟以北地区上空（高度 10000 米，低于敌 200—400 米）时，陶伟见长机被敌击落，即以大速度逼近敌机，相距 800 米左右时，突然感到接敌速度特别快，为了避免冲前，他迅速向右侧滑上升。当位于敌机右后上方高于敌 200 米时，陶伟准备射击，因机头很快遮住了敌机，不能瞄准，随即压左坡度，反扣过来，在滚转过程中瞄准敌机，三炮连续射击，在 120 米距离上，将敌机击落。陶伟在倒飞中进入俯冲脱离，至高度 6000 米改出，单机返航。

此次空战的结果，我空军大队长耀先、飞行员赵计良、肖明文、陶伟各击落敌 F—86 飞机 1 架。我被击落米格—15 飞机 2 架，飞行员赵计良安全跳伞，肖明文同志跳伞后，伞被敌击中，光荣牺牲。

夜战歼敌

1953 年 5 月 29 日夜，志愿军空军指挥所发现多批美机在朝鲜北部活动。第 4 师第 10 团副团长侯书军和领航主任宋亚民，于 30 日凌晨 2 时 05 分及 06 分先后起飞，侯书军高度 5000 米，宋亚民高度 4500 米，按照地面指挥所的指挥，经铁山、宣川飞向战区。当侯书军飞至定州上空时，指挥所通报有美机 2 架在永柔、顺川之间活动。侯书军一面上升高度到 6000 米，一面向安州方向搜索前进。当飞到博川以南上空，突然发现美机从左前方闪过。侯书军左转追赶，又丢失目标。随即根据指挥所通报，飞向安州继续搜索。终于发现目标，迅即加大油门，向美机遇近。此时，美机正向上拉起，侯书军一抬机头，猛烈开炮，美机当即中弹起火坠落。志愿军空军首次夜间击落美机 1 架。

志愿军空军的最后一战

1953 年 6 月，在我志愿军夏季反击战役取得胜利的情况下，美军空军仍出动飞机破坏朝鲜北部的重要交通线、机场等重要目标，企图在停战协定达成前"最后的疯狂"一下。我志愿军空军为保卫重要目标，克服天气不利的困难，从 6 月中旬至 7 月 27 日停战，共战斗起飞 117 批、994 架次，其中 39 批、338 架次与美军飞机作战，共击落美军飞机 25 架、击伤 5 架。

6 月 24 日 8 时 58 分至 9 时 26 分，志愿军空军指挥所发现美 F—86 型战斗截击机 76 架，分两个梯队北进至铁山、宣川、昌城地区活动,掩护 8 架 F—86F 型战斗截击轰炸机、24 架战斗轰炸机进袭鸭绿江安东江桥。9 时 22 分至 32 分,志愿军空军第 6、第 15、第 4 师共起飞 32 架米格—15 比斯型歼击机进行反击,在铁山地区与美机展开激烈空战。迫使美机离去,轰炸未遂。此次空战,志愿军空军击落美机 5 架、击伤 1 架,我军飞机被击落 1 架。

7 月 16 日 15 时 21 分至 16 时 50 分,美 F—86 型战斗截击机 92 架,F—86F 型飞机 36 架,战斗轰炸机 128 架,以 50 余架 F—86 型飞机掩护 10 余架 F—86F 型飞机为第一梯队,分由中、东、西三线北进。其中 30 余架飞机活动于安东、铁山地区,20 余架飞机活动于昌城地区。8 分钟后又出动 36 架飞机支援第一梯队作战。其战斗轰炸机 100 余架在清川江桥和宣川至云山、云山至价川段交通干线上空活动。志愿军空军指挥所判断美机有向铁山与昌城两地区集中的可能,遂决定第 6 师第 16 团出动 12 架米格—15 比斯型歼击机,第 4 师两个团出动 20 架米格—15 比斯型歼击机到铁山地区作战,以掩护安东江桥并策应苏联空军于昌城地区空战。各师参战飞机于 15 时 52 分至 16 时 10 分先后起飞,在铁山地区与美机展开激烈空战。此次空战,击落 F—86 型战斗截击机 3 架。

7 月 19 日,战区为复杂气象天气。当日上午,美国空军出动两个机群袭击新义州和义州机场,遭到反击。15 时 5 分至 16 时 15 分,美国空军又出动由各型飞机 168 架组成的混合机群,活动于铁山、龟城和中国安东地区,企图再度袭击新义州和义州机场。志愿军空军采取多梯队连续出动的战法,积极反击。15 时 25 分,第 6 师第 16 团由曲成田率领 12 架米格—15 比斯型歼击机起飞,至义州机场上空,对正向义州机场准备俯冲投弹的 4 架 F—86F 型飞机展开攻击。美机发觉后,未及进入目标,便慌忙投弹并右转向海面方向飞离。第三中队四号机沈洪江对溃散的美单机进行攻击,打到距美机 200 米,将其击落。第一中队四号机郭树武击伤美机1架。第4师第10团由大队长诸福田率领8架米格—15比斯型歼击机于15时37分起飞，至义州上空与美机空战。诸福田将美长机击伤，其余美机慌忙离去。志愿军空军再次完成保卫重要目标任务，胜利返航。此次空战，志愿军空军共击落美机1架，击伤2架。

从1953年7月19日到7月27日朝鲜停战的8天内，我志愿军空军有过战斗飞行，但没有空战，因此7月19日的空战成为志愿军空军参加抗美援朝战争的最后一战。

抗美援朝战争中，我空军共评选出三等功以上的功臣8000多名，集体三等功以上单位300多个，其中集体一等功的单位6个，集体二等功的单位2个。由中国人民志愿军政治部和中国人民解放军空军政治部批准的特等功臣6名、一等功臣8名，内有21名获得了英雄或模范的光荣称号。

集体的杰出代表是：

第3师第9团一大队（即王海大队）；

第3师第9团二大队；

第4师第10团三大队；

第3师第7团三大队七中队；

第3师第9团三大队九中队；

第15师第45团一大队二中队；

第8师第24团一大队；

第12师34团。

个人英雄的杰出代表是：

一级战斗英雄、特等功臣赵宝桐、王海、孙生禄、张积慧、鲁珉、刘玉堤；

二级战斗英雄、特等功臣王天保、杨振玉、范万章、焦景文、蒋道平；

二级战斗英雄、一等功臣李汉、邹炎、高月明、毕武斌、郑长华、韩德彩、吴胜凯；

特等功臣罗沧海、陈亮、孙忠国等。

朝鲜空战中，美国空军损失有多少呢？《朝鲜战争中的美国空军》一书中是这样记载的：

> 在对敌作战中，远东空军共损失飞机 1466 架、海军陆战队损失了 368 架、友邦部队损失了 152 架。在损失的 1986 架的总数中……在空军的战斗活动中，远东空军共损失了 1729 名官兵……在各种地面战斗活动中，远东空军又另外损失了 112 名官兵……远东空军在空中和地面战斗活动中共损失了 1841 人。遭受这些损失是遗憾的事，而且远东空军还损失了许多优秀的人员……

这是美国官方公布的数字。应该说这些数字是比较客观的，从这些数字中可以看到美国空军在与中国空军的空战中的的确确是失败了！

第五节　志愿军地对空作战

朝鲜战争中，我军与美军的空战不仅是空对空的飞机之间的交战，我军地面高炮部队在保卫我军后方重要目标、确保我军交通线安全、保障我地面进攻部队的机动中，与美军空军进行了坚决的斗争。

中国最早的高射炮部队，是东北军和国民党中央军于30年代初通过购买外国的高射炮而建立起来的。

我军的高射炮部队是在1945年进军东北时，以搜集到的日军遗留的高射炮，建立起了第一个高射炮部队。1946年，这支高射炮部队发展成为高射炮团。随着解放战争进程的发展，我军的高炮部队有了很大的发展。1950年10月，华北军区首先成立了防空司令部，由杨成武任司令员。1950年12月，中央军委成立了防空司令部，周士第任司令员。

1950年10月，第一批志愿军入朝时，高射炮第1团也随军入朝。当时全团仅有36门日制75毫米高射炮，其中留下12门高炮用于保卫鸭绿江渡口。同时入朝的6个军中，也仅有18挺高射机枪。

随着大批高炮部队的入朝，我志愿军高炮部队主要防护机场、铁路大桥和重要铁路地段，部队以团、营为单位集中配置，与美军飞机展开了持久的作战。

破邑地区对空作战

破邑地区有我军后方的火车站、公路和仓库等设施。美军为破坏志愿军的物资运输和储存，从1951年6月频繁出动飞机进行袭击。我志愿军高炮第4营进入破邑地区占领阵地，保卫车站、公路和仓库的安全。在高炮第4营打击下，美军飞机昼间活动减少，夜间活动加强。7月以后，美军飞机夜间战斗飞行架次由每20分钟1架，增加到每七八分钟1架，频繁进行扰乱破坏，对志愿军战役后方造成威胁。高炮第4营针对美机活动规律，加强夜间作战。9月3日1时20分至3时许击落美军B—26型飞机两架。14日24时许美军B—26型飞机1架在破邑车站空域低空开灯寻找火车机车，高炮第4营及时开火将其击落。至17日该营共击落美军B—26型飞机5架。

云谷地区对空作战

云谷地区有我军后方的云谷火车站和7座铁路桥，是志愿军运输的交通要地，也是美军空军轰炸的重点目标之一。为掩护云谷车站和铁路桥，保障运输畅通。志愿军高炮第25营进驻云谷地区。美军航空兵为破坏志愿军云谷地区的交通运输，常以F—80、F—84、F—4U、F—51等型战斗轰炸机，2至12架编队，频繁侦察与轰炸桥梁、车站，亦对高炮阵地实施攻击。1951年11月21日7时许至13时20分，美军飞机数十架分多批临空投弹攻击铁路桥梁。志愿军高炮第25营顽强战斗，共击落美军F—4U型战斗轰炸机3架、击伤2架。

长林地区对空作战

朝鲜的长林地区铁路、桥梁密布，仅巨兴至东元14公里地段内即有7座主要桥梁，桥高十余米，被炸毁后不易修复。美军为破坏志愿军后方铁路运输，多用F—4U海军战斗轰炸机，以8至16架编队向铁路桥梁俯冲投弹，反复轰炸。为保卫桥梁，保证长林地区铁路运输畅通，志愿军炮兵第611团在长林地区占领阵地。为给美军飞机以突然打击，第611团隐蔽进入阵地，严密伪装适时开火。1951年12月12日8时20分，美军F—4U型战斗轰炸机12架成一路队形向94公里桥俯冲投弹，13日10时39分F—4U型飞机12架，其中6架向高炮阵地俯冲投弹扫射。14日14时，F—4U等型飞机12架混合编队，以不规则密集队形，向志愿军高炮阵地和大桥同时发动袭击。第611团及时发现目标，适时开火，在二次战斗中，共击落美军飞机2架，击伤3架。

小尼峰地区对空作战

1951年秋季，美军对志愿军后方补给线进行大规模轰炸，新安州至肃州的铁路沿线是重点轰炸地区之一。为保证运输线畅通，志愿军炮兵第62师于12月10日进至小尼峰地区，保障附近的铁路大桥至渔波长29公里交通线的安全。12月13日7点40分，该师观察哨发现54架F—86、F—84、F—80等型飞机正朝小尼峰上空飞行。当第一批美机进入7000米时，中口径高炮团3个连队一齐开火。后续美机相继批批跟进后，由各连选择目标，灵活投入战斗。战斗至13时25分结束。此战，共击落美机4架、击伤4架。

泉洞地区对空作战

泉洞位于朝鲜半岛顺川至满浦铁路价川与顺川之间，该地区是中国人民志愿军重要作战物资的补给基地，也是美军空军的重点轰炸的目标。

1952年3月29日，担任机动作战任务的我志愿军高射炮兵第612团，派3个37毫米口径高射炮兵连（共12门火炮），隐蔽进入泉洞地区准备伏击美机。占领阵地后，第612团团指挥所为各连区分了任务，划定了射界，并设置了假阵地。

3月30日上午8时30分，美军出动2架F—80飞机在泉洞地区进行临空侦察。10时10至55分，美军空军先后以3批小机群，向我预设的假阵地进行俯冲扫射、投弹轰炸，我高炮连未予射击。美空军误以为该地区无地面防空火力，便从11时15分开始，连续出动四批大机群，对我泉洞地区实施轮番攻击。

大批美军飞机临空后，我第612团统一指挥3个高炮连集中火力，突然向美机进行集火射击。美军飞机在我突然火力的打击下，仍然进行轰炸。美机共临空290架次，其中俯冲扫射轰炸94架次。但美军飞行员被我军的假阵地所迷惑，投弹460枚，只有18枚命中目标区。志愿军3个高炮连在战斗中共击落美机5架、击伤9架，有效地保卫了目标的安全。

4月30日8时30分至黄昏，又有美军F—80、F—4U、F—5l、F—84、RF—86等各型侦察机、战斗轰炸机7批共290架次，对泉洞地区进行侦察、扫射、投弹。志愿军高炮部队对美军混合机群以打螺旋奖式飞机为主，当轰炸机与强击机同时攻击时以打强击机为主，多架飞机同时攻击时集中火力射击危害最大者，经过近十个小时的连续战斗，共击落美军飞机5架，击伤9架。

肃川地区对空作战

1952 年春，美军空军采取了重点突击的战术，破坏朝鲜北部的铁路。根据美军空军的这一作战特点，我志愿军高射炮兵相应地确定了"重点保卫，高度机动"的作战方针。我高炮第 605 团（辖 1 个 37 毫米口径高射炮兵连、16 门火炮）及独立第 21 营（辖 3 个 37 毫米口径高射炮兵连、12 门火炮），奉命进入肃川地区实施机动对空作战，保障京义线（开城至新义州）石岩至万城段长约 30 公里的铁路运输。

第 605 团根据美机的活动规律，预定采取了三种打法，当美机先侦察后轰炸时，则预先设伏，突然打击；当美机轰炸某地时，则乘其批次间隙，以跃进方式进入轰炸区，及时打击；当美机轮番向高炮火力外围延伸轰炸时，则边战边移，跟踪打击。

1952 年 4 月 23 日，美机 22 批 221 架次轰炸肃川，第 605 团令第 1 连、第 3 连于 7 时 15 分由万城向肃川机动，行程 13 公里。这两个连于 8 时 45 分进入美军轰炸区，先后对 13 批美机射击，击落、击伤各 1 架。

1952 年 5 月 1 日 6 时至 15 时，美军航空兵共出动飞机 20 批 186 架次，对肃川地区交通线进行轰炸扫射。志愿军炮兵第 605 团及第 21 营及时发现美机，针对其活动规律适时变换阵地，准确射击，共击落美军飞机 4 架，击伤 5 架。

1952 年 5 月 7 日，美机 7 批 60 架次，向肃川、晚兴里轰炸，遭我高炮射击后转向石岩轰炸。第 21 营 2 个连奉命向石岩机动，行程 35 公里，到达后高射炮还没有来得及放列，就立即投入战斗，共击落、击伤美机各 1 架。

1952 年 5 月 13 日，美机 13 批 145 架次轰炸晚兴里，第 605

团除以第2、第4连迎击外，并令第1、第3连和第21营第1、第2连向晚兴里增援，经激战，击落美机3架，击伤2架，俘美军飞行员1名。

1952年5月17日，美机20批80架次轰炸东江桥，第21营从郭山迅速机动至江桥附近，击落、击伤美机各1架。

我志愿军高炮第605团及独立第21营在执行机动作战中，行程达130公里，作战33次，消耗炮弹35300余发，共击落、击伤美机各10架，俘房美军飞行员2名，有效地掩护了铁路运输，确保了我志愿军运输线的安全，并取得了昼间机动作战的经验。

楠亭里地区对空作战

楠亭里位于朝鲜北部社仓里东北2公里处，是我中国人民志愿军作战物资的重要补给地之一。该地区由我志愿军高射炮兵独立第24营（辖3个37毫米口径高射炮兵连、1个12.7毫米口径高射机枪连，共有高炮12门、高射机枪16挺），担负对空掩护任务。

从1952年3月下旬起，美国空军多次派飞机对该地实施侦察。第24营判断美机可能来袭，即严密组织对空观察，加强伪装和射击准备，并构筑了2个高炮连的预备发射阵地。

5月6日3时，美军飞机在该地上空投掷30余枚照明弹进行侦察，18时再以F—84等两型飞机各两架在该地上空盘旋18周继续进行侦察。志愿军高炮第24营判断美军飞机将进行大规模空袭，随即加强阵地伪装，做好战斗准备。

1952年5月8日上午4时40分至下午17时30分，美军共出动F—84、F—80、F—4U、F—51、F—86、FMK—8及直升机等各型飞机28批367架次。其中，美军前2批共56架次集中攻击我高炮阵地，尔后各批主要攻击楠亭里。

我高炮第 24 营的阵地遭受攻击，浓烟弥漫，对空观察十分困难，而且通信也中断了。在此情况下，第 24 营营指挥员分赴各连实施指挥，第 1 连及时转移到预备阵地继续作战。全营指战员顽强奋战，有 28 人负伤不下火线。在火力使用上，全营贯彻集中火力近战的原则，由连从临近飞行的美机中统一选定目标，集中火力，在有效射程内突然开火，歼美机于俯冲阶段。经 12 小时 50 分激战，第 24 营击落美机 7 架、击伤 18 架，有效地保卫了被掩护目标。全营因此荣立集体二等功，受志愿军司令部通令嘉奖。战斗中，第 24 营亡 14 人、伤 53 人。

保卫水丰电站对空作战

水丰电站位于鸭绿江下游，是美国空军重点轰炸的目标。中国人民志愿军城防高射炮兵第 504 团（辖 85 毫米口径高射炮 1 个营，37 毫米口径高射炮 2 个营，共有火炮 36 门）担负该电站的对空掩护任务。该团根据地形特点和美机活动情况，制定了作战方案，将主要兵力配置于美机来袭的主要方向上。

1952 年 6 月 23 日，美军出动战斗轰炸机 275 架次，在 F—86 战斗机的掩护下，利用山地和我军雷达的盲区，先后 4 批对永丰电站进行了轮番轰炸。14 时 56 分，我第 504 团监视哨在东南方向 18 公里处上空发现美机群，全团仅用了 1 分钟就作好了射击准备。14 时 59 分美机开始对电站俯冲，第 504 团集中火力打击主要方向来袭的飞机，迫使美机投弹高度由 800—1500 米，上升至 1000—3500 米，降低了投弹命中率。经过 56 分钟激战，该团在第 506 团支援下，共击落美机 8 架、击伤 10 架，有效地减轻了电站的损失。

上甘岭战役对空作战

上甘岭战役中，志愿军高炮部队为消灭或驱逐美军校射机和侦察机，使其不能进行侦察，掩护炮兵阵地、指挥所、前沿步兵阵地及交通运输的安全，以高炮第 35 营和第 601 团、第 610 团一部先后参战，部署在朝鲜庄子山、676.6 高地、768 高地附近地域。10 月 14 日至 19 日，美军侦察机多活动于志愿军防御纵深，并终日以校射机 1 至 3 架深入纵深达 8 公里，进行观察、校射，战斗轰炸机则多以 4 至 8 架编队，对志愿军步兵、炮兵阵地连续攻击。10 月 20 日以后，美军飞机在战役地幅活动增多。仅 26 日至 30 日就出动 1504 架次，平均每日约 300 架次。志愿军参战高炮部队组织统一的指挥所，及早发现美军飞机，及时组织运用火力，采取灵活战术对付美机攻击方式的变化，有效地保障了车辆运输和炮兵阵地的安全。战役中，高炮部队共击落美军飞机 50 架，击伤 150 架。

安州地区对空作战

安州地区位于北朝鲜京（汉城）义（新义州）线中段，临近清川江、大宁江，我志愿军由京义（开城—新义州）、平北（定州—青水）、满浦（顺川—满浦）三条铁路运往前线的物资，均从此处通过，是志愿军后方铁路、公路交通运输枢纽，也是美军空军重点轰炸的目标。为保证后方交通运输安全，我志愿军铁道高射炮兵指挥所，在该地区部署的部队有：陆军高炮第 610 团和独立第 41、第 61 营；城防高炮第 512 团、第 502 团团部及第 1 营、第 523 团第 1 营，探照灯兵第 421 团第 3 营。在对空作战中，又将陆军高炮第 605 团、第 611 团和城防高炮第 523 团第 2、第 3 营投入战斗。参战兵力共计 15 个 85 毫米口径高射炮兵连、23 个 37 毫米口径高射炮兵连。

1953 年 1 月 9 日夜，美军出动 B—29 轰炸机 13 架分别从东海岸和西海岸飞临安州地区上空进行轰炸，共投弹 130 余枚，志愿军以中口径高炮进行拦阻射击，但无结果。10 日，美军出动战斗轰炸机 170 架次，B—29 轰炸机 5 架，第二次轰炸安州地区，被我军高炮击落 2 架。12 日，美军又一次出动战斗轰炸机 256 架次，第三次轰炸安州地区，先攻击我军高炮阵地，后攻击江桥，被我军高炮击落 5 架。我炮兵指挥所判断美机可能再次进行轰炸，遂于 12 日夜又调集了 15 个 37 毫米口径高炮连增援该地区作战。13 日，美军果然又出动了战斗轰炸机 210 架次，采用多批次、多方向、顺阳光攻击的手段，第四次轰炸安州地区。由于我军多数的增援部队尚未完成战斗准备，原有的高炮部队经过几次战斗武器损坏较多，火力不足，在战斗中我军仅击落敌机 2 架。14 日，美军出动战斗轰炸机 250 架次，对我进行第五次轰炸，被我军高炮击落 4 架。15 日，美军出动战斗轰炸机 200 架次，进行第六次轰炸，被我军高炮击落 2 架。

在整个安州地区的作战中，美军共出动战斗轰炸机 1180 架次、轰炸机 25 架次。我志愿军高炮部队昼夜连续作战，共击落美机 15 架，击伤 30 余架。志愿军亡 72 人、伤 146 人，损坏火炮 10 门，所掩护的铁路桥被炸毁 51 孔，火车站遭到严重破坏。

中洞里地区对空作战

1953 年在我志愿军的夏季反击战役中，志愿军第 24 军炮兵一部，在平康南 10 公里中洞里地区占领阵地，准备打击入侵美军飞机，保卫我地面部队的作战。中洞里位于平素正南，周围群山环抱，距志愿军前沿阵地约 3 公里。志愿军高射炮兵第 602 团第 2 连在中洞里附近占领坑道阵地，担负该炮阵地的对空掩护任务。高炮第 2 连本着火器分散、火力集中的原则，将阵地分排配置在背敌山腰上，并构筑了防护坑道。

6 月 10 日上午，美军 6 架 F—86 等型号战斗机在校射机引导下，从 3000 米高度，对志愿军炮兵群阵地和步兵阵地俯冲攻击。高炮第 2 连随即投入战斗，将开火距离缩短到 2000 米，以长点射突然开火，击中第二架飞机，其余美机返航。下午，又有 6 架 F—4U 飞临中洞里上空，向志愿军火箭炮阵地俯冲。当斜距离 2500 米时，第 2 连以短点射开火，击落击伤美机各 1 架。美机投弹 40 枚，均落在保卫目标 100 米以外。

6 月 11 日，美军出动 317 架次战斗轰炸机向中洞里炮兵阵地进行轮番俯冲轰炸，我第 2 连进行了反击，共击伤美机 3 架。

6 月 12 日，美军继续以战斗轰炸机攻击我炮兵阵地，同时还以 B—26 轰炸机 1 架对我高炮阵地进行水平投弹轰炸。第 2 连以排为单位进行集火射击，将敌之 B—26 轰炸机击落。

6 月 13 日至 15 日，美军飞机改变了对我攻击手段，以 B—26 轰炸机每隔 10 至 20 分钟向我高炮阵地水平投弹一次，掩护其战斗轰炸机对我炮兵阵地进行俯冲轰炸。我第 2 连采取了敌变我变的对策，相机以集中火力打击美军飞机，战斗中击落美机 2 架、击伤 3 架。

6 月 16 日，美军在航空兵配合下，以地面炮兵向我志愿军炮兵和高射炮兵阵地行破坏性射击。我第 2 连除留观察员监视空情外，其余人员及火炮进入坑道隐蔽，待美军炮击停止再将高炮推出坑道继续战斗，又击落美机 2 架、击伤 1 架。

6 月 17 日，我高炮部队主动撤离中洞里。

我高炮第2连在7天的对空战斗中，根据美军飞机活动特点，顽强作战，并巧妙地利用坑道隐蔽，适时从坑道推出火炮，突然、准确地打击美军飞机，平均每天战斗近20次，共击落美机5架、击伤7架，有效地掩护了炮兵阵地。全连因此荣立三等功。

古直木里地区对空作战

在金城战役中，我志愿军高射炮兵第68师第607团（辖4个85毫米口径高射炮兵连共11门火炮、1个12.7毫米口径高射机枪连共11挺高射机枪），为掩护进攻正面中央集团、东集团纵深内的指挥所、炮兵群和交通要道、车辆运输，保证其空中安全，在金城东古直木里地区展开，担负志愿军第20兵团中集团的对空掩护任务。

1953年7月19日9时30分，美军4架F—84战斗轰炸机飞临我掩护区。美机刚一临空，还未及实施攻击即被我高炮第1连和高机连击落1架；另3架美机在攻击我炮兵阵地和运输车辆时，又被我高炮第2连击落1架。9时35分，美军4架F—84飞机向我掩护区临近，被我高炮第3连击落1架。9时45分，美军1架校射飞机在4架F—84飞机掩护下飞临我炮兵阵地上空，我高炮第2连以火力将其逐出。12时25分，美军又出动2批8架F—84飞机，对我掩护区内的运输车辆进行俯冲攻击，我高炮第1、第2连用直接瞄准的方法对美机的俯冲点进行射击，又击落美机1架。13时35分，美军以4架F—84飞机掩护1架校射飞机向我炮兵阵地临近，同时又有1架AT—6指挥飞机引导着4架F—86F飞机攻击我高炮第1连阵地。我第607团令第1连进行自卫射击，令第2连先对校射飞机射击，然后转移火力对AT—6飞机射击，令其他各连以火力支援第1连战斗。美机遭到我军猛烈火力的打击，

AT—6 飞机被击落，其它飞机匆忙投弹逃离。

在此次对空作战中，我第 607 团由于战斗队形配置适当，射击准备充分，指挥坚定灵活，部队作战英勇顽强，在一天内对美机 175 架次实施射击，共击落美机 5 架，击伤 8 架，保障了我地面炮兵白天的对敌射击和汽车的白天运输，而我第 607 团无重大损失。

在抗美援朝战争期间，我军地面高炮部队有了很大的发展，由参战前的 2 个师扩建为停战时的 8 个师，其中有 6 个师及一些独立高炮团、营先后参加了抗美援朝战争。在战争中我军高炮部队共击落敌机 430 余架，探照灯部队照落敌机 4 架。他们的作战行动有效地保卫了我军后方交通线，同时也保障了我军前线部队的机动、作战的安全。

抗美援朝战争中我军高射炮兵的作战表明，在敌人大量使用空军的现代化战争中，地面防空力量仍然是保障作战的一个必不可少的条件。

第六节　朝鲜空战中的苏联空军

　　朝鲜战争中的交战双方,一方是朝鲜人民军和中国人民志愿军,另一方是以美国为首的"联合国军",而苏联只是向中国和朝鲜提供了一些武器装备。然而,事实上,苏联政府确实派出了一支为数不多的空军部队参加了朝鲜战争中对"联合国军"的空中战斗。苏联空军飞行员曾驾驶米格—15型喷气战斗机直接参与了和美国飞行员的空中格斗。

　　随着第二次世界大战的结束,国际上形成了两大政治集团,一个是以美国为首的西方政治、军事集团,另一方是以苏联为首的东方社会主义集团。两大集团在第二次世界大战后的几十年里不断进行着各种各样的斗争,从意识形态上的斗争到政治、经济、军事、文化、体育方面的较量,但却一直没有发生直接的武装冲突。当朝鲜战争爆发后,苏联位于苏哈亚列奇卡的基地意外遭到美国空军的轰炸,这是"冷战"以来美国对苏联领土的唯一一次空袭。这次空袭到底是美国政府有意试探苏联对朝鲜战争的反应,还是美国空军因飞行失误而无意地对苏联领土的轰炸,华盛顿对此保持沉默,但后来美国政府还是承认了这次空袭,并向苏联政府作了道歉。

　　这次空袭迫使斯大林作出了对美国进行报复的反应。斯大林当即决定派部分空军部队参加对美作战,并要求"严加保密"。苏军根据斯大林的命令,于1950年11月上旬,苏联从其国土防空军的航空兵部队中抽调少量部队赴朝参战。第一个被抽调的是曾在第二次世界大战中击落过62架敌机、获得两次苏联英雄称号的苏军王牌飞行员伊凡·科热杜布上校指挥的防空截击师。该师下辖3个航空兵团，拥有米格—15飞机110—120架。斯大林出于保护科热杜布上校的目的，不准他自己起飞作战，而只允许他在地面担任指挥。

苏军防空截击师在严密的伪装下，于11月中旬离开莫斯科。满载战斗技术装备和保障器材的军列，经过几天几夜的行驶，最后停靠在中国境内的东丰县。那里有一个赶建出来的机场，苏军截击师就部署在这里。稍加休整，这个师立即开始在朝鲜上空进行战斗巡逻。同月，苏军飞机首次在朝鲜上空和美军飞机相遇。由于苏联飞行员不太熟悉美军飞机的作战规律，没有恋战，便迅速返回了基地。

由于当时苏联飞行员刚从"拉—11"螺旋桨飞机改装米格—15不久，对该机性能了解还不大多，缺乏作战经验。同时，参战的飞机数量也很少，只有几十架。因此，他们尽量避免与美机发生直接冲突。

12月27日，美国空军F—86佩刀喷气机和苏联空军米格—15战斗机短兵相接，展开了激烈的空战，苏联首次被美军击落一架米格—15战斗机。通过实战的检验，苏联飞行员逐渐掌握了米格—15战斗机。米格—15战斗机无论在垂直机动性方面还是在火力配置上都要优于美国的F—84和F—86飞机。而此时，美军飞行员已感到他们面对的是非常强劲的空中对手。

1951年春季，地面战斗空前激烈，空战规模了也日趋扩大。为使在空中战场的较量中保持相对于美军的优势，苏联援朝空军装备了当时最现代化的米格—15比斯型战斗机。这是在原米格—15飞机基础上更新换代的产品，这种战斗机采用了功率更大的VK—1型航空发动机和发射速度更快、口径更大的航炮。

飞机的更新有效地提高了空中战斗力。苏军援朝航空兵部队为了更有力地打击敌人，采取避实击虚的战术，把空中打击的重点集中在轰炸朝鲜北部的美军老式 B—29 轰炸机上。8—29 是第二次世界大战末期问世的美国最具威力的战略轰炸机，专门用于远程奔袭各种战略和战术目标，该飞机给朝鲜北半部的军事、经济目标造成了很大的威胁。但，B—29 飞机的自身防卫能力差，飞行速度慢，目标又明显，容易攻击。

4 月 12 日，在美军出动 B—29 轰炸机企图轰炸朝鲜新义州大桥时，科热杜布指挥的截击师，尽量避开护航的美军 F—84、F—86 战斗机，专拣 B—29 轰炸机打。这种战术十分有效，在保卫新义州大桥的空战中，苏联空军取得了一举击落 3 架 B—29 轰炸机的辉煌战果。

不久，苏联的米格—15 飞机又于美国的 RB—45 喷气式侦察轰炸机进行了较量。

为了加强空中力量，由苏联另一位第二次世界大战时期的战斗机英雄飞行员粤尔吉·罗波夫将军指挥的歼击师开赴朝鲜战场，和科热杜布指挥的防空截击师合编为第 64 防空集团军，由罗波夫将军任军长。他们从 6 月份就正式升空作战。他们的作战目标除美军的 RB—29 外，还扩大到 F—80、F—84、F—94 等战斗轰炸机和歼击机。

在全力打击美军 B—29 飞机的同时，罗波夫将军指挥的第 64 防空集团军还开始全面攻击美喷气式战斗机。该集团军所属的地面防空部队装备有对空监视雷达和地面拦截指挥站等先进的设施，为更有力地打击美军空中力量提供了强大的地面保障。

6 月的一天，厚厚的云层覆盖着机场。美空军企图利用这种天气对我国沈阳一带进行侦察。美军从日本一机场起飞 8 架 F—84 全天候歼击机，它们在中继机场加油后，从汉城附近的水原机场起飞，30 架"佩刀式"为其护航。"佩刀式"飞机在云层上方飞向我机场地区，盘旋不多久，最后认为我方在这种天气不会起飞拦截，因而掉转航向返回基地，而 8 架 F—84 则直飞沈阳上空。

防空部队的地面雷达监视网迅速将情报报告集团军指挥所。军长罗波夫当即决定由科热杜布派出一组飞机进行拦截。10 机编队由团长佩佩里亚耶夫率领，以密集队形穿过厚厚的云层，在地面指挥所的引导下，带队长机得知敌机正沿海岸线飞来，就马上以最大速度展开战斗队形。这时美机也得到了有飞机拦截的通知，领头的 4 架 F—84 转弯 180 度向苏机扑去。苏机则灵活地分散成双机一组，在不同方向向美机发起攻击。带队长机佩佩里亚耶夫首开纪录，他一个点射击中敌机垂直尾翼，敌机迅速向前下方栽去。这次空战，8 架美机只有 2 架侥幸逃走，苏军飞行员打了个漂亮的空中歼灭战。

1951 年秋季，在鸭绿江一线部署的苏联空军力量有所增加。而我志愿军空军经过近一年的发展和实战锻炼，已有各作战飞机1000 余架，战斗力也不断提高。美轰炸机在轰炸北朝鲜时，虽有大量 F—86 战斗机护航，但在中、朝及苏联空军的联合打击下，损失惨重，尤其在白天损失更为严重。美空军一计未成，又生一计，见白天出动容易受到攻击，就改为夜间出动。

为了对付美空军的夜袭，粉碎美军夜间轰炸的罪恶阴谋，苏第 64 防空集团军派出 2 个夜战歼击团，和美空军在茫茫的夜空中展开了殊死的搏斗。苏夜战歼击团采取灵活机动的战术，以小分队出击，出其不意地打击敌人。在夜战中，苏军飞行员发扬了敢打敢拼的顽强战斗作风，并以娴熟的夜间空战技术给美空中力量以重创。仅其中一个夜战歼击机团的团长阿纳托列·卡列林少校就创下了在夜间空战中击落 9 架美机的纪录，成为当时苏军的夜战王牌飞行员。

在朝鲜战场上苏联空军的头号王牌飞行员是第 303 战斗机航

空师第 17 飞行团的尼古拉·苏加金上尉。他所在的部队于 1951
年 5 月参战，同年 6 月 14 日，苏加金第一次战斗飞行；在 19 日
的空战中，苏加金就击落了一架美军的 F—86 战斗机；22 日他率
领一个飞行中队与 4 架美军 F—86 相遇，战斗结果，苏加金一人
击落 2 架美机。在以后的空战中，苏加金的战绩更加辉煌。在整
个入朝作战期间，他参加战斗飞行 149 次，空战 66 次，共击落美
军飞行 21 架，其中 F—86 飞机 15 架，F—80 飞机 2 架，F—84 飞
机 2 架，流星型飞机 2 架。他在朝鲜创下的空战记录是：击落的
对方飞机最多，共 21 架；击落喷气式飞机最多，共 19 架；击落
当时最先进的 F—86 飞机最多，共 15 架。

　　在中、朝、苏三国军队的打击下，美军夜间轰炸的阴谋被彻
底粉碎了。

　　1952 年，朝鲜战争仍在激烈地进行，而苏联空军战斗部队逐
渐退出了朝鲜空战。至此，朝鲜战场上的空战任务完全由中国人
民志愿军空军和朝鲜人民军空军来承担。

　　当时，苏联空军赴朝参战是在极其秘密的情况下进行的。所
有赴朝参战的"米格—15"战斗机都涂上了朝鲜人民军空军或中
国人民志愿军空军的标志，苏联空军飞行员穿上了朝鲜人民军空
军军服或中国人民志愿军空军军服。他们没有肩章，只佩带斯大
林或毛泽东像章。飞行员不准用俄语在空中进行联络，只能用朝
鲜语进行联络。为克服语言障碍，每位飞行员都有一张卡片，上
面注有俄语读音的汉语或朝鲜语的飞行常用语。为了防止因飞行
员被俘而暴露身份，当时苏军空军指挥部还令其飞行员只能在己
方控制的区域上空作战，严禁他们飞往海上或者接近前线 100 公
里以内。这些限制，使苏军飞行员无法为前线陆军提供空中支援，
攻击美军及其盟军的舰船和追击被打伤的敌机。尽管如此，苏联
空军飞行员介入朝鲜空战的事情还是很快被美国飞行员发现了，

他们在无线电里听见有用俄语喊话的声音，有时候透过对方的机舱窗口或者在降落伞下面看见白人的脸。这些异常情况迅速反映到美军有关部门。而此时美国最高当局不仅知道米格飞机里有苏联飞行员，而且还清楚地知道苏军飞行员所受的限制。

那么为什么当时美国最高当局对苏联空军飞行员介入朝鲜战争，并与美国空军进行了几次较量，这一事实不予以披露呢？

在朝鲜战争时期担任美国国务院政策计划负责人、后来担任美苏限制战略武器会谈代表的保罗·尼茨写的一篇报告所披露的观点颇能解开这个谜。这篇报告强调："……如果我们公布事实的话，公众就会指望我们对此采取行动，而我们在这场战争中最不愿意做的事情就是与苏联的冲突扩大到更为严重的地步。

艾森豪威尔的老朋友赫伯特·布朗内尔1988年在谈到50年代初苏联曾派空军飞行员参加朝鲜空战问题时说："我们不得不对此保密。如果泄露出去的话，就会出现要求同俄国打仗的巨大压力。

美国虽然发动了侵略朝鲜的战争，但他们十分担心苏联的公开介入，必然会导致美苏之间的直接对抗，这是美国当局最不愿意发生的事情。美国的两任总统杜鲁门和艾森豪威尔及其他高级决策者事实上也达成了这样一个共识，那就是——对苏联参战的事实加以保密。美国政府的官员们深知，一旦苏联参加朝鲜空战的事实被美国国内得知，必然会像日本袭击珍珠港那样，在美国产生强烈的反应，美国与苏联之间在第二次世界大战以后在国际上的矛盾就会公开化、尖锐化，在美国还未准备好与苏联进行全面战争的条件下，美国政府无论采取什么样的行动都会对美国不利。所以，美国政府出于这一战略的考虑，对苏军飞行员参加朝鲜空战采取了装聋作哑和忍让的态度。

同时，斯大林竭力掩饰苏联派空军参加朝鲜空战的事实，同样也是针对当时局势所采取的一种策略。苏联作为世界上第一个社会主义国家，是社会主义阵营中的"老大哥"，当这个阵营中的其他国家遭受敌国侵略时，如果苏联不作出任何反应，无论从道义上还是从原则上讲都是说不过去的。因此，苏联政府一方面积极从国际舆论上支持中国和北朝鲜，一方面以赊卖、援助等形式向中国和北朝鲜运送武器，另一方面又派遣了一支为数不多但非常干练的空军队伍参加朝鲜战场上的空战。然而，苏联政府若公开其派遣部队参加朝鲜战争，苏联政府和斯大林担心这样做会引起美苏之间的正面冲突，甚至会导致第三次世界大战的爆发，而苏联政府和斯大林是绝对不会愿冒这个险的。所以，斯大林采取了极其秘密地派极少量的空中力量参战的方针，这样既可帮助朝鲜，又可避免美苏之间的全面直接对抗。

第七章

板门店几番谈判，「三八线」几经交战。美国公然破坏日内瓦国际公约，残酷对待中朝俘虏。李承晚几度拒绝和谈，彭德怀多次还以颜色

第一节　志愿军巩固阵地的作战

1951 年我军粉碎敌军夏秋局部攻势以后，战场形势处于相对稳定状态，敌我双方均无大的行动，兵力和部署亦没有大的变化。

此时，敌军第一线兵力有美军 6 个师，英军 1 个师，南朝鲜军 6 个师，共 13 个师；第二线兵力有美军 1 个师，南朝鲜军 2 个师及土耳其旅，共 3 个师 1 个旅。敌军为了支持长期作战，还利用战线相对稳定的时机，采取了一些巩固后方和加强实力的措施：1951 年 11 月底，抽调了两个南朝鲜军师（第 8 师、首都师）开始"清剿"在其后方智异山（庆尚南道）、云长山、回文山（全罗北道）地区活动的朝鲜人民军游击队；从 12 月开始，以在日本的美步兵第 45、第 40 师，同在朝鲜的美骑兵第 1 师、步兵第 24 师进行轮换，并在美军中实行"记点"轮换制度；另外，还加紧了对南朝鲜军的训练和扩编，计划在现有的 10 个南朝鲜军师中，每师组建 4 个榴弹炮兵营。

敌军虽然在我军打击下，又被迫回到谈判桌上来，并同我达成了以现接触线为临时军事分界线的协议，但是，当 11 月 27 日进入第三项议程（关于停战的安排问题）和 12 月 11 日进入第四项议程（关于战俘的安排问题）谈判时，他们仍继续进行讹诈，蛮横无理地提出限制战后我方修建和改善机场，并提出所谓"自愿遣返"的原则，阴谋强迫扣留我方被俘人员，阻挠和拖延谈判的进行。

此时，我军第一线兵力有志愿军 8 个军，人民军 3 个军团，共 11 个军（军团）、33 个师（其中第一梯队展开 22 个师）；第二线有志愿军 3 个军，人民军 1 个师，共 3 个军、10 个师；另外部署于东、西海岸的有志愿军 6 个军，人民军 3 个军团，共 9 个军（军团）。我军在取得 1951 年夏秋防御作战胜利之后，面对敌人在谈判中的节外生枝、不愿公平合理解决问题以及仍在不断地对我施加军事压力的情况，一面在谈判中继续同敌人进行针锋相对的斗争，一面则保持高度警惕，积极进行持久作战的准备，以对付敌人拖延甚至破裂停战谈判，以及可能发动的任何规模的进攻。在战场一时处于相对稳定状态下，志愿军确定了"节约兵力、物力和财力，采取持久的积极防御的作战方针，坚持目前战线，大量消耗联合国军，积小胜为大胜，以争取战争的胜利"的方针。从 1951 年 12 月开始，志愿军大力进行巩固阵地的斗争，至 1952 年 8 月底，基本构筑完成了第一、第二防御地带的阵地工事。

我军在大规模筑城的同时，为改变战场态势和有力地促进停战谈判的进行，志愿军在战术上采取积极活动的方针，以各种手段杀伤、消耗"联合国军"和南朝鲜军。

12 军巩固阵地之战

1951 年 12 月 5 日，第 12 军第 91 团第 9 连小分队在金城地区南川桥设伏。12 日晨，美军第 24 师第 21 团以 1 个连兵力向志愿军伏击地区逼近。待美军先头 1 个排过了桥后，第 9 连设伏小分队首先发起攻击，迅速切断了美军退路；小分队另一部迎头攻击。后续跟进的美军两个排在志愿军第 91 团炮火的严密封锁下，未能通过南川桥。小分队经 10 分钟激战，击毙美军 31 人，撤回原阵地。

1952 年 5 月 31 日，南朝鲜军第 6 师第 18 团两个连兵力，在炮火支援下向志愿军第 12 军第 105 团 1 个连防守的双岭洞西南侧无名高地发起进攻。我志愿军依托坑道工事，连续打退南朝鲜军多次冲击，守住阵地。6月14日至17日，南朝鲜军第6师再次以两个连兵力向该我军的高地发起进攻。经4天反复争夺，志愿军严守阵地，打退了南朝鲜军的进攻。

　　1952年6月12日，南朝鲜军第6师第2团第2、第3营及第7团共约5个营兵力，向志愿军第12军第91团坚守的官垈里西无名高地连续发动猛烈攻击。该无名高地是志愿军第12军于5月份新挤占的阵地，构筑有坑道工事，由第91团第2连防守。该阵地逼近南朝鲜军第6师主阵地，对其构成威胁。12日凌晨，南朝鲜军以百余门火炮向第91团防守的阵地猛烈轰击，在炮火延伸之际，以第2团1个多营兵力分8路发起冲击。志愿军防守分队依托坑道工事顽强抗击，先后击退南朝鲜军数十次冲击，于当日下午退守坑道，继续坚守。当夜，我防守分队乘南朝鲜军立足未稳之际，组织反冲击恢复部分表面工事。次日，南朝鲜军第6师投入第7团继续攻击。志愿军第91团依次将第1营全部及第2营之第5、第6连投入战斗，同南朝鲜军展开反复争夺。战至19日，第91团在纵深炮火支援下，先后击退南朝鲜军第6师40多次冲击。战斗中，志愿军防守分队巧妙用兵，当南朝鲜军行炮火轰击时，表面阵地只留少数观察员，余员均退入坑道待机；当敌步兵冲击时，则以纵深炮火拦击，待敌进至近距离时再以轻武器杀伤之，以此战法击退南朝鲜军13次攻击。21日晚，我第91团在纵深炮火支援下以第5、第6连，同坚守坑道分队出击相结合发起反冲击，不到10分钟即恢复全部阵地。此战，我军第91团坚守坑道作战10昼夜，共毙伤南朝鲜军1600余人。

　　1952年6月13日，南朝鲜军先后以1个连至2个连兵力在炮火支援下，向志愿军第12军第91团在古直木星南1公里至庆坡里以北的防御地区连续实施了10余次的冲击，均被我守备分队击退。14 时 50 分，美军第 40 师 24 辆 M—46 型坦克搭载南朝鲜军 1 个连，另有 1 个连随坦克跟进，成一路纵队从瓦野屯经南屯里、庆祥里向古直木里进攻。志愿军第 91 团以 4 个 57 毫米无坐力炮排、5 个 90 毫米火箭筒班，分别从正面和侧面对美军坦克射击。战至 17 时许，美军坦克退却，战斗结束。此战，我军共击毁美军坦克 5 辆、击伤两辆、缴获 1 辆。

1952 年 7 月 7 日夜，南朝鲜军首都师机甲团第 3 营，在大量炮火支援下，向志愿军第 12 军第 105 团第 9 连第 2 排守备的狐岘西南无名高地阵地发起猛烈进攻。第 2 排依托阵地顽强抗击，给进攻分队大量杀伤后，退守坑道。8 日，该排协同团预备队 1 个连的兵力在炮火支援下，向占领表面阵地的南朝鲜军发起反冲击，迅速攻占，将南朝鲜军第 3 营大部歼灭。此战，我军共毙伤南朝鲜军机甲团 450 余人。

1952 年 7 月 23 日 19 时 40 分，志愿军第 12 军第 92 团第 1 连，向南朝鲜军第 2 师第 17 团 1 个加强排守备的灰古介西山两无名高地阵地发起进攻。我进攻分队一步步向敌军阵地逼进，并破坏其前沿障碍物。到了 24 日 1 时 32 分，志愿军第 1 连第 3 排在距守军阵地前沿 10 余米时，突然发起进攻，正面与侧翼相结合，迅速占领阵地。同时，该连第 2 排向另一无名高地发起进攻，将守军全歼在地堡内。整个战斗只 7 分钟即结束。此战，我军毙伤南朝鲜军 30 余人。

1952 年 8 月 5 日 19 时许，志愿军第 12 军第 104 团第 4 连，在纵深炮火的掩护下，向南朝鲜军首都师第 26 团第 10 连 1 个排防守的座首洞东南无名高地进攻。我军发起攻击后不久就顺利地占领了该阵地。当日 20 时至 6 日 5 时，第 4 连一部坚守阵地，先后打退南朝鲜军 1 个班至两个连兵力的 7 次反冲击。第 4 连遂主动撤出战斗，阵地又被南朝鲜军占领。当日夜，第 4 连以一部兵力重新占领该无名高地。经反复争夺，四攻四克，杀伤南朝鲜军有生力量后，9日1时许，第4连再次主动撤出战斗。此战，我军共毙伤俘南朝鲜军600余人。

39军巩固阵地之战

1951年12月23日凌晨，美军第3师第65团以1个连兵力在炮火支援下，向志愿军第39军第343团第8连的上浦坊小南山阵地发起进攻。上浦坊小南山位于江东十一二公里处。美军进攻后，我第8连小分队在连主阵地火力支援下将美军击溃。在以后4个多小时的战斗中，小分队先后击退美军1个连兵力的3次进攻。7时许，美军1个连兵力在炮火支援下，分3路向小分队发起围攻，再次被我军打退。美军改以两个连兵力，发起轮番冲击。小分队伤亡过大转入坑道坚守，美军占领表面阵地。15时，第8连主力在师团炮火支援下，小分队依托阵地工事经15个小时激战，连续打退美军1个排至1个营兵力的9次进攻，配合小分队实施反冲击，恢复了表面阵地。

1951年12月30日，美军第45师约1个连兵力向志愿军第39军第349团第9连下朔谷东南无名高地阵地进攻。下朔谷东南无名高地位于第39军第349团第9连主阵地264.6高地东南约400米。9时许，当美军先头班距阵地约30米时，我第9连前沿分队迅速反击，将其歼灭。接着，美军分3路发起围攻，再被击退。第9连前沿分队遂转入坑道隐蔽。9时50分至11时，美军约两个排兵力在炮火和烟幕掩护下，再次发起两次进攻，均被我军击退。此战，我军毙伤美军50余人。

1952年1月12日凌晨，美军第45师第180团以1个营兵力向志愿军第39军第351团第4连的芝山阵地接近。4时许，美军在 7 辆坦克和炮火支援下，分 3 路向第 4 连发起进攻。第 4 连依托阵地以轻武器顽强抗击，战至 5 时 40 分，美军不支开始撤退，战斗遂结束。

1952 年 3 月 22 日 18 时，志愿军第 39 军第 349 团第 9 连第 3 排沿公路向斗明洞方向巡逻。斗明洞地处双方缓冲区内，位于 190.8 高地南侧，西距第 39 军第 349 团第 9 连主阵地 264.6 高地约 3 公里，南距美军第 45 师第 179 团防守的 334.5 高地、418 高地各约 1 公里。19 时许，当我小分队进至斗明洞西 300 米处时，发现了美军，我小分队立即展开。此时，设伏在 190.8 高地的美军首先向第 3 排开火。接着，斗明洞方向美军两个排始向第 3 排发起冲击。志愿军第 3 排采取正面抗击与侧后迂回的战法，迅速还击，并抢占了 190.8 高地，击退了斗明洞方向美军的进攻，战斗遂结束。

1952 年 4 月 30 日夜，志愿军第 39 军第 350 团第 8 连小分队对马鸣洞东山守军阵地前沿实施侦察。松岘位于孝龙堡东南约两公里处，其东南侧马鸣洞附近高地由美军第 45 师第 179 团一部防守。5 月 1 日拂晓，我军发现美军 30 余人停留在公路上。遂向美军发起攻击，经 5 分钟战斗歼灭美军大部，其余部向松岘南山撤退。4 时 30 分，小分队击退美军 1 个排再次攻击后返回孝龙堡北山连主阵地，战斗结束。

1952 年 5 月 15 日，位于铁原西北临津江东岸十二三公里处的 190.8 高地被志愿军第 39 军第 350 团第 1 连挤占，与美军形成近距离对峙。18 日至 21 日，美军第 2 师以 1 个连至 1 个营兵力，在飞机、火炮、坦克支援下，向 190.8 高地连续猛攻十余次。志愿军第 1 连前沿班顽强奋战，大量杀伤美军，坚守阵地。6 月 12 日晨，美军第 45 师第 180 团进攻部队在 52 架飞机、34 辆坦克及纵深炮火支援下，集中两个连兵力向 190.8 高地连续发起 7 次攻击。志愿军第350团第1连前沿班依托阵地逐次打退美军的攻击。当表面阵地被美军占领后，我两个班兵力转入坑道继续战斗。13日，美军以5个连兵力攻占190.8高地北侧第一无名高地，第1连又有两个班转入坑道固守。当晚，第350团以5个排兵力，在12个炮兵连支援下，激战两个小时，夺回阵地。14日，美军再次攻占了阵地。15日，美军继续攻击我第二无名高地，被我军击退。当晚，志愿军第350团、第351团以8个连兵力，在24门火箭炮、54门山野榴炮、4门自行火炮支援下，1个坦克连为前导，发起第4次反击，经5分钟战斗夺回第一无名高地，并继续向190.8高地攻击。第351团第5连一部与坚守坑道的两个班会合，正当肃清190.8高地主峰美军残余兵力时，美军两个连兵力前来增援，战斗趋向激烈。第5连伤亡较大，遂撤出战斗，两个班兵力仍退守坑道。16日，190.8高地及其以北第一无名高地复为美军占领。入夜，坚守坑道5昼夜的志愿军两个班兵力顺利突围，战斗遂结束。此战，志愿军第350团、第351团共毙伤俘美军2900余人。

1952年5月16日，美军第45师向朔宁东北约10公里石岘洞方向派出兵力，并以1个连占领了石岘洞北山。志愿军第39军为歼灭美军有生力量，以第349团第8、第9（欠1个排）连，在12个炮兵连和1个坦克排的支援下，于6月9日22时向石岘洞北山美军阵地发起攻击。经58分钟激战，第349团进攻分队全歼美军第45师第180团1个加强连后，主动撤回原阵地。10日，美军又一次占领了石岘洞北山。当日23时，第349团以一部兵力在炮火支援下，再次发起进攻，全歼美军后迅速撤回。美军重占阵地，加强防守，整修工事。20日，第349团以第4、第5两个连兵力在13个炮兵连和1个坦克排支援下，出其不意地向美军石岘洞北山阵地再次发起攻击。经1个多小时激战，我第349团进攻分队攻占了阵地，全歼美军守备分队之后，我军又主动返回到原阵地。

1952 年 6 月 7 日，美军第 45 师第 179 团一部，先于志愿军第 39 军进占朔宁东南 8.5 公里上浦防东山。第 39 军第 343 团为挤占阵地，乘美军立足未稳，以第 6 连于 8 日夜发起第一次攻击。第 6 连攻占美军阵地后，以少量兵力转入防守。经几次激战，第 6 连防守分队于 26 日退守坑道。美军占领表面阵地。28 日，第 343 团以第 4 连和第 5、第 6 连各一部，在 8 个炮兵连支援下，向美军阵地发起第二次攻击。经 20 分钟激战，攻占阵地，全歼美军第 179 团第 9 连和第 1、第 3 连各一部。志愿军第 343 团一部，打退美军连续 5 次反击后，主动撤出阵地。7 月 4 日，第 343 团以 1 个多连兵力，在 8 个炮兵连支援下实施第三次攻击，未成。该团经细致侦察，周密准备，以第 1、第 9 连及第 2 连第 1 排、团警卫连第 1 排等，在 14 个炮兵连支援下于 17 日发起第四次攻击。第 343 团对美军阵地采取四面包围，实施有重点的多路攻击。经 38 分钟激战，攻占美军阵地，全歼美军第 2 师第 23 团 1 个加强连。18 日，我第 343 团重新调整部署，以第 7 连替换第 8、第 9 连等并转入守备。19 日至 22 日，第 7 连在炮火支援下，打退美军 1 个排至 1 个营兵力的十余次冲击，在连续 4 昼夜的激战中，一直顽强坚守阵地。此时正值雨季，驿谷川河水陡涨，补给困难。第 343 团遂于 8 月 2 日主动撤出了上浦防东山阵地。

1952 年 7 月 2 日 7 时许，英军第 29 旅威尔士团 1 个排兵力由高旺山西麓向志愿军第 39 军第 357 团坚守的 227 高地发起进攻。防守该高地的第 357 团第 8 连小分队依托阵地击退英军进攻。接着志愿军小分队又击退英军两个排兵力从两个方向发起的冲击后退守坑道。9 时 50 分，志愿军第 8 连反击分队在炮火掩护下向英军所占表面阵地发起反冲击。小分队乘机冲出坑道，内外夹击，击退英军，恢复了阵地。此战，我军共毙伤英军 80 余人。

1952 年 8 月 10 日，志愿军第 39 军第 116 师（于 7 月上旬由临津江东岸移至西岸接替第 40 军防务）第 347 团第 4 连进占了原第 40 军的 116.9 高地组织防御。13 日，美军第 3 师派小分队，向第 4 连前沿发动进攻。第 4 连在炮火支援下，顽强抗击，并多次发起反冲击驱逐攻入阵地的美军。经 3 昼夜反复争夺战，至 15 日，第 4 连先后打退美军 1 个班至 1 个连兵力 14 次冲击，守住了阵地。此战，我军共毙伤美军 190 余人。

1952 年 9 月 18 日 20 时，志愿军第 39 军第 348 团第 2 营，在 58 门火炮支援下，向据守在高阳垡西山阵地的美军第 3 师第 65 团第 2 连发起进攻。高阳垡山位于临津江西岸 3 公里、朔宁南 8.5 公里处。我第 2 营采取四面包围战法，发挥近战、夜战特长，选择重点，多路攻击，经 20 分钟激战，攻占美军阵地。之后，我第 348 团迅即调整部署以第 3 营替下第 2 营转入防御。19 日至 25 日，该营一部在师、团炮兵的有力支援下，依托坚固工事，顽强坚守 7 昼夜，打退美军 1 个班至 1 个多营兵力在飞机、火炮、坦克支援下的 13 次进攻，阵地得到了巩固。此战，我军共毙伤俘美军 820 余人。

40 军巩固阵地之战

1952 年 7 月 5 日 21 时，志愿军第 40 军第 353 团第 3 连小分队在师团炮火支援下，分两路强攻英联邦小分队守备的高阳垡北山阵地，迅速占领主峰，并继续向前推进，沿途再歼英军增援小分队。第 8 连小分队经 20 分钟战斗，全歼高阳垡北山守军。此战，我军共毙伤英军 33 人。

1952 年 8 月初，志愿军第 40 军第 354 团当面之美军，常以 1 个班到 1 个排兵力在双方防御阵地前沿中间地带，昼来夜去，构筑工事，限制志愿军小分队活动。我第354团决心对美军进行一次伏击作战，以打击和消耗敌军。该团第2连第3排针对美军活动规律，采取黄昏去拂晓归的方法，挤占中间地带。经8个夜间作业，在水输里东南山背面挖成14条短坑道。8月6日21时第3排进入阵地，伏击美军。7日，美海军陆战第1师第7团第7连小分队向该阵地运动。待美军进至伏击圈后，第3排突然开火击退美军8个排兵力的攻击，将阵地向前推进约600米，战斗遂结束。此战，我军共毙伤美军80余人。

　　1952年8月8日，志愿军第40军第352团第6连派小分队，向美海军陆战第1师第5团两个班防守的道幕洞东南无名高地阵地发起攻击。该高地处于第6连两块主阵地之间，地势便低，面积较小，是美军陆战第1师第5团前沿警戒阵地。志愿军第6连小分队兵分两路，分别从两主阵地出击，经40分钟战斗占领该无名高地。在以后的两昼夜中，我小分队先后打退美军13次冲击。11日至13日，第352团以第1、第2连各1个排替换第6连，采取正面抗击和侧翼出击相配合的战法，又打退美军多次反冲击，阵地得到矾固，战斗遂结束。此战，我军共毙伤美军200余人。

　　1952年8月16日夜，第40军第357团为挤占阵地，派第7连两个班兵力预先占领了美海军陆战第1师第3团的前沿警戒阵地——162高地，准备伏击美军。17日凌晨，美陆战第1师亦行预先占领，以1个排兵力向162高地开进。志愿军第7连早有准备，故在近距离先行攻击，战斗渐趋激烈。美军逐次以3个连兵力轮番冲击。志愿军第7连先后打退其5次进攻，所占阵地得到巩固。此战，我军共毙伤美军180余人。

42 军巩固阵地之战

1952 年 1 月 6 日晨,志愿军第 42 军第 371 团第 6 连第 1 排占领了与当面南朝鲜军对峙的中间地带的回山。5 时 30 分,南朝鲜军第 9 师第 28 团第 2 营两个排兵力在炮火和坦克的掩护下,分 3 路向圆山阵地发起攻击。战至 8 时,第 1 排打退南朝鲜军 3 次进攻。10 时 30 分,南朝鲜军两个排兵力分两路向志愿军该排 1 个班阵地进攻,经激战,该班阵地一度失守,重又夺回。12 时许,南朝鲜军 1 个多排兵力在数辆坦克掩护下对回山前沿阵地进行猛烈射击,在第 1 排抗击下,该部敌军全部被击退,战斗遂结束。

64 军巩固阵地之战

1952 年 1 月 29 日,美军第 3 师第 7 团 1 个加强排兵力在炮火掩护下,从东南方向向志愿军第 64 军第 576 团第 3 连第 3 班坚守的 135.3 东无名高地阵地发起攻击,被我守军击退。接着,美军又以两个排兵力在炮火掩护下继续向第 1 排阵地进攻,再次被击退,16 时许,美军 80 余人在炮火和烟幕掩护下发起第五次冲击。第 1 排顽强抗击,并发起阵前出击,最终打退了美军进攻。此战,我军共毙伤俘美军 40 余人。

1952 年 2 月 4 日,志愿军第 64 军第 574 团炮兵对高阳堡西北无名高地进行破坏性射击,将美军第 3 师第 15 团第 2 连阵地工事大部摧毁。15 时 56 分,我第 574 团第 6 连将该高地美军诱出工事,我炮兵再行 5 分钟火力急袭,杀伤其有生力量。16 时许,第 6 连第 2 排在炮火支援下向美军发起冲击,连续摧毁残存工事和火力点,仅 4 分钟即攻占主峰。同时,我第 6 连第 1、第 3 排也相继突入美军前沿阵地。美军余部弃阵退却，第 6 连全部占领了该美军阵地。

1952 年 3 月 26 日 28 时许，英军 1 个排兵力在炮火支援下从东、南两面向志愿军第 64 军第 574 团第 9 连坚守的高栈下里新村北山前沿阵地发起进攻。高栈下里新村北山位于马良山、高旺山之间。英军进攻后，我第 9 连前沿阵地守备分队以各种轻武器抗击，结合阵前出击，连续击退英军进攻，守住了阵地。

68 军巩固阵地之战

1952 年 2 月 14 日夜，志愿军第 68 军第 203 师一部采取侧袭与正面强攻相结合的战法，对南朝鲜军据守的 662 高地发起攻击。662 高地，地势险要，楔入志愿军第 68 军一线阵地，由南朝鲜军第 3 师一部防守。我军进攻开始后，就迅速占领了 662 高地主峰，并接连击退南朝鲜军 1 个排至 1 个营兵力的多次反冲击。尔后，第 203 师进攻部队又乘胜攻占了 662 高地以西第二无名高地和丁字路口以南无名高地，又打退南朝鲜军 1 至两个营兵力的 8 次反冲击。第 203 师为大量杀伤南朝鲜军，故意将进攻部队主动后撤，诱使南朝鲜军重新占领 662 高地，后行猛烈炮火轰击，予其大量杀伤，再次攻占该高地。并乘机攻取另两无名高地。战至 19 日，南朝鲜军无力再战，战斗遂结束。

1952 年 8 月 10 日夜，志愿军第 68 军第 609 团第 9 连派出小分队攻占 572.4 高地东第二无名高地。该高地是第 68 军防御前沿右翼南朝鲜军较为突出的阵地。南朝鲜军为夺回失去的阵地，以 1 个排兵力于 11 日夜发起小规模反冲击。至 14 日，我第 609 团第 9 连打退南朝鲜军连以下兵力反冲击近 30 次。南朝鲜军再次增强反击力量后，以 1 个连至 1 个营兵力继续发动反冲击。第 9 连在炮火配合下，再次打退南朝鲜军29次反冲击。激战至17日下午，南朝鲜军又调1个营兵力增援，运动至鱼云里东沟时，第68军防御地段内师团炮火给予以拦阻射击，将其反冲击企图打破，战斗遂结束。此战，我军第609团共打退南朝鲜军66次反冲击，毙伤1320余人。

65军巩固阵地之战

1952年4月1日晚，志愿军第65军第583团以第7、第8两个连部分兵力组成进攻分队，在29门火炮配合下，向南朝鲜军陆战第1团第10连据守的楸村发起强攻。楸村位于开城东南10公里处，工事坚固，副防御设施齐备。我第583团为箝制、迷惑守军，同时以部分兵力向楸村西山、67高地等南朝鲜军阵地发起佯攻。进攻分队于当日21时发起冲击后，迅速突破四道铁丝网。经57分钟战斗，全部占领守军阵地。随后打退南朝鲜军3次反冲击。2日0时许，第583团进攻分队主动返回原阵地，战斗遂结束。

63军巩固阵地之战

1951年12月28日，志愿军第63军第188师第563团第1营第2、第3连在炮火支援下，向南朝鲜军据守的智陵洞北山发起冲击。智陵洞北山、杜梅里北山和88.6高地位于开城地区板门店东北10公里，是南朝鲜军第1师第12团前沿阵地，由两个连兵力守备，直接威胁第63军第188师大德山主阵地翼侧的安全。15时许，我进攻分队开始攻击，经50分钟激战，占领该高地。杜梅里北山和88.6高地守军不战而退。该团以第2连坚守智陵洞北山；以第8连和机炮连防守88.6高地和杜梅里北山。从29日7时起，南朝鲜军第1师以1个排至1个团兵力，在飞机、坦克和炮兵火力支援下，连续向上述阵地实施反冲击。第563团先后以第9、第1、第7、第5连投入战斗，在纵深炮火支援下，顽强阻击南朝鲜军，战至1952年1月8日10时许，终于守住并巩固了上述阵地。

　　1952年5月16日1时，志愿军第63军第560团第7连第2排占领了190.5高地高地，组织防御。190.5高地是双方缓冲区内的一个制高点，美军陆战第1师第1团每日以1个班至1个排兵力到该高地活动。5时许，我第2排凭简易工事靠轻武器打退美军1个加强班兵力发起的进攻。8时20分，美军1个营兵力在炮火掩护下，向190.5高地逼近。志愿军第560团炮兵以准确的射击破坏美军的进攻。9时至11时，第2排依托阵地使用轻武器先后打退美军1个连至2个连兵力从3个方向发起的2次进攻。美军经调整部署后，于16时，又以两个连兵力在炮火掩护下分3路再次向190.5高地发起冲击。我第2排顽强战斗，再次打退了美军进攻，战斗遂结束。

　　1952年5月20日，志愿军第63军第559团以3个班兵力先于美军挤占智陵洞南山和104.2高地，直接威胁美军陆战第1师第5团第2营据守的阵地。智陵洞南山和104·2高地是开城杜梅里南面的两个隔沟相连的高地。美军为夺回阵地，于28日晨分两路各以1个排兵力向志愿军阵地发起进攻。战至11时许，志愿军3个班在炮火支援下，采取正面抵抗结合侧翼反冲击，先后打退美军1个排至2个连兵力在火炮、坦克、飞机支援下的多次进攻，守住了智陵洞南山和104.2高地。

　　1952年6月24日20时45分，志愿军第63军第560团第2连一部隐蔽迂回到美军据守的梅岘里东山侧后。梅岘里东山在开城以东约10公里处，由美军陆战第1师第1团第6连两个排兵力守备。我军连续通过3道铁丝网，当距美军哨兵10余米时被其发现，遂由偷袭转入强攻，连克7个地堡。该连另一部及时加入战斗协同攻占梅岘里东山北部山头。接着，我进攻分队兵分两路继续攻击前进，迅速攻克南部山头，全部占领梅岘里东山阵地。第2连立即转入守备。美军为恢复失地，遂组织两个连兵力分两路向梅岘里东山发起反冲击。22时30分，第2连击退美军反击后，主动撤出战斗。美军以1个连兵力重新占领梅岘里东山。7月5日，志愿军第560团以第1连再攻梅岘里东山。当日20时30分，该连第1排强攻南部山头，占领大部阵地。同时，第3排全歼北部山头美军1个排。随后，志愿军该连第2、第3排向南部山头发展，击退增援的美军两个连后撤出战斗。6日，美军又以1个连兵力占领梅岘里东山。7日22时，志愿军第560团第3连在师团10个炮兵连的支援下分别以1个排兵力，从南、北两侧第三次攻击梅岘里东山，到22时25分全歼守军，第3连随后撤出战斗。此战，我军共歼灭美军两个连另两个排，毙伤490余人。

15 军巩固阵地之战

1952年6月14日凌晨，美军第40师第223团小分队，向志愿军第15军第133团第5连1个排兵力防守的佳岘里西山阵地进攻。佳岘里西山为忠贤山向东南延伸的一个山脊。美军的进攻被我坚守分队击退后，又以两个连3个排兵力分3路，向第5连阵地继续进攻。第5连前沿阵地曾一度失守，后又被我军重新夺回，战至6时许，美军余部在大量烟幕掩护下撤退。

1952年7月10日夜，志愿军第15军第130团第9连第2排，隐蔽地占领了无设防的芝村南无名高地，并连续3昼夜构筑工事，抢修坑道。美军发觉无名高地被志愿军占领，便不断炮击。7月20日19时许，美军第7师第17团两个连兵力，在炮火掩护下，分

4 路向志愿军第 2 排守备的无名高地发起进攻，并一度占领高地一部分。第 2 排依托坑道，在纵深炮群配合下，以小分队短促出击，打击占领表面阵地之美军。激战至 22 时，美军兵力大减，终不支而撤退。此战，我军共毙伤美军 83 人。

1952 年 7 月 17 日凌晨，美军第 7 师第 17 团 1 个加强排，向志愿军第 15 军第 134 团第 8 连坚守的 295.1 高地进行偷袭。守备阵地的我第 134 团第 8 连一部，将计就计，立即退却；另一部隐蔽行动，向美军偷袭分队背后突进，直插斗浦洞，占据有利阵地，切断其退路。美军察觉后，为摆脱困境，企图回撤。我第 8 连两面夹击，经 20 分钟战斗，将其全歼。此战，我军共毙伤美军 50 余人，俘 2 人。

1952 年 8 月 14 日，志愿军第 15 军第 134 团以第 7 连，隐蔽开至栗木星设伏，准备打击经常以一两个连兵力在朝鲜金化西北平康东南地区进行袭扰活动的美军。当日，美军第 7 师 1 个连兵力在坦克配合下，向志愿军第 7 连设伏阵地前沿前进，进入了我伏击区。第 7 连在纵深炮火准确及时的支援下，突然出击，迅速全歼美军袭扰分队，战斗遂结束。此战，我军共毙伤美军 210 余人。

38 军巩固阵地之战

1952 年 6 月 22 日，美军第 45 师 1 个营在 10 个炮群、37 辆坦克掩护下，向志愿军第 38 军第 339 团前沿阵地 501 南无名高地发起进攻；南朝鲜军第 9 师两个营向 501 高地附近第 338 团第 1 营阵地 395.8 高地、338 高地南无名高地，发起突然强攻。美军和南朝鲜军进攻部队曾一度攻占志愿军阵地。第 38 军前沿各守备分队顽强抗击，并勇猛进行反冲击，趁进攻部队立足未稳，夺回阵地，挫败了美军和南朝鲜军的试探性进攻。此战，我军共毙伤美军和南朝鲜军 790 余人。

1952 年 7 月中旬，志愿军第 38 军第 339 团第 2 营防御阵地对面的美军第 2 师第 9 团前沿守备分队进行换防。我第 2 营为及时掌握情况，以 1 个多连兵力组成设伏分队，到松岘洞西北公路桥南设伏。21 日 21 时，设伏分队分两路向预伏地点搜索前进，发现美军约 1 个排兵力在松岘洞西北设伏，遂将其 3 面包围。美军在 3 面火力夹击下，大部被歼，余部抵抗待援。志愿军设伏分队立争速决，收缩包围圈与美军展开肉搏战，经 20 分钟激战，将其全歼。又经 1 个多小时战斗，志愿军设伏分队先后打退美军增援分队 1 个排至 1 个连兵力的两次反击。战至 22 日 2 时 14 分，志愿军设伏分队主动撤回原阵地。此战，我军共毙伤俘美军 170 余人。

1952 年 8 月 14 日夜，美军第 2 师两个连兵力在炮兵及坦克的掩护下，以偷袭战术，向志愿军第 38 军第 339 团第 8 连坚守的 260 高地发起进攻。我守备该高地的第 8 连第 1 排及团侦察排一部，采取固守和反冲击手段，激战 3 个小时，打退美军 4 次冲击，共毙伤美军 180 余人。

冷枪冷炮战

从 1952 年 1 月起，志愿军一线部队开展狙击活动，以特等射手组成狙击组，以单枪、单炮、单辆坦克，依托固定阵地或采取游动火炮和坦克采取隐蔽的方式，经常变换射击阵地，射击对方前沿阵地暴露目标，杀伤敌暴露的有生力量和摧毁敌之武器装备，掩护我军的筑城。我军采取的狙击活动，是我军在 1952 年春夏巩固阵地作战期间的积极的作战手段之一，它不仅是少数狙击兵的活动，而是整个战线前沿阵地所有步枪、轻重机枪特等射手有组织的群众性的狙击战斗活动，还包括在有坑道依托的发射阵地和临时发射阵地上的单炮或炮兵连对敌暴露目标进行有组织的射击。

我军的狙击行动取得了十分明显的效果。仅5月至8月，志愿军和人民军狙击杀伤"联合国军"和南朝鲜军即达13600余人。在以后的作战中，我军仍继续进行狙击活动，至1953年7月，步兵狙击作战共歼"联合国军"和南朝鲜军52600余人。

我军在巩固阵地作战时期，共进行各种样式的大小战斗1800余次，歼灭敌人117000余人（含人民军歼敌30000余），占领了外谷南山、159高地、库藏洞东山、116.9高地、榆岘北山、新村南山、官垡里西山等地，把敌我中间地带和敌军的部分警戒阵地、突出的支撑点变成了我军前沿阵地，大大改善了我军的防御态势。同时，在这一时期，我军以坑道工事为骨干、支撑点式的防御体系已经形成，阵地空前巩固，并改善了装备，我军战斗力也进一步得到提高；同时，我军面对现代化装备之敌，已不仅可以依托坚固阵地进行坚守防御作战，而且还可胜利地进行对敌坚固阵地的进攻作战，取得了丰富的战斗经验。这些都为我军进一步贯彻"持久作战、积极防御"的战略方针和下一步进行较大规模的阵地攻防作战，创造了极为有利的条件。

第二节　美伪军对我方被俘人员的暴虐

战俘是指战争或武装冲突中落于敌方权力之下的合法交战人员。战俘既可以是参战的武装部队成员，符合战争法规规定条件的民兵与志愿军、居民军、游击队与抵抗运动成员，也可以是伴随上述武装部队而实际并非其成员的人员，如随之行动的战地记者、劳工队工人、后勤人员、供给商等人员，还包括落入敌方权力之下的国家元首、政府首脑和其他高级官员，以及依国际法的任何其它规定不能享受更优惠待遇的商船船长、船员和民航机组人员等。

对战俘必须始终给予人道待遇。战争是国家与国家之间的关系，战斗员参加战斗，不是以个人身分，而是以国家武装力量成员的身分。在俘的目的是阻止他们再次参加战斗，对他们不应加以任何报复行为或惩罚虐待，更不应杀害。违反关于战俘待遇的原则和规则，都构成战争罪。

从远古到现代，战俘从遭受屠杀或残酷的非人道待遇或沦为奴隶，到根据习惯享有人道待遇，并最终通过国际公约确立战俘的法律地位，经历了漫长的过程。1899 年第 1 次海牙和平会议通过的《陆战法规和习惯章程》，就战俘待遇作了专门规定，首次正式确立了关于战俘待遇的战争法规原则和规则，建立了战俘制度。1907 年修订的《关于陆战法规和习惯的章程》第 2 章重申了战俘人道待遇原则。1929 年的《关于战俘待遇的日内瓦公约》是历史上第一个关于战俘的专门公约。

针对第二次世界大战期间德、日法西斯虐待战俘的暴行，1949

年 8 月 12 日，61 个国家在日内瓦签署了四个公约：《关于战俘待遇之日内瓦公约》（1929 年缔结，1949 年修订）；《关于战时保护平民之日内瓦公约》（1949 年缔结）；《改善战地武装力量部队伤者病者境遇之日内瓦公约》（即《万国红十字会公约》，1864 年缔结，1906 年、1929 年和 1949 年修订）；《改善海上武装力量伤者病者及遇船难者境遇之日内瓦公约》（1949 年缔结，代替 1907 年之《海牙公约》的第十项公约）。这四个公约统称为《日内瓦公约》。1949 年 8 月以后，又有一些国家宣布加入《日内瓦公约》。中国在1952 年 7 月 13 日宣布承认上述公约。

《关于战俘待遇之日内瓦公约》共有正文 143 条和 5 个附件，是对 1929 年同名公约的修订和补充。它扩大了公约的适用范围和保护对象，针对第二次世界大战期间德日法西斯虐杀战俘的暴行，详细规定了保护战俘和战俘待遇的原则和规则。主要内容是：战俘是处在敌国国家权力管辖之下的，而不是处在俘获他的个人或军事单位的权力之下的；拘留国应对战俘负责，并给予战俘以人道待遇和保护；战俘的自用物品，除武器、马匹、军事装备和军事文件外，应仍旧战俘保有；战俘的住宿、饮食及卫生医疗照顾等应得到保障；对战俘可以拘禁，但除适用刑事和纪律制裁外不得监禁；不得命令战俘从事危险性和屈辱性的劳动；战事停止后，应立即释放或遣返战俘，不得迟延；在任何情况下，战俘均不得放弃公约所赋予的一部或全部权力；在对某人是否具有战俘地位发生疑间的情况下，未经主管法庭作出决定之前，此人应享有本公约的保护。

《关于战时保护平民之日内瓦公约》共有正文 159 条和 3 个附件。在 1899 年海牙第 2 公约和 1907 年海牙第 4 公约附件中只有一些零散的保护平民的条文，此公约是对于这些条文的补充和发展。其主要内容是：处于冲突一方权力下的敌方公民应受到保护

和人道待遇，包括准予安全离境，保障未被遣返的平民的基本权力等；禁止破坏不设防的城镇、乡村；禁止杀害、胁迫、虐待和驱逐和平居民；禁止体罚和酷刑；和平居民的人身、家庭、荣誉、财产、宗教信仰和风俗习惯，应受到尊重；禁止集体惩罚和扣押人质等。

《改善战地武装部队伤者病者境遇之日内瓦公约》共有正文64条及两个附件，主要内容是，确认敌对双方伤病员在任何情况下应该无区别地享受人道主义待遇的原则；禁止对伤病员的生命和人身施加任何危害或暴行，特别是禁止谋杀、酷刑、供生物学实验或故意不给予医疗救助及照顾；伤病员和医疗单位及其建筑物、器材和人员不受侵犯，但应有明显的白底红十字或红新月标志。

《改善海上武装部队伤者病者及遇船难者境遇之日内瓦公约》共有正文63条及1个附件，是对1907年海牙第10公约的修订和补充。它在适用范围、保护对象、基本原则等方面，与第1公约完全相同，只是结合海战的特点，规定了海战中保护伤病员、医疗船、医疗单位及其人员、器材和船只的特殊原则和规则。该公约仅适用于舰艇部队，登陆部队仍适用日内瓦第1公约所规定的原则和规则。

日内瓦四公约中有许多新的共同的原则。主要的是：①公约不但适用于一切经过宣战的战争，而且适用于一切武装冲突，即使在其中一方甚至双方不承认存在战争状态时也适用。②公约不但适用于缔约国之间，而且在冲突一方不是缔约国时，其他缔约国在其相互关系中仍受公约之拘束。若上述非缔约国接受并援用公约之规定，则其他缔约国对该国之关系，亦受公约之拘束。③公约不但适用于国际性武装冲突，而且为非国际性武装冲突如内战中的战争受难者规定了冲突各方应遵守的最低限度准则，不实际参加战事之人员，包括放下武器之武装部队人员及因病伤、拘留或其它原因而失去战斗力之人员在内，在一切情况下应予以人道待遇；伤者、病者应予收集与照顾。④公约在一定限度内承认了游击战的合法性和游击队员的战斗员资格。⑤公约不但禁止占领国破坏被占领国家的私有财产，而且禁止破坏国家、集体或合作组织所有的财产，承认了两种所有制的平等地位。

日内瓦四公约为 1977 年的两个附加议定书进一步补充和发展，并与后者共同成为国际人道主义法的主要渊源。然而，日内瓦公约虽被国际社会普遍接受，但是并未被普遍遵行。几十年以来，在世界上地区性的战争和武装冲突，包括非国际性武装冲突中，日内瓦公约屡遭破坏。

中华人民共和国政府于 1952 年 7 月 18 日发表声明，根据《中国人民政治协商会议共同钢领》第 55 条的规定，宣布承认中华民国政府于 1949 年 8 月 12 日签署的日内瓦四公约。声明中指出："各该公约的内容基本上是有利于国际持久和平并符合人道主义原则的。"同时针对公约的不足之处，提出了 4 项保留。即，①对第 1、第 2、第 3 公约第 10 条和第 4 公约第 11 条的保留是，保护国的代替必须经被保护者本国同意。②对第 3 公约第 12 条、第 4 公约第 45 条的保留是；战俘或平民被移交于他国后，原拘留国仍不应解除责任。③对第 4 公约的总的保留是，占领区以外的平民也应适用公约的保护。④对第 3 公约第 85 条的保留是，依据纽伦堡及东京国际军事法庭审判原则被判为战争罪犯的战俘不得享受公约的利益。1956 年 11 月 5 日中华人民共和国全国人民代表大会常务委员会在批准承认日内瓦四公约的决定中，重申了对上述条款所作的保留。

"不强迫遣返"的骗局

　　我方被俘人员，从被俘以后就开始不断地冒死争取重返祖国的权利，而美蒋特务则采用一切残酷手段逼迫战俘放弃遣返的权利。战俘们早在1951年10月就展开了英勇斗争，而美伪军对我方被俘人员则进行了残酷的镇压，并通过新闻媒介欺骗世界舆论。

　　9月21日和10月12日，美方宣布在济州岛战俘营中有3名战俘"上吊自杀"，为什么"自杀"？美方照例一字不提。11月10日，美方又宣布：在济州岛战俘营内又有一名战俘"上吊自杀"。

　　在济州岛上的主要是被美方谎称"反共合作"的中国人民志愿军被俘人员。从9月21日以来，在这个岛上，被打死打伤的战俘，仅仅美方自己承认的就有232人。对于被公开屠杀的战俘，美方则给他们加一个"示威"或"唱歌"之类的罪名；对于战俘不堪迫害而死，美方则轻描淡写地称之为"上吊自杀"。

　　这些屠杀事件充分证明：被美方谎称为"宁死不愿遣返"的我方被俘人员，实际上是在不断地冒死争取重返祖国的权利，而美蒋特务则正在继续用一切残酷手段逼迫战俘放弃遣返的权利。战俘的这个英勇斗争，虽然经过美方整整一年的血腥镇压，但斗争却显然仍在继续，而且更趋激烈。

　　被美方强迫充当空降特务的我方战俘，回到我后方后向志愿军报告了美方强迫战俘"拒绝遣返"的罪恶行为。他们陈明了一个这样的事实：1951年10月10日，巨济岛美方战俘营第86联队的蒋介石特务，在美方指使下强迫战俘悬挂国民党的"国旗"。我方战俘均严予拒绝，并且英勇地撕碎了国民党的"国旗"。于是，国民党警备队就开始毒打我方战俘，当场打死打伤战俘20多名。同月15日，我方战俘梁兆祥等10余人被从釜山押到巨济岛第72

联队去时，看见联队门口挂着国民党的"国旗"，他们坚决要求拿掉这面丑恶的旗帜，否则就不走进营场去。押送他们的美军就用枪托毒打他们，然而我方战俘们仍然手挽着手，一步也不走。于是美军就叫来了国民党警备队，把他们全都打伤打昏，然后一个个抬进去囚禁起来。

在美蒋人员的恐怖统治下，战俘稍为表示对祖国的怀念和遣返回国的愿望，就要遭到各种酷刑和被罚处苦重劳役。如第72联队战俘王济隆仿照《满江红》词调，写了一首《怀国思家词》，表示返回祖国的坚定决心。这首词立刻传遍全联队，战俘都唱起来了，蒋匪特务就把王济隆抓去毒打，又把他编入苦役队，每天强迫他从事危险性的苦重劳役。

美蒋人员还在战俘营内公开宣传和积极活动，准备把我方战俘移交给台湾国民党去充当炮灰。1951年10月间，第72联队的国民党特务强迫战俘演出话剧，为国民党宣传并充当炮灰。该联队二大队战俘林学普在演出时把原来一句台词："我们要到台湾去参加国军反攻大陆"，改念为"我们坚决要回到祖国去"，全场战俘立即鼓掌。面如土色的国民党特务就把林学普拉下台来进行毒打。1951年8月下旬，美方指使国民党特务李大安等到第86联队去成立反动组织，胁迫战俘宣誓到台湾去，当李大安正在胡说八道地进行宣传时，我方许多战俘则高呼"我们要回祖国去"、"打倒汉奸卖国贼"等口号冲上去，把李大安打倒在地，美蒋人员不得不把李大安抬了回去。当天半夜，全副武装的美蒋警备队扬言"搜查暴动凶手"，包围了营场，逮捕了许多我方战俘。

我方还有许多战俘因为拒绝刺字，拒绝在"自愿遣返"的请求书上盖血印，和反对"甄别"而遭到国民党特务的残酷迫害和屠杀。1951年10月，第86联队的我方战俘曹明拒绝刺字和盖血印，而且向其他战俘高呼："同志们，我们要回到祖国去，我们决不充当美国的炮灰。"说罢还高唱鼓舞斗志的战斗歌曲《王大妈要和平》。许多战俘都跟着高唱起来。国民党人员便使用武力来驱散我方战俘，并逮捕曹明，当晚又把他押出了营场，从那以后就再也没有曹明的消息了。同月，一个原为中国人民志愿军饲养员的战俘，在国民党特务强行"甄别"时，坚决要求返回祖国。国民党特务就用棍棒毒打他，强迫他"拒绝遣返"。他厉声说："你们叫喊的'自愿遣返'原来就是如此。你们的恐怖手段绝不能改变我们的决心。"国民党特务后来就用派苦工、减少粮食等残暴手段来折磨他。这名志愿军战士终于因为受不住美蒋特务的残酷迫害而被迫自杀了。

提供这些铁证的被迫充当空降特务的战俘的名字，都开列在后来美方交来的战俘名单上。美伪军和国民党人无论用什么花言巧语，也不能把他们的这种臭气薰天的"不强迫遣返"的骗局装扮起来。

巨济岛上的血腥

1952 年 11 月 5 日，有一名我方战俘人员为了向全世界报告美方战俘营中的真相，逃出了地狱一般的巨济岛战俘营，他身上带有两封控拆美方暴行的信，一封是给金日成将军的，另一封是给毛泽东主席的。但，他不幸被美方捕获。这件事情公开后，美方战俘营当局无法隐瞒，被迫透露了这两封信的一部分内容。即使从这一部分美方容许透露的内容中，也可以看出美方是在如何虐待和杀害我方战俘的，同样可以看出我方被俘人员为了坚决要求遣返，是如何作着英勇斗争的。

我方被俘人员在控诉书中说："由于被当作牛马一样地对待，我们每天有 300 多人因挨饿、受冻、生病和受枪击而致死。"控诉书斥责美军司令部利用自由遣返战俘的说法进行欺骗，企图奴役他们。但是，美国侵略者的死的威胁并不能改变他们对祖国的忠诚，他们在控诉书里向祖国保证"为祖国和人民而生，并愿为达到最后目标而光荣地死"。我方被俘人员在控诉书中报告了他们为反对强迫"甄别"，要求人道待遇而进行英勇斗争。控诉书透露了一直还没有人知道的 3 月 18 日的事件。控诉书说："在政治斗争和精神斗争中，敌人不断被我们击败。3 月 18 日，我们终于使我们的政治斗争合法化了。"控诉书还写道："由于这种爱国精神因 3 月 18 日的斗争而不断得到加强和发扬，我们在 5 月 7 日终于冒险争取与敌方杜德将军进行谈判，从而使敌人的暴行大白于全世界。"

美方战俘营长官卡德威为了抵赖自己虐杀战俘的罪行，表示战俘死得不算多，特地捏造了一篇我方被俘人员"病死"、"自杀"和被打死的人数的帐单。卡德威说，从 8 月 1 日到 11 月 12 日，战俘共"病死"170 人，被打死 64 人，"自杀"10 人。卡德威故意不提被打伤的战俘的数字。虽然卡德威把我方被俘人员的控诉照例称之为"共产党宣传"，但是他却不敢说出这些战俘是生什么"病"死的，为什么被打死的，因什么原故而"自杀"的。不但如此，卡德威所提供的数字，和美方过去自己宣布的数字是不同的。美方自己以前曾宣布，美方从 8 月 1 日到 11 月 12 日，共打死战俘 70 人，打伤 762 人，另有战俘 9 人"自杀"。这种前后矛盾的情形，说明美方极力企图缩小被打死打伤的战俘的数字，但是由于屠杀迫害事件太多了，以致他们自己也弄不清究竟已经杀害了多少我方战俘。

"红十字国际委员会"的"视察"报告

美方用暴力剥夺我方战俘遣返权利的罪行，还可以从"红十字国际委员会"的美方战俘营"视察"报告书中得到证实。"红十字国际委员会"是美国御用的，这些报告书是"红十字国际委员会"交给中国人民志愿军和朝鲜人民军的，他们企图以此替美方洗刷战争罪行。报告书共26份，用法文写成；"视察"日期包括从1950年11月底到1952年4月6日之间的一段时期。从这些报告书里，可以看到美方"不强迫遣返战俘"的骗局十分丑恶和残酷。报告书特别详细地叙述了美方一直没有透露过的发生在1951年8月和12月的屠杀战俘事件。

报告书透露：在1951年12月22日和23日，美方在巨济岛战俘营第62号营场用武力强迫"甄别"战俘，打死打伤战俘784名。报告书承认：这个令人震惊的屠杀数字，是根据战俘代表的谈话和医疗所战俘医生的统计得来的，因而是完全可靠的。

从这个报告书中可以明显地看出，战俘被屠杀的原因是他们反对强迫"甄别"和强迫扣留。62号营场的战俘原是被美方硬说是"被拘留平民"而加以扣留。但是报告书说这些"被拘留平民"却强烈地要求"恢复成为战俘"，因为"他们期望时机到来就被送回到北方去"。为此，在1951年12月22日，美方又派遣由李承晚特务组成的所谓南朝鲜"工作队"，对这些战俘进行"甄别"，实际上是强迫他们承认"被拘留平民"的身份。美方这一非法行为当即遭到战俘的坚持拒绝。被报告书称为"反共分子"的李承晚特务就大规模地对战俘"进行虐待和施以酷刑"。所有的战俘代表和许多战俘被拘捕，许多战俘被关在"俱乐部"里"受到虐待"；更多的被关在一个"学校"里的战俘，被迫双手抱在颈上在寒冷中在地上坐了一整夜，稍有移动就遭到毒打。帐篷里的战俘也被强迫面朝下躺在冰冷的地上。但是，在这血腥的一昼夜之后，战俘依旧拒绝接受"甄别"。第二天早晨，美方警卫就对这些忠诚于祖国的战俘开枪屠杀，当场打死 6 名，伤 37 名，加上被用棍棒打伤的，共死伤战俘 784 名。

报告书说，美方战俘营负责人告诉"红十字国际委员会"的代表说，在这次事件之后，第 62 号营场已被认为是共产党战俘营场。其它营场的共产党战俘都被集中到这个营场来。美方虽然正式承认第 62 号营场的战俘全都要求回到祖国，但是仍然没有放弃强迫他们改变主意的企图。

1951 年 2 月 18 日，美方就曾用刺刀对这个营场的战俘进行"重新甄别"，结果打死打伤战俘 373 人。关于这次事件，"红十字国际委员会"也被迫承认。

这些惊人的屠杀战俘事件，说明美方从 1951 年朝鲜停战谈判有关战俘问题的讨论一开始，就想尽各种办法来强迫扣留战俘，并用刺刀强迫"甄别"战俘了。

"红十字国际委员会"的另一个关于 1951 年 8 月 19 日到 9 月 2 日"视察"巨济岛和釜山战俘营的报告书透露：美方早就在这个营场里用屠杀的手段来剥夺日内瓦公约规定的战俘的权利，和打击战俘的要求遭返的坚定意志。报告书说：1951 年 8 月 15 日，由于战俘庆祝他们祖国的解放日，就被打死 6 名，打伤 26 名。报告书并透露：在这一天，美方在釜山和巨济岛战俘营的许多营场内，有计划地屠杀庆祝节日的战俘，共打死战俘 18 名，打伤 75 名。

美方屠杀战俘的数目多到无法统计，连"红十字国际委员会"也不得不在报告书中说：这些关于屠杀事件的报告"还是不完全的"。同时报告书也不得不吞吞吐吐地承认："这些事件是由于战俘当局严重的偏执的结果"。显然，所谓"严重的偏执"，就是美方执意要强迫扣留战俘。

报告书公布了 1951 年 8 月 30 号巨济岛战俘营第 63 号营场全体战俘给战俘营当局的一封信。战俘们在这封信中强烈抗议美方迫害战俘的骇人听闻的罪行，战俘们要求美方"不要侵犯日内瓦公约所保证的战俘的权利"，包括"不要侵犯我们所选举出来的官兵代表的身份"，"禁止攻击和殴打战俘"，"立即释放现在或过去所拘捕的所有官兵代表"，"给予按照我们国家习俗举行仪式的权利"。报告书同时透露：巨济岛第 6 营区的三万多被硬称为"被拘留平民"的朝鲜人民军战俘，强烈地"抗议改变第 6 营区战俘身份的措施"，因为战俘当局"已决定这些被拘平民回到南朝鲜去"。报告书并透露：中国人民志愿军战俘同样强烈地抗议"回台湾还是回北朝鲜的某种压力不应在各营场战俘中实施"。

从"红十字国际委员会"的 26 份报告书中，还可以看到美方战俘营当局的许多无耻罪行，例如：对第 66 号营场断绝食粮供应。美国的军士经常闯入女战俘营进行强奸，并借口搜查，脱光她们的衣服进行侮辱。战俘根据日内瓦公约规定选出的代表经常被美方逮捕，并被禁闭起来进行秘密审问。在每一个营场中，被俘官兵都控拆在被审问时受到酷刑。"红十字国际委员会"的一个代表承认，他亲眼看见一名战俘在被审问时遭到毒打。

虽然"红十字国际委员会"的"视察"代表们都效忠于美国的战俘营当局，他们经常警告我方战俘要安分守己，并且处处都不遗余力地替美方辩解。但是，从这些报告的字里行间，仍可以发现一个基本事实，那就是：在美方战俘营内，我方战俘根本没有"个人权利"、"个人自由"；有的只是美方屠杀和扣留战俘的"权利"和"自由"。

缴获的美伪军秘密文件

在美伪军的后方，经常活跃着朝鲜人民军的游击队，他们给美伪军以不断的袭扰和打击，并获得了大量的美伪军的情报。在朝鲜南部某地区活动的游击队在一次行动中缴获了美伪军的一些秘密文件。朝鲜中央通讯社 11 月 28 日以《事实揭露了美国刽子手》为题，公布了这些材料，揭发了美伪军在朝鲜的新的罪行。朝鲜中央通讯社说：

> 来自大洋彼岸的失去了人性的凶手所干的最骇人听闻的罪行之一，就是在美国俘虏营——死亡营中对朝鲜人民军和中国人民志愿军战士，施以集体屠杀和拷打。美国军阀以死亡相威胁，强迫战俘在拒绝回家的宣言上签名。……
>
> 美国刽子手卑贱地虐待战俘，但他们还无耻地侈谈其对待战俘的人道态度。现在，敌人的一些秘密文件已经落到在朝鲜南部某地区活动的游击队战士的手中。这些秘密文件使得美国大肆叫嚷的以'人道'态度对待战俘的谎言完全揭穿了。在这些极端秘密的以及由此而全盘供出美国凶手的文件中所谈到的事实，应当为大家所知道。这些文件说明，在侵略者所干下的那些血腥的罪恶的记录上，还应当加上一桩闻所未闻的恐怖罪行——把朝鲜人民军和中国人民志愿军被俘人员当作各种新式武器的试验品。……

下面就是这些文件所暴露的事实：

1951 年 5 月，有 140 器的试验品，这些战俘的名单已秘密地运往美国作原子武
号俘虏营中有 100 名战俘被机关枪51 年 7 月 15 日第 62
的是为了训练机关枪手射击活动目标"。文件中所说，其目
一俘虏营中，又有 300 名战俘为同样方法所2 月 18 日，同
4 月 17 日和 20 日，总共有 170 名战俘被枪杀。在 3 月 13

这些文件证实，在 1952 年 5 月 10 日，第 76 号俘虏营的 4 名
战俘表示他们愿意回国后就被绞死。5 月 1 日，美伪军的刽子手们
把 18 个战俘的眼睛挖出来。5 月 18 日，13 名朝鲜人民军的战士
在俘虏营中被肢解。当这个俘虏营的其他战俘表示抗议的时候，守
卫的军官带走了 50 个人，就在当天，把他们当作新式手榴弹的试
验品。4 名战俘当场被炸死，其余 46 名成了残废，不久就因伤重
而死去。

1952 年 5 月 27 日，美伪军的刽子手们在第 77 号俘虏营内又
干下了极为残暴的行为。文件中说，在这里，大批要求遣送回家
的战俘被用来作一种新型火焰放射器的试验品。这一天有 800 名
战俘被活活地烧死了。在同一俘虏营中，5 月 20 日和 30 日共计有
37 人被杀，16 人受伤。

朝鲜中央通讯社在结语中写道：

> 美伪军必须在全人类面前对这些事实负责，全世界
> 人民都应当起来，斩断美国刽子手和杀人犯那双染满鲜
> 血的手。

充当"特务"

俘人员孙泰镇、黄益成、金光一、车光彬等
朝鲜人民当特务潜入朝鲜北部以后，自动向朝鲜内务机
人被美方关自首，控诉了美方虐待和屠杀战俘、进行强迫"甄别"和胁迫战俘当特务的种种无耻罪行。孙泰镇等的控诉，进一步揭露了美帝国主义者破坏日内瓦公纺的所谓"自愿遣返"的血腥骗局。

孙泰镇等 4 人曾被分别囚禁在巨济岛第 84、61、64 与 52 号战俘营。他们都遭受了美伪军的种种虐待和强迫"甄别"。

孙泰镇控诉说：

我原籍在庆尚南道固城郡固城邑东外洞。1950 年，我在汉城工业大学念书，迎接了"六·二八"（朝鲜人民军解放汉城的日子）。同年 7 月 15 日，参加义勇军，成为一个光荣的朝鲜人民军战士。在朝鲜人民军暂时撤退的时候，我因掉队而被美军俘虏，起先被关在开城少年监狱和仁川第 3 战俘营，同年 11 月又被转押到釜山巨济里第 3 战俘营。由于被迫负担过重的劳役，我得了肺病。后来，又被转押到巨济岛第 84 号战俘营。战俘营里的生活简直就是地狱里的生活，四周是通电的铁丝网，我们的行动毫无自由可言。不舒服的时候不能躺下好好休息；娱乐根本谈不上，连唱歌、下棋也不行。战俘营当局强行制定了许多"规则"，稍一违反就得挨一顿毒打，往往被打得人事不知。美军和李承晚伪军并经常抢我们的衣物，拿去换钱吃喝，让我们的在寒冷的天气里穿着单衣赤着脚挨冻。伙食也和其他战俘营一样本来就很坏，美

军和李伪军还从中剥削。因之落到战俘口中的只有少量
的杂粮。在那些没有强迫劳役的日子里，美军特务机关
"CIC"就派人来，对我们施行强迫"民间教育"，这些所
谓教育是中伤诽谤苏联和各人民民主国家特别是中华人
民共和国的，是以宣传、挑拨新战争为内容的。许多战
俘都不愿意听敌人的这些反动宣传，消极怠课，有的被
敌人发现，遭到毒打，结果大部分都成为残废。

孙泰镇又说明了美方这些灭绝人性的虐待和迫害，激起我方
被俘人员的愤怒反抗的一些情况。他详细地叙述了第84号战俘营
中的我方被俘人员在1951年9月间所进行的英勇反抗斗争以及
美方野蛮的血腥镇压。他说：

> 1951年9月15日，第84号战俘营中的我方被俘人
> 员派遣代表向美方战俘营长官提出了按照日内瓦公约待
> 遇、停止反动教育、给予应有的自由及发给冬服等8项
> 合理要求，结果却在17日和19日遭到了美军和李伪军
> 的疯狂屠杀。敌人不但向我方被俘人员开枪、轰炮，而
> 且施用了催泪性毒气，用刺刀恣意刺杀中了毒气的战俘，
> 杀伤了大批战俘，我的左臂也被刺杀。美国宪兵并把负
> 伤的我方伤俘人员2500多人禁闭在围着3重铁丝网的
> 石头地上，罚我们挨饿挨冻3天。

敌人在战俘营中的虐待和迫害，并不能挫折我方被俘人员的
坚强不屈的意志。美伪军又就把受伤的得病的奄奄一息的我方战
俘送进所谓"病院"去继续加以折磨。孙泰镇就是其中之一，他
在被冻了两昼夜之后得了病被送进第64野战病院的。从1952年

4月起，在"病院"中美伪军便进行强迫扣留战俘的凶恶阴谋。一开始，美伪军在病院中进行所谓"根据自由意志的甄别"，而所有家在朝鲜北部的朝鲜人民军战俘都愿意回到北部去，甚至家在南朝鲜一些朝鲜人民军战俘也要求返回北部。但是，美伪军却以残酷的拷问来压制朝鲜人民军战俘返回北部的意志。

孙泰镇最后控诉他被迫充当特务的经过说：

> 今年6月14日，敌人以集训无线电技术人员的含糊名义把我送到釜山，后又送我到汉城受无线电技术的训练。训练一结束，敌人就命令我到北半部来进行特务活动。起先我不愿意干，一个美国间谍系统的美军上尉就拿出枪恫吓我。在敌人的威胁下，我无可奈何地接受了特务的任务，被他们用船送到朝鲜北部海岸，偷偷登陆。由于良心的责备，我们到了北半部以后就向祖国内务机关自首了。

美方强迫战俘充当李伪军的炮灰

美伪军在1952年以"释放"为名移交给李承晚军38000名战俘，李承晚军就把这些战俘编入南朝鲜军队之中，并开上前线充当炮灰。

1952年11月6日，中国人民志愿军某部俘获了李承晚伪军的士兵金星泰、车根洙两人。讯问的结果是，这两人原来都是被美方"释放"的朝鲜人民军的被俘人员。他们向我方讲述了所谓"释放"的真相和被迫充当李承晚伪军的经过。

金星泰，汉城人，1950年7月2日朝鲜人民军解放汉城后参

第三节　志愿军1952年秋季反击作战

朝鲜停战谈判因美方顽固地坚持扣留我方被俘人员的立场，从1952年5月起陷入了僵局。

1952年秋季，朝鲜战争交战双方的战线仍处于相对稳定状态，双方的作战活动仅限于前沿前侦察、警戒战斗和小规模的阵地攻防战斗。

我军经过1952年春夏巩固阵地作战，以坑道为骨干、支撑点式的防御体系全面形成，我军的正面阵地更加巩固，同时我军海岸防御也得到了加强，交通运输和物资供应进一步改善，我军在战场上逐步掌握了主动地位。敌军虽然继续保持着技术装备的优势，并也构成了相当坚固的防御阵地，但兵力不足，士气不振，其优势的炮兵、航空兵火力，在我军坚固的坑道阵地面前，已大大降低了作用。在整个战线上，形势愈来愈对敌不利。

"联合国军"准备进攻

7月13日，美陆军参谋长柯林斯到朝鲜前线视察。18日，美海军作战部长威廉·费克特勒、远东海军司令罗伯特·布里斯柯、太平洋舰队参谋长海尔、第7舰队司令杰塞普·柯拉克等人在朝鲜东海面美军主力舰"依阿华"号上举行会淡。8月中旬，马克·克拉克同美第8集团军司令范佛里特及美第1、第9、第10军军长等人，巡视朝鲜中部战线金化地区美第7师的防区。不久，范佛里特与李承晚又接连视察了中部战线美第7师、南朝鲜军第9

师、南朝鲜军第2师防务，并在美第7师司令部召开了高级军官会议。随后，范佛里特等人又视察了西线坟山地区美陆战第1师防务。同时，中部战线的敌军也在不断调动，部队运输频繁，并积极进行各种战斗演习。8月15日，美空降第187团由巨济岛前调，加强了美第7师防务。在西线，位于西海面的美第90特种混合舰队同位于西线汝山地区的美陆战第1师和在日本休整的美骑兵第1师正在建立通信联络。之后，该舰队又与美陆战第1师进行了两栖登陆演习。美航空母舰"独角兽"号、"西西里"号和主力舰"依阿华"号相继开往西海面。南朝鲜军特务也在加紧收集我军延安、白川地区的情报。

种种迹象表明，敌军正在准备进行一场新的攻势。

为了打击敌军，配合停战谈判，根据当面敌军的实际情况，我志愿军进行了部署的调整：8月28日令第19兵团和朝鲜人民军第21旅，准备坚决抗击敌人可能的登陆并保卫开城；令我正面各军加强侦察，严阵以待，如敌进攻，必须予以坚决回击；令东西海岸部队作好必要的战斗准备；第23军、第24军、第46军入朝，轮换第20、第27、第42军回国。

9月上旬，我军防敌局部进攻的准备工作基本完成。

9月份朝鲜半岛多为雨季，对敌军采取大规模军事行动不利。此时，美骑兵第1师仍在日本，美陆战第1师仍在原防未动，正面战线除中部敌军活动仍较频繁外，其他方向转向沉寂。到9月中旬，敌军一直没有大的活动。据此，志愿军估计敌人在雨季后向我翼侧进行登陆的可能性不大，但向我军正面发动局部进攻的可能性仍然存在。

在这种情况下，志愿军总部为了彻底粉碎敌人可能的局部进攻，锻炼新入朝的部队，决定：第一线的第39军、第12军、第68军的防区在10月底分别移交给第47军、第67军、第60军之前，以该三个军为重点各选择三至五个有利目标，其他各军各选择一至二个有利目标，对敌进行战术性的反击作战。9月12日，中央军委复电同意了志愿军的作战计划。

在我志愿军进行全面攻击以前，我第12军、第40军、第65军先期进行了一些小规模的进攻战斗。

9月4日，志愿军第40军第354团第1连在45门火炮支援下，在朝鲜开城以东临津江以西强攻美军陆战第1师第5团第9连两个排兵力守备的梅岘里东山。梅岘里东山位于开城以东约10公里处。5日0时5分，我第1连第1、第2排迅速攻占梅岘里东山主峰。紧接着该连第3排投入战斗，清除退守坑道的残余美军。经38分钟战斗，第1连主动撤出战斗。此战，我军共毙伤美军82人、俘虏3人。

9月6日，志愿军第65军第582团，在朝鲜砂川河东、板门店以南，以消灭当面守军有生力量为目的，以3个排兵力组成进攻分队，在火炮、坦克配合下，向南朝鲜军陆战第1团两个加强排守备的西场里北无名高地阵地发起攻击。经9分钟战斗，我进攻分队全歼守军，占领高地，达成目的后主动撤出阵地。7日，南朝鲜军以1个加强排兵力再次占领西场里北无名高地，重整兵力，加修工事。19日18时，我第582团以1个连兵力，在两个炮群与坦克的配合下，向该无名高地守军发起了第二次进攻。经4分钟战斗，进攻分队占领阵地，并调整部署，进行换班。20日晨4时，南朝鲜军以1个排至1个连兵力，在3个炮群、18辆坦克、28架次飞机的掩护下，向西场里北无名高地发起反冲击。战至13时许，我第582团守备分队连续打退南朝鲜军6次反冲击后，又一次主动撤出战斗。两次进攻战斗，我军共毙伤南朝鲜军230余人。

9月6日，志愿军第12军第101团第7连，在30门火炮、3辆坦克的支援下，向南朝鲜军首都师机甲团第5连守备的690.1

东北无名高地阵地发起进攻。该无名高地在金城以东约 6 公里处，是 690.1 高地东北山梁上的 3 个高地之一，阵地坚固。17 时 50 分，我军向守军发起进攻。激战至 23 时，全歼守军，占领阵地。24 时，南朝鲜军在炮火支援下发起反冲击。战至 7 日凌晨，志愿军第 7 连在纵深炮火支援下先后打退敌军 4 次反冲击，阵地得到巩固，共毙伤俘南朝鲜军 150 余人。

9 月 14 日，志愿军总部下达了战术反击的作战命令。命令规定，进行战术反击的时间为 9 月 20 日至 10 月 20 日之间，对每一目标的具体反击时间则由各军自行确定，以准备好为原则。

第一阶段反击作战

从 9 月 18 日，我军开始在全线发起战术反击作战，拉开了志愿军自第五次战役以来的最大的一次反击作战行动。我军的这次反击作战，分成两个阶段，第一阶段从 9 月 18 日开始至 10 月 5 日结束。参加这一阶段反击作战的部队有志愿军 6 个军，朝鲜人民军 2 个军团。第 39 军由已准备好，提前于 9 月 18 日开始反击，第 65、第 40、第 38、第 12、第 68 军和人民军第 3、第 1 军团在完成准备后也陆续发起反击。

9 月 18 日，志愿军第 39 军第一梯队师，为歼灭当面守军的有生力量，确保我军防御阵地的安全，以第 345 团两个连另两个排兵力，在 56 门各种火炮支援下，向美军第 38 团 1 个加强连守备的上浦防东山阵地发起攻击。上浦防东山位于铁原以西、朔宁以东 8.5 公里处，由两座无名高地构成，美军第 2 师第 38 团自占领之日起，便抢修工事，形成纵深配备完整的防御阵地。18 时，我军攻击部队从 3 面分 5 路会攻敌人主峰，仅用 3 分钟战斗，10 个尖刀班同时突破守军阵地。战至 18 时 27 分，连克两个山头，全部占领东山阵地。第345团阻援部队在预定阵地亦击退美军增援部队5次攻击。19时许，进攻部队主力撤出战斗，阵地由该团第4连守备，后又由第6连接替，转入防御。19日至20日，美军以2个排至2个营兵力，在飞机、火炮、坦克支援下，连续攻击19次，均被我军打退。20日入夜，美军再以2至4个排兵力轮番攻击，曾一度突入阵地右翼，后被第6连反击夺回。由于该阵地不便于防守，第6连于21日2时许主动撤离。此战，我军共毙伤美军1300余人。

9月18日，志愿军第38军第337团为消灭守军有生力量，以第7连为主组成进攻分队，在炮火配合下，向美军据守的石岘洞北山阵地发起攻击。石岘洞北山是美军第2师防御阵地的前沿支撑点，由两个加强排兵力防守。18时，我攻击部队开始进攻，经1小时争夺，摧毁了美军地堡30多个，全歼守军，占领了阵地。部队占领阵地后，迅速调整部署，抢修工事，以防美军反扑。21时半，美军果然以1个连兵力并有坦克配合发起反冲击。我第337团以纵深炮兵对美军的反击兵力进行拦阻射击，准确的炮火将美军击溃。22时许，我军进攻分队主动撤回原阵地。

9月24日夜，志愿军第39军第347团第3连，挤占了位于朝鲜临津江西岸马良山东侧美军第2师防守的水郁市北山。28日晨4时许，美军第2师以两个连兵力向北山第3连阵地发起进攻。我第3连依托工事将美军击退。两小时后，美军以1个连兵力再次发起进攻。第3连为消耗美军有生力量，以拉锯战法，主动撤离主峰。美军占领主峰后，志愿军第347团以炮火进行轰击，杀伤美军。第3连乘势复攻占主峰。30日，美军先以1个连兵力向第3连发起两次攻击，被击退后又以两个排兵力发起第二次攻击。第3连再次主动撤离主峰以期诱杀美军。后第347团炮火再行打击，并最后占据主峰，战斗遂结束。此战，我军共毙伤美军220余人。

9月26日,第39军第344团第2营,在朝鲜临津江东岸,向美军据守的198.6高地阵地发起进攻。198.6高地位于朔宁东南3公里、临津江东岸约2公里处,由美军第3师第7团第1连一部一百余人守备。进攻发起后,我第2营在39门火炮支援下,以优势兵力4面包围,向198.6高地施以多路攻击,并结合穿插,迅速将美军防御阵地割裂。经28分钟激战,全歼守敌,攻占阵地,后主动撤回。该高地又被敌军占领后,由南朝鲜军第1师第15团第1连1个加强排守备。10月6日,志愿军第2营以两个连兵力在炮火支援下,再次攻占198.6高地,歼灭敌军有生力量后,再次撤回原阵地。

9月28日,志愿军第68军第609团,在83门火炮支援下,向南朝鲜军第3师第22团防守的572.4高地发起进攻。该高地位于朝鲜金城以东十五六公里处,是守军防线之突出点。经3个小时战斗,第609团即占领全部阵地,歼灭守军。同时,第68军之第608团进攻分队在50门火炮支援下,向南朝鲜军第22团另一部防守的方形山阵地发起进攻。方形山在572.4高地以东,为守军阵地突出孤立之点。第608团进攻分队迅速突破军前沿,并攻占阵地,全歼守军。南朝鲜军失去两处阵地后,于9月29日至10月2日,先后调集6个营兵力,在88架次飞机、18辆坦克及大量炮火配合下,向该两高地连续反冲击65次。志愿军依托阵地,在纵深炮火支援下击退南朝鲜军的反冲击。南朝鲜军集中炮兵火力轰击方形山第608团所占阵地,落弹达16000余发,工事全部被毁。第608团坚守阵地人员大部伤亡,方形山又被南朝鲜军占领,战斗遂结束。此战,我军毙伤俘南朝鲜军3000余人,扩大阵地4平方公里。

9月28日,志愿军第68军第608团一部在41门火炮支援下,向南朝鲜军据守的662.0西南无名高地发起进攻。该无名高

分队袭击 201 高地西北无名高地的美军。该无名高地位于朝鲜板门店以东、临津江西北约 10 公里处。由于守军先期撤走,小分队未经战斗即占领了阵地。美海军陆战队第 1 师第 5 团以小分队,向201 高地西北无名高地再次发起攻击。第 9 连小分队在得到两个班兵力增援后,打退美军 1 个班至 2 个排兵力的反冲击 12 次。7日凌晨,第 9 连小分队主动撤出阵地,战斗遂结束。

10 月 6 日,志愿军第 39 军为歼灭当面敌守军,以第 348 团和第 347 团各一部组成袭击分队,在朝鲜朔宁以南、临津江以西,向南朝鲜军所守的高阳堡北山、东北山两阵地发起进攻。当日夜,我进攻部队在炮火支援下,采取多路突破、分割围歼战法,经 5 分钟激战,就分别占领了北山和东北山阵地,迅速结束了战斗。此战,我军共毙伤南朝鲜军 110 余人,俘 13 人。

10 月 6 日,志愿军第 68 军第 604 团第 4 连在炮火支援下,向南朝鲜军第 3 团一部守备的 1089.2 高地发起进攻。1089.2 高地位于北汉江以东、文登里以西,是志愿军第 68 军第 604 团主防御阵地鱼隐山与南朝鲜军第 7 师第 3 团主防御阵地 1219.8 高地之间的战术要点,为两军必争之地。我第 68 军曾派进攻分队 16 次攻占,均因力量和地形所限,主动撤出。6 日,我进攻部队经半小时激战,又一次占领了该高地。南朝鲜军立即进行了反冲击,夺回了 1089.2 高地,并派重兵扼守。13 日,我第 604 团进攻分队在炮火支援下连续冲击,复占守军阵地。南朝鲜军再行反冲击,第604 团炮兵予以准确还击,使其反击目的未遂。此战,我军共毙伤南朝鲜军 230 余人。

10 月 6 日,志愿军第 38 军第 339 团两个营兵力,向法国军据守的 281.2 高地发起进攻。该高地位于铁原西北约 10 多公里处驿谷川以北,与 394.8 高地相距约 3 公里,由法国营 2 个加强连守备,阵地坚固,障碍物齐备。当日黄昏,我进攻分队在炮火配合下向法军阵地发起进攻。经一夜激战，仅占领主峰西侧法军1个加强排阵地。第339团第1连向281.2高地主峰发起攻击，连续组织8次冲击均未奏效，最后仅剩10人。第339团虽继续投入兵力，终因伤亡太大，力量不足，放弃进攻。7日晨，第339团两个营兵力经12小时激战后，撤离281.2高地。

10月11日夜，志愿军第15军第87团，向南朝鲜军据守的391高地发起进攻。该高地位于朝鲜铁原以北10多公里处，是南朝鲜军第9师前哨阵地和主要支撑点，由1个连兵力守备，工事坚固，有地堡90多个，其地势居高临下，楔入志愿军第15军与第38军接合部，对我军的防御构成威胁。当日夜，我第3营秘密接近391高地。22时许，第3营500余人在守军阵地前沿20米至200米处的草丛里潜伏待击。部队潜伏期间，志愿军纵深炮火不断对391高地守军观察所和火力点进行封锁射击，以求确保潜伏成功。12日上午，南朝鲜军小分队一行5人进入潜击区。第3营第9连1个战斗小组出击。守军误认为志愿军小部队活动，未予置理。该连战士邱少云在遭炮击引起烈火烧身的情况下，仍严守潜伏纪律，最后献出了生命。12日17时许，已潜伏19小时的第3营在炮火支援下突然向守军发起冲击，迅速占领阵地，全歼守军。从12日17时起至22日，我第87团在391高地与南朝鲜军反复争夺，击退敌排、连、营规模的反冲击87次，歼灭南朝鲜军有生力量后，主动撤离南峰，固守北峰。此战，我军共毙伤南朝鲜军2200余人，俘28人。

10月23日，志愿军第39军第346团，向加拿大军据守的高旺山西高地发起进攻。该高地位于朝鲜朔宁以南、临津江以西约七八公里处，是"联合国军"加拿大第25旅皇家步兵团1个加强连守备的重要支撑点。当日17时许，我第346团第1连、第4连进攻分队在炮火支援下向加拿大军阵地发起进攻，迅速突破防线，并以多路向守军侧后穿插迂回，切断退路。经 10 多分钟激战，占领阵地，全歼守军。进攻分队目的达成后，于 20 时主动撤回原阵地。此战，我军共毙伤加拿大军 210 多人，俘 14 人。

10 月 26 日，志愿军第 40 军第 357 团，向美军据守的坪村南山阵地发起进攻。该阵地位于朝鲜板门店以东、临津江北岸约 5 公里处，由 4 个山峰组成，是美军防御阵地前沿的主要支撑点，阵地工事十分坚固，共有大小明暗地堡 61 个，掩蔽部 18 个，并以堑壕、交通壕相连接，由美军海军陆战第 1 师第 7 团第 1 营 1 个加强连兵力守备。当日 0 时，我第 357 团 3 个连兵力进入潜伏区隐蔽待击。17 时许，我第 357 团第 1 梯队连在炮火支援下从东西两个方向，向守军发起进攻。7 分钟后潜伏分队由西北和西侧，向该南山阵地发起攻击。各突击连以班组小分队对守军阵地实行穿插分割，迂回包围，侧后打击，迅速打乱美军防御体系。战斗历经两小时，全歼守军。之后，我第 357 团迅速调整部署，留少部兵力，吸引美军反击。美军果然从 27 日凌晨开始发起 25 次反冲击，均被我第 357 团打退。24 时，我第 357 团主力主动撤出阵地，战斗遂结束。

10 月 30 日，志愿军第 65 军第 581 团向南朝鲜军据守的 29.5 及 45.4 两高地发起进攻。这两个阵地位于朝鲜砂川河以东、板门店以南约 60 公里处，由南朝鲜军陆战第 1 团的各一至两个加强排兵力守备，与志愿军第 65 军第 581、第 585 团对峙。当日 21 时，我进攻分队在炮火、坦克的配合下，我第 3 连向 29.5 高地发起攻击，第 1 连向 45.4 高地发起攻击。团侦察排以火力担任掩护。第 1 连突入守军阵地后进展顺利，激战两个半小时占领阵地。第 3 连突入后，迅速占领高地次峰，再向前推进攻击主峰时，遇守军火力拦阻，伤亡较大，进攻受挫，于 23 时撤出战斗。31 日 21 时，我第 585 团以 1 个连兵力在炮火配合下，向七井南山发起攻击。经

27 分钟战斗，占领守军前沿阵地。进攻兵力指向七井南山主阵地时，因指挥不当，伤亡过大，于 23 时撤出战斗。此战，我军共毙伤俘南朝鲜军 130 余人。

我军历时 44 天的全线战术反击作战，取得了重大胜利。据不完全统计，先后对敌连、排支撑点及个别营防御阵地共 60 个目标攻击 77 次（其中朝鲜人民军对 3 个目标攻击 2 次），我军最后巩固占领敌连排支撑点 177 处，共打退敌排以上兵力的反扑 480 余次；全歼敌 2 个营指挥所、10 个连、69 个排、8 个班，大部歼灭敌 2 个团、1 个营、7 个连、8 个排、5 个班，共毙伤俘敌 27200 余人（其中人民军毙伤俘敌 1700 余人）；共缴获敌各种火炮 32 门，各种枪 2373 支，击毁各种炮 57 门、坦克 67 辆、汽车 74 辆，击落敌飞机 180 架，击伤 241 架。

10 月 24 日，中共中央和中央军委特为此次战术反击作战的胜利，致电志愿军首长，表示祝贺。电文说：

> 我志愿军协同人民军从九月十八日开始对全线敌军的战术性的反击作战，在一个月内，歼灭和击伤敌军三万人以上，获得重大胜利，中央和军委向你们及全体指挥员战斗员同志致以热烈的祝贺。此种作战，在若干个被选定的战术要点上，集中我军优势的兵力火力，采取突然动作，对成排成连成营的敌军，给以全部或大部歼灭的打击；然后在敌人向我军举行反击的时机，又在反复作战中给敌以大量的杀伤；然后视情况，对于被我攻克的据点，凡可以守住者固守之，不能守住者放弃之，保持自己的主动，准备以后的反击。此种作战方法，继续实行下去，必能制敌死命，必能迫使敌人采取妥协办法

结束朝鲜战争。自从去年七月我军采取坚强的阵地作战以来，给予敌军损失的数量，远远地超过去年十月以前在各次运动战中给予敌军的损失数量。而我军的损失则大为减少，其中人员损失，单就志愿军来说，从去年七月以来的十五个月中，比较以前的八个月，平均每月减少三分之二以上（前八个月平均每月为二万五千人，后十五个月平均每月为八千人），这种情况，就是依靠阵地实行上述作战方法的结果。而在九月十八日开始的这一段期间内，则此种作战方法表现为更有组织性和更带全线性，所以特别值得重视。现当志愿军出国作战两周年之际，希谨你们总结经验，更加提高组织性，提高战术和节省弹药，更加亲密地团结朝鲜同志和朝鲜人民，在今后的作战中取得更大的胜利。

10月底和11月初，志愿军第60、第67、第47军，分别接替了第68、第12、第39军防务，第68、第12、第39军分别开往洗浦里、谷山、成川地区休整。

第四节　上甘岭战役

在我军实施秋季战术反击作战过程中，敌人一直在注视着我军的行动，猜测我军意图。10月6日，美陆军参谋长柯林斯等人再次到朝鲜前线视察，并同范佛里特和李承晚进行磋商、谋划。此时，敌人在我连续打击下，认为他们已经在作战上丧失了先攻之利，在战争精神上处于萎靡状态，作战主动权已经转到我军手里；美军还认为，我军的战术反击的目的是为了迫使他们接受我方关于遣返战俘的方案。于是，为了迫使我军转入守势，扭转其所处的被动局面，和谋求其在谈判中的有利地位，美军决定马上组织进攻作战。

10月8日，敌方片面宣布停战谈判无限期休会。

10月14日，经过准备的敌军向我发动了大规模的以上甘岭地区为主要进攻目标的"金化攻势"。上甘岭位于我中部战线战略要点五圣山（金化以北）南麓，其以南的597.9高地和537.7高地北山，是我五圣山主阵地前的两个连的支撑点，阵地突出，直接威胁着敌军的金化防线。敌人发动"金化攻势"的直接企图是，破坏我军正在进行的战术反击作战，占领597.9高地和537.7高地北山，改善其防御态势，并借以试探我军防御的稳定性，为尔后扩大进攻、伺机夺取五圣山创造条件。

10月15日，敌军又在东海岸库底以东海面，集中了6艘航空母舰、4艘巡洋舰、20多艘驱逐舰，同驻在日本的美骑兵第1师一部，进行了一次近于实战性质的所谓"敌后实战演习"。演习中，敌舰饱和航空兵对我海岸阵地进行了猛烈轰击，并有20余架运输机从我正面战线通过，显示以空降配合。

敌军担任这次进攻的部队是美第9军之美第7师、南朝鲜军第2师。在进攻前，敌军调整了部署，将南朝鲜军第2师一个连防守的位于上甘岭以南3公里的鸡雄山阵地由美军第7师一个团接替，作为实施进攻的依托；美军第9军的军预备队第40师由加平前调至金化西南芝浦里、云川里地区；将原属美第1军的美第3师调至铁原西南地区归美第9军指挥。

在敌人发动"金化攻势"之前，我一线各军根据志愿军总部关于准备粉碎敌人可能发动"秋季攻势"的指示，作了各方面的准备。在上甘岭地区担任防御的第15军制定了在西方山、五圣山方向上粉碎敌人3至4个师进攻的防御计划，并调整了部署。10月5日，南朝鲜军第2师的一个参谋向我军投诚，供称敌将向我发动在规模的攻势。我防守上甘岭一线阵地的第45师第135团，当即加强了597.9高地和537.7高地北山两阵地的兵力、火力。同时，我第44师亦加强了西方山方向的守备。

10月6日至12日，第15军参加全线战术反击，并先后攻歼了4个点的敌人。

10月14日，敌人发起"金化攻势"，重点进攻我军597.9高地和537.7高地北山阵地。从10月12日起，敌预先以航空兵、炮兵对我五圣山、上甘岭及597.9高地和537.7高地北山两阵地，实施了连续两天的火力突击。我军表面阵地破坏十分严重。

10月14日3时，经过充分准备的美军及南朝鲜军，开始向志愿军597.9高地和537.7高地北山阵地进行火力准备。5时，美军第7师、南朝鲜军第2师各一部以7个营兵力，在300门火炮、30余辆坦克、40余架飞机的支援下，分6路向597.9高地和537.7高地北山两阵地发起进攻。

597.9 高地战斗

597.9 高地位于金化西北、上甘岭西南 1 公里处,是志愿军五圣山主阵地前沿支撑点,由第 15 军第 135 团第 9 连和第 8 连的 1 个排兵力守备。敌军进攻后,我防守部队顽强抗击,战至 8 时许,共击退美军 1 个营、南朝鲜军 1 个连的 7 次冲击。之后,"联合国军"又集中美军 3 个营、南朝鲜军 1 个营,在 10 余辆坦克配合下,由东、南两侧夹击 597.9 高地。志愿军防守部队依托坑道工事,连续出击,打退了敌十几次冲击。战至 13 时 50 分终因力量相差悬殊,被迫退守坑道。

10 月 19 日,我第 135 团第 8 连在机枪掩护下,以小兵群由两侧冲入美军阵地与其混战,将其 2 个排全歼,顺利恢复表面阵地。随后,美第 7 师又以 2 个连兵力发起冲击,志愿军表面阵地再次失守。双方对表面阵地展开反复争夺,第 8 连攻占后连续打退美军 13 次冲击,终因力量相差悬殊,再次退守坑道。

10 月 21 日,美军调整部署,南朝鲜军第 2 师接替美军第 7 师。

10 月 23 日,得到兵力补充的我第 8 连与南朝鲜军第 2 师进攻分队经过 9 次激烈争夺,一度重新占领表面阵地。

10 月 24 日,我军再次退守坑道。此后,南朝鲜军先后投入 4 个连又 1 个排的兵力,发起 3 次冲击。至 18 时,第 8 连在坑道外炮火的支援下,将其击退。南朝鲜军即以更加猛烈的炮火炸毁志愿军坑道口,至使坑道内严重缺氧。第 8 连在有窒息危险的情况下,坚持达 30 多小时。

10 月 25 日,占领 597.9 高地表面阵地的美军第 7 师部队,由南朝鲜军第 2 师第 31 团第 1 营(加强营)共 5 个连兵力接替。志愿军及时抓住这一换班有利战机，决定对占领597.9高地的南朝鲜军实施反击。

10月26日晨，我坚守部队挖开了伸出洞外2米的洞口。遂以单兵和战斗小组不断主动袭击南朝鲜军，在纵深炮火的配合下终于打破南朝鲜军对坑道的围困。

10月30日21时，志愿军第15军第45师5个连、第29师两个连共7个连兵力在104门火炮的支援下，分3路向597.9高地的南朝鲜军发起反击。我坚守坑道的部队3个连密切配合首先投入战斗，夹击南朝鲜军，经5小时的激战，占领了表面阵地，并打退了敌1个营兵力的多次反冲击。

11月1日，南朝鲜军先后集中6个营兵力，在数十架飞机、70余辆坦克和大量火炮的配合下，向597.9高地发动14次冲击，均被坚守部队击退。当日晚，志愿军第12军第31师第91团投入战斗，并增调9个炮兵连参战。"联合国军"集中阿比西尼亚营、美空降第187团一部、南朝鲜军第2师第31团1个营及第9师第30团2个营、美第7师第31团1个营及哥伦比亚营等，先后共投入17个营的兵力，在飞机、炮火支援下，连续发起冲击。此时第12军第93团1个营兵力投入战斗。志愿军在炮火支援下，采取小兵群作战等战术手段，击退"联合国军"及南朝鲜军连续6天的攻击，阵地得到巩固。

11月2日7时许，美军对597.9高地实施破坏性炮击达2个多小时，之后美军第7师第31团及空降第187团各一部向该高地发起攻击。我第8连依托坑道、防炮洞，采取小分队出击、逐次投入兵力的战法，打退美军4次冲击。12时以后，第8连又采取快出、快打、快撤和先打近、后打远、先打多、后打少等战术，打退美军2个营兵力的10多次攻击。15时以后，美军出动12架次飞机轮番轰炸，在10余辆坦克配合下，向第8连阵地又发起多路攻击。第8连顽强坚守，适时出击，在炮火支援下，将美军进攻部队再次击退。

537.7 高地北山战斗

537.7 高地北山位于上甘岭东南 1.5 公里处，是志愿军楔入对方的前沿支撑点。

10 月 14 日，进攻 537.7 高地北山的南朝鲜军第 32 团 2 个步兵营，被志愿军第 135 团第 1 连击退。10 时，南朝鲜军又增加 1 个步兵营，继续进攻。激战至 12 时 30 分，志愿军在击退南朝鲜军 11 次冲击后，表面阵地大部失守，被迫退守坑道。当晚，志愿军集中 4 个连兵力，在炮火支援下分 4 路实施猛烈反击，两高地的表面阵地全部恢复。

10 月 16 日晨，我军大部阵地表面工事为南朝鲜军两个连占领。当日 16 时 50 分，志愿军第 133 团第 9 连向南朝鲜军发起反冲击。在炮火配合下，该连第 3 排首先突破阵地，并迅速以后三角队形向其纵深扩展，连续击毁 20 余个地堡。与此同时，第 1 排也迅速突破阵地。后采取依堡夺堡的办法，连续攻占地堡 10 余座，全歼堡内守军，第 9 连全部恢复 537.7 高地北山阵地。接着，南朝鲜军又以 2 个排兵力发起攻击，被我军击退。

在以后几天的战斗中，537.7 高地北山阵地几次易手，敌我反复争夺，战斗异常激烈。

11 月 11 日 16 时 25 分，志愿军第 12 军第 92 团以 2 个连兵力在近百门火炮和 1 个火箭炮兵团的支援下，兵分两路向守军发起冲击，激战至 17 时，恢复了 537.7 高地北山全部阵地。第 92 团连夜抢修工事，准备迎击南朝鲜军。

11 月 12 日拂晓，南朝鲜军第 2 师第 32 团在炮火支援下，向

537.7高地北山连续反冲击，攻占阵地一部分。

11月13日，我第92团以1个连另1个排兵力在52门火炮支援下向南朝鲜军发起反击，激战20分钟，恢复了阵地。我第92团在战斗中，先后投入7个连兵力顽强抗击，经4天作战人员伤亡较大。

11月14日夜，我第12军第93团第2、第3营投入战斗，继续与南朝鲜军反复争夺。南朝鲜军第37团和第17团余部加入反冲击，战斗更趋激烈。我第93团先后击退南朝鲜至70余次反冲击。

11月18日，我第12军第106团投入战斗，坚守537.7高地北山阵地。这时南朝鲜军第9师替换第2师加入战斗。战至25日，志愿军再退南朝鲜军数十次反冲击，巩固占领了537.7高地北山。

上甘岭防御战役共历时43天，由战斗发展成为战役规模。敌我双方在不足4平方公里的狭小地区，均投入了大量的兵力兵器，进行了持久的反复争夺，战斗激烈程度为前所罕见，特别是炮兵火力密度，已超过了第二次世界大战水平。

战役中，敌人先后投入进攻的兵力有：美第7师、美空降第187团（欠一个营）、南朝鲜军第2师、南朝鲜军第9师以及埃塞俄比亚营、哥伦比亚营，共11团另2个营，战役中，敌军又补充新兵9000余人；另有18个炮兵营105毫米口径以上火炮300余门，坦克170余辆，出动飞机3000余架次，总兵力共约60000余人。我军先后投入作战的有：第15军第45师、第29师，第12军第31师及第34师一个团，榴弹炮兵第2、第7师，火箭炮兵第209团，第60军炮兵团，高射炮兵第601、第610团各一部，共有各类火炮114门，火箭炮24门，高射炮47门，另有工兵第22团第3营、担架营，总兵力约4万余人。

战役中，敌人共发射炮弹约 190 万发，投掷炸弹 50000 余枚（最多的一天为炮弹 20 余万发，炸弹 500 余枚），我两个高地的土石被炸松 1—2 米，成为一片焦土。我军消耗炮弹 40 余万发，亦属空前。

在敌猛烈的火力突击下，我军依托以坑道为骨干的同野战工事相结合的坚固防御阵地，顽强抗击进攻之敌，共打退敌人营以上兵力的冲击 25 次，营以下兵力的冲击 650 余次。同时，还进行了数十次的反击，最终守住了阵地，粉碎了敌人的进攻。战役中，我共毙伤俘敌 25000 余人，我军伤亡 11000 余人；我击落击伤敌飞机 270 余架，击毁击伤敌大口径炮 61 门和坦克 14 辆。

第五节　一场没有打起来的战斗

又一个"仁川登陆"

朝鲜战争在 1952 年的激烈的战场较量与谈判桌上的较量中进入了 1953 年。

旷日持久的战争，引起了美国人民的强烈不满，厌战情绪遍及全国，要求尽快结束朝鲜战争的呼声日益强烈。西方社会也对美国的长期的战争政策表示不满，特别是英法等国长期被美国绑在侵朝战车上，损害了他们自身的利益，劳民伤财，国力下降。他们对战争的前景越来越担心，在东欧与西欧的交汇处，苏联强大的军事力量在西方看来是不可抵抗的，他们害怕西方世界的安全会由朝鲜战争而陷于危险的境地，因此要求美国尽快结束朝鲜战争的呼声越来越高。国内国际的局势和战场上的态势，愈来愈对美帝国主义不利。

美国从侵朝战争开始到 1952 年 10 月，美国已损兵折将达 31 万多人，直接用于战争的军费开支达 150 亿美元，而间接用于战争的费用也达 800 亿美元之巨，美军的 7 个主力陆军师长期陷于朝鲜战争的泥淖中，战争中美国还不得不动用了大量的战略原料储备，因此严重破坏了它的以欧洲为全球战略重心的格局。朝鲜战争已使美帝国主义陷于内外交困的境地。

新任美国总统艾森豪威尔在竞选时就向美国人民承诺要尽快结束朝鲜战争，在这种情况下，他和他的谋士们不得不极力寻找尽快结束朝鲜战争的新途径。

　　1952年12月2日至5日，艾森豪威尔为了全面了解朝鲜战场的情况并准备亲自与其前线司令官进行一会谈，在极其秘密的安排下，与美国政府的新内阁成员国防部长查尔斯·威尔逊和参谋长联席会议主席布莱德雷、太平洋战区司令阿瑟·雷德福等人来到了朝鲜前线。在远东，艾森豪威尔只与南朝鲜的李承晚进行了一、二次短促的会晤，而更多的时间是与克拉克将军、范佛里特将军在一起。出乎艾森豪威尔意料的是，克拉克等战场指挥官们主张继续对中朝军队进行进攻，艾森豪威尔也想在他当总统期间以美军在战场上的胜利来结束朝鲜战争，而且艾森豪威尔手中还有一张王牌——原子弹。在他看来，美国"不能永远停留在一条固定不变的战线上，继续承受看不到任何结果的伤亡。小山丘上的小规模进攻是不可能结束这场战争的"，"不能容忍朝鲜冲突无限期地继续下去"。最后，侵略者们对于朝鲜战争的政策是：如果在一定时间内谈判不成功，就不顾一切危险，全力发动一场进攻。

　　艾森豪威尔从朝鲜回到美国后，就发表了一篇咄咄逼人的声明，宣称：要以行动，而不是言语来打破僵局。随后，他又同英国首相温斯顿·丘吉尔以及积极主战的麦克阿瑟等人举行会谈，商讨侵朝政策。

　　1953年1月20日，新当选的美国总统艾森豪威尔正式上台。2月2日，他发表"国情咨文"，极力鼓吹其全球侵略政策，想继续在朝鲜进行战争冒险。2月7日，毛泽东主席在中国人民政治协商会议第一届全国委员会第四次会议上，针对艾森豪威尔的战争叫嚣，给予了有力的回击，严正地宣告：

　　　　我们是要和平的，但是，只要美帝国主义一天不放弃它那种横蛮无理的要求和扩大侵略的阴谋，中国人民的决心就是只有同朝鲜人民一起，一直战斗下去。这不是因为我们好战，我们愿意立即停战，剩下来的问题待将来去解决。但美帝国主义不愿意这样做，那么好罢。就打下去，美帝国主义愿意打多少年，我们也就准备跟他打多少年，一直打到美帝国主义愿意罢手的时候为止，一直打到中朝人民完全胜利的时候为止。

毛泽东主席的这一讲话，表明了中国政府和人民对待朝鲜战争的态度和他们的坚强意志。

然而，美国政府对中国政府的一惯立场置若罔闻，加紧进行登陆作战的准备，企图再制造一个"仁川登陆的辉煌"。

从当时战场的态势来看，美军要想从交战双方的正面达成对中朝军队的全面突破是有相当大的困难的。因此，克拉克又一次想以美军惯用的、每每能够取胜的"正面攻击，侧后登陆迂回"的战术，来取得战场上的主动。为此，克拉克特意组成了一个专门小组，制订了实施计划，并呈交美军参谋长联席会议审议。同时，美军还依照计划进行了各种准备，他们频繁地进行登陆作战和空降作战演习，派遣大批特务潜入我后方刺探东西海岸情报，还新组建了南朝鲜军2个步兵师（即第12师、第15师）、6个独立团、28个炮兵营。

据战后敌军资料透露，美军将于1953年2月发动大规模攻势，以结束朝鲜战争。

针锋相对

对艾森豪威尔的"美国得准备打破僵局"的叫嚣和美军进行

大规模军事冒险的准备，党中央和毛泽东主席作出了美军可能在我军侧后实施两栖登陆的估计。1952年12月上旬，毛泽东主席在接见志愿军代司令员和代政治委员邓华时，要求志愿军从"三肯定"，即肯定敌人登陆、肯定敌人要从西海岸登陆、肯定敌人在清川江至汉川间登陆，这一基点出发进行抗登陆准备，来确定志愿军的行动方针。并指出，时间应准备在春季，也可能更早些。

12月20日，毛泽东主席起草并签发了《中共中央关于准备一切必要条件，坚决粉碎敌人登陆冒险，争取战争更大胜利》的指示：

（一）根据种种情况（艾森豪威尔登台，谈判的中断，联合国通过印度提案）判断，判断敌人有从我侧后海岸线，特别是西海岸汉川江、清川江、鸭绿江一线以七个师左右兵力举行冒险登陆进攻的充分可能。

（二）我志愿军协同朝鲜人民军有坚决粉碎敌人登陆进攻，争取战争更大胜利的任务。

（三）为此目的，我军必须：

甲、尽一切可能的力量去极大地增强海岸及其纵深的坚固防御工事；同时增强三八线正面的纵深防御工事，以为配合。

乙、在对我侧后威胁最大的海岸线及其纵深，部署充分的兵力和火力，保证粉碎敌人从海上的进攻及其大量空降部队的进攻。在其他可能遭受敌人登陆进攻的地区（通川、元山地区，瓮津半岛地区，镇南浦、汉川江地区及咸兴以东地区），则部署可能有的兵力和火力，同样要用其全力争取粉碎敌人的进攻。

丙、坚决地迅速地采取加修新铁路线，改善旧铁路线（满浦球场间），加宽许多公路线，加设仓库、场站，以及预先运储大量粮弹物资等项措施，保证不论在何种情况下，我正面侧面全军（包括人民军）的运输畅通，供应不缺。

丁、我正面各军过去作战成绩很大，在一九五三年应争取更大的成绩，消灭更多的敌人。

戊、政治工作保证全军指战员都具有粉碎敌人进攻，争取更大胜利的坚强斗志和高昂士气。

己、特别注意从目前起到一九五三年四月这一段时间内的准备工作，这是战胜敌人的关键所在。

庚、以代理司令员和政治委员邓华同志兼任西海岸指挥部司令员和政治委员，以梁兴初同志为西海指副司令员，西海指的其他干部应予加强。

（四）两年多以来，我志愿军协同朝鲜人民军，在对美帝国主义及其帮凶军的英勇顽强的战斗中，取得了伟大的辉煌的胜利，已经摸清了敌人的底子，克服了很多的困难，积蓄了丰富的经验。美帝国主义采用了很多办法和我们斗争，没有一样不遭到失败。现在剩下从我侧后冒险登陆的一手，它想用这一手来打击我们。只要我们能把它这一手打下去，使它的冒险归于失败，它的最后失败的局面就确定下来了。中央坚决相信，我志愿军协同朝鲜人民军是能够粉碎敌人的冒险计划的。希望同志们小心谨慎，坚忍沉着，动员全力，争取时间，完成一切对敌登陆作战的准备工作。只要准备好了，胜利就是我们的了。

1952 年 12 月下旬，志愿军召开了党委扩大会议和军以上干

部会议，确定了反登陆作战准备是 1953 年的首要任务。同时确定
了反登陆作战方针是："持久作战、积极防御"；两翼海防的重点
是西海岸的防御；以最大的决心和努力，坚决不准敌人登陆，敌
人登上来要坚决消灭它，绝对不准敌人在我侧后建立一条战线；正
面的我军坚守部队不断粉碎敌人的进攻，主动出击，不断消耗敌
人，破坏其登陆计划。在反登陆作战的兵力部署上：以一部分兵
力依托海岸阵地组成纵深海岸防御，坚决阻敌登陆，力求歼敌于
海上或滩头；主力部队位于纵深机动位置，准备歼灭空降之敌，并
待海岸一线部队将进攻之敌消耗到一定程度之后，再进行战役反
击，与敌决战，最后歼灭敌人。

防患于未然

　　1952 年 12 月 23 日，志愿军首长下达了《粉碎敌登陆进攻部
署》的命令。从此，全军展开了以思想动员、部署调整、工事构
筑、物资储备以及战备训练为主要内容的规模巨大的反登陆作战
准备。

　　为了进行反登陆作战准备，中央军委又一次增加了入朝作战
的部队。第 1 军、第 16 军、第 21 军、第 54 军第 130 师、已改装
的第 33 师以及担负构筑工事任务的第 138 师以及一些高炮部队
和坦克部队先后入朝；准备参加反登陆作战的第 54 军（军部率第
134、第 135 师），也已集结于东北地区，作为志愿军的战略预备
队；空军 14 个师，海军一个鱼雷快艇大队、一个海巡大队、两个
海岸炮连，亦准备参加反登陆作战。到 1953 年 3 月底，以志愿军
名义入朝的我军部队已达 135 万人，是志愿军入朝以来的最高点，
共有 19 个军，8 个地面炮兵师，5 个高炮师，10 个铁道兵师，1 个
工兵师和一些坦克部队。中朝军队的总数已达 180 万人。此时，在

朝鲜的"联合国军"和南朝鲜军的兵力也达到了110万人，其中美军54万人，南朝鲜军53万人。从兵力对比上，中朝军队有一定的优势。

为了使新入朝的部队能依托正面工事得到实战的锻炼并取得经验，志愿军总部对在朝的部队作了一定的调整：将在朝鲜经过战斗锻炼的第38军、第40军从第一线调至西海岸，加强东西海防，将第15军、第12军调至东海岸，并准备将在正面第一线的第47军调至谷山地区为志愿军预备队；将新入朝的第23军、第24军、第46军和第1军分别接替我军第一线的正面防务；将第16军、第54军第130师以及第138师加强西海岸防御力量；以第21军第61师、第62师一个团和第33师加强东海岸防御力量；以游击支队改编的摩托化独立团置于北仓里地区，作为快速机动的反空降部队。调整后的中朝军队共25个军，其中志愿军19个军，人民军6个军团，作战部署为：正面战线14个军，西海岸7个军，东海岸4个军，鸭绿江的中国一侧还有1个军作为预备队。同时，空军也准备了14个师约500架飞机用于作战；新中国刚刚成立的海军调动了一个鱼雷快艇大队，共18艘快艇，在鸭绿江口中国一侧的大东沟进入作战状态，海军另以2个海岸连在朝鲜西海岸准备参加抗登陆作战。另外，还抽调了4个汽车团、3个陆军医院和14个医疗队入朝，加强运输和战地救护力量。另抽调了铁道工程第5、第6、第7、第9、第10、第11师及5000余名铁路员工入朝，会同朝鲜铁道兵第3旅，在新建铁路指挥局指挥下，负责修建从龟城至德川间的横向铁路和价川至殷山间的京义铁路纵向辅助线，沟通京义线、满浦线、平元线三大铁路干线的联系，以改变铁路运输集中于靠近朝鲜西海岸的京义线的局面。

志愿军抗登陆作战的指挥机构由东西海岸指挥机构构成，并由志愿军总部统一实施指挥。以志愿军司令部、政治部机关部分人员及原西海岸联合指挥所人员组成了西海岸部队联合指挥部，并在指挥部内设立了炮兵主任办公室、空军前方指挥所和海军作战办公室；将第3兵团司令部与第9兵团司令部对调，由第3兵团司令部兼任东海岸指挥部。另外，以坦克第1师指挥机构为基础，加坦克第2师部分干部组成了装甲兵第二指挥所，负责指挥西海岸的坦克部队。

为了进行抗登陆作战，中朝军队花了4个多月的时间，到1953年4月底，在东西海岸和正面构筑成了以坑道和钢筋水泥工事为主体的、纵深达10公里的阵地，还构筑了反空降和反坦克阵地。其中坑道8090多条，总长780余公里，堑壕、交通壕3100多公里，永备水泥工事605个，另有大量的火器掩体，在东西海岸和正面形成了1120多公里的弧形防线。这些阵地与"三八线"上的我军正面防线相连，使朝鲜北方形成了一个东、西、南三个防御方向的环形防线。

另外，为防止敌军对我军后方交通的破坏，志愿军后勤部门从1952年年底开始突击抢运粮食，到1953年2月底，物资囤运任务已超额完成。全军弹药储备了十几个基数，总囤积量达12.38多万吨，平均每个军囤积3100多吨，每个炮兵师囤积1000多吨；粮食总囤积量24.8多万吨，可供全军食用8个半月。

小吃狠打

以美军为主的"联合国军"在进行登陆作战准备的同时，还经常以小规模的兵力对我军正面防御阵地进行攻击，以试探我军正面防御的稳定性。

我军正面防守部队则根据抗登陆作战的总体部署，集中力量加固阵地，囤积粮弹，我军的作战方针是：如敌来攻，则坚守阵地，予敌以大量杀伤；如敌不攻，则选敌弱点，以小吃狠打、逐点攻歼的战法，积极主动地打击敌人，以便拖住敌人，破坏敌人的登陆企图。

朝鲜战争的这一阶段，交战双方没有什么大的作战行动，只是在"三八线"附近进行了一些小规模的交战，可谓是大战不打、小战不断，双方各有攻防作战行动。

1952年12月8日，南朝鲜军为袭扰和侦察志愿军第60军的部署情况，于拂晓以其第3师第18团1个连兵力，在炮火掩护下向志愿军第60军第540团第4连守备的572.4高地发起进攻。我军第4连坚守前沿的各排，依托坑道工事，在我军纵深炮火的有力支援下，采取灵活战术，连续击退南朝鲜军进攻分队的3次冲击，守住了阵地，并毙伤南朝鲜军50人。

1952年12月9日，志愿军第15军第132团对美军步兵第3师第15团进行了一次小小的伏击战。志愿军第15军第132团当面守军为美军步兵第3师第15团。美第15团经常以1个排至1个连兵力进至加七里以北地区侦察我军的阵地、兵力部署情况。我第132团为打击美军，限制其活动，决定以团侦察排在加七里以南地区设伏。12月9日晚，我军在侦察排按战斗预案部署完毕，这时警戒小组发现有美军2个排正向这一地区运动。侦察排立即做好了战斗准备，当美军进至200—300米时，我警戒小组突然向美军发起攻击，侦察排的3个班分别从美军的正面、翼侧、背后以包围动作迅速向美军发起攻击。我军的突然攻击，使这小股美军措手不及，慌忙展开。美军在我侦察排的前后夹击下，只能作被动还击。经10分钟激战，伏击战就结束了。战斗中，我侦察排共毙伤美军40余人，俘7人。至此以后，当面美军再也不敢轻意对我第132团进行侦察了。

1952年12月21日，我志愿军第47军一部在朝鲜临津江西岸,向南朝鲜军据守的100高地发动了一次进攻战斗。100高地由南朝鲜军第1师第15团防守,该高地地势险要,是南朝鲜军在临津江西岸防御前沿的重要支撑点。在该高地上,南朝鲜军筑有地壕、坑道式掩蔽部等掩体共51个,并有堑壕、交通壕连接,防御较为坚固,对我第47军构成一定威胁。12月21日0时许,第47军第420团进攻分队在50门火炮掩护下,分5路向100高地发起进攻。进攻发起后,我攻击分队突破了敌军前沿,很快就占领了守军的阵地。进攻分队为防南朝鲜军炮火打击,只留一部兵力坚守阵地,主力撤至一个比较隐蔽的位置。21日至24日,南朝鲜军第1师投入师预备队第11团全部及第15团两个营,在飞机、坦克和炮兵火力掩护下,向100高地发动轮番反冲击。我军第420团全部兵力先后加入战斗。经反复争夺,我第420团打退南朝鲜军23次反冲击,阵地9次易手,又9次反击重新占据,我军最终巩固了既得阵地,共毙伤南朝鲜军1170余人。

　　1953年1月1日,志愿军第67军第603团一部在朝鲜金城东南、北汉江以西的孤岘地区,向南朝鲜军发动了一次反袭击战斗。孤岘,由志愿军第67军第603团一部守备,与南朝鲜军第10团的阵地隔谷相峙。我第603团接防孤岘阵地以来,南朝鲜军第10团为查明第603团阵地状况,从1952年年底开始,先后四次向我军阵地发起袭击,但均未成功。为了达到目的,南朝鲜军第10团第2连组成了由有作战经验的士官、老兵参加的袭击分队,于1月1日19时沿山谷向志愿军阵地前沿运动,发起了第五次袭击。我第603团判明了敌军的企图后,采取了反袭击的战法,派团侦察排在敌军的进攻道路上设伏击。1日21时,南朝鲜军第10团侦察分队进至距第603团侦察排潜伏区200米处。我第603团侦察排迅速隐蔽展开,完成迂回包围,而敌第10团袭击分队并没有察觉。我军突然开火,战斗仅5分钟就结束了,南朝鲜军除一指挥官逃脱外，其余全部缴械投降。

　　1953 年 1 月 12 日凌晨，美军第 7 师第 32 团为探察志愿军驿谷川东岸防御状况，以 1 个加强连兵力在坦克和数十门火炮支援下，向志愿军第 201 团第 1 连防守的 205 高地发起攻击。志愿军第 23 军第 201 团是 1 月 8 日接防驿谷川东岸防御阵地的，刚刚作好防御准备。美军第 32 团进攻后，我第 201 团第 1 连在我军纵深炮火的有效支援下，连续打退美军 4 次攻击，守住了阵地。美军损失了 50 余人后，只得罢战收兵。

　　1953 年 1 月 25 日，美军第 7 师以 1 个加强营兵力，在近百门榴弹炮、40 架飞机的支援下，向志愿军第 23 军第 201 团第 1 连防守的芝山洞南 205 高地又一次发起进攻。此次进攻是美军为试探志愿军正面防御状况，在总司令克拉克同意下，发起的名为"空、坦、炮、步协同作战实验"进攻作战的一部分。在进攻时，美军还邀集了大批高级军官与记者观战。美军第 7 师第 32 团第 2 营在 82 辆坦克掩护下兵分三路，其中一路 2 个连兵力在 20 辆坦克引导下，以半包围态势猛攻 205 高地我军第 1 连第 1 排防守的阵地。激战中，美军发射 10 多万发炮弹、投掷炸弹 22 万多磅，志愿军阵地表面工事全部被炸毁。志愿军第 1 连 1 个排依托坑道，隐蔽待机，适时投入战斗，近战抗击，3 小时内连续击退美军第 2 营主力 5 次冲锋。美军损失了 150 余人，无力再战，当日黄昏时分，向宋洞方向撤退。志愿军终于守住了阵地，战斗遂结束。这次战斗，在美国国会议员中引起了极大骚动，纷纷谴责与质问美国军方：这次进攻是正当的军事行动，还是给高级宾客表演的角斗士比赛，让士兵们送命。在一片责骂声中，克拉克的协同作战试验不得不狼狈收场。

　　1953 年 3 月 5 日，南朝鲜军第 9 师以一股小部队向志愿军第 215 团第 1 连守备的 537.7 高地北山六号阵地发起攻击。我第 215

团在第 24 军的编成内,于 1953 年初开赴中线战场,接替第 15 军在上甘岭、金化和平康地区的防御阵地。第 215 团第 1 连守备的 537.7 高地北山六号阵地,插入对方防线,对南朝鲜军防御构成威胁。3 月 5 日晨,南朝鲜军发起进攻后,我第 1 连顽强抗击,将南朝鲜军阻于阵前。战至中午,南朝鲜军又将进攻兵力增加到 1 个营,在炮火支援下企图强攻,夺占我军六号阵地。我军第 1 连依托抗道工事,梯次配备兵力,在主阵地前以少数兵力扼守正面,前哨分队在炮火配合下与南朝鲜军进攻分队展开近战。7 日,该连前哨分队表面工事被全部破坏,被迫退守坑道。17 日,我军第 1 连在纵深炮火支援下,以坚决果断的反冲击,恢复了全部表面工事。在 13 天作战中,我军共毙伤南朝鲜军 700 余人。

　　1953 年 3 月 6 日,志愿军第 23 军为取得作战经验,锻炼部队,在朝鲜铁原以西、驿谷川东岸四五公里向处,向美军发起了一次小规模作战。当晚,志愿军第 23 军以第 205 团第 5 连一部,在 37 门各种火炮的支援下,向美军第 7 师第 31 团 1 个排防守的石岘洞北山西南无名高地发起强攻。我军进攻分队采取正面打击与侧后攻击相配合的战法,经 15 分钟激战,全歼守军,并主动撤回原阵地。第 23 军取得经验后,于 23 日晚又以第 201 团第 5 连和第 2 连组成进攻分队,在 35 门火炮、4 辆坦克支援下,向美军第 7 师第 31 团第 11、第 9 连各一部防守的石岘洞北山阵地发起攻击。我进攻分队从 3 个方向分别指向主峰、次峰、主峰西南高地,采用正面与侧后夹击战术,经 15 分钟战斗,抢先占领主峰。经 3 小时激战,再克次峰、主峰西南高地,进攻分队占领全部石岘洞北山阵地。全歼美军后,志愿军主动返回原阵地。美军经志愿军两次攻击后,加强守备兵力,并重点设防主峰,每日黄昏派出坦克分队在阵地周围巡逻警戒。4 月 16 日 22 时,我第 23 军为进一步歼灭美军有生力量,第 201 团进攻部队在 42 门火炮、5 辆坦克支援下，从正面、侧面两个方向，向主峰和次峰美军阵地发起进攻。第201团部队动作勇猛，火力配合协调，经6分钟战斗，先后攻占石岘洞北山主峰和次峰。战斗中，我进攻部队在攻坚中伤亡较大，突破后攻击力量不足，未能肃清北山反斜面美军有生力量。17日8时许，石岘洞东山美军与北山反斜面守军余部汇合后，向攻占主峰的志愿军发起反冲击。第201团进攻部队即转入守备，抗击美军。当日拂晓，美军以1个营兵力在炮火支援下，发起进攻。志愿军顽强抗击，激战至18日黄昏，志愿军第201团一部共击退美军1个排至1个营兵力30余次攻击，后主动撤回原阵地，结束战斗。与此同时，志愿军第23军第203团在驿谷川西岸，对南朝鲜军进行着防御战斗。3月10日拂晓前，南朝鲜军第2师以1个连兵力潜入志愿军第203团第8连阵地前沿。然后，南朝鲜军开始炮击398.5高地，其进攻分队在7辆坦克引导下，向第8连前沿阵地发起冲击。经过战斗，第8连前沿班大部伤亡，余员退守坑道。南朝鲜军进攻分队占去前沿表面工事，并继续攻击坑道工事。第8连组织反冲击，与前沿坑道内兵力配合，将南朝鲜军逐出阵地。战至中午时分，南朝鲜军进攻分队在烟幕掩护下撤离。

1953年3月17日，美军对临津江北岸志愿军第46军第407团的云谷西山阵地派出飞机56架次，进行轰炸，第407团1个连的阵地，落弹达202枚，阵地严重被坏。第407团判明美军进攻企图后，迅速调整部署，加修工事。19日，美海军陆战第1师第5团一部在坦克、火炮支援下发起进攻。守备在云谷西山的第407团第1连，依托坑道工事顽强抗击，经两小时激战，连续打退美军从两个方向发起的3次进攻。美军的试探性进攻受挫，损失50余人。

1953年3月26日，志愿军第40军为配合停战谈判，锻炼提高部队战斗力，所属第 358 团在朝鲜朔宁以南、临津江以北，向美军据守的梅岘里东山与马路里西山的两个山头阵地发动了一次进攻。这两个阵地位于临津江北岸五六公里处，是美军防御阵地前沿的重要支撑点，由美军海军陆战第 1 师第 5 团 3 个加强排兵力扼守。26 日 18 时，我第 40 军以第 358 团第 1、第 8 两个连组成进攻分队，在 86 门火炮支援下，向守军发起进攻。经 10 分钟战斗，各突击队迅速突破守军阵地，占领了两个山头表面阵地，并继续对地堡坑道内的美军展开分割围歼。又经两小时 30 分钟激烈战斗，两个山头阵地为志愿军全部攻占。27 日，美军先后组织 1 个排至 2 个营兵力，在大量炮兵、坦克和飞机掩护下，发起了 18 次反冲击，战斗持续 5 昼夜。在美军的攻击下，志愿军主动放弃马路里西山阵地，集中兵力控制并守住了梅岘里东山阵地。此战，我军共毙伤俘美军 1400 余人。

1953 年 4 月 1 日，志愿军第 60 军为锻炼部队，打乱南朝鲜军的防御体系，所属第 541 团在朝鲜北汉江东岸、鱼隐山西北，向南朝鲜军据守的 883.7 高地西北无名高地发动了一次进攻战斗。该无名高地位于汉江东八九公里处，高约 600 米，是拱卫南朝鲜军第 3 师主要阵地 883.7 高地和 949.2 高地的屏障。4 月 1 日深夜，我军第 541 团在 48 门火炮支援下，向无名高地的守军发起进攻。我军迅速突破了守军的阵地，并占领了守军阵地表面工事，成功地围歼了退守坑道的全部守军。南朝鲜军的阵地被占领后，立即组织反扑，南朝鲜军第 3 师预备队第 22 团投入战斗。4 月 8 日，南朝鲜军以 1 个营兵力，并出动飞机 33 架次、坦克 10 余辆，连续 3 次反冲击未达目的。我第 541 团进攻分队以灵活的阵前出击，预先潜伏，先后打退南朝鲜军 1 个排至 2 个营兵力 68 次反冲击，经 15 天的激烈战斗，最后巩固了既得阵地。此战，我军共毙伤俘南朝鲜军 2100 余人。

1953 年 4 月 2 日，志愿军第 24 军第 221 团向美军据守的 381 高地发动了一次进攻。381 高地位于朝鲜汉滩川北，由美军第 3 师第 15 团 1 个连兵力守备，该高地的一个东北无名高地与志愿军第 221 团前沿连阵地相距 250 米至 600 米。4 月 2 日 20 时许，我第 221 团第 4 连派出一支由 70 人组成的小分队，突袭美军 1 个连兵力守备的这个无名高地。4 月 3 日 0 时，小分队在 37 门火炮支援下，分两路顺利突破守军前沿。后从 3 个方面对守军阵地穿插分割，围攻主峰。经 20 分钟激战，毙敌大部，胜利地返回了自己的原阵地。

1953 年 4 月 18 日，南朝鲜军为察探志愿军第 1 军防御状况，其第 11 团第 5 连向我军第 3 团据守的 216.3 高地发动了一次进攻战斗。216.3 高地原来由志愿军第 47 军一部守卫，4 月初第 1 军第 3 团才接替防务，部队初上阵地，对战场情况不熟。4 月 18 日晨 5 时许，南朝鲜军第 11 团第 5 连在炮火支援下向我第 3 团第 3 连阵地运动，当其接近 216.3 高地东南无名高地时，南朝鲜军第 5 连先以 2 个班兵力向我第 3 连前沿发起冲击，并占领了无名高地主峰。我第 3 连前沿排在炮火支援下，依托坑道将南朝鲜军爆破组全部击毙，并乘势将其残存力量击退。接着南朝鲜军以 2 至 3 个排兵力连续实施进攻，并重占主峰阵地。我第 3 团第 3 连第 2 排在炮兵火力支援下，兵分两路从翼侧实施反冲击，迅速夺回并固守了阵地。6 时 50 分战斗结束。此战，我军共毙伤南朝鲜军 80 余人。

1953 年 4 月 21 日，志愿军第 23 军第 207 团向南朝鲜军第 2 师第 31 团据守的洪元里阵地发动了一次进攻。洪元里阵地位于朝鲜平康西南、蜂谷川东岸四五公里，由南朝鲜军第 2 师第 31 团 1 个连守备，该阵地工事坚固，周围地形开阔多起伏，易守难攻。4 月 21 日 8 时，志愿军第 23 军第 207 团第 8 连，兵分两路向守军阵地运动。22日1时30分,第207团开始炮火准备。进攻发起后,由于我军作战协同欠周密,致使我军炮兵火力对进攻的第8连西路分队大部造成了误伤,攻击力减弱,但我攻击部队仍勇猛进击,迅速攻占守军前沿要点,并果断向纵深发展。第8连东路分队从守军侧后突进,占领反斜面两个掩蔽部。我东西两路分队迅速沟通联系,战至22日2时24分,第8连占领了守军的全部阵地,目的达成后,我各进攻分队主动撤出了战斗。

1953年4月23日,志愿军第47军为改变整体防御态势,所属第423团向美军第7师第31团据守的上浦防东山阵地发动了一次进攻。上浦东山阵地位于朝鲜驿谷川东岸、铁原以西,由美军第7师第31团防守,该阵地突出,东山主峰地势高,与我第47军第423团在驿谷川东岸的上浦防南山地相距约400—600米,可瞰制我第423团防御阵地,对志愿军构成威胁。4月23日20时,我第423团第1营在纵深炮火的有效支援下,向美军阵地发起攻击,迅速突破了敌军前沿阵地,并疾速向其纵深发展。经7分钟战斗,第1营第3连首先攻占东山主峰。战至22时30分,第423团歼灭配属美军第31团的哥伦比亚营一部,占领全部阵地,并立即调整部署,以1个连兵力转入守备。24日拂晓,美军第7师投入预备队4个多营兵力,在138门火炮、66辆坦克自行火炮及航空兵配合下,向第423团发起反冲击。第423团守备分队为减少伤亡只以少数兵力监视美军活动,主力在屯兵洞内待击。当美军轰炸升级时,守备分队则全部进入屯兵洞,仅以纵深炮兵行拦阻射击。战至28日黄昏,第423团共打退美军营级规模20余次反冲击。29日,美军在损失了2060余人后,停止了反击,我军以胜利结束了战斗。

1953年4月23日,南朝鲜军第1师第15团向志愿军第1军据守的榆岘南山及143高地阵地发动了一次进攻。榆岘南山及

143高地阵地位于朝鲜临津江东岸,由志愿军第1军于3月底4月初接防。4月23日2时40分,南朝鲜军第1师第15团30多门火炮及坦克炮向榆岘南山、旧堡洞主峰、148高地、峰火山等志愿军防守的阵地实施火力准备。我第1军第20团前沿连依托阵地,巧妙部署兵力,避开南朝鲜军火力杀伤。炮火转移后,南朝鲜军第15团以2个连兵力,向志愿军第20团第6连守备的143高地及其东南无名高地发起进攻。同时,以1个连兵力向第20团第3连守备的榆岘南山阵地发起进攻。我第20团各前沿连针对南朝鲜军采取多路进攻的战斗队形,灵活运用兵力,组织火力,连续3次反冲击,迫使南朝鲜军停止了进攻。

在1953年3月和4月,我军共进行战术反击和袭击作战90余次,3月份歼敌1.5万余人,4月份歼敌1.4万余人。我正面部队仅以进攻手段歼灭敌1个排和1个连的战斗即达47次,有力地配合了停战谈判和东西海岸的战备工作。

大仗没有打起来

1953年4月,我军抗登陆作战的一切准备工作已经就绪。而"联合国军"却一直在密切注视着我军在东西海岸大规模的筑城、全线兵力部署的调整、新生力量和大批作战物资源源运入朝鲜战场等活动,他们已经察觉到我军在进行着反登陆作战的各项准备。同时,针对我军在正面和东西海岸的兵力部署、阵地情况,"联合国军"还认为我军有先机发动攻势的可能,为此他们专门派遣特务刺探我军的有关情报,并进行了一系列的空中侦察。

反登陆作战准备,是朝鲜战争进入相持时期后的一个重要阶段。其时间之长,规模之大,远胜于任何一次战役准备;其重要意义也不亚于任何一次战役。反登陆作战准备的胜利完成,使我军东西两翼海防和正面防御更加稳定和完善，不仅兵力雄厚，实力增强，阵地更为巩固，而且后方供应和交通运输亦远胜于入朝作战以来任何一个时期，我军已完全立于主动地位。此时，我军的一系列正面攻击行动，也使在"三八线"上的敌军向北的进攻没有任何进展，我东西海岸又森严壁垒，敌军无法进行登陆。在这种情况下，美军不得不放弃登陆进攻的企图，被迫设法恢复停战谈判。1953 年 2 月 22 日，克拉克致函我方，提议在停战前先行交换伤病战俘，试图以此为转机恢复停战谈判。3 月 28 日，我方同意了敌方这一建议，并提议立即恢复停战谈判。1953 年 4 月 26 日，中断 6 个月之久的停战谈判重新恢复了。

抗登陆作战最终没有打响。

我军反登陆战役准备的完成，也为 1953 年 5 月举行的夏季进攻战役和朝鲜战争的最终胜利奠定了基础。

第六节　粉碎"就地释放"战俘的阴谋

1953 年 4 月 26 日，中断了 6 个多月的停战谈判重新恢复了。关于战俘遣返问题，朝中方面提出了一项 6 点方案，主张：将坚持遣返的战俘在停战后两个月内全部遣返完毕，然后在一个月内将其余的战俘从原拘留军事控制下释放出来，送交中立国加以看管，并由战俘所属国家派人向战俘进行 6 个月的解释。在解释以后，要求遣返的一切战俘立即予以遣返，如在 6 个月后尚有在中立国看管下的战俘，其处理办法应交停战协定所规定的政治会议协商解决。

双方交换病伤战俘

根据 4 月 11 日双方所签订的《遣返病伤被俘人员协定》，双方在 4 月 20 日于板门店开始遣返病伤被俘人员。

4 月 20 日，我方遣返给对方朝鲜籍和非朝鲜籍病伤被俘人员各 50 名。同日，对方遣返给我方朝鲜人民军病伤被俘人员 400 名，中国人民志愿军病伤被俘人员 100 名。在双方遣交过程中，我方把 100 名对方病伤被俘人员分为四组，按照协议，准时送交美方。随着每组病伤被俘人员，我方并交与美方清楚无误的名单。对于美方在同日所送交我方的病伤被俘人员，我方经过清点、消毒和分类后，也迅速地完成了接收的工作。我方病伤被俘人员经过在对方战俘营中长期痛苦的生活而回到祖国的怀抱，立即受到细心的诊疗和亲切的慰问。

4月21日,双方继续在板门店遣返病伤被俘人员。我方遣返给美方朝鲜籍病伤被俘人员50人,美国籍病伤被俘人员35人,英国籍病伤被俘人员12人,土耳其籍病伤被俘人员3人,共100人。美方则遣返给我方朝鲜人民军病伤被俘人员50人,中国人民志愿军病伤被俘人员450人,共500人。

4月22日,我方遣返给对方朝鲜籍病伤被俘人员100人,美方遣返给我方朝鲜人民军病伤被俘人员350人,中国人民志愿军病伤被俘人员150人。

4月23日,双方联络组举行了第八次会议。会上,我方代表通知美方:我方将要遣返的病伤战俘中,不仅包括我方战俘营中所收容的病伤战俘,而且包括我方最近在前线所收容的病伤战俘,因此我方将予遣返的人数较原通知对方的估计数字有所增加。我方将根据双方协议把我方将予遣返的病伤战俘的确实数字逐日通知美方。同日我方在板门店遣返给对方朝鲜籍病伤战俘75人,美籍病伤战俘14人,哥伦比亚籍病伤战俘6人,澳大利亚籍病伤战俘5人,总共100人,对方遣返给我方朝鲜人民军病伤被俘人员500人。

4月24日,双方联络组举行了第九次会议。会上,双方同意:基于行政性的理由,双方谈判代表团大会改在4月26日下午2时举行。同日对方也通知我方,美方遣返给我方的病伤战俘的人数也将较原通知我方的估计数字有所增加。当日,我方遣返给美方朝鲜籍病伤战俘50人,美国籍病伤战俘40人,英国籍病伤战俘4人,土耳其籍病伤战俘4人,加拿大籍病伤战俘1人,荷兰籍病伤战俘1人,总共100人。美方则遣返给我方朝鲜人民军病伤被俘人员498人。

4月25日,我方遣返给对方朝鲜籍病伤战俘75人,美籍病伤战俘17人,英国籍病伤战俘4人,土耳其籍病伤战俘4人,总共100

人。美方遣返给我方朝鲜人民军病伤被俘人员 500 人。

4 月 26 日，我方遣返给对方朝鲜籍病伤战俘 71 人，美籍病伤战俘 13 人总共 84 人。至此，我方已根据 1949 年《日内瓦公约》第一零九条关于战事期间遣返病伤战俘的规定及 1953 年 4 月 11 日我方与美方在板门店所签订的《遣返病伤被俘人员协定》，把我方战俘营及前线病院中所收容的病伤战俘 684 人全部遣返完毕，其中包括朝鲜籍 471 人，美国籍 149 人，英国籍 32 人，土耳其籍 15 人，哥伦比亚籍 6 人，澳大利亚籍 5 人，加拿大籍 2 人，南非联邦籍、荷兰籍、菲律宾籍和希腊籍各 1 人。美方在板门店遣返给我方朝鲜人民军病伤被俘人员 497 人。

4 月 27 日，美方在板门店遣返给我方朝鲜人民军病伤被俘人员 499 人。

4 月 28 日，美方在板门店遣返给我方朝鲜人民军病伤被俘人员 491 人。

4 月 29 日，美方在板门店遣返给我方朝鲜人民军病伤被俘人员 500 人。

4 月 30 日，美方在板门店遣返给我方朝鲜人民军病伤被俘人员 500 人。

"就地释放"战俘

1953 年 5 月 7 日，朝中方面又对方案作了修正，成了 8 条建议的新方案，主张由波兰、捷克斯洛伐克、瑞士、瑞典及印度组成的中立国遣返委员会看管不直接遣返的战俘，并由战俘所属国家向战俘进行 4 个月的解释，以保证他们的遣返问题得以公正解决。这一方案的提出使双方的立场更加接近，受到国际舆论的普遍肯定。

然而，美国方面却不肯轻易接受这个公平合理的方案。美国国内的一些好战分子仍然极力反对妥协，继续鼓吹"军事上的胜利"。李承晚集团更是反对停战，5月7日李承晚在汉城对记者发表谈话，叫嚣要向鸭绿江进行一次全面的军事进攻，并说"在必要时单独作战"。李承晚的一番话，使美国与李承晚之间的纠葛加深。美国新上台的总统艾森豪威尔，也玩着两手政策，一面同我进行停战谈判，一面又在积极扩编李承晚的军队，准备同我军继续作战。因此，美国为了给自己捞取更多的好处，并解决同李承晚之间的纠葛，美方代表在5月13日节外生枝地提出了一个朝中方面无法接受的方案。他们主张将一切不直接遣返的朝鲜籍战俘在停战生效时"就地释放"，并对中立国遣返委员会的职权和战俘所属国家的解释工作加以种种限制。由于美方的干扰，问题迟迟没有解决，一直拖到夏季。

第一次夏季反击作战

显然，不再进行一次军事较量，战俘问题就达不成协议。这样，在美方提出所谓"就地释放"方案的那天，即5月13日，中国人民志愿军开始了夏季反攻。

当时，志愿军首长估计6月份以前尚难实现停战，而这时各军对攻歼重点目标的准备工作尚未全部完成，为了紧密配合谈判斗争，掩护我军战役企图，于11日决定：凡对敌连以下目标的进攻准备已经完成的，即可开始作战；对其它歼击目标仍按照原定计划于5月30日前完成进攻准备，6月1日发起进攻。

根据这一决定，志愿军第60军、第67军、第23军、第24军，先后向各自预先选定的南朝鲜军第2师、第9师、首都师、第6师、第8师、第5师、第20师及美军第8师等20个连排支撑点进行攻击。

志愿军第67军以第602团为主组成进攻部队，于5月13日夜，在120余门迫击炮、野炮、榴炮和火箭炮支援下，向当面南朝鲜军第8师主阵地前沿发起进攻。位于北汉江西岸3公里处的南朝鲜军的科湖里南山防御阵地，由两条东西并列的纵长山梁构成，以坑道为骨干，并有大量工事、支撑点，形成了环形防御。第67军进攻部队首次炮火准备就发射炮弹5400余发，有效地压制了守军火力，并摧毁其野战工事。步兵分队经激烈战斗，当夜全歼守军，占领南山全部阵地。随即，南朝鲜军以1个排至2个营兵力，在飞机22架和20个炮兵连的支援下，发动多次连续反冲击。第67军适时投入预备队，以第603团增援第602团作战，击退其反冲击。17日黄昏，南朝鲜军又调集2个连准备再进行反击，第67军炮群对其集结地域集中射击，歼其大部，其他南朝鲜军全部撤走。此战，我军共歼南朝鲜军1300余人，巩固了既得阵地，为尔后作战创造了有利条件。

志愿军第67军第597团第8连，于5月15日夜，在48门火炮支援下向当面的南朝鲜军首都师机甲团第3连及第4连一部守备的直水洞东南高地发起进攻。该东南高地由8个小山头组成，位于金城以西6公里处，横宽纵短，易于正面突破和穿插分割。我第8连经激战突破前沿阵地，兵力伤亡三分之二，所余兵力一部向主峰发展，一部从守军阵地两翼迂回侧后，切断其退路。正面发展与侧后迂回如期达成目的，仅两小时战斗，就攻占了守军的全部阵地。16日凌晨，南朝鲜军首都师机甲团组织反冲击。第8连在两小时战斗中，打退其5次反冲击，后主动撤出战斗。此战，我军共毙伤南朝鲜军150余人。

志愿军第23军第200团第4连一部，于15日22时许，向美军据守的334高地攻击。该高地位于铁原以西16公里处，由美军第2师第31团1个排守备。进攻发起后，我军向该高地北山腿守军发起猛攻，经半小时战斗，攻占了守军阵地，毙伤美军20余人，后主动撤回。

志愿军第23军第207团第1连，于17日22时许，向距铁原约8公里处的洪元里北山进攻。该高地由南朝鲜军第2师1个连守备。进攻中，我军一部通过了守军3道铁丝网后，迅速逼近了守军阵地前沿，在我军纵深炮火的有效支援下，向守军发起猛攻，占领部分阵地。此时，南朝鲜军的纵深炮火开始向我攻击部队射击，我军遭炮火杀伤较大，无力继续推进，遂于18日凌晨2时撤出战斗。

志愿军第60军第543团第5连，于5月13日，向883.7高地进攻。该高地位于朝鲜北汉江东岸鱼隐山以西，由南朝鲜军第5师第27团1个排守备，构成了以坑道为骨干，给合野战工事、支撑点，形成了环形防御，可四面作战。为了隐蔽进攻企图，我第543团第5连一部预先潜伏在守军阵地前，傍晚在23门火炮支援下，以正面攻击与侧后打击相给合发起进攻，经5分钟战斗全歼守军，尔后迅速撤回原阵地。此战，我军共毙伤南朝鲜军22人，俘15人。

我军在整个反击作战阶段，共进行战术反击29次，毙伤俘敌4100余人，我军伤亡1608人。

第二次夏季反击作战

1953年夏季，我军第一阶段反击作战结束之后，我第20兵团所属第60、第67军稍事体整，即按照预定计划，于5月27日开始第二步反击作战，并在已取得经验的基础上将攻击目标扩大到进攻敌营的阵地。

5月27日22时，志愿军第60军集中第541、第539两团各两个连兵力组成进攻分队，在108门火炮支援下，向方形山发起攻击，经14分钟激战，全歼守军，并占领了全部阵地。28日6时许，南朝鲜军乘志愿军立足未稳之机，调集第36团第3营余部、第2营1个连、团搜索队等，在飞机100余架次、坦克10余辆配合下，发起反击。坚守阵地的志愿军在炮火支援下，经激战，打退第36团1个排到1个营兵力的14次反冲击。从5月29日到6月2日，我军又击退南朝鲜军1个排至1个营兵力在飞机、坦克配合下的12次反击。6月3日凌晨，南朝鲜军先后投入2个营又3个连及1个搜索队，向方形山阵地发起了反击。战至7时许，我守备分队又打退了敌第36团的16次反冲击。战斗至4日，南朝鲜军先后投入近2个团的兵力，均被我军击退。志愿军巩固了既得阵地。连续8天的方形山战斗，遂告结束。此战，我军共毙俘南朝鲜军2400余人。

5月27日当天，志愿军第67军开始攻击栗洞南山及相毗邻的690.1高地东北、西北两山腿，攻克后又主动放弃了阵地，歼敌1个连另6个排，并击退敌1个排至5个连反扑41次。

5月28日，西线第19兵团亦开始反击作战。志愿军第46军攻击朝鲜朔宁西南临津江北岸约七八公里处的英军坪村南山阵地。坪村南山是临津江北岸英军阵地的屏障，高浪浦里的门户，地势险要而突出，工事坚固，是英军防御阵地中的主要支撑点。第46军第399团以2个连组成进攻分队，于28日夜在76门火炮支援下，向坪村南山英军阵地发起进攻。进攻分队采取夜战、近战，以强攻手段，从三面猛烈冲击。19时许，占领表面阵地并迅速展开围堡战斗。经过两小时激烈攻歼，全部占领英军阵地，战斗结束。此战，我军全歼英军第29旅威灵顿公爵团第4连，毙伤160

余人，俘 21 人。

我军反击作战的一系列胜利有力地配合了停战谈判斗争。5月 25 日，美方基本上同意了我方 5 月 7 日提出的"将不直接遣返的其余战俘继续留在原拘留地交由中立国来进行遣返的安排"的方案，由此谈判可望不日将达成全部协议。然而，就在此期间，李承晚集团却大肆叫嚣"反对任何妥协"，声言要"进军鸭绿江"，"单独打下去"，并指使其谈判代表退出谈判，在汉城、釜山等地还导演了反对停战的所谓"群众游行"。

志愿军首长为了进一步促进停战谈判，锻炼新入朝的第 16、第 54、第 21 军等部队，于 6 月 1 日决定，将原定的以打击美军及其他侵略军为重点的计划改以打击南朝鲜军为主，对英国及其他国家的军队暂不攻击，对美军也不作大的攻击（只打一个连以下的目标）。

为了适应作战的需要，志愿军的部署也作了相应的调整：第54 军（军部率两个师）由西海岸开赴第一线，归第 20 兵团指挥，接替第 67 军防务；第 16 军由西海岸开赴第一线，归第 9 兵团指挥，接替第 23 军、第 24 军平康接合部各一个师的防务；原归第24 军指挥的第 68 军第 204 师归还建制；第 47 军接替即将回国换装的第 38 军西海岸防务；第 21 军全部入朝，主力集结于谷山地区，为志愿军总预备队。

经过一周准备，志愿军各进攻部队开始向当面之敌发起了攻击。

6 月 10 日，志愿军第 60 军以 3 个团兵力进攻据守北汉江以东 883.7 高地、902.8 高地一线的南朝鲜军第 5 师第 27 团（欠两个连）的阵地。为了达成战斗的突然性和减少伤亡，第 60 军于 6月 9 日夜间预先将 6 个连另 2 个排的兵力，秘密进入南朝鲜军第5 师第 27 团阵地正面和翼侧，潜伏在 3 公里地带上，距守军阵地前沿 200—500 米处达 19 个小时。10 日晚，我进攻分队在 259 门火炮的支援下，采取多路多梯队的方式分从北、东两个方向突然发起冲击，经过 50 分钟战斗，全歼守敌，首创阵地战以来一次攻歼敌 1 个团的范例。从 11 日起，南朝鲜军第 5 师和预备队第 3 师连续进行反扑。至 14 日，我军击退敌 1 个排至 2 个营兵力的反扑190 余次，先后毙伤敌 7000 余人。第 60 军为扩张战果，进一步打击南朝鲜军，以第 180 师向北汉江东岸约 4 公里处的 949.2 高地及 628.6 高地守军阵地发动进攻。6 月 14 日夜，第 180 师并配属第 609 团，第 1 梯队各连潜入守军阵地前沿树林内。14 日 20 时许，各突击连随炮火延伸迅速发起冲击。经 5 分钟战斗，即顺利突破敌前沿阵地。至 21 时 35 分全部占领预定阵地，并继续向南推进。战至 22 时 55 分，我第 180 师攻占了南朝鲜军第 5 师第 27 团、第 35 团余部及第 3 师第 22 团两个营等部所守备的 949.2 高地、628.6 高地等全部阵地。

6 月 11 日，志愿军第 24 军第 209 团向南朝鲜军第 9 师据守的塔洞北山阵地进攻。该阵地位于朝鲜金化西北约 7 公里处，是金化——平康公路上的要点，由南朝鲜军第 9 师第 30 团 1 个连兵力防守。第 24 军第 209 团第 8 连派出由 5 个班组成的小分队，于 11 日夜向塔洞北山阵地发起攻击。小分队迅速突破敌军前沿阵地，经短时战斗，攻占阵地，全歼守军。小分队达成目的后，主动撤回原阵地。此战，第 8 连共毙伤南朝鲜军 100 余人。同一天夜里，我第 209 团第 8 连以 1 个加强排的兵力组成突击分队，利用有利地形，隐蔽接近南朝鲜军的小万山阵地。该阵地位于上甘岭以西 5 公里处，地形平坦，野草茂密，由南朝鲜军第 9 师第 30 团第 10 连 1 个步兵排和 1 个火器排守备。进攻开始后，我军突击分队迅速攻占阵地，并立即展开攻垒战，逐一清除敌人。经 35 分钟激战消灭了守军，攻占了小万山主峰，占领了敌军全部阵地。此战，我军共毙伤南朝鲜军 100 余人，生俘 2 人。我突击分队达成目的后，主动撤离了小刀山。

6 月 11 日，志愿军第 23 军第 69 师侦察连一部，向南朝鲜军据守的浦里东北高地进攻。该高地位于朝鲜平康西南、铁原以北，由南朝鲜军第 2 师一个小分队守备。11 日晚，我第 23 军第 69 师侦察连一部开始进攻，仅几分钟即结束战斗，全歼守军 1 个班，俘 1 人。

6 月 12 日，志愿军第 69 军，开始向南朝鲜军据守的座首洞南山阵地进攻。该阵地位于朝鲜金城以东、北汉江西岸三四公里处，由南朝鲜军第 8 师第 21 团据守，是南朝鲜军第 8 师轿岩山主阵地之右翼屏障。5 月间志愿军在夏季战役第一次进攻后，造成该阵地突出，侧翼暴露。6 月 11 日 21 时，我第 67 军的进攻部队第 1 梯队营进入待蔽地区。12 日 21 时许，我军纵深各种炮 300 余门开始进行炮火准备，随后各突击部队迅速向座首洞南山发起进攻。担任主要方向突击的第 600 团不到 10 分钟即攻占守军核心阵地，并继续发展进攻，夺取了主峰表面工事，即刻转入对退守坑道之守军的围攻。右翼部队第 599 团亦迅速突破守军前沿。守军阵地工事坚固，其主要支撑点的坑道构筑为螺旋形，分上下两层，并设有火力点 30 余个，山顶山腰之间火力点成阶梯状配置三至四层。"联合国军"称其力"模范阵地"、"京畿堡垒"。激战 1 小时 30 分，进攻部队各第 1 梯队营全部攻占南朝鲜军阵地表面工事。至 13 日晨，肃清敌第 21 团一线全部连营支撑点。上午，南朝鲜军第 8 师预备队第 10 团，在飞机、火炮、坦克掩护下，向志愿军第 200 师新占阵地进行反击。战至 14 日 11 时许，第 200 师一部打退敌第 10 团 1 个连至 2 个营兵力的 54 次反冲击，并趁其溃退之机向南朝鲜军纵深阵地松室里方向发展进攻。16 时 40 分，全部攻占敌第 21 团的阵地。此战，我军阵地前推了 4 公里，共毙伤南朝鲜军 4500

余人,俘442人。

6月13日,志愿军第67军第603团向南朝鲜军第8师据守的690.1东北无名高地进攻。该高地位于朝鲜金城东南约10公里处,系南朝鲜军轿岩山东峰阵地的主要屏障,由其第8师第10团约两个连兵力防守。守军阵地设施完备,工事坚固。13日20时30分,我第603团第3连,在各种火炮87门支援下,分成三个梯队,以强攻手段从正面突破守军阵地,然后分割包围逐点歼灭。20时55分,第3连占领守军表面阵地。又经两小时激战,第3连彻底清除了碉堡坑道内的守军余部,占领全部阵地。23时,南朝鲜军发起反击。战至15日晨,第8连击退了南朝鲜军第10团1个班至2个排兵力的6次反冲击。8时许,第3连完成作战任务后将阵地移交第1连,撤出战斗。此战,我军共毙伤南朝鲜军280人,俘57人。

6月13日,志愿军第33师向南朝鲜军第20师据守的1089.6高地进攻。该高地位于志愿军第33师主阵地鱼隐山以南、南朝鲜军第20师主阵地1219.8高地以北,对双方确保主阵地安全均具有重要作用。该高地由南朝鲜军第20师1个营兵力防守,筑有坚固工事。志愿军第33师于6月9日,进行战斗准备。13日以第99团1个加强连兵力,从西侧抵近高地进行潜伏。14日20时30分,第99团两个加强连(含潜伏分队)和第98团1个连兵力在82迫击炮以上123门火炮支援下发起攻击,经5分钟炮火准备,步兵分北、东、西三路发起冲锋,战至15日0时50分,西路发展顺利,攻占了西山梁高地,北东两路失利,遂全部撤出战斗。15日21时,第33师以第98团1个连兵力和第99团两个连另4个排兵力在82迫击炮以上94门火炮支援下,再次分三路发起攻击,行7分钟炮火准备,步兵战至23时40分,除东路失利外,北、西两路全部达成目的占领阵地,歼南朝鲜军第62团第1营之第2、第

3 连全部和第 1 连、火器连大部。16 日至 20 日，我第 33 师又连续击退了南朝鲜军第 20 师以 1 个班至 2 个营兵力的 84 次反冲击，巩固了已占阵地，并向前推进 2 公里。此战，我军共毙伤俘南朝鲜军 1980 余人。

经过一系列的进攻作战，我军已经达成了反击目的。

6 月 15 日，停战谈判全部达成协议，按照双方实际控制线重新划定军事分界线的工作亦将完成，签署停战协议在即。为了促进停战，志愿军总部于 15 日 19 时发布命令："从 6 月 16 日起，各部队一律停止主动向敌人攻击，但对敌人向我发动的任何进攻，则应坚决地给以打击。"

此次反击作战，我军先后对敌 51 个团以下阵地进行了 65 次进攻作战，创造了对敌坚固阵地进攻中一次歼敌一个团的战例，给了南朝鲜第 5、第 8 师以歼灭性打击，在北汉江两侧占领了敌军 3 个团正面 12 公里、纵深 3 至 6 公里的防御阵地，扩大阵地面积 58 平方公里，共毙伤俘敌军 41000 余名。

第七节　抗美援朝最后一战

　　1953 年 6 月 16 日，在板门店的帐篷里，交战双方的参谋人员按照实际接触线重新划定了军事分界线。双方的文字专家们正在逐条逐段（包括每一个标点符号）重新审定过去已经定稿了的停战协定文本。

　　中国人民志愿军和朝鲜人民军的战士们在赶修开城到板门店之间的公路和桥梁。准备参加签字仪式的各国新闻记者来了，中国红十字会的人员到了，为谈判代表团增加的各种工作人员也陆续来了。中国人民志愿军司令员兼政治委员彭德怀将军，也预定在 6 月 19 日离开北京前往开城，在停战协定上签字。盛夏酷暑，人们紧张而又有秩序地进行着准备工作，以迎接停战协定的正式签字。

　　谈判桌上，双方心照不宣，都有一个大体的停战日期——6 月 25 日，即朝鲜战争爆发的三周年这一天。

　　然而，就在停战协定即将签字的时候，李承晚集团却冒天下之大不韪，公然破坏双方达成的协议，叫嚣"反对任何妥协"，声言要"单独打下去"和"北进"，企图破坏停战谈判，并于 6 月 18 日午夜开始扣留战俘，当夜他们以"就地释放"的名义，胁迫朝鲜人民军被俘人员 27000 多人离开战俘营，被押解到李承晚军队的训练中心。据李承晚"国防部"发言人说，这些被扣留的战俘被编入南朝鲜的武装部队中去。

　　李承晚集团的这一行动，又一次造成了朝鲜半岛的严重局面，立即在全世界引起了愤怒谴责。印度总理尼赫鲁的发言人 19 日说，这是一件"很遗憾而极其令人反对的事"。英国首相丘吉尔于22日在下院遭到严厉质问，他不得不宣读英国致李承晚当局的抗议照会"女王政府强烈谴责这种背叛行为"。有的国家政府的舆论斥责李承晚集团是"出卖和平的叛徒"、"不负责任的乖戾小人"，甚至要求美国换马，撤掉李承晚这个傀儡。加拿大、澳大利亚等国政府也都谴责李承晚集团的这一行径，纷纷向华盛顿提出抗议和质询，并抗议李承晚"破坏联合国司令部的权限"。

艾森豪威尔也慌了手脚，他通过美国国务院发给李承晚一封急电："你目前的命令和根据这个命令所采取的行动……给联合国军司令部造成困境。这种局面如果继续下去，只会牺牲联合国精锐部队用鲜血和勇敢为朝鲜赢得的一切。"

这一事件也激起了中朝两国人民的极大愤怒，6月19日，朝鲜人民军最高司令官金日成和中国人民志愿军司令员彭德怀在联名写给"联合国军"总司令克拉克的信中，指出这是"有意纵容李承晚集团去实现久已蓄意破坏战俘协议，阻挠停战实现的预谋。我们认为你方必须负起这次事件的严重责任，必须负责立即追回被释放的全部战俘，保证以后绝对不再发生同类事件"。同时还向克拉克提出了严正的质问："究竟联合国军司令部能否控制南朝鲜的政府和军队？如果不能，那么，朝鲜停战究竟包括不包括李承晚集团在内？如果不包括在内，则停战协定在南朝鲜方面的实施有什么保障？"信中还要求美方就保证停战协定的实施作出负责的答复。

美国政府对此则竭力推卸责任，表明此事与己无关。克拉克在6月29日的复函中承认李承晚的行为是一个"严重的事件"，并一再保证：联合国军总部以及有关之政府，当努力获得李承晚集团的合作，"遇有必要之处，联合国军将尽其所能建立军事上的防范措施，以保证停战条款被遵守"。

针对这种形势，毛泽东主席于6月19日非常及时地指出，此时帝国主义阵营内部的争吵和分歧正在扩大，"我们必须在行动上有重大表示方能配合形势，给敌方以充分压力，使类似事件不敢再度发生，并便于我方掌握主动"。

彭德怀司令员根据毛主席的指示精神以及朝鲜战场的有利形势，为了加深敌人内部的矛盾，给敌人以更大的压力，于6月20日22时，即在由北京赴开城，准备办理停战协定签字事宜途经平壤时给毛泽东主席发了如下一封电报：

> 20日晨抵安东，南北朝鲜均降雨，故白日乘车至大使馆，与克农、邓华均通话。根据目前情况，停战签字须推迟月底似较有利，为加深敌人内部矛盾，拟再给李承晚伪军以打击，再消灭伪军1万5千人（6月上半月据邓华说消灭伪军1万5千人），此意已告邓华妥为布置，拟明21日见金首相，22日去志司面商停战后各项布置，妥善否盼示。

毛主席于6月21日复电同意彭德怀的这一建议：

> 6月20日22时电悉，停战签字必须推迟，推迟至何时为适宜，要看情况发展才能作决定。再歼灭伪军万余人极为必要。

根据毛主席的指示，彭德怀司令员还耐心地说服一些急于在停战协定上签字的同志要再打一仗，统一了志愿军领导的思想。决定立即组织夏季战役的第三次进攻，以狠狠打击李承晚集团，配合停战谈判。为此，志愿军总部指示各兵团、各军，对原预选的打击目标，如已准备就绪者，应即坚决消灭之；如新选目标，应立即抓紧时间进行准备。对美军及外国帮凶军原则上不作主动攻击，但对任何向我进犯之敌均必须予以坚决打击。

我军在 1953 年夏季的第三次反击战役，也称金城战役，是朝鲜战争中的最后一次大规模的作战行动，这次战役以我军的胜利而告终，朝鲜停战也因此得以实现。

精心准备

在我金城战役发起之前，敌我战线西起临津江口，经铁原与平康之间、金化以北、金城、文登里到高城以南地区。敌人第一梯队共展开 17 个步兵师（美军 4 个师、英军 1 个师、南朝鲜军 12 个师），预备队 6 个步兵师（美军、南朝鲜军各 3 个师）。其中金化以西敌军 9 个师中有美军 5 个师、英军 1 个师、南朝鲜军 3 个师；金化以东敌军 14 个师中有南朝鲜军 12 个师、美军 2 个师。美军主要防守西线，南朝鲜军主要防守东线；并以汶山、高浪浦里、麻田里、涟川、铁原地区为防守重点。

金城以南，从上所里至金城川和北汉江汇合处，是敌人战线向北的凸出部，形成一个弧形地带，在宽约 25 公里的正面上部署了南朝鲜军 4 个师的兵力，其具体部署为：自上所里至凸出部西北部灰古介地段，为美军第 9 军指挥的南朝鲜军首都师；灰古介以东至轿岩山地段、轿岩山东侧至龙虎洞地段、龙虎洞经阳地至金城川下游地区，分别为南朝鲜军第 6 师、第 8 师、第 3 师防守。此外，以南朝鲜军第 5 师在凸出部以东北汉江南岸地区担任防御，以南朝鲜军第 11 师为该军的预备队，位于华川附近。

根据南朝鲜军在凸出部内的兵力和我在金城地域已集中有 4 个军和近 400 门各种火炮，并已查明了该地域敌之纵深阵地工事的情况，掌握了他们的防御特点，取得了进攻敌营、团坚固阵地的经验，我志愿军第20兵团根据志愿军总部6月20日命令，为了给破坏停战谈判之南朝鲜军以狠狠打击，于6月23日决定，以现指挥的4个军及志愿军总部加强给的第21军共5个军，担负金城以南进攻的任务。即从牙沈里至北汉江之间22公里地段上实施进攻，并以拉直金城以南战线，歼灭当面守军南朝鲜首都师及第6、第8、第3师共8个团另1个营为作战目的。预定7月上旬完成战役一切准备，7月10日前后发起进攻。6月25日，志愿军总部批准了这一计划，并指示第20兵团放手作战，如反击成功、情况有利时，可继续向敌纵深作有限度的扩张。

进攻的准备工作从6月下旬开始，为了在短时间内完成进攻准备和不暴露我军的进攻企图，各部队的换防、开进、进入进攻出发地域等作战准备工作都在夜间秘密进行，力争做到疏散、隐蔽、伪装、保密。此外，在战役的整个准备过程中，我军各部队不断以小分队在敌我中间地带积极地活动，以袭击、伏击的手段打击敌人的警戒分队，捕捉俘虏，迫使敌人不敢外出活动，从而保证了我侦察地形和构筑冲击出发地区工事的人员和行动的秘密，对于保障进攻发起的突然性起了良好的作用。

志愿军总部为保证此次进攻作战的胜利，特地给第20兵团加强了炮兵第2师第28团、第30团1个营，火箭炮兵第201团，高射炮兵第601团，反坦克炮兵3个连，工程兵4个营。加强后的金城正面我军（包括第24军）共有82毫米迫击炮以上地面火炮1100余门，平均每公里正面上有44.4门，在我军主要突击方向上的火炮密度已达每公里108门，相当于第二次世界大战中苏德战场的标准，火炮敌我对比为1比1.7；另外，还配备了坦克20辆。此外，因金城川和北汉江两条较大河流横亘在战区内，志愿军总部还向参战部队配发了渡河器材及各式门桥47副，中型橡皮舟、折叠舟 36 只，制式浮桥两套，以及必要数量的通信器材；志愿军后方勤务司令部则调集了 10 个汽车团共 2000 汽车赶运了 15000 吨作战物资，其中炮弹 700000 发、炸药 124 吨。

6 月 20 日至 7 月 6 日，以杨勇为司令员、王平为政治委员的第 20 兵团先后多次召开了兵团党委会和师以上干部会议，反复分析、研究确定了作战计划，报志愿军总部批准。7 月 10 日，第 20 兵团下达正式作战命令，决定以所属 5 个军组成三个作战集团，首先攻歼金城以南凸出部内梨实洞、北亭岭、梨船洞一线以北及金城川以北之敌，拉直金城以南战线；尔后视情况，以 2 至 3 个军的兵力向华川方向的三天峰、赤根山、长古峰、黑云吐岭、白岩山一线地区相机扩张战果，并准备在胜利后，粉碎敌人 3 至 4 个师的反扑，在打敌反扑中再大量歼灭敌人，巩固已得阵地。我军的具体部署和基本任务为：

西集团：由第 68 军（欠 202 师）和第 54 军第 130 师组成，加强炮兵 16 个营，高炮 1 个团又 2 个营及坦克、工兵等分队，由外也洞至灰古介地段实施突击，第一步首先攻歼盘踞在 522.1 高地、552.8 高地及其以北诸高地的南朝鲜军首都师第 1 团主力，得手后，继续攻歼梨实洞、北亭岭、月峰山、开野里一线以北地区之敌；第二步协同中、东集团由西向东攻歼梨船洞及其西北之敌。

中集团：由第 67 军、第 54 军第 135 师、第 68 军第 202 师（欠 1 个团）组成，加强炮兵 12 个营、高炮 1 个团又 4 个营及坦克、工兵分队，由官岱里至轿岩山地段实施突击，首先攻歼轿岩山的南朝鲜军第 8 师第 10 团、第 6 师第 19 团的 1 个营和官岱里西南高地敌 1 个营，得手后，迅速向南发展，歼灭东山里、开野里之敌；第二步协同东、西集团由北向南攻歼梨船洞以西及西北之敌。

东集团：由第 60 军（配属第 68 军第 202 师 1 个团）、第 21 军组成，加强炮兵 3 个营、高炮 2 个营及工兵分队，由凸出部东面向龙虎洞西高地、细岘里方向实施突击，攻占金城川以北阵地；第二步协同中集团、西集团会攻梨船洞高地之敌，视情况发展向黑云吐岭、白台山发展进攻。该集团的第 21 军在北汉江以东 25 公里正面上进行防御，并选择敌前沿若干支撑点实施战术进攻，钳制美军第 10 军西援。

以第 54 军第 134 师为兵团预备队。

为了确保第 20 兵团右翼的安全，志愿军总部决定在第 20 兵团发起进攻时，第 9 兵团的第 24 军由阳地至杏亭地段实施突击，歼灭注字洞南山、杏亭西山南朝鲜军首都师第 26 团，控制上、下九井间公路，阻击金化方向之敌东援，尔后，视情况的变化发展进攻。

至此，我军进攻前的各项准备工作已基本就绪。

我军尽管进行着大规模反击的准备，但仍然希望进行和平谈判。

7 月 7 日，金日成、彭德怀复函克拉克，同意双方代表团定期会晤，商谈有关停战协定实施问题及停战协定签字前的各项准备工作。

7 月 10 日，双方代表大会复会。

7 月 12 日，从汉城传来消息，美国总统艾森豪威尔派出的特使罗伯逊与李承晚会谈结束，发表联合声明。李承晚迫于美国的压力，虽然保证不阻碍停战协定的实施，但没有就这项保证提出任何时间限制。并且公开声称：他保留退出和平会议和采取他认为必要的行动的权利。

李承晚的一间孤行，严重地破坏了停战谈判的顺利进行。为此。我军预定的金城反击战役必须进行了。

一场结束朝鲜战争的大规模进攻就要开始了。

中间突破

　　1953 年 7 月 13 日 21 时，天气阴沉，乌云密布，大雨欲来。我军出敌预料地突然发起了强大的攻势。我军 1000 多门各种口径的火炮猛然间在金城前线咆哮起来，20 分钟的火力准备，把 1900 多吨炮弹（需 900 辆汽车装运）倾泻在敌军东起北汉江、西至下甘岭的几十里的阵地上。

　　志愿军第 67 军左翼第 199 师，于 13 日 21 时许，在 203 门火炮支援下，向当面南朝鲜军第 6 师守备的轿岩山阵地发起进攻。遇守军炮火拦阻，进展缓慢。右翼第 200 师突破后，于 23 时 37 分歼灭官垈里西南高地南朝鲜军第 6 师 1 个营，并迅速向纵深推进，于 14 日 6 时，攻占龙渊里、东山里，继向商山里、开野里攻击，轿岩山守军侧后受到威胁，战至 14 日上午，第 199 师攻占轿岩山阵地。第 200 师于 18 时又占领梨洞、602.2 高地、巨星室北山阵地，进攻目的达成。这时，南朝鲜军预备队第 8 师由华川向北开进，抵达 658.4 高地附近，距 602.2 高地约 3 公里。志愿军迅即转入防御。15 日，南朝鲜军发起反击。志愿军第 200 师之第 599 团顽强抗击，打退南朝鲜军 51 次冲击。为抗击南朝鲜军更大规模的进攻，第 67 军决定将这一地区的部队统由第 200 师指挥，并收缩阵地，加强两翼安全。18 日起，南朝鲜军重点攻击 602.2 高地至巨里室九山地段，并以 2 个团的兵力攻击第 599 团防守的 602.2 高地和元宝山阵地。我第 599 团在 3 天内先后击退敌军大小冲击 107 次，阵地失而复得。20 日夜，志愿军第 67 军为增强防御力量，以配属该军的第 135 师加入战斗，同第 200 师并列展开于梨船洞东西一线阵地。23 日晚，南朝鲜军第 11 师以 2 个营兵力发起反攻。坚守阵地的志愿军第 600 团、第 603 团、第 598 团第

3营等部，在炮火支援下，将其击退，并以炮兵火力15次轰击南朝鲜军进攻部队集结地。25日，南朝鲜军被迫停止了对602.2高地、元宝山阵地的进攻。至27日，志愿军第200师、第135师共5个团1个营兵力击退南朝鲜军320次进攻，阵地得到巩固。

志愿军第67军第600团第5连为配合主力攻取轿岩山阵地，于7月14日凌晨3时许，向守军侧后穿插，4时许，由中芳坪进至芳坪里，并继续向芳坪里西南渊巨里插进，歼南朝鲜军第19团一部并继续向东南商山里方向追击，14日8时30分，攻占商山里南山。撤退的南朝鲜军组织反击，被我第5连击退。战至12时，牢固地控制了商山里南山及其西南434.5高地，完成切断任务，置商山里以北轿岩山守军第2团于孤立状态。此战，我第5连插入守军后方约4公里。

志愿军第54军第135师，于7月14日午夜，进至金城以南之梨船洞、芦洞里、巨里室一线高地。巨里室右靠602.2高地，左靠通向南朝鲜军重要兵站华川公路，背靠金城川，是南朝鲜军反击争夺的主要目标。我第135师达成进攻目的后转入防御。16日拂晓，南朝鲜军以小分队开始向我第135师之第404团守备的巨星室前沿阵地，作试探性攻击。17日晨，南朝鲜军逐次增加进攻兵力，连续攻击。至20日，在4昼夜不间断的战斗中，我第404团先后击退南朝鲜军第6、第8、第11师共11个营，在飞机30余架次、坦克20余辆，以及数个重炮群配合下的百余次攻击，失去三个山头阵地。我第135师适时以第405团接替第404团之防务。并在23日的反击中，夺回失去的三个山头阵地。24日，我第405团又打退南朝鲜军十余次攻击，终于巩固了巨星室、梨船洞一线新占阵地。

东集团之战

志愿军第 60 军第 181 师配属第 605 团，为东集团第 1 梯队，承担北汉江西岸之龙虎洞、松室里以西地区的作战任务。7 月 13 日 21 时许，第 181 师及第 605 团在 201 门各种火炮的支援下，向南朝鲜军防守的阵地发起攻击。我军突破敌军阵地后，继续向西发展。进攻部队横越山梁，通路拥挤，进展缓慢，战至 14 日 18 时，攻占龙虎洞、松室里以西地区及以南 461.9 高地和金城川以北共 28 平方公里的阵地，达到了预期目的。

志愿军第 60 军第 180 师第 538、第 540 两团于 7 月 14 日渡过金城川，向南扩张。15 日，第 538 团攻占黑云吐岭及其以南无名高地。第 540 团攻占白岩山及 1118 高地。尔后，第 180 师适时收缩阵地，转入防御。南朝鲜军迅速组织第 3、第 5、第 8 师余部共 6 个多团兵力，在飞机百余架次、火炮 200 余门和十余辆坦克配合下，于 17 日向第 538、第 540 团新占阵地，实施轮番反冲击。我军在无工事依托，无纵深炮火支援，粮弹不济的情况下，顽强奋战，先后击退南朝鲜军 1 个排至 1 个团兵力反冲击百余次。战至午夜，除固守北汉江和金城川汇合处 461.9 高地的部队外，主力奉命撤至金城川以北阵地组织防御。

志愿军第 21 军同第 60 军在东线并驾齐驱，向敌人进攻。金城战役打响后，第 21 军在北汉江川东行动，钳制美第 10 军西援。配属第 21 军的第 33 师以第 98 团第 10 连，向当面美军发动攻击。7 月 14 日黄昏，第 10 连进入冲击出发地域。经炮火准备之后，23 时该连以两个梯队向守卫在 1089.6 高地以南约 600 米处无名高地之美军第 45 师第 180 团一个连发起冲击，经 4 个小时战斗，全歼守军，占领阵地。15 日凌晨，美军集中 4 个连兵力每次以 2 个班至 2 个连兵力连续向该连反冲击 8 次。该连在纵深我军炮火支援下，同美军激战 8 小时最终守住了阵地。

战役中第 21 军的另一项任务是在北汉江以东担任巩固阵地为主，并进行适当反击，积极牵制当面美军第 45 师第 180 团，不使西援的任务。7 月 16 日 19 时，第 21 军以第 181 团第 7 连在炮火掩护下，通过美军火力封锁区，进入美军第 45 师第 180 团一部防守的鱼隐山西侧高地前沿 100—120 米处的丛林中潜伏。17 日 23 时半，志愿军第 181 团进行炮火准备，摧毁美军鱼隐山西侧高地前沿火力点、永久和半永久工事 30 余个，为第 7 连扫清前进障碍。23 时 35 分，第 7 连从潜伏地向鱼隐山西侧高地发起冲击。突击班突破守军阵地前沿后，迅速向侧后迂回穿插。第 7 连主力一部适时加入战斗，扩大战果，战至 23 时 50 分，攻占守军 44 处阵地，歼美军一部。18 日凌晨，第 7 连主动撤出战斗。失去联系的两个战斗小组，积极主动，孤胆作战，战至 18 日 23 时半，返回原阵地。

24 军确保右翼安全

志愿军第 24 军的任务是确保第 20 兵团的右翼安全，战役发起后，第 24 军各部按计划分别向敌展开进攻。

第 24 军第 74 师于 7 月 13 日 21 时，向注字洞南山发起攻击。注字洞南山位于金城西南、南大川以西地区，由南朝鲜军首都师第 26 团守备。经炮火准备后，第 74 师主力在注字洞以南，从 4 公里正面上向注字洞南山、杏亭西山、424.2 高地等南朝鲜军首都师第 26 团阵地同时发起进攻。第一波 9 个突击连，对守军第一线连、排支撑点实施穿插分割，迂回包围，使之彼此失去联系。第二波 7 个连在第一波后 50 米跟进。我进攻分队仅用 15 分钟战斗，即攻占了守军8个支撑点。21时52分，第74师第215团向守军阵地纵深迂回的第2连，攻占了守军侧面的424.2高地。战至14日0时，我军已占领了守军基本阵地的大部。2时许，南朝鲜军第26团一部，在坦克引导下向我第74师新占阵地发起反冲击，被我军击退。5时许，南朝鲜军第28团与第26团各一部再次发起反冲击，又被我军击退。至此，我第74师全部攻占注字洞以南大小17个山头，4平方公里的阵地，全歼守军9个连。尔后，我军向南朝鲜军阵地纵深发展，突破了其主要防御地带。13时许，向南推进的第74师第222团攻占了守军师预备队阵地要点432.8高地。战至15日18时，第222团在炮火支援下，又击退南朝鲜军反冲击22次。17日，南朝鲜军又发动6次反冲击，均以失败告终。至此，第74师完成了预期任务，有效地保障了第20兵团右翼之安全，共毙伤俘南朝鲜军3500余人，并扩展阵地15平方公里。

第24军第220团第2营，于7月13日夜晚，在炮火支援下，向南朝鲜军首都师第26团搜索连防守的上九井西山阵地发起攻击，该阵地位于朝鲜金城西南十余公里处。第222团第2营第5连沿忠贤山向前运动，后分三个方向冲击，仅用15分钟即占领主峰阵地，全歼守军。整个战斗经过不到1小时，全歼南朝鲜军1个连，俘20余人。

第24军第222团另一部于7月14日加入战斗，其第1连一部在推进中发现新木洞方向有美军第3师坦克分队在活动。随即分路向美第3师坦克分队隐蔽接近，从100米靠近到20米，分别用火箭筒、反坦克手雷、集束手榴弹攻打美军坦克，击毁美军坦克7辆、装甲车1辆，毙伤俘美军30余人。

432.8高地位于战役地幅右翼，距金城西南约12公里，第24军第222团攻占后，为保障第20兵团进攻翼侧之安全，奉令固守。南朝鲜第9师为打通东援路线，于7月15日上午以其第23团向堵在必经之路上的 432.8 高地发起进攻,在炮火准备之后,又施放大量烟幕,尔后以 2 个排兵力发起进攻,并逐步增加兵力。坚守阵地的志愿军第 222 团守备分队顽强抗击,战至黄昏,共击退南朝鲜军以 2 个排至 2 个连兵力发动的 22 次不同规模的攻击。南朝鲜军久攻 432.8 高地不下,撤出战斗。

第 24 军经过一系列的战斗,控制了上、下九井间公路,保障了我第 20 兵团的右翼安全。

奇袭白虎团

我军西集团突破守军防御后,立即以最迅猛的动作向敌纵深发展。位于集团右翼的第 68 军第 203 师进攻的目标是南朝鲜军首都师第 1 团(又称白虎团),这个团是南朝鲜军中的精锐部队,全部美式装备,并拥坦克 40 余辆,火炮 140 余门,该团在凸出部内修筑了许多工事,形成了坚固的防御体系,是比较难打的敌人。战前,我第 68 军第 203 师召开作战会议,研究如何消灭"白虎团"。会上,杨栋梁师长提出以化装奇袭手段,用一支小分队插入敌人纵深,打掉敌指挥机关,使敌陷入混乱,以便我后续部队全歼敌人的方案。经过详细地研究、论证,与会者都认为这个方案非常好,并决定由侦察排副排长杨育才带领 12 名侦察兵组成化装袭击班(简称化袭班),来完成这个任务。这个侦察排,自从部队入朝以来,在全师侦察兵中抓舌头(俘虏)最多,而且这个排的侦察兵个个素质都不错。此外,还决定由副团长赵仁虎率领该团的第 2 营作为穿插营,位于化袭班后面不远处跟进。

化装班由 13 人组成,由杨育才副排长率领,班里有 10 侦察兵、2 名朝鲜族联络员,编为 3 个袭击小组,携带卡宾枪 10 枝、半自动步枪 2 枝、43 式冲锋枪 3 枝、51 式手枪 5 枝、匕首 4 把、苏式手雷 3 枚、美式手榴弹 40 枚、子弹 3900 余发。该班的袭击方案为：杨育才副排长化装为美军顾问，联络员韩淡年化装为南朝鲜军排长，其他人员均化装成南朝鲜军士兵，在穿插中伪装溃退散兵或护送美军顾问的模样混入白虎团团部，然后，第 1 组负责歼灭敌警卫排以保证其他各组的袭击，第 2 组负责歼灭敌炮兵指挥部，第 3 组负责歼灭白虎团作战室。

战役发起后，在第 203 师在师长杨栋梁的指挥下，该师迅速歼灭了 522.1 高地敌一个营，师主力向芳勇里方向发展进攻，穿插营于 14 日 0 时 3 分由白扬里地区出发，沿 522.1 高地以东公路急速向纵深上、下枫洞、二青洞方向迂回。穿插营的先头分队——化袭班出发后，即以最快的速度越过了敌炮火封锁的 500 米开阔地，至 0 时 35 分进至敌据守的 380 高地的前沿，这时候顽抗之敌正与我军进行激烈的战斗，化袭班趁敌混乱之际，从 380 高地西侧直接插向通往二青洞的公路，装扮成狼狈溃退的散兵向纵深前进，为了迷惑敌人，两名朝鲜族联络员不断用朝语喊着"巴利卡"（意即"快跑"）。于 1 时 10 分穿插至 415 高地南侧约 500 米时，借着敌人的照明弹亮光，杨育才发现队伍里竟多了 1 个人，便马上让化装成南朝鲜军排长的联络员韩淡年立即对其进行了询问，原来这人是白虎团 1 连的传令兵，我军发起攻击后，他躲在草丛中，当我军化袭班路过时，就稀里湖涂地跟着往回跑，没想到此时自己成了志愿军侦察兵的俘虏，吓得赶紧供出了口令："古仑姆沃巴"（意为"云雹"）。

1 时 35 分，我化袭班进至三南里以西小桥附近，遇敌盘问，为了置敌于被动地位，联络员金大株当即大声反问"你是干什么的"，敌哨兵见来者气势很凶但仍不断纠缠，这里，联络员韩淡年为了避免意外，便以长官的口气命令道："快走，别和他罗嗦，我们还有紧急任务！"就这样化袭班趁机通过了第一道岗哨，在继续行进中又发现从三南里方向走来两名敌军士兵，杨育才暗下思忖，这正是我对照口令的良机，随即命令联络员以探问的方式向敌询问了口令，经敌回答证实口令无误时，我化袭班即用敌口令顺利的通过了勇进桥北面的敌第二道岗哨。

　　化袭班通过勇进桥后，于 1 时 55 分在桥南与敌增援部队机甲团相遇。见此情况，我化袭班决定放过这批敌人后再越过公路，于是便在二青洞村北迅速隐蔽，待机行动，当放过敌 30 多辆汽车后，我军穿插营与敌人增援部队的前卫接上了火，敌人的车队立刻停在白虎团部沟口的公路上，堵住了化袭班。杨育才当机立断，以两人打敌一辆车进行了分工并规定了越过公路后的会合地点，杨育才以举枪击毙坐在驾驶室内的一名敌司机为发起攻击的信号，化袭班用卡宾枪猛扫敌人的车队，与敌激战三分钟，歼敌 7 辆汽车和车上大部分乘员，敌人以为是发生了误会，一片混乱，化袭班乘敌混乱之际，迅速越过公路到指定地点会合。2 时 40 分化袭班插到敌位于二青洞的白虎团团部，发现敌房子前停有 30 余辆吉普车，来来往往的人又忙又乱，与我战前所获得的情况有些不同（战后才知道是敌机甲团团长因支援协同的事来到白虎团团部），杨育才根据敌情和地形迅速调整了原来的编组，把原来的 3 个组编为 4 个组并重新区分了任务：第 1 组负责歼灭敌警卫排，保证其他组的袭击；第 2 组负责歼灭敌炮兵指挥部；第 3 组负责歼灭敌白虎团作战室；第 4 组负责歼灭混乱之敌和摧毁汽车并支援 2、3 小组的战斗。2 时 43 分，第 1 组向敌警卫排突然开火，将敌大部杀伤，趁敌处于一片混乱之际，其他各组以迅雷不及掩耳之势向敌白虎团作战室、炮兵指挥部及企图逃跑之敌勇猛冲击。第 3 组以勇猛果敢的动作，堵住了敌作战室的门口，组长李志迅速地投进一颗手榴弹，战士包月录在手榴弹爆炸的瞬间迅速冲入室内，用冲锋枪向敌连连扫射，将室内敌人大部分歼灭，然后包月录迅速搜索了敌作战室，缴获了敌一批机密文件，扯下了绣有白色虎头以及"优胜"二字的杏黄色的白虎团的团旗，当做包袱皮将文件包成一包后，系在身上。与此同时，第2组在歼灭了敌炮兵指挥部后，随即和第3组会合在一起对混乱之敌发起猛烈的攻击。残余的敌人一边射击，一边往外冲，企图逃窜，但被第4组给以迎头痛击，与第2、第3组形成对敌夹击之势，敌人遂大部被歼，少数举手投降。经过13分钟紧张激烈的战斗后，各组均在预定地点会合。在打扫战场时从草丛中搜出了战战惊惊、浑身发抖的敌人事科长、炮兵副营长等军官数人，3时43分战斗完全结束，不可一世的南朝鲜军"白虎团"团部被我化袭班全歼，无一漏网。整个战斗历经1小时，我军无一伤亡，击毙敌214名（其中有敌白虎团团长、机甲团团长、美军榴炮营长等尉校级军官4名）、俘敌19名（其中尉级军官8名）。缴获敌"白虎团"团旗1面；吉普车27辆；大卡车4辆，火箭炮1门，各种枪枝75枝，各种电台、总机11部，步谈机、电话单机110部。

由于化袭班迅速歼灭了白虎团团部，捣毁了敌人的指挥系统，因而，有力地保证了师主力迅速彻底地全歼了守敌。

我穿插部队紧随化袭班之后，消灭了配属给白虎团的美军第555炮兵营，并从行进间大部歼灭了增援的机甲团一个营后与该团第5连及师侦察队会合，于14日2时40分攻占了421.2、400高地及其以南地区，堵住了敌人的退路。为防止敌人飞机的报复，杨栋梁师长指示，不论哪个单位的人，只要会开汽车就可以开走本师缴获的上百辆汽车中的任何一辆，就这样，在天亮以前，我军安全地把这些汽车开到了隐蔽地区，同时，我坦克分队迅速将缴获的几十门美式105榴弹炮拖至隐蔽地区。

志愿军第54军第130师作为西集团的一部分，同第68军一起展开攻击。

第130师第1梯队的第388团在西集团左翼实施进攻。7月13日21时许，第388团第1连在炮火掩护下分三路，向424.2高地南朝鲜军第11师第9团两个加强排的阵地发起攻击。守军阵地筑有半永久性防御工事，副防御设施完备。第1连突破后，仅10分钟战斗即占领守军阵地表面工事。南朝鲜军守备分队转入环形盖沟内顽抗，并乘志愿军第1连立足未稳之机，发起反冲击。战至14日拂晓，第1连先后打退南朝鲜军3次冲击。

战役中，第130师的第390团在上甘岭东北约6公里处的462.3高地以南、三巨里以北地区组织坚守防御。南朝鲜军首都师于7月19日向志愿军第390团前沿阵地发起进攻。先炮击1个多小时，然后出动坦克17辆，并有小分队伴随向三巨里北高地进行试探性攻击。21日上午，战斗趋向激烈，南朝鲜军首都师第1团进攻分队，在炮火坦克配合下，向第390团前沿阵地反复冲击。第390团守备分队连续击退南朝鲜军13次攻击，只有两处前哨阵地失守。24日凌晨，我第390团突击分队在炮火支援下，发起反冲击并夺回了失去的阵地。拂晓，南朝鲜军首都师炮火向第390团阵地再行轰击，我军一处前沿阵地竟落弹5000余发，野战工事被夷为平地，接着敌军步兵分队连续攻击。我第390团先后击退其8次冲击，前沿一处阵地守备小分队全部阵亡而失守。夜晚，我第390团突击分队从正面和两侧同时发起反冲击，迅速夺回并巩固了失地。

彻底折服克拉克

南朝鲜军遭志愿军痛击后，李承晚埋怨美军见死不救，美军则埋怨李承晚无能，美李之间的矛盾加深。7月16日，"联合国军"总司令克拉克和美第8集团军司令泰勒急匆匆地飞抵前线，并马上召集了高级军官会议商讨反扑计划，气势汹汹地宣称要发动大规模反攻，夺回金城以南失地。敌人从 16 日开始，先后抽调南朝鲜军第 5 师、第 7 师、第 9 师、第 11 师和美军第 3 师增援。此时，敌人在我军正面已有 9 个师的兵力，准备发动"反攻"，企图夺回已失去的阵地。17 日 3 时，南朝鲜军第 3 师、第 5 师、第 6 师、第 8 师共 6 个团的兵力，在 100 余架飞机和大量炮兵火力的支援下，向我军东集团黑云吐岭、白岩山一线新占领的阵地猛烈进攻。

17 日晚 18 时，我志愿军总部发出指示：

> 近来板门店谈判敌人态度转硬，克拉克、泰勒昨日飞赴前线，召集高级军官会议，声言发动最大的反攻，企图夺回金城以南失掉的阵地。估计敌人反扑规模之大和激烈程度，会超过去年秋天的上甘岭战役。我进攻部队，要紧急行动起来，抢修阵地工事，组织炮火，加强交通运输，在敌反扑中，予敌更大的杀伤和歼灭性打击。

同时，志愿军总部命令其它我正面各军，要以积极的作战行动牵制当面之敌。

遵照志愿军总部的指示，我军各部队在没有炮兵支援、弹药不足的情况下，英雄顽强地抗击敌人，击退敌人多次冲击，毙伤敌 3000 余人，除了个别高地失守外，白岩山主峰阵地屹立未动。西集团我军部队也先后击退美第 3 师、南朝鲜军首都师及第 9 师的多次反冲击，巩固了已得阵地。第 20 兵团首长鉴于东集团新占领的阵地过于突出，而且又是背水作战，炮兵支援与运输补给问题一时无法解决，因此报请志愿军总部批准，命令东集团除了以 1 个营的兵力继续控制北汉江与金城川汇合处以南的有利阵地外，其余部队当夜全部撤至金城川以北转入防御。

从18日开始，南朝鲜军第2军把反扑的重点转移至中集团正面的602.2高地、巨里室北山一线阵地，对我东、西集团方向只作配合行动。我中集团、西集团到17日夜间为止，大部分的炮兵已转移至新的发射阵地，新攻占地区的工事构筑地也已初具规模，为打退敌人大规模的反扑创造了极为有利的条件。18、19、20日三天中，敌先后展开1至3个团的兵力，每次以2个排至2个营的兵力，在480余架次飞机、30多辆坦克和猛烈炮火的掩护下，向我602.2高地、后洞里北山连续冲击约200多次，阵地曾数度易手，但均在我军有力的反击下将敌击退，给敌以重大的杀伤，牢牢地守住了阵地。直至7月27日，整个作战结束，停战协定签字生效，我军共击退敌人反扑1000余次，给敌人以沉重地打击，取得了此次作战的彻底胜利。

这次进攻作战，我军总共毙伤俘敌78000余人，缴获坦克、自行火炮45辆，汽车279辆，飞机1架，火炮423门，各种枪枝7400余枝，收复了178平方公里的土地。

我军此次进攻作战，充分体现了军事斗争与政治斗争紧密结合的艺术性。打击对象由英美等军队转为专打南朝鲜伪军，以及进攻重点转移、进攻目标的选择等等都与停战谈判紧紧相联。这次作战，使敌人无法挽回它在朝鲜战场上的败局，彻底粉碎了美国国内一些还想以"军事上的胜利"来获得朝鲜战争的人的梦想。金城一战，我军不仅夺取了金城地区这一战略要地，拉直了我军的防御前沿线，使我军的作战态势更为有利；同时又一次锻炼了我新入朝的部队。

无情的事实证明，朝鲜战争再拖下去，只能为美国侵略军和李承晚集团带来更为不利和更加不光彩的结局。在谈判桌上，美国代表哈里逊不得不向我方做出了以下的保证：

"我们已从大韩民国政府那里得到了必要的保证,它将不以任何方式阻挠停火的实现。"

"对大韩民国军队违反停战协定的任何侵略性行为,联合国军司令部将不予支持。"

"在共产党方面针对大韩民国的侵略,采取必要的防御性行动时,联合国军司令部将继续遵守停战条款。"

"根据停战条款,联合国军司令部将保证韩国负责监督遣返战俘的中立国代表和共产党代表以及红十字会代表的安全。"

"不再允许扣留战俘。联合国军司令部将尽力找回已被韩国卫兵'释放'的二万七千名战俘。"

……

在我军惩罚性打击下,美国侵略军和李承晚集团终于夹起了尾巴。

于是,朝鲜停战谈判进入了最后阶段,朝鲜停战就要实现了。

我军的胜利在世界面前表明:朝鲜停战是在我军胜利之下取得的!

第八章

朝鲜战争终得结束，中美英苏各有得失。「最可爱的人」胜利凯旋，中美进入下一轮较量

第一节　朝鲜停战协定正式签订

历史的时刻

在中国人民志愿军和朝鲜人民军的夏季反攻战役中，尤其是在金城反击战中，美伪军损失惨重。我军的节节胜利，使美伪军在战场上和谈判桌上更加不利，他们不得不向我军作出了实施停战协定的保证。1953年6月29日，"联合国军"总司令克拉克上将给金日成首相和彭德怀司令员写信表示，今后"保证停战条款将被遵守"。同时，美方首席谈判代表哈里逊将军也作出了保证，"联合国军包括大韩民国的军队在内准备实施停战条款"，"大韩民国进行任何破坏停战的侵略行为时，联合国军将不以支持"。

1953年7月24日，交战双方谈判代表进行了第三次，也就是最后一次确定了双方的最终军事分界线。在整个朝鲜停战谈判中，双方共进行了三次军事分界线的确定。第一次是在1951年11月27日，第二次是在1953年6月17日。由于交战双方是边打边谈，所以军事分界线也在不停地变化。在中国人民志愿军和朝鲜人民军的不断打击下，美伪军不但没有得到任何便宜，反而使其所占地区的面积不断地减小。结果是，双方第二次校正的分界线，我军向前推进了140平方公里，第三次校正我军又向推进了192.6平方公里，我军一共向前推进了332.6平方公里。本来我军是可以乘胜继续向前扩大战果的，但为了世界和平的利益，我方还是同意了美方希望尽快签字结束战争的要求。

　　1953 年 7 月 26 日，是朝鲜停战协定签字日的前一天，人们的兴奋心情即已溢于言表。

　　此时的李克农还无暇兴奋，顾不得这些，他在想一些问题，古语说"为将之道，勿以胜为喜，勿以败为忧"，李克农正是这样的人，他在考虑第二天双方签字的最后一些细节问题。于是他召集我方代表团成员研究他感到事关重大的问题。李克农说道：

　　　　李承晚是不得不接受停战，是在中朝人民军队打击下和美国政府安抚下不得已接受的，他会不会破坏，谁也不能打保票。如果要破坏，最坏的可能莫过于在签字的时候搞一次使敌我双方不得不再打起来的行动。比如说对双方司令员任何一人进行袭击，——这种事件造成的后果将不堪设想。

　　　　我们完全拒绝李承晚集团人员进入板门店中立区有一定的可行性，但不可能完全限制记者进入会场，这里面就可能出问题。

　　在座的每一个人都在静静地听着，他们都深深地佩服这位长者工作的细致。于是大家便问：依你看该怎么办？李克农说：办法倒有一个，那就是双方司令员不到场签字，停战协定由双方首席代表签字后立即生效，然后各向自己的司令官送签、互换文本；为了防止李承晚集团搞破坏，在签字那天，不得有李承晚集团的人以任何名义参加，也不许台湾国民党的记者在签字那天进入中立区。

　　李克农的建议，立即得到我方最高决策领导人的首肯，彼此想到一起去了。出乎意料的是，美方也接受了这一建议，虽不知美方到底是怎么想的，但他们对李承晚不放心则是真的。

人们都期盼着朝鲜停战，这一天终于盼来了。

1953年7月27日拂晓之前，板门店大雨滂沱，但在破晓时分雨停了，透过厚密的云幕，偶而可以看见姗姗来迟的阳光。木工们连夜开工，赶制成了停战仪式所用的建筑物。马克·克拉克出于他美国将军一点点所谓的"自尊"，坚持两点最后的细节：从板门店那座塔式建筑物的山墙上拆除两个共产党用来在全世界作为宣传的象征的"和平鸽"，并开了一道南门。这样"联合国军"代表就不需要经过共产党人区域而进入建筑物了。

将近10点钟时，牵动世界"神经"的板门店，雨后天空变得十分晴朗，夏风宜人，以它特有的风姿记录着这里发生的一切。

由参战各国的士兵组成的联合国军仪仗队戴着白手套、绶带和钢盔出现了，他们在通向入口的通道上列队而立。引人注目的是，没有南朝鲜的士兵在场。李承晚将承认停战协定，但他不签字。在建筑物那一头，是一群穿着橄榄色斜纹布军装和帆布鞋的中朝士兵。

签字大厅内布置得十分庄严，1000多平方米的大厅内只要与双方代表团有关的各种设施和各种用品都是对称的、平等的。大厅的正中，向北并排排列着两张长方形的会议桌，会议桌中间是一张方桌，方桌两侧双方各伫立两名助签人员。桌上铺着绿色台毯，西边的桌上立着朝鲜民主主义人民共和国的国旗，东边的桌上立着联合国的旗子。大厅西部和东部分别设有一排排的长条木凳供朝中代表和"联合国军"代表就座。大厅北面凸字形的部分是双方新闻记者的活动区域。

10点整，双方代表分别从两边走进了签字大厅。凯斯·比奇觉得，"角色导演再也选不出比这两个主角更显著的对比角色了"。"联合国军"代表团团长威廉·哈里森中将"可能当过田纳西州的浸礼教会牧师"。又高又瘦的南日则"服饰鲜亮，他的高领蓝上衣一直扣到最上面,他胸前的奖章闪闪发光"。"联合国军"一行人漫不经心地走进来,好象是失了魂似地,他们懒洋洋地倒在座位上;志愿军和北朝鲜人都正襟危坐,显示出威风凛凛不可侵犯。

在大厅的桌子上,摆着朝鲜停战协定及附件文本,有朝文、中文、英文共18本,其中我方准备的9份文本用深棕色皮面装帧,对方准备的9份文本在封机上印着联合国的徽记,是蓝色的。三种文字均已通过了双方的核定,一字不差。

这里有一个富于戏剧性的小插曲,"联合国军"首席代表、美国陆军中将威廉·凯·哈里逊的名子早已为人所熟知。可是,在双方核定文本时,美方坚持要把"哈里逊"译成"海里胜",他们大概是想以此表示他们是"海岛上站立的胜利者",而自己多安慰一下自己吧!

这场不寻常的签字仪式,由于双方工作人员作了周密的安排,进行得十分顺利。哈里森坐在桌子旁,南日坐在与之相平的另一张桌旁,他们既不相互说话,也不颔首招呼。两位代表在本方助签人员协助下,在自己一方准备的9本停战协定上签字。之后,由助签人员同时交换文本,再在对方交来的9本停战协定上签了字。两位代表在10分钟之内在18个文本上签了字,虽说时间有点紧张,但都有条不紊。然后,这些文本由助签人员送往双方司令官签字。到场的来自世界各地的200余名记者,记录下了这一历史时刻,并以最快的速度,将这一头号新闻发送世界各地。

10点12分,这项任务结束后,哈里森向记者席瞥了一眼,挤出一点似笑非笑的模样。他和南日同时起身离开,他们的目光短暂地相遇交射,但是两人都未说话。

同日,"联合国军"总司令美国陆军上将克拉克于汶山在《朝鲜停战协定》上正式签字。

同日,南日大将带着《朝鲜停战协定》的文本赶往平壤,当晚零时朝鲜人民军最高司令官金日成元帅于首相府在《朝鲜停战协定》上正式签字。

7月27日上午，中国人民志愿军彭德怀司令员在朝鲜人民军司令员崔庸健次帅的陪同下到达开城，来到了来凤庄。彭德怀先后出席了中国人民志愿军和朝鲜人民军驻开城前线部队举行的欢庆胜利的盛大宴会。7月28日，彭德怀在杜平、李克农、乔冠华、张明远、肖全夫、李呈瑞等同志的陪同下走进了志愿军新建的办公室坐下来在《朝鲜停战协定》上签了字，此时正是9点30分。三四十名记者拍下了这一历史性的镜头。

曾任中国人民志愿军政治部主任的杜平将军，在《朝鲜停战协定》签字后即兴赋诗一首：

> 停战谈判三春秋，
>
> 打打停停几运筹。
>
> 何妨较量持久战，
>
> 我有真理握在手。

朝鲜停战协定于1953年7月27日22时生效，其主要内容是：自协定签订后12小时起，双方停止一切敌对行动；以北纬38度附近的双方实际控制线为军事分界线，双方由此后退二公里，以建立非军事区；停止自朝鲜境外进入增援的军人和武器；停战协定生效后60天内，双方应将一切坚持遣返的战俘分批直接遣返，将其余未直接遣返的战俘统交中立国遣返委员会处理；双方军事司令官向有关各国政府建议，在停战协定生效后三个月内，召开双方高一级的政治会议，协商从朝鲜撤退一切外国军队及和平解决朝鲜问题。

朝鲜停战协定的签定，为和平解决朝鲜问题开辟了道路，也为和平解决一切国际问题开辟了道路。

至此，朝鲜战争以中朝人民的最后胜利而告结束。

金日成和彭德怀发布停战命令

1953 年 7 月 27 日，朝鲜民主主义人民共和国金日成元帅和中国人民志愿军司令员彭德怀将军向朝鲜人民军和中国人民志愿军发布了停战的命令：

朝鲜人民军全体同志们：

中国人民志愿军全体同志们：

朝鲜人民军和中国人民志愿军，经过了三年抵抗侵略、保卫和平的英勇战争，坚持了两年争取和平解决朝鲜问题停战谈判，现在已经获得了朝鲜停战的光荣胜利，与联合国军签订了朝鲜停战协定。

停战协定的签订是以和平方式解决朝鲜问题的第一步，因而是有利于远东及世界和平的。它获得了朝中两国人民的热烈拥护，使全世界爱好和平人民受到了莫大的鼓舞，但是，在联合国军方面尚有一部分好战分子尤其是李承晚集团对朝鲜停战的实现深感不满，因而对停战协定的签定极表反对。为此，朝鲜人民军和中国人民志愿军全体同志必须提高警惕。

在停战协定开始生效之际，为了坚决保证朝鲜停战的实现和不遭破坏，并有利于政治会议的召开以便进一步和平解决朝鲜问题起见，我们发布命令如下：

一、朝鲜人民军和中国人民志愿军的陆军、空军、海军、海防部队全体人员应坚决遵守停战协定，自 1953 年

7月27日22时起，即停战协定签字后12小时起，全线完全停火；在1953年7月27日22时起的72小时内，即停战决定生效后的72小时内，全线一律按双方已经公布的军事分界线后撤二公里，并一律不得再进入非军事区一步。

二、朝鲜人民军和中国人民志愿军的陆军、空军、海军、海防部队全体人员应保持高度戒备，坚守阵地，防止来自对方的任何侵袭和破坏行动。

三、凡为执行停战协定而进入我军控制地区的军事停战委员会及其联合观察小组所属人员、中立国委员会及其所属人员，以及联合红十字会小组所属人员、朝鲜人民军和中国人民志愿军全体人员均应对之表示欢迎，负责保护其安全并在其工作上予以积极协助。

朝鲜人民军最高司令官
朝鲜民主主义人民共和国元帅   金日成
中国人民志愿军司令员   彭德怀

这令山河倾倒的声音，响彻在朝鲜三千里江山，中朝人民为之欢腾了。

1953年7月27日晚21时45分，即实现停火前一刻钟，"三八线"两侧的阵地上的官兵抑制不住内心的兴奋，他们纷纷对空射击，用以庆祝停战，一时间枪声、炮声四起，照明弹曳光弹五颜六色，照得满山遍野一片通红。停火时间一到，顷刻间，万籁俱静，同一时间里，驻守在军事分界线两侧的双方军队的步兵、炮兵、坦克部队在横贯朝鲜中部200多公里长的军事分界线上同时停止射击、轰击和一切作战行动，海军、空军部队也停止了作战行动。

两个战场指挥官的讲话

在朝鲜停战协定签字后的第二天，即 1953 年 7 月 28 日，中国人民志愿军司令员彭德怀将军发表了热情洋溢的讲话：

朝鲜停战协定于 1953 年 7 月 27 日上午 10 时在板门店签字。自协定签字后 12 小时起，在朝鲜的一切敌对行为已经完全停止，全世界人民所渴望的朝鲜停战现在已经实现了。

3 年之前，英雄的朝鲜人民，为了捍卫自己的独立自由，英勇地展开了光荣的抵抗侵略、保卫和平的自卫战争。3 年以来，朝鲜人民以巨大的牺牲，抗拒了以美国为首的联合国军，保卫了自己祖国的土地。这个战争证明，一个觉醒了的爱好自由的民族，当它为祖国的光荣和独立而奋起战斗的时候，是不可战胜的。

自朝鲜战争爆发以来，中国人民和中国政府就再三提出和平解决朝鲜问题的主张和建议。但是，美国政府不顾中国人民的警告，无视世界人民的和平愿望，一意孤行，不仅在朝鲜战争爆发之初就侵占了我国台湾，而且命令它的军队越过了三八线，向我国东北边境的鸭绿江和图们江进攻，造成了对于我国安全的严重而直接的威胁。

在这种情况下，中国人民为了保卫自己祖国的安全与和平建设，为了援助朝鲜人民的正义斗争，为了保卫远东及世界的和平，才毅然决然进行了伟大的抗美援朝运动，组成了自己的志愿部队——中国人民志愿军，与朝鲜人民军并肩作战。经过了两年零九个月的英勇战斗，我们不仅击退了敌人的进犯，稳定了三八线附近的战线，而且已经进行了多次的胜利的反击。

朝中人民的反侵略战争，其目的原在于争取条件，使朝鲜问题得以公平合理的基础上获致和平解决。所以，朝中人民和政府在战局稳定之后，不仅仍然继续提出以和平方式解决朝鲜问题的主张，而且完全接受 1951 年 6 月 23 日苏联政府所提出的关于谈判停火与休战的和平建议，于 1951 年 7 月 10 日与联合国军方面开始了朝鲜停战谈判。这个谈判经过了两年的迂回曲折的过程，由于朝中人民坚持和平解决朝鲜问题的政策，由于世界爱好和平人民为了和平事业而作的巨大努力，谈判双方最后达成了光荣协议，并在昨天签订了停战的协定。

当前最重要的问题是严格履行停战协定的义务。中国人民志愿军愿和朝鲜人民军一道，保证遵守并履行停战协定的一切规定。但是，朝中人民和世界人民不能不严重注意到联合国军方面还有一部分好战分子尤其是南朝鲜李承晚集团反对停战协定的签订，并且在协定签字之间已采取了破坏协定的挑衅活动。因此，中国人民志愿军和朝鲜人民军一道将不会忘记应有的警惕，并将以最大的决心为保障停战协定的彻底实现而坚决奋斗。

现在所签订的停战协定，是属军事性质的，还只是和平解决朝鲜问题的第一步。一切外国军队包括中国人民志愿军在内撤出朝鲜，朝鲜问题在朝鲜人自己处理自己问题的精神下的和平解决，一个统一、民主、和平、独立的新朝鲜的建立，尚有待于高一级的政治会议去协商。

中国人民是一贯主张以和平协商方式解决国际争端的，中国人民愿意为和平解决国际问题作坚强的后盾。

现在，我代表中国人民志愿军向在金日成元帅领导下的英勇的朝鲜人民和朝鲜人民军致敬。中国人民志愿军在朝鲜作战的期间，受到了朝鲜人民衷心的爱护和热情的支援，这些爱护和支援使得我们两国人民和军队在同生死、共患难的高度国际主义精神之下，团结得更紧密了。祝我们两国人民在反侵略战斗中以鲜血结成的亲密友谊更加巩固和发展。

现在，我代表中国人民志愿军向热烈支援前线的祖国同胞致谢。这些无限忠诚的物质和精神的支援，大大地鼓舞了战士们的战斗意志，增强了我们的战斗力量。

现在，我代表中国人民志愿军向以苏联为首的和平民主国家致敬。由于他们的屡次创议和不懈努力，朝鲜停战才终于实现。

现在，我代表中国人民志愿军向全世界爱好和平的人民表示庆贺。显然，朝鲜停战的实现将促进朝鲜问题的和平解决，并有利于远东及世界的和平。任何好战分子，特别是南朝鲜李承晚集团如果敢于继续他们的破坏朝鲜停战的罪恶活动，他们的阴谋必将遭受世界爱好和平人民的坚强反对而归于可耻的失败。

在抗美援朝战斗中光荣牺牲的烈士们永垂不朽！

和平胜利万岁！

英雄的中国人民和中国人民志愿军，英雄的朝鲜人民和朝鲜人民军，以不畏强暴、勇往直前的斗争精神，在战场上、在谈判桌上，一次又一次挫败了美伪军的进攻和阴谋，为国家的安全和世界的和平作出巨大的牺牲，同时也取得了辉煌的胜利，再一次显示了人民的力量。

朝鲜战争结束了，美国人也结束了这场恶梦。"联合国军"总司令克拉克上将在朝鲜停战协定签字后，十分哀叹地说：

> 我们失败的地方是未将敌人击败，敌人甚至较以前更加强大，更具有威胁性。
>
> 当我在停战协定上签字时，我知道这件事并未结束——反抗共产主义的斗争，在我们这一生将永远不会结束。
>
> 我执行政府的指示，我获得了一个不值得羡慕的名声：我是美国历史上第一个在没有取得胜利的停战协定上签字的司令官。我感到一种沮丧的心情，我想，我的两位前任，麦克阿瑟和李奇微将军也会有同样的感觉。
>
> 在这一时刻，我欢乐不起来。

美国结束了一场它第一次不能宣告胜利的战争，美国国内没有搞什么庆祝活动。关于停战协定签字的消息在美国时代广场灯光新闻牌上闪烁着，人们驻足读着这一通告，耸耸肩膀继续走路，他们再也不会象第二次世界大战欧洲胜利日和对日本作战胜利日那样欢呼了。美国白宫发表的公开言论都降低了调子，唯恐冒犯了南朝鲜李承晚的尊严。

美国新任总统艾森豪威尔在竞选总统宝座时就向全体美国人许诺要尽快结束朝鲜战争，如今他显然实践了他结束战争的诺言，但这样的结局却丝毫不能给美国人民带来什么民族的振奋精神。朝鲜战争使美国付出了近十五万人伤亡和大量物资、器材消耗的巨大损失。美国参谋长联席会议主席布莱德雷将军对朝鲜战争发表了一番名言性的总结，他说：

> 我们卷入的朝鲜战争，是在错误的时间和错误的地
> 点，同错误的敌人，打了一场错误的战争。

中朝军队的综合战绩

从 1950 年 6 月 25 日朝鲜战争开始，至 1953 年 7 月 27 日朝鲜战争结束，中国人民志愿军与朝鲜人民军一起并肩作战，经过浴血奋战，取得了以劣势装备战胜优势装备之敌的胜利，悍卫了朝鲜民主主义人民共和国的主权，保卫了新生的中华人民共和国的安全，在国际上提高了中华人民共和国的声望。1953 年 8 月 14 日，朝鲜人民军最高司令部、中国人民志愿军司令部联合发布了三年来的综合战绩公报：

> 朝鲜人民军最高司令部和中国人民志愿军司令部联合发布英勇的朝鲜人民军自 1950 年 6 月 25 日起和自 1950 年 10 月 25 日起与中国人民志愿军并肩作战至 1953 年 7 月 27 日为止的三年零一个月中的综合战绩公报如下：
>
> （一）共毙伤俘敌军 1093839 名。其中美国侵略军 397543 名，李承晚伪军 667293 名，其他英国、澳大利亚、加拿大、土耳其、泰国、菲律宾、法国、荷兰、比利时、希腊、哥伦比亚、南非等都凶军 29003 名。
>
> （二）缴获：飞机 11 架，坦克 374 辆，汽车 9239 辆，装甲车 146 辆，船 12 艘，各种炮 6331 门（其中榴弹炮、

野炮、山炮、自动推进炮 748 门，高射炮 191 门，迫击炮 1146 门，无座力炮 681 门，火箭筒 823 门，其它各种炮 2732 门），各种枪 119710 支（其中高射机枪 411 挺，轻重机枪 10016 挺，冲锋枪、卡宾枪、自动步枪 69711 支，步枪、短枪、讯号枪、战防枪等 39572 支），火焰喷射器 117 支，各种炮弹 489260 发，各种枪弹 21245071 发；手榴弹 224123 枚，地雷 14449 个，各种通讯器材 5788 件（其中电台 597 部，电话总机单机 2355 部，报话机、步行机 2330 部，其它通讯器材 506 件）。

（三）击落击伤敌军各种战斗机、轰炸机、侦察机、运输机、炮兵校正机、宣传机、直升飞机等 12213 架，其中击落 5729 架、击伤 6484 架。

（四）击毁击伤敌军坦克 2690 辆（其中击毁 1849 辆，击伤 841 辆），汽车 4111 辆（其中击毁 3600 辆，击伤 511 辆），装甲车 45 辆（其中击毁 42 辆，击伤 3 辆），起重车 5 辆（其中击毁 4 辆，击伤 1 辆），各种炮 1374 门。

（五）击沉击伤敌军各种舰艇 257 艘（其中击沉 164 艘，击伤 93 艘），各种船 295 只（其中击沉 163 只，击伤 132 只）。

双方遣返战俘的情况

1953 年 7 月 28 日，根据《关于朝鲜军事停战的协定》第五十六款的规定，双方成立了一个遣返双方战俘的组织，即"战俘遣返委员会"。该委员会是在朝鲜军事停战委员会总的督导下，负责协调双方有关遣返战俘的具体计划，并监督双方实施本停战协定中有关遣返战俘的一切规定。按规定中朝方出席战俘遣返委员会的是李平一上校、王健上校与崔学崇上校，代表联合国军出席委员会的委员为弗莱德斯达夫上校、毕陶夫上校与艾德瓦兹上校。

双方自 8 月 5 日在板门店开始遣返战俘。

9 月 1 日，我方遣送给对方非朝鲜籍战俘 150 名，朝鲜籍战俘 250 名。在非朝鲜籍战俘中包括美国籍 100 名、英国籍 25 名、土耳其籍 20 名、澳大利亚籍 5 名。我方遣送给对方的战俘总数是 400 名。对方遣返给我方朝鲜人民军被俘人员 2395 名。当天上午，归来的我方被俘人员唱着歌经过板门桥时，一个李伪军军官竟用罐头向他们投掷，一位名叫金京汉的被俘人员被击中前额，鲜血直流。我方值班军官为此向对方值班军官提出抗议。

9 月 2 日，我方遣送给对方非朝鲜籍战俘 100 名（全是美国籍），朝鲜籍战俘 199 名，共 299 名。对方遣返给我方朝鲜人民军被俘人员 2397 名。上午 11 时，当归来的我方被俘人员走下美方遣送车辆，愤怒地掷掉美方发给他们的衣服和物件时，一个美军中校指挥驾驶美方第四一一八七四七九号遣送汽车的一个美军司机，脚踢我方被俘人员金纪龙。这是自交换战俘以来，美方军事人员第三次在我方交接区内虐待我方归来人员。我方军事警察即将肇事的美方司机扣留，并由我方管理军官向对方提出抗议，经对方管理军官认错道歉后，我方便将这个美军司机放回。当天归来的我方被俘人员中，又有 4 个人在经过板门桥时因为高呼口号被美军投掷的石块打伤头部。

9 月 3 日，我方遣送给对方非朝鲜籍战俘 100 名，朝鲜籍战俘 200 名，共 300 名。在非朝鲜籍战俘中包括美国籍 89 名、英国籍 5 名、加拿大籍 6 名。对方遣返给我方朝鲜人民军被俘人员 2399 名。当日归来的朝鲜人民军被俘人员中，又有 14 人在汶山至板门桥途中因唱歌、呼口号，被美军用刺刀刺伤和用石块打伤。人民军被俘人员李正河归来时前额流着鲜血，他把美军投掷的像拳头般大的石头带回来交给我方工作人员，作为美方伤害战俘的罪证。

9月4日，我方遣送给对方非朝鲜籍战俘100名，朝鲜籍战俘200名，共300名。在非朝鲜籍战俘中包括美国籍95名、英国籍5名。当天我方遣送给对方的美国籍战俘中，有在朝鲜战争初期被俘的美军步兵第24师师长迪安少将。对方遣返给我方朝鲜人民军被俘人员2401名。

当日上午9时许，一辆从我方交接区回去的美军中型吉普车，在板门桥附近与一辆正由对方交接区驶回的我方遣接军官所乘的吉普车相遇时，美方车辆上的美军人员竟向我方车辆投掷烂皮鞋。我方交接区的值班军官就此事件向对方值班军官提出抗议。

9月5日，我方遣送给对方非朝鲜籍战俘300名，朝鲜籍战俘13名（内有女战俘2名）。在非朝鲜籍战俘中包括美国籍275名、英国籍25名。我方遣送给对方的战俘总数是313名。来自巨济岛第十五战俘营第二营场的朝鲜人民军被俘人员朴相显、李仁哲、金泰勋等人仍然没有遣返给我方。被美方强迫扣留以为人质的中国人民志愿军被俘人员也没有一名被遣返回来。来自巨济岛第十五战俘营第二营场的朝鲜人民军被俘人员，冒着危险，经过美方重重检查，带回来9位烈士的遗冠和遗物。这9位烈士是在8月10日因向美军当局要求遣返被强迫扣留的我方被俘人员朴相显等人，被美军用毒瓦斯弹和火焰喷射器杀害的。

9月6日，我方已将应予直接遣返的对方战俘遣送完毕。当日我方遣送给对方非朝籍战俘125名，朝鲜籍战俘7名，共132名。在非朝鲜籍战俘中包括美国籍111名、英国籍8名、土耳其籍4名、南非联邦籍1名、日本籍1名。在美籍战俘中包括曾供认参加进行细菌战而为朝鲜人民军当局免予法办的25名空军人员。对方遣返给我方朝鲜人民军被俘人员2256名，其中包括伤病人员

75 名；中国人民志愿军被俘人员 138 名，其中包括伤病人员 4 名。

朝中方面收容下的直接遣返战俘的遣返工作于 9 月 6 日结束。从 8 月 5 日至 9 月 6 日的 33 天中，朝中方面遣送给对方非朝鲜籍战俘 4912 名，朝鲜籍战俘 7848 名，共 12760 名，在非朝鲜籍战俘中包括美国籍 3597 名、英国籍 947 名、土耳其籍 228 名、加拿大籍 30 名、菲律宾籍 40 名、哥伦比亚籍 2 名、比利时籍 1 名、法国籍 12 名、希腊籍 2 名、澳大利亚籍 21 名、南非联邦籍 7 名、日本籍 3 名、荷兰籍 2 名。

同一期间，对方遣返给我方朝鲜人民军被俘人员 70159 名，中国人民志愿军被俘人员 5640 名，共 75799 名。剩下 22602 名不直接遣返战俘交给了中立国遣返委员会看管。许多材料证明：还有一部分应该遣返的我方被俘人员仍在美方的拘禁下没有被遣返。

至此，战俘遣返委员会按朝鲜停战协定的规定，完成其历史任务，于 9 月 28 日宣告解散。

彭德怀将军胜利归国

1953 年 8 月 11 上午 10 时，中国人民志愿军司令员彭德怀将军从朝鲜前线胜利归国，回到北京。中国人民政治协商会议全国委员会、中国人民抗美援朝总会、北京市抗美援朝分会联合在车站举行了盛大的"欢迎中国人民志愿军彭德怀司令员胜利归国大会"。

到车站欢迎的有：全国政协委员会常务委员会林伯渠、邓小平、马叙伦、李德全、乌兰夫、沈雁冰等，中国人民抗美援朝总会主席郭沫若、副主席彭真、常务委员李立三、邢西萍、刘宁一、许宝驹，以及北京市抗美援朝分会、各民主党派负责人代表、首都各界人民代表共 2000 多人。

彭德怀司令员首先接受了北京市学生代表和朝鲜驻我国大使馆的代表的献花。接着，欢迎大会在"中国人民志愿军战歌"乐声中开始。大会首先由抗美援朝总会郭沫若主席至欢迎词。他首先代表全国人民向彭德怀司令员表示热烈的诚恳的欢迎和感谢。他说："全中国的人民都感谢你们，全世界爱好和平的人民都感谢你们，你们的胜利是全世界人民的胜利，是和平的胜利，民主的胜利，正义的胜利。

郭沫若在叙述了中国人民志愿军和朝鲜人民军在朝鲜战场上取得的伟大胜利和停战谈判中所取得的成就及其意义后说："美国的战争贩子们依然在操纵着李承晚傀儡，企图破坏政治会议、恢复战争。我们要保持着高度的警惕，要不断地支持朝鲜人民，使朝鲜问题得到真正的和平解决。我们要继续帮助朝鲜人民医治由帝国主义侵略而带来的战争创伤，迅速恢复其和平幸福的新生活。

彭德怀司令员代表中国人民志愿军向全力支持中国人民志愿军的全国人民表示衷心的感谢。并说：朝鲜实现停战，只是和平解决朝鲜问题的第一步。中国人民志愿军和朝鲜人民军正密切注视着"联合国军"好战分子的行动，坚守自己的光荣岗位，争取朝鲜停战协定和和平解决朝鲜问题彻底实现。

彭德怀回国后就继续主持中央军委的工作。朝鲜停战后，担任中国人民志愿军司令员的先后是邓华、杨得志、杨勇；担任中国人民志愿军政治委员的先后是邓华（兼）、李志民、王平，担任副政治委员兼政治部主任的是梁必业；担任中国人民志愿军参谋长的是王蕴瑞。

从 1954 年 9 月开始，中国人民志愿军的一些部队陆续回国，一些尚在朝鲜的志愿军部队帮助朝鲜人民恢复生产。朝鲜战争中，朝鲜的北部地区大都被美伪侵略军炸成废墟，帮助朝鲜人民恢复家园是中国人民志愿军义不容辞的国际主义义务。从志愿军入朝到志愿军回国的1958年，志愿军广大官兵帮助朝鲜人民先后修复了北朝鲜的铁路线，修复了八个水库，修治了河道七条。从朝鲜停战到1957年底，志愿军在朝鲜帮助朝鲜人民送粪施肥三百二十七万六千六百二十二担，植树一千五百五十八万余棵，运送粮食物资四万六千一百五十四吨。

1958年2月5日，朝鲜民主主义人民共和国政府声明，提出立即从南北朝鲜撤出一切外国军队，实现朝鲜和平统一的各项建议。2月7日，我国政府发表声明表示支持朝鲜政府的建议，并表示准备就志愿军撤出朝鲜的问题同朝鲜政府进行磋商。2月14日到21日，周恩来率中国政府代表团赴朝鲜访问，随行的有陈毅、张闻天、粟裕等。

2月19日，中朝两国发表了联合声明，声明指出：

中国政府本着一贯积极促使朝鲜问题和平解决的立场，除了在1958年2月7日的声明中完全支持朝鲜政府的各项建议以外，现在经过同朝鲜政府协商后，又向中国人民志愿军提出了主动撤出朝鲜的建议。中国人民志愿军完全同意中国政府的这一建议，并且决定在1958年底以前分批全部撤出朝鲜。

双方指出：从朝鲜撤出中国人民志愿军这一主动措施，再一次证明了朝中方面对于和平解决朝鲜问题和缓和远东紧张局势的诚意。现在正是严重考验美国和参加联合国军的其它各国的时刻，如果它们对于和平解决朝鲜问题有丝毫的诚意，它们就应该同样从朝鲜撤出它们的军队。否则，全世界就会看得更加清楚，阻挠朝鲜和平统一的，始终就是它们。

2月20日，中国人民志愿军总部发出声明，指出：

> 中国人民志愿军全体官兵完全赞同我国政府的建议，决定于1958年底以前分批全部撤出朝鲜。如果美帝国主义和它的追随者胆敢破坏朝鲜停战协定的尊严，再一次发动侵朝战争，那时如果朝鲜人民和朝鲜政府认为需要，中国人民将毫不迟疑地派出自己的优秀儿女，再一次跨过鸭绿江来，同朝鲜人民军一起为纷碎敌人的侵犯而共同战斗。

志愿军主动撤出朝鲜的行动，有力地打击了美帝国主义阻挠朝鲜和平统一的政策，使美国处于更加不利的境地。

朝鲜人民的领袖金日成同志《在欢送中国人民志愿军归国部队大会上的讲话》中说：

> 正当朝鲜人民反对美帝国主义和李承晚匪帮武装侵略的祖国解放战争最艰苦的时候，中国人民志愿军为了援助朝鲜人民来到了我国。正当我国人民军同数量上占优势的敌人进行艰苦斗争的时候，伟大的中国人民高举抗美援朝保家卫国的旗帜，派遣了以自己的优秀儿女组成志愿军来到朝鲜战场。中国人民志愿军的参战，对艰苦奋斗的朝鲜人民是无限的鼓舞，而对敌人却是沉重的打击。由于你们的参战，朝鲜战局从根本上转变为有利于我们。
>
> 你们以鲜血捍卫了朝鲜的高地和山林，在朝鲜河山和草木里，浸透了你们宝贵的鲜血，布满着你们英勇斗争的痕迹。中国人民志愿军在朝鲜战争中建立的丰功伟

业同朝鲜山河一起万古长存。

　　1958 年 10 月 25 日，正值中国人民志愿军出国作战八周年纪念日之际，中国人民志愿军最后一批回国官兵的列车，在杨勇司令员和王平政委的率领下，从平壤出发。朝鲜民主主义人民共和国金日成首相亲往火车站送行。当列车于 10 月 26 日到达中国边防重镇安东（今丹东），受到了以廖承志为团长的中国人民欢迎志愿军归国代表团的迎接。

　　1958 年 10 月 28 日，中国人民志愿军归国代表团在廖承志等同志的陪同下来到了北京，周恩来总理、陈毅副总理、彭真市长到北京火车站迎接，首都各界举行了隆重的欢迎大会。29 日，毛泽东主席接见了志愿军代表团的全体成员。当晚，人大常委会举行了盛大的欢迎宴会，周恩来总理在宴会上说：

　　　　中国人民志愿军去朝鲜已经八年了，你们胜利地完成了中国人民、中国共产党和毛主席交给你们的任务。我代表全国人民、我们的党、政府和毛主席，感谢你们。我们在今天的宴会上所以如此高兴，如此欢欣鼓舞，这决不是偶然的。这是抗美援朝的精神鼓舞了我们。今天一千多人的宴会，代表着全国六亿五千万人民的感情。我们永远学习志愿军的榜样。

　　　　在马列主义光辉的照耀下，在毛泽东同志领导下，我们要贡献出我们的全部力量，为世界和平和人类进步的事业而奋斗到底。

志愿军英雄谱

在抗美援朝战争中，中国人民志愿军与朝鲜人民、朝鲜人民军一起并肩生活作战，涌现了许多可歌可泣的英雄事迹和英雄模范人物。中国人民解放军遵照中央军委的指示进行轮番作战，在战争中不断取得了与装备优势之敌作战的经验，同时中国人民解放军和中国人民在朝鲜战争中也作出了巨大的牺牲。

现将赴朝鲜参加中国人民志愿军的中国人民解放军各部队作一简要介绍：

中国人民解放军第1军：1952年6月，第1军进行整编，第3军所属各师编入第1军，第1、第3师合编为第1师，第2、第8师合编为第2师，第7、第9师合编为第7师。黄新廷任军长，梁仁芥任政治委员。12月，第1军参加中国人民志愿军入朝作战。第1、第7师在临津江两岸的马良山、老般山一线担负坚守阵地任务，第2师配属第64军执行西海岸抗登陆任务。1953年6月，参加夏季反击作战。朝鲜停战后，第1军在三八线和东海岸担负守备任务。1958年10月，第1军奉命回国。

中国人民解放军第11军：1951年1月，第11军第31师编入第12军建制，参加抗美援朝。3月，第32师、第33师分由大竹、万县地区开赴河北廊坊地区集结，奉命重新组建第11军。曾绍山任军长，鲍先志任政治委员，张廷发任副军长，王汝昭任参谋长，裴志耕任政治部主任。下辖第32师、第33师、第182师（原属第18兵团第61军），全军共3.88万人。1952年10月，新第11军军部及直属队奉命调浙江杭州组建空5军。除第182师改铁道兵外，第32、第33师均于抗美援朝战争前后，分别调归第16军、第26军建制，并参加了朝鲜战争。

中国人民解放军第 12 军：1951 年 1 月，第 11 军第 31 师编入第 12 军建制。第 12 军原辖第 36 师（欠第 106 团）及第 3 师第 102 团脱离本军建制，留在西南。3 月，第 12 军参加中国人民志愿军入朝作战。4 月 17 日，第 12 军参加了抗美援朝第五次战役。在战役的第一阶段，打垮土耳其旅，突破"三八线"，进逼汉江；在第二阶段，突破加里山，截断洪阳公路，激战自隐里，直抵兄弟峰。11 月，第 12 军参加了金城防御作战。进行大小战斗 400 余次，圆满完成防御作战任务。1952 年 11 月底，第 12 军作为战役预备队，参加了上甘岭战役，经艰苦奋战，恢复和巩固了阵地，彻底粉碎了敌人吹嘘的"金化攻势"，取得了上甘岭战役的最后胜利。入朝参战期间，第 12 军涌现了一大批英雄模范人物，其中杨春增、伍先华、胡修道荣获"朝鲜民主主义人民共和国英雄"称号。1954 年 4 月，第 12 军奉命回国。

中国人民解放军第 13 军：1950 年 6 月，第 13 军警卫团调入第 15 军建制，并另抽调 1 万余名组成补训师，参加中国人民志愿军入朝作战。1954 年 5 月，该部队奉命随第 15 军回国。

中国人民解放军第 15 军：1951 年 3 月，第 15 军参加中国人民志愿军入朝作战。军长秦基伟，政治委员谷景生，副军长周发田，参谋长张蕴钰，政治部主任车敏瞧。所属第 29 师、第 44 师、第 45 师，先后参加了第五次战役和平（康）、金（化）、淮（阳）地区防御作战，以及著名的上甘岭战役。在上甘岭战役中，第 15 军在友邻部队的配合下，依托以坑道为骨干的防御阵地，在约 3.7 平方公里的狭小地区内，与敌反复争夺 43 天，抗住了敌人日均 20 万发炮弹的狂轰滥炸，打退敌排以上兵力的进攻 900 余次，进行较大规模的反击 29 次，使美帝国主义及南朝鲜军鼓吹的所谓"一年来最大的攻势"彻底失败，为朝鲜人民的解放事业作出了重要贡献。在战争中，第 15 军涌现出一批英雄模范单位，其中记特等功4个、一等功34个、二等功63个。有1.3万多名指战员荣立战功。其中有特等功臣、特级英雄黄继光，特等功臣、一级英雄孙占元、邱少云等。1953年1月，第15军奉命于元山地区担任海岸防御任务。1954年5月，第15军奉命回国。

中国人民解放军第16军：1951年2月，第16军离黔北上，准备入朝作战。7月7日，抽调90个建制排，组成两个团，参加中国人民志愿军入朝作战。9月，第62军第186师归第16军建制。第47师入朝作战，于1952年3月归建。11月，第186师改为国土防空部队。同时，第11军第32师改为第48师调归第16军建制。1953年1月，第16军入朝作战，至1958年4月奉命回国。

中国人民解放军第20军：1950年11月，第20军参加中国人民志愿军入朝作战。在第二次战役中，第20军对长津湖地区之敌实行分割包围，重创美陆军第11师。在第五次战役中，第20军歼灭南朝鲜军第5师和第7师5个营；继而又在华川地区进行防御作战。在战争中，第20军涌现出志愿军特级战斗英雄杨根思、卜广法、于潘宫、车树琴（女）、孙振禄、任玉祥等英模个人及"杨根思连"等英模单位。1952年10月，第20军奉命回国。

中国人民解放军第21军：1952年3月，第21军参加中国人民志愿军入朝作战，参加了金城战役等作战。在战争中，第21军涌现出王云阁、马天明、曹光景、葛英东等许多英雄和英雄集体。朝鲜停战后，第21军参加支援朝鲜人民的重建家园。1958年8月，第21军奉命回国。

中国人民解放军第23军：1952年9月，第23军参加中国人民志愿军入朝作战，在"三八线"附近担任坚守防御作战任务。在战争中，第23军涌现出许家明、贾云胜、叶树东、穆守营、王文范等许多战斗英雄和英雄集体。朝鲜停战后，第23军继续坚守"三八线"中线阵地，并帮助朝鲜人民医治战争创伤，重建家园。

1958年3月，第23军奉命回国。

中国人民解放军第24军：1952年9月，第24军改归中国人民解放军第9兵团指挥，参加中国人民志愿军入朝作战。在战争中，第24军涌现出张桃芳、武在元、王玉生、黄宗德、柴育民等许多战斗英雄和英雄集体。1955年10月，第24军奉命回国。

中国人民解放军第26军：1950年11月，第26军参加中国人民志愿军入朝作战。在朝鲜战场上该军与兄弟部队一起，同朝鲜军民并肩作战，从长津湖到汉江边，从"三八线"南北到平（康）金（化）前线，先后参加第二、第四和第五次战役。在战争中，第26军涌现出王德明、刘庆亮、叶君、陈德忠等许多战斗英雄和英雄集体。1952年6月，第26军奉命回国。

中国人民解放军第27军：1950年10月，第27军参加中国人民志愿军入朝作战。11月初，第32军第94师调归第27军建制。其时军长为彭德清，政治委员刘浩天，副军长詹大南，副政委曾如清，参谋长李元，政治部主任张文碧。辖第79、第80、第81、第94师。11月，参加第二次战役。第80、第81两师将美第7师第31团、第32团1个营以及1个炮兵营全歼于新兴里及以南地区，创造抗美援朝战争中我军以劣势装备全歼美军一个加强步兵团的范例。第79师在柳潭里地区与美陆战第1师近两个团激战数日，在第94师配合下终将美"王牌"师击溃，并在追击中歼敌一部。1951年4月，第27军参加第五次战役，担负我东线集团主要突击任务。该军迅速突破美伪军防线，在敌人防御正面打开缺口，并按时完成穿插迂回任务。5月，要极其困难的情况下，于昭阳江以南富坪里、县里地区英勇抗击美伪军多路进攻，有力地掩护了我军主力和伤员物资的转移。1951年7月，第27军接替金城地区防御作战任务。9月起，担负元山沿海二线防御任务。在战争中，第27军共歼敌2.1万余人，有2.2万余人立功，涌现出于春田、

孙庆云、王元义、刘福海、于宪桂（女）、李耘田等许多战斗英雄和英雄模范单位。1952年10月，第27军奉命回国。

中国人民解放军第37军：1951年9月，第37军随兵团参加中国人民志愿军入朝作战，执行修建机场和后方警戒任务。1952年12月，第37军奉命回国。

中国人民解放军第38军：1950年，第38军参加中国人民志愿军入朝作战。军长梁兴初，政治委员刘西元，辖第112、113、114师，先后参加了第一、第二、第三、第四次战役和阵地反击战，以及西海岸及抗登陆准备。在第二次战役中，第38军表现最为出色。在围歼德川之敌后其第113师以14小时步行70余公里插到德川以南的三所里、龙源里，堵住敌军南逃、北援，会同军主力一起歼敌1.1万余人，为取得战役的胜利，把敌军打退到"三八线"，扭转朝鲜战局，做出了重大贡献。著名作家魏巍当时随该军采访，以该军在这次战役中的英雄事迹写成《谁是最可爱的人》的战地通讯，发表在《人民日报》上。人民群众称志愿军为"最可爱的人"即从这里开始。在战争中，第38军胜利地完成了各项任务，有3个连被志愿军总部授予"二级战斗英雄连"称号和记特等功；有1万多名指战员荣立战功，其中有志愿军总部授予"一级战斗英雄"称号、记特等功的曹玉海、郭忠田和授予"二级战斗英雄"称号、记特等功的陈吉、徐恒禄等英雄模范14名。1953年7月，第38军奉命回国。

中国人民解放军第39军：1950年1月2日，第39军奉命北上，7月4日，开赴东北，到辽阳、海城地区驻防。10月，第39军参加中国人民志愿军入朝作战。11月1日，第39军在开进途中与敌遭遇，在云山地区打了中国人民志愿军出国的第一仗，歼灭美军骑兵第1师第8联队和南朝鲜军第1师第12团一部及两个炮兵营、一个战车连大部。11月底，在第二次战役中，第39军先在云山以南的明堂洞，上、下九洞地区阻击北犯之敌，并与兄弟部队一起收复了平壤及"三八线"地区。12月底，在第三次战役中，第39军在高浪浦里以东突破美伪军临津江防线，解放了汉城，进占水原，并与其它部队一起收复了"三八线"以北的广大地区。1951年2月，在第四次战役中，第39军（欠第117师）担任东线反突击集团战役预备队，第117师归友军指挥担任战役穿插任务，协同友邻围歼了南朝鲜军第8军3个团和美军第2师一部。1951年2月中旬，第39军在洪川地区组织了运动防御作战，经40昼夜奋战，抗击了美军骑兵第1师、英军第27旅、南朝鲜第6师的进攻，为志愿军下一步的作战创造了有利的条件。在第五次战役中，第39军担任掩护任务，保障第9兵团的左翼安全。11月以后，第39军担任临津江两岸的防御任务。在战争中，第39军涌现出倪祥明、高云和等许多战斗英雄和"突破临津江英雄连"等许多英雄集体。1952年12月18日，第39军移防西海岸，参加西海岸抗登陆备战。1953年5月，第39军奉命回国。

中国人民解放军第40军：1950年10月19日，第40军参加中国人民志愿军首批入朝作战，参加了第一、二、三、四、五次战役、阵地反击作战，以及西海岸抗登陆作战准备。在第一次战役中，第40军在云山以南、两水洞、温井、温井以东、古场等地连战皆捷，打胜抗美援朝战争的第一仗，受到了志愿军领导人通令嘉奖，毛泽东主席也从国内致电祝贺。在第二次战役中，第40军和朝鲜人民军第1军团一道收复了朝鲜首都平壤，而后又截歼逃敌，并收复了镇南浦、铁原、新溪等重要城镇。在战争中，第40军涌现出王学凤、刘维汉、支全胜、王庆琳、孔繁玉等许多战斗英雄和英雄集体。1953年7月，第40军奉命从朝鲜回国。

中国人民解放军第42军：1950年10月，第42军参加中国人民志愿军首批入朝作战。在第一、二、三、四次战役中和一年半的防御作战中，第42军共歼敌2.8万余人，涌现出"黄草岭英雄连"、"三八线尖刀英雄连"、"石城岗英雄连"和关崇贵、安炳勋、员宝山等一批英雄单位和个人。1952年11月，第42军奉命回国。

中国人民解放军第46军：1952年9月，第46军参加中国人民志愿军入朝作战。在此之前第133师调入，原辖之第138师调出。在朝鲜战场，第46军先后参加三次攻打马踏里战斗，以后又担任西海岸守备任务和"三八线"临津江北岸的防御任务。1955年10月，第46军奉命回国。

中国人民解放军第47军：1951年2月，第47军参加中国人民志愿军入朝作战。1951年6月17日，第47军奉命率第140师、第141师进至临津江东，接替第65军防务。第39师进至载城，担任保卫开城谈判的任务。同年12月，第47军奉命将临津江东岸防御任务移交第39军，撤至龙化、成川地区整训。在整训期间，涌现出舍身救儿童的国际主义战士罗盛教。1952年11月，第47军奉命第二次开赴临津江东西两岸，接替第39军防务。1953年4月，第47军奉命将临津江防务移交志愿军第1军后，撤至谷山、松田洞地区担任机动作战任务。6月，奉命进至安州、肃川、汉川地区，接替志愿军第38军西海岸防务。在战争中，第47军涌现出郝志新、阎成恩、马一钧、李太林、陈启瑶等许多战斗英雄和英雄集体。1954年9月16日，第47军奉命从朝鲜回国。

中国人民解放军第50军：1950年10月25日，第50军参加中国人民志愿军首批入朝。参加了第一、二、三、四次战役。在第三次战役中，第50军全歼了英军皇家重型坦克营，解放了汉城。在第四次战役中，在汉江两岸顽强抗敌50昼夜，沉重打击和消耗了敌有生力量，保证了志愿军主力的休整、集结和粮弹补充，为准备实施战役反击争取了时间。1951年3月15日，第50军奉命回国整补。同年7月，第50军第二次开赴朝鲜，担负西海岸防御以及抢修机场等任务。10月至11月，第50军奉命执行渡海攻岛任务，在空军和炮兵支援下，先后攻占南朝鲜军盘踞的椴岛、炭岛、大和岛、小和岛、和艾岛。在战争中，第50军涌现出二级战斗英雄、特等功臣鲍清芳，国际主义战士、二级模范王永维等功臣、模范1.4万人，有1个团、6个连、11个班、7个组获荣誉称号，有7000余人获朝鲜政府授予的勋章或奖章。1955年4月，第50军奉命从朝鲜撤军回国。

中国人民解放军第54军：1952年10月，第54军组建，并于1953年1月由广东北上参加中国人民志愿军入朝作战。1953年5月中旬，第54军接替第39军防务，担负西海岸抗敌登陆及平壤地区反空降作战任务。6月下旬，第54军参加夏季反击战役。1954年4月中旬，第54军奉命将金城池地区的防务移交朝鲜人民军，部队移防至元山以北地区，担负守卫东海岸任务。1955年3月，第54军又将东海岸的防务移交朝鲜人民军。在战争中，第54军涌现出"国际一等功臣连"等先进集体和麻俊坤等许多英模人物。1958年5月和7月，第54军奉命分批回国。

中国人民解放军第60军：1951年3月，第60军参加中国人民志愿军入朝作战。参加了第五次战役和夏季反击战役。

中国人民解放军第63军：1951年2月，第63军参加中国人民志愿军入朝作战。在朝鲜，第63军参加了第五次战役和以后的坚守防御作战。在战争中，第63军涌现出吕玉久、张明禄、张渭良、卢耀文、刘光子、李吉武等功臣和英雄模范人物8000余人。全国著名的战斗英雄郭恩志就产生在这个部队。

中国人民解放军第64军：1951年2月，第64军参加中国人民志愿军入朝作战。在战争中，第64军涌现出张灿、杨明忠、杜占山、李根葆、黄丑和、刘继和等许多战斗英雄和英雄集体。1953年8月，第64军奉命回国。

中国人民解放军第65军：1951年2月25日，第65军参加中国人民志愿军入朝作战。1953年10月，第65军奉命回国。

中国人民解放军第66军：1950年8月，独立第206师（欠师机关）、独立第208师（欠师机关和第622团）及太原省军区警备第2、第3团，共1.2万余人编入第66军。1950年10月，第66军参加中国人民志愿军首批入朝作战，先后参加了第一至第四次战役。1951年3月15日，第66军奉命归国休整。1952年6月至11月，第66军新组建的三个师属炮兵团、三个战防炮营、三个高射炮营也奉命相继入朝作战，历时一年多，先后配属14个师作战，胜利完成任务，并于1953年11月奉命回国归建。在战争中，第66军涌现出"曲桥里阻击英雄营"、"钢胆铁身战地英雄通信连"、"铁血山英雄连"和于德江、李玉、刘桃顺、张续计、侯伯锁等许多英雄模范单位和战斗英雄。

中国人民解放军第67军：1951年6月，第67军参加中国人民志愿军入朝作战。从1951年6月至1953年7月，第67军在金城地区担负作战和防御等任务，先后参加了1951年秋季防御作战、1952年秋季反击作战和1953夏季反击作战等战斗和战役。在战争中，第67军涌现出范仁和、张富荣、任西和、唐风青、李占广等许多战斗英雄和英雄集体。1954年9月，第67军奉命回国。

中国人民解放军第68军：1951年6月，第68军参加中国人民志愿军入朝作战。第68军先后担任北汉江至文登里一线的防御任务，并参加了金城地区的反击作战。1954年9月，第68军奉命担任永柔以西、隶川以东、新安州西南地区防空作战任务。在战争中，第68军涌现出许多英雄单位和英雄个人，其中功臣单位26个，特等功臣13名，一等功臣178名，"奇袭白虎团"的著名战斗英雄杨育才、志愿军女英雄解秀梅、坦克英雄胡连等就产生在这支部队。1955年3月，第68军奉命回国。

第二节　利弊得失谁评说

中　国

1953 年 9 月 12 日,毛泽东同志发表《抗美援朝的伟大胜利和今后的任务》一文,对抗美援朝的伟大胜利给予了充分的肯定,毛泽东说:

> 抗美援朝,经过三年,取得了伟大胜利,现在已经告一个段落。
>
> 抗美援朝的胜利靠什么得来的呢?刚才各位先生说,是由于领导的正确。领导是一个因素,没有正确的领导,事情是做不好的。但主要是因为我们的战争是人民的战争,全国人民支援,中朝两国人民并肩战斗。
>
> 我们同美帝国主义这样的敌人作战,他们的武器比我们强许多倍,而我们能够打胜,迫使他们不能不和下来。为什么能够和下来呢?
>
> 第一,军事方面,美国侵略者处于不利状态,挨打状态。如果不和,它的整个战线就要打破,汉城就可能落入朝鲜人民之手。这种形势,去年夏季就已经开始看出来了。
>
> 作战的双方,都把自己的战线称为铜墙铁壁。在我们这方面,确实是铜墙铁壁。我们的战士和干部机智,勇

敢，不怕死。而美国侵略军却怕死，他们的军官也比较
呆板，不那么灵活。他们的战线不巩固，并不是铜墙铁
壁。

我们方面发生的问题，最初是能不能打，后来是能
不能守，再后是能不能保证给养，最后是能不能打破细
菌战。这4个问题，一个接着一个，都解决了。我们的
军队是越战越强。今年夏天，我们已经能够在一小时内
打破敌人正面21公里的阵地，能够集中发射几十万发炮
弹，能够打进去18公里。如果照这样打下去，再打它2
次、3次、4次，敌人的整个战线就会被打破。

第二，政治方面，敌人内部有许多不能解决的矛盾，
全世界人民要求和下来。

第三，经济方面，敌人在侵朝战争中用钱很多，它
的预算收支不平衡。

这几个原因合起来，使敌人不得不和。而第一个原
因是主要的原因，没有这一条，同他们讲和是不容易的。
美帝国主义者很傲慢，凡是可以不讲理的地方就一定不
讲理，要是讲一点理的话，那是被逼得不得已了。

在朝鲜战争中，敌人伤亡109万人。当然，我们也
付了代价。但是我们的伤亡比原来预料的要少得多，有
了坑道以后，伤亡就更少了。我们越打越强。美国人攻
不动我们的阵地，相反，他们总是被我们吃掉。

刚才大家讲到领导这个因素，我说领导是一个因素，
而最主要的因素是群众想办法。我们的干部和战士想出
了各种打仗的办法。我讲一个例子。战争的头一个月，我
们的汽车损失很大。怎么办呢？除了领导想办法以外，主
要是靠群众想办法。在汽车路两旁用一万多人站岗，飞

机来了就打信号枪，司机听到了就躲着走，或者找个地方把汽车藏起来。同时，把汽车路加宽，又修了许多新汽车路，汽车开过来开过去，畅行无阻。这样，汽车的损失就由开始时的40％，减少到百分之零点几。后来，地下仓库修起来了，地下礼堂也修起来了，敌人在上面丢炸弹，我们在下面开大会。我们住在北京的一些人，一想到朝鲜战场，就感到相当危险。当然，危险是有的，但只要大家想办法，并不是那么了不起。

我们的经验是：依靠人民，再加上一个比较正确的领导，就可以用我们的劣势装备战胜优势装备的敌人。

抗美援朝战争的胜利是伟大的，是有很重要意义的。

第一，和朝鲜人民一起，打回到三八线，守住了三八线，这是很重要的。如果不打回三八线，前线仍在鸭绿江和图们江，沈阳、鞍山、抚顺这些地方的人民就不能安心生产。

第二，取得了军事经验，我们中国人民志愿军的陆军、空军、海军、步兵、炮兵、工兵、坦克兵、铁道兵、防空兵、通信兵，还有卫生部队、后勤部队等等，取得了对美国侵略军队实际作战的经验，这一次，我们摸了一下美国军队的底。对美国军队，如果不接触它，就会怕它。我们跟它打了33个月，把它的底摸熟了，美帝国主义并不可怕，就是那么一回事。我们取得了这一条经验，这是一条了不起的经验。

第三，提高了全国人民的政治觉悟。

由于以上三条，就产生了第四条：推迟了帝国主义新的侵华战争，推迟了第三次世界大战。

帝国主义侵略者应当懂得：现在中国人民已经组织

起来了，是惹不得的。如果惹翻了，是不好办的。

今后，敌人还可能打，就是不打，也一定要用各种办法来捣乱，比如派遣特务进行破坏。他们在台湾、香港和日本这些地方，都设有庞大的特务机构。可是，我们在抗美援朝中得到了经验，只要发动群众，依靠人民，我们是有办法来对付他们的。

我们现在的情况，同1950年冬季的情况不同了。那时候，美国侵略者是不是在三八线那边呢？不是，他们是在鸭绿江、图们江那边。我们有没有对美国侵略者作战的经验呢？没有。对于美国军队熟悉不熟悉呢？不熟悉。现在这些情况都变了。如果美帝国主义不推迟新的侵略战争，他说，我要打！我们就用前三条对付他。如果他说，我不打了！那末我们就有了第四条。这也证明我们人民民主专政的优越性。

我们是不是去侵略别人呢？任何地方我们都不去侵略。但是，人家侵略来了，我们就一定要打，而且要打到底。

中国人民有这么一条：和平是赞成的，战争也不怕，两样都可以干。我们有人民的支持。在抗美援朝战争中，人民踊跃报名参军。对报名参军的人挑得很严，百里挑一，人们说比挑女婿还严。如果美帝国主义要再打，我们就跟它再打下去。

打仗要用钱。可是，抗美援朝战争的钱也不十分多。打了这几年，用了还不到一年的工商业税。当然，能够不打仗，不用这些钱，那就更好。因为现在建设方面要用钱，农民的生活也还有困难。去年、前年收的农业税重了一点，于是有一部分朋友就说话了，他们要求"施仁政"，好象他们代表农民利益似的。我们赞成不赞成这种意见呢？我们是不赞成的。当时，必须尽一切努力来争取抗美援朝的胜利。对农民说来，对全国人民来说，是生活暂时困难一点，争取胜利对他们有利，还是不抗美援朝，不用这几个钱对他们有利呢？当然，争取抗美援朝的胜利对他们有利。去年和前年，我们多收了一点农业税，就是因为抗美援朝要用钱。今年就不同了，农业税没有增加，我们把税额稳定下来了。

说到"施仁政"，我们是要施仁政的。但是，什么是最大的仁政呢？是抗美援朝。要施这个最大的仁政，就要有牺牲，就要用钱，就要多收些农业税。多收一些农业税，有些人就哇哇叫，还说什么他们是代表农民利益。我就不赞成这种意见。

抗美援朝是施仁政，现在发展工业建设也是施仁政。

所谓仁政有两种：一种是为人民的当前利益，另一种是为人民的长远利益，例如抗美援朝，建设重工业。前一种是小仁政，后一种是大仁政。两者必须兼顾，不兼顾是错误的。那末重点放在什么地方呢？重点应当放在大仁政上。现在，我们施仁政的重点应当放在建设重工业上。要建设，就是资金。所以，人民的生活虽然要改善，但一时又不能改善很多。就是说，人民生活不可能不改善，不可多改善；不可不照顾，不可多照顾。照顾小仁政，妨碍大仁政，这是施仁政的偏向。

有的朋友现在片面强调小仁政，其实就是要抗美援朝战争别打了，重工业建设别干了。我们必须批评这种错误思想。这种思想共产党里边也有，在延安就碰到过。1941年，陕甘宁边区征了20万石公粮。当时最大的仁政是什么呢？是打倒日本帝国主义。如果少征公粮，就要缩小八路军、新四军，那是对日本帝国主义有利的。所以，这种意见，实际上是代表日本帝国主义、帮日本帝国主义忙的。

现在，抗美援朝已经告一段落，如果美国还要打，我们还是打。要打就要征粮，就要在农民中做工作，说服农民出点东西。这才是真正代表农民的利益。哇哇叫，实际上是代表美帝国主义。

道理有大道理，有小道理。全国人民的生活水平每年应当提高一步，但是不能提得过多。如果提得过多，抗美援朝战争就不能打了，或者不能那样认真地打。我们是彻底地认真地全力地打，只要我们有，朝鲜前线要什么就给什么。这几年，我们就是这样干的。

中国人民抗美援朝的伟大胜利具有极其重大的意义：第一，在中国与美国的经济力量和军事技术装备优劣非常悬殊，朝鲜的地理条件特殊，以及志愿军异地作战、人地生疏、语言不通、地理不熟的情况下，中国人民打破了美国不可战胜的神话，粉碎了美国帝国主义妄想征服全朝鲜、进而扩大其侵略的计划，保卫了朝鲜民主主义人民共和国的安全，捍卫了新生的中华人民共和国在世界的地位，打出了国威军威，同时也鼓舞了世界人民、特别是殖民地半殖民地人民的反帝反殖斗争，使世界人民认识到了中国是和平力量的象征，在以后的国际事务中中国始终代表第三世界国家和人民的利益，中国在国际事务中的地位越来越重要。第二，提高了全中国人民的政治觉悟，极大地激发了全国人民的爱国主义和国际主义精神，民族自尊心空前高涨，促进了全国正在进行的民主改革和经济恢复工作。第三，取得了进行现代化战争的经验，中国人民解放军空军和其它军兵种迅速成长和状大起来，培养和造就了一大批适应现代战争需求的军事人才，我军的作战能力和军事学术水平也有了很大的提高，促进了我国国防建设和我军的现代化建设。

但是，朝鲜战争也使中国有所失：第一，由于朝鲜战争是中国与美国的对抗，使中国必须集中人力、物力和财力全力作战，从而失去了解放台湾的机会。第二，在朝鲜战争中中国付出了巨大的人员伤亡和物力的严重损耗。在抗美援朝战争中，壮烈牺牲和光荣负伤的中华儿女就达 36 万余人，消耗各种物资 560 万吨，开支战费达 62 亿元人民币。第三，中国失掉了与美国关系正常化的机会。

苏　联

在朝鲜战争中，苏联的获益最大，它没有向朝鲜派兵，只是1950 年秋冬苏军的 13 个空军师进入中国东北担负国土防空的任务，到了 1951 年中国人民志愿军空军成立之际，苏联空军便撤离回国，并有偿地将这 13 个空军师的装备转交给中国政府。

在朝鲜战争期间，苏联还给中国和北朝鲜提供了大量的武器装备。苏联向中国提供这些武器装备大部分是有偿的，而且其中大多武器装备是苏军在第二次世界大战中使用过的，其中包括一些二战期间美国向苏联提供的部分武器装备。苏联对中国提供的武器装备的方式有：中国直接向苏联购买；按武器的全价向苏联赊购；苏联以"共同负担"的名义同意中国以半价购买武器；苏联无偿向中国提供武器，以及其它形式。这样，苏联总共向中国提供了 64 个陆军师和 22 个空军师的武器装备，其中大部分是有偿（包括折价赊购）的。同时，由于第二次世界大战后期，苏联在远东对日本作战以后，苏联军队的一部分部队直到1955年才从大连的旅顺、安东（今丹东）等地撤退回国，并将一些武器装备以10亿人民币的有偿作价移交给中国。因此，到1955年为止，中国政府共计欠苏联56亿卢布的债务（相当于当时的13亿美元），这笔欠款连同利息中国政府直到1965年才向苏联全部还清。在朝鲜战争期间，经斯大林同意，苏联向中国无偿提供了372架米格15战斗机和20个陆军师的装备，以及其它一些作战物资。而中国政府在武器装备缺少的困难条件下，向朝鲜人民军无偿提供了从苏联购买的2个陆军师的武器装备。中国人民志愿军官兵正是通过在战争中使用这些苏联提供的比较先进的武器装备，才得以迅速提高战术技术水平。

在朝鲜战争中，苏联借美国陷入朝鲜半岛之机，在东欧迅即形成了以它为首的华沙条约组织，也进一步巩固苏联在远东的后方安全。从此，以苏联为首的政治集团得以同美国为首的政治集团在世界广阔的领域里进行了此起彼伏、异常激烈的角逐，世界上的两大霸权主义国家演出了一幕幕争夺世界"主宰"地位的活剧。

而中国正是通过朝鲜战争看到了与苏联结盟的滋味，成为几年以后中苏交恶的一个重要原因。

美　国

从1950年6月朝鲜战争爆发到1953年7月交战方签署停战协定，朝鲜战争进行三年多，战争的结局是朝鲜半岛基本上恢复到战争爆发前的状态。在这三年时间里，美国干预朝鲜战争的政策有过两次重大的调整。第一次调整是从最初提出的干预目标，即使朝鲜半岛恢复到战争爆发前的状态，发展到用武力统一朝鲜；第二次调整是中国参战后，美国逐步形成了使朝鲜战争局部化的政策，也就是美国在没有作好进行全面战争准备的情况下，担心苏联参战，从而引发第三次世界大战，决定放弃使用武力统一朝鲜，争取使朝鲜半岛达到一种相对稳定的状态，并防止发生新的冲突。

美国不断调整其对朝鲜战争的政策，主要有三个因素在起作用：第一个因素是，美国从其在冷战中形成的"遏制"理论出发，认定北朝鲜的军事行动是在苏联的支持和纵容下发生的，因此美国必须对苏联的扩张行为进行回击。所以美国领导人从一开始就将干预朝鲜战争的目标认为是遏制苏联扩张的重要步骤，并且认为美国争取军事上的胜利必然能够显示了美国的决心和力量，进而进一步制止苏联在世界其它地区的扩张行动。第二个因素是，第二次世界大战以后美国战略的重点是欧洲，其推行的全球战略也是"欧洲第一"的战略。美国的主要对手是苏联，美国政府认为一旦美国彻底陷入朝鲜半岛之中，进而与中国进行一场大规模的战争，就会给苏联在欧洲动手的机会，那样必然会影响美国在全球的利益，就会在对手苏联面前彻底失败。然而无论如何，美国干预朝鲜战争的政策，还是严重偏离了其推行的"欧洲第一"的战略思想。第三个因素是，美国同时考虑了它的所谓"集体安全"政策。在朝鲜战争爆发前，美国政策就已经确定，它将依靠联合国和"集体行动"来解决东北亚地区的冲突。为了实施这项政策，美国不断对其盟友施加压力，同时还考虑了盟国的一些利益，以保证美国与其盟国之间的团结一致。而由于美国的盟国对美国干预朝鲜的政策即支持又牵制，美国也不得不将朝鲜战争控制在一定的范围内，使朝鲜战争局部化。

从总体上讲，美国在朝鲜战争中的失大于得。

美国的主要得分在于：一是，美国在其盟国面前进一步建立了信誉。美国在朝鲜的行为使盟国认为美国不会抛弃朋友。二是，美国顺利组建了以它为首的北大西洋公约组织，并且同时美国在世界其它地区也建立了许多地区性的集体安全条约，从而使美国在世界各地处处以"霸主"的恣态出现。

美国的主要失分在于：一是，第二次世界大战，美国本土虽然没有遭到直接的打击，但是美国却付出人力、物力和财力的极大的代价，战后美国同样需要恢复国民经济。而长达三年的朝鲜战争，美国政府为作战而消耗各种物资达7300多万吨，军费开支达830亿美元。美国的战争行为，不仅没有得到美国人民的支持，而且还影响了美国经济的恢复。二是，在冷战时期，美国本应以苏联为主要对手，尽量少树立对立面，集中力量对付苏联。然而，美国对朝鲜的干预使中国在刚刚建国后，倒向了苏联，其它亚洲国家也对美国存有敌意。三是，美国打着联合国的旗号进行朝鲜战争，并且以失败而告终，使其在联合国的地位和威信大为降低。四是，由于美国在朝鲜战争中与中国为敌，使美国在20年内没有同中华人民共和国建立起关系，失去了以中国为代表的广大第三世界国家对美国的支持。美国与中国的严重对抗，结果使亚洲的局势持续紧张，美国不断卷入亚洲事务，在亚洲到处承担军事义务，以各种手段组织对中国的包围，并最终介入了第二次印度支那战争。朝鲜战争之中和之后的美国，一股以"麦卡锡主义"为代表的疯狂的反共思潮在美国盛行一时。由于在朝鲜是美国人与中国人打仗，因此在美国公众的心目中一般与中国为敌，认为中国是"一个巨大、敌对的国家，谁也不知道那里发生了什么事，一想起来就害怕"，"中国是世界上最大的危险"。尼克松执政以前的美国政府对中国的称呼通常是"赤色中国"、"共产党中国"等等。当时的美国，中国问题成为一个禁区，根本谈不上对华政策的审议和研究，美国国务院的一些远东和中国问题专家不是受到迫害，就是受到排挤和打入冷宫，美国国务卿杜勒斯甚至对这一部分人进行了清洗。到了 60 年代，"麦卡锡主义"虽然冷了下来，但美国对中国的仇视和敌对心理仍然十分严重。

朝鲜战争是美国在第二次世界大战后政治和外交战略的一个极其重要的转折点，它标志着美国企图用武力来遏制全世界各地共产主义的发展，企图用武力来遏制那些美国政府看来对美国安全产生不利影响的国家。从朝鲜战争以后，美国把越来越多的军事力量投到了世界各地，开始了美国企图以武力主宰世界的历程，这可以从美国近半个世纪以来在海外若干次军事行动中看出。

英　国

朝鲜战争爆发后，在美国的要求下，英国政府提出了一个重整军备的计划，每年增加军费 15 亿英镑的国防开支。这项计划一出台，立即引起英国朝野的激烈争论。结果，英国劳工大臣安奈林·比万、商务大臣哈罗德·威尔逊、预算部国务大臣约翰·弗里曼相继辞职，以表示对政府的抗议。1951 年 4 月 23 日，辞了职的劳工大臣安奈林·比万在英国下院解释其辞职的原因时，非常直率地说："我们让自己跟在美国外交的车轮后面跑得太过分了。"此后，安奈林·比万在英国工党内部组织了一个专门批评美国的反对派。

虽然，英国国内的一些派别极力反对英国政府跟随美国进行冒险的朝鲜战争，然而英国政府还是考虑了英国与美国的所谓"集体安全"，于是派出了一部分军队到了朝鲜战场。

朝鲜战争中英国是得与失大体相当，主要是因为英国即应付了美国，又没有得罪中国。

英国之所以应付了美国，一方面它往朝鲜派出了一支为数不多的军队，虽然有所伤亡，但却表示对盟国美国的支持，同时英国既支持"联合国军"过三八线，又不同意美国将朝鲜战争扩大，坚决反对美国使用原子弹。在朝鲜战争期间，英国政府从 1950 年 6 月 30 日至 1953 年 6 月 30 日共向朝鲜战场派出军队约 4 万人，其它英联邦国家，如澳大利亚派出约 2 千 3 百人，加拿大派出约 6 千 2 百人，新西兰派出约 1 千 4 百人，印度派出约 70 人。

英国之所以没得罪中国，主要是因为英国从维持其在中国大陆的市场和在香港的地位出发。新中国成立后，美国极力图谋孤立中国，在这种情况下英国却倾向于承认新中国，这一态度令美国不安，因而加以阻挠。1950 年 1 月 6 日，英国政府正式宣布承认新中国，同时撤消对国民党政权的承认。英国的这一举动在国际上产生的重大影响，10 天之内，锡兰（现在的斯里兰卡）、挪威、丹麦、以色列、阿富汗、芬兰、瑞典和瑞士也相继承认了新中国。荷兰与印尼于 1950 年 3 月底，印度于 1950 年 12 月 30 日，分别承认了新中国在世界上的合法地位。英国在承认新中国的同时，极积主张恢复中华人民共和国在联合国的合法席位。同时，英国为了保持其在香港的特殊地位，在其出兵朝鲜期间，英国还继续保持其在北京的官方代表，与中国政府保持接触。所以在朝鲜战争结束后，英国在香港的地位未受到影响，英国和中国的贸易也继续有所发展。

日　本

朝鲜战争同样给日本带来了深刻的影响。由于日本是美国控制下的距朝鲜战场最近的地区，所以从朝鲜战争一开始，日本列岛就成为美军的后勤供应基地。美军作战所需的大量军需订货涌向日本，同时从美国本土运至战区的大批军用物资也先集中到日本岛，然后再从这里运送到朝鲜半岛，以满足美军的作战需要。这些物资、订货（包括劳务）属于朝鲜战争时期的特殊需要，它区别于用日本政府战争处理费为美军提供的物资，故称"特需"。

到 1953 年底，整个朝鲜战争期间的美军特需合同金额高达 13 亿美元，其中以美元支付的约为 11.17 亿美元。这是所谓"狭义"的特需，其中大约 70% 为物资供应，30% 为劳务。战争前期提供的物资，主要是武器、弹药、军用卡车、建筑钢材、汽车零部件、煤炭、汽油罐、飞机油箱、麻袋、铁丝网以及棉布、毛毯、食品、药品等。朝鲜战争进入停战谈判阶段以后，则主要是为韩国经济恢复方面所需的物资。劳务特需一般以修理坦克、舰艇、汽车及其它机械和维修基地、运输、通讯等为主。另外，驻日美军及其家属在日本的生活消费、外国有关机构支付的款项以及非军事机关的美元开支，是"广义"的特需。到 1953 年底，这类特需的收入，在 23 亿美元以上。

巨额特需给日本"道奇路线"下处于"稳定恐慌"中的日本经济带来了意想不到的繁荣。战争初期紧急采购的特需，首先使"道奇危机"时积压的 1000 至 1500 亿日元库存商品销售一空，随之而来的大量订货，急速启动了日本的工矿业生产。早在 1950 年 10 月，日本的工矿业生产指数就已超过了战前水平，特别是纺织、化工、机械、金属等与特需有关的工业部门，生产急剧增长。到 1951 年，实际国民生产总值也达到了战前水平，从而造成了日本在第二次世界大战后所谓"特需景气"。

特需带来的大量美元，又使日本的外汇储备迅速增加。1949 年 12 月时，日本政府外汇储备额只有 2.3 亿美元，朝鲜战争爆发后从 1950 年 6 月到 12 月，就从 3.26 亿美元增加到 5.19 亿美元。到 1951 年 12 月，日本的外汇储备额已达 9.42 亿美元。与 1949 年相比，增长约 4.5 倍。到 1952 年 11 月底又增至 11.4 亿美元。由于特需带来巨大收入，"盟军总司令部"于 1951 年 5 月宣布停止对日本的经济援助。到此时为止，美国在占领期间对日本的援助额累计约 30 亿美元。与这一援助总额相比较，可见在朝鲜战争的三年中，日本从朝鲜特需获得的收入是相当大的。

与此同时，随着朝鲜战争带来的东西方对立的激化和国际局势的紧张，出现了世界性扩军备战的形势，各国竞相购买战备物资，世界经济形势反趋好转，国际贸易迅速从"买方市场"转为"卖方市场"。从 1951 年起，日本的出口也开始急剧扩大。1949 年日本的出口额是 5.36 亿美元，1950 年是 9.24 亿美元，1951 年则为 13.58 亿美元，比 1949 年增长 2.53 倍。1952 年和 1953 年分别是 12.95 亿美元和 12.61 亿美元。到 1955 年，出口已达 20 亿美元。

巨额的特需收入及出口和外汇储备的大量增加，不仅使日本经济迅速摆脱了萧条局面，而且如同注入了一支强心剂，给日本经济带来了巨大的生机和活力。首先，"特需景气"为日本的垄断资本带来了巨大的利润，明显地扩大了资本积累。以此为基础，加上大量的借款即外部资金，设备更新明显加快，经济规模明显扩大。其次，特需收入和外汇储备的增加，为进口原材料和引进新技术创造了资金条件。在紧急情况下为美军提供军需物资及各种劳务的过程中，日本企业也得以不断革新技术，改善生产条件，提高经营管理水平，从而加速了日本经济的复兴。同时，朝鲜特需为日本经济带来的机遇和有利条件，也激发了垄断资本的投资热情。这一时期的设备投资，是当时推行的产业合理化的一部分，即所谓"合理化投资"。这种"合理化投资"，以 1951 年为基准，到1953 年度增长了 48％，亦明显地推动了日本经济的复兴。而垄断资本的投资景气和经济的数量景气，又同时带动了国民的消费景气。因此很显然，朝鲜特需对战后的日本经济是具有历史意义的。正如日本人自己所说，朝鲜战争如同"甘露"一样，"滋润了日本经济"，对于日本经济是"天佑神助"、"起死回生的妙药"。

在朝鲜战争带来的日本"特需景气"中，日本的垄断资本获得了巨额利润和大量的外汇收入，从而得以在短时期内急速进行大规模的资本积累，为日本经济后来的发展打下了重要的基础。从这个意义上说，朝鲜战争虽然给朝鲜经济造成严重破坏，使朝鲜人民的生活蒙受灾难，但对日本经济来说，确实是一股"神风"。如果没有朝鲜的战争特需，就不会有后来日本经济的高速增长。至少这个时期不会到来得这么快。

同时，"特需景气"也给日本带来了另一方面的影响。从当时的经济情况来说，首先是由于日本经济尚未建立起正常的出口基础，国际收支不稳，加上特需本身紧急性、临时性和不稳定性所造成的特殊价格特点和供求关系，日本经济再度出现了通货膨胀。其次是特需对消费和投资的刺激也有投机的作用，引起国内物价的高涨。从经济结构上说，特需本身的性质和特点，使特定产业部门飞速发展，造成日本产业结构的"畸形化"，同时又使日本经济形成依存于美国的结构，在日本人的心理上亦造成对特需的依赖意识。一旦特需消失，日本的国际收支即难有正常的平衡，因而可能使日本经济更加依赖美国。由此，朝鲜战争带来的"特需景气"，亦在经济上使日本进一步倒向美国，从而从一个侧面加深了日美之间的特殊关系，也加速并推动了媾和的进程和日美同盟的建立。

联 合 国

联合国在朝鲜问题上作出了几个与其地位不相称的决定。

朝鲜半岛上的北纬三十八度线是作为美、苏分别向盘踞在朝鲜半岛的日军受降的界线而划分的，只是为便于接受日军投降和对朝鲜实行暂时占领，具有临时性质。1947年9月，美国不顾苏联强烈反对，把朝鲜问题提交给第2届联大讨论，并在苏联等国拒绝参加表决的情况下通过了一个决议，决定在朝鲜建立一个临时委员会。1948年5月，在该委员会监督下，南朝鲜举行了单独选举。1948年8月15日，南部成立大韩民国。9月9日，北部成立朝鲜民主主义人民共和国。南北朝鲜由此向着完全不同的政治方向发展，朝鲜半岛的紧张局势也同时不断加剧。

1948年12月，第3届联大又通过了由美国等国提出的承认南朝鲜选举的结果，并宣布大韩民国是所谓"朝鲜唯一的合法政府"的决议案，进一步激化了南北双方的矛盾。同时，美国又以联合国的名义，积极支持南朝鲜的李承晚傀儡政府不断制造"三八线"上的流血事件，使朝鲜半岛上的北南双方的矛盾深化。

1950年6月25日清晨，朝鲜战争爆发。美国杜鲁门政府立即把朝鲜问题提交给联合国安理会，并利用安理会里苏联代表缺席、中国的席位被国民党集团非法占据的机会，操纵安理会一连通过三个有利于贯彻美国侵略意图的决议，给美国干涉披上一件联合国的外衣。

6月25日下午，安理会以9票赞成、1票（南斯拉夫）弃权、1票（苏联）缺席通过了美国提出的决议案，宣布北朝鲜的武装进攻是对和平的破坏，要求北朝鲜立即停止敌对行动并将军队撤回到"三八线"。

6月27日，美国总统杜鲁门正式宣布美国武装干涉朝鲜和使用武力阻止中国人民解放台湾的决定。同日美国又操纵联合国安理会通过了由美国提出的所谓"紧急制裁案"，指责北朝鲜既不停止敌对行动又不撤退其军队，是对和平的破坏。该决议建议联合国会员国向南朝鲜提供必要的援助。

7月7日，在美国幕后操纵下，联合国安理会又通过了一项决议，要求各会员国依照安理会决议向朝鲜半岛提供军队和其它援助，并将所提供的军队交给美国领导的统一司令部来使用。该决议把以美国为主的外国干涉朝鲜事务的军队称为"联合国军"，并授权美国任命这支部队的指挥官，使用联合国的旗帜，并授予这支部队的司令部以"联合国全权"。

9月15日，美军在仁川登陆获得成功，朝鲜战局突然逆转。10月1日，美国和南朝鲜不顾世界的反对，都下达了突破"三八线"的命令，公然以武力入侵北朝鲜。10月7日，在美国政府的操纵下，联大又通过了一项以武力强行统一朝鲜的决议。这项决议的实质是授权美国盗用联合国之名，侵略和霸占整个朝鲜，并进一步扩大美帝国主义的侵朝战争，严重威胁了中国的安全。

10月19日，中国政府派出中国人民志愿军跨过鸭绿江，与朝鲜人民并肩战斗，抗击美国侵略，迫使敌军退回三八线以南。

1951年2月1日，美国操纵联大通过决议，诬蔑中国为侵略者。

5月18日，美国又操纵联大通过对中国和朝鲜实行禁运的决议。

由于中国人民志愿军和朝鲜人民军的浴血奋战，把美帝国主义的侵略企图打破了，以美国为首的所谓"联合国军"不得不停止其军事行动。1953年7月27日，朝鲜停战协定正式签字生效，历时三年又一个月的朝鲜战争终于结束。

联合国在朝鲜问题、特别是在朝鲜战争期间的所作所为，背离了宪章的宗旨和原则，损害了联合国的声誉：

第一，朝鲜问题一经出现，联合国就没有格守其宪章的宗旨和原则，没有尊重朝鲜人民的自主抉择，并不断地受制于美国，极力支持南方吞并北方。应该说，联合国对朝鲜问题的干预和不正确的立场加剧了朝鲜南北的对立和朝鲜半岛分裂的加剧。

第二，联合国对于朝鲜战争的处理始终受制于美国，不是联合国代表大多数国家的利益的决定来指挥美国，而是美国指挥、控制和操纵着联合国。美国极力把联合国降为美国推行强权政治和侵略政策的一个工具。而联合国却始终不能摆脱这一被动局面，这在联合国的历史上，留下了不光彩的记录。

第三，联合国在美国操纵下通过诬蔑中国为侵略者的非法决议，阻挠了中国在联合国合法权利的早日恢复，阻挠了中国与西方国家发展正常关系，这是对中国的无端加害，中国人民是不能接受的。同时，联合国自身的公正性和普遍性也受到了严重损害。

最后，联合国对朝鲜的军事介入并不像杜鲁门等人所标榜的是联合国的"集体安全行动"，而是美国打着联合国旗号进行的一次公开的武装干涉。联合国宪章第七章中规定：要采取的集体行动，应该建立在大国一致的基础之上。美国在朝鲜的行动缺乏作为集体安全的理论根据，集体安全不是美国在朝鲜行动的动力，而是其为保护"重大的美国国家利益"而采取行动。美国在朝鲜的行动使联合国成了"作为自由世界的一个正式联盟的代替物"。联合国安理会1950年通过的三个决议，都是在中国和苏联两个大国代表没有参加的情况下作出的。显然对联合国来讲，朝鲜战争绝不是一次集体安全的实践，而是对宪章集体安全原则的公然歪曲、篡改和违反，教训是非常沉重的。

中美新一轮较量的开始

美国从朝鲜战争的失败中，看到了新生的中华人民共和国的强大力量及在广大发展中国家的声望，为了其自身独霸世界的野心，美国开始了新的一轮与中国的对抗，他们把手伸向了中国的宝岛台湾，扶持蒋介石，分裂中国，继而对中国大陆进行各种形式的封锁。

朝鲜战争把中国和美国这两个世界大国关系引入了尖锐而剑拔弩张的冷战时代。

在朝鲜战争爆发后的 50 年代初，美国国内"麦卡锡主义"盛行一时。"谁丢掉了中国？"成了攻击上至总统、国务卿，下至一般外交官、记者、学者的骂语。美国共和党人批评民主党政府将中国推向苏联的怀抱。

朝鲜战争引发了美国对中国长达若干年的敌视。美国仇恨共产主义的浪潮经久不衰，凡是与共产党、社会主义、中国、苏维埃相关的，全都被形容成红色。大学教授如果不高声臭骂"共产主义奴役"的邪恶，就会被校方解雇而失去工作；反共的狂热分子的演讲能得到最高的报酬费；美国"辛辛那提"棒球红队因沾了"红"字而被迫改换名称；反共虐待狂的小说成为发行上千万册的畅销书，而连环漫画画的是赤色分子被绳子吊死，用手枪砸死、活埋、喂鱼或是吊在美国人的汽车保险杆上……，甚至连美国小姐的候选人都必须陈述他们的对卡尔·马克思和共产主义制度的看法。

由于"麦卡锡主义"这股狂热的反共思潮影响，并且由于美国曾在朝鲜战场上同中国打过仗，相当一个时期内美国一般人心目中与中国为敌。中国问题成为禁区，更谈不上重新审议对华政策的问题。国务院的中国问题专家，在杜鲁门政府后期就已经开始受到迫害和排挤，到艾森豪威尔上台、杜勒斯任国务卿后就被清洗殆尽。政府以外的一批过去经常被咨询的造诣较深，并且有丰富切身经历的远东和中国问题专家被打入冷宫。于是，在整个艾森豪威尔政府、肯尼迪政府、约翰逊政府时期，美国朝野对中国的称呼通常是"赤色中国"和"共产党中国"，就连改变了中美关系的尼克松总统，一开始也极端反对中国，与中国对抗。在美国公众的心目中，中国是一个"巨大的、敌对的国家，谁也不知道那里发生了什么事，一想起来就害怕"，"中国是世界上最大的危险"。

到了60年代虽然麦卡锡时期的恐怖已经过去，虽然中美大使级会谈在几度中断之后又重新开始，但是对中国和美国这两个国家的人们来讲，彼此之间的敌对情绪和戒备心理仍十分严重。一个在对日作战时曾在陈纳德的"飞虎队"中服务过的退役军人甚至这样断言道："我已经42岁了，但是我绝对相信，在我的有生之年，我们会同中国再打一仗。"

抗美援朝战争，使中国人民解放军放弃了原来的解放台湾的作战计划，中国人民由此延迟了解放台湾的时间，中国的统一问题成为中国几代领导人为之奋斗并花费了大量心血的问题。而《美蒋共同防御条约》的签定，无疑地给国民党蒋介石披上了一件"保护伞"，从此美国的武器装备、军事人员、援助资金不断涌入台湾，蒋介石似乎"底气足了"、"腰更粗了"。如1950年，美国援台数额为400万美元（这个数字是原订每年援台50万美元计划的8倍）；1951年中期又有5000万美元军援、4200万美元的经济援助到达台湾。艾森豪威尔入主白宫后，更是积极地把援蒋作为主要政策目标之一。据有关统计数字显示，1951年至1965年7月1日，美方对台经援总数，接近15亿美元，军援总额则共45亿美元。这对于只占全中国2%的人口、0.3%土地的台湾来说，其作用实在是可观的。

那位在蒋经国特务枪口下饮弹毙命的江南先生，他在《蒋经国传》中这样写道："朝鲜战争的爆发，把已经患了绝症的国民党政权，从病塌上，起死回生。"

的确，朝鲜战争，使台湾国民党政权有了喘息的机会，并且在其自身的"努力"和美国的支持下出现了转机，海峡两岸的关系与韩战前迥然不同。

　　而美国也从台湾这艘"不沉的航空母舰"出发，向北连接日本岛、琉球群岛，向南连接菲律宾等岛屿，形成了一个对中国实施战略包围、全面遏制的岛链。

　　中国人民要解放台湾，统一祖国，而美国又武装了台湾，因此，中国与美国围绕着台湾问题，进入了对抗的新时期，一时刻台湾海峡风云变幻，外交战、海战、空战、炮战、登陆战、宣传战此起彼伏。

　　1953 年 8 月 12 日，毛泽东主席在《反对党内的资产阶级思想》一文中又强调指出："抗美援朝，我们打痛了美帝国主义，打得它相当怕。这对我们建设有利，是我们建设的重要条件。最重要的是，我们的军队受到了锻炼。……当然，我们牺牲了人，用了钱，付出了代价。但是，我们就是不怕牺牲，不干则已，一干就干到底。"

　　毛泽东认为，中国和美国如果要对抗下去，我们不会害怕，当然如果能有改善之机，我们也一定要争取。他并没有因为朝鲜战争中的中美对抗，把中美关系凝固化和僵化。因为中美两国并没有宣战，这是历史事实。在朝鲜战争以后的中美较量中，虽然中美之间不时有走向战争，甚至核战争的边缘的危险，但中国政府始终能够正确把握住斗争的主动权和斗争方向，使中国处于主动地位，并且在以台湾问题为主的中美激烈较量中，能够有理、有利、有节，使台湾问题得到初步解决，并有望得到最终解决。